KB264886
GEMINI
FANTASTIC ARRIVAL
SAS

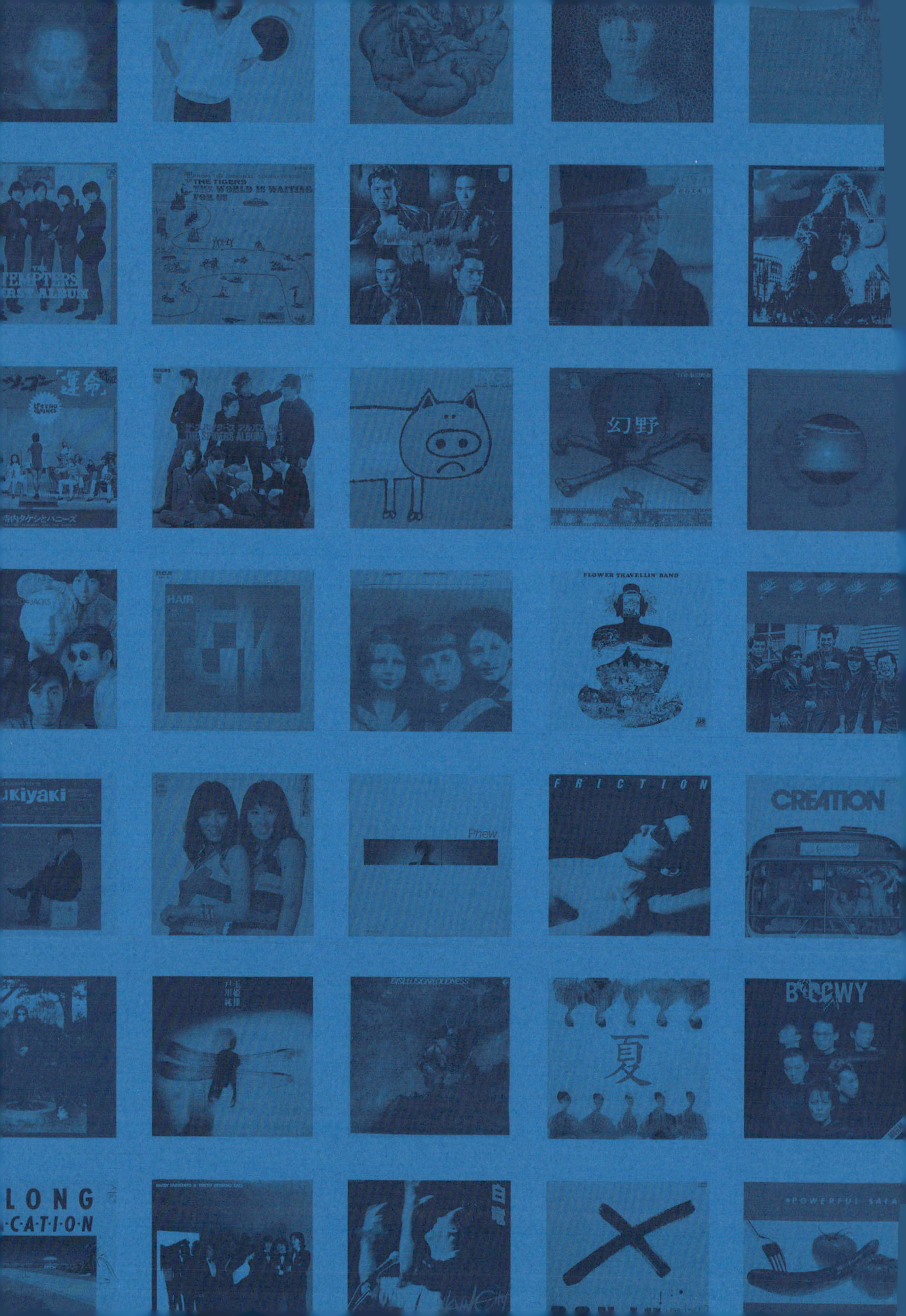

일본 LP 명반 가이드북

록에서 포크, 시티팝에서 가요까지

일본 LP 명반 가이드북

일본 LP 명반 가이드북

사토 유키에 지음

록에서 포크, 시티팝에서 가요까지

안나푸르나

한국의 음악 팬·레코드 컬렉터 여러분에게

드디어 완성되었습니다. 정말로 감개무량입니다.

최근의 세계적인 시티팝 붐은 아주 놀랍습니다. 한국에서도 일본의 아날로그 레코드를 손쉽게 구입할 수 있는, 정말 좋은 시대가 왔다고 생각합니다. 이 책으로 많은 분이 일본의 록/포크/시티팝/가요에 더욱 흥미를 갖게 된다면 너무 기쁠 것 같습니다. 일본 대중음악 역사의 전체 흐름을 조망할 수 있는 앨범 가이드북을 만들고자 했습니다.

그래서 장르를 나눈 후에 음반 발매 년의 순서대로 200장의 음반을 골랐습니다. 저의 취향으로 인해 1960~70년대 음악이 중심이 되고 있는 것에는 아무쪼록 독자분들의 이해를 부탁드립니다.

어떤 음반이 빠져 있다든가, 왜 이 아티스트가 없는 것인가, 의견, 불만 등이 있을 것이라고 생각합니다만, 이것 저것 상당히 폭넓게 고려해 보고 선정하였으며, 저 자신도 꼭 넣고 싶었지만, 한정된 지면으로 못 다룬 음반이 많이 있습니다. 하지만 여기에서 일단 울면서 끝내기로 했습니다. 여러분의 요청이 있으면, 제2탄, 제3탄이 나올지도 모르겠습니다...^o^♪

마지막으로 안나푸르나 출판사 김영훈 대표님, 번역과 정리를 도와주신 근은별 씨, 멋진 디자인을 해주신 이재민 씨, 오래된 친구! 널판의 이종남 씨, 유튜브 채널 J-Muisc Archive의 멤버들 등 많은 분들의 협력에 대하여 이 지면을 빌려 감사를 바칩니다. 정말로 감사합니다.

그러면 여러분, 즐거운 리스닝 라이프를!

2021년 10월 30일
사토 유키에(록밴드 '곱창전골' 리더)

Ⅱ 포크

일러두기

1. 본 책은 일본인 저자가 쓴 한국어를 편집했다 .

2. 일부 원고는 번역했으며, 어색함을 피하기 위해 저자가 쓴 한국어 톤에 맞췄다.

3. 외국어 표기는 어문규정을 따르지 않고 원 발음을 살리고자 했다. 예) 사잔(Southern)

4. 노래나 싱글을 1단, 음반은 2단 밑줄로 표기했다. 예) 노래: 아오이 히토미, 앨범: 메지이 햐쿠넨, 스파이더스 나나넨

5. 필요에 따라 원어 외의 정보를 이름이나 고유명사는 괄호 없이 원어를, 노래나 앨범 등은 일본어 발음(원어 표기, 국어 번역, 영어 표기)식으로 정리했다.

6. 본문에서 ♪는 가사로, 정규 앨범의 순서에 따라 1집은 1st(first), 2집은 2nd(Second), 3집은 3rd(third), 4집은 4th(fourth) 등으로, A① B① 등은 LP의 앞뒷면의 곡 순번이다.

Ⅰ. 록

일본 록 역사
Ⅰ 그룹 사운드~록 탄생

1950년대 일본에서는 컨트리 & 웨스턴 음악이 유행했다. 거기에 엘비스 프레슬리Elvis Presley의 등장으로 일본에도 로큰롤(rock 'n' roll)이 들어오고, 로커빌리(rockabilly:로큰롤 동의어) 붐이 일어났다. 일본 록의 두목인 우치다 유야内田裕也, 인기가요 작곡가 히라오 마사아키平尾昌晃, 가수, 프로듀서, 배우 등 팔면육비(八面六臂)로 활약하는 미키 커티스ミッキー・カーチス, 빌보드 No.1히트를 기록한 가수 사카모토 큐坂本九 등, 모두가 로커빌리 가수로서 데뷔했다.

1960년대에 들어가면 미국 기타 경음악 밴드 벤처스Ventures 대유행으로 인해 전기기타 붐이 도래한다. 전기기타의 신(神)인 테라우치 타케시寺内タケシ를 필두로 서프 음악이 일본 전국을 석권했다. 이후 그러한 전기기타 밴드는 비틀즈Beatles의 등장과 함께 보컬 그룹에서 '그룹사운즈'로 발전해 갔다. 그룹사운즈(이하 GS로 표기)는 당시의 록 밴드를 의미하는 일본식 영어다.

1966년에 블루 코멧츠ブルー・コメッツ가 싱글 아오이 히토미(青い瞳:푸른 눈동자), 스파이더스スパイダース가 싱글 No No Boy를 릴리스한 것이 GS의 시작이었다. 그 후 타이거즈タイガース, 템프터스テンプターズ, 카나비츠カーナビーツ, 재규어스ジャガーズ, 새비지サベージ, 옥스オックス 등의 인기GS가 잇달아 나타나면서 일대 GS붐이 일어났다. 1968년에 가장 고조된 GS붐이었지만 다음해 1969년부터 급격하게 인기를 잃으며 순식간에 붐은 끝나버렸다.

　　다만 GS붐 한창에도 오버그라운드에서는 포크 크루세이더스フォーク・クルセダーズ, 덧붙이자면 이 일본식 영어 '그룹사운즈'라는 단어는 단수형(單數形)인 '그룹사운드'가 되어서 한국에 넘어왔고 그대로 국내의 록 밴드를 의미하는 말로서 1980년대 말까지 사용되었다. (록 밴드이라는 말은 어디까지나 해외 그룹을 의미하고 국내 그룹은 모두 '그룹사운드'로 불렀다).

　　1969년에는 해외에서부터 본격적인 록의 파도가 와서 GS로서 데뷔한 골든 컵스ゴールデン・カップス, 몹스モップス 등은 재빨리 '뉴 록'(한국말로 하면 아트 록)으로 변했다. 그리고 블루스 크리에이션ブルース・クリエイション, 파워하우스パワーハウス, 헬프풀 소울ヘルプフル・ソウル, 에이프릴 풀エイプリル・フール 이라는 GS가 아닌 뉴 록 그룹이 데뷔했다. 하지만 GS붐과는 다르고 어디까지나 언더그라운드에서의 일이었다.

　　1970년이 되면서 일본 록은 정말로 여명기가 된다. 전(前)GS 핑거스フィンガース의 기타리스트 나루모 시게루成毛滋가 '10엔 콘서트'를 주최하는 등 아직 시행착오가 심한 시기이었지만, 그래도 플라워 트래블린 밴드フラワー・トラベリン・バンド, 해피엔드はっぴいえんど, RC 석섹션RCサクセション 등 일본 록 역사에 미래를 주도했던 밴드들은 이미 데뷔한 후였다.

　　1971년에는 인기GS 멤버들에 의한 슈퍼 그룹 피그PYG, 일본 CSN & Y인 가로ガロ 등이 데뷔했다. 아이돌이었던 카르멘 마키カルメン・マキ가 록으로 전향한 것도 전(前)GS 다이너마이트ダイナマイツ의 야마구치 후지오山口冨士夫가 무라하치부村八分을 결성한 것도 이 해다.

　　1972년에는 프라이드 에그フライド・エッグ, 주노케이사츠頭脳警察, 새디스틱 미카 밴드サディスティック・ミカ・バンド 등이 데뷔했으며 일본 록은 드디어 성장 단계에 들어간다.

　　"록은 영어로 부를 것인가 일본어로 부를 것인가"라는 논쟁이 벌어지고 있었던 것도 이 시기였으나 1972년말 캐롤キャロル의 등장으로 그런 이야기는 기억의 저편으로 지워져버렸다. 야자와 에이키치矢沢永吉와 조니 오오쿠라ジョニー大倉 두 사람을 간판으로 한 R&R밴드 캐롤은 일본 연예계에 등장하자마자 단숨에 센세이션이 일어났고, 일반 대중이 록이라는 음악을 알게 만들었다.

　　그렇게 해서 1973년 이후 수많은 록 밴드가 데뷔했다. 다만 시장에서 성공하는 경우는 드물어서 당시에는 소규모에 불과했다. 그래도 그 음악성은 다방면에 걸치고, 또 지방도시 출신의 음악가도 다수 등장해서 그 색채는 선명해졌다.

　　프로그레시브 록Progressive rock 밴드인 요닌바야시四人囃子, 코스모스 팩토리コスモス・ファクトリー, 퍼 이스트 패밀리 밴드ファー・イースト・ファミリー・バンド. 하드 R&R 밴드 게도外道. 미국 토착적 리듬에 릴랙스한 사운드인 쿠보타 마코토와 유야케 가쿠단久保田麻琴と夕焼け楽団, 오렌지 카운티 브라더스オレンジ・カウンティ・ブラザーズ. 캐롤 다음에 오버그라운드에서의 성공을 거둔 다운 타운 부기우기 밴드ダウン・タウン・ブギウギ・バンド. 원조(元祖) 시티팝 슈가 베이브シュガー・ベイブ. 독자적인 길을 걷는 개성적인 록 밴드 치카다 하루오&하루오폰近田春夫&ハルヲフォン. 일본의 런웨이즈Runaways인 걸스ガールズ. 비틀즈의 색깔이 진한 튤립チューリップ.

　　칸사이(関西:오사카 지방)에서는 퍼니 컴퍼니ファニー・カンパニー, 우에다 마사키와 사우스 투 사우스上田正樹とSouth to South, 웨스트 로드 블루스 밴드ウエスト・ロード・ブルース・バンド, 유카단憂歌団. 하카타(博多)에서는 선하우스サンハウス, 코마츠(小松)에서는 멘탄핀めんたんぴん, 나고야(名古屋)에서는 센티멘털 시티 로맨스センチメンタル・シティ・ロマンス, 우라와(浦和)에서는 안젠밴드安全バンド. 그리고 오키나와(沖縄)에서부터는 무라사키紫, 키나 쇼키치&찬푸루즈喜納昌吉&チャン

　아직 언더그라운드의 존재였지만 사실은 일본 록이 가장 창조적이고 화려한 시절이었다고 나는 생각한다.

ll 록의 대중화

　1970년대 후반이 되자 일본 록은 성숙기를 맞이한다. 일본 음악시장에 있어서 록이 팔리는 시대가 도래한 것이다.

　세라 마사노리 & 트위스트世良公則&ツイスト, 차Char, 하라다 신지原田真二 3명은 '록 고산케(ロック御三家:록의 3대가(大家))'라고 불리며 단숨에 아이돌로서 안방극장의 인기인이 되었다. 전(前) 골든 컵스의 미키 요시노ミッキー吉野가 이끄는 고다이고ゴダイゴ는 간다라(ガンダーラ)의 대 히트로 어린이부터 어른까지 남녀노소 폭넓은 팬들의 지지를 받았다. 그리고 1978년에 캇테니 신밧드(勝手にシンドバッド:멋대로 신밧드)로 데뷔한 사잔 올 스타즈サザン・オール・スターズ는 다음해 이토시노 에리(いとしのエリー:사랑스러운 에리)의 히트를 시초로 현재도 국민적 록 밴드로서 군림하고 있다.

　또 프리즘プリズム, 카시오페아カシオペア, T-스퀘어T-Square 등의 탁월한 음악가들에 의한 퓨전 붐도 일어나고 노래가 없는 연주곡도 인기를 떨치게 된다.

　일본 인디 씬이 탄생한 것도 1970년대 말이고, 프릭션フリクション, 자가타라じゃがたら, 젤다Zelda, 풀스Fools 등 많은 언더그라운드 밴드가 활동하며 일본 인디 음악의 영역을 넓혔다. P-Model, 플라스틱스プラスチックス, 히카슈ヒカシュー 등은 테크노 팝 밴드로서 1980년대 초에 메이저에서도 활동했다. 인디 씬으로부터 부상한 여성가수 도가와 준戸川純도 화제가 됐다. 펑크punk 밴드도 많이 태어나서 아나키アナーキー, 러핑노즈Laughin' Nose 등이 메이저에 진출했다.

　테크노의 원조라고 말해지는 YMO(Yellow magic Orchestra)가 일본 전국에 충격을 주고, RC 석세션이 록 밴드로서 인기를 획득했다. 규슈(九州)에서는 시나 앤 더 로케츠シーナ&ロケッツ, 모즈モッズ, 루스터스ルースターズ, 로커즈ロッカーズ, ARB라는 일명 '멘타이록' 무리가 모두 모여 데뷔했다.

　아이돌 밴드 레이지レイジー로부터 생긴 헤비 메탈 밴드 라우드니스Loudness가 세계 무대에서 활약하면서 재팬 헤비 메탈 붐이 일어난다.

　기타리스트 호테이 도모야스布袋寅泰가 재적한 보위BOØWY가 가요계를 석권했고 1983년에 카리스마 가수 오자키 유타카尾崎豊가 데뷔, X-Japan은 1989년에 메이저 데뷔를 했다. 블루 하츠Blue Hearts도 1987년에 데뷔했고 린다 린다(リンダ・リンダ)가 스매시 히트를 쳤다.

　1990년대에는 TV 프로그램《이카스 밴드 텐고쿠いかすバンド天国:멋진 밴드 천국》(통칭 '이카텐(イカ天)')에 의해 GS붐 이래 '제2의 밴드 붐'이 일어난다. 타마たま, 비긴Begin, 블랭키 젯 시티Blankey Jet City 등의 밴드를 배출했다.

　1990년대는 피치카토 파이브ピチカート・ファイヴ를 필두로 한 '시부야계'나, 스피츠スピッツ, 피쉬맨스フィッシュマンズ, 서니 데이 서비스サニーデイ・サービス, 미셸 건 엘리펀트Thee Michelle Gun Elephant, 라르크앙시엘L'Arc~en~Ciel 등이 활약했고 J-pop라는 명칭이 사용되기 시작했다.

　이러한 흐름 속에서 1980년대 이후는 록과 포크, 가요까지 특히 메이저는 전부 기본적으로 똑같은 사운드 메이킹이 되어버렸다. 이 경향은 현재 21세기의 J-pop에까지 이어지고 있다고 말할 수 있다. 유행이 그런 것일지도 모르지만...

제키 요시카와 & 블루 코멧츠ジャッキー吉川とブルー・コメッツ

Blue Comets'66

CBS, 1966

블루 코멧츠는 1957년 미군 캠프 주변의 뮤지션들에 의해 결성된 록 콤보다. 제키 요시카와ジャッキー吉川는 밴드 보이로 시작해 나중에는 드러머로 정식 멤버가 됐다. 1963년부터는 밴드 리더를 맡았다.

블루 코멧츠는 몇몇 가수의 백 밴드로서 콘서트나 스튜디오 녹음 작업을 하면서 '일본 넘버원 반주 그룹'을 목표로 했다. 실제 일렉 인스트루멘탈 밴드가 되어 레코드도 릴리스했다.

하지만 백 밴드 활동에 만족하지 못한 색소폰 연주자 이노우에 타다오井上忠夫는 "백 밴드는 어차피 장식이야. 우리는 노래해야만 진정한 그룹이 될 수 있어"라며 선언, 1966년에 방향성을 바꿔 보컬 밴드로 데뷔했다.

데뷔 싱글 아오이 히토미(青い瞳: 푸른 눈동자, 영어판: Blue Eyes)가 10만장, 일본어판 아오이 히토미(青い瞳)가 50만장이라는 히트를 올리며 스파이더스スパイダース와 함께, 그룹사운즈(GS)의 여명기를 리드하는 존재가 되었다.

그 후에도 아오이 나기사(青い渚: 푸른 물가), 이즈코에(何処へ: 어딘가로) 등이 순조롭게 히트, 1967년 발매한 싱글 블루 샤토(ブルー・シャトウ: 푸른 성)가 150만장이라는 GS 당대 최대 히트를 기록했다.NHK 홍백노래자랑에도 출연했는데, 수많은 GS가 '머리가 길다(=불량)'는 이유로 NHK의 출연을 거부당했지만 블루 코멧츠는 단발 & 정장 차림으로 그런 부류에서 비껴나 있었다. 1968년, 비틀즈Beatles도 출연한 미국 TV방송《더 에드 설리반 쇼The Ed Sullivan Show》에 등장해 블루 샤토를 연주했는데 인트로에는 고토(일본 가야금)를 사용했고 가사의 절반은 영어였다.

이노우에는 '외국의 리듬과 일본 멜로디의 새로운 조합을 생각했다'라고 했지만 한편으로는 블루 샤토의 대히트에 대해 '원래 서양음악 같은 멋있는 것, 새로운 것을 목표로 해온 GS라는 장르에 있어서는 비극이었다. 새로운 음악을 만들 작정이었으나 결국 가요곡에 삼켜져 버렸다.'라고 회고했다. 2000년, 이노우에의 사후(자살), 제키 요시카와는 "GS붐은 좋은 곡을 많이 남겼다. 다이짱(이노우에)은 그걸 자랑스럽게 여겼다"고 말했다.

이 앨범은 이러한 블루 코멧츠의 보컬 데뷔 앨범이다. 위에서 말한 출세작 B① 아오이 히토미(青い瞳)나 싱글로 히트한 A① 아오이 나기사(青い渚)가 중심으로 수록되었다.

주목할 곡은 B② Welcome the Beatles다. 1966년 비틀즈가 방일한 당시 블루 코멧츠는 로커빌리 가수인 우치다 유야内田裕也, 비도 이사오尾藤イサオ와 함께 일본 공연의 개막 공연에 출연해 이노우에 작곡의 이 비틀즈 찬가를 모두가 함께 연주했다. 이 노래에 대해서는 폴 매카트니도 기억하고 있었다. "우리들의 개막 공연에 재밌는 일본 그룹이 나왔다. 이 그룹은 '웰컴 비틀즈!'라고 노래했는데 이때 일본인은 아직 로큰롤이라는 것을 잘 몰랐다. 그래서 음악적으로는 미숙했지만, 굉장히 즐거웠다"

이 앨범에서는 영국 국가인 God Save the Queen이 인트로에 사용되었고, 간주에는 A Hard Day's Night의 간주가 흘러나온다. 실로 비틀즈를 리스펙트하는 마음이 담긴 어레인지다. 지금 다시, 폴이 이 버전을 들어 줬으면 좋겠다고 생각하는 것은 나뿐만이 아닐 것이다.

이 후에도 블루 샤토가 수록된 블루 코멧츠=오리지널 히트곡 제2집(ブルー・コメッツ＝オリジナル・ヒット第2集)(1967), 블루 세계로 가다의 제1탄 유럽의 블루 코멧츠(ヨーロッパのブルー・コメッツ)(1968), 제2탄 아메리카의 블루 코멧츠(アメリカのブルーコメッツ)(1968), GS 리바이벌 앨범 G.S.R.(1971) 등의 음반을 발표했다. 1970년대 이후에는 멤버를 바꿔가면서 활동했으며 2001년 고(故) 이노우에 타다오에 대한 깊은 감사를 담아 정식으로 신생 제키 요시카와 & 블루 코멧츠가 재기동, 2002년에 재결합 기념 CD Blue Comets Forever를 릴리스했다.

2020년 4월 제키 요시카와 타계. 향년 81세

스파이더스スパイダース,The Spaiders

The Spicers Album No.1

Philips, 1966

GS붐의 선두를 달린, 초A급 GS 스파이더스. 1961년 타나베 쇼지田辺昭知(ds)를 중심으로 결성되어 1965년에 싱글 후리후리(フリフリ: 나풀나풀)로 데뷔했다. 유우히가 나이테이루(夕陽が泣いている: 석양이 울고 있어)(1966), 이츠마데모 도코마데모(いつまでもどこまでも: 언제라도 어디라도(1967), 방방방(バン・バン・バン)(1967), 아노토키 키미와 와카캇다(あの時君は若かった: 그때의 당신은 젊었다)(1968), 신주노 나미다(真珠の涙: 진주의 눈물)(1968) 등 많은 히트곡을 내어놓고 1970년에 해산했다.

재능이 넘치는 사람들이 모였던 스파이더스는 해산 후 시작된 멤버들의 개인 활동도 대단했다. 타나베는 연예계의 대형 기획사인 타나베 에이전시의 사장이 되었고 보컬인 사카이 마사아키堺正章와 이노우에 준井上順은 연예계에 없어서는 안 될 중진으로 안방극장을 들썩였다. 오노 카츠오大野克夫(key), 이노우에 타카유키井上堯之(g)는 가요계를 지탱하는 중요한 음악가로 대활약, 카마야츠 히로시かまやつひろし(g,vo)는 매력있는 록 뮤지션으로 표표히 자신의 길을 걸었다.

스파이더스의 1집 앨범 스파이더스 No.1(スパイダース No.1)은 1966년에 릴리스. 이것이 야말로 일본 록의 새로운 시작을 알린 앨범이라고 해도 손색이 없다 [1]. GS붐에 앞서서 발표 된 역사적으로 중요한 작품이며 어떤 의미에서는 이후의 GS나 일본 록의 주춧돌이 된 걸작 이다.

거의 전곡을 일본어와 영어 오리지널 록 넘버로 구성했는데 이것은 정말로 획기적이었 다. 비틀즈Beatles나 킹크스Kinks 등의 브리티시 비트British Beat 밴드의 진수를 흡수한 카마야 츠의 송 라이팅이 빛난다. 펑크 록적인 스트레이트 연주와 당시의 일본에서는 상당히 혁신적 인 녹음기술을 포함해 리버풀 사운드에 대항한 '도쿄 사운드'를 표방하는 멋이 가득하다. 실 제 그 후 영국 등 해외에서도 스파이더스의 레코드가 발매 되어 1966년에는 유럽 투어, 1967 년에는 아메리카 투어를 실시했고 현지 TV 등에도 출연했다.

앨범은 데뷔 싱글 후리후리의 영어판 뉴 버젼 A① 후리후리로 스타트. 일본의 3·3·7 박 자 리듬을 록과 융합시킨 혁신적인 곡으로 터질 듯한 기세 있는 연주가 전개된다. '바로 지금 이 일본 록이 태어난 순간이다' 이런 열기를 부채질하는 오프닝이다.

이어지는 발라드 B② 노 노 보이(ノー·ノー·ボーイ)는 지금 시대에 들어도 참신하고 세련 된 코드 감각이다. 대체 어디에서 이런 멜로디나 코드 진행이 만들어진 것일까. 장소도 시대 도 초월한 명곡에, 카마야츠의 유례 없는 재능에 경의를 표한다.

스파이더스류 개러지 록의 결정판 B① 헤이 보이(ヘイ·ボーイ), 보사노바 비트 록 B④ 럭 키 레인(ラッキーレイン), 나른한 발라드 B⑤ 시즈카니(しずかに: 조용히)의 가요곡과 서양팝의 훌륭한 절충 방식 등, 다채로운 음악성으로 버릴 것 없이 모든 곡이 농후하다.

직후에는 전곡을 커버 송으로 구성한 2nd 더 스파이더스 앨범 No.2(ザ·スパイダース·ア ルバムNo.2)를 발표했다. 1967년에는 3rd 스파이더스'67/더 스파이더스 앨범No.3(スパイダー ス'67/ザ·スパイダース·アルバムNo.3), 카제가 나이테이루/더 스파이더스 앨범No.4(風が泣いてい る: 바람이 울고 있어/スパイダース·アルバムNo.4), 그리고 새비지와의 스플리트 앨범 고! 스파이더 스 플라이! 새비지(ゴー! スパイダース·フライ! サベージ)를 릴리스했다. 1968년에는 최고 걸작인 6th 메지이 햐쿠넨, 스파이더스 나나넨(明治百年、すぱいだーす七年: 메이지백년, 스파이더스 칠년) 을 발표함으로써 음악적 정점을 맞이했다.

그러나 그 후 GS의 종언과 함께 개인적인 인기도 높았던 멤버들은 각자의 솔로 활동을 우선하게 되었다. 7th 스파이더스'69(ザスパイダース'69)(1969), 커버 앨범 로큰롤 르네상스(ロ ックン·ロール·ルネッサンス)(1970) 등을 발표했지만 결국 1970년, 싱글 에레쿠토릭쿠 오바아짱 (エレクトリックおばあちゃん: 일렉트릭 할머니)을 마지막으로 해산했다.

---

1 참고로 한국 록의 시작을 알린 신중현에 의한 애드포ADD4의 데뷔 앨범은 1964년 발표됐다. 록의 역사 는 사실 한국이 일본보다 2년이나 빠르다!

카야마 유조加山雄三

카야마 유조노 스베테 - 더 런처스토 토모니(加山雄三のすべて〜ザ・ランチャーズとともに: 카야마 유조의 전부 - The Launchers와 함께)

　카야마 유조는 1960년대 잘생긴 외모에 스포츠 만능과 고학력을 가진 젊은 배우로 한 시대를 휩쓴 대스타다. 당시 카야마는 남녀노소를 불문하고 친숙한, 누구나 동경하는 존재였다.

　1961년, 카야마 주연의 일본 영화《와카다이쇼若大将: 젊은 대장》시리즈가 스타트, 일약 스타가도를 달렸다. 동시에 싱글 요루노 타이요우(夜の太陽: 밤의 태양)(1961)로 가수로도 데뷔했다. 1965년에는 자작 발라드 A① 코이와 아카이 바라(恋は紅いバラ: 사랑은 붉은 장미)를 발표해 일본에서 싱어 송 라이터의 선구자가 되었다. 작곡을 할 때는 '단 코사쿠弾厚作'라는 필명을 사용했다.

　그리고 1965년 12월에 영화《에레키노 와카다이쇼エレキの若大将: 일렉 기타의 젊은 대장》의 주제가로 발표된 B② 키미토 이츠마데모(君といつまでも: 그대와 언제까지나)가 359만장의 대히트를 기록, 지금에 결혼식 대표곡으로 사용되는 일본의 고전 넘버다.

　1966년 1월, 1st 카야마 유조노 스베테 - 더 런처스 토 토모니(加山雄三のすべて〜ザ・ランチャーズとともに)를 발표했다. 전곡이 카야마의 오리지널곡이다. 이 당시 가수는 프로가 쓴 곡

을 노래하는 경우가 대다수로 카야마처럼 자작곡을 직접 연주하는 가수는 없었다. 게다가 가요 느낌의 풀 오케스트라를 쓴 발라드뿐만 아니라 일렉 기타도 자유자재로 척척 연주하는 달인이었다.

백 밴드 '런쳐스ランチャーズ'를 이끌며 일렉 인스트루멘탈 넘버인 A② 블랙 샌드 비치(ブラック·サンド·ビーチ), A⑤ 로스엔젤레스노 니세이 마츠리(ロサンゼルスの二世祭り: 로스엔젤레스의 2세축제), B① 몽키 크레이지(モンキー·クレイジー), B④ 바이올렛 스카이(ヴァイオレット·スカイ) 등에서 볼 수 있는 록적인 그루브와 대담한 사운드는 굉장히 멋져서 그저 놀랄 뿐이다.

런쳐스는《와카다이쇼若大将》시리즈가 시작될 즈음 프로듀서로부터 "영화에서 사용하고 싶으니 밴드를 만들어라"는 말을 듣고 동료 배우와 결성한 것이 시초다. 하지만 멤버들이 배우로서의 일이 바빴던 탓에 1964년에 사촌 동생 키타지마 오사무喜多嶋修를 중심으로 멤버를 일신한다.

런쳐스는 카야마의 백 밴드일 뿐만 아니라 독립적인 GS로서 1967년에 싱글 마후유노 카에리미치(真冬の帰り道: 한겨울의 돌아가는 길)로 데뷔도 했다.

참고로 카야마가 중학생 시절에 만들었다는 작곡 제1호인 록 넘버 B⑤ 요조라노 호시(夜空の星: 밤하늘의 별)는 한국 GS인 키보이스의 희야(1970년 발표한 키보이스 스테레오 앨범 Vol.3에 수록)라는 곡과 아주 비슷하다(키보이스가 표절한 사실은 나중에 내가 직접 멤버에게 확인했다).

이어서 카야마는 이 직후 바로 2nd 코이와 아카이 바라(恋は紅いバラ)를 발표했다. 전곡 가사가 영어로 된 2nd는 나중에 야마시타 타츠로山下達郎를 시작으로 하는 시티팝계 뮤지션에게 지대한 영향을 준 명반이다. 게다가 그 직후 하와이언으로 3rd 하와이노 큐지츠(ハワイの休日: 하와이의 휴일)도 릴리스, 경쾌한 오요메니 오이데(お嫁においで: 신부가 되어줘)도 히트 시켰다.

록 넘버도 I Feel So Fine〈4th 카야마 유조노 스베테 제2집(加山雄三のすべて 第二集: 카야마 유조의 전부 제2집)〉, Cool Cool Night〈6th 카야마 유조노 스베테 제3집(加山雄三のすべて 第二集: 카야마 유조의 전부 제3집)〉등, 그 후에도 많은 노래를 발표했다. 발라드 타입의 곡으로는 요조라오 아오이데(夜空を仰いで: 밤하늘을 바라보며)(1966), 우미 소노 아이(海 その愛: 바다 그 사랑)(1976), 코우신마루(光進丸: 광진호)(1978) 같은 대표곡이 즐비해 역시 타의 추종을 불허한다.

카야마는 '음악은 취미'라고 딱 잘라 말했지만 그것은 겸손이라고 할 수 밖에 없다. 명작의 높은 퀄리티와 수많이 쌓인 히트곡이 카야마 유조가 위대한 음악가임을 증명하고 있다.

카야마의 유명한 에피소드로는 '비틀즈Beatles가 방일했을 때 함께 스키야키를 먹었다'는 것이 있다. 엄중 경호체제 때문에 호텔에서 외출 할 수 없었던 비틀즈가 스키야키를 먹고 싶어 해서 카야마가 스키야키를 전해주러 호텔에 갔다. 그런데 호텔 직원으로부터 스키야키 가게 아들로 오해를 받아 직접 만드는 처지가 되었다는 이야기다.

스키야키를 만드는 카야마를 비틀즈가 매우 기뻐해 폴 매카트니Paul McCartney는 지금까지도 그 일을 기억하고 있을 정도다. 이 때 카야마는 하와이노 큐지츠의 LP를 폴에게 선물했다고 하는데, 으음, 역시 하와이안은 진부하다고 느껴진 걸까… ^^;

ROCK

테라우치 타케시 & 더 바니즈(寺内タケシとバニーズ)

렛츠고 운메이(レッツ・ゴー運命: Let's go 운명) Let's Go Classics

King 1967

'일렉의 신' 테라우치 타케시는 일렉 기타의 개척자 같은 존재다. 1939년 출생.

트레이드 마크 기타는 모즈라이트. 단 야마하에서 나온 테라우치 타케시 모델, 통칭 '블루 진즈 커스텀'도 역시 애용하고 있다. 본가는 전기상으로, 어머니가 샤미센(일본 고유의 음악에 사용하는, 세 개의 줄이 있는 현악기) 종가라는 가정환경으로부터 큰 영향을 받았다. 테라우치 타케시의 큰 특징인 액션에 의한 독특한 기타 피킹 스타일은 어머니의 샤미센에서 받은 영향이다.

소년기(5살 즈음)에 일렉 기타를 직접 만들었다며, "일렉 기타를 발명한 사람은 나다"라고 자부하고 있다. 테라우치 왈 "전화기에서 코드를 빼 마이크를 만들고, 그것을 클래식 기타에 달아 세계에서 처음으로 일렉 기타를 만들었다"라고. (실제는 그 이전, 1932년에 리켄배커사가 일렉 기타의 원형을 만들었다)

1962년 '테라우치 타케시와 블루 진즈 寺内タケシとブルージーンズ'를 결성. 처음에는 색소폰과 피아노도 있는 로커빌리 밴드였지만, 1964년에는 일렉 인스트루멘탈 밴드로 전신.

1965년, 앨범 렛츠고 에레키부시(レッツ・ゴー・エレキ節: Let's go 일렉 기타 가락)를 발표. 이 앨범의 츠가루 존가라부시(津軽じょんがら節)를 시작으로 한 일본 민요를 모조리 일렉으로 어레인지 해 화제가 됐다. 1978년에는 10장짜리 LP 니혼민요우 다이햣카(日本民謡大百科: 일본민요대백과)(100곡수록)라는 것도 릴리스했다.

테라우치 타케시라고 하면, 역시 존가라부시(じょんがら節)다. 민요가수인 미하시 미치야 三橋美智也의 샤미센과 음반을 냈으며, 현재도 가장 중요한 레퍼토리로, 계속 새롭게 진화하고 있는 곡.

이 1965년에 테라우치는, 미국 음악잡지 <뮤직 브레이커Music Breaker>에서 쳇 앳킨스 Chet Atkins, 레스 폴Les Paul과 함께 '세계 3대 일렉 기타리스트'로 선정되었다. 산타나Santana나 제프 벡Jeff Beck은 일본 공연 당시에, 사인을 받기 위해 일부러 테라우치를 찾아왔다고 한다.

'테라우치 타케시와 바니즈'는, 우연한 GS붐을 타고 1966년 결성된 테라우치가 만든 본격적인 보컬 그룹이다. 그룹명은 테레우치가 토끼띠였던 것에서 유래했다. 아쿠마노 베비(悪魔のベビー: 악마의 아이), 아이노 리멤바(愛のリメンバー: 사랑의 추억), 타이요우 야로우(太陽野郎: 태양의 자식) 등의 곡이 히트를 쳤다.

그리고 1967년, 바니즈는 유명한 클래식 곡을 일렉 인스트루멘탈로 어레인지 한 앨범 렛츠고 운메이(レッツ・ゴー運命: Let's go 운명)을 릴리스했다. 독일에서도 발매되었고 한국반 LP도 나왔다. 제9회 일본 레코드대상 편곡상 수상. 실은 GS의 LP 중에서 가장 많이 팔린 앨범이 이것이다. 테라우치에 의하면, '일렉=불량'라는 이미지를 뒤집어 엎기 위해 제작했다고 한다.

그 의욕이 엄청나서, 어떤 곡이라도 초~ 하이텐션이고, 훌륭한 명연주 모음이다. 특히 베토벤의 B⑥ 에리제노 타메니(エリーゼのために: 엘리제를 위하여, Für Elise)는 엄청나게 날뛰는 퍼즈 기타로 인해 원곡의 그림자도, 형태도 없을 정도다. 챠이코프스키의 A② 하쿠초우노 미즈우미(白鳥の湖: 백조의 호수, Swan Lake)나, 이바노비치의 A④ 도나우가와노 사자나미(ドナウ川のさざなみ: 다뉴브강의 잔물결, Valurile Dunări)의 주선율은, 무려 일본 전통악기인 샤쿠하치(尺八: 퉁소)로 불었다. 이곳에, 일본인의 록이라는 것에 대한 고집이 있다.

여담이지만, 딥 퍼플Deep Purple의 Highway Star에서 리치 블랙모어Ritchie Blackmore가 연주한 솔로는 A① 운메이(運命: 운명)의 카피라고, 제프 벡이 테라우치에게 말했다고한다. 어찌됐든, 종횡무진 계속해서 기타를 연주하는 이 뜨거운 에너지는 놀라움뿐이다.

그 후, 테라우치는 리더였음에도 불구하고 바니즈를 탈퇴해, 블루 진즈를 재결성. 그리고 현재에 도달한 것이다! 그러나 유감스럽지만 2021년 6월 테라우치는 타계했다.

블루 진즈의 음반은 꽤 많지만, 그중에도 프로그레시브 일렉 인스토루멘탈인 라쇼우몬(羅生門: 나생문)(1972)은 해외에서도 인기있는 명반. 나니와부시(浪花節: 샤미센 반주로 곡조를 붙여 부르는 일본 고유의 창)를 일렉으로 편곡한 나니와부시다요! 테라우치 타케시(浪花節だよ!寺内タケシ)(1972)는 내가 애청하는 음반이다.

타이거즈(タイガース, The Tigers)

세카이와 보쿠라오 맛테이루(世界はボクらを待っている: 세계는 우리를 기다리고 있다) The World is Waiting for Us

Nippon Grammophon, 1968

킹 오브 GS, 타이거즈. GS 붐이 한창 일때, 가장 인기가 높았던 그룹이다.

1965년, 교토에서 히토미 미노루瞳みのる(ds, 애칭: 피ピー), 키시베 오사미岸部修三(d, 애칭: 사리サリー), 모리모토 타로森本太郎(g, 애칭: 타로タロー), 카하시 카츠미加橋かつみ(g, 애칭: 톳포トッポ)로 4명이 벤쳐스Ventures 스타일 밴드 '사리와 플레이보이즈サリーとプレイボーイズ'를 결성. 그리고 1966년 보컬리스트로 사와다 켄지沢田研二(애칭: 줄리ジュリー)가 가입해, 밴드명을 '퍼니즈ファニーズ'로 고친다. 일본 록계의 수령(首領), 우치다 유야内田裕也의 눈에 띄어 상경. 작곡가인 스기야마 코우이치すぎやまこういち가 지어준 이름인 '타이거즈'로 명명.

1967년 3월 클래식컬한 팝 곡 A⑤ 보쿠노 마리(僕のマリー: 나의 마리)로 데뷔. 그리고 다음 싱글 B⑤ 시사이도 바운드(シーサイド・バウンド: Seaside Bound)가 5월에 발매되어 40만장을 넘는 히트를 기록. 여름에 어울리는 쾌활한 R&B 곡이지만, 이 곡의 가장 중요한 점은 멜로디가 오키나와 음계인 것이라고 작곡가 스기야마가 말했다. 타이거즈에 가창 지도를 했을 때, 멤버가 블루스 음계로 노래해 버리고 마는 것을 레슨으로 많이 고쳤다고. 또, 자신의 작품 중

에서도 가장 인상에 남아있는 곡이라고 언급했다.

1967년 11월에는, 대망의 1st On Stage가 릴리스. 무려 롤링 스톤즈Rolling Stones의 커버를 중심으로한 라이브 앨범으로 캐러지 밴드로서의 매력이 폭발하는 한 장.

1968년 1월 4번째 싱글 A① 키미다케니 아이오(君だけに愛を: 너에게만 사랑을)를 발표. 록 같은 곡으로 이것도 대 히트. 타이거즈의 대표곡 중 하나일 뿐만 아니라, GS 붐을 입증한 곡이기도 하다. 줄리가 후렴구에서 객석의 팬을 향하여, ♪ 너에게만~ 이라며 손가락으로 가리키는 포즈는 '황금의 검지손가락' 이라고 불려, 콘서트에서는 실신자가 속출했다.

3월 발매한 5번째 싱글 B⑥ 깅가노 로망스(銀河のロマンス: 은하의 로맨스)/ 하나노 쿠비가자리(花の首飾り: 꽃 목걸이)(A④ 하나노 쿠비가자리는 톳포의 첫 보컬곡)가 또 대 히트. 공식 130만장.

그리고 타이거즈 첫 주연 영화《세카이와 보쿠라오 맛테이루世界はボクらを待っている: 세계는 우리들을 기다리고 있다》가 공개 되었다. 이 앨범은 그 사운드트랙 앨범이며(곡 사이에 영화에 나오는 대사나 SE가 삽입되어 있다), 그때까지 릴리스되었던 싱글의 AB 양면 10곡을 중심으로 구성된 베스트 앨범이기도 하다.

유일한 신곡 B② 이에로 캣츠(イエロー·キャッツ: Yellow Cats)는, 피아노에 의한 '네코 훈잣타(ネコふんじゃった: 고양이 춤)' 인트로에서, 갑자기 1960년대 만의 비트가 잘 들리는 블루스 조의 리프(riff)로 시작하고 팝에 캐치한 후렴을 가진 곡. 퍼즈 기타 솔로가 멋진 록 넘버. 엔딩 '고양이 춤ネコふんじゃった'의 키가 인트로와 다르다는 것까지 무척 세심하다.

1968년 12월 타이거즈의 최고 걸작이라고 찬양받는 획기적인 콘셉트 앨범 휴먼 르네상스(ヒューマン·ルネッサンス)를 발표. 멤버가 직접 만든 오리지널 곡이 처음으로 수록되어있는 레코드다. 그러던 중 1969년 3월 톳포가 돌연 탈퇴. 후임으로 사리의 친동생 키시베 시로岸部シロー가 가입한다. 하지만 GS 붐이 급속히 침정(沈静)되어 가는 상황에는 거스르지 못하고 1971년에 타이거즈는 해산.

해산 후 줄리는 대스타. 톳포와 타로는 그대로 음악업계에서 활동. 사리와 시로 형제는 배우업으로 옮겨가 연예계에서 활동했다. 그러나 피는 연예계를 완전히 은퇴해, 고등학교 교사가 되었다.

1981년에 '타이거즈 동창회'로 피를 뺀 멤버로 재결합. 1982년 이로츠키노 온나데 이테쿠레요(色つきの女でいてくれよ: 색이 있는 여자로 있어줘)를 대히트 시킨다.

2013년, 피가 음악계로 복귀, 톳포와 피가 있는 오리지널 멤버로 4년 만에 재결성 콘서트 투어가 열렸다. 마지막 날인 12월 27일 도쿄돔 공연에서 투병 중인 시로가 휠체어에 앉아 게스트로 등장. 밴드 결성 이후 처음으로, 6명의 멤버가 같은 무대에 선 순간이었다.

2020년 8월 급성심부전으로 시로가 사망, 향년 71세

템프터스(テンプターズ, The Tempters)
The Tempters Fist Album

Philips, 1968

초인기 GS 그룹인 타이거즈의 라이벌, 템프터스. 타이거즈가 비틀즈라면 이쪽은 스톤즈. 귀공자 줄리(사와다 켄지 沢田研二)에 맞서는, 불량한 쇼켄(하기와라 켄이치 萩原健一)이다.

1966년, 사이타마현(埼玉県) 오미야시(大宮市)에서 기타리스트인 마츠자키 요시하루 松崎由治를 중심으로 세미 프로 밴드로 활동하고 있었던 템프터스. 거기에 어느날 갑자기 끼어들어 노래 부르게 된 쇼켄이, 그대로 보컬로 가입.

스파이더스의 기획사에 스카우트 되어, 1967년 10월 싱글 B⑥ 와스레에누 키미(忘れ得ぬ君: 잊을 수 없는 당신)로 데뷔. 지금까지의 GS에 없었던 이상한 분위기의 록 넘버. 리더 마츠자키의 작사, 작곡. 보컬도 그. 쇼켄은 하모니카와 코러스를 담당. B면의 글라스 루츠의 일본어 커버 A⑥ 쿄오 이키요(今日を生きよう: 오늘을 살아가자, Live for Today)는 쇼켄이 리드 보컬.

1968년 3월에 발매된 2번째 싱글 A① 카미사마 오네가이(神様お願い: 신님 부탁해요)도 마츠자키의 오리지널로, 이번에는 쇼켄이 불렀다. 이것이 대히트. 템프터스는 타이거즈와 어깨를 나란히 하는 인기 밴드가 되었다.

6월 1st 템프터스 퍼스트 앨범을 릴리스. 애니멀즈, 스톤즈, 재즈의 스탠더드 넘버 등을 어둡게, 독특한 해석으로 연주. 몽키스Monkees나 비 지즈Bee Gees의 곡까지도, 어딘가 상심이 가득한 템프터스 사운드로 완성되어 있는 것이 역시나.

B③ 이츠모 키미노 나(いつも君の名を: 언제까지나 너의 이름을, All Day I Call Your Name)는 오리엔탈의 분위기로 시타르(목 부분이 길고 동체가 작은 인도의 발현악기)가 계속 울리는, 사이키델릭한 곡. 영어 가사이므로 누군가의 커버라고 생각했지만 이것도 마츠자키의 작사, 작곡이었다. 이 앨범은 강력 추천하는 작품. 템프터스의 유일한 주연 영화《나미다노 아토니 호호에미오涙のあとに微笑みを: 눈물 후에 미소를》(1969)의 극 중에서 사용되었다(그 장면은 역시 사이키델릭한 느낌이었다).

그리고 3번째 싱글 에메랄드노 덴세츠(エメラルドの伝説: 에메랄드 전설)는 전대미문의 대히트가 된다. 보컬은 쇼켄, 작곡은 무라이 쿠니히코村井邦彦. 어마어마한 스트링스로 장식하며, 로맨틱하고 드라마틱한 악곡. 눈부시게 아름다운 톤을 가진 마츠자키의 불가사의한 음계의 기타 솔로도 주목되어 록과 가요가 융합한, 그야말로 GS라는 이미지의 곡.

다음 싱글 오카아상(おかあさん: 어머니)은, 잡지 <헤이본平凡>에서 모집한 가사에 마츠자키가 곡을 붙여, 보컬도 맡았다. 이것이 동요 록인가로 찬반양론이 있었지만, 히트 했다. B면의 히미츠노 아이코토바(秘密の合言葉: 비밀의 암호)도 마츠자키의 곡이지만 이쪽은 퍼즈가 작렬하는 개러지 비트로, 쇼켄이 리드 보컬이다.

12월에 발매된 4번째 싱글 준아이(純愛: 순애)도 히트. 원곡이 클래식 기타의 명곡 아랑훼스 쿄우소쿄쿠(アランフェス協奏曲: 아랑훼즈 협주곡, Concierto de Aranjuez)인 것은 누가 들어도 명백하다. 작곡은 무라이 쿠니히코. 드라마틱 한 펑크punk. 이것도 록과 클래식의 융합, 진정한 프로그레시브 록. 마츠자키의 미칠듯이 화려한 기타 솔로에 졸도한다. 쇼켄이 노래 중 액션으로 양팔을 겹쳐 'X' 포즈를 취하고 있다(X-japan보다 무려 25년이나 앞선 것!).

1969년 2월에 2nd 5-1=0 템프터스노 세카이(ザ·テンプターズの世界: 템프터스의 세계)를 발표. 전술한 히트 싱글 곡에 마츠자키의 오리지널 곡도 다수 수록되어 있어, 이것도 명반. 7월 당시의 열광을 맛볼 수 있는 라이브 앨범 온 스테이지(オン·ステージ)를 릴리스. 그러나 여름을 지날즈음 GS붐은 종언을 맞고 있었다.

템프터스의 라스트 앨범은 미국 멤피스에서 녹음해 1969년 12월 발매된 템프터스 인 멤피스(ザ·テンプターズ·イン·メンフィス)이다. 사실 쇼켄의 첫 솔로 앨범으로 기획됐었지만 결국 템프터스의 앨범으로 발매 된 것. 윌슨 피켓Wilson Pickett이나 에레사 프랭클린Aretha Franklin, 델라니 앤 보니Delaney & Bonnie 등의 백킹에서 알려진 '딕시 플라이어스Dixie Flyers' 와, 스택스Stax 사운드를 지탱한 혼 섹션 '멤피스 혼즈Memphis Horns'라는 멤버로 나쁠 수가 없는 최고의 일품. 그러나 이미 더이상 이것은, 템프터스가 아니다… 게다가 팔리지도 않았다… 1970년 템프터스 해산.

카나비츠(カーナビーツ, The Carnabeats)
The Carnabeats First Album

Philips, 1968

　1967년 2월, 드럼 & 보컬 아이 타카노アイ高野를 중심으로 결성. 시작은 '로빈훗'라는 이름이었으나 음악잡지 〈뮤직 라이프ミュージック・ライフ〉 편집장 호시카 루미코星加ルミ子에 의해, 영국 카나비 스트리트Carnaby Street를 줄여 카나비츠라는 이름으로 변경, 6월 싱글 B① 스키사 스키사 스키사(好きさ好きさ好きさ: 좋아해 좋아해 좋아해, I Love You)로 데뷔.

　영국 비트 밴드 좀비즈Zombies의 일본어 커버에서 아이가 정열적으로 노래하며 스틱을 내밀고는, ♪당신의 전부를~! 라고 절규. 이것이 여학생들을 사로잡아 갑작스러운 대 히트. 태풍 같은 GS 붐을 일으키는 계기 중 하나가 되었다. 참고로 이 곡의 본국인 영국에서는 히트하지 못했다. (미국에서는 1968년에 사이키 밴드 '피플!People!'이 커버해 대 히트 시켰다).

　커버곡은 어떻게 해도 원곡이 좋다는 것이 통상적이지만 이 곡에 관해서는 원곡보다 한결 브리티시 비트 밴드의 느낌이 난다. 정말로 '카나비츠'라는 이름에 어울리는 완성도. 그 이상으로 일본어로도 완벽히 바뀌어 있어 타이틀도 괜찮았다. 오리지널을 뛰어넘은 커버, 원곡을 능가했다는 평가다.

그 사실에 가장 놀란 사람은 다름 아닌 좀비즈의 멤버, 아이 러브 유의 작자인 크리스 화이트Chris White다. 영국에서는 히트하지 못해 사람들의 기억에조차 남아있지 않은 이 곡이, 어째서 1970년대 이후에도 계속 극동의 섬나라로부터 정기적인 인세가 들어오고 있는 걸까? 그는 궁금하지 않을 수 없었다. 1980년대에 일로 일본을 찾은 크리스는 아이 러브 유의 저작권관리회사를 공식 방문. 그 때 오랫동안 갖고 있던 의문에 대해 물어보고나서야 처음으로 일본어 커버 음반이 만들어져서 히트 했다는 사실을 알고, 자신이 만든 곡이 지금까지도 많은 일본인들에게 사랑받고 있다는 것에 놀랐으며 감동했다고 한다. 참고로 펄 시스터즈가 한국어로 커버한 버전도 있다.

갑자기 인기 밴드가 된 카나비츠는 이어진 싱글 A① 코이오 시요우요 제니(恋をしようよジェニー: 사랑을 하자 제니)에서도 달콤해 미칠 것 같은 아이의 노랫소리로 팬들의 마음을 움켜쥐며 히트. 3번째 싱글은 데이브 디, 도지, 베키, 믹 앤 티치Dave Dee, Dozy, Beaky, Mick & Tich(DDDBM & T)의 커버 곡 A③ 오케이!(オーケイ!)로, 또 히트. 4번째는 조금 노선을 바꿔, 스기야마 코우이치すぎやまこういち가 작곡한 발라드 A② 나카즈니이테네(泣かずにいてね: 울지 말고 있어) 거대한 오케스트라로 부드러운 코러스. 록이 아닌 것은 알지만 팝도 아니며, 가요곡도 아니다. 이건, 프로그레시브 록이다.

1980년 2월, 1st 카나비츠 퍼스트 앨범(カーナビーツ・ファースト・アルバム)을 릴리스. 앞에서 말한 히트 싱글 곡 이외에 무려 멤버가 직접 만든 오리지널 곡도 수록되어 있다. 하나는 A⑥ 스테키나 샌디(すてきなサンディ: 근사한 샌디)로, 보컬 & 탬버린의 우스이 케이키치臼井啓吉가 작사했고 아이가 작곡. 사이키델릭하고 개러지 록인 신비한 팝은 해외의 마니아에게도 인기있는 곡. 또 하나는 B④ 후키스사부 카제(吹きすさぶ風: 사납게 몰아치는 바람)으로 작사는 우스이, 작곡은 기타리스트인 코시카와 히로시越川弘志. 퍼즈 기타가 작렬하고, 발라드였다가 로커빌리가 되는, 곡조가 급전개되는 매우 특이한 곡. 라스트를 장식하는 애니멀즈의 커버곡 B⑥ When I was Young도 사이키델릭 개러지 록이다.

이 후, 당시 일본에서 인기절정이었던 영국 그룹 '더 워커 브라더스The Walker Brothers'의 게리 워커Gary Walker와 함께 레코딩한 코이노 아사야케(恋の朝焼け: 사랑의 아침노을, Cutie Morning Moon)를 릴리스. 카나비츠의 맹진격은 이어졌지만, 이 때부터 인기에 그림자가 보였다. 1969년 4월에는 우스이가 탈퇴. 대신 보컬에 폴 오카다ポール岡田가 가입해 재기를 노렸으나 GS의 쇠퇴를 이기지 못하고, 해산.

해산 후, 아이는 록 밴드화한 '골든 컵스ゴールデン・カップス'에 드러머로 가입. 1980년에는 '크리에이션クリエイション'에 보컬로 가입해 Lonely Hearts를 히트 시켰다. 1983년, '아이 타카노와 비하이브Beehive' 결성. 2006년 4월 급성심부전으로 사망. 향년 55세.

카나비츠는 큐트한 매력이 있는 록의 색이 강한 펑키(Funky)하고 와일드함이 넘치는 밴드였다. 그것이 지금까지도 해외의 개러지 록 마니아들에게 사랑받는 이유가 아닐까.

골든 컵스(ゴールデン·カップス, The Golden Cups)
The Golden Cups Album Vol.2

東芝音楽工業 Capitol, 1968

실력파 GS로, 뮤지션들로부터 주목을 받았던 밴드다. 데이브 히라오デイヴ平尾(vo), 에디 방エディ幡(g), 루이즈 루이스 카베ルイズルイス加部(b), 믹키 요시노ミッキー吉野(key), 케네스 이토ケネス伊藤(g), 마모루 마누マモル·マヌー(ds). 후기에는 아이 타카노アイ高野(ds)와 야나기 조지柳ジョージ(b)도 재적했다.

1967년, 가요 록 싱글 이토시노 지저벨(いとしのジザベル: 사랑스러운 지저벨)로 데뷔. 혼혈아 그룹으로 예명에 모두 가타카나가 섞여있지만 아버지가 프랑스계 미국인이라고 자칭했던 카베외, 멤버 중 혼혈은 없다. 데이브, 믹키, 마모루는 일본 토박이이며, 방은 중국인, 케네스는 일본계 미국인 2세이다.

그들은 기본, 스테이지에서는 서양음악을 능란한 기술로 즉흥적으로 어레인지해 연주하고, 레코드(특히 싱글)는 일로 받아들여 레코드 회사의 요구에 맞추었다. 일본어의 가요곡 같은 악곡은 TV방송 이외에서는 거의 연주하지 않았다.

두번째 싱글 긴이로노 글라스(銀色のグラス: 은색의 글라스)는 이러한 그들의 프러스트레이

션(frustration)이 폭발한, 정말로 레코드 회사와 밴드 사이의 알력이 만들어낸 기적의 가요 개러지 록이다. 어색하게 맞지 않는 인트로 부분은 '이것이 우리들이다'라고 하는 밴드의 의식 표명. 그 후에 전개되는 가요풍의 선율 뒤에서, 종횡무진으로 기타보다 음의 수가 많은 베이스에 맞춰 펑크punk하고 스피디한 연주가 울려 퍼진다.

1968년 3월 1st 더 골든 컵스 앨범(ザ·ゴールデン·カップス·アルバム)을 발표. 전술한 싱글곡 외에 아방가르드 사이키델릭으로 어레인지한 헤이 조(Hey Joe)를 앞세운 커버곡이나 하고 싶은 대로 블루스 세션 넘버 LSD 블루스(LSD ブルース)를 수록. 대충 날림으로 녹음한 것이 거꾸로 눈에 띄어, 개러지·사이키델릭의 색이 짙은 앨범이 되었고 해외에서도 인기가 높다.

그 후, 완전 가요곡 같은 3번째 싱글 A⑦ 나가이 카미노 쇼조(長い髪の少女: 긴머리 소녀)가 대히트해, 일약 인기 그룹의 대열에 합류. 이어진 소울풀한 팝 넘버 B① 아이스루 키미니(愛する君に: 사랑하는 너에게) 역시 또 히트.

9월 그런 대히트곡을 수록한 더 골든 컵스 앨범 제2집(ザ·ゴールデン·カップス·アルバム第2集)을 발표. 바늘을 떨어트리면, 아메리칸 스쿨 여학생들의 찢어질듯한 함성에 둘러쌓였던, 스튜디오 라이브로 수록한 A① 샷건(Shotgun)이 시작한다. 모타운Motown의 대표적인 그룹, 주니어 워커 & 더 올 스타즈Jr. Walker & the All Stars의 커버다. 도중 솔로가 있어 멤버도 소개. 좋은 분위기의 오프닝이다. 다른 커버 곡도, 역시 실력파로 어떤 것이든지 깊은 청취가 있고, 훌륭한 작품이다. 반대로 히트곡 A⑦가 당치않게 흐릿하다.

1969년에는 일본 블루스 록 앨범으로 명반으로 명성이 높은 3rd 블루스 메세지/앨범 제3집(ブルース·メッセージ/アルバム第3集), 요코하마의 클럽 '젠'에서 녹음한 라이브 앨범 슈퍼 라이브 세션(スーパー·ライヴ·セッション)과 시부야공회당의 리사이틀 풍경을 수록한 더 골든 컵스 리사이틀(ザ·ゴールデン·カップス·リサイタル)을 릴리스.

1970년에는 완전히 록 밴드가 되어, 혼신의 앨범 더 피프스 제너레이션(ザ·フィフス·ジェネレーション)을 발표. 하지만 라이브!! 더 골든 컵스(ライヴ!! ザ·ゴールデン·カップス)를 릴리스한 후, 1972년 1월 1일, 오키나와의 디스코클럽에서 열린 최종 공연일, 마지막 곡의 연주 중에 공연장안에서 화재가 발생, 밴드는 대부분의 기재를 소실. 몹시 초췌해진 멤버는, 그대로 해산해 버리고 말았다.

1970년대 이후, 믹키는 '고다이고ゴダイゴ'로 대성공. 카베도 '핑크 클라우드Pink Cloud'로 활약했다. 방는 솔로 음악활동과 병행해, 본가인 요코하마 중국인 거리의 가게, 코쇼우의 주인이었지만 2006년에 폐점.

1997년 하와이로 이주했던 케네스가 사망했다. 향년 51세. 그것을 계기로 2002년 12월 본격적인 밴드 재결합과 전기 영화《원 모어 타임ワンモアタイム》의 제작이 스타트. 영화는 2004년 11월에 공개되어 대단히 화제가 됐다. 2008년 11월 식도암투병 중에 심부전으로 데이브가 사망. 2020년 9월 마모루와 카베가 잇따라 세상을 떠났다. 후기 멤버였던 아이와 야나기도 이미 귀적(鬼籍)에 들었다.

옥스(オックス, Ox)

Ox First Album(옥스 퍼스트 앨범オックス·ファースト·アルバム)

Victor, 1968

옥스는 1968년에 데뷔한, GS 붐 말기를 장식하는 최후의 초인기 GS이다.

"그룹 사운즈(GS)란 도대체 무엇입니까?' 라고 물어보면 나는 망설이지않고 "옥스입니다"라고 대답한다. 인기, 실력은 물론이고 GS가 가진, 키치함, 팝, 파워풀, 정열적인 불가사의한 매력까지 모든 것을 구현하고 있는 밴드가, 나는 옥스라고 생각하기 때문이다. 좋은 의미도 나쁜 의미도 포함해서 전부.

록 음악에 대한 동경, 무지, 오해, 레코드 회사의 알력다툼, 폭발적인 젊음의 기와 에너지, 마치 소녀 만화에 나오는 왕자님 같은 의상, 힘있는 록부터 엔카(演歌; 일본 트로트), 동요까지 아우르는 지조 없는 레파토리. 게다가 흔히 말해지는 '실신 붐'을 일으켜, 사회 현상으로까지 번지게 된 것(이 사건이 GS붐의 종말의 원인 중 하나였다)과 키보드인 아카마츠 아이赤松愛의 돌연 탈퇴 사건 등, 화제성도 빠지지 않았다.

1967년 베이시스트 후쿠이 토시오福井利男를 리더로 오사카에서 결성된 옥스는, 상경한 뒤 1968년 5월에 싱글 가루프렌도(ガールフレンド: 걸 프렌드)로 데뷔한다.

이미 그 때부터, 무대 위에서 방심 상태가 되어 쓰러져 버린 보컬 노구치 히데토^{野口ヒデト}, 오르간에서 날라올라 굴러 떨어져 기절한 아카마츠 아이, 두 사람이 촉발 시킨 것처럼 연쇄적으로 쓰러져 가는 남은 멤버, 라는 라이브 퍼포먼스를 선보였다. 이 전대미문의 스테이지에 팬은 열광. 순식간에 옥스는 여학생들 사이에서 화제가 되어 '실신 밴드' 로 그 이름을 널리 알리게 되었다. 옥스는 타이거즈, 템프터스와 함께, 삼대 인기 아이돌 GS로 스타의 자리에 등극했다.

멤버의 실신은 어디까지나 무대 퍼포먼스 기술이었지만, 공연장에서는 진짜로 실신해 버리는 팬이 계속해서 나타났다. 나중에는, 노래를 부르기 전 인트로에서 30인 이상이 잇따라 실신, 그 절반이 병원에 실려가는 등과 같은 사태까지 발전해, 사회 문제화. 학교에서 옥스 공연에 가는 것을 금지하거나, PTA의 항의 활동도 있어, 공연을 할 수 없게 되버린 적도 있다.

그 와중에 1st 옥스 퍼스트 앨범이 발매되었다. 프로그레시브 록인 GS의 데뷔 곡 A① 가루프렌도, 경쾌한 R&B 넘버인 두번 째 싱글 B① 단싱구 세븐틴(ダンシングセブンティーン: 댄싱 세븐틴), 박력이 넘치는 롤링 스톤즈 커버곡 A⑥ 요루오 붓토바세(夜をぶっとばせ: 밤을 날려버려라, Let's Spend the Night Together), 그리고 그들의 오리지널 곡도 4곡이나 수록된 의욕작이다. 오리지널 곡 중에서도 특히 B③ 오 비바(オー·ビーバー작곡: 후쿠이 토시오福井利男)는 이미 스테이지나 TV에서 몇번이나 피로된 인기곡으로 실신곡으로도 유명했다. 이 오 비바가 다음 싱글 후보였지만 실신곡 연주 금지명령이 발표되어, 실현되지 못했다.

때문에 3번째 싱글은 완전히 바뀌어, 가요곡 노선의 악곡 스완노 나미다(スワンの涙: 백조의 눈물). 이것도 대히트. 그 B면의 옥스 크라이(オックス·クライ)가, 또 훌륭하다. 자신들의 밴드명을 계속 외치는, 팬이 달아오르지 않을 수 없는 열광적인 넘버. 혼 섹션이 작렬하는 사이비록. 이 후 콘서트의 오프닝 곡이 되었다.

1963년 그런 옥스의 광란의 무대를 간접 체험할 수 있는 라이브 앨범 텔 미/옥스 온 스테이지(テル·ミー/オックス·オン·ステージ NO.1)가 릴리스되어, 실신 소동도 없었던 것처럼 팬은 열광했다.

하지만 인기가 절정에 닿을 무렵, 1969년 5월 아카마츠 아이가 돌연 실종. '존 레논^{John Lennon}의 제자가 될거야' 라고 말하고 런던으로. 후임 건반 주자로 나츠 유스케^{夏夕介}가 가입했지만, 급속한 GS 붐이 쇠퇴하는 시대의 흐름을 거스르지 못하고 1971년 옥스는 해산.

리드 보컬 노구치 히데토는 1975년 이후 마키 히데토^{真木ひでと}로 개명, 엔카 가수로 지금도 정력적인 활동을 하고 있다. 나츠 유스케는 그 후 인기 배우가 되어 TV/영화에서 활약했지만 2010년 위암으로 사망했다(향년59세). 리더 후쿠이와 기타 오카다 시로^{岡田志郎}는 1970년대에 '로즈마리^{ローズマリー}'를, 드럼 이와타 유지^{岩田裕二}는 '하리마오^{ハリマオ}'를 결성해 활동했다.

잭스(ジャックス, Jacks)
잭스노 세카이(ジャックスの世界: Jacks의 세계) Vacant World

東芝音楽工業, 1968

　　잭스는 1960년대 후반에 활동했던 전설적인 록 밴드다. 당시는 GS의 하나로 소개되었
지만 그 용모(긴머리에 검은색 선글라스)로 보나, 사이키델릭하면서 아방가르드적인 음악성과 통
곡하는 것처럼 감정을 던지는 가창법으로 보나, 잭스는 모든 것에서 유례를 볼 수 없는 특이
한 존재였다.
　　1968년 레코드 데뷔. 그러나 다음해 해산. 짧은 활동 기간, 그다지 팔리지 않았던 탓에,
아는 사람만 알고 있는 밴드였다. 실제, 리더 하야카와 요시오 早川義夫는 해산의 원인에 대해
서 "가장 큰 이유는 팔리지 않았던 것. 만약 조금이라도 팔렸다면 해산하지 않았을 것이다"라
고 말했다.
　　하지만 그 후, 소문이 점점 커져, "옛날, 잭스라고 하는 굉장한 밴드가 있었다"라는 이야
기가 일본 언더그라운드의 젊은 사람들 사이에 스며들었다. 1980년대에는 메이저, 마이너를
떠나 여러 밴드가 잭스의 곡을 커버하기 시작했다. 절판되어 있던 각종 레코드는 고가로 거
래되어 시간이 흐를 수록 잭스는 전설적인 밴드가 되어 각광받게 되었다.

또 하야카와가 잭스의 해산 후 1994년에 복귀할 때까지 23년간, 음악활동을 멈추고 은거생활을 하고 있었던 것(책방을 경영하고 있었다)도, 잭스 전설에 박차를 가했다.

확실이 이 음악을 들으면, 누구든지, 잭스가 전설로 구전되어 온 이유를 알 수 있을 터다.

오프닝 A① 마리안느(マリアンヌ)가 시작하는 순간, 스피커에서 지금까지 들어본 적 없는 이형의 록 사운드가 흘러나온다. 갑자기 드럼 롤에서 시작하는 이 곡은 프리 재즈를 백으로 일본풍 사이키델릭이 폭발하며, 전 세계 어디에도 없었던 음악이다. 퍼즈도 대활약.

다음 A② 토케이 오토메테(時計を止めて: 시계를 멈추고)는 일전하여, 조용하게 달달하게 흘러가는 나이브한 감성. 기타리스트 미즈하시 하루오 水橋春夫(1942~2018)가 만든 더없는 명곡이다.

그리고 데뷔곡 A③ 카랏포노 세카이(からっぽの世界: 공허한 세계). 출렁거리는 기타 사운드에 환상적인 플룻, 땅을 기어가는 것 같은 우드 베이스, 정염의 영혼 같은 하야카와 요시오의 보컬. 연주가 시작된 순간, 여기가 아닌 어딘가, 전혀 다른 별세계에 우리를 초대한다. ♪ 조용하네~ 바다의 밑바닥~ 이라는 가사의 말대로 바다 깊은 곳에 있는 것 같다. 이 곡은 부르기 시작하는 부분에 '오시(おし: 벙어리)'라는 단어가 있기 때문에 방송 금지가 되어 1986년에 라디오 방송국에서 스튜디오 라이브 버젼 EP 앨범이 자체 제작 음반으로 발매 되기까지 정식으로 재발매 되는 일은 없었다.

1969년, 2nd 잭스노 키세키(ジャックスの軌跡: 잭스의 기적)를 발표했지만 앨범 제작 중 리더 하야카와의 해산선언. 레코드가 나왔을 때 밴드는 이미 존재하지 않았다. 2nd 앨범에는 하야카와가 참가하지 않은 곡도 있지만 다텐시 록(堕天使ロック: 타천사 록) 롤 오버 유라노스케(ロール・オーバー・ゆらの助) 등, 이곳에도 잭스를 대표하는 중요한 넘버가 수록되어 있으므로 필히 들어야 한다.

1985년, 베스트 앨범 레전드(Legend)가 발매 된다. 카랏포노 세카이는 미수록이지만 손에 넣기가 어려운 밴드의 앨범으로 화제가 되었다. 게다가 그 후 1986년 라디오 방송용으로 녹음한 음원을 수록한 LP 에코 인 라디오(Echoes in the Radio), 영화 《하라카시 온나 腹貸し女: 배를 빌려준 여자》(감독: 와카마츠 코지 若松孝二, 1968)의 사운드트랙 음원을 모은 LP Remainds와 Realization 등의 미발표 음원집이 시판되었다. 1989년, 기발표 음원과 미발표 라이브를 수록한 7장의 CD Box세트 JACK CD BOX가 릴리스. 2008년 영화 《하라카시 온나》의 OST CD가 발매되었다.

언급한 전체 음원이 복각 발매되어 있음에도 불구하고 잭스에는 컬렉터를 울리는 1장이 있다. 1968년 7월 24일에 일불(日仏)회관에서 열린 '제2회 잭스 쇼(ジャックスショウ)'를 수록한 팬클럽에서 자체 제작반 LP Live 68'7'24(1972)는 지금까지도 정식 재발매가 없어, 레어 아이템 중 하나로 유명하다. (2021년8월 무사히 CD화 되었음!)

V.A.

Hair- The Original Japanese Cast Recording(일본 오리지널 캐스트 판)

RCA, 1969

　현재 록 뮤지컬이라는 것은 이미 일반적인 존재가 되었지만, 그 최초의 작품은 1967년
에 처음으로 상영된 《헤어ヘアー》이다. 1967년 뉴욕의 파브리크 시어터에서 상연되어, 1968
년에 브로드웨이에 진출. 그 후 몇 년간이나 롱런했다.

　강한 반전(反戰) 메세지와 젊은 사람의 히피 문화를 리얼로 전한 작품으로, 록과 뮤지컬
의 융합이라는 참신함과 궤도를 벗어난 젊은이들 사이에서 알려진 극 내용이 좋은 평가를 받
아, 베트남 전쟁에 대한 반전의 공기도 더불어, 세계 각국에서 상연되었다.

　물론 일본도 예외는 아니었다. 1969년에 타이거즈를 탈퇴한 카하시 카츠미加橋かつみ가,
각계의 저명인사가 모이는 살롱 같은 역할을 한 이탈리안 레스토랑 '키안티キャンティ'(아자부
시麻布에 지금도 존재한다)의 창업자이며, 당시 일본예능문화의 패트론 같은 존재였던 카와조
에 히로시川添浩史와 함께 《헤어》를 일본에 소개. 일본인 캐스팅으로 공연을 실현했다. 초연은
1969년 12월, 시부야 토요코극장東横劇場. 도쿄 공연에는 11만명을 동원했다.

　프로듀스는 카와조에 히로시의 아들인 카와조에 쇼로川添象郎. 카하시는 일본어로 직접

번역을 하면서 주역인 크로드역을 맡았다. 또 독일에서 버거역을 연기하고있던 일본인 배우 데라다 미노루寺田稔를 동일한 역으로 초빙했고, 다른 캐스트는 오디션을 진행했다. 결과적으로 출연자는 뮤지션이 많았다. 아카사카 무겐에 출연하고 있던 소울soul 밴드 '하우스 로커즈The House Rockers'의 흑인 리드 싱어 쳇 포춘Chet Fortune, 전 카나비츠의 폴 오카다ポール岡田, 전 핑거즈フィンガース의 클로드 세리자와クロード芹沢와 시유첸シー・ユー・チェン, 전 플로랄フローラル의 코사카 추小坂忠, 이후 가로ガロ를 결성한 호리우치 마모루堀内護와 오오노 마스미大野真澄, 펄 아웃ファーアウト 미야시타 후미오宮下文夫…

나중에 탤런트 & 에세이스트로서 활약한 안도 카즈安藤和津도 출연했다. A① 아쿠아리우스(Aquarius)를 부르는 장면에서는 배우가 전라가 되는 것이 화제가 된 탓에 공개 중 어머니가 맨 앞열에서 벗을지 어떨지 지켜보고 있었다고. 어느날 어머니가 감기를 걸려 오시지 못한 날에, 지금이라는 듯이 벗었다라는 이야기가 있다.

미디어의 주목도도 높았지만, 도쿄 공연종료 후 열린 파티에서, 주최자가 대마 불법소지로 체포된 사건이 일어난다. 그 때문에 예정되어 있었던 오사카 공연은 중지가 되었다. 어쩐지 끝맛이 나쁜 결말이 되어버렸지만 2010년에 <HAIR 1969 ～ 카가야키노 슌칸輝きの瞬間: 빛나는 순간>이라는 책을 출판한 폴 오카다는 "《헤어》라는 나의 모교는, 리허설을 포함해 약 4개월로 갑자기 폐교되어 버렸지만, 나에게 '반골정신~ 록 스피릿Rock Spirit'을 가르쳐 주었다"고 말했다.

이 앨범은 그런 일본판 캐스트로된 오리지널 사운드트랙 앨범이다. 연주는 재즈 드러머인 이시카와 아키라石川晶가 밴드 리더가 되어, 전 플로랄의 야나기다 히로柳田ヒロ(key), 전 아웃 캐스트アウト・キャスト 미즈타니 키미오水谷公生(g), 재즈 기타리스트 스키모토 키요시杉本喜代志라는 강자뿐. 더 할 수 없이 사이키델릭하며 그루브한 사운드를 들을 수 있다. 특히 A⑤ 데드 엔드(Dead End)는 미국의 래퍼 나스Nas의 데뷔작 하프 타임(Half Time)(1992)으로, 라지 프로세서Large Professor의 샘플링이 베이스가 될 정도. 참고로, 이 아날로그 LP는 일본 국내용과 미국 판매용 앨범으로 두 종류가 존재한다.

《헤어》는 1979년에 영화화되어, 그 다음해 1980년, 일본판이 재상영되었다. 출연은 고다이고의 작사를 담당하고 있던 나라하시 요코奈良橋陽子, 음악감독은 고다이고의 타케카와 유키히데タケカワユキヒデ. 아이돌 가수인 아라카와 츠토무荒川務가 주역인 그로드 역을 맡아, 아라카와가 뮤지컬 배우로 전향하는 계기가 되었다. 바가 역에 발탁되었던 토키토우 사부로時任三郎는 이 무대가 배우로서 데뷔작이었다.

이 때도, 일본판 캐스트에 의한 사운드트랙 앨범 뮤지컬 헤어 오리지널 캐미스트 앨범(ミュージカル・ヘアー・オリジナル・キャスト・アルバム)(1980년 Columbia YX-5025-AX)이 제작되었다. 연주는 전 펄 아웃인 이시카와 케이주石川恵樹(b)가 결성한 '크로니클クロニクル'이 모체가 되어 태어난 밴드 '탤리즈먼Talizman'으로, 우주적인 느낌인 한편 그루브한 사이키델릭의 사운드다.

플라워 트래블린 밴드(フラワー·トラベリン·バンド, Flower Travellin'
Band)
Satori

해외의 사이키델릭 및 하드 록 팬으로부터 재패니즈 록 No.1의 평가를 얻고 있는 역사
적 명반. 영국 뮤지션인 줄리안 코프Julian Cope도 일본 록 명반 1위로 걸고 있다.

1969년에 제니스 조플린Janis Joplin의 커버 등을 수록한 의욕적인 하드 사이키델릭 앨범
챌린지!(Challenge!)를 발표한 GS '우치다 유야内田裕也와 더 플라워즈ザ·フラワーズ'가 발전해 멤
버 체인지. 전 4.9.1의 조 야마나카ジョー山中(vo), 전 비버즈ビーバーズ의 이시마 히데키石間秀樹
(g), 전 텍스맨タックスマン의 코즈키 준上月ジュン(b), 그리고 플라워즈フラワーズ의 와다 조지和田ジ
ョージ(ds)까지 4인조로, 1970년 2월에 '플라워 트래블린 밴드Flower Travellin' Band'로 개명. 우
치다 유야는 뒤로 빠져, 프로듀서로서 전념.

같은 해 1st 앨범 애니웨어(Anywhere)를 발표. 1st는 Challenge!의 연장선 같은(어느 쪽도
멤버의 올 누드 재킷), 애니멀즈Animals의 The House of the Rising Sun나, 킹 크림슨King Crim-
son의 21th Century Schizoid Man 등의 커버를 수록한 헤비 록 앨범으로 당시에는 습작의
수준을 벗어나지 못했다.

그러나, 이어진 2nd Satori(1971)에서 그들의 실력은 완전히 개화한다. Satori는 그 타이틀 대로 '사토리(悟り: 깨달음)'를 테마로 한 토탈 콘셉트 앨범이다.

밴드결성자(지만 프로듀서가 된) 우치다 유야의 아이디어로 영어로 부르기와 동양적인 음계를 모티브로 해 매우 개성적인 오리엔탈 하드 록을 전개. '일곱개의 음색을 연주하는 기타리스트'라고 불리는 이시마의 연주, 인도 음악의 라가(전통적인 멜로디·리듬·장식음을 지니는 인도 음악의 선율) 방법을 방불케하는 유일무이의 기타 사운드가 작렬하고, 거기에 조의 높은 샤우트 보컬이 휘감긴다. 절품!

플라워 트래블린 밴드는 1970년에 개최된 오사카 만국박람회 출연 중에 캐나다의 브라스 록brass rock 밴드 '라이트하우스Lighthouse'와 사이가 좋아져, 그들에게 초대를 받아서 캐나다로 건너가 해외에서의 활동을 개시한다. 아메리카의 아틀란틱 레코드와 계약해, 이 Satori를 아메리카와 캐나다, 일본에서 릴리스. A② Satori Pt.2는 싱글로 발매되어 캐나다에서 엄청난 히트를 기록했다.

서양인은 '조는 흑인, 이시마는 중국인, 와다는 인디언, 준은 필리핀인'으로 봤다고 하는데, 언뜻 보면 다국적 밴드가 동양풍의 독특한 무국적 하드 사이키델릭 음악을 연주하고 있으니, 해외에서의 인기도 납득이 간다. 2017년에 숀 레논Sean Lennon이 커버 '더 클레이블 레논 델리리움The Claypool Lennon Delirium EP 라임 & 림피드 그린(Lime & Limpid Green)'.

단 그들이 캐나다에 건너갔던 초기에는, 프로모터에 속아서 극빈 생활을 보냈다. 구원의 손을 내밀어 준 것은 라이트하우스Lighthouse의 리더 폴 호퍼트Paul Hoffert(key). 그가 프로듀스해 3rd 메이드 인 재팬(Made in Japan)(1972)를 제작. 카미카제(Kamikaze), 히로시마(Hiroshi-ma) 같은 그들을 대표하는 곡을 수록. 히로시마(Hiroshima)는, 이시마가 중학생때 본 영화 《원폭의 아이原爆の子》(감독: 신도 카네토新藤兼人, 1952)의 충격을 떠올려 작곡한 곡. 원폭투하 직후의 참상을 그린 헤비 록.

1972년에 귀국했지만 당시 일본은 포크 송의 전성기로 해외진출이라는 위업을 달성했음에도 불구하고 세간의 반응은 그냥저냥. 1973년에 방일 예정이었던 롤링 스톤즈Rolling Stones의 오프닝 공연에 발탁되어 있었지만 스톤즈의 방일자체가 중지되며 그 이야기도 없었던 것으로. 결국 2장짜리의 라스트 앨범 메이크 업(Make Up)(1973)을 발표하고 해산. Make Up은 라이브와 스튜디오 녹음 곡이 섞여있는 구성이다.

이시마는 그 후 록 밴드 '트랜잠Tranzam'을 결성(1974)했다가, 하기와라 켄이치萩原健一의 '돈주앙(Donjuan) R&R Band'(1980), 사와다 켄지沢田研二의 밴드 '코코로CO-CoLO'(1986) 등에 참가. 1995년즈음 인도로 건너가, 1998년 시타르 연주의 제1인자 판디트 매니랄 나그Pandit Ma-nilal Nag와 만나, 그에게 사사. 그 후 시타르와 기타를 융합시킨 오리지널 악기 시타라sitarla를 개발해, 시타라를 이용한 본격적 음악활동을 시작한다.

2008년에는 오리지널 넘버로 플라워 트래블린 밴드의 재활동도 개시. 안타깝게 2001년 보컬인 조 야마나카가 암으로 사망했지만, 밴드는 현재도 계속되고 있다.

피그(PYG)
PYG! Original First Album

Polydor, 1971

1970년대에 들어서며, 타이거즈, 템프터스, 스파이더스라는 대인기의 GS가 해산하고, 그 속에서 태어난 슈퍼 그룹이 'PYG'이다. 1971년 결성. 타이거즈에서 사와다 켄지沢田研二 (vo)와 키시베 오사미岸部修三(b)(현재 예명은 키시베 잇토쿠岸部一徳). 템프터스에서 하기와라 켄이치萩原健一(vo)와 오오구치 히로시大口広司(ds). 스파이더스에서 오오노 카츠오大野克夫(organ)와 이노우에 타카유키井上堯之(g)로 포진.

어쨌든 GS시대의 2대 아이돌였던 줄리(사와다 켄지)와 쇼켄(하기와라 켄이치)의 트윈 보컬로, 그 외 멤버도 굴지의 실력파인 강자 집합. 이 멤버로 나쁠 수가 없다. 곡은 무엇하나 빠질 것 없이 질 좋은 명곡뿐. 그들은 프로 음악가로서, 보다 록적으로 본격적인 음악을 목표했다.

그러나 그 당시, 무슨 일인지 그들은 일본의 록 팬들에게 받아들여지지 않았다. 당시의 풍조는 '록=반체제'이며 GS의 잔당은 체제 측에 있는 상업주의의 상징으로 여겨져, 맹렬한 비판을 받았다. 스테이지에 빈 깡통이나 토마토를 던지며, '꺼져'를 외치는 야유가. 게다가 줄리의 팬과 쇼켄의 팬들이 적대하며, 라이브 공연장에서 상대방에게 험한 행동을 하기도 했다는 일도 있었다고.

현재 피그는 그 음악성과 악곡의 높은 퀄리티가 재평가 되어, 일본 록 역사에 찬란하게 빛나는 위대한 밴드로, 그 이름을 날리고 있다. 이노우에는 생전 말했다. 피그는 결코 줄리나 쇼켄의 백 밴드가 아니라고. 진정한 의미로 하나의 밴드였다고 한다.

인상적인 기타 리프로 시작되는 B⑤ 나우 더 타임 퍼 러브(Now the Time for Love)는, 정말로 밴드가 하나가 되어 태어난 사운드임에 틀림없다. 멋있는 한 마디임에 틀림없다! 1960년대에서 1970년으로 옮겨가는, 그런 시기의 록의 아름다운 정신이 가득 담긴 그루브한 곡. 더구다나 앨범에서는 영어 가사지만, 같은 곡의 싱글 지유니 아루이테 아이시테(自由に歩いて愛して: 자유롭게 걸으며 사랑하고)는 일본어로 불려지고 있다.

오프닝 A① 모도레나이 미치(戻れない道: 돌아갈 수 없는 길)부터 단숨에 쏜살같이 날아간다. 벌써 마구 날뛰는 록. 계속되는 질주. 애시드 테이스트가 넘치는 사이키델릭한 A④ 선데이 드라이버(Sunday Driver)나 대곡 A⑤ 야스라기오 모토메테(やすらぎを求めて: 평온을 바라며)의 헤비 록 발라드에는 주저앉아 버린다. 데뷔 싱글에도 있었던 B① 하나·타이요우·아메(花·太陽·雨: 꽃·태양·비)도 혼신의 대명곡이다.

앨범 전체에서 노래는 물론, 기타도 오르간도 대단하지만 특히 베이스가 빼어나다. 지금은 명배우로 이름 높은 키시베지만 실은 엄청난 실력의 베이스트트였다. 키시베의 베이스에 대해서는 다음의 일화가 있다. 레드 제플린Led Zeppelin의 존 폴 존스John Paul Jones가 방일공연 때 텔레비전에서 봤던 키시베의 연주에 몹시 놀랐다는 이야기.

"처음 일본에 왔을 때, 피그라는 일본 밴드를 텔레비전에서 보았다. 우리들의 베이베 아임 거너 리브 유(Babe I'm Gonna Leave You)를 연주하고 있었다. 베이시스트는 말도 못할 정도로 굉장한 실력자였어. 나 보다도 좋은거 아닐까 생각했을 정도였다. 만나고 싶었지만 결국 만나지 못했다"

피그는 그 후 1971년에 덴엔콜로세움田園コロシアム에서의 라이브 앨범(2組) LP 프리 위드 PYG(Free with PYG)를 릴리스. 앞서 말한 레드 제플린의 Babe I'm Gonna Leave You, 딥 퍼플Deep Purple의 블랙 나이트(Black Night)나 스피드 킹(Speed King), 롤링 스톤즈Rolling Stones의 심퍼시 퍼 더 데빌(Sympathy for the Devil) 등을 커버한 뜨거운 연주가 수록되어 있다.

그러나 그 후, 쇼켄의 배우업이 바빠지면서 밴드로 참가하는것이 어려워 져, 피그는 서서히 줄리의 백 밴드 같은 이미지로. 결국 '사와다 켄지와 이노우에 타카유키 밴드'라는 모습으로 바꿔, 자연소멸해 버렸다.

이 앨범은 몇 번이나 CD화 되어 입수하기 쉽다. 참고로, 아날로그 LP의 초회 앨범은 돼지 코를 누르면 '부-'하고 우는 소리가 나오는 장치가 있는 변형사양 재킷이었다.

러브 리브 라이프 + 원(Love Live Life + One)
Love Will Make a Better You

King, 1971

해외의 프로그레시브 & 아방가르드·사이키델릭 매니아 안에서 인기가 높은 앨범. 영국 뮤지션인 줄리안 코프Julian Cope가 선택한 일본 록 명반 제6위.

'러브 리브 라이프Love Live Life'는, 색소폰 연주자 이치하라 코스케市原宏祐가 중심이 되어, 플루트 연주자 요코타 토시아키横田年昭와 결성한 슈퍼 세션 그룹. 이것은 그 1st 앨범. 전 플로랄フローラル의 야나기다 히로柳田ヒロ(key), 전 해프닝스 포ハプニングスフォー의 치토 카와우치チト河内(ds), 거기에 전 아웃 캐스트アウトキャスト의 미즈타니 키미오水谷公生(g), 재즈 기타리스트 나오이 타카오直居隆雄라고 하는, 쟁쟁한 멤버가 얼굴을 내밀고 있다.

더욱이, 이 앨범은 스페셜 게스트 보컬리스트가 참가. '+ One' 라는 것은, 키리노 마슈코 (霧の摩周湖: 안개의 마슈호)(1966) 등의 히트를 친 당대 인기가수 후세 아키라布施明다. 그렇지만 여기서는 가요곡 가수로서의 후세는 볼 수 없다. 중얼중얼 웅얼거리고 있다고 생각하면, 갑자기 샤우트! 일부러 탁성으로 불렀다가, 흐느끼며 부른다. 나아가서는 목소리에 이펙트가 들어가는 일도. 록의 혼이 작렬, 하고싶은 대로 자유로운 보컬이다. 아니, 후세 팬이 듣는다면 놀라 주저 앉을지도.

　A면은 A① 더 퀘스쳔 마크(The Question Mark) 단 1곡뿐. 후세의 영어 나레이션으로 유도되며, 처음은 프리 재즈. 조용히, 앱스트랙트abstract하게, 논이디오매틱non-idiomatic으로…. 그것이 서서히 트랜스 상태로 들어가게하며, 아방가르드한 쿨 재즈 록에서 사이키델릭으로. 퍼즈 기타가 작렬한다.

　타이틀곡 B② Love will Make a Better You는, 확실히 말해 슬라이 & 더 패밀리 스톤 Sly & the Family Stone의 I Want to Make You Higher의 아류지만 코러스 합창부터 펑키하고 스피디한 록이 질주하는 쾌심작으로, 만족스럽다.

　프로그레시브이며 재즈 록의 대작인 B③ Shadows of the Wind는, 본 앨범의 하이라이트라고 말할 수 있을지도. 심포닉, 아방가르드한 연주를 백으로, 낭랑한 후세의 보컬이 우아하게 진행된다고 생각하면 후반, 미친것 같은 기타 vs 색소폰의 배틀이 전개된다.

　참나, 재즈와 록의 신예 뮤지션들에 의한 지적이고 아름다운 즉흥연주가 정말로 이렇게까지 프로그레시브 록 팬의 마음을 자극할 줄은.

　러브 리브 라이프는, 같은 해 세션으로 앨범 3장을 릴리스했다.

　2nd 앨범인 사츠진 줏쇼(殺人十章: 살인십장)는 콜린 윌슨Colin Wilson의 저서 <살인백과殺人百科 Encycloedia of Murder>를 콘셉으로 한 어딘가 색다른 기획 앨범. 세계의 엽기살인사건을 테마로, 묵직한 중량급의 그루브한 재즈 록이 전개한다. 단지 일이었다고 해도 이것 역시 1st와 어깨를 나란히 하는 최고의 작품. 굉장하다.

　이어진 록 인 배커랙(ロックインバカラック)은 버트 배커랙Burt Bacharach의 곡을 재즈 록풍으로 어레인지. 빅 재즈 밴드 뉴하드New Herd의 브라스 세션을 데려와 제작했다. 그리고 록 = 크리스마스(ロック＝クリスマス)는 타이틀대로 크리스마스 노래집.

　그후 1975년이 되고나서 이치하라 코스케市原宏祐 + 3L 이라는 이름으로 나우 사운드'75 다츠 니혼민요(ナウ・サウンド'75 脱日本民謡:지금 소리'75 탈 일본민요)가 릴리스되었다. 이번에는 재즈와 일본민요의 융합이다. 그러나 이후 러브 리브 라이프의 레코드는 발매되지 않았다.

　다만 한가지 더, 러브 리브 라이프 관련으로 덧붙이지 않으면 안되는 앨범이 있다. 후세의 1971년 라이브 앨범 닛세이게키조노 후세 아키라(日生劇場の布施明: 후세 아키라의 일생극장)이다. 러브 리브 라이프가 반주를 담당해 Love will Make a Better You를 격하게 연주하고 있다. 후세도, 관객도 서로를 달아오르게 만들며, 불타오른다. 시작하기 전은 가요쇼 같았지만, 곡이 시작되면 단숨에 폭발. 후세도 샤우트, 연주도 마구 드라이브 하며, 그대로 레드 제플린Led Zeppelin의 Heartbreaker로 돌입, 텐션 MAX로, 반드시 필청(必聽)!

해피엔드(はっぴいえんど)
카제마치 로망(風街ろまん: 바람거리 로망)

1970년대 당초, '록을 영어로 부를 것인가, 일본어로 부를 것인가'라는 무익한 논쟁이 펼쳐지고 있었다. 확실히 록은 해외에서 들어온 음악이므로 영어로 부르는 것이 본격파라는 주장도 알지만, 역시 일본어로 부르지 않으면 의미를 모르기 때문에... 이러한 일본어파 록 밴드의 필두는 '해피엔드'였다.

해피엔드는 1970년에 레코드 데뷔. 멤버는 일본의 필 스펙터 라는 이명을 가진 오오타키 에이이치大瀧詠一(vo,g), 1980년대에 테크노 밴드 YMO에서 세계를 석권한 호소노 하루오미細野晴臣(b), 뛰어난 실력을 가진 기타리스트로 활동한 스즈키 시게루鈴木茂(g), 후에 작곡가로 일본 가요계에 이름을 떨친 마츠모토 타카시松本隆(ds)으로 총 4명. 이후의 일본 음악계를 말할 때 빼놓을 수 없는 인물들이다.

전신 밴드인 'Apryl Fool'시대에는 영어로 쓴 가사도 있었지만, 해피엔드의 레퍼토리는 전부 일본어의 오리지널 곡이다. 미국 밴드 버팔로 스프링필드Buffalo Springfield의 사운드에 일본어로 부르는 것이 기본 스탠스였다. 결성 당시는 포크의 신이라고 불리는 오카바야시 노부야스岡林信康의 백 밴드나, 애시드 포크의 엔도 켄지遠藤賢司의 레코딩 등에서도 활동했다.

그리고 나서 그들은 통칭 유데멘(ゆでめん: 삶은 국수)이라고 불리는(재킷의 그림에 그렇게 쓰여져 있다) 1st 앨범 해피엔드(1970)를 발표한다. 1st는 퍼즈 기타가 작렬하는 해외의 사이키델릭/개러지 록 매니아가 몹시 탐내는 한 장이다.

더욱 정진한 그들은 2nd 앨범 카제마치 로망(風街ろまん: 바람거리 로망)(1971)으로 일본어록의 금자탑을 세웠다. 지금 들어도 전혀 진부하지 않은 명반 중의 명반이다. 정말로 불후의 명작이라는 말에 어울리는 레코드다. 느긋한 소리공간에 농밀하게 채워진 이 앨범은, 포크이며 록이고 더 나아가 시티팝의 기반이 되었다 라고도 할 수 있다. 이미 이 시점에서 록과 포크라는 장르의 구분을 일탈하고 있다.

이 앨범은 21세기가 되어 전세계적으로 평가되기 시작해, A③ 카제오 아츠메테(風をあつめて: 바람을 모아) 등은 지금도 유튜브에서 세계 각국의 젊은 사람들이 일본어로 커버하고 있는 것을 볼 수 있다. 물론, 소피아 코폴라Sofia Coppola 감독의 영화《사랑도 통역이 되나요?Lost in Translation》(2003)에 사용된 적도 있지만….

오프닝 A① 다키시메타이(抱きしめたい: 끌어 안고 싶어)의 인트로에서부터 복잡하고 괴기한 변박자 리듬에 놀라게 된다.

록이라면 A⑤ 하이카라 하쿠치(はいからはくち: 하이칼라 백치)다. 질주하는 기타에 마구 그루브하는 베이스. 보컬이 좌우의 채널을 왔다갔다 하는 장난기가 넘치는 스테레오 믹스(싱글과는 테이크가 다름). 그리고 뜻을 알 수 없는 내용의 가사. 마츠모토 타카시가 쓴 가사는 독특한 세계관이 감돌며 일본적이고 서정적인, 영상 같은 환상적인 특이한 매력이 넘치고 있다.

펑키한 B③ 아시타 텐키니나레(あしたてんきになあれ: 내일 날가 맑아져라), 헤비 록 B④ 타이후(颱風: 태풍) 등의 곡조도 풍부.

그러나 이와 같은 역사적인 대걸작을 만들어 낸 그들은, 너무 완전히 불태웠던 것일까, 1973년에 밴드를 해산. 해산할 당시, 아메리카 LA에서 제작한 마지막 앨범 Happy End 발표. 무려 리틀 피트Little Feat의 로웰 조지Lowell George와 반 다이크 팍스Van Dyke Parks가 참가(우연히 같은 스튜디오에서 녹음하고 있었던 그들에게 직접 담판지어 도움을 받았다고 한다). 끝은 새로운 시작이기도 하다. 정말 그러한 레코드로, 이쪽은 이미 완전히 시티팝의 명반이라고 말할 수 있는 솜씨다.

1973년 9월 21일에 해산 기념 콘서트가 개최되어, 실황이 라이브!! 해피엔드(ライブ!! はっぴいえんど)(1974)에 수록 되었다.

해피엔드의 작품은 전부 시대를 뛰어넘는 명반으로 평가가 높다. 2004년에는 8장 CD Box 세트가 발매 되었다. 최근에는 아날로그 LP도 리이슈 되었다.(카세트 테이프도!)

V.A.

겐야(幻野: 환상들판)

創世記レコード, 1971

1971년 나리타공항 건설 반대투쟁의 땅 산리즈카三里塚에서 열린 '71일본 겐야제(幻野祭)'의 다큐멘터리 레코드. (2020년 현재에도, 일부 반대운동은 계속되고 있다)

블루스 크리에이션ブルースクリエーション, 듀Dew(희대의 록 보컬리스트 누노야 후미오布谷文夫 재적), 주노케이사츠頭脳警察 등, 일본 록의 창세기를 담당하는 아티스트들이 등장한다. 그들의 뜨겁고 격렬한 연주가 수록되어 있어 무척 귀중하고 인기가 높은 앨범. 1989년에는 록 연주 부분만 발췌한 LP가 재발매되었다.

듀Dew의 연주는 이 앨범에서만 들을 수 있고 오랫동안 기억날 정도로 멋있다. 하드 사이키델릭의 B⑤ 나츠와 오와리(夏は終わり: 여름은 끝이다)는 숨도 쉴 수 없을 정도다, 주노케이사츠頭脳警察는 아직 데뷔 전이지만, 무려 이 날의 하이라이트라고도 말할 수 있는 압도적인 고조된 열기를 보여준 무대를 수록(참고로, 개런티는 쌀 한가마와 단호박 6개였다고 한다). 물론 나도 처음에는 이런 것만 듣고 있었다.

그러나, 실은 출연자는 그것뿐만이 아니다. 2장짜리 LP는 타카야나기 마사유키高柳昌行

의 정신이 이상해질것 같은, 굉음 노이즈 기타로 인솔되는 집단 인프로비제이션으로 시작해, 오치아이 슌落合俊 트리오의 깊은 환상적인 연주, 타카기 모토테루高木元輝와 아베 카오루阿部薫 의 더블 색소폰의 장렬한 프리 인프로비제이션 등 일본의 전위 재즈 창시자들의, 역시나 귀중 한 연주가 기록되어 있다.

　어느 때부터, 나는 이쪽만 듣게 되었다. 이 연주가 정말 진짜의 '록'이라고 생각했기 때문 이다. 어찌됐든, 관객 그 누구도 아군이 아니다. 처음부터 상대도 해주지 않는다. 아니, 그것뿐 인가 적의를 내보였을 뿐만 아니라, 연주 중에 쓰레기나 깡통도 휙휙 날아왔다는 것이다. 그 속에서, 목숨 걸고 연주할 수 밖에 없었다고. 이 텐션, 이 박력… 정말로 너무나 대단… 이것을 '록'이라고 말하지 않으면 뭐라고 할까. 이것이야 말로 '록'인 것이다!

　이날, 1978년에 요절한 아베 카오루의 솔로 연주도 있다고 하지만, 안타깝게도 녹음 테 이브가 분실되어 버렸다고 한다. '환상의 연주'로 그 공연의 모습이 재킷에 기록되어 있지만, 그것은 정말로 엄청났던 것같다. 처음에는 물건을 던졌던 관객들도, 연주의 박력에 공연장은 숙연해지고, 최후에는 박수갈채가 나왔다고….

　앨범의 라스트, 최후의 마지막, 즉 축제의 대미를 장식한 것은 아방가르드 음악가 하이노 케이지灰野敬二가 절규하는 전위 록, 로스트 아라프ロスト・アラーフ다. D⑪ 쿄우칸지고쿠(叫喚地 獄: 규환지옥), 피아노와 드럼의 프리 스타일 연주로, ♪ 오마에타치와 코로스(お前たちは殺す: 너 희들을 죽인다)~ 라고 외쳐대는 하이노… 그저 아연히… 모든 것이 무로 돌아가는 것처럼, 밤도 깊어가고 완전한 어둠이 되어, 축제는, 앨범은, 막을 내린다.

　그리고 연주 뿐만이 아니라, 농가의 아줌마들의 부인행동대婦人行動隊에 의한 봉오도리(盆 踊り: 음력 7월 15일 밤에 남녀들이 모여서 추는 윤무), 무대 위에서의 의미없는 논쟁, 관객 인터뷰, 영 차영차 내뱉는 구호 소리, '공항분쇄'라는 선동, 야유와 '꺼져' 라는 외침, 등도 수록되어 있어 그것 역시 매우 흥미롭다.

　일반적인 야외 페스티벌하고는 명백하게 다르다, 긴장감과, 혼돈과, 열광에 둘러싸여, 엄청난게 날 선 공기가, 오싹오싹하게 전해져 온다. 여기서 정치적, 역사적의미를 운운할 필 요는 없지만, 듣고 있는 것만으로 가슴이 왠지 뜨거워진다. 이 페스티벌 전체에 소용돌이치고 있는 에너지를 전부 담아낸, 정말로 훌륭한 기록작품이다.

　2003년에 CD화 되어을 때, 아오이케 켄지青池憲司감독의 다큐멘터리 필름《일본겐야제· 산리즈카日本幻野祭·三里塚》의 DVD와 세트로, 전위예술가단체 '제로지겐(ゼロ次元: 제로차원)'의 전라 퍼포먼스 등, 이것 역시 귀중한 무대를 보는 것이 가능하다(단, 검열 버젼).

　또 2007년, 타카야나기 마사유키高柳昌行 뉴 디렉션New Direction으로 이 때 연주의 완전판 CD 컴플리트 '라 그리마'(Complete 'La Grima')가 릴리스되었다.

스피드, 글루 & 신키(スピード、グルー & シンキSpeed, Glue & Shinki)
Eve -젠야(前夜: 전야)-

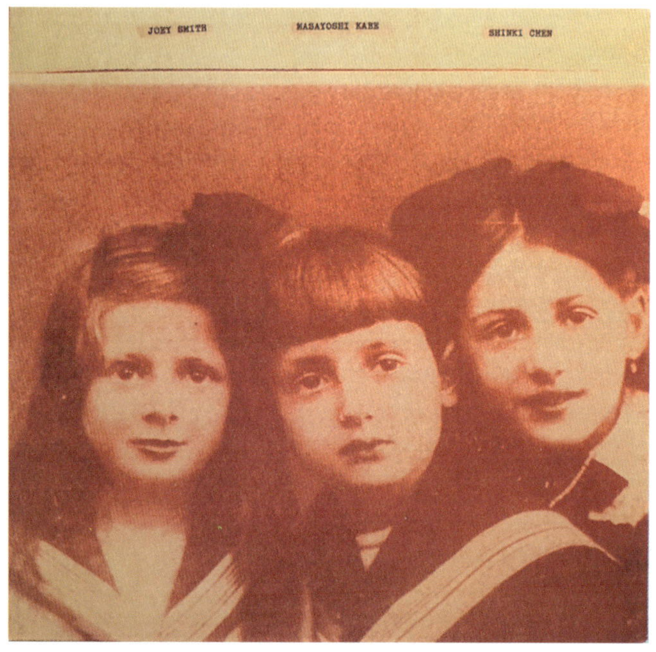

Atlantic, 1971

1969년, 골든 컵스의 의형제 밴드이며, 일본 블루스 록의 초창기를 장식하는 밴드 중 하나인 '파워하우스パワーハウス'가 블루스의 신성 / 파워하우스 등장(ブルースの新星 / パワーハウス登場)으로 데뷔했다. 비틀즈Beatles의 <u>Back in the U.S.S.R.</u>를 본격 블루스로 어레인지 하는 등 코어 음악 팬들에게 충격을 주었다.

밴드에서 기타를 맡고 있었던 사람이 친 신키陳信輝이었다. 1970년, 신키는 전 골든 컵스의 루이즈 루이스 카베ルイズルイス加部(b), 전 플로랄의 야나기다 히로柳田ヒロ(key), 전 잭스의 츠노다 히로つのだひろ(ds)와 함께, 세션 색이 짙은 인스트루멘탈 밴드 '푸드 브레인フード・ブレイン'을 결성해, 일본 록의 대명반이며 전세계에 이름이 높은 방산(晩餐: 만찬)을 발표했다. 하지만 푸드 브레인은 이 1장을 끝으로 해산했다.

1971년 1월, 신키가 솔로 앨범 Shinki Chen을 발표했다. 친 신키 & his Friends라는 이름으로, 야나기 조지柳ジョージ(b,vo)나 카베가 참가했다. 다크하고 헤비한 애시드 록으로 해외에서 인기있는 앨범이다.

그리고 드디어 신키의 진가가 발휘된 밴드 'Speed, Glue & Shinki'가 결성된다. 멤버는 신키(g), 카베(b), 그리고 필리핀 사람인 조이 스미스Joey Smith(ds)까지 3명이다.

이름의 유래는 스피드(=각성제)가 조이, 글루(=본드)가 카베로 미키 커티스ミッキー・カーティス가 붙여주었다고 한다. 틀림없이 당시의 카베는 본드에 취해 있었다. 베이스 솔로의 B② Mr. Glue는 본드를 맡으면서 레코딩했을 수도 있다, 쉭쉭 하는 소리는 본드를 흡입할 때 나온 소리일 수도 있다라며 카베 자신이 직접 언급했다. 그러나 조이는 일본에 온 것이 각성제를 끊기 위해서라며 와인을 마시고 있었다고.

1971년 6월에 발매된 1st 젠야(前夜)는 일본 록 초창기의 명반으로 많은 인기를 얻었다.

거칠게 날뛰는 블루스 풍과 퍼즈 톤이 돋보이는 기타, 일그러지면서 지면을 기어가듯이 울리는 베이스, 안하무인으로 날뛰는 드럼! 일본인이라고 생각되지 않는, 트리오라고는 생각할 수 없는 강렬한 사운드는 레드 제플린Led Zeppelin이나 블랙 사바스Black Sabbath를 방불케한다. 특히 서두의 두곡은 일본의 레드 제플린이라고 해도 과언이 아니다.

존 보넘John Bonham풍의 격하게 몰아치다가 끝에서는 드럼을 부술 것처럼 하는 조이의 퍼포먼스도 관객들을 모두 깜짝 놀래켰다.

1972년에는 2LP 대작 Speed, Glue & Shinki를 발표했다. 그러나 이미 본드 흡입으로 취해 있던 카베는 이 앨범에 2곡 밖에 참가하지 않았다. 어쩔 수 없었기 때문에 조이의 친구이자 필리핀 사람인 마이크 하나폴Mike Hanopol과 와일드 원즈ワイルド・ワンズ의 와타나베 시게키渡辺茂樹(key), 전 템프터스テンプターズ의 오오구치 히로시大口広司(ds)의 협력을 얻어 앨범을 완성했다.

테이프의 역회전, 쳄발로 솔로의 소곡, 전자음이 작렬하는 현대음악 등 의욕 넘치는 실험성과 유머 감각이 뒤섞인 작품이다. 비틀즈에 빗댄다면 화이트 앨범이라고 할 수 있다. 좋게 말하면 풍부하고 싶은 음악성이지만 산만한 느낌이 되어버리는 것도 사실이다. 그래도 이 2nd 앨범 역시 1st처럼 해외에서 인기가 높은 레어 아이템으로 유명하다.

결국 이후에 밴드는 해산한다. 카베는 1980년대에 조니, 루이스 & 차Johnny, Louis & Char로 활약했지만 신키는 무대에서 멀어지고 말았다. 조이와 마이크 두 사람은 필리핀으로 돌아가 기타리스트의 대가 월리 곤잘레스Wally Gonzales가 이끄는 '후안 데 라 크루즈 밴드Juan de la Cruz Band'에 가입해 필리핀에 있는 오리지널 록인 피노이 록의 파이어니어로 군림했다.

조이는 그 후에도 피트 스미스Pete Smith란 이름으로 필리핀에서 정력적으로 활동했지만 2019년 1월에 자택에서 기타 연습 중에 가슴의 통증을 느끼고 병원으로 이송되었으나 심장발작으로 사망했다. 향년 71세였다.

프라이드 에그(フライド·エッグ, Flied Egg)

Dr. Siegel's Fried Egg Shooting Machine(Dr.シーゲルのフライド·エッグ·マシーン)

Vertigo, 1972

일본의 록이 막 시작할 시기 그 이름을 알리게 만든, 록 기타의 선구자가 있다. 전설의 기타리스트, 나루모 시게루成毛滋. 1947년 출생. 2007년에 대장암으로 사망. 향년 60.

1966년, 나루모가 몸담고 있었던 아마츄어 밴드 '핑거즈フィンガーズ'는, 일렉 기타를 치는 소년이라면 반드시 봐야하는 텔레비전 방송《카치누키 에레키 갓센勝ち抜きエレキ合戦: 토너먼트 일렉 기타 접전》에 출연해, 첫 등장부터 만점을 획득. 경이적인 속주(速奏)를 선보여, 4주 연속 승리를 차지, 그랜드 챔피언이 되었다. 실은 나루모, 이 시기에 아직 일본에서는 거의 알려지지 않은 기타 테크닉인 초킹choking을 마스터 한 탓에, 다른 기타리스트와 기술면에서 압도적으로 높은 레벨차를 보였다. 그렇게 화제가 되었던 핑거즈는 1967년 GS로 프로 데뷔했지만 안타깝게도 히트하지는 못했다.

핑거즈 해산 후, 나루모는 1969년에 미국으로 건너가 우드스톡 페스티벌Woodstock Festival을 경험한다. 귀국 후, 구미의 진짜 록의 전도사 같은 역할을 해야겠다 생각해, 드럼의 츠노다 히로つのだひろ와 2인조 유닛 '스트로베리 패스ストロベリーパス'를 결성. 1971년 앨범 오오가라스가 치큐니 얏테키타 히(大鳥が地球にやってきた日: 큰 까마귀가 지구에 온 날)을 발표. 나루모의 절정에 오른 훌륭한 기타 솔로를 들을 수 있는 명작 앨범. 게다가, 나이트 클럽 피크 타임의 인기곡, 츠노다의 불후의 명발라드 메리 제인(メリー·ジェーン)도 수록되어 있다. 츠노다가 몰래 사랑을 품었던 마가렛트라는 이름의 유학생에게 바치는 곡이었다.

이 시기 나루모는 무대에서, 왼손에 기타, 오른손에는 건반, 왼발로 오르간의 발 페달 베이스를 함께 연주하는, 서커스 같은 기예를 선보였다. 그러나, 역시 베이시스트가 필요했기 때문에, 당시 엄청난 실력의 고등학생 기타리스트로 유명했던 타카나카 마사요시高中正義를 베이스로 가입시켜, 슈퍼 록 트리오 '프라이드 에그フライド·エッグ'가 탄생했다.

프라이드 에그는 앨범 닥터. 시겔의 프라이드 에그 머신(Dr.シーゲルのフライド·エッグ·マシーン)(1972) 1장을 끝으로 해산해버렸지만, 그 일본인같지 않았던 사운드는 당시의 뮤지션, 음악 관계자, 팬들 사이에서 화제가 되었다. 스트로베리 패스의 앨범과 마찬가지로, 전편 영어인 오리지널 곡으로 구성되어 프로그레시브 같은 요소을 포함한 브리티시 하드 록을 전개.

헤비한 리프와 유라이어 힙Uriah Heep 같은 중후한 코러스 하드 록 넘버 A② Rolling Down the Broadway는 그레코Greco 기타의 CM에 사용되어 프라이드 에그의 대표곡이 되었다. 이곡을 들은 사람들은 누구나 외국곡이라고 착각했다고.

게다가 이 앨범은, 자극적인 사운드 이펙트를 많이 사용해, 피아노나 오르간 등의 다양한 종류의 키보드를 구사. ELP의 오마주 같은 곡 B③ 오케카스(オケカス)에서는 무그 신시사이저Moog synthesizer를 이용하는 등, 나루모는 건반주자로서 대활약. 또 짧은 타이틀곡 A① Dr. Siegel's Fried Egg Shooting Machine나, B④ Someday 등의 곡에서 감도는 비틀즈Beatles의 풍미(브리티시 팝의 향기)도 좋다.

어디서 들어본 적 있는 서양 본고장의 진짜 음악같음, 그것이야말로 이 앨범의 최대 매력이다.

프라이드 에그는 해산 후에 한쪽면은 라이브, 한쪽 면은 스튜디오 녹음한 앨범 Goodbye Flied Egg(1972)를 릴리스. 라이브에서의 츠노다의 파워풀한 드러밍과 일본인이라고 할 수 없는 발군의 가창력에는 누구든지 압도될 것이다.

당시, 나루모는 일본 기타 제작회사 그레코의 어드바이저로 개발에 관여, 기타 구입자 특전인 교육 카세트에서 강사역을 맡았다. 그 카세트는 당시 기타 키즈들에의 유일한 교과서로, 후에 프로로 활약하는 기타리스트를 포함해 '처음은 그레코의 부록 카세트로 기타 치는 법을 배웠다'라고 말하는 사람이 많았다. 1990년대에는 비디오로 닥터 시겔 좋은 아이의 록기타 - 피킹편/입문편/리듬편 전 3권(Dr.シーゲルのよい子のロックギター ピッキング編/入門編/リズム編 全 3巻)을 발매. 이것이 또 눈이 번쩍 트이는 교육비디오였다.

프라이드 에그 및 스트로베리 패스 앨범은 1990년대부터 몇번이나 CD화 되었다.

몹스(モップス, The Mops)
몹스토 주로쿠닌노 나카마(モップスと16人の仲間: Mops와 16명의 친구)

東芝音楽工業Liberty, 1972

몹스의 데뷔는 1967년, 그 당시는 GS였다. GS 팬의 대부분은 여성이었지만, 몹스의 경우는 남성팬이 더 많았다. 캐치 프레이즈는 '일본 최초의 사이키델릭 사운드'.

데뷔 싱글 아사마데 마테나이(朝まで待てない: 아침까지 기다릴 수가 없다)의 B면 블라인드 버드(ブラインド·バード)는, 갑자기 퍼즈 기타에 시타르가 울리는 중에 불경 같은 멜로디가 영창된다. 강렬한 인상으로, 그야말로 일본제 사이키델릭. 이 싱글은 작사가 아쿠 유우阿久悠의 데뷔 작품으로, 아쿠 유우 자신도 블라인드 버드를 제일 좋아했었다. 그러나 가사 중의 '메쿠라(めくら: 맹인)'라는 단어 때문에 금지곡이 되어 1st 사이키델릭 사운드 인 재팬(サイケデリック·サウンド·イン·ジャパン)(1968)의 CD화(1989) 및 아날로그로 재생산(1996) 될 때, 수록되지 못했다. 2014년 다시 CD화 될 때 처음으로 수록됐다. 해외의 GS 편집 해적판에는 하이쿠(Haiku)나 플리즈 킬 미(Please Kill Me) 라는 타이틀로 수록되어 있다.

1970년경까지 많은 GS가 해산해버렸지만, 몹스는 본격적인 록 밴드로 변신해, 1974년까지 정력적으로 활동했다. 그 사이 2nd 로큰롤'70(ロックンロール'70)(1970), 아와오도리〈아와국(현재 도쿠시마현)에서 발상한 일본 전통 춤)〉의 리듬을 차용한 하드 록 3rd 이이자나이카〈御意見無用(いいじゃないか): 괜찮잖아〉(1971), 라이브 앨범 라이브(雷舞)(1971), 전곡 일본어로 부른 록 앨범 4th 아메 / 몹스'72(雨 / モップス'72)((1972)까지 전부 혁신적이고 멋있는 앨범을 발표해, 코믹 송(노벨티 송) 겟코우카멘(月光仮面: 월광가면)도 히트했다.

그런 상승 궤도를 달리던 시기, 몹스토 주로쿠닌노 나카마(モップスと16人の仲間: 몹스와 16명의 친구)(1972)를 발표. 당시 포크, 록, 팝을 대표하는 여러 아티스트가 전면적으로 작사/작곡에 협력. 그로 인해 곡조가 버라이어티하게 많았지만, 그 모든 것이, 몹스의 록으로 완전히 소화, 확립되었다.

오프닝을 장식하는 곡은 A① 타도리츠이타라 이츠모 아메후리(たどりついたらいつも雨降り: 겨우 닿으면 언제나 흐림)다. 지금은 재패니즈 록의 스탠더드가 된 곡. 작사/작곡은 요시다 타쿠로吉田拓郎. 원래는 스키니낫타요 온나노코(好きになったよ女の娘: 좋아하게 되었어 아가)라는 타이틀곡이었지만, 몹스가 부를 수 있게 남성스러운 가사로 바꿔 썼다. 이것이 대성공. 후에 타쿠로 자신도 셀프 커버했다. 기타리스트 호시 카츠星勝 왈, "몹스가 모색해 온 일본 오리지널 록이, 이 작품으로 도달 할 수 있었다"

츠노다 히로つのだひろ 작사 & 카토 카즈히코加藤和彦 작곡의 A② 오오에도 보켄탄(大江戸冒険譚: 오오에도 모험담), 브레드 & 버터의 A③ 이츠카(いつか: 언젠가), RC 석세션의 이마와노 키요시로忌野清志郎의 A④ 마이홈(マイホーム), 로쿠몬센六文銭의 오이카와 코헤이及川恒平와 코무로 히토시小室等에 의한 A⑥ 쿠루마톤보 안드로메다(くるまとんぼ·アンドロメダ: 깃동잠자리, 안드로메다), 스기타 지로杉田二郎 작곡의 B① 아루가마마니(あるがままに: 있는 그대로), 엔도 켄지遠藤賢司의 B② 네, 초이토 소코유쿠 오조상(ねぇ, ちょいとそこゆくお嬢さん: 저기, 잠깐 거기 가는 아가씨), 이즈미야 시게루泉谷しげる의 B③ 토세 쇼조 카타기(当世少女気質: 현대소녀기풍), 이노우에 요스이井上陽水의 B④ 마도오 아케로(窓をあけろ: 창문을 열어라), 카마야츠 히로시かまやつひろし가 작곡한 B⑥ 린네(輪廻: 윤회), 이것저것 할 것 없이 전부 몹스인 것이다.

1973년에는, 새 녹음을 포함한 반 베스트 앨범 몹스 1969~1973(モップス 1969~1973) 을 발표. 이노우에 요스이의 카사가 나이(傘がない: 우산이 없어)의 커버는 완전히 그랜드 펑크 레일로드Grand Funk Railroad. 데뷔 곡 아사마데 마테나이(朝まで待てない)의 재녹음 버전은 하드 록의 색이 짙어져, 박력만점. 보컬인 스즈키 히로미츠鈴木ヒロミツ도 가볍게 터트리는 느낌이 있도록, 제대로 부르고 있다(데뷔 싱글은 이런 촌스러운 가사 부르고 싶지 않다며, 마지못해 녹음했다고). 이 재녹음 버전은 드럼 소리가 좌우로 나뉘어져있어, 마치 트윈 드럼 같은 사운드가 되어 있는 것이 충격적이다.

그러나, 이 즈음 히로미츠시의 배우 활동과 호시 카츠의 프로듀서 일이 다망해져, 결국 몹스는 해산. 해산 콘서트를 수록한 이그짓트(Exit)(1974)을 발표하고, 활동에 종지부를 찍었다.

2007년, 스즈키 히로미츠, 암으로 사망. 향년 60세.

주노케이사츠 3(頭腦警察 3)

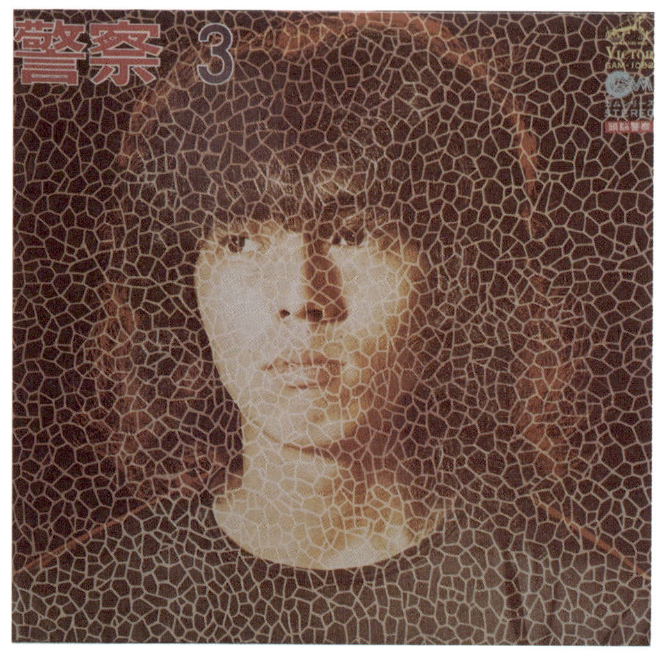

Victor, 1972

록 뮤지션인 판타PANTA(본명: 나카무라 하루오中村治雄)가 타악기연주자 토시トシ(본명: 이시즈카 토시아키石塚俊明)와 '주노케이사츠(頭腦警察: 두뇌경찰)'를 결성한 것은 1970년. 멤버가 모이지 않아서 잠정적으로 통기타와 콩가(conga)라는 변칙적인 편성으로 연주 활동을 시작했다. 밴드 이름의 유래는 미국 기재(奇才) 음악가 프랭크 자파Frank Zappa의 음반 프랭크 아웃(Freak Out)(1966)에 수록되고 있는 후 아 더 브레인 폴리스?(Who are the Brain Police?)이라는 노래로부터.

　형태는 포크지만 내용은 과격한 록. 그들의 노래는 적군파(赤軍派)의 선언 문장에 곡을 붙인 세카이카쿠메이센소센겐(世界革命戦争宣言: 세계혁명전쟁선언), 사람들을 선동해대는 주오 토레(銃をとれ: 총을 들어라) 등이란 정치적인 곡이 많고, 또 미친 라이브 퍼포먼스(무대 위에서 마스터베이션)가 소문이 돌아 학생운동 집회 등에서 인기가 많았다. 일본의 MC5이라고도 말할까, 원조(元祖) 펑크punk 록!

　1972년 1년 동안에 그들은 3장의 앨범을 제작한다. 그러나 그것은 할 수 없이 그렇게 할 수 밖에 없었다. 통기타 스타일 라이브를 그대로 패키징한 1집 주노케이사츠 1(頭腦警察 1)은 시판되기 전에 발매금지 (1975년12월31일 한정 600장 판타가 스스로 제작했음). 황급히 스튜디오 녹음한 2집 주노케이사츠 2nd Album(頭腦警察 2nd Album)도 시판 후 1주일로 회수 처분으로 되어버렸다(1981년 재발매).

그 때문에 그들은 한 장 더 음반을 만들지 않으면 안되었다. 금지 이유는 과격한 가사에 있었으므로 이번은 신중에 신중을 거듭했다. 그렇게 해서 드디어 햇빛을 본 음반이 3집 주노케이사츠 3(頭腦警察 3)이다.

일부러 너무 과격한 가사를 쓰고(판타도 이것은 너무하다고 생각했음), 그것을 레코드 회사에 제출하고, 물론 회사에서부터 수정을 요구되니까, 그 후에 원래 가사로 되돌린다, 라는 작전으로 났다. 이것은 첫 번째 노래 A① 후자케른자네요(ふざけるんじゃねえよ: 실없이 굴지 마라)의 것이다.

플라워 트래블린 밴드의 기타리스트 이시마 히데키石間秀樹를 부르고 앨범은 기본 밴드 스타일로 녹음되고 있다. 그러한 안에서 A⑤ 쇼넹와 미나미에(少年は南へ: 소년은 남쪽으로)는 통기타와 타악기를 주체로 그들의 초기 분위기를 방불케 하는 노래다.

A⑥ 전위극단 '모터 풀'(前衛劇団'モーター・プール')은 프로그레시브 펑크punk 록이라고도 말할까, 완전한 이색 작품. 곡명에 '전위(前衛)'라는 단어가 나오지만 이것은 정말로 전위 록. 역시 자파Zappa의 곡으로부터 밴드이름을 붙인 밴드다. 만만찮은 패거리들이다.

어쨌든 여기에 수록된 모든 곡은 가득찬 에너지가 넘치고 있다. 내는 음반마다 다 금지로 되어버리면 보통은 기력을 회복할 수 없다. 하지만 그들은 달랐다. 역경에 서게 되면 그것을 뒤엎는다. 진짜 천생의 참된 로커이구나, 판타는.

밴드는 그 후 탄조(誕生: 탄생)(1973), 카멩게키노 히로오 코쿠소시로(仮面劇のヒーローを告訴しろ: 가면극의 히어로를 고소해라)(1973), 아쿠타레코조(悪たれ小僧: 선머슴(1974)이라는 앨범을 릴리스 후 1975년에 해산.

해산 후 판타는 솔로를 경과해서 '판타 & 할Panta & HAL'을 결성, 토시는 '시노라마Cinorama' 등에서 활동하고 있었지만, 1990년에 재결성. 재결성 라이브 봤는데, 정말 대단했다.... 주노케이사츠 7(頭腦警察 7)(1990)과 칸키노 우타(歡喜の歌: 환희의 노래)(1991)의 앨범 2장 발표.

2001년에는 1집 음반이 30년 만에 드디어 정식으로 CD릴리스(2017년 아날로그 LP도 재발매). 게다가 또 재결성해서 2009년 9집 오레타치니 아스와 나이(俺たちに明日はない: 우리들에게 내일은 없다)를 발표. 밴드는 현재도 활동하고 있고, 2019년 결성 50주년 앨범 랏파〈乱破: 닌자(忍者)의 의미〉를 릴리스.

덧붙여: 1980년대 후반에 미발표 라이브 & 스튜디오 테이크를 수록한 사이슈시레 '주노케이사츠 슈츠도세요'(最終指令'頭腦警察出動せよ': 최종지령 '두뇌경찰 출동해라')라는 일본제 부틀렉bootleg가 나왔다. 일본 뮤지션에게 부틀렉은 상당히 희귀한 것이다.

타지마할 여행단(タージ・マハル旅行団, Taj Mahal Travelers)
July 15, 1972

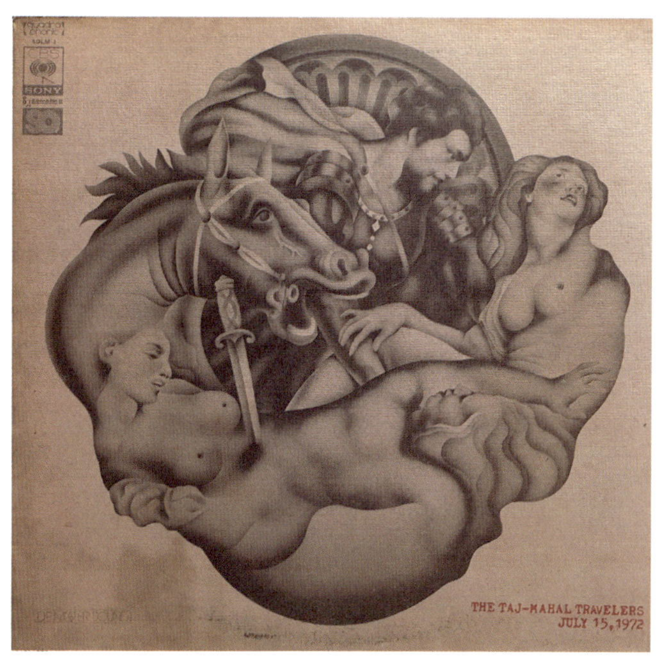

CBS/Sony, 1972

가끔 생각나는 것이 있다. 일본의 1970년대는 어떤 의미로 말해서 상당히 좋은 시대가 아니었을까? 대중음악과 무연의 현대 음악계 그룹이, 보통의 록 밴드처럼 활동해서 화제가 되었던 시대였다. 물론 어디까지나, 언더그라운드 컬처 안에서의 이야기지만....

'타지마할 여행단'은 1969년 전위 예술가 집단 '플럭서스'에도 참가했었던 현대 음악가이며 바이올리니스트인 고스기 타케히사小杉武久를 중심으로 결성된 집단즉흥연주그룹이다.

현대음악가, 재즈 뮤지션부터 레코드 프로듀서, 그래픽 디자이너에 일렉트로닉스 엔지니어까지 포함해 전부 7명이 이름을 올렸다.

누가 리더인지 정하지도 않고 형태도 내용도 자유자재로 바뀌었다. 멤버 전원이 모이지 않아도 상관없다. 단지 두 사람뿐인 스테이지는 물론이고 어느 때는 두 팀으로 나눠져 동시에 2곳에서 연주했던 적도 있다.

온 세계를 돌아다니며 라디오나 텔레비전에도 다수 출연했다. 록 콘서트, 재즈 페스티벌, 음악제, 해변, 산속 등 장소를 가리지 않고, 일몰부터 새벽까지 연속 연주에 도전하거나 사찰의 경내에서 유치원 아이들과 합주도 했다. 그러더니 결국에는 사와다 켄지沢田研二의 결혼피로연에서도 연주를 했다.

그들은 기성 음악 장르에 얽매이지 않고 순수하게 '소리'를 즐기고 실험했다. 그들의 음악은 소리를 만들고 싶다는 욕망에 입각해 있는 것이다.

바이올린, 콘트라베이스, 튜바, 트럼펫, 만돌린 등의 악기를 사용하고 있지만 전통적 연주방법에서 벗어나 딜레이 등의 이펙터를 사용했다. 멤버가 들고 온 악기는 아무것도 상관없었다.

즉흥연주에서 그들의 룰은 단 하나, 뭘 해도 좋다.

즉흥연주라 하면 분명 뒤죽박죽 산만하고 시끄러운 음악이라 생각되는 경향이 있지만, 또 그것이 고요히 소용돌이가 치는 듯한 환상적인 사운드다. 사이키델릭과 앰비언트. 어디선가 갑자기 시작해 아무도 알아채지 못한 사이 어느 순간 끝나있다… 그런 음악이다.

1971년 10월, 여행단은 모두 사이좋게 버스를 타고 유럽, 터키, 그리고 인도까지 히피 연주투어를 감행했다. 이름의 유래인 타지마할 사원까지 갔다 돌아오기라는 단순명쾌한 콘셉트였다.

귀국 후 1972년 7월에는 일본에서 가장 아방가르드했던 아카데믹 홀 소게츠회관草月会館에서 개선 귀국공연을 했다. 그 실황 앨범이 바로 이 음반이다. 불가사의할 정도로 동양적인 인상을 주는 사운드가 뇌에, 신체에, 상쾌함을 주며 느긋한 바이브레이션에 감싸인다.

1975년 2nd August 1974를 릴리스했으나 그룹은 그 후 자연소멸했다.

고스기는 같은 해 일렉트릭 바이올린 솔로 앨범 Catch-Wave을 발표하고 미술, 음악, 미디어 표현 등의 전문교육기간 '미학교美学校'에서 고스기 타케히사 음악교실을 개설한다. 그 학생들이 만든 즉흥 연주집단 '이스트 바이오닉 심포니아East Bionic Symphonia'가 1976년 고스기 감수 아래, 졸업제작으로서 앨범을 남겼다.

고스기는 그 후에도 전위음악가로서 온 세계에서 폭넓게 활약했으나 2018년 10월 식도암으로 사망했다. 향년 80세.

참고로 고스기 타케히사와 관련된 레코드/CD는 해외 컬렉터들 사이에서 인기가 높아 현재는 모두 고가에 거래되는 레어템이다.

캐롤(キャロル, Carol)

펑키 몽키 베이비(ファンキー・モンキー・ベイビー)Funky Monkey Baby

Philips, 1973

1972년 로큰롤 밴드, 캐롤의 데뷔로 '록은 영어로 불러야 하는가, 일본어로 불러야 하는가?' 논쟁은 사실상 종결을 맞았다. 영어 발음의 일본어 록이 대중음악계를 석권했기 때문이다. 어차피 록은 서브 컬처이며, 언더그라운드에서 마이너한 존재였다. 그것이 캐롤은 팔려버리고 말았다. 불문곡직하고 무익한 논쟁을 끝냈다
데뷔전의 모습은 초기 비틀즈Beatles를 방불케 하는, 가죽점퍼에 리젠트라는 차림새로, 심플한 올드 타입의 로큰롤을 연주한다. 그것도 일본어로.

    히로시마広島에서 대스타가 되는 것을 목표로 도쿄로 올라와, 밴드 '야마토ヤマト'를 이끌고 있던 야자와 에이키치矢沢永吉(애칭: 에이짱永ちゃん)과 카와사키川崎에서 비틀즈 밴드 '줄리아ジュリア'로 활동하고 있었던 조니 오오쿠라ジョニー大倉의 만남이 캐롤을 결성하게 만든다. 기타에는 에이짱으로부터 권유받은 우치우미 토시카츠内海利勝(애칭: 웃짱ウッちゃん)이 가입했다.

    1972년, TV 방송《리브 영リブ・ヤング!》에 출연. 그 TV를 우연히 본 미키 커티스ミッキー・カーチス가, 바로 그 자리에서 TV 방송국에 전화해, 3일 후에는 캐롤과 계약. 그때까지 드럼은 몇

명의 멤버 체인지가 있었지만, 미키의 소개로 유우 오카자키ユウ岡崎가 정식 멤버가 되었다.

미키는 캐롤의 오리지널 곡이 영어 가사인 것에 대해, 영어로는 팔리지 않으니까 가사를 일본어로 해줄 것을 요청. 여기서 작사 담당의 조니의 재능이 개화! R&R의 매력을 실컷 전달하는 일본어와 영어를 섞은 가사가 탄생. 그 후 일본어 록의 초석이 됐다고 할 수 있다.

1972년 12월 25일, 싱글 루이지안나(ルイジアンナ)로 데뷔. 데뷔 이후, 매월 1장의 새로운 싱글을 릴리스. 1972년 12월부터 1973년 6월까지, 총 7장의 싱글이 발매되었다.

1973년 3월에 1st 루이지안나(ルイジアンナ), 7월에 2nd 펑키 몽키 베이비(ファンキー・モンキー・ベイビー)로, 앨범도 연달아 발표. 그들의 히트곡은 많지만, 역시 캐롤이라고 말한다면, 5번째 싱글로 2nd의 타이틀곡인 A① 펑키 몽키 베이비(ファンキー・モンキー・ベイビー)겠지. 캐롤 최대의 히트곡이다.

웃짱의 키치한 기타 인트로부터, 브레이크에 들어가면서 노래를 부르기 시작해 단번에 리스너의 마음을 사로잡는. 벌스verse, 후렴구 멜로디, 어디를 봐도 버릴 것이 없는 훌륭한 곡 구성. 단지 2분 사이에 음악 매직이 펼쳐지고, 들썩이는 일본제 로큰롤의 명곡. 춤을 추자~!

캐롤의 등장으로, 록을 듣는 연령이 단번에 젊어져, 라이브 회장에는 리젠트 모습의 젊은 이들이 집합, 스테이지는 젊은 여성들의 엄청난 교성에 파묻혔다. 그 모습을 NHK가 다큐멘터리 방송을 하기도 해, 캐롤은 사회현상까지 되었었다.

그때까지 일본에는 이러한 로큰롤 밴드는 없었다. 결과적으로 캐롤은 일본에서 올디스oldies 밴드의 양식을 만들게 되었다. 현재도 올디스를 연주하는 밴드의 패션은 캐롤풍인 경우가 많다.

1974년 타이틀이 헷갈리기 쉽지만 3rd 캐롤 퍼스트(キャロル・ファースト)를 발매. 그리고 해산 콘서트 직전에 레코드 회사의 일방적인 상술로 인해 굿바이 캐롤(Good-Bye Carol)이라는 스튜디오의 연습풍경을 녹음한, 마치 해적판 같은 앨범이 시판되었다.

1975년 4월 13일, 히비야日比谷 야외 음악당에서 해산. 콘서트의 마지막의 마지막에, 특수효과용의 불이 세트에 옮겨붙어, 'CAROL'이라고 쓰인 일루미네이션이 불타 떨어진 사건이 일어났다. 이런 너무나도 인상적인 소동은 캐롤 전설에 박차를 가했다. 이 콘서트는 약 1개월 후에 2장짜리 LP 모에츠키루 - 캐롤 라스트 라이브!! 1975.4.13.(燃えつきる:다 타버리다 - キャロル・ラスト・ライヴ!! 1975.4.13.)로 릴리스되었다.

그 후, 리더인 에이짱은 '나, 세계의 야자와'가 되어, 일본 록계의 보스로 군림하고 있다.

카나시키 나츠바테(悲しき夏バテ: 슬픈 더위 먹음)

Polydor, 1973

누노야 후미오布谷文夫가 사망하고 나서, 벌써 오랜 시간이 지났다. 말년의 십수년간, 계속 함께 연주해온 날은 나에게 있어서 둘도 없는 보물이다. 누노야가 사망한 후에도, 우리들은, 매년 기일을 '누노야 후미오의 날'로 정해 추모 콘서트를 개최하고 있다.

많은 수의 뮤지션들이 누노야를 그리워한다. 시나 & 로켓シーナ & ロケッツ의 아유카와 마코토鮎川誠, 순수 기타리스트 고(故) 야마구치 후지오山口冨士夫. 아방가르드 음악가 하이노 케이지灰野啓二도 누노야의 열렬한 팬이라고 말했다.

조 코커Joe Cocker 처럼 아랫배에서부터 짜내어 부르는, 압도적인 보컬. 새까만 신음같은 낮은 저음, 박력만점의 탁성. '처음부터 왁!! 같은 느낌으로 맥시멈이니까, 맥시멈의 남자로 불렸다'

누노야는, 1969년, 일본 최초 블루스 록 밴드 '블루스 크리에이션ブルース・クリエイション의 보컬로 데뷔. 블루스 크리에이션 탈퇴 후 '듀DEW'를 결성. 듀의 음원은 '71일본겐야제幻野祭'의 옴니버스 라이브 앨범 겐야(幻野: 환상들판)에 수록된 2곡 이외에 들을 수 있는 것이 없었지만,

1989년에 '제3회 전일본 포크 잼버리'(1971)의 스테이지 7곡을 수록한 CD 듀 누노야 후미오 라이브!(DEW 布谷文夫 LIVE!)가 발매되었다.

DEW 해산 후, 옛친구인 오오타키 에이이치大瀧詠一와 함께, 솔로로 데뷔했다. 1973년, 1st 카나시키 나츠바테(悲しき夏バテ: 슬픈 더위먹음)를 발표. 오오타키가 프로듀스. 레코딩에는 이토 긴지伊藤銀次(g)와 우에하라 유타카上原裕(ds) 등 밴드 '코코넛 뱅크ココナツ・バンク'의 멤버들이 참가.

다만 이 앨범은, 오오타키가 프로듀스한 것 중에 가장 팔리지 않은 레코드 중 하나다. 릴리스 당시 판매량은 수백장 정도였다고. 그리하여 결국, 이것이 누노오의 유일한 스튜디오 녹음 앨범이 되어버려, 지금에 와서는 오리지널 아날로그반(盤)은 완전히 컬렉터들의 아이템이 되었다. 2014년에 카나시키 나츠바테(디럭스 에디션)〈悲しき夏バテ(デラックス・エディション)〉로 CD화 될 때, 레어 아이템이었던 누노야의 싱글반 음원도 모두 보너스 트랙으로 함께 수록되었다. 2020년 아날로그 LP도 재발매되었다.

앨범은 콘서트의 오프닝처럼, 누노야를 소개하는 멘트로 막을 연다. A① 고방가이(五番街: 5번가), A② 츠메타이 온나(冷たい女: 차가운 여자), A③ 신난부 우시오이 우타(深南部牛追唄: 심남부 소몰이노래) 등, 재패니즈 스왐프swamp 록의 명곡들이 이어진다. 악센트가 강한 누노야의 보컬이, 그 이상이 없을 정도로, 죽죽 끌어당긴다.

미국 R&B가수 가넷 밈스Garnet Mimms의 원 우먼 맨(One Woman Man)을 일본어로 커버한 A④ 나츠바테(夏バテ: 더위먹음)에서는, 누구라도 항복할 것이다. 작곡은, 1960년대의 미국 송라이터 팀, 앤더스 & 폰치아Anders & Poncia. 그러나, 이제와서는 어떻게 들어도 누노야의 오리지널 넘버로 밖에 들리지 않는다.

A⑤ 타이후 주산고(颱風13号: 태풍 13호)는, 해피엔드はっぴいえんど의 타이후(颱風: 태풍) 커버곡. 누노야는, 말년의 무대에서도 주니가츠노 아메노 히(12月の雨の日: 12월의 비오는 날)나 이라이라(いらいら: 안절부절) 등, 해피엔드의 곡을 종종 불렀다. 그 즈음 누노야, 오오타키에게 연락을 하면 "이제 꿈을 꾸는 건 적당히 멈추렴"이라는 말을 들어서 풀이 죽어버렸지만, 그래도 역시 오오타키를 정말 좋아했다.

누노야는 1976년에 오오타키가 프로듀스한 나이아가라 온도(ナイアガラ音頭: 나이아가라 장단)로 활동을 재개했지만, 그후는 라이브 하우스에서 마이페이스로 활동을 이어갔다.

2005년, 이토 긴지伊藤銀次의 친동생 이토 토모하루伊藤知治(g)가 이끄는 닥터 비트 & 크랑케ドクター・ビート & クランケ의 레코딩 세션에 참가. 단, 이 음원은 안타깝게도 발표되지 않았다.

2011년 12월 말 라이브 당일, 우리가 누노야의 도착을 기다리고 있을 때, 몸 상태가 아무래도 나쁘다는 전화가 걸려와, 콘서트는 직전에 캔슬되고 말았다. 이런 일은 지금까지 처음이었다. 그래서, 그때는 정말로 몸이 안좋구나라고 생각했을 뿐이었는데, 그리고나서 신년이 되자마자 누노야의 부고가 도착했다. 2012년 1월 15일, 누노야는 64세에 뇌출혈로 사망.

무라하치부(村八分:따돌림)
라이브(ライブ)

Elec, 1973

기타리스트 야마구치 후지오山口冨士夫는 실력파 GS인 '다이너마이츠ダイナマイツ'에 재적했다. 다이너마이츠 해산 후, 후지오는, 미국 방랑 여행에서 귀국한 시바타 카즈시柴田和志인 차보(チャー坊: 시바타 애칭)와 만나, 1970년 '무라하치부村八分'를 결성한다. 차보가 교토출신이었기 때문에, 활동거점은 교토였다(후지오는 도쿄인).

무라하치부는 1973년에 해산했으나 당시, 해산 직전 무대를 수록한 2장짜리 LP 라이브(ライブ)를 발매했다. 현재는 데모 테이크나 몇몇의 라이브 음원이 CD화 되어있지만, 이 음반 라이브는, 1991년에 미발표 스튜디오 녹음집 CD 쿠타비레테(草臥れて: 지쳐서)가 발매될 때까지 오랜 시간동안 무라하치부의 유일한 레코드였다. 게다가 제작 레코드 회사의 도산으로 계속 절판된 채라, 입수하기도 어렵다.

그런 상황이었기 때문에, 무라하치부라는 밴드는, 전설로 구전되어 왔다. 게다가 그들은 일본에서는 희한한 순수 마약 중독자, 드러그 컬쳐의 부산물 같은 밴드였기 때문에 더욱 그러했다.

후에 후지오가 자서전 무라하치부(村八分)(2005년: K & B퍼블리셔즈 그룹パブリッシャーズ)에서 말한 내용에 따르면, 무라하치부는 '평범한 놈들이었다면 미쳐버렸을 것이다'라며 긴장감 속에 있었다고 한다. 무대도, 곡 만들기도, 사생활도.... 후지오와 차보 이외의 멤버는 연주기술이 아니라 '저녀석은 멋있어'라는 기준으로 선택되었다고. 기초부터 상식과 먼 밴드였다.

무라하치부의 악곡은 롤링 스톤즈Rolling Stones의 넘버에서 자극 받은 것이 많지만, 스톤즈의 화려함과 요염함을, 본가 이상으로 전면에 내세워, 충동적이고 야릇한 매력으로 가득 차 넘치고 있었다. 후지오의 공간을 가르는 전율적인 기타. 거기에 차보의 도발적인 보컬. '병신', '맹인', '절름발이' 등의 차별적 단어의 나열. 라이브의 모두(冒頭)에서, 갑자기 관객을 호되게 꾸짖기.... 앨범 전체가 냉정한 열기 속, 진정한 언더그라운드. 위험해서 언터쳐블한 분위기가 물씬. 이것이 전설이 아니라면 뭐란 말인가.

라이브(ライブ)는 1984년 및 2017년에 아날로그로 재발매 되었다. CD화도 몇번이나 이루어졌지만, 2001년 재발행 때부터는 보너스 트랙으로 미발표 세션 고미바코노 후타(ゴミ箱のふた: 쓰레기통이 뚜껑)가 추가 수록되어 있다. 〈단, A① 앗!(あっ!) 미수록 CD도 있음으로 주의요망〉.

무라하치부가 해산한 다음해인 1974년, 후지오는 1st 솔로 앨범 히마츠부시(ひまつぶし: 심심풀이)를 발표. ♪요이, 돈~ (よーい, ドン〜: 준비, 땅~)의 카운트로 시작하는, 잘 만든 로큰롤 앨범. 후지오를 대표하는 히토츠(ひとつ: 하나)나 오사라바(おさらば: 안녕히) 등의 곡도 수록. 이 앨범도 오랫동안 손에 넣기 어려웠지만, 1985년에 LP로 재발매 되었다. 그 때 후지오가 직접 손으로 쓴 재킷으로 변경했다.

그후 후지오는 텀블링스タンブリングス, 티어 드롭스ティアドロップス 등의 밴드를 결성해 정력적으로 활동.

나는 운좋게 몇번인가 후지오와 함께 스테이지에서 연주한 적이 있다. 그 때, 후지오는 정말로 상태가 좋았나 봐. 항상 나를 '반마스(バンマス: 밴드마스터)'라고 부르며, 즐겁게 대단한 기타를 쳐주었다. 후에, 후지오와 가까운 사람에게 이야기를 들었는데, 그런 일은 정말로 좀처럼 없는 일이었다고 한다.

확실히, 후지오의 퍼블릭 이미지는 무서운 마약 중독자로 가까워지기 힘든 사람이라고 느꼈었다. 무엇보다 정말로 약 관계로 깜방에 자주 신세를 지고 있었고.... 친구의 라이브 하우스에서 '오늘, 후지오가 게스트로 온다고 말했긴 하지만...'라고 내가 말했을 때 친구의 겁먹은 표정이 지금도 잊혀지지 않는다. 뭐, 그 날 라이브는 즐겁고 무사히 끝났기 때문에, 아무런 문제도 없었긴 하지만....

그리고나서 시간이 한참 흐르고 나서 후지오는 2013년, 길위에서 알지 못하는 외국인들 사이의 싸움을 중재하러 들어갔다가 들이받쳤을 때, 운 나쁘게 머리를 부딪혀, 그대로 사망했다. 그것은 정말로 갑작스러워서, 너무나 허망한 죽음이었다.(참고로 차보는 1994년에 약물 과다로 일찍 사망했다).

하치미츠파이(はちみつぱい: 벌꿀 파이)
센티멘털 도리(センチメンタル通り: 센티멘털 거리)

해피엔드와 함께, 일본어 록의 선구자로 알려진, 하치미츠파이.

하치미츠파이의 중심인물은 스즈키 케이이치鈴木慶一. 1970년, 케이이치의 어머니가, 자신이 근무하는 회사에서 아르바이트를 하고 있던 아가타 모리오あがた森魚에게 "우리 집에 이상한 아들이 하나 있는데, 이번에 놀러 와"라고 말을 건 것이 모든 시작이었다. 케이이치는, 아가타와 만나, 음악 활동을 개시한다.

아가타가 처음 케이이치의 집을 방문했을 때, 케이이치는 "더 마더즈 오브 인벤션The Mothers of Invention의 프레이크 아웃!(Freak Out!)이 풀 볼륨으로 틀어진 집으로 들어와주세요"라고 전했다고 한다. 물론 아가타는 마더스의 음을 따라, 무사히 집을 찾아냈다.

둘은, 우선, 아가타의 자체 제작 앨범 치쿠온반(蓄音盤: 축음반)(1970)을 제작. 그때 둘은 호소노 하루오미細野晴臣에게 베이스를 의뢰. 그것을 계기로, 케이이치는 호소노의 권유를 받아 해피엔드의 콘서트에서 사이드 기타를 담당. 케이이치 본인은 정식 멤버가 되었다고 생각했으나, 다음 기회는 해피엔드의 해산 콘서트(1972)에서 피아노를 친 것뿐이었다.

또 같은 시기, 케이이치는 사이토 테츠오斉藤哲夫의 싱글 사레도 와타시노 진세이(されど私の人生: 나의 인생)에서, 피아노와 기타를 담당해, 프로로서 첫 레코딩을 경험했다.

이러한 일들이 있었어도 케이이치는 기본 아가타의 백 밴드처럼 함께 연주했다. 멤버는 다소 들어오고 나가기를 반복했지만, 이러한 케이이치의 밴드에 아가타가 비틀즈Beatles의 곡 허니 파이(Honey Pie)에서 '하치미츠파이(はちみつぱい: 벌꿀 파이)'라고 명명. 1971년 즈음부터, 독립적인 밴드로서도 행동하게 되었다.

이때 하치미츠파이의 음악은 그레이트풀 데드Grateful Dead 같은 사이키델릭 하고 컨트리 풍의 인스트루멘탈 잼을 메인으로 했다고 한다.

하치미츠파이는 1971년, '제3회 일본 포크잼버리'에 아가타와 함께 출연. 이것을 계기로 아가타는 벨우드ベルウッド 레이블에 스카우트를 받았는데, 아가타의 한마디 "레코드를 낸다면, 하치미츠파이도 함께"로, 하치미츠파이도 계약하는 것으로.

아가타의 메이저 데뷔 싱글 세키쇼쿠 엘레지(赤色エレジー: 적색 비가)(1972)가 대 히트를 해, 하치미츠파이도 업계에 알려지게 되었다. 아가타의 앨범 오토메노 로망(乙女の儚夢: 소녀의 로망)에도 참가. 그 외에도 오카바야시 노부야스岡林信康나 니시오카 쿄우조西岡恭蔵, 후루이도古井戸 등이 레코딩에 참가.

여기서, 오리지널 멤버였던 와타나베 마사루渡辺勝가, 직접 그룹 '얼리 타임스 스트링스 밴드アーリータイムス・ストリングス・バンド'를 결성하면서 탈퇴. 대신에 코사카 추小坂忠의 백 밴드를 하고 있던 페달 스틸 기타 연주자인 코마자와 히로키駒沢裕城가 가입. 바이올린의 타케카와 마사히로武川雅寛〈카구야히메かぐや姫의 칸다가와(神田川: 칸다강)는 그의 작업〉와의 인연이, 하치미츠파이의 사운드의 특징이 됐다.

그리고 1973년, 하치미츠파이의 1st 센티멘털 도리(センチメンタル通り: 센티멘털 거리)가 릴리스되었다. 탈퇴한 마사루도 레코딩에 참가했다.

더 밴드The Band 같으면서도 영국 풍미를 드러내며, 그 안에서 도쿄 번화가의 정서와 애수가 흘러나온다. A① 헤이노 우에데(塀の上で: 담 위에서)는, 확실히 미국/영국/일본을 망라하며, 사이키델릭·넘버로서도 훌륭한, 일본 록 역사에 남을 명곡이다

그 후 하치미츠파이는 1974년, 아가타의 앨범 레미제라블(噫無情)의 레코딩에 참가. 싱글 키미토 트렁크(君と旅行鞄: 너와 여행가방)을 발표. 같은 해 말에 해산. 콘서트의 마지막은 케이이치의 대사 '잘 가. 로큰롤 소년, 로큰롤 소녀'로 막을 내렸다.

그리고 얼마 지나, 하치미츠파이를 모체로 한 '문라이더스(ムーンライダーズ Moonriders)'가 결성된다.

V.A.

OZ Days Live

전설의 라이브 하우스 'OZ'는, 도쿄의 키지조지吉祥寺에 있었다. 1972년 6월에 개점, 1973년 9월에 폐점. 1년 2개월이라는 짧은 기간이었다. 당시는 '록 킷사(喫茶: 다방. 킷사텐이라고 함)'이라고 불렸다.

쿠보타 마코토久保田麻琴와 유야케(夕焼け: 저녁노을) 악단, 하다카노 라리즈裸のラリーズ, 미나미 마사토南正人, 타지마할 여행단タージ・マハル旅行団, 카르멘 마키 & OZ(주: 밴드명은 우연의 일치), 안젠(安全: 안전)밴드, 요닌바야시四人囃子, 주노케이사츠(頭脳警察: 두뇌경찰), 미야코오치都落ち, 애시드 세븐アシッド・セブン, 겟세마네ゲッセマネ, 웨스트 로드 블루스 밴드ウエスト・ロード・ブルース・バンド, 멘탄핀めんたんぴん, 집시 브래드ジプシー・ブラッド, 하치미츠파이(はちみつぱい: 벌꿀 파이), 시바シバ, 하이노 케이지灰野敬二... 뭐라 할 것 없이 모두 강렬한 출연자들이다.

폐점을 계기로, 2장짜리 옴니버스 앨범 OZ 데이즈 라이브(OZ Days Live)을 1,000장 한정으로 자체제작했다. 애시드 세븐, 미야코오치, 미나미 마사토, 타지마할 여행단, 하다카노 라리즈까지 5명의 아티스트가 OZ 가게 내에서 녹음한 것. 현재도 해외에서 인기가 높은 컬렉터즈 아이템이다.

2장의 레코드를 각각, 타자기로 친 밴드명이 찍힌 종이를 붙인 하얀 판지 재킷에 넣었고, 레이블 면에는 곡명을 따로 기록하지 않았다. 일러스트나 연주자의 사진을 콜라쥬한 포스터가 붙어있고, 레코드는 앨범 타이틀을 스탬프로 찍은 크래프트 종이로 만든 포장재에 봉입되었다. 정말로 전부 수제로 만들어졌다.

2005년에, 제작 당시의 판 중에 불량재고가 발견되어, 겉 포장지를 다시 만든 것이 릴리스되었다. 또 해적판이지만, 플라스틱에 넣은 2장짜리 CD, 오리지널 그대로인 갈색 봉투 사양으로 미니어처 복각한 2장짜리 CD가 시중에 나와 있다.

이 레코드의 역사적 가치는 크다. 당시의 언더그라운드 록의 분위기가 그대로 수록되어 있는 것은 물론, 전부 여기서가 아니면 들을 수 없는 귀중한 음원이다.

앨범은 우선, 교토의 비틀즈 타입의 로큰롤 밴드 '미야코오치'부터 스타트. 개러지 록 작렬! 미야코오치의 음원은 이것 밖에 남아있지 않다. 중심인물 두 사람은 그 후 '메리켄 부츠メリケン・ブーツ'를 결성한다. 이어서 '애시드 세븐'의 와일드 록. 애시드 세븐의 음원도 이것 밖에 없었다. 리더인 세븐는 요코마하 전설의 히피, 비트닉 시인이다.

B면은 포크 싱어 미나미 마사토의 무대. 이것 역시 히피하고 애시드 사이키데릭한 소름 돋는 분위기가 작렬한다.

2번째 레코드로 가면, 더욱더 딥한 괴이한 세계로 우리들을 초대한다. C면은 '타지마할 여행단'의 연주다. 현대음악가인 코스기 타케히사小杉武久를 중심으로 결성되어, 재즈, 록, 사이키델릭, 노이즈, 민속 음악 등 모든 장르의 요소를 융합한, 흔들리는 것 같은 즉흥연주.

마지막 D면. 이 사이드 때문에, 이 레코드가 고액의 귀중한 일품이 되었을 것이다. 바로 '하다카노 라리즈'다. 1990년대까지, 그들의 유일한 공식 음원이었다.

하다카노 라리즈는 진정한 의미로 전설적 재패니즈 언더그라운드 사이키델릭 밴드다. 기타 & 보컬인 미즈타니 타카시水谷孝를 중심으로 1967년에 결성되어, 1997년즘까지 활동했다. 창립멤버에는 1970년대에 '요도호 항공기 납치사건'을 일으켜, 북한으로 망명해 현재 평양에 사는 와카바야시 모리아키若林盛亮가 재적. 와카바야시는 베이스를 쳤다. 이 음원에서는 쿠보타 마코토가 베이스를 담당했다고 한다.

1990년 이후에 등장해 폭음 노이즈 록의 원조. 에코가 잔뜩 걸려있는 보컬에, 기타는 이펙트의 폭풍, 거기에 귀를 먹게 할 것 같은 돌아오는 굉음이 겹쳐온다. 그리고 어울리지 않는 담담한 리듬의 포크 조의 노래. 실로 유일무이의 개성적인 사운드. 또한 해외에서는 'Les Rallizes Dénudés'라는 프랑스어식 표기가 정식 밴드명이다.

어찌 됐든, 이 시대의 공기를 잘 모아 남겨준 것에 감사할 수밖에 없다.

쿠보타 마코토 & 유야케 가쿠단久保田麻琴と夕焼け楽団
Sunset Gang

1949년 교토 출생의 쿠보타 마코토久保田麻琴는 월드 뮤직의 선구자다. 하와이, 오키나와, 샌프란시스코, 뉴올리언스, 인도네시아… 우리에게 세계 각지의 음악을, 심지어 멋있는 '무국적' 일본 록으로 가르쳐 주었던 뮤지션이다.

어렸을 때부터 음악을 좋아했던 쿠보타는 대학생이었던 1970년에 URC 레코드에서 싱글 쇼와겐로쿠 호게호게부시 c/w 아나폭카리막쿠로케(昭和元禄帆下法偶節 c/w アナポッカリマックロケ)로 데뷔했다.

동시에 환상의 언더그라운드 사이키델릭 밴드 '하다카노 라리즈裸のラリーズ'의 멤버로서도 활동했다. 대학을 휴학하고 도미해 샌프란시스코나 뉴욕 등을 떠돌며 한창인 히피 문화의 공기를 한껏 들이마시고 귀국했다. 1973년, 마츠토우야 마사타카松任谷正隆의 프로듀스로 지금도 애시드 포크의 명반으로 잘 알려진 솔로 앨범 마치보우케(まちぼうけ:바람맞음)를 발표했다.

쿠보타는 이 앨범의 세션 멤버를 발전시켜 자신의 밴드 '유야케 가쿠단(夕焼け楽団: 저녁노을 극단)'을 결성한다.

1973년에 유야케 가쿠단의 1st 선셋 갱(サンセット・ギャング)을 릴리스해 크레딧은 '쿠보타 마코토-II'로 되어 있지만 요즘에는 쿠보타 마코토와 유야케 극단의 퍼스트 앨범으로서 잘 알려져 있다. 충격적인 고질라 재킷과 달리 블루스, 컨트리, 포크, 전전(戰前)의 재즈 등 올드 타임한 분위기를 풍기며 한적한 시골을 떠올리게 하는 레이드 백 사운드다.

오프닝 A① 타소가레노 메이쿠 러브 컴퍼니(たそがれのメイク・ラヴ・カンパニー: 황혼의 메이크 러브 컴퍼니)는 느긋하고 온화하지만 갑작스럽게 마음을 움켜쥔다. 진 피트니Gene Pitney의 올디스 스탠더드 곡을 촌스러운 리듬에 쾌활하게 노래하는 A③ Louisiana Mama, 스파이더스를 정글 비트로 커버한 B④ 뱅뱅뱅(バン・バン・バン), 블루스 잼 세션 A④ 선셋 선셋(サンセット・サンセット) 등 느긋해서 즐겁고 적당히 취해서 좋은 기분이 드는, 이 나사가 풀어진 상태가 실로 절묘해서 수록곡의 절반이 라이브 녹음이라는 것도 이해 못할 것은 아니다.

1975년, 절친인 호소노 하루오미細野晴臣와 함께 컨트리/R&B/레게/하와이언/오키나와 민요 등의 음악을 모두 합친 짬뽕 음악 '찬키 뮤직チャンキーミュージック(찬프루チャンプルー: 뒤죽박죽 섞다라는 뜻의 오키나와어 & 펑키ファンキー)를 제창했다. 에스노 록이라고 말할 만 할 2nd 하와이 찬프루(ハワイ・チャンプルー)를 발표하면서는 키나 쇼키치喜納昌吉의 출세작 하이사이 오지상(ハイサイおじさん)을 커버했다.

1977년의 3rd Dixie fever(ディキシー・フィーバー)에서는 텍스멕스Tex-Mex나 아메리카남부 음악에 포커스를 맞췄다. 4th 럭키 올드 선(ラッキー・オールド・サン)에서는 아모스 가렛Amos Garrett과 제프 멀더Geoff Muldaur가 레코딩에 참가했다. 1979년의 5th 세컨드 라인(セカンド・ライン)은 유야케 극단으로서 라스트 앨범이 되어버렸지만, 뉴올리언스 음악의 즐거움을 내게 가르쳐 주었다.

유야케 극단은 아메리카와 일본 혼열인 여성가수 샌디サンディー를 메인 보컬로 영입해 '샌디 & 선셋츠Sandii & the Sunsetz'로 개명했다(본래는 '더 선셋츠'였으나 오스트레일리아의 신문에서 난 오보를 계기로 이 밴드명에 정착했다). 1984년 싱글 Sticky Music가 오스트레일리아에서 히트를 기록해 1989년까지 활동하고 해산했다.

쿠보타는 그 후, 호소노와 유닛 '해리 & 맥Harry & Mac'(1999)을, 호소노와 오키나와의 테루야 링켄照屋林賢과 함께 유닛 '카라비사カラビサ'(2000)를 결성했다.

2001년에 말레이시아의 프로듀서팀과의 프로젝트 'Blue Asia'를 시작해 발리, 터키, 베트남, 모로코 등 세계 각국의 민요의 음원에 덥 등의 해석을 붙여 모던하고 쿨한 월드 뮤직을 퍼트렸다. 일본을 시작으로 유럽 등 해외에서도 높은 평가를 얻었다. 쿠보타는 최근 일본의 토착적인 음악 발굴에 정력적으로 전념하고 있다.

새디스틱 미카 밴드(サディスティック·ミカ·バンド, Sadistic Mika Band)
쿠로후네(黑船: 검은 배) Black Ship

전 포크 크루세이더스 フォーク·クルセダース의 카토 카즈히코 加藤和彦가 결성한 록 밴드. 1972년 데뷔. 밴드명은 존 레논의 플라스틱 오노 밴드의 패러디. 보컬인 미카 ミカ 는 카토의 부인으로 미카의 칼 놀림이 새디스틱했기 때문에 이런 이름이 되었다.

기본은 록. 팝하고 키치하면서 질주감 있음. 소울, 펑키, 그루브 있음. 눈에 띄는 화려한 의상으로 몸을 감싼 글래머러스한 밴드. 당시의 일본에서는 유일무이한 존재감으로 굉장한 아우라를 내보냈다. 원래 조금 세속에서 벗어난 느낌의 카토였기 때문에, 이러한 그의 공상 세계가 100% 개화한, 즐기는 마음이 흘러넘치는 밴드였다.

1973년, 데뷔 앨범 새디스틱 미카 밴드(Sadistic Mika Band)를 발표. 마치 장난감 박스를 뒤엎은 느낌의 근사한 글램 록. 레코딩 데이터를 전달하는 사람을 먹고 있는 것 같은 EP반의 부록도 붙어있다. 다만, 당시 일본에서는 그다지 팔리지 않고, 바다를 넘은 영국에서 화제가 되었다. 역수입의 형태로 평가가 올라갔다.

그런 상승기류를 탄 미카 밴드가 1974년에 발표한 2nd 앨범이 쿠로후네(黑船: 검은 배,

Black Ship)다. 에도 막부 말기의 쿠로후네 내항 [1]을 모티브로 '서양과 동양의 만남'을 테마로 한 일대 콘셉트 앨범. 일본 록 역사에 찬란하게 빛나는 역사적 명반. 영국 및 미국에서 발매되었다.

조용한 오프닝으로 전하는 노래 A① 스미에노 쿠니에(墨絵の国へ: 수묵화의 나라로)로, 우리들은 에도 말기 쿠로후네의 세계로, 단숨에 타임리프. 그 기분은 미카 밴드를 대표하는 R&B 넘버인 A③ 타임머신니 오네가이(タイムマシンにお願い: 타임머신에게 부탁해)에서 드러난다. ♪ 자, 그 스위치를, 아주 먼 옛날로 돌리면さぁ, そのスウィッチを, 遠い昔に回せば～.

그리고 타이틀 곡 A④～⑥ 쿠로후네(黒船: 검은 배)로 이어진다. 매튜 페리Matthew Perry가 요코스카橫須賀에 와서 개국(開国)을 요구한 사건, 1853년 7월 7~9일(가에이嘉永 6년 6월 2~4일)의 삼일간의 모습을 표현한 인스트루멘탈. 이 앨범의 하이라이트가 그야말로 진정한 압권. 후에 퓨전 기타리스트로 이름을 날린 타카나카 마사요시高中正義의 인스트루멘탈 곡의 선봉장이 되었다.

B② 돈타쿠(どんたく: 휴일)은 팝적이며 재퍼네스크Japanesque 펑크funk! B④ 헤이마데 히톳토비(塀までひとっとび: 담까지 한번에)는, 의미불명의 가사가 작렬하는 펑크punk 펑크funk! 스키스키스키(SUKI SUKI SUKI)라는 타이틀로 해외에서도 싱글 컷 되었다.

앨범 쿠로후네(黒船)는 영국인 프로듀서 크리스 토마스Chris Thomas [2]가 꼭 프로듀스 하고 싶다며 직접 일본에 와, 막대한 제작시간(450시간)을 들여 제작했다. 그러나 크리스와 미카가 사랑하는 사이가 되어 버려, 밴드는 해산으로…. 1975년, 보다 펑키하고, 이국적이며 퓨전의 3rd 핫! 메뉴(Hot! Menu)를 발표하고, 해산.

해산 직후, 록시 뮤직Roxy Music에 초청되어 록시의 영국 투어에서 오프닝 부분을 맡았지만, 주인공인 록시를 압도해버렸다는 일화가 있다. 그 모습은 해산 후에 릴리스된 라이브 앨범 미카 밴드 라이브 인 런던(Mika Band Live in London)(1976)에서 확인 할 수 있다.

미카 밴드 해산 후, 남은 멤버, 타카나카 마사요시(g), 타카하시 유키히로高橋幸宏(ds), 고토 츠구토시後藤次利(b), 이마이 유우今井裕(key) 4명은 퓨전 밴드의 선구자인 '새디스틱스サディスティックス'을 결성. 그러나, 그것과 동시에 각 멤버의 솔로 활동도 늘어나게 되어, 결국 새디스틱스도 자연소멸하여 1978년에 해산.

카토는 그 후 작사가 야스이 카즈미安井かずみ와 결혼해, 양질의 솔로 앨범을 다수 발표. 1989년에는 미카 밴드를 재결성(보컬은 키리시마 카렌桐島かれん). 2006년, 미카 밴드 다시 재결성(보컬은 키무라 카에라木村カエラ). 그러나, 카토는 2009년에 우울증으로 자살, 사망. R.I.P.

---

1 미국의 페리 제독이 1953년 4척의 증기 기관선을 끌고 일본에 온 사건. 이를 계기로 일본은 개항한다.

2 록시 뮤직Roxy Music, 프로콜 하럼Procol Harum 등의 프로듀서. 핑크 플로이드Pink Floyd의 The Dark Side of the Moon의 믹싱 엔지니어로도 유명. 조지 마틴George Martin의 조력자로 비틀즈의 화이트 앨범에 관여하는 것으로 경력을 시작함.

요닌바야시四人囃子

잇쇼쿠소쿠하츠(一触即発: 일촉즉발)

요닌바야시는 1969년에 기타리스트 모리조노 카츠토시森園勝敏가 고교시절에 결성한 록 트리오 '자 산닌(ザ·サンニン: The 3명)'을 모체로, 그 후 키보드 연주자가 가입해, 4인조로 편성되면서 '요닌바야시四人囃子'로 개명. 이미 그 시점에서 '18세의 젊음으로 핑크 플로이드 Pink Floyd의 대곡 에코스(Echoes)를 완벽하게 연주할 수 있는 밴드로 유명했다. 데뷔 전의 라이브를 녹음한 앨범 '73 요닌바야시('73四人囃子)(1978년 발매)로, 소문에 불과했던 높은 연주실력을 확인 할 수 있게 되었다.

　　1974년, 일본 프로그레시브 록의 금자탑을 세운 앨범 잇쇼쿠소쿠하츠(一触即発: 일촉즉발)로 데뷔. 뮤지션이나 음악관계자, 음악 팬들에게, 큰 충격을 주었다. 왜냐하면, 프로그레시브 록을 하는 첫 일본인 밴드였기 때문이다.

　　핑크 플로이드와 ELP의 진수를 짜내어, 일본의 포크 풍미를 약간 뿌리면서, 탁월한 연주 기술과 치밀한 구성력과 음처리로 듣지 않을 수 없게 하는 악곡들. 일본어 프로그레시브 록으로 바로 정면에서 맞붙은 작품. 세상 희한한 가사 속 세계관도 독특했다.

A③ 오마츠리(おまつり: 축제)는 11분을 넘는, 요난바야시를 대표하는 넘버. 모리조노는 핑크 플로이드나 프로콜 하럼Procol Harum 등 영국파에 머무르지 않고, 그레이트풀 데드Grateful Dead나 올맨 브라더스 밴드Allman Brothers Band 같은 아메리카 록도 무척 좋아했는데, 특히 이 곡의 기타 사운드는 축축한 브리티시의 향기(이것이 또 일본 정서에 절묘하게 매치되었다)안에서도, 레이드 백Laid Back의 느낌이 감도는 곡이 되었다. 게다가 곡의 마무리는 산타나Santana다.

그리고 타이틀 곡이 B① 잇쇼쿠소쿠하츠(一触即発)다. 이것도 12분을 넘는 규모가 큰 악곡으로, 정적임과 움직임의 대비와, 이것이 바로 프로그레시브다라고 말하는 조바꿈과 전개로, 눈을 희번덕거리게 만들며 손에 땀을 쥐게 하는 뜨거운 연주가 울려 퍼진다. 특히 스피드하게 변천하는 후반은, 흡사 음악의 만화경같다.

그리고, 전혀 싫증나는 순간 없이 앨범 1장을 눈깜작할 사이에 전부 들어버리게 만든다. 이 앨범 전체를 통해, 소리에 녹아 있는 일본만의 끈적함을 느낄 수 있는 것이 특징이다.

실은 그 전년도인 1973년에 영화 어느 청춘/20세의 원점(ある青春/二十歳の原点) OST 앨범이 그들의 첫 레코딩. 레코드 회사로부터 '이거 해주면, 다음은 좋아해는 앨범을 만들어도 좋다'라는 말을 듣고 대충 만든 앨범으로 프로그레시브가 아니다. 그렇지만 나는 개인적으로 매우 좋아한다. 내가 애청하는 앨범 중 하나이기도 하다.

1st 발표 후, 나중에 명 프로듀서로 이름을 날리는 귀재 뮤지션, 사쿠마 마사히데佐久間正英가 가입해, 싱글 소라토부 엔반니 오토우토가 놋타요(空飛ぶ円盤に弟が乗ったよ: 비행접시에 동생이 탔어)을 릴리스. 어디선가 시치미를 뗀 비행접시(이라기 보다 우주인)와의 조우를 그린, SF 송. 가사는 물론. 사운드도 프로그레시브하지만, 팝하고 키치함. 불가사의한 매력의 인기곡.

그리고 1976년, 더욱 정진한 그들은 마치 빈틈이 없는, 엄청나게 완성도가 높은 2nd, 프로그레시브 록을 대표하는 앨범 골든 피닉스(ゴールデン・ピクニックス)를 발표. 잇쇼쿠소쿠하츠(一触即発)가 습한 흐린 하늘이라면, 이번은 확 맑게 개인 쾌청함을 느낄 수 있다.

그러나 그 후, 프로트 맨이었던 모리조노가 탈퇴. 탈퇴의 이유에 대해서는 '골든 피닉스(ゴールデン・ピクニックス)를 완성시켰더니 모든 걸 쏟아내고 말았다'라고 말했다. 밴드는 새로운 기타리스트 사토 미츠루佐藤ミツル를 영입해, 프린티드 젤리(Printed Jelly)(1977), 바오(包,bao)(1978), 네온(NEO-N)(1979) 등, 전부 수준이 높은 앨범을 발표했고 1979년에 해산.

모리조노는 그 후, 퓨전 밴드 '프리즘プリズム'에 가입했었으며, 솔로 활동이나 세션 등으로 폭넓게 활약. 2001년 이후는 재결성한 요닌바야시의 멤버로서도 활동하고 있다.

2017년에 CD+DVD의 요닌바야시 앤솔로지(四人囃子アンソロジー)〜사쿠(錯: 섞임)〜가 발매되었다.

츠키노 히카리(月の光: 달빛) Snowflakes are Dancing

RCA Red Seal, 1974

신시사이저의 거장, 토미타 이사오冨田勲. 1932년 출생. 2016년, 심부전으로 사망. 향년 84세.

토미타는, 대학생 시절, 미술사를 전공하고 있었지만, 원래 클래식 음악을 정말 좋아했기 때문에, 독학으로 작곡을 마스터했다. 음악대학 출신이 아닌 작곡가는 희귀한 존재로, 유별난 경력이었다.

졸업 후,《밀림의 왕자 레오ジャングル大帝》,《사파이어 왕자リボンの騎士》,《캡틴 울트라キャプテン·ウルトラ》,《마이티 잭マイティ·ジャック》등의 애니메이션/특촬물을 시작으로, 방송, 영화, 다큐멘터리, 이벤트, 무대, 학교 교재, CM송 등 수많은 작곡을 이루어냈다.

1971년, 모듈라 식의 모그 신시사이저를 일본에서 처음으로 개인구매. 당시에는 1,000만엔정도나 되는 매우 고가의 물품이었다. 악기로 구입한 것을, 관세청에서 군사기기로 오해받아, 조사장에서 몇 개월간 억류 당했다는 에피소드가 있다. 악기인 것을 증명하기 위해서, 영국 프로그레시브 건반연주자인 키스 에머슨Keith Emerson의 연주사진을 증거로 제출했다고 한다.

또, 모그에는 설명서가 없었기 때문에, 사용방법을 몰라서 '비싸기만한 고철을 사버렸다'
고 후회했지만, 굴하지 않고 그 후, 자택에 전자음악 스튜디오를 설치. 시행착오를 반복해가
면서, 전자음의 관현악의 재현을 시도, 수많은 작품을 배출했다. 음악의 색채감이라는 것에
빠져있던 토미타에게 있어서, 자기 취향의 음을 만들어 낼 수 있는 신시사이저는, 마치 꿈의
사운드를 실현시키는 마법의 기계였다.

1974년 4월, 클로드 드뷔시Claude-Achille Debussy의 작품을 독자적으로 해석해 신시사이
저 음악으로 제시한 Snowflakes Are Dancing을 미국 RCA 레코드에서 릴리스. 아메리카에
서 대호평을 받아, 9월에 일본반 츠키노 히카리(月の光: 달빛)가 발매되었다. 거기에는 지금까
지 아무도 들어 본적이 없는, 정말 새로운 음악의 세계가 펼쳐져 있었다.

그후에도, 모데스트 무소르그스키Modest Mussorgsky의 텐란카이노 에(展覧会の絵: 전람회의
그림)(1975), 이고르 스트라빈스키Igor Stravinsky의 히노 토리(火の鳥: 불새)(1975), 구스타브 홀스트
Gustav Theodore Hols의 와쿠세이(惑星: 혹성)(1976), 모리스 라벨Maurice Ravel의 다프니스와 클로
에(ダフニスとクロエ)(1979), 퍼디 그로페Ferde Grofé의 다이쿄코쿠(大峡谷: 그랜드 캐니언)(1982) 등,
클래식을 신시사이저로 만든 작품을 연이어 발표.

그외에도, 일본의 컬트 영화로 잘 알려진 《노스트라무스의 대예언ノストラダムスの大予言》
(감독: 마스다 토시오舛田利雄 1974)의 사운드트랙이나, 자신의 작품을 해설한 2장짜리 LP 토미타
이사오노 세카이(冨田勲の世界: 토미타 이사오의 세계)(1977), 《2001 스페이스 오디세이》의 테마곡
차라투스트라와 카쿠 카타리키(ツァラトゥストラはかく語りき: 차라투스트라는 이렇게 말했다) Also
sprach Zarathustra나 스타 워즈 테마(スター・ウォーズのテーマ)를 수록한 콘셉트 앨범 우추겐
소(宇宙幻想: 우주환상) Cosmos(1978), 재킷은 저명한 일러스트레이터 요코오 타다노리横尾忠則
의 것이며 SF작가인 코마츠 사쿄小松左京가 해설을 담당한 버뮤다 트라이앵글(バミューダ・トライ
アングル)(1978) 등의 앨범을 정력적으로 제작.

1984년에 릴리스한 돈 코러스(Dawn Chorus)는 우주과학연구소에서 녹음한 우주에서 온
펄스 신호를 디지털 신시사이저에 집어넣어, 음원으로 사용. 우스갯소리나 농담이 아니라, 진
짜 우주의 소리가 작품인 것이다.

1984년 9월에, 오스트리아의 린츠에서 개최된 부르크너 음악제에서, 다뉴브강 전체를
사용한 장대한 쇼는, 정말로 현지에서 체험하고 싶었다. 그 쇼의 영상은 NHK 다큐멘터리로
방송되어, 라이브 앨범 Mind of the Univers에 실려있다(한국판 있음).

2012년에는, 보컬음성을 합성한 신시사이저 보컬로이드인 '하츠네 미쿠初音ミク'와의 공
연작품 이하토브 교향곡(イーハトーヴ交響曲)을 작곡, 공연을 했다. 결국, 이것이 토미타의 생전
최후의 작품이 되어버렸지만, 일본에 신시사이저를 도입한 위대한 창시자의 최후를 하츠네
미쿠가 장식한 것은, 어떻게 해서라도 새로운 것을 시도해보는 것을 좋아하는 토미타다운 마
지막이 되었다고 생각한다. R.I.P.

쿨스노 세카이 / 쿠로노 로큰롤(クールスの世界 / 黒のロックン・ロール: Cools의 세계 / 흑색의 로큰롤)

King, 1975

캐롤의 추종자로 '쿨스クールス'라는 폭주족이 있다. 쿨스는 지금은 인기배우로 유명한 타치 히로시舘ひろし, 이와키 코우이치岩城滉一 두 사람에 의해 1974년에 결성되었다. 멤버 전원이 리젠트 머리, 검은 가죽점퍼, 까만 바지(혹은 청바지), 검은 오토바이로 통일했다.

쿨스는 캐롤 해산 콘서트에서 친위대(공연장정리나 보디가드)를 맡았다. 이것은 롤링 스톤즈Rolling Stones가 헬스 엔젤스Hells Angels를 친위대로 고용해 콘서트를 했던 것을 흉내낸 것으로, 야자와 에이키치矢沢永吉(에이짱永ちゃん)가 똑같아 보이도록 연출하고 싶다면서 타치에게 의뢰했다.

캐롤 해산 후 1975년, 레코드 회사로부터 설득을 받아 "팀 멤버들이 밥을 먹을 수 있게 하기 위해"라는 이유로, 타치가 중심이 되어 록 밴드로 데뷔한다. 이 때 이와키는 이미 배우로서 데뷔가 결정되어 있었기 때문에 밴드에는 참가하지 않았다.

쿨스는, 당시 인기있던 미국 로큰롤 리바이벌 밴드 '샤나나ShaNaNa'를 이미지해서, 3명의 보컬리스트 + 밴드라는 체제를 갖췄다. 타치외의 보컬은 미즈구치 하루유키水口晴幸(애칭: 핏

피피ッ피)와 무라야마 카즈우미村山一海(애칭: 무라ムラ) 두 사람. 팀 컬러는 검은색으로 통일. 메인 보컬로 3명이 서 있는 모습이 무대에서 눈에 띈 것 그 이상으로, 본가 샤나나 보다 더 불량하게 올디스풍의 일본어 오리지널 로큰롤을 연주했다.

1st 앨범 쿨스노 세카이 / 쿠로노 로큰롤(クールスの世界 / 黒のロックン·ロール: Cools의 세계 / 흑색의 로큰롤)에는 곡 사이에 바이크 소리의 SE를 끼워넣은 오리지널 로큰롤 넘버가, 콘셉트 앨범같이 늘어서 있다. 조니 오오쿠라ジョニー大倉가 프로듀스, 치카다 하루오近田春夫가 전면적으로 어레인지에 참가.

데뷔곡 B① 무라사키노 하이웨이(紫のハイウェイ: 보라색 하이웨이)는, '고다이 요우코우五大洋光'라는 필명으로 에이짱이 쓴 넘버. 질주감이 넘치는 굿 올드한 R&R. 쿨스의 이미지와 완벽히 일치했다. 치카다 하루오가 만든 B② 신데렐라(シンデレラ)는, 치카다 자신이 하루오폰ハルヲフォン으로 셀프 커버할 정도로 마음에 들어한 곡. 앨범의 라스트를 장식하는 B⑥ 세컨드 이즈 유(セカンド·イズ·ユー)는 로큰롤 색이 강한 다른 곡과는 분명하게 다르다. 미디엄 템포의 독특한 넘버. 이것도 작곡은 에이짱. 떠들썩한 로큰롤의 흥분을, 마지막에 약간 차분하게 만들고 나서 앨범은 끝이난다.

확실히 노래나 연주는 아직 미숙해서, 처음 내놓은 데뷔 앨범이라는 느낌은 지울 수 없다. 실제 멤버들 역시 이 때는 아직 진짜 뮤지션이 된다라는 자각도 없었다고 한다.

1976년, 블루스 맨 오오키 토오루大木トオル의 프로듀스로 2nd 로큰롤 앤젤스(ロックンロール·エンジェルス)를 발표. 무라의 팔세토 보컬이 빛나는 미스터 할리 데이비슨(ミスター·ハーレー·ダビッドソン)나 코이노 오와리(恋の終わり: 사랑의 끝) 등, 제임스 후지키ジェームス藤木(g)의 송라이팅 재능이 개화해, 밴드로서의 완성도가 갑자기 업된 좋은 앨범. 드디어 멤버들도 진지하게 할 마음이 생겼다.

그 후, 라이브 앨범 도쿄 초쿠게키~쿨스 라이브(東京直撃~クールス·ライブ: 도쿄직격~쿨스의 라이브)(1976), 해산기념 앨범 헬로 굿바이(ハロー·グッドバイ)(1977)와 총 4장의 앨범을 발표. 1977년에 리더 타치가 탈퇴해 일단 해산이라는 형태가 되었지만, 밴드는 그대로 존속하기로 결정. 후지키가 음악적으로도, 실질적으로도 리더가 되어, 일편단심으로 R&R길을 걸어간다. 멤버가 체인지 되거나 명칭을 조금씩 바꾸거나(쿨스 로커빌리 클럽, 쿨스 RC 등) 하면서, 현재도 밴드로서 활동하고 있다. 2000년 이후에는 크레이지 켄 밴드クレイジーケンバンド로 대활약한 요코야마 켄横山剣이 보컬이었던 시기도 있다(1981~1993). 켄은 원래 쿨스의 스태프였다.

쿨스 로커빌리 클럽 시대의 앨범 뉴욕시티, NY(New York City, NY)(1979)의 프로듀스는 야마시타 타츠로山下達郎로, 자신이 직접 프로듀스한 작품 중에 가장 좋아한다고 말한다.

타치는, 해산 후 '타치 히로시와 섹시 다이너마이트舘ひろしとセクシー·ダイナマイツ'을 결성. 그후 솔로가 되어, 배우업으로 필드를 옮겼다.

퍼 이스트 패밀리 밴드(ファー・イースト・ファミリー・バンド, Far East Family Band)

치큐쿠도세츠(地球空洞説: 지구공동설)

일본 프로그레시브 록 밴드로서, 해외에서도 인기가 높은 퍼 이스트 패밀리 밴드.

리더이며 보컬인 미야시타 후미오宮下文夫가, 1970년에 하드 록 밴드 '펄 아웃Far Out'을 결성. 같은 시기, 전 런처스ランチャーズ 키타지마 오사무喜多嶋修와 유닛 '후미오 & 오사무フミオ & オサム'로, 동양적 색채가 강한 어쿠스틱 앨범 신추고쿠(新中国: 신중국)(1972)을 제작. 이것에 영향을 받아, 펄 아웃의 사운드도 하드 록에서 초기 핑크 플로이드Pink Floyd를 생각나게 하는 프로그레시브 록 같은 음으로 변화. 1973년, 목장갑으로 만든 재킷이 인상적이었는지, 국내외의 레코드 컬렉터들이 갖고 싶어하는 트립 사이키델릭 앨범 니혼진(日本人: 일본인)을 발표. 그러나 밴드는 해산.

미야시타는 펄 아웃의 방향성을 더욱 발전시켜, 정신세계와 일렉트로닉스를 융합시킨 음악을 추구하기 위해, 신 밴드 '퍼 이스트 패밀리 밴드Far East Family Band'를 결성한다.

1975년에 1st 앨범 치큐쿠도세츠(地球空洞説: 지구공동설)을 발표. 곡과 그 다음곡 사이가 전부 이어져있는 완전한 조곡 형식의 토털 콘셉트 앨범. 발매 당시의 캐치 프레이즈는 '깊은 고요함 속에서 감미로운 우주적인 감성. 11대의 신시사이저가 한올 한올 엮어 만들어내는 무한의 세계'. 영미를 시작으로 전세계 47개국에서 발매되어, 대호평. '핑크 플로이드에 대한 일본에서 온 대답'이라고 일컬어졌다.

신시사이저 중심의 세련된 사운드에 느긋하면서 대범한 물결을 가진 리듬. 거기에 때때로 격렬하게 연주되는 데이비드 길모어David Gilmour를 닮은 록 기타와, 일본 포크조 멜로디. 이 핑크 플로이드의 사운드에 일본 포크를 섞은 듯한, 촌스럽지만 멋있는, 뒤죽박죽 사운드가 서양인에게 받아들여진 것일지도. 노래가 시작하면, 그 단정한 멜로디에 무심결에 요절복통해버린 것은 내가 일본인이기 때문이 아닐까. 계속 듣고 있는 사이 그것조차 익숙해져 버렸지만… 아아, 실로 신비스러운 재패니즈 스페이스 뮤직.

1st 앨범의 히트로 기분이 좋아진 레코드 회사는 다음 앨범을 영국에서 녹음하기로 결정했다. 독일의 신시사이저 음악의 선구자 클라우스 슐츠Klaus Schulze가 프로듀서가 되어, 런던 교외의 매너 스튜디오Manor Studio에서 레코딩. 즉흥 세션을 하루에 몇시간이나 반복한 방대한 음원을 편집해 만들어진, 2nd 타겐우추에노 타비(多元宇宙への旅: 다원우주로의 여행)(1976)을 발표. 이미 일본 밴드라고는 생각할 수 없는, 신시사이저의 홍수에 빠진 완전한 저먼German 스페이스 사이키델릭 앨범이 되었다. 참고로 이 앨범은, 영국 뮤지션인 줄리안 코프Julian Cope가 일본 록 명반 4위로 뽑았다.

그러나, 영국녹음 후 멤버의 대부분이 탈퇴. 그래도 미야시타는 활동을 계속해 니혼진(日本人)의 리메이크를 포함한 베스트 앨범 닛폰진(Nipponjin: 일본인)(1976), 그리고 스피리츄얼Spiritual 록을 집대성한 라스트 앨범 텐쿠진(天空人: 천공인)(1977)을 발매했다.

그후 미야시타는 1977년에 미국에 건너가, 신시사이저를 사용한 뮤직 테라피 연구를 개시. 1981년 일본에 귀국해 뮤직 테라피스트로 활동. 많은 수의 CD나 영상작품을 발표하고 전국에서 힐링 콘서트를 개최. 2003년 폐암으로 영면에 들었다. 향년 54세.

전 멤버인 타카하시 마사아키高橋正明는 '키타로喜多郎'로 개명해, 솔로 활동. 1st 앨범 텐카이(天界: 천계)(1978)를 시작으로, 수많은 뉴 에이지 작품을 전세계적으로 히트, 신시사이저 연주자의 대가가 되었다.

<온가쿠켄코호音楽健康法: 음악건강법>이라는 저서도 있는 '마인드 뮤직' 창시자이며 신시사이저 연주자 이토 아키라伊藤詳도 전 멤버다. 베이스 연주자인 후카쿠사 아키라深草彰는 프로그레시브 밴드 '칸제온(観世音: 관세음)' 결성 후, 중국의 고악기 진금(秦琴Qinqin) 연주자로서 지금도 활발하게 활약 중.

치큐쿠도세츠(地球空洞説)는 이러한 멤버들의 이후 활동에 있어서 원점이 되는 앨범이라고 할 수 있다.

선하우스(サンハウス, Sonhouse)
우초텐(有頂天: 기고만장)

1970년대에 '규슈에 선하우스 있음'이라고 말하게 만든, 이른바 '멘타이 록'의 원조.

멘타이 록이라는 것은, 1980년대 초기 규슈의 후쿠오카 출신 밴드들이 모두 데뷔했을 때 붙여진 호칭이다. 후쿠오카의 명물 멘타이코(明太子:명란젓)와 록을 붙인 단어. 그 밴드들은 블루스와 R&B를 기본으로 하며 비트를 강조한 브리티시계 사운드로 일본어 록을 연주하고 있다. 그렇게, 모든 밴드가 진짜로 닮은 음악성의 토대를 갖고 있었지만, 그것은 규슈 록의 대부 선하우스로부터 영향을 받았기 때문이다.

선하우스는 1970년 12월에 결성되었다. 중심인물은 기타의 아유카와 마코토鮎川誠와 보컬인 키쿠菊(시바야마 토시유키柴山俊之). 밴드명은 미국 블루스맨의 이름 '선하우스SonHouse'에서 딴 것이 그대로 정착. 당시는 블루스를 매우 좋아해서 종종 연주했었다. 그러나 그것만으로 밴드는 닳아 없어져버린다. 그래서 자신들의 오리지널 곡을 만들자라는 이야기를 하게 되었다. 영감을 받은 음악을 근원으로 자신들만의 블루스를 만들자 라는 것. 그것들은 1973년 라이브에서 처음으로 공개되었다. 그 때의 음원이 2017년에 CD 선하우스 쇼(SonHouse Show)

1973.3.12.로 발매되었다. 그 순간이야말로, 규슈 록이 탄생한 날이라고 말할 수 있다.

1975년, 1st 우초텐(有頂天: 기고만장)으로 메이저 데뷔. 수록곡 전부가 멋있다. 버릴 곡 하나도 없는 완전무결한 록 앨범. 오프닝 A① 킹 스네이크 블루스(キング·スネーク·ブルース)의 기타 리프 한 번으로 그냥 끝나 버린다. 여기에서 록의 악마가 보였다. 키쿠와 아유카와의 두 사람이 가장 처음 만든 선하우스 오리지널 곡 1호다. 원래는 헤비노 우타(へびのうた: 뱀의 노래)라는 타이틀이었다고 한다. 시너 & 로켓(シーナ & ロケッツ)이 부른 것으로도 유명한 A⑤ 레몬티(レモンティー)는 남자인 기쿠가 부른 이쪽이 원곡이다. B③ 지고쿠에 드라이브(地獄へドライブ: 지옥으로 드라이브)는 정말로 지옥의 소용돌이에 빠진 것 같은 드라이브 느낌. 미시시피 블루스 고전 캣피쉬 블루스(Catfish Blues)를 방불케 하는 B⑤ 나마스노 우타(ナマズの唄: 메기의 노래)로, 앨범은 종료.

위압감이 넘치는 키쿠의 보컬은 타고난 와일드 함. 록의 불량성을 구현화한 것 같은, 아무리 생각해도 '나쁜 짓'을 하고 있는 것 같은 목소리. 더욱 노래의 에로틱한 가사가, 이것 역시 격렬한 록인 것이다.

1976년에는 2nd 니와카(仁輪加: 즉흥 희극)를 발표. 고다이고ゴダイゴ나 차チャー와 함께 전국 투어를 도는 등 정력적으로 활동. 1978년에 라이브 앨범 드라이브(ドライヴ)를 발표하고, 해산.

1980년 10인치 크기의 앨범 미발표 음원집 스트리트 노이즈(ストリート·ノイズ)가, 예고도 없이 갑자기 발표되었다. 그 첫번째 곡 카라카라(カラカラ: 파삭파삭)에서는, 아유카와의 속도감이 넘치는 최고의 스릴링 기타를 들을 수 있다. 키쿠는 이렇게 말했다. "그의 가장 좋았던 기타, 들은 적 있어? 뒷목이 서늘해지고, 체내의 털이 전부 거꾸로 설 정도로 굉장해…"정말로, 그 말 그대로의 기타. 나도 아유카와가 최상의 컨디션일 때의 라이브를 본적이 있지만, 그 때는 마치 기타의 신이 내려온 것 같았다.

1987년에도 미발표곡집 House Recorded라는 음반이 해적판 같은 형상으로 시판됐다.

해산 후, 아유카와는 '시너 & 로켓シーナ & ロケッツ'을 결성해 대활약(→P.146). 키쿠는 록 작사가로 활동해, 1990년대는 '루비Ruby', 2002년 이후에는 '지:라이-야(Zi:LiE-YA)'를 결성했다. 참고로, 베이스의 나라 토시히로奈良敏博는 'Ex'에 참가해, 전설적인 배우 마츠다 유사쿠松田優作를 서포트. 드럼의 우치다 켄이치浦田賢一는 '샷건SHOT GUN'을 결성한 후, 배우로서도 활동 중이다.

사실, 선하우스는 그후 몇번이나 재결성을 했었다. 최초는 1983년. 도쿄, 후쿠오카, 센다이에서 공연을 하고, 라이브 앨범 크레이지 다이아몬드(Crazy Diamond)를 발표. 2010년에는 레코드 에뷔 35주년을 기념하는 재결성 투어를 감행하여 그 공연을 수록한 CD & DVD 콘린자이(金輪際: 끝까지)를 발표. 같은 해, 귀중한 음원이나 영상자료를 가득 실은 CD 7장+DVD 1장의 8장짜리 박스 세트 더 클래식 / 선하우스 35th 애니버서리(The Classics / Sonhouse 35th anniversary)(2010)도 발매되어 있다.

웨스트 로드 블루스 밴드(ウエスト·ロード·ブルース·バンド, West Road Blues Band)

Blues Power

웨스트 로드 블루스 밴드는 일본의 블루스 밴드의 개척자 같은 존재다. 1970년대 일본의 음악 팬 사이에서는 블루스 붐이 일었고, 특히 그들은 간사이関西 블루스 무브먼트의 인상적인 밴드였다. 참고로 일본에서는 지금도 정말로 많은 수의 블루스 매니아가 깊고 넓게, 일본 전국 각지에 존재하고 있다.

1972년, 나가이 '호토케' 타카시永井'ホトケ'隆(vo)를 중심으로, 시오츠구 신지塩次伸二(g), 야마기시 준지山岸潤史(g) 등의 멤버로 결성. 같은 해 9월, B.B.킹B.B. King의 오사카 공연에서 오프닝 공연에 발탁되었다.

1973년, 도쿄의 전설적인 라이브하우스 'Magazine No. 1/2'의 폐점 기념에서, 500장 한정의 자체 제작 앨범 Live in Magazine No.1/2이 만들어졌고, 그 앨범에 레이지 킴 블루스 밴드Lazy Kim Blues Band, 블루스 하프 연주자인 세노오 류이치로妹尾隆一郎와 함께 한 연주가 수록되어 있다.

1975년, 퍼스트 앨범 블루스 파워(Blues Power)를 릴리스. 녹음 기재의 노하우따위 전혀 알지 못한 채로, 스튜디오에서 동시 녹음. 레코드 회사도 역시, 그들이 새로운 '버본 레이블'이라는 록 레이블의 제1탄이었던 탓에 녹음에 대해서는 그저 손 놓고 바라보는 상황이었다. 그럼에도 불구하고, 뜨거운 파워로 현장감을 제대로 담아내어 밴드의 역량을 증명했다.

B.B. 킹B.B. King, 버디 가이Buddy Guy, 엘모어 제임스Elmore James 등 블루스 명곡들의 커버로 구성. 전원이 음악으로 대화하고 있는 것 같은 훌륭한 연주는, 집중해야 들어야할 부분 투성이. 최고로 쿨한 A① 트램프(Tramp)으로 앨범은 스타트. 솔직하게 멋있다. A③ 잇츠 마이 온폴트(It's My Own Fault)는, 영어 가사 속에서 '산조가와라마치三条河原町'나 '교토긴카쿠지京都銀閣寺'등, 교토의 지명이 튀어나와 무심코 히죽 웃게 만든다.

같은 해, 2장짜리 라이브 앨범 라이브 인 교토(Live in Kyoto)를 발표. 그것을 LP 1장으로 편집한 레코드가, 미국, 캐나다, 오스트레일리아, 영국 등에서 발매되었다. 미국 유명 DJ 울프맨 잭Wolfman Jack이 마음에 들어해, '미국에 이주해서 블루스를 불러'라고 강하게 권유받은 일도 있었다.

1977년, 밴드 해산. 호토케는 '블루 헤븐ブルー·ヘヴン'을 결성. 1980년 브레이크 다운ブレイク·ダウン과 공동 앨범 블루헤븐/브레이크 다운/라이브(ブルー·ヘヴン/ブレイク·ダウン/ライヴ)를 발표. 전 우샤코다ウシャコダ의 칸노 켄지菅野賢二(g)가 가입해, 스튜디오에서 녹음한 앨범 빅 보스 맨(Big Boss Man)도 릴리스.

1981년, 영화《블루스 브라더스The Blues Brothers》의 프로모션을 위해, 방일한 존 벨루시 John Belushi와 댄 애크로이드Dan Aykroyd가, 블루 헤븐의 라이브를 보기 위해 깜짝 방문. 백덤 블링까지 보여 주었다고 한다.

1984년, 웨스트 로드 블루스 밴드가 재결성. 앨범 정션(Junction)을 발표. 1995년, 뉴욕의 오래된 클럽 '트램프스Tramps'에서 라이브를 수록한 CD 라이브 인 뉴욕(Live in New York)를 발표. 서던 소울Southern soul의 가장 중요한 인물인 오르간 플레이어, 찰스 호지스Charles Hodges가 참가.

요염함이 있는 이모셔널한 기타가 일품인 시오츠구는, 블루스에 대한 깊은 조예와 연주가 높은 평가를 받아, 재패니스 블루스맨들의 형님같은 존재였다. 2008년, 시오츠구는 심부전으로 급서, 향년 57세.

유카단憂歌団의 우치다 칸타로內田勘太郎는 이렇게 말했다. "화음에 관해서는 시오츠구의 영향이 컸다. 9th라는 코드를 가르쳐준 것이 시오츠쿠였다. 우리들은 7th밖에 알지 못했으니까. 집에 가면 '어때 괜찮지'라고 말하면서 여러가지 들려줬다. DJ로서도 최고의 사람이었다"

한편, 다이내믹하고 정열적인 기타를 뽐내던 야마기시는, 1995년에 뉴올리언스에 이주. 네이티브 미국 펑크funk 밴드인 더 와일드 매그놀리아스The Wild Magnolias 등에 가입해, 현재 뉴올리언스의 음악계에서는 모든 이가 우러러보는 명망있는 뮤지션 중 한 사람이 되었다.

게도(外道: 악인)
줏토쿠 라이브(拾得ライブ)

Trio Showboat, 1975

하드 드라이빙 트리오 게도는 1973년 데뷔. 1976년에 해산했으나, 그 후에 몇 번인가 재결성되어, 리더이며 기타리스트인 카노 히데토加納秀人를 중심으로 현재도 존속 중이다.

스테이지에는 커다란 토리이(신사 입구에 세운 기둥문). 카노는 의상으로 기모노를 걸치고, 글램록 다운 요염한 화장을 하고 무대에 선다. 폭력적으로 감정을 호소하며, 왜 이렇게까지라고 할 정도로 과격하게 기타를 치며, 어쨌든지 관객을 계속 꾀어낸다. 베이스의 아오키 마사유키青木正行는 열광적인 인기를 자랑하는 헤비 사이키델릭 밴드 '투 머치トゥー·マッチ'의 전 멤버.

이러한 그들은 드럼의 나카노 료이치中野良一가 폭주족의 얼굴마담이었던 것 때문에, 폭주족의 큰 지지를 받았다. 콘서트에 그러한 풍모의 관객들이 가득 몰려와 기동대가 출동한 적도 있으며, 콘서트장으로 가는 길에 검문이 있었던 적도…. 그 때문에 풍기문란을 우려한 프로모터로부터 출연을 거절당한 적도 많았다고 한다. 실제, 당시 게도를 보러 갔던 일반 사람들은 오토바이 관계의 사람들 때문에 정말로 무서웠었다는 이야기도 해 주었다.

게다가 게도는, 해외 록 페스티벌에 출연한 일본 최초의 밴드다. 1975년 1월 1일, 하와이의 '선샤인 헤드 록 페스티벌Sunshine Head Rock Festival'. 그 때 카노는, 50m 실드를 직접 만들어 공연장 안을 뛰어 돌아다니며 기타를 연주, 10만의 관객이 흥분해 끓어오르는 모습이 영미의 매체로 보도되었다.

무엇보다 라이브가 압도적이었다. 4년간의 활동기간 중에 4장의 앨범을 발표했지만, 그 중 3장이 라이브 앨범. 1974년 1st 게도(外道)를 릴리스. 첫 장부터 라이브 앨범이다. 레코드에 바늘을 떨어뜨리고, 최초의 음이 나오는 순간, 녹 아웃. 이 질주감에 그저 아연함만.

1st 앨범은, 게도를 마음에 들어한 미키 커티스ミッキー·カーチス가 서로 아는 사이가 되자마자 요코하마 야외 무대 라이브를 레코딩. 들고 갔던 기재는 8트럭의 테이프 리코더. 그리고 10일 후 무대 라이브는 레코드 가게 앞에 늘어서 있게 되었다. 재킷은 판지에 스탬프로 '게도'라고 찍은 것 뿐. 좋게 말하면 심플이고, 나쁘게 말하면 초간단. 가격도 저렴하게 설정되어 있어 '게도 팬을 위한 특별 가격'이라고 명시되어 있다. 꼭 해적판 같다.

그리고 1975년에 3장의 앨범을 릴리스. 2nd 게도 라이브 인 사운드 오브 하와이 스튜디오(外道 Live in Sound of Hawaii Studio), 3rd 저스트 게도(Just Gedo)(스튜디오 녹음반). 그리고, 앨범의 하이라이트가, 바로 이 줏토쿠 라이브(拾得 Live)다.

현재도 교토에 있는 노포 라이브 하우스 줏토쿠拾得에서의 무대. 밴드와 공연장이 하나가 된, 엄청난 열기를 피부로 느끼는 것이 가능한, 일본 록 역사에서 빛나는 명반. 실제는 더 유려하게 편집할 수 있었을지도 모르지만, 밴드의 조잡함에서 느껴지는 방자한 매력이 100% 모여있어, 마치 그 자리에 있었던 것 같은 현장감에 완전 항복. 이것이 바로 게도의 록 미학인 것이다.

특히 B면의 흐름이 굉장하다. '일본 최고의 로큰롤 싱어'로 소개되어, 나카노가 보컬을 맡은 B② 아쿠마노 베이비(悪魔のベイビー: 악마의 베이비). '악당' 중의 '악당'이 악동으로 돌아온 것처럼 점점 뜨거워지는 모습에 공연장도 히트 업. 드라이브 느낌이 흘러넘치는 B④ 뷴뷴(ビュンビュン)은, 그들의 대명사. 폭주족도 너무나 좋아하는 바이크 넘버. 도중, 피- 음으로 삭제되어 있는 가사는 정확히 '음부'다.

흥분이 가시지 않은 장내를, 아오키의 멘트가 더욱 끌어올려, 앵콜곡 B⑤ 붓콘데야레(ぶっこんでやれ: 처넣어 주겠어)에 돌입. 헤비한 기타 리프의 지나치게 빠른 펑크 넘버지만, 갑작스러운 컷 아웃으로 앨범은 끝난다. 최후의 마지막 절정은 레코드상으로 재현하는 것은 불가능하다라고 외치고 싶은 것일까.

참고로 2003년에, 지난 날의 1975년 5월 16일에 교토 줏토쿠에서 열린 2회 무대를 노컷으로 수록한 2장짜리 라이브 CD가 발매 되었다.

1980년에 재결성해, 5th 파워 컷(Power Cut)(1981)를 릴리스한 후, 지속적으로 활동 중. 게도 라이브~미발표·해산 콘서트(外道Live～未発表·解散コンサート) 1976.10.16(1991) 등, 미발매 음원이나 신작 앨범을 다수 발표하고 있다.

카르멘 마키 & OZ(カルメン・マキ & OZ)

카르멘 마키 & OZ(カルメン・マキ & OZ)

하찌ハッチ & TJ 장사하자(2006)라는 히트 곡으로 유명하다. 한국에 우쿨렐레 붐을 일으킨 장본인인 하찌는 사실은 1970년대의 일본 록 업계를 대표하는 슈퍼 기타리스트였다. 본명: 카스가 히로부미春日博文, 1954년 탄생. 개인적으로는 나의 중학교시절의 기타 히어로다.

　카르멘 마키カルメン・マキ는 1969년 17살 때, 극작가의 테라야마 슈지寺山修二 작사의 포크송풍 가요 토키니와 하하노 나이 코노요니(時には母のない子のように: 때로는 어머니가 없는 아이처럼)로 가수 데뷔. 대히트 해서 〈NHK홍백노래자랑紅白歌合戦〉에도 출장했다.

　그러나 그 후 재니스 조플린Janis Joplin의 노래를 듣고 충격을 받아서 록 가수로서 재출발. 아이돌 가수가 록이라고... 할 수 있을 리가 없지, 절대 팔리지 않아... 라고 주변 사람들은 무조건 반대했다.

　"내가 하고 있는 것은 도대체 무엇인가? 나는 기계가 아니다. 나는 그냥 노래를 부르는 전기인형이 아닐까? 같은 노래를 계속 부르며... 그러한 자신이 너무 허무해져서... 결국 그 때 처음으로 음악에 눈을 떴어요"

1971년 블루스 크리에이션과의 공동제작앨범 카르멘 마키 블루스 크리메이션(カルメン·
マキ/ブルース·クリエイション)을 발표 후, 1972년 당시 18세의 하찌와 함께 '카르멘 마키 & OZ'
결성. OZ로 성공해서 명예회복 할거야 라고 스스로를 믿으며 한결같이 록에 매진했다. 그리
고 드디어 1975년에 1st 앨범 카르멘 마키 & OZ(カルメン·マキ & OZ)을 발표. 높은 완성도의 일
본 록을 내보인 이 앨범은 10만장 이상 팔리며 대히트. 마키는 명실공히 여성 록 싱어의 원조
(元祖)가 되었다.

여기에서 들을 수 있는 사운드는 호쾌해서 장대한 스케일의 프로그레시브 하드 록이다.
마키의 파워플하고 정열적인 보컬과 격렬하고 휘황찬란한 소리가 춤추는 하찌의 기타. 음반
전체가 정(靜)과 동(動)의 대비로 다이나믹하게 구성되어 있어서 듣는 사람을 한번 잡으면 결코
놓지 않는다.

오프닝을 꾸미는 A① 로쿠가츠노 우타(六月の詩: 6월의 노래)부터 큰 리듬을 가진 OZ 독특
한 소리의 풍경이 눈앞에 펼쳐진다. 이 첫 번째 노래가 이미 8분을 넘는 대곡(大曲)이지만 길다
는 느낌을 전혀 주지 않는다. A③ 이미지 송(Image Song)도 레드 제플린Led Zeppelin의 레인 송
(Rain Song)을 방불케 하는 11분에 달하는 대곡(大曲)이다.

그리고 이 음반의 백미라고 하면 역시 그들의 대명사라고도 말할 수 있는 B③ 와타시와
카제(私は風: 나는 바람)일 것이다. 이 곡도 또한 10분이 넘지만 면밀한 구성과 숨 쉴 사이도 없는
격렬하고 스릴링한 연주로 단숨에 들려준다. 오히려 곡이 끝나버리는 것이 너무 아까워져 버
릴 만큼. 페이드 아웃의 그 다음까지 듣고 싶어진다. 이거야말로 일본 록 굴지의 명곡.

1976년 미국LA 녹음에 의한 2nd 토자사레타 마치(閉ざされた街: 폐쇄된 도시) 발표. 1977년
OZ 해산. 3rd 카르멘 마키 & OZ III는 해산 후에 릴리스.

해산하자마자 마키는 미국인 드러머 카마인 어피스Carmine Appice의 프로듀스로 솔로 앨
범 나이트 스토커(Night Stalker)(1979)를 제작. 뉴 밴드 '카르멘 마키 & LAFF'를 결성. 그리고 더
욱 헤비메탈적인 사운드인 '카르멘 마키 & 5X'로 발전했지만, 1987년에 출산, 일시적으로 음
악활동을 중지. 1993년부터 다시 활동을 시작해 현재에 이르렀다.

하찌는 그 후 하드 록 밴드 '노이즈Noiz'를 결성하거나, 록 밴드 'RC 석세션RCサクセション'
의 드러머가 되거나, 재일교포 로커 박보朴保와 함께 '도쿄 비빔밥 클럽東京ビビンパクラブ'에서 활
동하거나 했다. 그리고 사물놀이의 일본 공연에 충격을 받고 1990년대에 단신으로 한국에 건
너와 한국을 기점으로 활동하고 있었으나 2019년 6월 다시 일본으로 돌아갔다.

카르멘 마키 & OZ의 음반은 몇 번이나 CD화되고 있고 베스트 앨범 등도 많이 나오기 때
문에 손에 넣기는 어렵지 않다.

카마야츠 히로시かまやつひろし

아아, 와가 요키 토모요(あゝ, 我が良き友よ:아, 나의 좋은 친구여)

카마야츠 히로시(애칭:무슈ムッシュ)의 아버지는 일본 재즈 보컬의 창시자인 티브 카마야츠ティーブ釜范. 그 영향으로, 카마야츠는, 고교생때부터 컨트리 & 웨스턴 가수로서 활동해, 1960년대에 레코드 데뷔.

그후, GS 스파이더스 일원으로 활약해, 해산 직전인 1970년, 재빨리 솔로 앨범 뮤슈 / 카마야츠 히로시노 세카이(ムッシュ / かまやつひろしの世界:카마야츠 히로시의 세계)를 발표했다. 당시 세계적으로도 희귀하고 일본 록 역사상으로는 처음인 1인 다중녹음 음반으로, 폴 매카트니 Paul McCartney의 1st 솔로 매카트니(McCartney)보다 빨랐다.

1970년에 발표한, 컨트리 록 넘버 도니카나루사(どうにかなるさ: 어떻게든 되겠지)가 엄청난 대 히트. 그 히트곡을 수록한 2nd 도니카나루사/앨범 No.2(どうにかなるさ/アルバム No.2) 를 1971년에 발표. 프라이드 에그フライド・エッグ의 나루모 시게루成毛滋와 츠노다 히로つのだひろ가 전면으로 백업. 데뷔 전의 가로ガロ 또한 참가. 같은 해 아버지, 티브 카마야츠와 듀오 앨범 파더 & 매드 선(ファーザー & マッド・サン)도 릴리스.

1973년에는 3rd 카마타 시치미세 / 카마야츠 히로시 앨범 No.3(釜田質店:카마타 전당포 / かまやつひろしアルバム No.3)를 발표. 인기 TV 드라마《지칸데스요 時間ですよ: 시간입니다》에 출연한 카마야츠. 배역은 카마타 전당포의 주인. 기타를 안고 등장하는 명물 캐릭터로 인기를 얻었다. 아쿠 유우 阿久悠 작사, 츠츠미 쿄헤이 筒美京平 작곡의 드라마 삽입곡, 세이슌 반카(青春挽歌: 청춘만가)를 수록. 앨범 타이틀도 물론 드라마 가게이름을 땄다.

그 시기, 알란 메릴 Alan Merrill(I Love Rock 'n' Roll의 작곡자), 오오구치 히로시 大口広司(전 템프터스テンプターズ)와 함께 밴드 '보드카 콜린스 ウォッカ・コリンズ'를 결성해, 앨범 도쿄-뉴욕(東京-ニューヨーク, Tokyo-New York)(1973)를 발표했다(보드카 콜린스는 1990년대에 재결성).

시대는 포크 붐으로. 그것에 자극을 받아, 요시다 타쿠로 吉田拓郎에게 접근. 요시다 타쿠로 & 카마야츠 히로시 두 사람의 이름으로 신시어(シンシア)(1974)를 릴리스. 그리고 1975년 타쿠로가 새롭게 쓴 신곡 싱글 B③ 와가 요키 토모요(我が良き友よ: 나의 좋은 친구여)를 발표. 카마야츠 최대 히트곡이 되어, 90만장을 넘는 판매량을 기록했다.

기세를 탄 카마야츠는, 4th 아아, 와가 요키 토모요(あゝ, 我が良き友よ:아, 나의 좋은 친구여)를 릴리스. 타쿠로를 시작으로, 호소노 하루오미 細野晴臣, 카토 카즈히코 加藤和彦, 릴리 りりィ, 이노우에 요스이 井上陽水, 오오타키 에이이치 大瀧詠一, 카구야히메 かぐや姫(미나미 코우세츠 南こうせつ & 이세 쇼조 伊勢正三), 엔도 켄지 遠藤賢司, 등 여러 사람들이 가사와 곡을 제공한 호화찬란한 앨범이 되었다. 음악성도 풍부해, 록, 포크, 펑크 funk, 팝 등 변환이 자유자재다.

반드시 들어야 할 것은, B⑦ 골루아즈오 슷타 코토가 아루카이〈ゴロワーズを吸ったことがあるかい: 골루아즈(담배 브랜드)를 피운 적이 있는가?〉로, 카마야츠는 말했다. "마음껏 좋아하는 것을 할 수 있었다"

카마야츠가 팬이었던 미국 펑크 funk 밴드 타워 오브 파워 Tower of Power가 방일했을 때, 반주를 해주지 않겠냐라고, 밑져야 본전으로 의뢰했으면 OK. 그러나 레코딩 당일까지 곡은 조금도 만들어지지 않아서, 적당한 코드진행을 밴드에 넘기고 마음대로 연주를 부탁, 거기에 글자수 따위 신경쓰지 않고 그저 떠오르는 대로 가사를 척척 불렀다고 한다. 절반이 수다로 되어 있는 것은 그 때문이지만, 이것이 매우 좋은 느낌으로, 내용 역시 대단하다. 일본인의 오타쿠 기질을 확실하게 파악하고, 그것을 힘껏 인정한 곡이다. 개인적으로는 '우리들 오타쿠를 향한 찬가'라고 생각한다.

이 곡의 발매 당시 평가는 다양했지만 1990년대 초기 애시드 재즈 붐으로 재평가되어, 지금은 카마야츠의 대표곡 중 하나가 되었다.

그 후에도, 무슈 퍼스트 라이브(ムッシュ・ファースト・ライヴ)(1978), 워크 어게인(Walk Again)(1978), 스튜디오 무슈(スタジオ・ムッシュ)(1979), 파인애플노 카나타에(パイナップルの彼方へ: 파인애플의 저 너머)(1979) 등의 퀄리티가 높은 앨범을 발표, 최근 시티팝의 붐으로 이러한 음반들의 인기가 급격히 상승 중이다.

2017년, 췌장암으로 사망. 향년 78세.

타마키 히로키 & S·M·T(玉木宏樹 & S·M·T)

Time paradox

 Columbia, 1975

바이올리니스트이자 작/편곡가인 타마키 히로키 玉木宏樹. 2012년, 간부전으로 사망. 향년 68세.
　타마키는, 우연하게 내 지인과 아는 사이로, 말년의 약 10년 간은 정말로 좋은 관계가 되어 친하게 지냈다. 맥주를 엄청 좋아하고, 철도 팬 [1]이었으며, 언제나 즐겁게 여러가지 이야기로 열을 올리곤 했다. 함께 라이브를 했던 적도 있다.
　내가 순정률에 관심을 갖기 시작했을 때, 순정률이란 대체 무엇인가에 대해 굉장히 알게 쉽게 설명해 주었던 것이, 타마키의 저서였다. 순정률이란, 주파수의 비가 단순한 정수비인 음정을 이용한 음률. 이것으로는 무엇인지 딱 알기가 어려울 것이다. 간단하게 말하자면, 가장 기분 좋게 자연히 조화를 이룰 수 있는 음정을 말한다. 말년의 타마키는, NPO법인 '순정률음악연구회'를 설립하여, 순정률을 이용한 CD작품을 다수 제작. 정말로, 순정률의 보급에 온 힘을 기울였다. 타마키의 사후에도, 연구회는 적극적으로 활동하며, 정기적으로 연주회 등을 개최하고 있다.

1　철도(및 지하철)를 좋아하며 철도에 많은 관심과 열정을 가지고 있는 사람을 뜻한다.

타마키는, 도쿄예술대학에 재학 중일 때부터 도쿄교향악단에 소속되어 클래식 연주가로서 활동하고 있었지만, 클래식 분야는 어떻게해도 적성에 맞지 않았는지, 드롭 아웃. 대학 선배이며 상업 작곡가가 된 야마모토 나오즈미山本直純에게 사사. TV/드라마 등의 작곡을 직접 시작하게 된다. 슈리 에이코朱里エイコ가 부른 애니메이션《애니멀 1アニマル 1》(1968)의 주제가가 처음으로 자신의 이름이 크레딧에 걸린 작품이다.

SF 특수촬영 드라마《괴기대작전怪奇大作戦》(1968)의 공포심을 부추기는 배경음악이나 시대극《오오에도 수사망大江戸捜査網》(1970)의 변박자와 전조를 구사한 웅대한 오프닝 테마곡이 유명하다.

또, 재즈나 록계에도 얼굴을 비춰, 건반주자인 야나기다 히로柳田ヒロ의 솔로 앨범 밀크 타임(Milk Time)(1970)의 데럴 웨이Darryl Way를 닮은 일렉 바이올린은 일본 록 역사에 남을 명연주. 1970년대는, 맹목의 천재 싱어 송 라이터 하세가와 키요시長谷川きよし의 한쪽 팔로도 활약했다.

그러한 타마키가, 1975년에 처음 리더작으로 발표한 것이 이 인스트루멘탈 앨범 타임 패러독스(タイム·パラドックス)다. 일본 프로그레시브 역사를 말할 때 피할 수 없는 명반이다.

타카나카 마사요시高中正義(g), 마츠타케 히데키松武秀樹(syn) 등 게스트 플레이어를 섭외하여, 록, 재즈, 클래식, 컨트리, 민속 음악 등의 요소를 섞은, 즐거움 120%를 느낄 수 있는 프로그레시브 록 작품. 타마키의 아름다운 바이올린 소리로 시작하는 록 발라드 A① 카오스(カオス)부터, 아라비아풍 컨트리 록 A② 메카에노 미치(メッカへの途: 메카로 가는 길), 인도 음악에 심취한 A④ 우파니샤드(優婆尼沙土: 고대 인도의 철학 경전), 모그 신시사이저가 난무하는 그루브한 A⑥ 카라사와기(空騒ぎ: 헛소동), 바하의 B② 샤콘느(シャコンヌ), 아찔한 전개와 기백이 가득한 연주로 압도하는 타이틀 곡 B④ 타임 패러독스(タイム·パラドックス)까지, 단숨에 들을 수 있다!

TV 배경음악 관계로 신시사이저의 거장, 토미타 이사오富田勲와 만나, 신시사이저의 매력에 빠져버린 타마키. 토미타의 오른팔인 마츠타케 히데키松武秀樹(YMO의 어시스턴트도 맡았다)의 스튜디오를 줄곧 드나들며, 이 앨범을 만들었다.

그리고 35세가 되었을 때, 무엇인가 기념비적으로 세계를 쌓아 올리고 싶다고 생각해, 신시사이저의 극한의 작품을 떠올린다. 그것이 신시사이저와 풀 오케스트라의 교향곡이었다.1979년, 45회전 12인치 싱글 쿠모이노호토토기스코쿠(雲井時鳥国: 구름낀 두견새 나라)를 발표. 도쿄 필 하모니 교향악단과 신시사이저 8대를 사용한 꿈의 연주. 타마키가 만든 장대한 조곡.

1980년, 1인 다중 녹음 하모니의 손자이노 우타(存在の詩: 존재의 시)를 릴리스. 인도 종교가, 바그완 슈리 라즈니쉬Bhagwan Shree Rajneesh에게 열중하고 있던 타마키가 만든 것. 라즈니쉬의 강의 책 <존재의 시存在の詩>을 읽고, 영향을 받았다고 한다. 일본 라즈니쉬 교단에 가서, 1주일간 명상수행에 참가하고, 교단의 허가를 받아 제작했다. 후에 미국에서 일어난 라즈니쉬 관련 사건 이후, 타마키가 자신의 디스코그래피에서 어둠 속에 묻어버렸지만, 말년에 CD화 되었다(2009).

차(チャー, Char)
Char

일본이 자랑하는 세계적인 기타리스트가 있다면, 바로 이 사람, 차Char일 것이다. 본명: 타케나카 히사토竹中尚人. 1955년 출생. 8살 때 기타를 시작해, 중학생 시절부터 레코딩 세션 뮤지션으로 두각을 나타냈고, 기타리스트로서 캐리어를 쌓았다. 연주자로 이름이 크레딧에 처음 오른 것은, 아오이 테루히코あおい輝彦의 솔로 앨범 멘쿄쇼(免許証: 면허증)(1973)이다.

　21살이었던 1976년, 솔로 데뷔. 1st 차(Char)를 발표. 녹음에 앞서, 단신으로 미국에 건너가, 백밴드 멤버를 스카우트한 후, 일본에 데려와 제작. 조숙한 천재 기타리스트, 만반의 준비를 갖춘 데뷔작. 모든 열정을, 전부 담을 수 없을 정도로 가득 밀어 넣은 혼신의 한 장. 일본 록 역사에 빛날 명반 중 하나. 가사는 영어와 일본어로 구성. 일본어 작사는 NSP의 아마노 시게루天野滋.

　오프닝 A① 샤인'유, 샤인'데이(Shinin' You, Shinin' Day)는, 클리어 톤의 컷팅으로 시작하는 댄서블하고 세련된 넘버. 기타 솔로는 마치 창공을 날아다니는 것 처럼 자유롭게 춤추며 흩날린다. 화려하며 정력적이고, 멋스러우며 기발한 기타 플레이는, 정말로, 사람을 홀리는 매력으로 가득 차 있다.

일본의 기타 키즈가 카피한 B① 스모키(Smoky)는, 그의 대표곡. 당시, 차Char는 이 곡을 싱글로 발매하고 싶었으나, 레코드 회사의 맹렬한 반대에 부딪혀 단념해야 했다(가사가 영어라는 이유로). 인상적인 인트로 코드는 마이너 나인스(Cm9). 실은 나인스(C9)를 칠 생각으로 줄을 눌렀는데, 어쩌다가 그 때 새롭게 입수한 기타가 무스탕(넥이 짧은 쇼트 스케일로, 다른 기타보다 넥이 얇다. 무스탕은 그 후 차Char의 트레이드 마크가 되었다)이었던 탓에, 우연히 마이너 나인스를 눌러 버렸다고, 차Char가 말했다.

그러한 차Char가, 여기서 바로 록으로 갔다고 생각할 수 있지만, 앨범 판매량은 저조했고, 외국인 멤버의 비자 문제들로 좌절.

결국, 연예계에서 다시 시작해, 조금 모르는 세계를 살짝 경험해보면 어떨까하고, 아이돌 가수로서 활동을 시작한다. 안방극장에도 등장해, 키제츠스루호도 나야마시이(気絶するほど悩ましい: 기절할 정도로 고통스럽다), 걍코센(逆光線: 역강선), 토규시(闘牛士: 투우사) 등 록 가요곡을 히트 시킨다. 앨범도 2nd 헤브 어 와인(Have a Wine)(1977), 3rd 스릴(Thrill)(1978)를 릴리스. 그러나, 원하지 않았음에도 불구하고 시대극에 출연해 연기를 해야하거나, 콘서트 직전까지 다른 일이 들어와 있다거나 하는 일들로, 역시 연예계와는 맞지 않았다.

그래서, 전 골든 컵스ゴールデン·カップス의 루이즈 루이스 카베ルイズルイス加部와, 전 옐로イエロー의 조니 요시나가ジョニー吉長와 함께, 슈퍼 록 트리오 '조니, 루이스 & 차Johnny, Louis & Char'를 결성. 1979년에 히비야 대야외 음악당에서 무료 콘서트를 개최. 그 모습이 라이브 앨범 프리 스피릿(Free Sprit)로 발매되었다. 그리고 여기서 한번 모든 것을 다시 시작하기로 결심, 이후, 차Char는 자신이 바라던 본격적인 록의 길을 걷기 시작한다.

조니, 루이스 & 차Johnny, Louis & Char는 트라이사이클(Trycycle)(1980)과, 오이라(OiRA)(1981)라는 앨범을 발표한 후, '핑크 클라우드Pink Cloud'로 개명. 컷클라우드(Kutkloud), 클라우드 랜드 도겐쿄우(Cloud Land 桃源郷: 도원향)(둘다 1982) 등의 앨범을 차례대로 릴리스. 1994년까지 활동했다.

1986년에는, RC 석세션RCサクセション의 이마와노 키요시로忌野清志郎와 조니, 루이스 & 차Char의 이름으로, 애니메이션《현립지구방위군県立地球防衛軍》의 사운드트랙에 참가. OST 앨범 켄리츠치큐보에이군(県立地球防衛軍: 현립지구방위군)가 발매되었다.

1999년에는 BBA(벡Beck, 보거트Bogert & 어피스Appice)가 아닌, CBA(Char, Bogert & Appice)로 일본 공연. 이 때, 카마인 어피스Carmine Appice의 심한 연습 부족에 대해, 몹시 화가 난 차Char가 앰프를 쓰러트리고 무대에서 나가버린 사건이 일어났다(어피스가 사과했고, 차Char를 설득해 공연은 재개).

영원히 록 키즈인 차Char는, 현재도 마이 페이스로, 라이브나 자신의 레코드 레벨을 올린 음반을 제작하며, 매일 기타를 치면서 살고 있다.

RC 석세션(RCサクセション, RC Succession)
싱글맨(シングル・マン) Single Man

Polydor, 1976

RC 석세션RCサクセション(이하 RC)는, 1980년대에, 연예계라는 메인스트림이 아니라, 서브 컬쳐 록의 방식을 제시한, 진짜 젊은 세대의 문화를 리드한 밴드였다.

까놓고 말해, RC는, 내게 가장 큰 영향을 준 밴드다. 나는 인터뷰를 받았을 때마다, 중학생 때 비틀즈로 록에 눈을 떴고, 1995년에 신중현의 음악을 만난 것, 그것이 내 인생에 있어서 큰 분기점이 되었다는 이야기를 자주 했지만, 실은 그 사이에 또 다른 큰 계기가 있었다. RC(특히 보컬인 이마와노 키요시로忌野清志郎)를 보고, 나는 뮤지션이 되려고 결심했다. 키요시로의, 일본어로 분명하게 노래하는, 그 보컬 스타일에 충격을 받았기 때문이다. 고교생 때 진로희망조사서에 록 스타라고 쓴 것은 뭐라해도 어린 날 혈기의 결과이지만, RC에 영향을 받아 음악을 시작했다고 언급하는 일본 록 뮤지션은 많다.

RC는 포크 밴드라는 형태로 데뷔했다. 1970년이다. 형태는 어쿠스틱 기타 2대에 콘트라 베이스 라는 편성이었지만, 그 사운드는 소울풀하고 록적인, 다른 밴드와는 일선을 그은 이질 적인 존재였다. 보쿠노 스키나 센세(僕の好きな先生: 내가 좋아하는 선생님)로 엄청난 히트를 치고,

앨범을 2장 발표. 그러나, 그 후는 울지도 날지도 못하는 상태로, 소속사 관련 분쟁에 휘말려, 손발이 묶인 채 공연조차 할 수 없는, 최악의 상황까지 몰리게 되었다.

그래도 굴하지 않고 키요시로는, 멤버를 강화해 RC를 록밴드로 만들어, 라이브 하우스에서 절대 인기를 획득, 재기에 성공했다. 1980년, 신생 RC가 갑작스럽게 내놓은 라이브 앨범 랩소디(Rhapsody)는, 그러한 RC의 굳센 의지가 만들어낸 밴드의 에너지가 그대로 담겨있는 일본 록 역사에 남을 명반이다. 여기에 수록된 아메아가리노 요조라니(雨あがりの夜空に: 비가 그친 밤 하늘에)는, 일본 록 키즈들의 영원한 애창곡이다.

트랜지스터 라디오(トランジスタラジオ)(1980), 섬머 투어(サマーツアー)(1982), 그리고 키요시로와 사카모토 류이치坂本龍一의 듀엣 이·케·나·이 루쥬 매직(い·け·な·いルージュマジック: 가망없는 루쥬 매직)(1982) 등을 히트시킨 RC는 꾸준히 좋은 앨범을 발표해 나갔다. 콘서트도 정력적으로 열어, '서로 사랑하고 있어?(愛しあってるかい)'라는 키요시로의 멘트는 유행어가 되었다.

1988년 반전/반핵을 테마로 한, 외국곡을 일본어로 커버한 모음집 커버스(Covers)의 발매 중지 소동이 일어나, 큰 화제가. 소속 레코드 회사의 모회사가 원자력 발전소를 만들고 있다는 이유였고, 결국 레코드 회사를 바꾸어 발매되었다. 과격한 표현도 많은 작품이지만, 결과적으로 RC의 앨범 안에서는 가장 잘 팔렸다. 수록곡 시크릿 에이전트 맨(Secret Agent Man)의 인트로 부분에 대한항공 858 폭파사건(1987)의 실행범, 김현희의 목소리가 사용되었다.

같은 시기, 키요시로는 '더 타이머즈The Timers'라는 익명 밴드로도 활동. 더욱 과격한 내용의 가사나, TV에서 방송금지용어를 계속 불러대는 바람에, 또 한번 큰 화제를 뿌렸다(1994년에 재결성).

1990년 RC는 활동중지를 선언. 라스트 앨범 베이비 어 고 고(Baby a Go Go)(1990)에서는, 하찌ハッチ가 드럼을 두드렸다. 2009년, 키요시로가 암으로 사망하면서(58세), 두 번 다시 부활할 수 없게 되었다.

만약, RC 앨범 중에서 1장만 선택하라고 한다면, 나는 망설임 없이 3rd 싱글 맨(シングル·マン)을 선택할 것이다. 이것은, RC가 포크에서 록으로 옮겨가는 과도기로, 밴드로서는 최악의 암흑기인 1976년에 릴리스한 앨범이다. 키요시로는 이 즈음, 복잡한 코드진행을 가진 곡만 만들게 되는 악순환에 빠졌다고 회상했지만, 그 때문에 이형적이고 불가사의한 매력으로 가득 차게 되었다(이후, 심플한 코드 진행의 스트레이트 록 넘버를 중심으로 하는 밴드가 되었다).

키요시로의 대표곡 B⑤ 슬로 발라드(スローバラード)나, B① 히피니 사사구(ヒッピーに捧ぐ: 히피에게 바친다), 눈물의 명곡인 B④ 코슈카이도와 모 아키나노사(甲州街道はもう秋なのさ: 코우슈 도로는 이미 가을인 것을), A① 팬카라노 오쿠리모노(ファンからの贈り物: 팬으로부터의 선물)나 A③ 야사시사(やさしさ: 상냥함) 같은 악담을 퍼붓는 넘버와 전위적인 A⑤ 레코딩 맨(レコーディング·マン)까지. 레코딩을 제외하면 아무것도 할 수 없었던 키요시로의 제작 의욕이 농축된 위대한 명반이다.

게이노야마시로구미(芸能山城組)

오소레잔 / 도노켐바이(恐山 / 銅之劍舞)

Victor, 1976

게이노야마시로구미의 데뷔 작품.

'게이노야마시로구미'는 과학자이며 예술가인 야마시로 쇼지山城祥二가 이끄는 이색 합창 단이다. 원래는 평범한 코러스단이었으나 1960년대 후반 새로운 합창 스타일의 불가리아 민족 코러스와 만나 변화한다. 서양의 벨칸토 창법이 아니라, 본래 목소리로 부르는 큰 차이점이다. 불가리아 코러스의 기술을 습득한 후에는 아시아와 아프리카로, 또 탐구범위를 넓혀, 인도네시아 발리의 케체크ketjak까지 도전했다.

1970년대 일본에 케체크를 소개하려는 목적으로 시작한 '케체크 마츠리(케체크 축제)'가 대호평을 얻어 현재에도 계속되고 있다. 이러한 흐름 속, 자연스럽게 게이노야마시로구미의 독자적인 오리지널 곡도 태어났다. 초기 대표작품이 바로 이 앨범 오소레잔 / 도노켐바이(恐山 / 銅之劍舞)다.

A면 전부를 차지한 A① 오소레잔(恐山)은 합창과 록이 합체한 작품으로, 제목대로 아오모리현 시모키타반도下北半島에 있는 이타코라는 장님 무녀의 강령술로 유명한 오소레산을 모

티브로 한다. 주문에 의해 불려나온 원령 앞에 장대한 지옥도가 펼쳐지고, 이윽고 극한 상태를 뛰어넘어 열반의 경지로 승화한다.

레코드 위에 바늘을 떨어뜨리는 순간, 이타코 역의 여성이 절창을 시작하는데, 매번 들을 때마다 정말로 깜짝 놀라고 만다. 음악은 즉흥적이고 주술적인 70's 사이키델릭 록. 시작 부분의 목소리는 콘셉트적으로 유사한 부분이 있는 플라워 트래블린 밴드의 Satori를 떠올리게 할 수도 있다. 그렇다 해도 이쪽이 훨씬 으스스한 음악이지만....

기분 나쁜 남녀 다수의 목소리가 겹쳐져 차츰 광광 울리는 메아리 소리에 휘말려 그대로 트랜스 상태가 된다. 그리고 조용히, 잔잔하게 사라지며 종언을 맞이한다. 연주에는 이노우에 타카유키井上堯之(g), 하야미 키요시速水清司(g), 오오노 카츠오大野克夫(key)로 유명인들이 참여했다.

B면도 1곡 뿐으로 B① 도노켐바이(銅之剣舞: どうのけんばい)다. 이 곡은 케체크의 기교를 바탕으로 가부키, 독경, 조루리(浄瑠璃: 반주에 맞추어 이야기를 읊는 행위로 말을 섞는 '카타리모노'와 노래를 하는 '우타이모노'로 나뉜다),기다유(義太夫: 죠루리의 카타리모노의 유파 중 하나) 등의 일본 전통예능의 요소가 들어가 있는, '신민요'극이다. 어느 나라에 나쁜 신이 자리를 잡고 살기 시작해 온갖 재앙을 초래했다. 국민은 봉기하여 악신과 싸웠지만 역시나 신의 힘에는 대적하지 못하고 전멸한다. 그러나 교만한 신도 스스로의 과오로 목숨을 잃어 결국 등장인물 전원이 멸족하고 말았다는 장대한 스토리다. 무대에서는 춤을 추다가 책상다리를 해 앉기도 하고 기어 돌아다니기도 하면서 케체크를 부르고 소리를 외치고 부르짖는다. 그런 합창단 전원의 목소리와 움직임이 현장감이 생생히 녹아들어 있다. 이쪽은 꽤 전위적인 녹음물이다.

게이노야마시로구미는 그 후 불가리아 민족 코러스를 집대성한 치노 히비키(地の響: 땅의 울림)(1976), 일본 민요를 새롭게 해석한 야마토 겐쇼(やまと幻唱: 야마토 황상합창)(1977),오소레잔(恐山)의 라이브를 수록한 라이브(ライブ)(1979), 〈와다 아키라和田アキラ(g), 무라카미 폰타 슈이치村上ポンタ秀一(ds)이 참여〉, 유럽에서 아시아까지 순회하는 여행이 담긴 실크로드 겐쇼(シルクロード幻唱: 실크로드 항상합창)(1981), 아프리카까지 발을 넓힌 아프리카 겐쇼(アフリカ幻唱: 아프리카 항상합창)(1982), 프로그레시브 현대민속음악의 결정판 린네코쿄가쿠(輪廻交響楽: 윤화교향악)(1986) 등 충격적인 수많은 작품을 발표해나갔다.

게이노야마시로구미는 연주활동 뿐만 아니라 대뇌생리학을 시작으로 학술연구활동, 문화인류학적인 필드 워크도 다수 실시하고 있어 이른바, 하나의 두뇌 집단의 기능도 갖고 있다.

1988년 오오토모 카츠히로大友克洋감독의 애니메이션 영화《AKIRA》의 사운드트랙은 그러한 학술성과와 음악이 훌륭하게 융합했을 뿐만 아니라 대중음악으로서도 성공한 희한한 사례로 그들의 대표작으로 인기가 높다. 당시 아키라AKIRA의 마니아가 된 대다수의 젊은 애니메이션 팬들이 이 음악에도 깊이 매료된 것이다. 참고로《AKIRA》의 사운드트랙은 2017년에 아나로그 LP로 재판되었다.

무라사키(紫: 보라색)

德間音工 Bourbon, 1976

무라사키는 건반 연주자 조지 무라사키ジョージ紫를 중심으로 한 오키나와 출신 하드 록 밴드다. 딥 퍼플Deep Purple 스타일 사운드가 바탕이다.

　　1968년 당시 오키나와는 아직 미국 영토였다. 필리핀인 아버지와 일본인 어머니 사이에서 태어난 시로마城間 토시오俊雄(b) & 마사오正男(vo) 형제는 밴드 '피너츠The Peanuts'를 결성해 미군기지 주변 클럽에서 연주를 하고 있었다. 거기서 1969년, UCLA에서 돌아온 일본계 미국인인 3세 조지 무라사키가 가입해 1970년에 밴드명을 '무라사키'로 바꾼다.

　　무라사키라는 이름은, 물론 딥 퍼플이라는 의미도 있지만, 조지는 처음부터 일본어로 된 밴드명이 갖고싶다고 생각했다. 무라사키(紫: 보라색)는 류큐琉球왕조(오키나와의 고대 왕국)에서 고귀한 색이고 '보라색 자(紫)'라는 한자 자체도 균형이 좋은 멋진 글자라고 생각해 밴드명으로 붙여졌다.

　　1975년 8월에 오사카 록 콘테스트 8·8록 데이에 게스트로 출연. 본토에서의 첫 공연이 되었다. 무라사키의 본토 상륙은 당시 록 팬들을 깜짝 놀라게 만들었고 열광적인 환영을 받았다. 이 때의 공연은 옴니버스 앨범 '75 8·8 Rock Day Live에서 들을 수 있다.

1976년 4월에 1st Murasaki를 통해 정식으로 데뷔, 정말 딥 퍼플을 방불케하는 질주감이 살아있는 하드 록 넘버 A① Double Dealing Woman로 시작한다. 존 로드Jon Lord처럼 오르간을 연주한 조지는 물론이고 미야나가 에이이치宮永英一의 하이 스피드 드럼에 놀라움을 금할 수 없다. 이언 페이스Ian Paice보다 기교가 뛰어날지도!

앨범에서는 딥 퍼플의 커버곡 A④ Lazy도 퍼플의 곡이지만, 퍼플이 아닌 매우 이상한 다수의 곡에 눈을 번뜩이게 된다. 결코 패러디가 아니라 곡 자체로도 훌륭해, 이것을 단지 모방이라고 단언하는 것은 불가능이다.

10월에는 일본 음악 최초의 12인치 싱글 Free를 발매, 12월에는 2nd Impact를 릴리스한다. 2nd는 4만장의 판매량을 기록했다.

1977년, 2장짜리 라이브 앨범 Doin' Our Thing at the Live House을 발표했고 이 앨범을 1장으로 편집해 만든 LP Murasaki Live가 스웨덴에서 발매되었다. 이 해 유명음악잡지 인기투표에서 1위를 달성. 일본 정점에 도달한 록 밴드가 되었다.

1978년 5월 12인치 싱글 Starship Rock'n Rollers를 릴리스했지만 그 후 조지, 미야나가 등의 중심 멤버가 탈퇴한다. 남은 멤버로 3년 정도 활동했으나 결국 1981년에 해산했다.

조지는 '조지 무라사키 & Mariner', '조지 무라사키 & 오키나와オキナワ', 미야나가는 '컨디션 그린コンディション・グリーン', '샌디에고サンディエゴ', '헤비메탈 아미ヘヴィ・メタル・アーミー' 등의 밴드에서, 시로마 형제는 '아일랜드アイランド', 기타리스트 히가 키요마사比嘉清正는 '에너지エナジー'를 결성해 각자 활발하게 활동했다.

1983년 일시적으로 재결합공연을 열고 라이브 앨범 Murasaki Why Now...?를 릴리스했다.

1997년즈음부터 조지를 중심으로 무라사키는 재결합을 반복해왔지만 2000년에 정식으로 재결성 활동을 시작한다. 2010년, 34년 만의 스튜디오에서 녹음한 신보 Purplessence를 발표했다. 2016년에는 메이저 데뷔 40주년을 기념해 한층 더 뛰어넘은 신작 Quasar를 발매한다. 현 멤버에는 조지 무라사키 & Mariner의 보컬리스트 JJ, 그리고 조지의 아들의 친구인 베이시스트 크리스가 있다. 크리스를 처음 만났을 당시 그의 나이 16세 였다고 한다.

참고로 2011년 2월에 베이시스트 시로마 토시오가 백혈병으로 사망했다(향년 61세).

부도바타케(葡萄畑: 포도밭)

Slow Motion

부도바타케라는 밴드를 처음 알게된 것은 아직 음악에 전혀 흥미가 없었던 초등학생 시절이었다. 당시 애들 사이에서 대인기였던 개그 만화 <가키데카がきデカ>(작: 야마가미 타츠히코山上たつひこ)의 주인공 '코마와리군'의 이미지 송이 발매되었다. 만화 잡지 <주간챔피언週刊チャンピオン>의 권두 칼라 페이지에 멋을 내긴 했지만 이상한 생김새를 한 밴드의 사진이 크게 개재되어 있었던 것이 떠오른다.

싱글 가키데카 공포의 코마와리군(がきデカ 恐怖のこまわり君)(1975)는 포복절도하는 코믹 송(노벨티 송)이었다. 물론 재밌는 곡이라고 생각했지만 초등학생이었던 나는 사실 절반 정도 밖에 알지 못했다. 이 곡은 10cc를 시작으로한 1970년대 영국의 비뚤어진 모던 팝의 일본 버전이라고 할 수 있겠다. 록에 눈 뜨고 나서 곡의 음악적인 구조를 이해하고 마니악한 부분에 경탄했다. 부도바타케는 나의 페이버릿 밴드가 되었다.

부도바타케는 결성 당시 '더 밴드The Band'를 방불케 하는 컨트리 록 밴드로 1974년 수수한 1st 부도바타케(葡萄畑)를 발매하며 데뷔했다. 제2의 해피엔드はっぴいえんど, 하치미츠파이は

ちみっぱいの 호적수 등으로 불려지며 코사카 추小坂忠의 백 밴드를 맡기도 하며 음악 업계에서는 조용히 화제가 되고 있었다.

전술한 코마와리군을 릴리스한 것을 계기로 밴드의 음악성은 여태 추구해왔던 미국지향에서 영국풍으로 극적인 변화를 맞이한다. 밴드 결성를 할 때는 드럼의 타케스에 미츠토시武末充敏가 리더십을 발휘했지만 이때부터 보컬 아오키 카즈요시青木和義와 키보드 사코우 야스오佐孝康夫 중심으로 음악 노선을 바꾸어 나아갔다. 아오키에 의하면 '본인들에게 있어서는 자연스러운 흐름이었다'라고 하나, 첫번 째와 두번 째 앨범이 완전히 달라졌다는 것은 일목요연하다.

1976년 재패니즈 모던 팝의 명반 2nd 슬로 모션(スロー・モーション)을 발표한다. 록시 뮤직Roxy Music, 텐시시10cc, 스파크스Sparks, 데프 스쿨Deaf School, 세일러Sailor, 베이브 루스Babe Ruth, 윙스Wings 등의 영국 취향에서 루퍼트 홈스Rupert Holmes, 루이스 퓨리Lewis Furey, 댄 힉스Dan Hicks와 같은 극상의 매니악한 팝까지 망라한 음악성에는 당황스러울 정도로 놀랍다. 하드한 사운드에서 우스꽝스러운 노벨티 송에 디스코, 끝에는 뭉클한 발라드까지, 다채로운 음악성을 보임에도 불구하고 완벽한 통일감도 있다. 뛰어난 감각과 시니컬한 웃음에 여유로움까지, 개인적으로 이런 레코드를 언젠가 스스로 만들어 보고 싶다고 생각하고 있다(곱창전골 4th 메뉴판은 이 앨범을 본보기로 삼았다).

A① 슬로 모션(スロー・モーション)～A② 밋츠 카조에로(3つ数えろ: 셋 세라)의 오프닝은 마치 영화의 시작같다. B② 유히니 나이타 쇼넨노 덴세츠(夕日に泣いた少年の伝説: 석양에 운 소년의 전설)는 GS 찬가로 동경과 애수를 담아 두 왑doo-wop조로 부른다. 마지막 눈물의 발라드 B⑤ 로데오니 오쿠레타 카우보이(ロデオに遅れたカウボーイ: 로데오에 늦은 카우보이)가 시작하는 바로 앞 부분은 10cc 앨범 How Dare You!의 Don't Hung Up를 생각나게 해 빙긋 웃음이 나온다.

문라이더스ムーンライダーズ의 스즈키 케이이치鈴木慶一가 "우리 밴드의 역사 속에서 단 한 번, 선수를 뺏겼다고 생각되는 앨범"이라고 평가한 바 있다.

이 후 초기 리더였던 드러머 타케스에가 탈퇴. 이유는 개인사정이었지만 아무래도 이렇게 밴드가 자신이 지향했던 음악성에서 바뀌어버리면 어쩔 수 없었으리라 생각한다. 후에 스퀘어スクェア의 드러머로서 데뷔하는 카와이 세이이치河合誠一(당시 대학생)가 합류해 3rd 앨범 준비에 들어간다. 3rd는 리듬을 강화한 사운드를 하고싶었던 모양으로 라이브에 퍼커셔니스트 센바 키요히코仙波清彦를 섭외해 함께 연주하기도 했으나 결국 1978년에 해산한다.

해산 후, 아오키는 음악 디렉터로 사에키 켄조サエキけんぞう의 펄코다이パール兄弟나, 스피츠スピッツ, 서플라이Suerfly 같은 아티스트들을 지휘, 사코우는 작/편곡가로 활약했다.

2002년 갑작스러운 부활 라이브를 열어 재활동을 개시한다. 26년 만에 3rd King Of Recreation(2004)를 발표했고 2018년에는 4장짜리 CD-Box Set 45th Anniversary 葡萄畑 Box Retrospective를 발매한다.

스즈키 케이이치 & 문라이더스(鈴木慶一とムーンライダース)

히노타마보이(火の玉ボーイ: 불덩이 보이)

Elektra, 1976

1974년 11월, 하치미츠파이はちみつぱい, 해산. 1975년부터 스즈키 케이이치鈴木慶一는, 밴드 구 멤버로 케이이치의 친동생인 스즈키 히로부미鈴木博文를 더해, 아이돌 가수, 아그네스 찬アグネス·チャン의 백밴드 활동을 본격적으로 시작한다. 케이이치는, 하치미츠파이에서 할 수 없었던 '음악으로 먹고 살자'라는 목표를 실현 시키기 위해, 밴드의 경제적 기반을 확립시키고 싶어했다. 홍콩 투어에도 동행하는 등, 백 밴드 활동은 1976년 2월까지 계속됐다. 그 모습의 일부는 아그네스의 라이브 앨범 패밀리 콘서트(ファミリー·コンサート)(1975)에서 들을 수 있다.

이 때 케이이치의 솔로 앨범 제작 이야기가 나와, 1975년 봄부터 1년에 걸쳐 레코딩을 실시했다. 구 멤버들을 시작으로, 호소노 하루오미細野晴臣(b), 하야시 타츠오林立夫(ds), 사토 히로시佐藤博(key), 야노 아키코矢野顕子(vo), 미나미 요시타카南佳孝(vo) 등 호화 게스트가 녹음에 참가.

케이이치는, 이 앨범에 '문라이더스ムーンライダーズ'라는 이름을 붙였다. 사실 오리지널 문라이더스는, 동생인 히로부미가, 야노 마코토矢野誠(key), 마츠모토 타카시松本隆(ds)와 만든 밴드 이름이었다(1972년 결성, 1974년 해산). 케이이치는 그 때 이름을 지어준 장본인으로, 이나가

키 타루호稲垣足穂의 소설 <1001초이야기一千一秒物語>에서 이름을 땄다. 케이이치 자신도 그 이름을 마음에 들어했기 때문에 '문라이더스라는 이름을 내가 써도 될까'라고, 전 멤버들에게 전화해 승낙을 받아, 이름을 양도 받았다고 한다.

1976년, 스즈키 케이이치와 문라이더스의 데뷔 앨범 히노타마 보이(火の玉ボーイ: 불덩이 보이)가 릴리스. 케이이치의 솔로로서 제작되었으나, 레코드 회사가 마음대로, 거의 착각한 것과 다름 없은 형태로 밴드명으로 발매해 버리고 말았다고 한다. 그래서 세간에서는 밴드의 첫 번째 작품이라고 인식 되어져있다. CD화 될 때 솔로 명의로 정정되었던 적도 있으나, 현재 판매되는 CD는 다시 밴드명으로 돌아왔다.

A면은 'City Boy Side', B면은 'Harbour Boy Side'로 표기. A① 아노코노 러브레터(あの娘のラブレター: 그녀의 러브레터)로 스타트. 영화《청춘낙서American Graffiti》처럼 곡 사이에서 DJ가 떠들어 대는 소리가 나온다. 이어지는 로맨틱한 가난을 향한 찬가 A② 스칸핀(スカンピン: 빈털터리)으로, 눈가가 글썽. 멜로에 블루스적인 A④ 히노타마 보이(火の玉ボーイ: 불덩이 보이)는 말할 필요 없는 명곡. 곡 후반의 야노 아키코의 스캣에 기절.

A⑤ 고고노 레이디(午後のレディ: 오후의 레이디)는 이와이 슌지岩井俊二 감독의 드라마《하지이야기夏至物語》(1992)에 사용되었다. A③ 요이도레 댄스뮤직(酔いどれダンス・ミュージック: 술주정꾼 댄스 뮤직)과 B② 웨딩 송(ウェディング・ソング)는 하치미츠파이 시절의 곡. 앨범의 가장 마지막에는 '작별 蛍の光 Auld Lang Syne'가 흐르며, 더욱 더 쓸쓸하게 되어 폐막. 원조 시티팝라고도 할 수 있는, 역사적인 일본 록 명반이 된다.

1977년에, 문라이더스로서 진짜 첫번째 작품 문라이더스(ムーンライダーズ)를 발표. 사운드는 미국적인 것부터 유럽적이 됐다.그리고 이스탄불 맘보(イスタンブール・マンボ)(1977), 누벨바그(ヌーベル・バーグ)(1978)를 발표. 사운드는 유럽으로부터 더욱 무국적이 되고, 신시사이저도 도입. 1979년의 모던뮤직(モダーン・ミュージック), 1980년의 카메라=만년필(カメラ＝万年筆)은, 완전히 뉴 웨이브가 되었다.

1981년의 Mania Maniera에서는, 전곡에 컴퓨터를 도입해, 실험적인 레코딩을 시험, 테크노/뉴 웨이브의 금자탑 같은 작품이 되었다. 그러나, 레코드 회사의 '너무 난해해서 팔리지 않아'라는 말에, 차기작 아오조라 핫케이(青空百景: 푸른 하늘 백풍경)(1982)을 먼저 발매 하는 것으로. Mania Maniera는, 1982년 당시, 거의 보급되지 않았던 CD로 발매되었다(1986년에 아날로그 반도 릴리스).

그 후에도, 사이고노 반산(最後の晩餐: 최후의 만찬)(1991), A.O.R(1992) 등, 몇개의 앨범을 꾸준하게 발표하며, 2011년 Ciao!를 마지막으로 무기한 활동 중지를 발표. 2013년 드러머 카시부치 테츠로かしぶち哲郎가 사망. 2016년 오랜 팬들에게 감사의 마음을 담아 "활동 중지를 중지"를 선언했다.

키쿄(ききょう: 도라지)

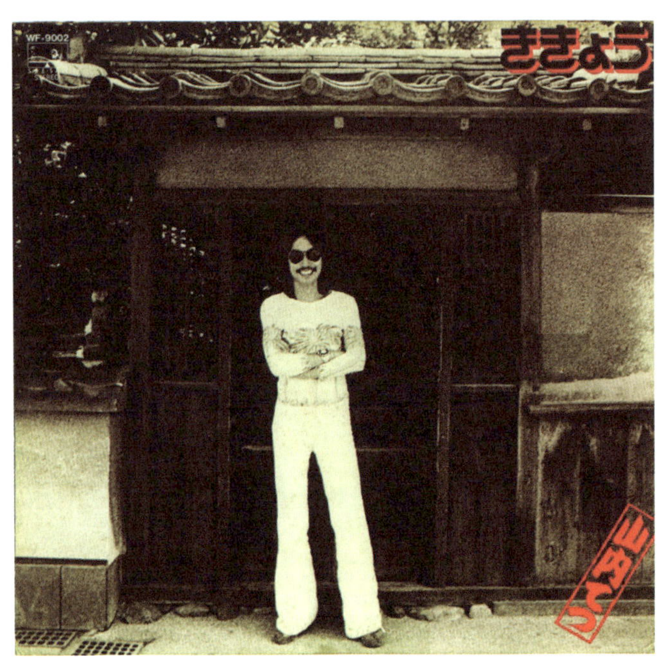

Canyon See Saw, 1976

1970년대 초기, 일본인 베이시스트 한 사람이, 브리티시 록계에서 위세를 떨치고 있었다. 야마우치 테츠山内テツ다.

테츠는, 1960년대에 마이크 마키マイク真木의 밴드 '더 마익스ザ・マイクス'로 음악활동을 시작. 마침 그 때 해외 원정 중이던 미키 커티스ミッキー・カーチス가 멤버를 찾고 있었는데, 테츠가 발탁되었다. 유럽으로 불러내, 그때까지 포크 기타 연주자 였던 테츠를, 영국 현지에서 베이시스트로 특훈. 미키 왈 "외국에서 습득했기 때문에 대단한 셈이야. 본고장 속에서 단련시켜 시작했으니까"

1970년에 귀국. 1971년, 테츠는 방일 중이었던 프리Free의 멤버 폴 코소프Paul Kossoff(g), 사이먼 커크Simon Kirke(ds)를 스튜디오에서 만나 의기투합. 그리고 영국행. 이때 마침 프리가 해산하면서 1972년, 전술한 두 사람에 건반 주자 레빗Rabbit를 더해, 앨범 Kossoff Kirke Tetsu Rabbit를 발표했다. 음과 음의 사이에서 스며나오는 블루스 & 멜로. 섬세한 매력이 일품이다. 그러나 여기서 프리가 재결성하게 되어, 테츠는 귀국.

첫 솔로 앨범 Tetsu를 일본에서 릴리스. 동시대의 영국 록과 어깨를 나란히 하는 전곡 영어로 마치 서양 음악 같은 사운드가 역시나. 브리티시의 향기가 감도는 펑키 록. 드럼은 전 사무라이サムライ의 하라다 유진原田裕臣와 프라이드 에그의 츠노다 히로つのだひろ, 기타는 전 포르테이지ボルテイジ 시바타 코지柴田こうじ, 키보드는 전 스파이더스의 오오노 카츠오大野克夫, 보컬은 전 비버스ビーバーズ 나리타 켄成田賢으로, 전 진저 베이커스 에어 포스Ginger Baker's Air Force의 엘리노어 바루시앤Eleanor Barooshian

한편, 프리는 앨범 1장을 발표한 후, 베이스의 앤디 프레이저Andy Fraser가 탈퇴. 그리고 다시 테츠에게 연락해, 정식 멤버로. 1973년, 프리의 라스트 앨범 Heartbreaker를 발표. 테츠가 참가한 싱글 Wishing Well가 대 히트. 그러나 결국, 그 후, 프리는 해산.

그리고나서 테츠는Ronnie Lane의 후임으로, 로드 스튜어트Rod Stewart가 있었던 페이시즈Faces에 가입하여 개선 귀국 콘서트. 일본 팬들은 환희의 목소리. 1974년, 강력한 로큰롤이 대폭발한 라이브 앨범 Coast to Coast: Overture and Beginners를 릴리스. 페이시즈의 라스트 싱글 You Can Make Me Dance, Sing Or Anything에서도, 멋있는 베이스를 선사했다.

페이시즈 해산 후에는 일본에서의 활동을 시작. 1976년, 2nd 키쿄(ききょう: 도라지) 발표. 런던과 도쿄에서 레코딩되어, 기본 1st 녹음 멤버에, 고다이고ゴダイゴ의 미키 요시노ミッキー吉野(key), 아사노 타카미浅野孝巳(g), 스티브 폭스Steve Fox(b)가 참가. 이번에는 테츠가 리드 보컬을 맡았다. 게다가 일본어. 그러나, 보컬의 믹스 음량이 극단적으로 작다. 자신이 없었던 것일까. 반대로, 베이스는 크다. 프로듀스도 테츠 자신. 아, 정말 정직하다. 너무 솔직해. 그 인간미도 포함해서, 정말 그대로의 자연체.

오프닝 A① 오키나사이(起きなサイ: 일어나시오)에서 루즈한 리듬으로, 마치 콧노래 같은 록. 뒤이어 계속 정감어린 곡이 이어지며, 마지막은 인스트루멘탈 넘버 B⑤ 이비자노 유야케(イビザの夕焼け: 이비자의 노을)의 흔들리는 파도 소리로 페이드 아웃. 정말, 듣고 있으면 따뜻해지는 앨범이다

테츠는 앨범의 프로모션을 위해, 테츠 엔 굿 타임스 롤 밴드Tetsu & The Good Times Roll Band를 결성. 콘서트 활동에 힘쓰며, 라이브 앨범 Live(1977)을 발표. 로드 스튜어트Rod Stewart를 꼭 닮은 영국인 싱어, 게리 픽포드 홉킨스Gary Pickford-Hopkins(전 와일드 터키Wild Turkey)를 불러들이니, 이건 마치 페이시즈다. 기타는 요닌바야시를 막 탈퇴한 모리조노 카츠토시森園勝敏. 쿠와나 하루코桑名春子가 오키나사이(起きなサイ)를 소울풀하게 부르고 있다. 연주는 최고로, 불평할 점이 하나도 없다. 기분 좋은 R&B 로큰롤 앨범.

그러나, 테츠는 이 후, 정식무대에서 멀어져, 프리 재즈/인프로비제이션의 세계로 잠복. 그리고 지금은, 정말로 가끔이지만, 작은 클럽 무대에 불쑥 나타난다고 한다.

우에다 마사키 & 사우스 투 사우스(上田正樹とSouth to South)
코노 아츠이 타마시오 츠타에타잉야(この熱い魂を伝えたいんや: 이 뜨거운 혼을 전하고 싶다)

보컬리스트 우에다 마사키가 이끄는 '우에다 마사키 & 사우스 투 사우스'는 1970년대에 활약한 전설적인 재패니즈 소울/R&B 밴드다.

우에다는 의사의 아들로 교토에서 태어나 애니멀즈Animals의 일본 공연을 보고 음악에 눈을 떴다. 그 뒤 가출하여 떠돌아다니다 오사카에 정착했다. 1972년 12월, 소울풀한 소프트 록 싱글 킨이로노 타이요가 모에루 아사니(金色の太陽が燃える朝に: 금빛 태양이 타오르는 아침에)으로 데뷔했으나, 음반은 전혀 팔리지 않았다.

1973년 기타에, 전 이츠츠노 아카이 후센(五つの赤い風船: 5개의 빨간 풍선)의 아리야마 준지 有山淳司를 영입, 우에다 마사키 & 사우스 투 사우스를 결성한다. 그들의 무대는 2부 구성으로 되어 있어 1부는 컨트리 블루스 & 래그 타임 풍의 어쿠스틱 세트로, 2부는 소울/R&B의 펑키한 세트리스트로 한 밴드로, 댄서블하고 다이나믹한 무대를 펼쳤다.

1974년 8월, 오노 요코도 참가했던 후쿠시마현福島県 코리야마郡山의 일본판 우드스톡 'One Step Festival'나, 간사이 록의 제전 8·8 Rock Day에 출연하여 큰 박수갈채를 받았다.

1975년 6월, 우에다 마사키 & 아리야마 준지 上田正樹と&有山淳司라는 이름으로 앨범 보치보치이코카(ぼちぼちいこか: 슬슬 가볼까)을 발표한다. 콘서트 1부 레퍼토리를 스튜디오에서 녹음해 수록했다. 일본어 오리지널 블루스를 중심으로, 아리야마의 탁월한 어쿠스틱 기타와 함께 우에다의 허스키한 보이스가 페이소스가 잔뜩 박힌 유쾌하며 재미난 곡을 노래한다. 미카미 칸三上寬이 작사한 오레노 샷킨 젠부데 난보야(俺の借金全部でなんぼや: 내 빚이 전부 얼마야), 속옷도둑을 소재로 한 곡 톳타라 아칸(とったらあかん: 훔쳐가면 안돼), 게이를 향한 찬가 카와이이 온나토 요바레타이(可愛いい女と呼ばれたい: 귀여운 여자라고 불리고 싶어), 오사카를 향한 사랑이 넘쳐흐르는 아코가레노 키타신치(あこがれの北新地: 동경의 키타신치)나 우메다카라 남바마데(梅田からナンバまで: 우메다에서 남바까지) 등 활기차고 릴랙스한 연주를 만끽할 수 있는 명반이다.

그리고 12월, 밴드 공연인 제2부를 그대로 녹음한 우에다 마사키 & 사우스 투 사우스의 앨범 코노 아츠이 타마시오 츠타에타잉야(この熱い魂を伝えたいんや)를 발표한다. 타이틀 그대로 뜨거운 영혼이 레코드 홈에 상상 이상으로 새겨져 있다. 듣고 있는 것만으로 땀 투성이가 되고 만다. 경애하는 소울 뮤직에 몸과 마음을 다하는 진지하고 순수한 감성이 가슴 깊이 전해져 오는 생생한 무대가 그대로 담겨있다.

오티스 레딩Otis Redding, 루퍼스 토마스Rufus Thomas, 레이 찰스Ray Charles의 곡들을 완벽히 소화해낸 우에다. 베이스 후지이 유우藤井裕, 피아노 나카니시 야스하루中西康晴의 펑키한 연주에 황홀해진다. A③ 사이슈우 덴샤(最終電車: 마지막열차), A④ 코와레타 커피컵(こわれたコーヒー·カップ: 부서진 커피잔), B② 무카데노 킨조(むかでの錦三: 지네의 킨조) 등의 오리지널 재패니즈 소울 넘버도 훌륭하다고 자신있게 말할 수 있다.

1976년, 사우스 투 사우스는 싱글 야세타 쿠치부에데 c/w 시하츠 덴샤(やせた口笛で: 가는 휘파람으로 c/w 始發電車: 첫차)를 발표하고 해산한다.

그후 우에다는 소울풀한 AOR 싱어로서 우에다 마사키(上田正樹)(1977), Push & Pull(1978), Jealous Night(1981)와 같은 시티팝 솔로 앨범을 꾸준하게 발표한다.

1980년에 발표된 싱글 도쿄 Fun Fun 오사카 Sock It to Me(東京Fun Fun 大阪Sock It to Me)의 B면에는 RC 석세션RCサクセション의 이마와노 키요시로忌野清志郎가 쓴 Sweet Soul Music를 수록, 키요시로도 RC의 앨범 Please에서 다시 직접 커버한 곡이다.

그 후 발매한 발라드 싱글 카나시이 이로야네(悲しい色やね: 슬픈 색이네)(1982, 작사: 강진화康珍化, 작곡: 하야시 테츠지林哲司)가 공전의 대히트를 기록, 우에다가 AOR 싱어로서 최전방에서 활약하는 계기가 되었다.

1999년, 한국 프로듀서 김형석에게서 뜨거운 러브콜을 받아, SBS 특별기획 TV 드라마 《고스트》의 주제가 Hands of Time를 불러, 이 곡을 포함한 총 3곡이 담긴 맥시 싱글로 한국 데뷔를 치룬다. 우리 밴드 '곱창전골'과 데뷔 동기다.

사우스 투 사우스는 1980년과 1991년에 재결성해 복귀했으나, 2014년 10월 베이시스트 후지이 유우가 식도암으로 사망했다.

우치우미 토시카츠 & 더 시마론스The Cimarons(内海利勝 & ザ·シマロンズ)
제미니(Gemini) Part1

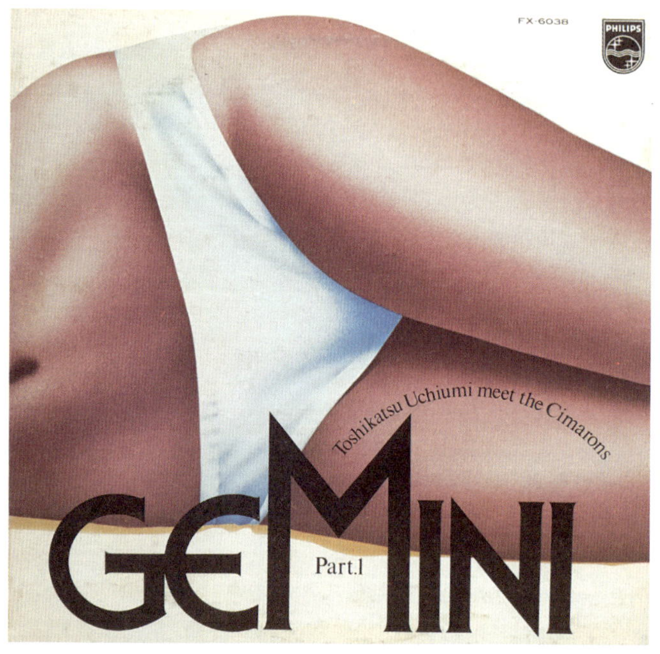

캐롤의 리드 기타였던 '웃짱' 우치우미 토시카츠内海利勝. 캐롤 해산 후, 레코드 회사에게서, 영국의 레게 밴드 '시마론스The Cimarons'가 방일하니, 함께 레코드를 만들어 보지 않겠냐는 제안을 받고는 잘 모르지만 재밌을 것 같다는 가벼운 기분으로 OK 해버렸다. 그 결과 태어난 것이, 일본 첫 레게 앨범인 웃짱의 1st 솔로 제미니 Part1(Gemini Part1)(1976)이다.

웃짱의 인터뷰에 의하면, 시마론스는 어떤 곡이라도 레게가 되어 버린다고. 예를 들어, 그것이 삼박자의 곡이라고 할지라도 말이다. 단, 반대로 말하면, 그 의외의 리듬은 두드리지 않기 때문에, 모든 곡 리듬이 철저한 레게 앨범이 되었다고.

그러나 웃짱의 기타는 결코 레게가 아니다. 그러니까 어떻게 되었냐면, 여기서 들을 수 있는 웃짱의 기타는 격렬한 록의 와일드한 소리. 단호히 말하면, 미스매치. 그러나 그 절묘한 상태가, 지독하게 빠져들게 만든다. 결과적으로 유일무이, 본가를 능가할 정도의 오리지널리티를 확립. 일본제 레게에서 굴지의 명곡, 명연주가 되었다.

싱글 컷 된 A① 카가미노 나카노 오레(鏡の中の俺: 거울 속의 나)는, 일본 DJ들이 애용하는 레코드가 되어, 무려 현재도 클럽에서 대인기 곡이라고 한다. 경쾌한 레게 리듬과 딱 비틀즈풍 노래 멜로디가 대치해서, 거기에 갑자기 파고들어 덤벼오는 배짱이 센 기타 사운드. 첫 번째 곡부터, 꽝하고 머리를 맞은 듯한 느낌이다. 동일하게, A③ 이츠모 아노코(いつもあの娘: 언제나 저 아가씨)나 B③ 나이테아루 아노코(泣いてるあの娘: 울고 있는 저 아가씨)의 강하게 밀고 나가는 리드 기타에도 피가 끓고 힘이 넘친다. A② 더 라이프 오브 맨(The Life of Man)에서의 소울풀한 보컬에 주목.

드라마틱한 가요 발라드로 시작하는 B① 타와고토(たわごと: 농담)도, 후렴은 역시 레게로 재빨리 변신. 그리고 라스트 B⑤ 레게레게 텐고쿠(レゲレゲ天国: 레게레게 천국)로 앨범은 종료. 정말 레게 앨범 그 자체.

레코딩이 끝나고 웃짱은 일본인 뮤지션을 모아 바로 2nd 제미니 Part2(Gemini Part2)(1976)도 제작. Part 2는 은은한 일본제 로큰롤 팝으로 어레인지도, 레코딩도 굉장히 심플. 카가미노 나카노 오레(鏡の中の俺)와 타와고토(たわごと)를 재녹음했는데, '정말 이런 느낌으로 하고 싶었다'라는 것이 눈에 보여 재밌다.

1978년 '우치우미 토시카츠 & VGT(内海利勝 & VGT)' 결성, 앨범 퍼스트(First)발표. 시마론스에 재미를 붙인 것인지 이번 밴드의 멤버는 전부 외국인. 포루트갈인과 인도인, 뉴질랜드인. 펑키한 오프닝의 인스투르멘탈 스카이 스크래퍼(Sky Scraper), 기타가 작렬하며 변박자로 어레인지해 깜짝 놀라게 만든 이테츠이타 마보로시(凍てついた幻: 얼어붙은 환상) 등, 들을 것이 많다. 멤버가 리드 보컬을 맡은 곡도 있어, 밴드로서도 혼신을 다한 작품. 외국인 사투리가 있는 일본어 코러스가 흐뭇하다.

그후, 웃짱은 다양한 밴드 활동과 우여곡절의 솔로 활동을 병행했으며, 꾸준히 앨범을 릴리스하고 있다.

1989년~1991년은 '더 플리즈The Please'(조니 오오쿠라ジョニー大倉, 타카하시 조지高橋ジョージ, 타나카 키요토田中清人)로 활동.

1998년에는 일본 블루스 하프의 1인자인 세노 류이치로妹尾隆一郎나, 니시하마 테츠오西濱哲男(전 트랜잠トランザム) 들과 'Blues File No. 1'을 결성. 이 밴드는 만화가 야마모토 오사무山本おさむ의 작품 <헤이! 블루스 맨!ヘイ!ブルースマン!>의 모델로서도 알려져 인기를 모았다.

2012년 에이짱永ちゃん(야자와 에이키치矢沢永吉)의 데뷔 40주년 기념공연에 게스트로 출연. 둘 다 검은 가죽 재킷을 입고, 캐롤 다운 펑키 몽키 베이비(ファンキー·モンキー·ベイビー)와 루이지안나(ルイジアンナ)를 연주.

현재 웃짱은, 어쿠스틱 블루스를 베이스로 한 독자적인 스타일로, 자신만의 음악활동을 하고 있다. 그 사이에, 에이짱과 고(故)조니의 사이를 왔다 갔다 하면서, '전 캐롤의 웃짱'을 바라는 팬과의 갈등으로도 괴로워했다.

2018년 솔로 앨범 Mujun을 발표. 웃짱의 여행은 아직 계속된다.

조니 오오쿠라ジョニー大倉

Johnny Wild

Philips, 1976

캐롤의 또 한명의 리더, 조니 오오쿠라ジョニー大倉. 데뷔 전의 머슈룸 커트였던 에이짱永ちゃん
(야자와 에이키치矢沢永吉)을, 억지로 포마드로 굳혀 리젠트로 만든 장본인. 캐롤 해산 후에도, 리
젠트족의 대표로 팬들에게 잘 알려져 있었다. 또, 《전장의 크리스마스戦場のメリークリスマス》(감
독: 오오시마 나기사大島渚, 1983)를 시작으로, 배우로서도 크게 활약했다.

    1976년 3월, 1st 조니 쿨(Johnny Cool)을 발표. 헤이 레게 부기 우기(헤이·레게·부기·우기)라
는 타이틀의 쾌활한 스왐프 록으로 시작한다. 레게는 아니지만, 들썩이는 리듬에 얼굴에는 웃
음을, 마음은 방방. 조니의 달달한 보컬과 상성이 좋다. 캐롤 시대인 1960년대적인 비틀즈 풍
로큰롤부터, 1970년대의 느긋한 미국 남부 사운드로 구성한 좋은 앨범.

    같은 해 11월, 2nd 조니 와일드(Johnny Wild)를 릴리스. 조니의 레퍼토리에는, 올디스나
비틀즈 느낌의 곡이 많지만, 이 레코드는 전작을 넘어섰을 뿐만 아니라, 첫번째 맛도 두번째
맛도 다른 록 앨범이다. 번쩍번쩍하는 에너지가 흘러 넘치는, 한밤 중의 록 파티 같은 분위기.

    오프닝 A① 하이웨이 새터데이 나이트(하이웨이·사타디·나이트)는, 무시무시한 기세로

청취자를 쫓아 오는 혼신의 하드 드라이빙 브라스 록! 아마 조니의 노래 중에서도 가장 시끄러운 곡일 것이다. 이 폭주하는 느낌이, 정말로 참을 수가 없다. 그야말로 조니 와일드! 재킷의 겉면에는 폭주하는 리켄배커 기타, 뒷면에는 바이크에 걸터 앉아있는 조니, 이 일러스트가 모든 것을 말하고 있다... 그런 느낌이....

B① 카와사키 리턴 블루스(川崎リターン·ブルース)는, 조니가 태어난 마을을 노래한, 쓰리 코드의 루즈한 블루스. 거친 카와사키의 부정적인 이미지를, 그래도 사랑하기 때문에, 목청 높여 부른다. 굴뚝의 연기. 호리노우치堀之內(풍속점 거리), 스트립쇼, 싸구려 술, 부랑자 ... ♪냄새가 심하네 아지노모토(조미료 아지노모토味の素로 유명한 종합 식품 화학 회사)~ 부분은, 삐- 로 회사이름을 삭제되어 있다. 이것은 레코드 회사의 판단으로 자체규제. 카와사키는 공장 마을. 현재는 공장이 야경 스폿이 되어 인기있는 마을이지만, 1970년대는 하늘에도 강에도 폐기물이 방류되는 상태... 즉, 엄청나게 좋아졌다고 할 수 있다.

1977년, 조니 & 달링ジョニー&ダーリン을 결성해, R&R 팝으로 회귀. 소울 풀한 섹시 드라이버(섹시·드라이버)를 수록한 트러블 메이커(トラブル·メーカー), 커버 앨범 팝픈 롤 콜렉션(ポップン·ロール·コレクション), 라이브 앨범 로큰롤 다큐멘트'77(ロックン·ロール·ドキュメント'77) 총 3장을 발표. 같은 해, 일본인 록 가수로서 2번째로 부도칸武道館 공연을 감행(단 5일 차이로 부도칸 첫번째 록가수는 에이짱이었다).

1978년, 멜로 가요노선 앨범인 마린 블루 익스프레스(Marine Blue Express)를 발표. 1983년에 발매 된 조니 오오쿠라 & 베이·정크 외인부대ベイ·ジャンク外人部隊의 차이나 타운카라 키타 오토코(チャイナ·タウンから来た男: 차이나 타운에서 온 남자) A Man from China Town는, 작사에 키타노 타케시北野武, 요코오 타다노리横尾忠則, 안 루이스アン·ルイス 등이 참여해, 화제가 되었다.

1989년~1991년은, 캐롤의 웃짱ウッちゃん(우치우미 토시카츠內海利勝), 전 더·토라부류THE虎舞竜의 타카하시 조지高橋ジョージ, 타나카 마사토田中清人와 함께 4명이서 밴드 '더 플리즈The Please'를 결성해서 활동.

그런데 조니는 캐롤 해산 후 바로, 자신이 재일동포임을 커밍아웃 했다. 당시는 그 일로 라디오 레귤러 방송에서 하차당했다는 일도 있었다고 한다. 본명: 박운환朴雲煥. 2015년에 DVD로 발매된 '환상의 명작' 영화《이방인의 강異邦人の河》(감독: 이학인李學仁, 1975년)에 본명으로 출연. 재일동포로서의 아이덴티티에 방황하던 청년 역(役)을, 몸을 던지는 연기로 열연. 음악도 담당해 주제가 발라드 이츠니 낫타라(いつになったら: 언제쯤이면)를 불렀다.

1990년대에, 조국의 로커를 찾아간다라고 하는, 일본 잡지 기획으로 한국에 온 적이 있다. 그 때, 신중현 선생님과 배철수를 예방했다(김완선도 만났다).

말년 암에 걸려, 2014년 사망. 향년 62세. 결국, 캐롤 해산 후 에이짱과 함께 무대에 서는 일은 없었다.

쿠와나 마사히로桑名正博
Who are you?

RCA, 1976

쿠와나 마사히로桑名正博(vo,g)는, 1830년 창업한 해상 운송선 회사의 7대째 후계자로 1953년에 탄생. 1970년의 오사카 만국 박람회에서 아르바이트를 한 것이 운명. 만국 박람회 회장에서 연일 개최되고 있던 록 콘서트. 처음으로 조 야마나카ジョー山中를 보고 '우와, 대박. 이거야, 미국에 가지 않으면 아무것도 할 수 없어' 라고 생각했다고 한다.

그리고 미국으로. 현지에서 우연히 옛 친구 사카에 타카시栄孝志(g)와 합류. 의기투합한 둘은, 일본어 록 밴드를 만들기 위해, 1971년 귀국. 친구와 지인을 모아, 록 밴드 '퍼니 컴퍼니ファニー・カンパニー'를 결성한다. 베이시스트의 요코이 야스카즈橫井康和가 1968년에 만들었던 포크 그룹의 이름을 그대로 사용. 드럼은 전 M의 니시 테츠야西哲也(현재, 하라주쿠原宿 유명 라이브 하우스 '크로커다일クロコダイル'의 점장).

1972년에 싱글 스위트 홈 오사카(スウィートホーム大阪)로 데뷔. 오사카 사투리를 그대로 사용한 하드 로큰롤은 간사이에서 화제로. '동쪽의 캐롤, 서쪽의 퍼니'로 칭찬받았다. 우치다 유야內田裕也의 마음에 들어, 도쿄에서도 활동했다. 1973년 퍼니 컴퍼니(ファニー・カンパニー),

1974년 퍼니 팜(ファニー・ファーム)까지, 악착스러운 기세로 2장의 앨범을 발표하고, 해산.

1975년, 쿠와나는 솔로 활동을 개시. 1976년, 1st Who are You?를 릴리스. 퍼니 컴퍼니 시절과는 완전히 다른, 차분하게 들을 수 있는, 어른들이 좋아할 법한 은은한 앨범이 되었다.

오프닝은, 포키하면서 천천히 흘러가는 템포의 A①, 시로이 아사(白い朝: 새하얀 아침). 맨 처음의 탄성 하나로, 쿠와나가 그저 그런 사람이 아니란 것을 알 수 있다. 꺾임을 갖고 있는 훌륭한 소리의 질. 록필링이 넘쳐흐르는 최고의 보컬리스트. 오싹오싹한 고양감이 고요히 전해져 온다. 바닷가에 밀려오는 파도 소리가 SE로 이어지며 어쿠스틱 기타의 인트로로 흘러가는 A④ 요루노 우미(夜の海: 밤바다)에서는 여동생인 쿠와나 하루코桑名晴子와의 절묘한 하모니가 어우러진다. 스위트 & 멜로의 명 발라드. 퍼니 컴퍼니 시대를 생각나게 만드는 록 넘버 B① 바카나 오토코노 R&R(馬鹿な男のR&R: 바보 같은 남자의 R&R)은 R&B 스타일의 블루스 어레인지. 팝한 선율이 심금을 울리는 B③ 마요나카 렛샤 다이니빈(真夜中列車第2便: 한밤 중 열차 제2편)에서도 하루코의 코러스는 나이스 어시스트다.

심플한 어레인지로 화려하지는 않지만, 그 덕분에 낡지 않고 오랫동안 빛나고 있다. 이후의, 록 가요 노선과는 극히 다른 앨범이다.

1977년, 작곡가 츠츠미 쿄헤이筒美京平와 만나, 마츠모토 타카시松本隆가 작사한 아이슈 투나잇(哀愁トゥナイト: 애수 Tonight)(1977), 서드 레이디(サード・レディー)(1978), 섹슈얼 바이올렛 No.1(セクシャル・バイオレット No.1)(1979) 등의 록필이 있는 가요곡을 히트시킨다. 특히 섹슈얼 바이올렛 No.1(セクシャル・バイオレット No.1)은 대히트해, 쿠와나의 대표곡이 되었다. 가네보カネボウ 화장품 캠페인 송으로 '록계의 사이조 히데키西城秀樹를 만들자'라는 콘셉트의 곡이었다.

또, 3rd 테킬라 문(テキーラ・ムーン)1978)에 수록된 츠키노 아카리(月のあかり: 달빛)(작사: 시모다 이츠로下田逸郎, 작곡: 쿠와나 마사히로)는, 사람들 사이에서 입소문만으로 오랜 시간이 지난 후에야 인기를 얻어, 현재, 특히 오사카 지방에서는, 가라오케의 애창곡 중 하나가 되었다.

1980년에, 가수 안 루이스와 결혼. 장남 미유지美勇士 득남. 1984년, 안 루이스와 이혼. 2012년, 뇌출혈로 쓰러져, 59세 사망.

전 퍼니 컴퍼니의 요코이 야스카즈橫井康和는, 1976년에 로스엔젤로스로 이주. 모텔즈The Motels나, 재결성한 버즈Byrds에 참여한 뒤, 1981년에 음악 프로듀서로서 미 영주권을 획득해 크게 성공한다.

한편, 쿠와나는, 솔로 시절, 백 밴드인 '티어 드롭스Tear Drops'와 함께 활동했다. 티어 드롭스의 기타리스트였던 아라이 키요타카新井清貴는, 1984년에 일본에서 조용필 콘서트의 세션 기타리스트로 뽑힌 것을 계기로 '조용필과 위대한 탄생'에 가입. 재일교포 였던 그는, 그 후 한국에 건너와, 소방차, 김완선, 봄여름가을겨울, 한영애, 김현식, 신승훈, 정경화, 강산에, 전인권 등의 세션 뮤지션 / 편곡가/ 작곡가 '박청귀'로서 대활약. 2002년에 뇌출혈로 서울에서 사망했다. 향년 47세.

크리에이션(クリエイション, Creation)
Pure Electric Soul

東芝EMI Express, 1977

블루스 크리에이션은 1968년에 데뷔한 일본 극초기의 블루스 록 밴드다. 블루스 크리에이션)(ブルース・クリエイション)(1968)과 아쿠마토 주이치닌노 코도모타치(悪魔と11人の子供達: 악마와 11명의 아이들)(1971), 두 장의 앨범을 발표해 일본 록의 여명기를 장식했고 밴드 리더 기타리스트 타케다 카즈오竹田和夫의 블루스 필링이 흘러넘치는 록 기타는 화제가 되었다. 카르멘 마키カルメン・マキ가 처음으로 록에 도전했던 공동작품 Carmen Maki Blues Creation(1971)도 릴리스.

그러나 타케다는 이 시기에 일어났던 '록을 영어로 부를 것인가, 일본어로 부를 것인가' 논쟁에 싫증이 난 나머지(타케다는 영어파였다) 런던으로 떠나버렸다. 그리고 록은 결코 마이너한 존재가 아님을 피부로 직접 느끼며 새롭게 결심, 귀국 후 보다 더 본격적인 록 사운드를 목표로 '크리에이션'을 결성한다. 그리고 1975년, 견실한 브리티시 하드 록을 전개한 데뷔 앨범 크리에이션(クリエイション)를 발표한다.

1976년에 전 마운틴의Mountain의 펠릭스 패파라르디Felix Pappalardi와 함께 2nd Creation with Felix Pappalardi를 제작하여(미국반은 Felix Pappalardi & Creation로), 키스Kiss, 조

니 윈터Johnny Winter 등과 함께 미국 투어를 다닌다. 이 앨범은 패파라르디의 노력으로 서던 록적인 아메리칸 하드록 풍미가 더해져 전혀 일본스럽지 않은 사운드가 되었다. 타케다가 이에 대해 "패파라르디가 스튜디오에서 보여주는 테크닉은 그야말로 마법같다"고 하자, 패파라르디는 "타케다 카즈오는 에릭 클랩튼Eric Clapton처럼 세상에서 가장 중요한 뮤지션이다"라고 말했다.

이러한 경험들이 쌓여 마침내, 혼신의 힘을 담아 3rd Pure Electric Soul(1977)를 발표한다. 연주는 빈틈없이 타이트해져 숙련된 브리티시 하드 록부터 펑키한, 이 후 퓨전 붐의 선구자라 할 수 있는 곡까지 모두 수록되었다. 이 와중에도 살아있는 통일감, 여기저기서 흘러나오는 록 스피릿, 블루스 필링이 듬뿍 담긴 관록이 넘치는 타케다의 보컬을 더해 명품 앨범이 되었다.

특히 인스트루멘탈 B① Spinning Toe-Hold은 세기의 걸작이라 말할 수 있다. 한 번만 듣고는 일본 밴드 곡임을 알아채기가 어렵다. 곡 타이틀은 프로레슬링 필살기로 미국 형제 프로레슬링팀 더 펑크스The Funks(형: 도리 펑크 주니어Dory Funk Jr, 동생: 테리 펑크Terry Funk)의 입장 테마곡으로 쓰였다. 이 후 싱글컷되어 일본인이 만든 인스트루멘탈 곡 최초로 히트 차트에 등장했다.

A② Tokyo Sally는 하드하면서도 펑키하고 소울풀한 리프와 팝하게 전개되는 멜로우한 후렴구를 일석이조로 느낄 수 있는 록 넘버이다. Pure Electric Soul의 홍보용 견본으로 만들어진 45회전 12인치 싱글은 클럽 DJ들의 마음을 사로잡은 레코드라고 한다.

앨범의 끝은 하드 사이키델릭으로 내달린다! B⑤ Happenings Ten Years Time Ago는 야드버즈Yardbirds의 커버곡으로 격한 사운드에 눈앞이 아찔, 뇌 속이 어질어질.

새롭게 녹음한 곡을 포함해 베스트 앨범 The Super Best를 발매한 후, 크리에이션은 다이렉트 컷팅(연주를 바로 레코드에 직접 새기는 원테이크 앨범)에 도전한다. Super Rock in the Highest Voltage(1978)과 This is Creation Studio Live in Direct to Disc Recording(1979) 2장의 앨범을 발표했다.

1980년, 아이 타카노アイ高野(전 카나비츠カーナビーツ)를 보컬로 영입해 퓨전풍이 섞인 펑키 록 앨범 아사히노 쿠니(朝日の国: 아침해의 나라)를 발매했다. 그리고 더욱 팝한 앨범 Lonely Heart의 타이틀 Lonely Heart가 TV 드라마 《프로 헌터プロハンター》의 OST가 되면서 대히트, 이것은 크리에이션의 첫 일본어곡이다.

크리에이션은 그 후 몇장의 앨범을 발표하고 1984년에 해산했다. 타케다는 솔로를 중심으로 활동하다 2005년 다시 크리에이션으로서 활동을 시작해 지금도 활동하고 있다. 참고로 타케다는 1997년 이후 로스앤젤레스로 이주했다.

다운 타운 부기우기 밴드(ダウン・タウン・ブギウギ・バンド, Down Town Boogie Woogie Band)
켓사쿠 다이젠슈(傑作大全集: 걸작대전집)

東芝EMI Express, 1977

가요 작곡가로 이름 높은 로큰롤 뮤지션 우자키 류도宇崎竜童. 처음에는 음악 비지니스 쪽의 스태프를 희망해 대학교 졸업 후 가수가 아니라 GS 걸리버스ガリバーズ나 가수 마츠자키 시게루松崎しげる의 매니저로 활동했다. 그 때 작곡가를 꿈꾸며 녹음했던 데모 테이프를 들은 디렉터에게 "우자키의 레코드를 내봅시다"라는 제의를 받는다.

　'다운 타운 부기우기 밴드'라는 이름을 짓고, 멤버를 모아 B⑦ 시라즈 시라즈 노우치니(知らず知らずのうちに: 모르는 모르는 사이에)로 1972년에 데뷔했다. 1st 다츠 돈조코(脱・どん底: 탈 밑바닥)를 발표했을 때는 아직 청바지차림이었지만 그 후 작업복이 유니폼이 된다. 사실 가죽 점퍼를 입으려 했으나 같은 시기에 캐롤이 가죽 점퍼로 화제가 됐고 따라하는 것으로 보이기 싫어 작업복으로 정했다고 한다.

　1974년 B⑥ 스모킹 부기(スモーキン・ブギ)가 초히트를 기록, 1975년에 발표한 A②미나토노 요코하마 요코스카(港のヨーコ・ヨコハマ・ヨコスカ)가 밀리언 셀러를 달성했다. 거의 대사를 읊는 듯한 획기적인 노래로 유례없는 히트로 일본을 석권한다. ♪당신, 그 여자의 뭣인가? ♪

あんた, あの娘のなんなのさ〜 라는 대사는 유행어가 되었다.

1975년에 2nd 조쿠다츠 돈조코(続脱·どん底: 속 탈 밑바닥), 3rd 부기우기 돈조코 하우스(ブギ ウギ·どん底ハウス: 부기우기 밑바닥 하우스)를, 1976년에 GS를 커버한 기획 앨범 G.S.를 발매했다.

켓사쿠 다이젠슈(傑作大全集)(1977)는 다운 타운 부기우기 밴드의 첫 베스트 앨범. 싱글만 나왔던 곡이나 이때까지의 히트곡을 망라한 덕분인지 베스트 셀러에 등극, 같은 해 발표한 발라드 명곡 미모 코코로모(身も心も: 몸도 마음도)도 히트했다.

그 외에도 영화 《소네자키 신쥬曽根崎心中》(신쥬心中란 사랑하는 남녀가 동반자살하는 것을 말함)(감독: 마스무라 야스조增村保造, 1978)와 《대낮의 사각白昼の死角》(감독: 무라카와 토루村川透, 1979)의 음악을 담당하는 등 록이 아닌 활동도 많았다. 국민적 인기 개그 프로그램 《쇼텐笑点》의 테마 곡도 담당하고 있었다.

1980년, '다운 타운 화이팅 부기우기 밴드ダウン·タウン·ファイティング·ブギウギ·バンド'로 개명하고나서 다운 타운 부기우기 밴드 시절의 곡은 절대로 연주하지 않았다. 트레이드 마크였던 작업복도 입지 않고 시리어스한 록을 추구하기 시작, 우자키는 "다운 타운을 그냥 계속했다면 좀더 잘 팔렸을 거라 생각하지만, 록 스피릿이 완전히 끝나버렸다는 느낌이 들었다"라고 말했다.

자체 제작으로 2장짜리 라이브 앨범 카이조쿠반(海賊盤: 해적판) 〜Live Fighting 80'S 을 발표하고, 스튜디오 녹음반 We Are Down Town Street Fighting Boogie Woogie Band(1981)를 발매했으나 결국 그 해 말 해산하고 말았다.

한편 우자키는 다운 타운 시절부터 사랑하는 아내, 아키 요코阿木燿子와 함께 많은 가요 히트곡을 만들어냈는데, 그는 처음 꿈꿨던대로 초일류 작곡가이기도 했다.

작곡가로서의 우자키에게는 한국과 관련하여 다음과 같은 비하인드가 있다. 1984년에 한국 여성가수 나미羅美가 일본에서 레코드를 내기로 했을 때 데뷔곡으로 선택된 곡이 작곡 우자키, 작사 아키의 키즈나(絆: 인연)다. 그래서 데뷔 싱글의 B면에는 키즈나(絆)의 한국어 버전인 슬픈 인연이 수록되었는데 이 곡이 1985년, 한국에서 전국민에게 사랑받은 대히트곡이 되었다.

그러나 당시에는 일본곡이라는 사실을 밝힐 수 없었기 때문에 건반 연주자이자 작곡가인 김명곤이 작곡한 것이 되었다. 그 탓에 이 곡이 일본 노래라는 사실을 아는 한국인은 거의 없다. 아주 최근에서야 겨우 크레딧에 우자키 류도 작곡이라고 제대로 표기되었지만(그러나 크레딧까지 세세하게 체크하는 사람은 별로 없고… 여전히 수정되지 않은 노래방도 있다), 우자키도 "그 곡은 한국에 주었다"라고 포기했다고 한다.

나는 아내가 노래방에서 슬픈 인연을 불러주었을 때 처음 들었는데 '뭔가 굉장히 일본스러운 곡이네〜'라고 생각했었다. 원래 일본 곡이었으니 그럴 수밖에.

걸즈(ガールズ, Girls)
노라네코(野良猫: 들고양이)

Philips, 1977

현재는 수많은 걸 밴드가 활동하고 있지만 일본에서 걸 밴드 부흥의 계기는 1976년, 미국에서 등장한 밴드 '런어웨이즈Runaways'라고 할 수 있다. 런어웨이즈는 당시 미국에서는 잠깐 유행하다 말 것 같은 존재였지만 일본은 달랐다. 1977년 일본을 방문했을 때 하늘을 찌르는 인기는 퀸조차 대단치 않게 느껴질 정도로 높았다. 바로 그 때, 일본제 런어웨이즈라고 할 수 있는 원조 재패니즈 걸 밴드 '걸즈'가 등장했다.

지니Ginny(b), 일리아Iria(g), 리타Rita(vo), 레나Lena(g), 세이디Sadie(ds), 각 멤버의 닉네임 첫 글자를 늘어놓으면 'G·I·R·L·S'라는 꽤 재치있는 밴드이름이다. 참고로 일리아는 스파이물인 미국 TV 방송《0011 Napoleon Solo The Man from U.N.C.L.E.0011ナポレオン・ソロ》의 좋아하는 등장인물 '일리야 퀼아킨Illya Nikovetch Kuryakin'의 이름에서 유래했다고 한다. 당시 여자미술대학 학생이었던 일리아 외 나머지 멤버들은 고등학생이었는데 모두 명문고에 다니고 있었기 때문에 신분을 숨기고 활동했다.

마침 런어웨이즈가 속옷 차림으로 노래하는 모습이 인기 급상승으로 화제가 됐기때문에 걸즈도 속옷 차림의 경박한 불량소녀 이미지로 등장(런어웨이즈에 대항하는데 집중한 끝에 리타는 노팬티였다!). 그리고 TV 방송에 출연하면서 학교에 들켜 대소동이 일어났다고 한다.

멤버들이 무사히 고등학교를 졸업한 1997년에 데뷔한 싱글 A① 노라네코(野良猫)는 불량한 가요록의 결정판이다. 싱글 B면에는 런어웨이즈의 히트곡 Cherry Bomb 커버곡이 수록되어있다. 싱글은 일본어로 불렀는데(LP는 영어) 벌써부터 런어웨이즈에 대항할 정도로 느낌이 좋다.

바로 1st 노라네코도 발표. 앨범 A면은 일본어로 부른 가요록, B면은 커버한 서양곡이 담긴 구성이다. A① 노라네코로 시작하는 A면의 반항적인 느낌은 좋아서 멈출 수가 없을 정도다. 옛 남자친구가 도둑이었다(?!)는 내용의 A④ 카이토 X고(怪盗X号: 괴도X호), 서스펜스 드라마 같은 이야기를 노래한 펑키Funky와 스릴링의 A⑤ 사츠진지켄(殺人事件: 살인사건) 등등 뭐라 한다해도 1970년대의 일본영화스러운 분위기가 뿜어져 나온다. 쇼와(昭和: 1926년~1989년에 사용된 일본 연호)라는 단어가 너무나도 잘 어울리는 곡들로 날라리 언니의 독기와 에로함, 귀여움에 그대로 승천. 블론디Blondie의 B① In the Flesh, 키스Kiss의 명곡 B⑤ Hard Luck Woman 등 B면에 수록된 곡도 매우 우수하다.

같은 해 2nd Punky Kiss도 릴리스. 1st처럼 가요 록과 서양곡 커버로 구성했다. 재킷 사진은 갑자기 카바레 클럽의 언니가 되어버렸지만.... 불량했던 고등학생 시절을 노래하는 R&R 넘버 펑키 하이스쿨 러브(パンキー・ハイスクール・ラブ)와 1980년대에 인기를 모았던, 같은 타이틀을 가진 애니메이션의 원본이라고 생각되는 캣츠 아이(キャッツ・アイ)가 수록된 이 앨범의 불량함도 훌륭하다. 커버 곡도 라몬즈Ramones의 Sheena Is a Punk Rocker을 펑키하게 어레인지하는 등, 곡의 매력이 가슴을 찔러온다.

1978년 싱글 Love Jack(이번에는 여자대학생 패션!)을 발매했고 데뷔 동기인 남성 록 밴드 슬로그Slog와 함께 청춘 뮤지컬 영화《그리스グリース》의 일본어판 앨범을 발표했지만, 1979년 해산했다.

그후 일리아는 주시 후르츠ジューシィ・フルーツ에서 활약, 보컬의 리타는 핀업스ピンナップス를 결성했고 베이스의 지니는 정글즈Jungle's에 참가했다. 주시 후르츠는 별항을 참조(→P.158).

핀업스는 1981년에 데뷔해 LP 2장을 남기고 해산한 파워 팝 뉴웨이브 밴드다. 리타는 그후 1983년에 다시 치카타 하루오近田春夫와 게이트 볼ゲートボール을 결성했다.

정글즈는 전설적인 인디 밴드 풀스Fools의 기타리스트 카와다 료川田良(1955-2014)가 풀스 가입 전에(1981-1982) 몸을 담았던 그룹으로 인디에서 싱글 2장을 발표하고 해산해버렸다. 스피디한 펑크punk 록으로 날카롭게 파고들며 프로그레시브하고 아방가르드한 최고의 기타를 들을 수 있었던 밴드였다.

프리즘(プリズム, Prism)
Prism

Polydor, 1977

와다 아키라和田アキラ는 일본을 대표하는 기타리스트 중 한 명이다. 1956년, 도쿄에서 태어난 와다는 초등학생때 드럼을 시작한 후 얼마 지나지 않아 기타로 전향한다. 레코드를 들으면 바로 연주를 따라 할 수 있는 천재적인 재능을 발휘하며 프로 기타리스트가 될 것을 결심한다.

18살 때 밴드 '프리즘プリズム'을 결성, 인스트루멘탈 하드 록을 기본으로 재즈, 라틴, 에스닉, 프로그레시브 록과 같은 요소를 섞어 지금까지 존재하지 않았던 음악을 목표로 앨범 제작에 들어간다.

밴드 이름인 프리즘은 데뷔 앨범 프로듀서가 투명한 빛이 변화하는 모습 같은 사운드에서 이미지했다고 한다. 프리즘의 음악과 너무나도 잘 어울리는 이름을 붙여주었구나 싶다.

때마침 요닌바야시四人囃子를 탈퇴해 시간이 난 모리조노 카츠토시森園勝敏가 레코딩에 참여하면서 그대로 프리즘에 가입했다. 모리조노는 '요닌바야시는 창조성인 반면, 프리즘은 연주의 비중이 높다'는 큰 차이점이 있었다고 말했다.

1976년에 열렸던 에릭 클랩턴Eric Clapton의 일본 콘서트 오프닝 공연에 발탁되어 전국 투어에 참가했다. 뛰어난 연주 능력과 탁월한 테크닉이 화제를 불러 소문의 밴드로 평가가 올랐다.

1977년 1st Prism을 릴리스. 발매와 동시에 음반가게로 쇄도한 팬들로 초회 한정반 8000장이 1시간 사이에 매진되었고 곧 전국적으로 품절 현상이 이어졌다. 데뷔 기념 콘서트 때 입장을 기다리는 이들로 500m 이상 떨어진 역까지 이어지는 긴 줄이 생겼다고 지금도 회자되고 있다.

A면 소프트 사이드와 B면 하드 사이드로 구성. 첫번째 곡 A① Morning Light의 상쾌하고 깨끗한 사운드로 단 한번에 마음을 빼앗는다. 아침 기상을 위한 최고의 음악. A④ Love Me는 탄탄TanTan(오오조라 하루미大空はるみ)가 게스트 보컬을 맡은 발라드로 이것은 밤을 위한 음악이다. 격렬하게 흐느끼는 기타가 미치도록 좋다.

그리고 B면은 레코드 위에 바늘을 떨어뜨리는 순간부터 긴장감 맥스. 몰아붙치는 연주 속에 하드 프로그레시브 인스트루멘탈 곡이 마치 성난 파도처럼 밀려온다. 다른 멤버도 실력도 굉장하지만 아키라의 멈추지 않는 연주는 격투기를 듣는 것 같다. 라스트 B③ Prism은 테마곡이다. 밴드의 하드한 측면을 상징하는 스피디한 곡이 담겨있는 이 앨범은 두말할 것 없이 기타 애송이에게 있어서는 바이블 같은 존재다.

아키라 가라사대 "목표로 했던 사람은 앨런 홀즈워스Allan Holdsworth. 그 느낌의 기타를 치고 싶었다. 음악성과 프레이즈, 코드 연주뿐만 아니라 애드리브 연주도 훌륭하고 발상도 굉장하다. 다만 몇번인가 실제로 봤는데도 어떻게 치는건지 알 수 없어서 쫓아간다는 생각은 포기했다"

1978년 2nd Second Though / Second Move를 발표. 당시 아키라는 그레코 기타 광고에 출연하고 있었는데(기타 신시사이저 광고에도 등장!) 그 멋있는 속주는 중학생 시절 우리들의 동경이었다.

프리즘은 그 후 1979년, 앨범 Prism III, Prism Live를 발표했고 멤버 체인지를 반복하면서 아키라를 메인으로 해산하지 않고 계속해서 활동하고 있었지만, 2013년 발표한 앨범 Mode:Odd가 마지막이 되었다. 2020년 3월 아키라 타계. 향년 64세.

아키라의 기타 플레이가 당시 록 음악계에 미친 영향은 크다. 그의 독특한 기타 연주는 '재즈'는 물론 '블루스'나 '하드 록'도 아니었다. 아키라의 기타는 모든 것과 다른, 새로운 음악적 해석을 가져온 혁신적인 록 기타였다.

나마기키 59분(生聞59分)

우치다 칸타로內田勘太郎는 어쿠스틱 기타의 명수로 칼피스의 병목을 사용한 슬라이드 주법이 특기다.

그는 유카단이 만들어진 경위를 다음과 같이 설명했다.

고등학교에 입학한 1970년, 뒷자리에 앉은 여드름투성이의 소년이 기무라 아츠키木村充揮였다. 기무라가 기타 반주로 시험삼아 부른 노래는 목소리 질과 곡조가 훌륭했다고 한다. 시마다 카즈오島田和夫는 학원제에 나가기 위해 앰프를 빌리러 갔던 경음악부 부장이었고 하나오카 켄지花岡献治는 기무라의 초등학교 친구로 '기타를 칠 수 있으면 베이스도 칠 수 있겠지'라며 권유받았다고 한다. 이렇게 밴드가 결성되고 칸타로의 제안으로 '블루스 밴드'의 국역(國譯)인 '유카단'이 밴드명이 되었다.

1975년, 싱글 오소지 오바짱(おそうじオバチャン: 청소 아줌마)로 데뷔했지만 일주일 뒤 직업차별을 이유로 방송 금지곡이 되었다. 그러나 굴하지 않고 1st 유카단(憂歌団)을 바로 발표한다.

이 앨범에 대해 칸타로는 '데뷔작은 강력하다. 다른 사람은 하지 않았던 음악을 했고 지금까지도 자랑스럽게 생각한다. 나는 이 앨범에 필적하는 음악을 아직 만들지 못했지만 언젠가는 뛰어넘는 작품을 반드시 만들어야 한다'라고 말했으며 멤버들에게도 자랑인 명반이다.

라이브 활동을 정력적으로 해나가며 순조롭게 2nd Second Hand(1977)를 발표한다. 그리고 다음에 발매한 것이 즐거운 광란의 무대를 완벽히 담아낸 라이브 앨범 나마기키 59분(生聞59分)(1977)으로 정말 명곡과 명연주로만 구성된 엄청난 앨범이다.

A, B면 모두 머디 워터스Muddy Waters의 곡으로 시작한다. 블루스 밴드의 조상인 머디를 향한 존경심을 표현한 방법이다. 다음은 그들의 대표곡들이 차례대로. 매춘부의 사랑에 담긴 페이소스를 노래한 A④ 10＄노 코이(10＄の恋: 10＄의 사랑), 차분하고 느린 연주로 '남자를 울리는' 명 발라드 A⑤ 시카고 바운드(シカゴ・バウンド), 기무라의 강렬한 하이텐션 절규로 콘서트장을 들끓게 만든 A⑥ 파칭코(パチンコ).

일본 싱어 송 라이터의 선구자 카야마 유조加山雄三의 결혼식 스탠더드(한국 나 그대에게 모두 드리리(이장희) 같은 곡)를 커버한 A⑦ Stay with You Forever은 원곡을 뛰어넘을 정도로 완성도가 높다. 내 주변에서 키미토 이츠마데모(君といつまでも: 당신과 언제까지나 함께)라고 한다면 유카단이 제일이다.

1st 앨범의 1번을 장식한 희대의 명곡 B⑤ 이얀낫타(嫌んなった: 싫어졌다)로 무대는 막을 내린다. 앵콜은 영화《아라시오 요부 오토코嵐を呼ぶ男: 태풍을 부르는 남자》(1957)의 주제가를 개사한 B⑦ 유카단의 테마(憂歌団のテーマ)이다. 라이브를 몇번이나 봤지만 언제나 이 앨범처럼 유쾌하고 즐겁고 눈이 부실 정도로 멋있는 무대였다.

그 후 일렉 기타를 사용한 록 앨범 시멘소카(四面楚歌: 사면초가)(1978), Rolling Steady(1979)를 냈다. 그리고, 1981년 앨범 유메 유카(夢・憂歌: 꿈 유카)를 발표한다. 이 앨범은 재즈의 스탠더드 All of Me를 나른하게 어레인지한 커버곡과 남국풍 발라드 유메(夢: 꿈)가 수록되어 여운의 구름속에 멈춰서있는 듯한 유카단의 후기 사운드로의 전환점이 되었다.

그 후 시카고 블루스 페스티발(1988)에 일본인으로서 처음으로 출연하는 등 정력적으로 활동을 계속해나갔지만 1998년에 잠시 활동을 멈춘다. 그리고 2012년, 시마다의 죽음을 계기로 2013년에 밴드 활동을 재개해 지금도 활동하고 있다.

때로는 격하게, 때로는 상냥하게, 수다스럽게 흐르는 칸타로의 기타와 영혼이 절절하게 울부짖는 탁성 보컬의 기무라. 블루스를 기반으로 하면서도 일본인의 마음을 점령해, 말 그대로 재패니즈 블루스라고 밖에 말할 수 없는, 세계적으로도 희귀한 밴드다.

유카단의 주요 앨범은 CD로 발매되었고 베스트 앨범도 다양하다. 2000년에 발매된 데뷔전 수록집 Lost Tapes이나 미발표음원을 수록한 CD도 출시되었다.

키나 쇼키치 & 참프루즈(喜納昌吉 & チャンプルーズ)

Philips, 1977

오키나와는 복잡한 역사를 갖고 있다. 고대에는 류큐왕국이라는 독립국가였으나 1879년, 오키나와 현으로 일본에 편입되었다. 제2차 세계대전 당시 미국 군대가 상륙하면서 지상전에 휘말린 다수의 주민들이 희생되고 말았다. 1945년 종전 후에는 미국령이 됐었고 다시 일본에 반환된 것은 그로부터 27년 후인 1972년이었다.

오키나와 민요는 매우 독특하다. 우선 단어가 완전히 달라, 지금은 순수 오키나와 방언을 이해할 수 있는 사람이 얼마 없다고 한다. 사용하는 음도 세계에서 오직 오키나와에만 존재하는 류큐음계(도.미.파.솔.시. 및 도.레.미.파.솔.시.)다.

이러한 오키나와 민요의 제1인자 키나 쇼우에이喜納昌永와 미군 점령하의 포로 수용소에서도 빈 깡통에 현을 끼운 산신(三線: 오키나와 전통악기)을 만들어 노래한, 전설의 오키나와 민요 가수 치요千代의 사이에서 1948년에 태어난 11번째 아이가 키나 쇼키치喜納昌吉다. 전통음악가 가족의 키나였지만 보수적인 민요계에 반발해 음악을 독학했다. 키나는 'Em코드를 발견했을 때 자신이 천재라고 생각했다'라고 말했다.

키나의 대표곡 하이사이 오지상(ハイサイおじさん: 안녕하세요 아저씨)은 중학생 때 태어나 처음으로 작사, 작곡한 곡이다. 이 오지상(아저씨)은 전쟁 후유증으로 정신에 이상이 생긴 아내가 친딸의 머리를 잘라 냄비에 끓이는 엽기적인 사건을 일으켜, 무라하치부(村八分: 마을의 법도를 어긴 사람과 그 가족을 마을 사람들이 의논해서 따돌림)를 당해 이웃인 키나가(家)에 술을 구걸하러 오게 된 사람이라고 한다. 이 고독한 남자와 마음이 통한 키나는 '그에게 노래를 만들어 주자'라며 결심하게 되었다.

하이사이 오지상는 오키나와 지역 레코드사 마루후쿠 레코드에서 발매한 민요 모음집(1969)에 수록되었고 1972년에 싱글 컷되어 오키나와에서 히트했다. 다만 이 때는 아직 신민요의 경지를 넘어서지는 못했다.

1977년 11월, 1st 키나 쇼키치 & 참프루즈(喜納昌吉とチャンプルーズ)로 본격 데뷔, 여기에 수록된 A① 하이사이 오지상은 약동감 넘치는 업 템포의 록으로 어레인지 된 뉴 버전. 월드 뮤직으로서의 '우치나 팝ウチナーポップ(오키나와에서 태어난 팝)'이 탄생한 순간이다.

류큐 음계의 범람, 산신, 휘파람, 추임새, 그리고 키나의 탁성으로 흘러나오는 오키나와 방언까지. 한없이 밝아 보이지만 오키나와 역사를 떠올려보면 숨겨진 슬픔이 깊이 느껴진다.

앨범은 '오키나와를 잊지마, 버리지마'를 외치는 B⑤ 시마구와 송(島小ソング: 오키나와 송)으로 마침표를 찍는다. 여기에 담긴 메세지는 후에 키나의 슬로건이 된 '모든 무기를 음악으로', '전쟁보다 축제를' 처럼 보다 큰 영역으로 확장되어 간다.

여기서 한 곡, 키나에게서 빼놓을수 없는 노래가 있다. 하나 -스베테노 히토노 코코로니 하나오-(花 -すべての人の心に花を-: 꽃 -모든 사람의 마음에 꽃을-)이다. 1978년 가을, 도쿄 호텔에서 갑자기 떠오른 번뜩임을 종이 냅킨에 써내려간 노래라고 한다.

1980년, 미국 기타리스트 라이 쿠더Ry Cooder, 호소노 하루오미細野晴臣, 쿠보타 마코토久保田真琴가 참여해 하와이에서 녹음한 2nd Blood Line을 발표. 첫번째 곡 징징(ジンジン)은 영국에서 빅히트를 기록했다. 하나(花: 꽃)는 이 앨범에 밖에 수록되지 않았는데 시간이 지나 전 세계에서 커버되어 수많은 버전으로 불려지면서 세계 60개국에서 3000만장 이상의 판매량을 올렸다. 일본 문화청에 의해 일본가요백선에 2006년 선정되었다.

스베테노 히토노 코코로니 하나오(すべての人の心に花を:모든 사람의 마음에 꽃을)라는 프레이즈는 1964년 도쿄 올림픽 폐회식 생방송을 실황 중계를 바탕으로 만들어졌다. 각국 선수들이 뒤섞여 어깨동무를 하고 목마를 태우고 춤추고 웃고 울고 서로를 축복하면서 행진하는, 국경이나 인종 같은 장벽을 뛰어넘은 그야말로 이상적인 '평화의 제전'으로 키나는 텔레비전 중계를 보면서 눈물이 북받쳐 오를 정도로 감동했다고 한다.

키나는 현재도 활발하게 활동 중인데 2017년 11월에 서울 공연을 진행, 나도 무대에 함께했었다.

튤립(チューリップ, Tulip)
Tulip Garden(チューリップ・ガーデン)

東芝EMI Express, 1977

리더인 자이츠 카즈오財津和夫를 중심으로 결성된 '튤립チューリップ'은 후구오카 출신의 팝 록 밴드이다. 일본 굴지의 비틀즈Beatles 팔로워 밴드로서의 사운드가 특징으로, 특히 초기에는 그 경향이 현저하다. 비틀즈 곡을 커버한 앨범스베테 키미타치노 세이사(すべて君たちのせいさ:모두 너희들 덕분이야) All Because Of You Guys(1976)를 제작한 것에서 그들의 비틀즈를 향한 동경과 경애의 대단함을 느낄 수 있다.

　　무조건 비틀즈라고 하는 것이 아니다. 자이츠는 "비틀즈 노래 중에서 가장 좋아하는 노래는 무엇입니까?"라는 질문에 Your Mother should Know라고 대답했다. 물론 명곡이지만 꽤 수수한 부류에 속하는 곡인데 그러한 곡을 1위에 뽑았다는 것, 상당히 굴절된 편애를 발휘했다고 할 수 있겠다.

　　튤립은 1972년, 1st 마호노 키이로이 쿠츠(魔法の黃色い靴: 마법의 노랑색 신발)로 데뷔했다. 타이틀곡 A① 마호노 키이로이 쿠츠는 참신한 코드 진행의 브리티시 애시드 포크다. 팝하며 사이키델릭한, 지금까지 누구도 들어본 적 없었던 곡으로 시작부터 만만찮은 밴드였다. 콘서

트에서 항상 가장 마지막에 공연장 안의 모든 사람이 연주에 맞춰 합창을 하는 곡으로, 밴드는 물론이고 팬에게 있어서도 의미가 깊은 특별한 곡이다.

다만 당시 고향 규슈에서는 나름대로의 판매량이 있었으나 전국구로 보면 전혀 팔리지 않았다. 곡이 뜨지 못했으니 계약을 종료하겠다는 회사의 협박 속에서 그들은 혼신을 다한 곡 하나를 발표한다. 그 곡이 1973년 발표된 싱글 A⑤ 코코로노 타비(心の旅: 마음의 여행)이다. 이 곡이 바로 대히트, 튤립은 일약 톱 밴드로 올라섰다.

그 후에도 B① 나츠이로노 오모이데(夏色のおもいで: 여름빛의 추억)(1973), B⑤세이슌노 카게(青春の影: 청춘의 그림자)(1974), C③ 사보텐노 하나(サボテンの花: 선인장의 꽃)(1975), C⑤ 카나시키 레인트레인(悲しきレイン・トレイン: 슬픈 레인 트레인)(1975), D⑤블루 스카이(ブルー・スカイ)(1977) 등 퀄리티가 높은 싱글을 연속해서 히트 차트에 올렸다.

이 앨범은 지금까지 릴리스되었던 싱글의 AB 양면의 곡을 모두 발매 순으로 수록해 1977년에 발매된 베스트 앨범이다.

역시 히트한 싱글을 다수 망라하고 있기 때문에 모든 곡이 캣치catchy한 발군의 앨범. B면 곡이 모두 수록되어있다는 점에서 코어팬도 납득하는, 입문자에게는 당연히 둘도 없는 최적의 앨범이다.

또 B④ 셉템버(セプテンバー)는 Getting Better, 세이슌노 카게(青春の影)는 The Long and Winding Road, D③ 카제노 메로디(風のメロディ: 바람의 멜로디)는 비틀즈가 아니라 직소Jigsaw의 Sky High로, 원곡을 찾는 것도 즐겁다.

튤립은 싱글 외에도 다수의 앨범을 발표했는데, 하나도 빠질 것 없이 내용이 알차게 채워져있다. 팝과 캐치한 것은 물론이고 실험적인 아이디어나 기발한 사운드도 들리는 장난감상자 같은 작품군이다.

사이키 팝 개러지 록을 느낄 수 있는 1st 마호노 키이로이 쿠츠(魔法の黄色い靴)와 2nd 키미노 타메니 우마레카와로우(君のために生れかわろう: 너를 위해 다시 태어날게), 팬들에게 인기가 높은 명반 3rd TAKE OFF 리리쿠(TAKE OFF(離陸): TAKE OFF 이륙) (1974), 후쿠오카 지방에 전해 내려오는 춘가春歌를 베이스로한 11분에 걸친 프로그레시브 대작 타에짱(たえちゃん)이 수록된 5th 무겐키도우(無限軌道: 무한궤도)(1975), 2장짜리 초대작 10th Someday Somewhere(1979) 등, 전부 명작들만 모여 있다.

이후 튤립은 니지토 스니카노 고로(虹とスニーカーの頃: 무지개와 운동화의 시절)(1979)로 메가히트를 올렸으며 1980년대도 오프 코스オフコース와 함께 뉴 뮤직계의 슈퍼 그룹으로서 제1선에서 활약, 1989년에 해산했다. 그러나 1997년 이후 현재까지 재결성을 반복하며 활동하고 있다.

V.A.(와타나베 카즈미渡辺香津美, 모리조노 카츠토시森園勝敏, 야마기시 준시山岸潤史, 오오무라 켄지大村憲司)

Guitar Workshop

Victor Flying Dog, 1977

1975년 즈음부터 대중음악계에서 '크로스 오버'가 붐이 되었다. 크로스 오버란 그후 '퓨전'이라 불리면서 대성황을 이루는 인스트루멘탈로서 록, 재즈, 펑크funk, 라틴 등의 장르를 혼합한 (크로스 오버한) 음악이다.

씬을 리드했던 것은 기타리스트로 여러 장르의 기타리스트가 크로스 오버 앨범을 발매하며 무브먼트를 유도했다. 록이 재즈로, 재즈가 록으로, 거기에 라틴이나 펑크의 요소가 더해지면서 하나의 장르로 단정할 수 없는 음악이 항간에 흘러넘쳤다. 또 보컬이 없다는 것도, 가수가 노래 부르는 것이 메인이었던 대중음악계에서는 신선하게 들렸다.

그런 와중에 록의 모리조노 카츠토시森園勝敏와 오오무라 켄지大村憲司, 재즈의 와타나베 카즈미渡辺香津美, 블루스의 야마기시 준시山岸潤史라는 각계의 유명한 기타리스트가 모여 제작한 기획 세션 앨범 Guitar Workshop(1974)가 발매되어 화제 폭발, 붐을 견인하는 존재가 되었다.

모리조노는 일본 프로그레시브 록 밴드 '요닌바야시四人囃子'의 창립 멤버로 인스트루멘탈

밴드 '프리즘プリズム'에서 대활약한 슈퍼 기타리스트다.

오오무라는 포크 그룹 '아카이 토리赤い鳥'의 리드 기타리스트로서 활동을 시작해 확실한 기타 테크닉과 센스로 존경을 받고 있는 뮤지션들의 뮤지션이다. 1980년대에는 YMO의 서포트 기타리스트로서 인기를 얻어 그 후에도 세션 뮤지션으로 인기가 높았다. 안타깝지만 1998년에 간경변으로 사망, 49세의 젊은 나이였다.

와타나베 카즈미는 1971년 솔로 앨범 Infinite로 데뷔한 재즈 기타리스트다. 너무나도 탁월한 기타 테크닉에 모든 이들이 경악했다. '17세 천재 기타리스트 출현'라고 떠들썩했다. 와타나베 카즈미의 친구인 미국인 기타리스트 팻 매스니Pat Metheny는 "그가 뉴욕에 오면 뉴욕의 모든 기타리스트들이 할 일이 없어지게 될 것이다"라고 말했다. 재즈부터 록, 파퓰러 뮤직… 그 뿐만 아니라, 즉흥연주에도 뛰어나 한국의 프리 임프로비제이션 타악기주자인 고 김대환 선생과 함께 자주 공연도 했다. 틀림없이 일본에서 가장 뛰어난 기타리스트다.

야마기시는 전 웨스트 로드 블루스 밴드ウエスト·ロード·ブルース·バンド의 블루스 기타리스트로, 일본의 블루스 씬을 견인해온 인물 중 하나다. 감정적이며 흑인에게 지지 않는 펑키한 기타는 타의 추종을 불허한다. 현재는 뉴올리언스에서 거주하며 뉴올리언스 음악계에서는 누구나 우러러보는 명성 있는 뮤지션이 되었다.

이러한 다른 음악성을 가진 네 명의 슈퍼 기타리스트가 집합한 이 앨범이 좋지 않을 리가 없다. 기타리스트 각각의 솔로가 2곡씩이고 4명이 함께한 세션이 1곡이다. 물론 중심은 4인 세션의 B⑤ I'm in You(피터 프램튼Peter Frampton의 커버)지만, 다른 곡도 개성이 도드라져 재밌다. 특히 모리조노의 A① Day Dream는 맥이 빠질 정도로 상쾌해서 록에서 아득히 멀리 와 있음을 알 수 있다. 야마기시의 B② Groovin'(래스칼스Rascals의 커버)에서는 야마시타 타츠로山下達郎가 코러스로 참가, 시티팝 팬에게도 놓칠 수 없는 앨범이다.

1978년에는 와타나베의 후임으로 재즈 기타리스트 아키야마 카즈마사秋山一将가 참가한 라이브 앨범 Guitar Workshop vol.2을 릴리스(25년 후인 2003년에 컴플리트 라이브 CD가 발매되었다). 불꽃이 튀는 듯한 격렬한 라이브를 들을 수 있는, 틀림없는 슈퍼 세션이다.

1979년에는 같은 멤버로 다이렉트 커팅direct cutting 방법으로 제작한 Guitar Workshop vol.3를 발표했다.

고다이고(ゴダイゴ, Godiego)
Magic Monkey(西遊記: 서유기)

Columbia Stan, 1978

1970년에 골든 컵스를 은퇴한 미키 요시노 ミッキー吉野는 친구이자 베이시스트 스티브 폭스 Steve Fox와 함께 밴드 선라이즈Sunrise를 결성, 싱글 Baby Hold on c/w Music Town를 발표했다. 그 후 버클리 음악학원에서 유학을 시작했고 그의 뒤를 쫓 듯이 스티브도 미국으로 건너 갔다.

미키와 스티브는 컬트 종교 '르네상스 교회'를 알게 되면서 토미 스나이더Tommy Snyder가 재적해있던 교단 밴드 'Spirit in Flesh'에 가입한다. 1974년에 미키는 구상 중이었던 밴드 '고다이고ゴダイゴ'의 결성을 위해 한 발 먼저 일본으로 귀국한다. 그 사이에 교단 내에서 머리가 없는 살인사건이 발생했고 스티브는 전전긍긍하다 간신히 일본으로 탈출, 미키와 고다이고를 결성한다. 1975년에는 교단을 탈출한 토미가 스티브의 연락을 계기로 고다이고에 합류했다.

미키가 먼저 미국에서 귀국했을 당시, 일본에서 록의 존재는 없고 가요와 포크가 음악 시장을 석권하고 있었다. 그래서 미키는 잠시 상황을 살피기 위해 가수 사와다 켄지沢田研二의 반주 등 다수의 세션 활동을 하면서 밴드 구성을 짰다. 솔로 앨범의 레코딩을 도와주면서 알게

된 타케카와 유키히데タケカワユキヒデ를 보컬리스트로 영입해 고다이고는 1976년 카네보カネボ
ウ 화장품의 CM 송 보쿠노 샐러드걸(僕のサラダガール: 나의 샐러드 걸)로 데뷔했다. 기타는 전 엠
(エム, M)의 아사노 타카미浅野孝己가 맡았고 토미가 가입하기 전 까지는 아사노의 동생이 드럼
을 담당했다.

1976년에 1st 앨범 Godiego(조곡組曲: 신창세기新創世紀)을 발표. 원래 타케카와의 세컨드
앨범으로 제작되던 중에 고다이고가 결성되면서 고다이고 1집 앨범으로 발매 되었다. 이 시
기, 미키는 TV 드라마《남자들의 여로男たちの旅路》의 음악도 담당하고 있어서(사운드트랙 앨범이
발매되었다) 2부의 2화 '겨울 나무冬の樹'에 출연도 했다.

1977년 토미의 가입과 함께 실질적으로 고다이고의 데뷔 앨범이라 할 수 있는 2nd
Dead End를 발표한다.

1978년에는 TV 방송《서유기西遊記》의 사운드트랙 앨범이면서 고다이고의 3rd 앨범인
Magic Monkey(西遊記: 서유기)를 릴리스, 오리엔탈 음향으로 가득 찬 팝송 A② 간다라(ガンダ
ーラGandhara), 펑키함이 넘치는 A① Monkey Magic의 대히트로 일약 톱 밴드로 올라섰다.

1979년 유니세프(국제아동기금)연협찬곡인 뷰티풀 네임(ビューティフル・ネーム, Beautiful
Name), 동명 영화의 주제가 은하철도999(銀河鉄道999) 등의 히트로 순조롭게 날개를 펼쳤다.
같은 해 발표한 4th Our Decade는 '1970년대'를 콘셉트로 제작해 인류의 진보와 조화, 영화
《Easy Rider》, 석유 쇼크, 컬트 종교의 집단 자살, 월면 착륙 등 여러 사건이 함께 담겨진 앨범
으로 팬들에게도 인기가 높다.

1980년 네팔의 수도인 카트만두에서 열린 공연에는 관객수 6만명을 동원했고 중국에서
는 처음으로 록 콘서트를 개최했다. 고다이고의 레코드는 영국이나 오스트레일리아 등 해외
에서도 발매되어 각국의 히트 차트에도 이름을 올렸다.

이렇게 절대적인 인기를 누렸던 고다이고지만 스티브가 선교사가 되기 위해 탈퇴한
1980년부터 서서히 인기가 하락, 1985년에 활동을 중지했으나 2006년에 재결성해 현재도 활
동하고 있다.

고다이고가 담당했던 영화나 드라마의 사운드트랙 앨범은 이로하노 이(いろはの'い': 가나
다라의 가)(1976), 하우스(ハウス)(1977), 키타키츠네 모노가타리(キタキツネ物語: 북극여우 이야기),
하루카나루 소로(遥かなる走路: 아득히 먼 주로)(1980) 등이 있다. CM송을 모은 CM송 그래피티
고다이고 슈퍼 히트(CMソング・グラフィティ・ゴダイゴ・スーパー・ヒッツ)(1978)도 발매되었다. 이외
에 치아키 나오미ちあきなおみ, 차키 미야코茶木みやこ, 아오이 테루히코あおい輝彦, 후세 아키라布
施明, 아그네스 찬アグネス・チャン 등의 가수들과의 콜라보레이션 작품도 많다.

참고로 2007년 미키는 19살 연하 미니 요시노와 결혼했다. 미니 요시노는 2003년 홍익
대학교 회화과에 입학, 2007년에 졸업했다. 이후 일본으로 귀국해 록 오페라《Godiego 2007
Tokyo 신소세이키(新創世紀: 신창세기)》에 작품을 제공함으로서 미술가로 데뷔했다.

2020년 5월 기타리스트 아사노 타카미가 심부전으로 급사. 향년 68세.

나이아가라 폴링 스타즈(Niagara Fallin' Stars)
Let's Ondo Again

오오타키 에이이치大瀧詠一의 복면 프로젝트 'Niagara Fallin' Stars'. 당시 오오타키는 일본 민요인 온도(音頭)의 리듬에 빠져있었다. 도미니카 공화국의 메렝게, 뉴 올리언스의 캄보 등 온 세계의 댄스 뮤직을 주목하던 중 온도야 말로 진정한 댄스 뮤직이라고 생각했는데 Let's Ondo Again은 그러한 오오타키의 연구 결과를 토대로 엮어 집대성한 패러디 앨범이다. 오오타키가 "초회 한정반 1,500장 중 겨우 500장 밖에 팔리지 않았다"라고 말하는 레어 음반이다.

A Long Vacation(1981)을 통해 시티팝의 대가로 자리매김한 오오타키는 순수 아메리칸 팝 마니아이면서 개그 밴드인 크레이지 캣츠クレージーキャッツ의 노벨티 송도 좋아했다. 오오타키의 노래는 들을 때는 평범하지만 분석해보면 굉장히 매니악한 부분이 있다. 이 앨범은 오오타키의 취미라고 할 수 있는 개그 요소를 메인으로 한 '어나더 사이드 오브 오오타키 에이이치'의 결정판이다.

복면 게스트로는 스캣의 여왕 이슈 카요코伊集加代子, 데뷔 전의 샤네루즈シャネルズ, 옛 친구이자 전 블루스 크리에이션의 누노야 후미오布谷文夫, 오오타키의 동지 야마시타 타츠로山下

達郎, 만자이(漫才: 만담과 비슷한 일본의 전통 예능) 콤비 호시 세인트 루이스^{星セント・ルイス}, 라디오 DJ의 선구자 카메부치 아키노부^{亀渕昭信} 등이 출연했다.

타이틀 곡 B④ Let's Ondo Again은 처비 체커^{Chubby Checker}의 Let's Twist Again을 온도로 리메이크 한 것이다. 오오타키, 야마시타 타츠로, 이토 긴지^{伊藤銀次} 세 사람의 이름으로 발표했던 Niagara Triangle Vol.1(1976)에서 누노야가 부른 나이아가라 온도(ナイアガラ音頭)(1976)의 속편이기도 하다. 오오타키의 아웃 트랙 앨범 Niagara Fall Stars(1981)에 리믹스 버전을 수록했고 가수 호소카와 타카시^{細川たかし}의 커버 버전(1992)도 있다. 내가 속한 밴드 곱창전골은 생전 누노야의 콘서트에서 이 편집광적인 어레인지를 카피해 백 밴드를 맡은 적이 있다. 그 때문인지 개인적으로 추억이 깊은 곡인데 들을 때마다 감상에 빠지는 것이 아니라 무의식적으로 그만 웃어버리게 되는 강렬한 곡이다.

레이 찰스^{Ray Charles}의 What'd I Say를 온도로 바꾼 B③ 호앗도 아이세이 온도(呆阿津怒哀声音頭)도 상상을 뛰어넘어 포복절도 하게 만든다. 이것 역시 누노야의 보컬로 그 훌륭함은 말로 표현할 수가 없다. 신민요 가수가 영어로 노래하는 모습은 폭소에 폭소를 잇는다.

A② 337뵤칸 세카이잇슈(337秒間世界一周: 337초동안의 세계일주)는 이 제목처럼 337초(5분 37초) 동안 아주 빠르게 음악으로 세계를 일주하는데 각지의 전형적인 멜로디와 유명곡의 인트로가 연달아 나타났다가 사라진다.

인기 절정인 여성 듀오 아이돌 '핑크 레이디'에게 바치는 A⑥ 핑크 레이디^{ピンク・レディー}는 말 그대로 핑크 레이디 찬가(賛歌). 또 하나의 핑크 레이디의 패러디 카와라노 이시카와 고에몬(河原の石川五右衛門: 가와라의 이시카와 고에몬)은 LP에는 저작권 문제로 가사만 게재되었다. 이후 Niagara Fall Stars(1981)로 드디어 세간에 알려지게 되었고 1995년, 앨범이 CD화 되면서 제대로 수록되었다.

B③ 킨엔 온도(禁煙音頭: 금연온도)는 다운 타운 부기우기 밴드^{ダウン・タウン・ブギウギ・バンド}의 히트곡 스모킹 부기(スモーキン・ブギ)를 온도로 편곡해 가사도 애연가에서 금연가의 노츠로 바뀌었다. 코러스에는 야마시타 타츠로와 아름다운 코러스 포크 듀오 버즈^{Buzz}가 참가했다. 노래 중간에 비치 보이스^{Beach Boys}의 Help Me, Rhonda, 키나 쇼키치^{喜納昌吉}의 하이사이 오지상(ハイサイおじさん: 안녕하세요, 아저씨), 타츠로가 연기에 목이 매인 채로 노래하는 플래터스^{Platters}의 Smoke Gets In Your Eyes 등을 삽입하는 등 곱배기 모듬 같은 대단한 편곡이다.

오오타키는 이후에도 굴하지 않고 계속 작품 앨범을 제작했는데 그중, 민요가수 카나자와 아키코^{金沢明子}의 싱글 옐로우 서브마린 온도(イエロー・サブマリン音頭)(1982)는 반드시 들어야한다. 수많은 비틀즈 커버 곡 중에서도 단연코 묘한 감각이 뛰어난 작품으로 이 앨범과 함께 들어야 하는 노래다.

야자와 에이키치矢沢永吉
골드 러쉬(ゴールドラッシュ, Gold Rush)

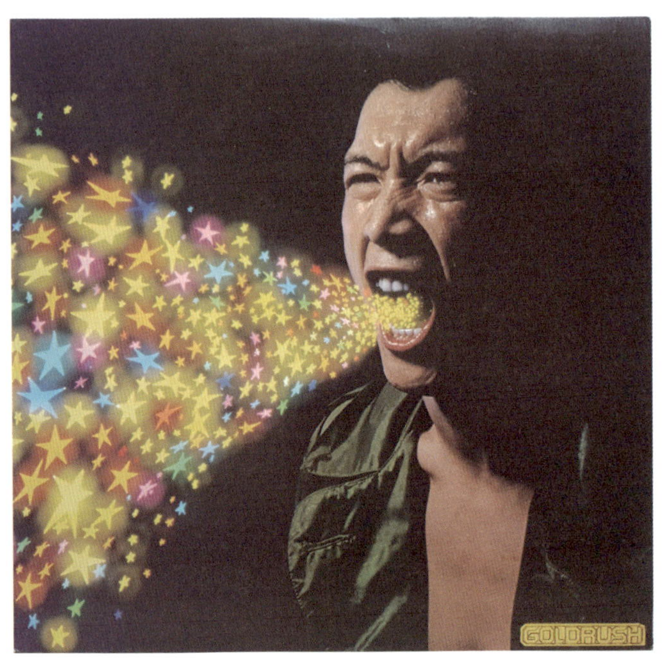

나, 세계의 야자와… 일본 대중음악계에 있어서 에이짱(야자와 에이키치)은 카리스마 그 자체, 영원한 슈퍼 스타다.

1975년 캐롤이 해산한 후, 이미 수면 밑에서 솔로 활동을 착착 준비해 왔던 에이짱은 캐롤로 번 인세 전부를 쏟아 부어 제작한 로스엔젤레스 레코딩의 1st 앨범 I Love You, OK로 솔로 데뷔를 했다. 타이틀곡은 로큰롤이 아닌 의표를 찌른 발라드였는데, 사실 에이짱이 캐롤을 결성하기 전에 작곡한 노래로 솔로 데뷔를 위해 미뤄둔 히든카드였다.

'캐롤의 야자와'를 기대하는 팬들로부터는 비난이 빗발쳤지만 에이짱 스스로는 데뷔 앨범에 대해 '밴드에서의 야자와 에이키치와 결별하고 혼자서 해나갈 수 있을 것 같다'라는 결과에 도달, 그 후 '세계의 야자와'라는 야망을 실현하는데 흔들림 없이, 착실히 걸어 나갔다.

에이짱은 음악 방송 출연을 온 힘을 다해 거부했다. 자신의 록 스피릿을 명확하게 표현할 수 있는 장소는 스테이지뿐이라 여겼기 때문에 극단적일만큼 콘서트 투어를 진행했다. 대도시의 스타디움 뿐만 아니라, 지방 도시의 시민회관도 방문해가면서 쇼맨십 넘치는 라이브를 보여줬다. 마이크 스탠드를 휘두르는 독특한 액션과 콘서트 종반에 일어나는 공연장 전체의 타월 던지기가 에이짱 콘서트의 하이라이트다.

1977년 일본 솔로 록 뮤지션으로서는 최초로 일본 무도관(日本武道館) 도쿄 치요다구에 있는 대형 유도 경기장으로 최대 14,000명의 관중을 수용할 수 있다) 단독 공연을 감행했다.

1978년 발라드 싱글 B⑧ 지칸요 토마레(時間よ止まれ: 시간이여 멈춰라)가 대히트하며 100만장의 판매량을 기록, 부자 순위 가수 부문에서 록 뮤지션으로서 최초로 1위에 올랐다. 자서전 <갑자기 출세成りあがり>를 출판했는데 이것이 또 100만부를 넘는 초 베스트 셀러가 되었다.

지칸요 토마레를 수록한 4집 앨범 골드 러쉬(ゴールドラッシュ)는 앨범 차트 1위를 기록했다. 입에서 황금 별을 뱉어내는 임팩트 넘치는 재킷(고지라인가?!)과 함께 일본 록의 명반으로 널리 사랑받고 있다. 오프닝을 장식한 타이틀 A① 골드 러쉬(ゴールドラッシュ)로부터 에이짱만의 비브라토가 돋보이는 록 보컬이 작렬한다. 에이짱의 뜨거운 땀이 느껴지는 레코드다.

같은 해 12월 릴리스의 라이브 앨범 라이브 고라쿠엔 스타디움(LIVE 後楽園スタジアム)도 앨범 1위를 차지했다.

1980년 에이짱은 자신이 부른 코카 콜라 CM송을 싱글 This is a Song for Coca-Cola로 발표했다. 보통 CM송을 개인 곡으로 발매할 때는 가사의 상품명 부분을 변경하는 경우가 많은데 이 곡은 당돌하게 직구승부를 던졌다. 그 탓에 음악 방송 스폰서와의 관계 등으로 방송 출연을 못한 경우가 빈번했다. 이에 대해 에이짱은 콘서트에서 '일본 방송업계가 쫓아낸, 악명이 자자해 떨리는 곡'이라고 말했다. 에이짱의 말대로 단순한 CM송이 아니라 영원한 명곡 중의 하나다.

그리고 1981년, 미국 레코드 회사 어사일럼 레코드Asylum Records와 계약하여 전곡이 영어 가사로 된 7th YAZAWA를 발매한다. 그 때 백밴드 멤버를 찾고 있던 에이짱은 미국에서 두비 브라더스Doobie Brothers를 만났다. 그런데 두비에 대해 잘 알지 못해서 "너희들 괜찮네. 내 손을 잡으면 유명하게 만들어 줄게"라고 말했다고. 어찌됐든 실제로 함께 연주도 했고 두비와 함께 일본으로 귀국해 '내일(來日)' 콘서트도 실시했다.

1985년 'Live Aid'에도 일본 대표 아티스트 중 하나로 출연해 전 세계에 중계되었다. 1992년 20th Anytime Woman에서는 비틀즈Beatles 멤버인 링고 스타의 장남, 잭 스타키Zak Starkey가 드러머를 맡았고 런던 애비로드 스튜디오에서 레코딩을 했다. 여러모로 에이짱은 명실상부 '세계의 야자와'로 여전히 힘차게 활동하고 있다.

우치다 유야内田裕也
A Dog Runs

일본 록의 제왕, 우치다 유야. 우치다가 실질적으로 정말 황제인지 아닌지를 떠나서(히트곡이 한개도 없는데 이렇게 유명한 가수가 된 것도 드물다), 우치다가 일본 음악계에 '록'이라는 개념을 도입한 사실은 틀림 없다. 게다가 그의 엉뚱한 언행이 록의 대중적 이미지에 좋은 의미뿐만 아니라 나쁜 의미로도 한 역할을 다한 것도 사실이다.

　도쿄 도지사선거에 입후보하고(떨어졌지만 무소속으로는 최다 득표수를 획득했다), 음악 소속사에 떼로 몰려가 행패를 부림, 개성파 배우 키키 키린樹木希林과의 40년이 넘는 기묘한 별거 결혼생활과 유명 배우와의 불륜 소동, 다수의 체포 기록, 보석으로 석방 된 후 '대마는 알콜보다 건강에 좋아'라는 인터뷰 까지....

　로커빌리 가수로서 싱글 히토리봇치노 조니(ひとりぼっちのジョニー: 혼자 외로운 조니) (Lonely Johnny: 영국 로큰롤 가수 존 레이톤John Leyton의 곡을 커버)로 1963년 데뷔했다. GS 시대에는 '플라워즈フラワーズ'라는 록 지향성이 짙은 밴드를 결성해 활동했고 1970년대에 들어와서는 세계에 통용되는 본격적인 록을 위해 밴드 '플라워 트래블린 밴드플라워 트래블린 밴드'를 결성했

으나 이때 우치다는 프로듀서로서 전력을 다했다. 그 당시 뜨거운 주제였던 '록을 영어로 부를 것인가, 일본어로 부를 것인가' 논쟁에서는 영어파의 필두였다.

첫 솔로 앨범 로큰롤 호소쿄쿠(ロックンロール放送局: 로큰롤 방송국)를 1973년에 발표, 수록곡은 왕년에 유명했던 로큰롤의 스탠더드 넘버로 구성되었는데 그 속에 주노케이사츠頭腦警察의 코믹쿠잣시난카 이라나이(コミック雑誌なんかいらない: 코믹 잡지 따위는 필요없어)가 유일한 일본어 곡으로 수록되었다. 참고로 1980년대에 직접 각본을 쓰고 주연 배우를 맡은 영화《코믹 잡지 따위는 필요없어コミック雑誌なんかいらない》(1986)도 있다. 실제 사건을 블랙 유머로 쓴 허구의 컬트 무비로 걸작이니 반드시 볼 것! 이 영화로 우치다는 남우주연상을 수상했다.

1975년에 벤처스Ventures의 공연 앨범 Hollywood를 발표. 벤처스의 연주에 실리는 근사한 우치다의 노랫소리는 그야말로 궁합 최고! 록은 여기에 있다!

그리고 지금까지 영어만을 고집했던 우치다가 처음으로 일본어로만 부른 오리지널 노래가 담긴 앨범 A Dog Runs가 1978년에 릴리스. 곡 제공자는 사와다 켄지沢田研二, 쿠와나 마사히로桑名正博, 우자키 류도宇崎竜童, 치카다 하루오近田春夫, 조니 오오쿠라ジョニー大倉, 미키 요시노ミッキー吉野, 카마야츠 히로시かまやつひろし... 역시 록의 제왕답게 호화찬란하다.

오프닝을 장식한 A① Punk Punk Punk부터 이미 최고다. 작사는 우치다가 직접 담당했고 작곡은 쿠와나 마사히로. 곡 끝부분에 우치다의 투덜거림은 흥분을 감출 수가 없다. ♪ What is a true rock'n roll? 中村とうようにきいてみろってんだよな(나카무라 토요에게 물어보라니까) Listen to my fucking story〜 (나카무라 토요中村とうよう: 일본 음악평론가) B② 이마, 밥 딜런과 나니오 캉가에테이루카(いま, ボブディランは何を考えているか: 지금, 밥 딜런은 무엇을 생각하고 있는가)는 카마야츠 히로시의 곡으로 본인도 스튜디오 무슈(スタジオ・ムッシュ)(1979)에서 직접 커버한 적 있다. 그것도 펑키하고 시티팝한 곡으로 물론 훌륭하지만 우치다는 그의 록 영혼에 존경심을 갖게 만든다. 스트레이트로 기세를 뻗치는 R&R와 우치다의 비뚤어진 보컬, 그리고 우스꽝스러운 가사가 절묘하게 어우러져 Good.

사와다 켄지가 작곡한 A④키메테야루 콘야(決めてやる今夜: 결정해 오늘밤)와 조니 오오쿠라의 최고 명발라드 B③아니요 주오 토레(アニーよ銃をとれ: 애니여 총을 잡아라)를 부르는 우치다의 보컬은 별로 실력이 뛰어나다고 할 수는 없지만 가슴을 울린다.

1981년에는 미국 하드보일드 추리소설가 레이먼드 챈들러Raymond Chandler의 세계를 그린 콘셉트 앨범 사라바 이토시키 히토요(さらば愛しき女よ: 안녕 내 사랑)를 발표, 명곡 롤링 온 더 로드(ローリング・オン・ザ・ロード)를 수록했다.

1985년에 베스트 앨범 No More Comics를 발매하며 재킷에 파르코 백화점(パルコ百貨店) 광고의 뉴욕 허드슨 강을 헤엄치는 장면을 사용했다. 광고를 본 오노 요코オノ・ヨーコ가 "겨우 아티스트처럼 보이네"라고 칭찬했다는 에피소드가 있다.

1973년부터 2018년까지 매년 섣달 그믐날 밤을 보내는 신년 이벤트 <뉴 이어 올 나이트 록 콘서트ニューイヤー・オールナイト・ロック・コンサート>를 주최했다. 그러나 2019년 3월, 지난해 별세한 아내 키키 키린의 뒤를 쫓듯이 세상을 떠났다. 록의 제왕...R.I.P.

치카다 하루오 & 하루오폰近田春夫 & ハルヲフォン
덴게키테키 토쿄(電撃的東京: 전격적 도쿄)

치카다 하루오는 대학생 시절부터 우치다 유야內田裕也의 백 밴드에서 건반주자로 활약했다.

1971년 일본국 헌법에 곡을 붙인 기획 앨범 일본국헌법(日本国憲法)을 발표한 '라쇼우몬(羅生門: 나생문)' 밴드에 가입했으나 라쇼우몬이 발표한 2장의 앨범 레코딩에는 불참했다.

1972년에 알란 메릴Alan Merrill(I Love Rock 'n' Roll의 작곡자)과 함께 밴드 '고지라ゴジラ'로 반년 간 활동했다. 같은 해에 전 무라하치부村八分의 초대 드러머 츠네다 요시미恒田義見와 함께 밴드를 시작해서 1874년에 타카기 에이이치高木英一(b), 코바야시 카즈오小林克巳(g)와 함께 정식으로 하루오폰ハルヲフォン을 결성했다. 싱글 Funky 닷코 No.1(FunkyダッコNo.1:Funky 안기기 No.1)(1975)으로 데뷔, 타이틀대로 펑키한 곡으로 아프리카계 미국인(Afro-American) 여성 싱어 카론 호건Caron Hogan가 보컬을 맡았다.

1976년에 1st Come on Let's Go를 발표한다. 기존의 펑키 노선에서 벗어나 키치하고 팝한 글램 R&R 앨범이다. 치카다가 R&R 밴드 쿨스クールス에 제공했던 신데렐라(シンデレラ)의 셀프 커버를 수록했다.

그리고 1977년, 치카다가 혼신의 힘으로 제작한 2nd 하루오폰 레코드(ハルヲフォン・レコード)를 발표했다. 1st와 마찬가지로 팝한 작풍이 보이지만 의미 없는 변박자와 비틀린 코드 진행에 머리가 어질어질할 정도인 인공적인 매지컬 컬러풀 로큰롤의 걸작이다. 그러나 이 앨범은 팔리지 않았다고 해야 할까, 전혀 평가받지 못한 일에 낙담한 치카다는 스스로 평론가가 되어야만 했다.

그런데 내가 치카다 하루오라는 사람을 알게 된 것이 바로 이 시기, 나는 아직 중학생이었다. 치카다가 퍼스널리티를 맡은 심야방송〈올 나이트 니폰 オールナイトニッポン〉를 듣기 시작한 것이 계기다. 그 방송은 치카다가 록(서양 & 일본), 가요곡, GS, 그 외에 잘 들을 수 없었던 곡 몇 개를 계속해서 제한 없이 모조리 들려주면서 심지어 쉴 새 없이 떠들어대는 내용이었다. 록과 가요곡을 동등하게 다뤘지만, 그 외에는 전부 유례없는 획기적인 방송이었다. 언제는 신랄한 코멘트로 예능계를 비판하더니 어느 날은 작곡가 츠츠미 쿄헤이 筒美京平에 대한 무한한 사랑을 말하고, 어느 날은 레코드에 맞춰 자신이 노래를 불렀다. 치카다는 이즈음 잡지 〈뽀빠이 POPEYE〉에서 획기적인 칼럼 <더 가요곡THE 歌謡曲>도 연재했다.

이러한 와중에 신보로 발표된 것이 하루오폰 3rd 덴게키테키 토쿄(電撃的東京)(1978)로 무려 가요곡을 록으로 커버한 앨범이다. 정말 방송 내용을 그대로 음악작품이라는 형태로 승화시킨듯한 통쾌한 작품이다. 펑크punk하고 하드한 글램으로 어레인지해 음악 본래가 가진 독살스러움을 비틀고 과장시킨 가요곡이 많다. 노래 후반부에서 반음을 내린 전조라든가(보통은 올리는 경우가 많다!), 장난기와 자포자기감이 여기저기 흩어져 있다. 그야말로 치카다의 편집 광적인 세계가 대폭발한다. 원곡을 몰라도 이해하지 않아도 즐길 수 있다. 코바야시의 기타를 120% 만끽할 수 있다는 것 역시 상쾌하다!

하루오폰은 이 앨범을 마지막으로 해산했다. 1979년, 치카다는 첫 솔로 앨범 텐넨노 비(天然の美: 자연미)를 발표했는데 가요곡과 YMO(Yellow Magic Orchestra)가 함께한 시대를 앞서 간 음반이었다. 같은 해 치카다 하루오 & BEEF를 결성했고 BEEF는 1980년에 주시 후르츠ジューシィ・フルーツ로서 치카다와 떨어져서 데뷔한 후 많은 히트곡을 남겼다.

항상 최신 음악에 흥미를 가져온 치카다 하루오. 1981년에는 뉴 웨이브 밴드 치카다 하루오 & 비브라 톤즈ビブラストーン를, 1983년에는 앰비언트ambient 밴드 게이트 볼ゲートボール을 결성했다.

그리고 1985년에 힙합 전문 레이블 BPM을 설립, President BPM이라는 이름으로 12인치 랩 싱글 Mass Communication Breakdown을 발표했다. 반골정신이 가득한 일본어 랩으로 파이어니어의 한 사람이 되었다. 1987년에는 '밴드' 형식의 힙합이라는 콘셉트를 가진 비브라스톤ビブラトーンズ을 결성했다. 그리고 1995년 이후에는 고아 트랜스goa trance, 테크노 트랜스라고 하는 분야에서 적극적으로 활동했다.

참고로 하루오폰도 2006년, 치카다 하루오 & 하루오폰 리로디드近田春夫 & ハルヲフォン・リローデッド로 재결성했다.

P-모델(P-Model)
In a Model Room

Warner Bros. Records, 1979

1980년대 초 P-모델, 히카슈ヒカシュー, 플라스틱스プラスチックス는 '3대 테크노'라고 불렸다. 틀림없이 대부분 밴드들은 삐뽀삐뽀가 특징인 신시사이저음을 사용했지만 P-모델만은 인간 드러머가 있었다. 사실 P-모델은 테크노의 탈을 쓴 육체파 펑크 록의 확신범적인 밴드였다.

P-모델의 중심 인물 히라사와 스스무平沢進는 1973년에 밴드 '맨드레이크Mandrake'를 결성했다. 맨드레이크는 1970년대 초기 킹 크림슨King Crimson을 방불케하는 본격적인 프로그레시브 밴드로, 도쿄 언더 그라운드에서 각광을 받았으나 1장의 레코드도 내지 않은 환상의 밴드였다. 맨드레이크의 음원은 1984년에 50장 한정으로 발매된 EP 카자리마도노 데키고토 (飾り窓の出来事: 창유리의 사건), 1997년에 발매된 CD Unreleased Materials vol.1 및 (同)vol.2에서 들을 수 있다.

1970년대 말에 프로그레시브 음악의 쇠퇴를 감지한 히라사와는 "내게는 전자악기를 사용해야하는 필연성이 있기 때문에 세계와의 커뮤니케이션을 확립시키려 한다면 우리들만이 갖고 있는 테크놀러지를 이용하고, 많은 사람들이 공유하고 있는 테크놀러지에 대한 감각이나 뉘앙스를 입구로 시작하는 것이 합리적이지 않은가”라고 생각했다. 이것이 프로그레시브의 서정성을 잘라버리고 테크노 스타일로 옮긴 이유라고 한다.

그리고 1979년에 맨드레이크를 모체로 포스트 펑크 밴드 ‘P-모델’을 결성한다. 반 헤일렌 Van Halen의 일본공연의 오프닝을 맡음으로써 인기에 불이 붙기 시작, 1st In a Model Room로 데뷔했다. 맨드레이크 시대의 기재는 금이나 은 등의 색으로 칠했었지만 P-모델 때는 노랑색이나 핑크 같은 팝한 색으로 바꿨다. P-모델이 결성 하자마자 인기를 얻기 시작한 것에 대해 히라사와는 “악기를 핑크로 칠했을 뿐인데”라고 말했다. 초회프레스는 레코드도 핑크색이었다.

데뷔 싱글이기도 한 A①비주츠칸데 앗타 히토다로(美術館で会った人だろ: 미술관에서 만난 사람)은 빠릿빠릿한 질주감이 폭발하는 테크노 펑크punk다. 칼처럼 잘 베는 하이텐션 사운드. 변박자, 강렬한 전조는 맨드레이크의 그림자가 보이지만 음악은 같은 멤버들이라고 믿기지 않을 정도로 철저하게 달라졌다. 현재는 직립부동으로 연주하는 히라사와지만 이 때는 무대가 비좁게 돌아다니고 발로 스텝을 밟고 모든 것에 도전하려는 것처럼 마이크를 향해 계속 말을 내뱉었다.

1980년에 2nd Landsale를 발표, 기본적으로는 전작을 답습한 테크노 팝 펑크적인 곡으로 구성되어 있다. 그러나 오프닝의 오하요우(オハヨウ: 안녕)는 테크노의 ‘테’자도 없다. 불협화음의 스케일을 연주하는 피아노와 우아한 오케스트레이션이 불안을 야기한다. 아무 말도 할 수 없는 종말감이 흐른다. 그렇다, 이미 이때 히라사와는 테크노 팝 붐에 관심이 없어져 버렸다. 다음 스탭으로 넘어갈 준비를 하는 중에 바로 이곡이 탈 테크노팝의 개막이다.

이에 따라, 베이스의 아키야마 카츠히코秋山勝彦가 탈퇴했다. 히라사와는 “스테이지에 대한 태도에서 큰 차이가 생겨났다”고 말했으며 아키야마도 “생각 없이 있다가 잘렸다”고 말했다. 음악적 방향성이 깊고 스토익한 방향으로 옮겨가고 있었는데 격한 록에 가까운 퍼포먼스를 계속해온 아키야마하고는 틈이 생겨버리고 말았다는 것이다.

1981년에 3rd Potpourri, 1982년에 4th Perspective를 발표했다. 이후 밴드 맴버가 자주 바뀌면서 점점 히라사와의 원맨 밴드처럼 되어 갔다. 히라사와는 멤버의 조건은 연주 기술이 아니라, 얼마만큼 재미있는 아이디어를 갖고 있는지에 중점을 두었다고 한다. 1988년에 활동중지를 했으나 그후 여러 가지 형태로 재개했다. 현재는 2004년부터 간헐적으로 이어오고 있는 솔로 유닛 ‘핵P-모델(核P-Model)’로 활동하고 있다.

히라사와는 저작권관리단체 및 대형 레이블에서 철수하거나 1999년에 인터넷을 이용한 음원 서비스를 시작하는 등 매우 선구적인 행동에 앞장섰다. 또 다크 판타지 애니메이션《베르세르크ベルセルク》(1997)와 관련된 게임을 포함한 모든 미디어 작품에 관여하고 있다. 원작자인 만화가 미우라 켄타로三浦建太郎가 히라사와의 엄청난 팬이라서 실현된 ‘콜라보’다.

사잔 올 스타즈(サザン・オール・スターズ, Southern All Stars)
10 Numbers Carat(10ナンバーズ・からっと)

Victor Invitation, 1979

지금은 국민적 록 밴드인 사잔 올 스타즈サザン・オール・スターズ는 리더 쿠와타 케이스케桑田佳祐를 중심으로 아오야마학원대학青山学院大学 음악 동아리에서 태어났다. 1977년에 아마추어 밴드 콘테스트 'East-West'에서 입상하여 1978년에 싱글 캇테니 신밧드(勝手にシンドバッド: 멋대로 신밧드)로 데뷔했다.

타이틀곡은 당시 잘나가는 사와다 켄지沢田研二의 캇테니 시야가레(勝手にしやがれ: 멋대로 해버려)와 핑크 레이디ピンク・レディー의 나기사노 신밧드(渚のシンドバッド: 물가의 신밧드) 두 개를 섞어 가사도 언어유희적으로 구성해 의미보다도 재미를 중시했다. 게다가 빠르게 떠들어대는 독특한 쿠와타의 보컬 스타일은 혁신적이며 충격적이었다.

일본어를 영어처럼 발음하는 쿠와타의 이른바 '혀를 마는 창법'에 대해 음악 팬들이나 업계에서는 찬반양론이 거셌다. 본인은 아마추어 시절부터 그렇게 만들어 왔기 때문에 이 가창법이 비판받는 것은 의외였다고 한다. 시간이 흐르면서 이 노래법은 세간에 일반적으로 받아들여졌고 지금의 J-pop에까지 계승될 정도로 일본 대중음악에 막대한 영향을 미쳤다.

이 곡이 한창 히트 중일 때 1st 아츠이 무나사와기(熱い胸さわぎ: 뜨거운 설레임)가 릴리스되었다. 쿠와타가 앨범의 완성도에는 거의 후회가 없다고 언급할 정도로 데뷔를 향한 밴드의 기세는 놀라웠다.

"인력과 젊음을 모조리 총동원했던 순간은 두 번 다시 재현할 수 없는 기적 같은 것입니다"

1st에 수록된 온나 욘데 부기(女呼んでブギ: 여자불러 부기)는 데뷔의 계기였던 'East West'77'에 출장했을 때 연주했던 곡이다. East West'77에서 한 공연을 레코드화해서 유일하게 들을 수 있는 아마추어 시절의 음원이지만 손에 넣기 힘든 레어 음반이다.

1979년에 3번째 싱글 B⑤이토시노 에리(いとしのエリー: 사랑스러운 애리)를 발표했다. 오랫동안 꾸준히 사랑받으며 사잔 올 스타스를 대표하는 아니, 일본 록을 대표하게 된 스탠더드 발라드 곡이다. 1989년에는 미국 싱어 레이 찰스Ray Charles가 이토시노 에리를 영어가사로 바꾼 커버 버전 Ellie My Love를 발표했다. 한국에서도 1999년에 박상민, 2000년에 김장훈이 커버했으니, 무척 이른 시기에 정식으로 한국에서 리메이크한 일본 노래 중 하나다.

이토시노 에리가 포함된 2nd 10 Numbers Carat(10ナンバーズ・からっと)은 너무 바빴던 탓에 만족스럽지 못하게 제작되었다. 가사가 미완성인 채로 수록된 곡도 있어서 가사집에 ☆◎♂〜같은 기호로 표기되어 있다. 그 탓에 1st와는 대조적으로 쿠와타 스스로도 졸작이라고 혹평했다. 틀림없는 희대의 명곡 이토시노 에리가 수록되어 있음에도 불구하고 산만한 완성도는 안타깝지만 기세는 여전히 나는 새도 떨어뜨릴 정도다. 어찌 보면 개러지 록적인 사잔을 느낄 수 있는 앨범이다.

이후에는 3rd Tiny Bubbles(タイニイ・バブルス)(1980), 4th 스테레오 타이요 조쿠(ステレオ太陽族: 스테레오 태양족)(1981), 5th Nude Man(1982), 7th 닌키모노데 이코(人気者で行こう: 인기인이 되자)(1984), 8th Kamakura(1985) 같은 걸작 앨범을 발표했고 모든 앨범으로 판매량 1위를 기록했다.

또 이나세나 로코모션(いなせなロコモーション: 호기있는 로코모션)(1980), 차코노 카이간 모노가타리(チャコの海岸物語: 차코의 해안 이야기)(1982), MISS BRAND-NEW DAY(ミス・ブランニュー・デイ)(1984), 마나츠노 카지츠(真夏の果実: 한 여름의 과실)(1990), 나미다노 키스(涙のキッス: 눈물의 키스)(1992), Tsunami(2000), 피스토 하이라이트(ピースとハイライト: 평화와 하이라이트)(2013) 등의 히트곡외에도 타카다 미즈에高田みずえ의 와타시와 피아노(私はピアノ: 나는 피아노)(1980), 켄 나오코研ナオコ의 나츠오 아키라메테(夏をあきらめて: 여름을 단념하며)(1982), 주시 후르츠ジューシィ・フルーツ와 타카다 미즈에의 손나 히로시니 다마사레테(そんなヒロシに騙されて: 그런 히로시에게 속아서)(1983) 등 여러 아티스트들에게 준 히트곡도 많다.

쿠와타는 1986년에 쿠와타 밴드Kuwata Band의 결성으로 솔로 아티스트로서 활동도 시작, 밴드와 병행하면서 열정적으로 활동하고 있다.

시나 앤 더 로켓츠(シーナ & ロケッツ,Sheea & the Rokets)
Sheena & the Rokkets #1

하카타(博多, 일본 4대 열도 중 하나인 규슈九州의 후쿠오카 시 남동부에 있는 행정구)의 전설적 밴드, 선하
우스サンハウス의 멤버였던 기타의 아유카와 마코토鮎川誠가 아내 시나シーナ와 함께 상경해여 혼
신의 한방을 날린 1st 앨범 #1(1979)이다.

아유카와 부부는 결혼 후 아이가 태어나자 시나의 친정집에서 살았다. "아이는 걱정 하
지말고 한 번 도쿄에서 제대로 승부하고 와!"라는 장인어른의 질타의 격려를 받고 도쿄에서의
도전을 결정했다.

1978년 엘비스 코스텔로Elvis Costello의 일본 공연 오프닝에 등장, 검은색 안경에 길쭉한
아유카와의 겉모습은 코스텔로의 복제 인형 같았지만 심플하고 스트레이트한 록 사운드는 호
평을 받았다.

1st 앨범은 단숨에 인기를 얻지는 못했지만 코스텔로의 오프닝 공연 이후 음악업계에 이
름을 알렸고 1979년에 메이저 레이블인 알파 레코드로 이적했다. YMO의 백업으로 제작된
2nd 앨범 신쿠백(真空パック: 진공팩)은 1980년대의 뉴 웨이브 붐을 앞선 작품으로 테크노 팝 풍

미의 비트 록 You May Dream(ユー・メイ・ドリーム)의 히트로 일약 인기 밴드가 되었다.

때마침 이 시기에 ARB, 루스터스The Roosters, 로커즈ロッカーズ, 모즈モッズ 같은 규슈(하카타) 출신 밴드들이 모두 데뷔하여 사람들에게 하카타의 명물인 멘타이코(明太子, 명란젓)와 록을 붙인 '멘타이록'이라 불렸다. 연령적으로는 1세대 위였던 아유카와는 멘타이록의 중진으로 사랑받았다.

로케츠라는 이름은 시나의 본명인 에츠코悦子와 록을 합성한 것이다. 록rockロック+에츠코えつこ→로케츠ロケッツ. 데뷔 싱글에는 시나 로케토シーナロケット로 표기되어 있다. 하지만 Rock 철자 그대로는 재미가 없다며 'k'를 겹친 로케츠Rokkets가 되었다.

이러한 로케츠의 1st 앨범 #1은 거칠고 직선적인 비트 록이 줄지어 서있다. 선하우스 시절의 레퍼토리와 R&R 명곡 커버다. 솔리드로 스피드하게 전개되는 멋있는 곡이 주를 이뤘다.

우선은 뭐라해도 시나 앤 로케츠의 대표곡 A② 레몬티(レモンティ). 선하우스 때의 곡이지만 이중 의미를 띈 외설스러운 가사는 역시 여성보컬이 좋지. 간주에 들어가기 직전의 '시봇테~(しぼって～: 쥐어짜)' 샤우팅에 녹아웃. 학생 시절, 이 곡이 라디오에서 흘러나올 때 동급생 여자아이가 "이런 야한 노래, 지금까지 들어본 적 없어"라고 말했던 일이 떠오른다.

참고로 이 곡이 Train Kept-a-Rollin'과 똑 닮은 것은 잘 알려진 사실로 야드버즈Yardbirds가 영화 《욕망Blow-Up》(감독: 미켈란젤로 안토니오니Michlangelo Antonioni, 1967)에서 연주한 버전이 원작이다. 야드버즈는 Train Kept-a-Rollin'의 사용허가를 받지 못했기 때문에 Stroll on이라는 곡명을 붙이고 가사를 바꿔 불렀다. 다른 곡이라고 주장해 저작권에서 벗어날 수 있었다. 그러나저러나 제프 벡Jeff Beck과 지미 페이지Jimmy Page 둘이서 친 기타 솔로를 여기서는 아유카와 혼자 전부 연주하고 있다니 무의식 중에 항복!

B① 트레인 트레인(トレイン・トレイン)에는 상경했을 때의 결의가 깨끗하게 담겨있다. 이 곡도 영국 비트 밴드 카운트 비숍스Count Bishops의 동명곡을 따라했다는 사실을 알만 한 사람들은 안다.

아유카와가 리드 보컬을 맡은 곡도 있다. B⑤ 바이러스 캡슐(ビールス・カプセル), B④ 붐붐(ブーンブーン), 그리고 R&R 러브 송 A⑥ 아이 러브 유(アイ・ラブ・ユー)까지 전부 최고의 록 넘버다.

1981년에는 미국 A&M 레코드에서 Sheena & the Rokkets in U.S.A.를 발표하며 해외 데뷔를 장식했다. 현지에서는 '일본 최고봉의 펑크punk 밴드'라고 찬사를 받았다.

그런데 시나는 가족 이외의 누구에게도 자궁경부암을 말하지 않은 채 마지막까지 무대에 올라 전신전령을 다해 로커의 혼을 불태웠다. 2015년, 61세로 영면, R.I.P. 하지만 밴드는 현재도 정력적으로 활동하고 있으며 아유카와는 무대에 오르면 언제나 시나가 함께 하고 있다고 말한다.

지금까지 18장의 정규 앨범과 다수의 베스트 앨범을 발표했으며 #1은 1986년에 데뷔 싱글을 추가로 수록해 곡 순서를 다소 변경한 LP 및 CD로 발매되었다.

야나기 조지 & 레이니 우드(柳ジョージ & レイニーウッド,Rainy Wood)
Y.O.K.O.H.A.M.A.(I Remember the Night)

徳間音工 Bourbon, 1979

야나기 조지는 허스키한 보컬과 블루스를 바탕으로 한 매력있는 기타 플레이(일본의 클랩턴이라고 불렸다)로 1970~1980년대에 인기를 끌었던 뮤지션이다.

요코하마에서 태어난 야나기는 대학생 때 기타리스트 친신키陳信輝와 함께 일본 록 초창기에 블루스 록 밴드 '파워 하우스パワーハウス'를 결성했다. 1969년에 미키 요시노ミッキー吉野를 게스트로 영입하여 블루스노 신세이~파워하우스 토조(ブルースの新星～パワー・ハウス登場:블루스의 신성~파워하우스 등장)로 프로 데뷔를 했다. 야나기는 베이스를 담당했다.

1970년에 나루모 시게루成毛滋(g), 츠노다 히로つのだひろ(ds)와 '집시 아이즈(Gipsy Eyes)'를 결성했다가 그 후, 골든 컵스ゴールデン・カップス에 가입했다. 당시 야나기의 베이스 연주는 뮤지션들 사이에서 '조지의 베이스는 엄청나'라며 화제였다고 한다.

컵스 해산 후 나루모 시게루의 권유로 영국행. 귀국 후에는 자신의 음악 활동을 본격적으로 시작한다.

1974년 기타 강사로 히로시마로 향한 야나기는 그곳에서 히로시마를 거점으로 활동하고

있었던 밴드 '메이플라워 メイフラワー'를 만난다. 야나기와 밴드는 세션을 반복하며 의기 투합, 1975년 메이플라워가 도쿄로 올라오면서 야나기와 합류하게 된다. 이 때 밴드 '야나기 조지 & 레이니 우드'가 태어났다. 밴드명은 야나기가 런던의 하이드 파크에서 안개 낀 숲을 보고 지었다.

R&B를 베이스로 한 블루스 록 풍의 굵은 사운드는 달리 유례가 없어 일부에서 높은 평가를 받았지만 "진짜는 영어지"라며 전곡 영어 가사에 집착 때문인지 대중적으로 받아들여지지 못했다.

그래도 야나기는 보컬의 역량을 평가받아 1977년에는 TV드라마 《마츠리바야시가 키코에루 祭ばやしが聞こえる: 축제 소리가 들린다》의 주제가 마츠리바야시가 키코에루노 테마 (祭ばやしが聞こえるのテーマ: 축제 소리가 들린다의 테마)를 불렀고 '앨버트로스 with 야나기 조지 アルバトロス with 柳ジョージ'로 세션 앨범 Take One을 발매했다.

그리고 1978년 2월 마침내 레이니 우드의 데뷔 앨범 1st Time in Changes를 발매했다. 레코드 회사의 요청으로 일본어와 영어 가사는 반반이 되었다. 이 시기 레이니 우드는 쇼켄 ショーケン(하기와라 켄이치萩原健一)의 백 밴드를 맡고 있었는데 둘이 호흡을 맞춘 굉장한 연주는 쇼켄의 라이브 앨범 넷쿄라이브(熱狂雷舞: 열광라이브)(1979)에서 들을 수 있다.

1978년에 발표된 2nd Weeping in the Rain때는 쇼켄이 자신이 주연한 드라마 《시비토가리 死人狩り: 시체 사냥》의 주제가로 타이틀곡을 원해서 일본어 가사를 써달라고 밴드를 설득했다. 그래서 발매된 일본어 버전 A⑤ 아메니 나이테루(雨に泣いてる: 빗속에서 울고 있어) 싱글이 엄청난 히트를 쳤다.

1979년 3월, 일본어 버전을 수록한 3rd Y.O.K.O.H.A.M.A.(I Remember The Night)가 발매된다. 명곡 A① 프리즈너プリズナー, 기분 좋은 블루스 록 A③ 코펜하겐 파크(コペンハーゲン·パーク) 등 들을만한 곡이 많다. 같은 해 11월에 발매된 시세이도資生堂의 CM송 호호에미 노 호소쿠(微笑の法則: 미소의 법칙, Smile on Me)을 수록한 4th Rainy Wood Avenue가 No.1 히트를 쳤다.

그들은 전문가들에게 인정받는 어른들의 록 밴드로 많은 히트곡을 남겼다. 명 발라드 아오이히 토미노 스텔라 1962넨 나츠...(青い瞳のステラ, 1962年夏...: 푸른 눈의 스텔라 1962년 여름...)으로 시작하는 혼신의 2장짜리 Woman and I... Old Fashioned Love Songs(1980), 거센 기타 연주를 들을 수 있는 사라바 미시시피(さらばミシシッピー: 안녕 미시시피)가 포함된 Hot Tune 등 걸작을 차례차례 발표했지만 1981년 말 열린 일본 무도관 콘서트를 마지막으로 해산했다.

야나기는 솔로로 정력적으로 활동하고 밴드는 멤버를 바꿔 'The Wood'로 활동하면서 2장의 앨범을 냈다.

술꾼으로도 유명했던 야나기는 2011년 10월 신부전으로 63세로 사망했다.

카이 밴드 스토리甲斐バンド・ストーリー

東芝EMI Express, 1979

카이 밴드는 보컬리스트 카이 요시히로甲斐よしひろ가 1974년에 결성한 록 밴드. 싱글 바스 도오리(バス通り: 버스길)로 데뷔했다. 1986년에 해산했으나 그 후 몇 번의 재결성이 있었다.

1976년, A① HERO(히로니 나루 토키, 소레와 이마(ヒーローになる時, それは今: 히어로가 될 때 그것은 지금))의 폭발적인 히트로 대단한 인기를 얻은 카이 밴드는 1970년대부터 TV 출연을 거부하는 자세를 관철해왔다. 30초 안에 셋팅해서 연주하라는 TV 업계에 싫증이 났다는 것이 이유였지만 '출연 거부'라는 일이 결국은 밴드 프로모션이 되었던 것도 사실이다. "TV 출연을 안한다니 건방지다"라는 말도 들었지만 그것 역시 록 밴드 이미지와 결합하면서 인기를 끌었다.

이 앨범 카이 밴드 스토리(甲斐バンド・ストーリー)는 그들의 인기가 폭발적이었던 타이밍에 발매된 카이 밴드의 첫 베스트 앨범으로 이전까지 발매되었던 11장의 싱글과 8장의 앨범 중에서 선곡했다. 대히트곡 A①와 함께 차트 1위를 달성했다.

카이 밴드는 표절곡이 많은 것으로도 유명하다. 명백히 똑같은 멜로디인 경우도 많지만 반대로 전혀 생각도 못했던 부분을 표절해 이건 또 하나의 천재적인 재능이 아닐까 싶은 생각이 들게 만든다.

　팬은 '훌륭하니까 괜찮아', '좋은 것은 좋은 것'이라며 모두 원곡의 오마주라고 긍정적으로 받아들이고 있다. 카이 역시 자신의 라디오 방송에서 표절 의혹이 있었던 원곡을 틀어놓고 그 영향을 스스로 인정하기도 했다. "일반인은 모방하고 천재는 훔친다"라는 파블로 피카소의 명언을 떠올리며 표절 논란이 있는 곡의 수수께끼를 풀어보고 싶다는 생각도 든다.

　처음은 뭐라해도 B⑤ 코리노 쿠치비루(氷のくちびる: 얼음 입술)로 1977년에 발매된 7번째 싱글이다. 이 곡의 훌륭한 부분은 후렴인 ♪코오리노 쿠치비루가~(♪氷のくちびるが~: 얼음의 입술이~)다. 이글스Eagles의 Hotel California(1976)의 마지막 트윈 기타 솔로, 이 유명한 프레이즈에 가사를 올렸다니 정말 놀라울 뿐이다. 게다가 이 곡은 시작과 간주의 건반이 록시 뮤직 Roxy Music의 Sea Breezes(1972)와 똑같아서 영미에서 물건을 빌리러 온다는 괴도 루팡도 질릴 정도지만 곡의 훌륭함은 말할 필요가 없으니 역시 천재가 만든 작품답다.

　1976년의 6번째 싱글 B⑥ 텔레폰 노이로제(テレフォン・ノイローゼ)는 나도 좋아하는 곡으로 인트로는 스틸리 댄Steely Dan의 Do It Again(1972), 후렴 외의 멜로디는 스팍스Sparks의 Never Turn Your Back on Mother Earth(1974)에서 차용했다.

　A② 킨포우게(きんぽうげ: 미나리아재비)는 1977년 8번째 싱글 소바카스노 텐시(そばかすの天使: 주근깨 천사)의 B면 곡으로 팬들 사이에서도 인기가 높다. 인트로의 첫 기타 사운드는 패티 스미스Patti Smith의 Ask the Angels(1976), 거기에 롤링 스톤즈Rolling Stones의 Honky Tonk Woman(1969)의 드럼 필인이 들어오며 선율은 칼리 사이먼Carly Simon의 You're So Vain과 똑같다. 1975년 2번째 싱글 B① 우라기리노 마치카도(裏切りの街角: 배신의 길거리)는 그냥 커버곡이라고 해도 좋을 정도로 킹크스Kinks의 Village Green(1968)를 쏙 빼닮았다.

　히트곡 A① HERO(히로니 나루토키, 소레와 이마 히어로가 되는 時, 그것은 今)는 곡이 아닌 가사가 물의를 빚었다. 인상적인 '진세이와 이츠모 로조노 카쿠테 루파티(人生はいつも路上のカクテル・パーティ: 인생은 언제나 길 위의 칵테일 파티)' 부분이 롤링 스톤즈의 Shattered(1978)의 가사 Life's just a cocktail party on the street를 그대로 번역했기 때문이다.

　3rd 가라스노 도부츠엔(ガラスの動物園: 유리 동물원)(1976)에 수록된 신주쿠(新宿)는 루 리드 Lou Reed의 Walk on the Wild Side(1972), 4th 코노 요루니 사요나라(この夜にさよなら: 이 밤에 안녕)(1977)의 표제곡은 CCR의 Someday Never Comes(1972), 24번째 싱글 GOLD(1983)는 롤링스톤즈의 Emotional Rescue(1980) 등 그 외에도 의혹이 넘치는 곡들이 다수 존재하고 있는데 그것을 즐길 수 있는지, 허용할 수 있는지가 카이 밴드를 좋아하기 위한 중요한 포인트라고 나는 생각한다.

스페이스 서커스(スペース・サーカス, Space Circus)
Fantastic Arrival

RCA, 1979

'스페이스 서커스'는 1970년대 후반에 활약한 초절기교파 인스트루멘탈 밴드다. 테크니컬하고 펑키한 사운드는 타인을 압도하는 존재감을 가졌다. 일본 퓨전 밴드의 개척자 중 하나다.

1978년 스페이스 서커스는 1st Funky Caravan로 데뷔했다. 오프닝을 장식하는 Alibaba를 들은 일본의 베이시스트들은 입이 다물어지지 않을 정도로 경악했다. 이건 대체 뭐지—?!

슈퍼 테크니션 베이시스트 오카노 하지메岡野ハジメ의 등장이시다. 프리즘プリズム의 기타리스트 와다 아키라和田アキラ와 함께 당시 음악 소년들의 동경의 존재였다.

아직 드물었던 슬랩 주법을 구사하고 위협적인 속주부터 중음 주법, 쓰리 핑거, 라이트 핸드 주법 등 여러 가지 테크닉을 선보였다. 평범하다고는 생각할 수 없는 프레이즈를 차례차례 해내는 그 연주는 완전히 청취자를 압도했다. 현재도 그를 세계 제일의 베이시스트라고 칭찬하는 팬이 많다.

게다가 데뷔 앨범은 초저예산으로 제작되어서 대부분의 곡을 원테이크로 녹음했다. 그 때문에 순도 높은 스튜디오 라이브 같은 전율적인 뜨거운 사운드를 들을 수 있다.

1979년, 키보드에 토요다 타카시豊田貴志를 스페셜 게스트로 초빙해 제작한 2nd Fantas-tic Arrival를 발표했다.

토요다 타카시는 1970년대, 타지마할 여행단タージ・マハル旅行団에 고스기 타케히사小杉武久의 후임으로 참여했고 1980년대 초기에는 하라다 신지 & 크리시스原田真二 & Crisis의 멤버로서 활동했었다. 그 후에는 솔로 아티스트로서 힐링 뮤직 작품을 다수 발표한 이색 음악가다.

그리고 오카노는 말했다. "베이스를 계속 치는 것에 재미가 없어져서 신시사이저나 이펙트, 녹음 기계 등을 사용해 보니 실험적인 것에 흥미가 옮겨가고 있었다"

그 결과로 2nd는 심포닉한 풍미가 있으면서 스페이시하고 진중한 프로그레시브 록 사운드로 변화했다.

이 시기, 기교파의 많은 밴드나 뮤지션이 크로스 오버에서 퓨전으로 넘어가고 있었지만 스페이스 서커스는 정반대 방향으로 갔다고 말할 수 있다. 그래서 이 2nd는 재즈/퓨전 팬들 뿐만 아니라 프로그레시브 록의 강경파 팬들 사이에서도 평가가 높다. 영국 프로그레시브 밴드를 방불케 하면서, 질주감이 흘러넘치는(마치 알 디 메올라Al Di Meola 같은)프레이즈가 들렸다가, 재킷에서 느껴지는 우주적인 음색이 속에서 나타난다. 진심으로 이 음반은 스페이스 록의 명반이라고 말하고 싶다.

안타깝게 스페이스 서커스는 이 2장의 앨범으로 해산해 버렸지만 오카노는 그 후, 쇼콜라타Cioccolata, 도쿄 브라보東京ブラボー, 핑크Pink 등의 밴드에서 활약한 뒤 프로듀서로서의 재능을 발휘했다. 특히 1998년 이후는 '라르크 앙 시엘L'Arc〜en〜Ciel'의 프로듀서로 유명하다.

또 슈퍼 베이시스트 오카노의 그림자에 가려져있었지만 기타리스트 사노 유키나오佐野行直도 알 사람은 아는 굉장한 뮤지션으로 그 연주에 포로가 된 팬도 많다.

스페이스 서커스 이후 사노는 오오사와 히로미 & 부기 브라더스大沢博美 & Boogie Brothers, 크리에이션クリエイション 등의 밴드에서 활동했다. 21세기에는 누노야 후미오布谷文夫의 백 밴드에서 나와 함께 기타를 연주했다. 물론 사노가 리드 기타고 나는 사이드 기타로 몇 번이나 스테이지를 함께했었다. 이펙트 페달 등에 대해서 여러가지 알려주셔서 나는 정말 감사하고 있다.

그러나 그 후 사노는 몸 상태가 나빠져 입원과 퇴원을 반복하던 중 2008년 3월, 52세라는 젊은 나이에 영원히 잠들고 말았다. R.I.P.

리저드(リザード, Lizard)
Lizard

하이노 케이지灰野敬二의 즉흥 연주 라이브에서 첫 스테이지를 밟은 모모요モモヨ(vo)를 중심으로, 1970년 글램 록 밴드 베니토카게紅蜥蜴가 결성되었다.

베니토카게는 1973년 5월 23일, 50명의 소녀 팬들을 데리고 텔레비전 방송《한낮의 와이드쇼お昼のワイドショー》에 출연했다. 그 때 생방송 중 방송이 끝날 때까지 연주를 멈추지 않고, TV잭(TVジャック: TV와 하이잭의 합성어)이라는 사건을 일으켜 화제가 되었던 적이 있다. 방송국에 클레임 전화가 쇄도했다고 한다.

그 후, 직접 제작한 2개의 싱글 Sexus c/w 시로이 드라이브(白いドライブ: 하얀색 드라이브)(1976)과 Destroyer c/w 쿠로이 닌교츠카이(黒い人形使い: 검은 인형사)(1977)를 발표했고 밴드명을 'Lizard'로 개명했다. 프릭션フリクション, 미러즈ミラーズ, 미스터 카이토ミスター・カイト, S-켄 S-KEN과 함께 '도쿄 로커즈東京ロッカーズ'라고 이름 붙인 라이브 시리즈를 개시한다.

1979년 옴니버스 라이브 앨범 東京 Rockers의 2곡에 참가했다. 그리고 11월 1st Lizard를 릴리스해 메이저 데뷔를 한다. 프로듀서는 영국 펑크punk 밴드 스트랭글러스Stranglers의 장

자크 버넬Jean-Jacques Burnel이 맡아 녹음도 영국에서 이루어졌다.

당시 자크 버넬은 가라테空手 수행을 위해 일본에 와 있었는데 일본 밴드에도 흥미가 깊었다. 특히 리저드의 사운드를 마음에 들어 했다고. 자크 버넬은 파워풀하고 헤비한 베이스 라인이 특징인 뮤지션이지만 리저드의 베이시스트 와카ワカ도 파워풀한 리프레인 프레이즈를 격렬하게 튕기는 스타일로 일본 음악잡지의 인기투표에서 베이시스트 1위를 차지했던 적도 있다. 이 둘의 베이스 사운드가 프로듀스의 주축이 되었다는 것은 틀림이 없다.

앨범은 러시아 SF영화《솔라리스惑星ソラリス》(1972)의 안드레이 타르코프스키Andrei Tarkovsky 감독이 도쿄를 보고 "미래도시 같다"라고 말했다는 에피소드를 구상의 모티브로 삼았다. 1980년에 꿈꾼 미래도시 TOKYO. 자크 버넬은 "가사는 일본어가 아니면 안 돼"라고 말했다고 한다.

앨범 전체에 의식적으로 신시사이저 음을 많이 집어넣어 뉴 웨이브 펑크punk라고 할 수 있는 독자적인 질감이 느껴진다. 반복하는 리프는 벨벳 언더그라운드Velvet Underground나 텔레비전Television을 방불케 한다.

앨범은 신시대의 새벽을 소리 높여 노래하는 A① New Kids in the City로 시작한다. 프로그레시브한 A⑤ Asia, 싱글 컷된 B① T.V. Magic에 보코더vocoder를 사용하는 등 사운드는 첨예하다. 노래하는 내용은 텔레비전이나 컴퓨터에 지배당하는 인류에 대한 시니컬한 시선이다. 이것은 틀림없는 디스토피아 미래를 향한 포효다.

1980년 모모요의 프로듀스로 2nd Babylon Rockers, 싱글 아사쿠사 롯쿠(浅草六区: 아사쿠사 6구)를 발표했다. 그리고 인디즈 레이블인 정크 커넥션(ジャンク・コネクション, Junk Connection)에서 'Momoyo & Lizard' 이름으로 미나마타병(일본의 구마모토현 미나마타시에서 메틸수은이 포함된 조개 및 어류를 먹은 주민들에게서 집단적으로 발생한 공해병)을 테마로 한 싱글 SA・KA・NA(魚사카나: 생선)를 발표했다.

같은 해 베니토카게 시대의 음원이 인디즈 레이블 시티 로커シティ・ロッカー에서 앨범 케시노 하나(けしの華: 양귀비의 꽃)로 발매되었다. 1st 프레스의 부록인 소노시트(ソノシート:flexi disc)에는 당시 멤버였던 기타리스트 키타가와 테츠오北川哲生가 속한 밴드 '라센螺旋'의 해산 라이브가 수록되어 있다.

그러나 이 해 멤버의 교통사고와 잇따른 탈퇴, 게다가 프론트맨인 모모요가 마약단속법 위반혐의로 체포되는 등 여러 가지 일들이 겹쳐 활동이 극히 어려워지게 되었다. 그러한 혼란 속에서도 1981년 3rd Gymnopedia를 발표했다.

1986년, 인디 레이블인 텔레그레프テレグラフ에서 미니 앨범 헨에키노 쇼(変易の書: 변역의 서)를 릴리스, 1987년에는 같은 레이블에서 앨범 간세키 테이엔(岩石庭園: 암석 정원)을 발표한 후 활동 휴지에 들어갔다.

2009년 밴드 부활로 미발표 음원을 포함한 1973~2008년 동안의 전곡을 망라한 CD 10장짜리 + 미공개 라이브 영상 DVD 세트의 컴플리트 BOX Book of Changes Complete Works of Lizard를 릴리스했다. 그리고 22년 만에 스튜디오 앨범 리저드Ⅳ(リザードⅣ)를 발표했다.

프릭션(フリクション, Friction)
아츠레키(軋轢: 알력)

Pass Records, 1980

내가 처음 프릭션을 들었던 것은 고등학생 시절. 일본 인디 레이블의 시초인 패스 레코즈^{Pass} Records에서 최초로 발매된 3곡 짜리 EP 음반(1979)의 음원이었다. 못 들었던 라디오 방송을 동급생에게 물어봤더니 녹음한 테이프를 갖고 있었다. 당장 빌린 그 테이프에 Crazy Dream과 Kagayaki라는 곡이 들어 있었다. 그리고 쓰러졌다. 뭐지, 이것은! 펑크^{punk}보다 펑크^{punk}, 파괴적이면서 전위적인 소리. 그 이후 프릭션이라는 밴드 이름은 내 뇌에서 사라지지 않았다.

　　1975년 레크^{レック}(g), 치코 히게^{チコ・ヒゲ}(ds), 히고 히로시^{ヒゴ・ヒロシ}(b) 3명은 '3/3(산분노산)'이라는 밴드로 활동했다. 3/3은 자가 제작한 LP를 소량 10장만 제작한 뒤 해산했다. 이 오리지널 앨범은 일본 록 음반 레어 중에 레어 아이템이다. 모 옥션 사이트에서 120만엔에 낙찰된 적도 있다. 3/3의 앨범은 2007년에 CD화 되어 2019년에는 아날로그 음반으로도 재발매되었다.

　　1977년 레크는 NY으로. 곧 그 뒤를 쫓아 히게도 NY로 갔다. 그 시기 뉴욕의 언더 그라운드 씬은 이미 펑크^{punk} & 뉴 웨이브를 지나 '노 웨이브' 무브먼트가 한창이었다. 그 와중에 몸

156

을 담게 된 두 사람은 NY 체류 중에 리디아 런치Lydia Lunch가 이끄는 틴에이지 지저스 앤 더 저크스Teenage Jesus and the Jerks와 제임스 챈스 앤 더 콘토션즈James Chance and the Contortions의 멤버로 활동했다.

레크는 말했다. "그쪽에 살면, 우리 라이브를 페티 스미스Patti Smith가 보러오거나 할 테니까. 그런데 그곳에 있는 것을 보니 보통 사람이라고 할까, 그냥 한 사람의 인간이라는 걸 알았다. 별로 바뀌는 건 없다는 걸 깨달아서 마음이 편해졌다"

1978년 일본에 귀국한 레크는 NY의 경험으로 새로운 밴드를 시작할 생각으로 기타를 베이스로 바꿔 쥐고, 히게와 함께 '프릭션'을 결성했다. 해외의 언더 그라운드 씬을 연결하는 동시대성을 가진, 다른 그룹하고는 결이 다른 밴드의 탄생이었다. 결성 당시의 기타는 라피스ラピス였으나 얼마 안가서 츠네마츠 마사토시恒松正敏로 바뀌었다.

프릭션은 리저드リザード, 미러즈ミラーズ(3/3의 히고의 밴드), 미스터 카이토ミスター・カイト, S-KEN과 함께 '도쿄 로커즈東京ロッカーズ'라 불리는 라이브 시리즈를 개시한다. 1979년 옴니버스 라이브 앨범 도쿄 로커즈(東京 Rockers)에 2곡 참가했다. 패스 레코드Pass Records에서 싱글 Crazy Dream c/w Kagayaki, Big-S를 릴리스.

1980년, 1st 아츠레키(軋轢: 알력)(프로듀스:사카모토 류이치坂本龍一)를 발표했다.

이 앨범은 엄청나다. 이런 사운드, 지금까지 들어본 적 없었다. 이 당시의 펑크punk/뉴웨이브계의 서양음악 앨범과 비교해봐도 손색이 없다. 아니, 오히려 해외 아티스트보다 단연 멋있다. 그저 멋있다. 프릭션은 완전히 뛰어났다.

그들의 사운드에는 그때까지의 재즈, 록, 블루스, 혹은 일본 포크나 가요곡 등 대중음악에 반드시 포함되어 있는 정서나 서정성이 없다. 명백한 감정적인 온기라고 하는 것이 배제되어 있다. 기계적인 비트를 강조하고 펄스적, 신호적인 울림, 날카롭게 살린 스피드감을 갖는다. 그럼에도 불구하고 그것들을 역동적이며 생명감이 흐르는 뜨거운 그루브와 융합시키고 있다. 츠네마츠가 연주하는 기타도 코드라는 것을 무력화하고 단순한 음의 혼으로 화한 것을 그 속에서 휘감아 흩뜨린다고 느꼈다. 얼터너티브 록이라든가, 그런 단어가 태어나기 아주 먼 이전의 소리라는 점에서 놀라움을 감출 수 없다.

1980년말, 라이브 EP 앨범 -ed '79 Live를 발표했다. 츠네마츠는 탈퇴해 E.D.P.S(에디퍼스)를 결성했다.

프릭션은 레크를 중심으로 멤버 체인지를 반복하면서 Skin Deep(1982), Live at 'Ex Mattatoio'in Roma(1985), Replicant Walk(1988), Zone Tripper(1995) 등의 앨범을 발표하고 1996년에 활동을 중지한다. 10년 후 2006년에 레크와 나카무라 타츠야中村達也(ds) 듀오라는 형태로 부활해 현재에 이른다.

주시 후르츠(ジューシー・フルーツ, Jucy Fruits)
Drink!

Columbia Blow Up, 1980

1979년 걸즈ガールズ 해산. 기타리스트 일리아イリア는 치카다 하루오近田春夫의 제안으로 치카다 하루오近田春夫 & BEEF에 참가했다. 치카다가 레코드 회사로 이적하면서, 우선 백 밴드를 먼저 데뷔시키자는 이야기가 진행되었다. BEEF는 '주시 후르츠ジューシィ・フルーツ'로 개명, 밴드명은 미국의 록 뮤지컬 영화《천국의 유령Phantom of the Paradise》(감독: 브라이언 드 팔마Brian De Palma, 1974)의 등장인물에서 인용했다.

1980년 B④제니와 고키겐 나나메(ジェニーはご機嫌ななめ: 제니는 저기압)로 데뷔. 테크노풍의 어레인지와 일리아의 팔세토 보이스 보컬은 뉴 웨이브 밴드의 신성으로 주목받아 일약 대 히트를 쳤다.

같은 해 테크노 팝 사운드로 구성된 1st Drink!를 발표했다. 물론 치카다가 프로듀스와 작사/작곡 등 전면 백업을 맡았다. A① 아야후야 아방튀르(あやふやアバンチュール: 흐리멍텅한 아방튀르)과 A⑤ 비트 타임(ビート・タイム)의 뉴 웨이브 사운드와, 치카다의 밴드 하루오폰ハルヲフォン을 방불케하는 뒤틀린 글램 록 넘버가 줄줄이 들어있다.

강조할 것은 주시 후르츠의 대표작이라 할 수 있는 대사가 담긴 팝 록 A④ 코이와 벤치시트(恋はベンチシート: 사랑은 벤치 시트)가 수록되어 있다는 점이다. 테크노 풍이 아닌 이 곡은 제2탄 싱글 나미다 나미다노 카페 테라스(なみだ涙のカフェテラス: 눈물의 카페테라스)와 양 A면 사양으로 싱글 컷 되었다.

2nd 주시 아라모드(ジューシィ・ア・ラ・モード), 3rd 파자마 데이트(パジャマ・デート)(1981) 등 반년마다 1장의 앨범이라는 경이적인 하이 페이스로 작품을 발표했다. 2nd에는 코이와 벤치시트(恋はベンチシート)의 속편 벤치시트 소노고(ベンチシート・その後: 벤치 시트 그 후)가, 3rd에는 또 그 속편인 나기사노 벤치시트(渚のベンチシート: 물가의 벤치 시트)가 수록되어 있다.

치카다의 프로듀스에서 훌륭했던 점은 화제를 일으켰던 팔세토 보이스를 억지로 봉인해 2번째 이후부터는 일리아의 진성 보컬을 살린 정통파 팝 노선으로 전환한 것이다. 게다가 테크노가 아니라 어디까지나 오소독스orthodox의 기타 밴드로서 매력을 전면에 내세웠다. 큐트한 사랑스러움과 씩씩하게 기타를을 연주하는 일리아의 모습에 팬들은 열광했다.

줏추핫쿠(十中八九: 십중팔구) N・G, 코레가 소우나노네 코네코짱(これがそうなのね仔猫ちゃん: 이것이 그렇구나 아기고양이야), 사잔 올 스타즈サザンオールスターズ의 쿠와타 케이스케桑田佳祐가 만든 손나 히로시니 다마사레테(そんなヒロシに騙されて: 그런 히로시한테 속아서) 등의 히트곡을 순조롭게 발표, 1982년 발표한 4th 27분노 코이(27分の恋: 27분의 사랑)에서는 자신들이 직접 프로듀스를 통해 앨범 사운드와 비쥬얼 이미지를 바꿨다. 5th 텐넨 카페인(天然カフェイン: 천연 카페인)(1983), 6th Come On Swing(1984)를 발표한 후 1984년에 해산했다.

6장의 앨범과 14장의 싱글을 남긴 주시 후르츠는 뉴 웨이브 시대에 태어나, GS도 가요 록도 아닌 독자적인 팝 록을 확립시킨 밴드다.

해산 후 일리아는 솔로 앨범을 2장 발표하는 등, 단기간 활동을 했으나 그 후에는 연예계를 떠나 전업 주부가 되었다.

"내 가슴속에 소중한 추억으로 남겨진 것. 기타도 케이스 안에 넣어서, 이제 두 번 다시 밴드를 하는 일은 없을 거라고 생각했었다"

해산하고 나서 25년이 지난 2009년. 일리아는 하루오폰의 전 멤버인 츠네다 요시미恒田義見(d)가 집 근처의 라이브 하우스에 출연하는 것을 알았다. "완전히 음악에서 멀어져버린 나는 그런 장소에 가는 것만으로도 꽤 용기가 필요한 일이었다. 눈을 질끈 감고 한 번 가보기로 했더니 불가사의하게도 순식간에 시간을 뛰어넘어 옛날로 돌아가 버렸다"

일리아는 다시 기타를 손에 잡았다. 처음은 주시 하프ジューシィ・ハーフ라 불렸지만 2013년부터 '주시 후르츠'로 라이브 활동을 적극적으로 개시했다.

2018년 주시 후르츠로 34년 만에 신보 Bittersweet를 발표했다. 그곳에는 벤치 시트 시리즈의 다음 속편인 하이브리도 소노고(ハイブリッドその後: 하이브리드 그 후)가 수록되어 있다.

판타 & 할(Panta & HAL)

1980X

1975년 주노케이사츠頭脳警察 해산 후, 판타パンタ는 솔로 가수로서 활동을 시작한다. Pantax's World(1976), 하시레 아츠이나라(走れ熱いなら: 달려 뜨겁다면)(1977) 2장의 걸작을 릴리스. 차Char, 시오츠구 신지塩次伸二, 야마기시 준시山岸潤史 라는 뛰어난 기타리스트가 녹음에 참가했다.

"솔로가 되어 여러 세션 뮤지션과 레코딩 해봤지만, 깊이 친해질 수 있을 리가 없잖아. 나는 연주자가 아니니까. 나는 보컬에 전념하고 사운드 쪽은 안심하고 맡길 수 있는 밴드 스타일로 하고 싶었어"(판타의 말)

1977년 판타 & 할을 결성했다. 할HAL이라는 이름은 영화《2001: 스페이스 오디세이》(감독: 스탠리 큐브릭Stanley Kubrick, 1968)에 나오는 컴퓨터 'HAL-9000'에서 빌려썼다. 결성 후 미팅, 리허설, 라이브를 거듭해 밴드로서 사운드를 다진 후 레코딩을 개시했다. 프로듀서로서 뽑힌 것은 문라이더스ムーンライダース의 스즈키 케이이치鈴木慶一다.

1979년 일본의 생명선이라고 할 수 있는 아랍에서 말라카 해협을 지나 도쿄로 이어지는

오일 로드를 테마로 한 1st 말라카(マラッカ)를 발표한다. 치밀한 어레인지, 퓨전 색이 짙은 사운드, 텐션 높은 연주로 일본 록 역사에 남을 명반이라 불리고 있다.

그러나 시대는 펑크punk/뉴 웨이브로 한창 바뀌고 있었다. 할HAL은 멤버 체인지하며 보다 솔리드고 칼처럼 잘 베는, 스피드가 있는 밴드로 변신했다.

1980년, 또 명반이라 불릴 2nd 1980X를 릴리스했다. 이 앨범은 도쿄를 '슥삭'하고 슬라이스한 그 단면을 테마로 한다. 타이틀은 쇼와 천왕 붕어의 날 'X-Day'를 겨냥했다. 프로듀스는 전작과 같은 케이이치가 담당했다. A⑤ 오토바이(オートバイ)는 케이이치가 판타를 위해 새로 만든 곡으로 사운드도 문라이더스의 느낌이 난다.

싱글 컷된 B① 루이스(ルイーズ)은 세계 최초의 시험관 아기, 영국의 루이스 브라운Louise Brown(1978년 탄생)의 대해 노래한 곡이다. 유괴한 여성을 차 트렁크에 숨겨 빗속에 고속도로를 질주한 A④ Audi80는 1977년에 서독일에서 일어난 유괴사건을 바탕으로 했다.

매스컴(파파라치)의 수상쩍음을 노래한 A② 모터 드라이브(モータードライブ), 연호가 변하는 순간을 지은 A③ 린지 뉴스(臨時ニュース: 임시 뉴스), 국민식별번호제의 관리회사를 비웃는 B④ ID카드(IDカード), 불합리한 폭력 충동을 노래하는 B⑤ 나이프(ナイフ), 등등 판타의 날카로운 시선으로 현대 사회를 꿰뚫었다. 불필요한 부분을 깎아 없애는 금속적인 사운드가 앨범을 질주한다.

고층빌딩이 줄지어 선 무기질하고 인공적인 도쿄. 이 앨범이 폐허가 된 도쿄를 무대로 한 근미래 만화 <Akira>와 같은 분위기가 난다고 생각하는 것은 나 뿐인가?

그 후 판타 & 할은 라이브 앨범 TKO Night Light(1980)을 발표했지만 1981년에 해산했다.

솔로로 돌아온 판타는 갑자기 스위트 노선으로 방향을 전환해 러브 송집 Kiss(1981)과 쿠치비루니 스파크(唇にスパーク: 입술에 스파크)(1982) 2장의 앨범을 발표한다. TV의 CM에도 등장했다. 이 표변에 당황한 강경파 팬들 사이에서는 불매운동이 일어나기도 했지만 그 후 판타는 다시 강경파 스타일로 돌아와 현재에 이른다. 지금은 스위트 노선도 자신이 하고 싶은 것을 한다라는, 판타의 기본자세를 관철한 것뿐이라고 평가하는 사람도 많다.

1989년 나치스 독일의 유대인 학살을 테마로 한 대작 크리스탈 나흐트(クリスタル・ナハト, Kristall Nacht)를 릴리스했다. 할HAL 시대부터 계속 품어왔던 콘셉트 앨범이었다. 2007년에는 일본 적군赤軍의 최고지도자, 복역 중인 시게노부 후사코重信房子와 콜라보레이션한 작품 오리브 노 키노 시타데(オリーブの樹の下で: 올리브 나무 아래서)를 발표했다. 여성혁명가 레일라 칼라드Leila Khaled에게 바치는 라이라노 발라드(ライラのバラード: 레일라의 발라드)가 가슴깊이 무겁게 울린다.

품라스틱스(プラスチックス, Plastics)

Welcome Plastics

Victor Invitation, 1980

플라스틱스를 처음 들었을 때 '이건 일본의 데보Devo다'라고 생각했다. 당시 나는 데보를 정말 좋아했기 때문에 플라스틱스도 바로 좋아하는 밴드가 되었다.

데보는 1970년대 후반에 등장한 아메리카 뉴 웨이브 밴드로 독일의 프로그레시브 록 밴드 크라프트베르크Kraftwerk와 함께 테크노 팝의 원조가 된 밴드다. 참고로 한발 앞서 테크노 붐을 일으킨 YMO는 '일본의 크라프트베르크'라 말할 수 있다.

둘은 같은 테크노 팝이라고 해도, 그 개성은 정반대다. YMO는 프로 음악가 집단이고. 플라스틱스는 본직이 음악가가 아닌 아마추어다. YMO의 중후한 사운드와 비교해, 플라스틱스의 비트는 경박하다. 기계에게 음악을 시키려고 한 YMO와 그래도 인간의 힘으로 해나가는 밴드였던 플라스틱스.

플라스틱스는 1976년, 일러스트레이터 나카니시 토시오中西俊夫(vo, g), 패션 코디네이터 사토 치카佐藤チカ(vo), 그래픽 디자이너 타치바나 하지메立花ハジメ(g)를 중심으로 결성되었다. 결성 초기는 동료들끼리 모인 파티 밴드였다. 그 후 요닌바야시四人囃子의 베이시스트 사쿠마

162

마사히데佐久間正英가 키보드로 참가하면서부터 본격적으로 활동을 개시했다. 작사가 시마 타케미島武実가 리듬 박스를 담당자로 더해져 멤버가 모두 모였다. 시마는 당시 유행하고 있었던 인베이더 게임에 능숙했기 때문에, "당연히 버튼을 누르는 건 능숙하지"라는 이유로 멤버로 선택받았다고 한다.

이러한, 다른 밴드와 크게 다른 점, 플라스틱스의 가장 큰 특징은 드럼이 아니라 리듬 박스를 그대로 멤버(악기)로 도입했다는 점이다. 그리고 치카의 익센트릭한 보컬. 신시사이저의 싸고 조잡한 삐뽀삐뽀 사운드. 노스탤직한 프레이즈를 연주하는 기타. 이것들이야말로 플라스틱스의 매력이었다. 멤버 중 유일한 프로 뮤지션인 사쿠마는 말했다. "내게 있어서 요닌바야시보다 플라스틱스가 더 프로그레시브였다. 플라스틱스는 그때 가장 급진적이었다고 생각한다"

1979년에 영국의 러프 트레이드 레코드Rough Trade Records에서 싱글 Copy c/w Robot를 발표했다. 역수입의 형태로 1980년, 일본에서 데뷔 앨범 Welcome Plastics를 발표한다.

사운드뿐만 아니라, 노래 그자체도 지금까지 들어본적 없는 혁신적인 스타일로 귀를 사로잡았다. 중학교의 교과서 레벨 정도로 단순한 영어 가사, 마음대로하는 일본인의 발음, 그리고 현대사회를 철저하게 해체하는 듯한 노래 가사. 특히 A① Top Secret Man, A③ Copy, B② Robot의 곡에서 디지털 문명을 조롱하면서도 그 본질을 찌르는 시선은 지금도 들을 때마다 많은 생각이 들게 한다.

B④ Last Train to Clarksville는 몽키즈Monkees의 커버곡이다. 타이틀 곡 A⑧ Welcome Plastics는 비틀즈Beatles의 방일 당시에, 우치다 유야内田裕也, 비토 이사오尾藤イサオ들이 공연했던 Welcome Beatles의 개사곡이다.

2nd Origato Plastico(1980)을 발표한 후 그들은 영국의 아일랜드 레코드Island Records와 계약해 전세계 각국에서 3rd Welcome Back(1981)를 발매했다.

1970년대 후반까지 일본인의 음악이 해외에서 평가된다고 생각했던 사람은 거의 없었다. 그 와중에, 영국에서 데뷔해 B-52's, 로망스Ramones, 토킹 헤즈Talking Heads와의 월드 투어를 실현 시킨 플라스틱스는 역사적인 위업을 달성한 아티스트였다. 그것이 아마추어 음악가였다는 것은 그 뒤를 이은 걸즈 인디 밴드 '쇼넨 나이후(少年ナイフ: 소년 나이프)'의 해외 진출(1986년 아메리카 데뷔, 1990년대에는 너바나Nirvana와 함께 투어) 등의 큰 원동력이 되었다고 할 수 있다.

플라스틱스 해산 후, 나카니시와 치카는 뉴 웨이브 펑크funk 밴드 '멜론Melon'을 결성했다. 타치바나는 솔로 활동, 사쿠마는 잘나가는 프로듀서가 되었다. 시마는 작사가로 이름을 날렸다. 사쿠마 2014년, 위암으로 사망. 나카니시 2017년, 식도암으로 사망. 시마 2019년, 췌장암으로 사망.

루스터스(ルースターズ, Roosters)
The Roosters

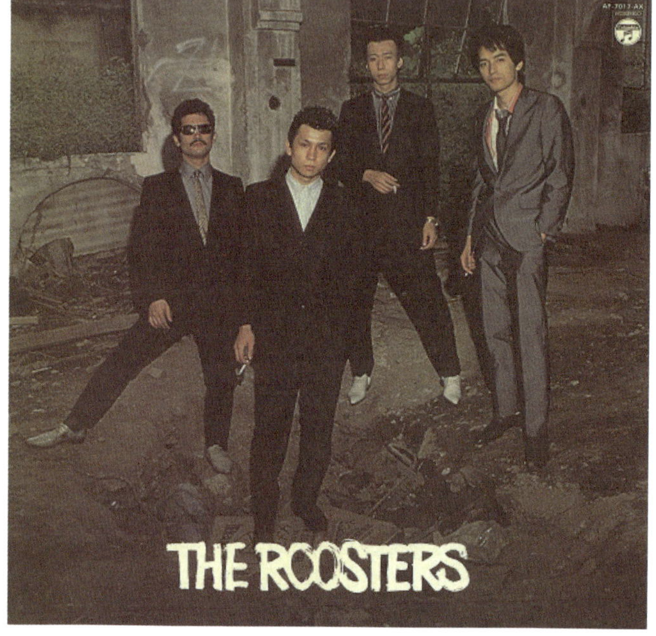

Columbia, 1980

'멘타이록' 중에서 전설이 된, 컬트적인 인기를 자랑한 밴드가 있다. 루스터스다. 특히 1st 앨범은 그 후 계속해서 젊은 비트 록 밴드에 많은 영향을 주었다.

　기타큐슈시, 1979년, 선하우스를 방불케한 록 밴드 '인간클럽 人間クラブ'이 해산했다. 밴드의 기타리스트였던 오오에 신야 大江慎也는 전 멤버들과 함께 일본인의 R&B 현대적 해석을 표방한 새로운 밴드 '루스터스'를 결성했다. 특히 드럼의 이케하타 준지 池畑潤二는 그때 음악에서 발을 뺄 생각이었지만 오오에의 집요한 부탁에 밴드에 참가하게 되었다. 밴드명은 윌리 딕슨 Willie Dixon의 블루스 넘버 Little Red Rooster에서 붙였다. 초기 롤링 스톤즈의 사운드를 참고하며 밴드는 밤낮으로 연습에 몰두했다.

　음악잡지가 주최한 콘테스트 참가를 기회로 밴드는 도쿄로 상경했다. 다수의 레코드회사에서 제안을 받은 그들은 그중 한 회사의 스튜디오에서 레코딩을 했다. 그러나 오오에는 녹음된 사운드에 만족하지 못했고, 담당자와 의견 차이도 있어서 계약은 백지로 돌아갔다. 그러나 버리는 신이 있으면 구하는 신이 있으니, 그 후 호흡이 맞는 프로듀서를 만나 컬럼비아 레코드와 무사히 계약했다.

1980년, 1st The Roosters를 발표. 레코딩 세션은 오리지널 곡과 커버 곡을 합쳐 40곡 이상을 녹음했다. 그중에서 최종적으로 12곡을 추려서 앨범에 수록했다. 그 보람이 있어서, 연주는 하이 텐션의 귀신도 쫓을 듯한 오오에의 광기를 닮은 에너지가 숨 돌릴 틈도 없을 만큼 넘쳐흐른다. 이것을 명반이라 하지 않으면 뭐라 할 수 있을까.

데뷔 싱글이 된 스카ska 넘버 B⑤ Rosie, 무척 노골적인 A② 코이오 시요우요(恋をしよう よ: 사랑을 하자), 선하우스에게 받은 선물 B① Do The Boogie... 장식 일체를 떼어 낸 듯한 블루스와 R&B를 기본으로 한 브리티시 비트. 오오에가 노린 사운드가 여기에 있다!

1981년에 발표한 2nd The Roosters à-GOGO에는 발라드 곡 Girl Friend를 수록했다. 색채감이 풍부한 세련된 팝 앨범이다. 같은 해, 그들의 대표곡 Let's Rock(Dan Dan)으로 시작되는 3rd Insane도 발표. 3rd의 B면은 다크한 색채를 띤 뉴 웨이브 사운드다.

이 시기, 오오에와 이케하타는 영화《Burst City爆裂都市》(감독: 이시이 소고石井聰互, 1982년) 에 출연했다. 둘은 'TH eROCKERS(로커즈ロッカーズ)'의 진나이 타카노리陣内孝則와 영화 내에서 밴드 'BATTLe ROCKERS(배틀 로커즈バトルロッカーズ)'의 멤버로 등장한다.

1982년 4곡이 든 45회전 12인치 싱글 뉘른베르크데 사사야이테(ニュールンベルグでささや いて: 뉘른베르크에서 속삭이고, In Nürnberg)을 릴리스. 퍼커션이 흩뿌려지는 스피디한 아프리칸 록에 깜짝 놀랐다.

그러나 그때부터 오오에가 정신적으로 가라앉는다. 웃으며 스튜디오 벽에 머리를 박는 기행이 늘어나면서 신경 쇠약으로 입원, 음악활동은 일시 정지된다.

오오에의 복귀 후 밴드는 이케하타의 탈퇴, 기타리스트 시모야마 준下山淳의 가입이라는 멤버 체인지 후, 12인치 싱글 제2탄 C.M.C.(1983), 4th DIS.(1983), 5rh Good Dreams(1984)를 발표했다. 음악성도 환상적인 사운드로 변화했다. 그러나 6th φ(ファイ)(1984)을 마지막으로 결국 오오에도 탈퇴했다.

그 후에는 오리지널 멤버인 하나다 히로유키花田裕之가 보컬을 맡아 꾸준하게 앨범 Neon Boy(1985), Kaminari(1986), Passenger(1987), Four Pieces(1988)을 발표하고 해산했다.

다만, 2004년 후지 록 페스티벌에서 오리지널 멤버로 등장해 정식으로 루스터스의 해산을 표명했다. 재결성이란 선언은 없었지만, 2009년 이후 지금까지 부정기적으로 페스티벌이나 이벤트에 출연하고 있다.

스킨Skin
Skinless·Skin

1980년 후지 TV의 일요일 낮에 《Hot TV》라는 방송이 있었다. 사회는 전 몹스モップス의 스즈키 히로미츠鈴木ヒロミツ로 젊은 사람들을 대상으로 상품이나 영화, 음악을 다뤘다. 당시로서는 드문 국내외의 록/팝도 소개하고 있어 고다이고ゴダイゴ나 아나키アナーキー, 플라스틱스プラスチックス, 해외의 놀란스Nolans 등도 게스트로 출연했다. 그 방송 중에 아마추어 밴드들의 토너먼트 대회 코너가 있었다. 초대 챔피언으로 선택된 것이 스킨Skin이라는 밴드였다. (참고로 2대 챔피언은 샴록The Shamrock)

검은 선글라스를 쓴 가느다란 보컬리스트가 로봇 댄스를 추며 격하게 경련하고, 시니컬하고 위트가 풍부한 말을 내뱉듯이 노래한다. 굉장히 인상적이었다. 곡은 팝으로 연주도 훌륭해서 더 후The Who 같은 멋도 있었다. 바로 내 마음에 쏙 든 밴드가 되었다.

곧이어 1st Skinless·Skin가 발매되었기 때문에 바로 구입했다. 스킨Skin이란 일본어로 콘돔을 뜻하는 속어 중 하나다. 그 밴드명과 닮은 클리어 비닐제의 특수 주문한 재킷에는 "이 재킷은 염화 비닐제이기 때문에 다른 레코드 재킷과 겹쳐 두면 서로 붙어서 뗄 수 없게 되는

166

경우가 있으므로 주의해주세요"라는 단서가 첨부되어 있다. 그야, 당연히 취급주의다.

이 앨범은 전 요닌바야시의 고(故) 사쿠마 마사히데佐久間正英가 처음 프로듀스한 작품이다. 당시 플라스틱스에 재적했던 사쿠마지만 이 앨범의 프로듀스를 계기로 록 밴드의 프로듀서로 두각을 나타냈다. 이후 보위BOØWY, 블루 하츠The Blue Heats, 갈리Galy, 주디 앤 마리Judy and Mary, 엘리펀트 카시마시エレファント·カシマシ 같은 인기 아티스트들의 히트작을 프로듀스하게 된다. (말년은 전 잭스ジャックス의 하야카와 요시오早川義夫의 부활극도 도와주었다).

A① 오토나노 오모차(大人のおもちゃ: 어른의 장난감)으로 앨범은 시작한다. 딜레이를 구사하는 또렷한 기타 인트로로 단숨에 곡으로 끌려들어간다. 타이트한 8비트에 몸을 내맡길 뿐. 충격적인 기성奇声으로 시작하는 A④ 코모리 오토코(こうもり男: 박쥐남자), 싱글 컷된 펑크punk 록 넘버 A⑤ 만조쿠 데키나이(満足できない: 만족 할 수 없어), 보컬 와쿠 마사시和久正志가 자신의 결혼식에서도 불렀던 미디엄 템포의 가곡 B② 카가미(鏡: 거울), 스피디한 B③ 모던 타임(モダン·タイムス) 등등 곡과 기타 모두 훌륭하다. 사쿠마의 키보드나 어레인지도 빈틈없이 밴드와 하나가 된 좋은 작품을 만들겠다는 의욕으로 가득 찬 뜨거운 앨범이다.

1981년 1st 처럼 사쿠마의 프로듀스로 2nd Zun Zun를 발표했다. 이것 역시 멋지고 직선적인 펑크punk 록 앨범이 되었다. 사쿠마도 마음에 들어 한 명곡 버진 콤플렉스(ヴァージン·コンプレックス)와 I Love S.E.X.(Super Excitement)을 수록했다.

스킨Skin은 멤버가 대학생일 때 결성된 밴드로, 와쿠는 대학 졸업을 계기로 밴드를 탈퇴했다. 남은 3명이서 연주 활동을 했지만 결국, 천천히 붕괴하듯이 해산하고 말았다. 기타의 요코제키 타츠유키橫関達之와 드럼의 스즈키 미노루鈴木稔는 1982년에 데뷔한 아이돌 가수 이토 사야카伊藤さやか의 백 밴드 '블렛츠Bullets'에서 활동했다. 밴드는 사야카가 목구멍에 이상이 생겨 은퇴하는 1986년까지 활동했다. 그러나 요코제키도 연예계 생활이 맞지 않았는지 결국에는 음악 활동에서 발을 빼, 현재는 그래픽 디자이너로 활약하고 있다.

개인적인 일이라 송구하지만, 나는 스킨 Skin의 보컬이었던 와쿠의 남동생과 함께 대학생 시절의 음악 동아리에서 펑크punk 밴드를 결성했다. 와쿠 동생은 우연히 동급생으로 만나 섹스 피스톨즈Sex Pistols의 My Way를 익히고, 버트 바카락Burt Bacharach의 Raindrops Keep Fallin' on My Head를 펑크로 어레인지 했었다. 동생의 노래 스타일은 어딘지 모르게 형 와쿠와 닮아 있어 내가 정말 기뻤던 것이 떠오른다.

스킨Skin은 거의 팔리지 않았기 때문에 지금도 아는 사람만 아는 밴드로 CD화도 되어있지 않다. 이렇게나 멋있는 앨범이 '환상'이라는 형용사로 끝나버렸다는 것은 정말 아깝다고 생각한다.

우샤코다(ウシャコダ, Wshakoda)
파워풀 샐러드(パワフル・サラダ)

Atlantic, 1980

하드 펑크funk 블루스 밴드 '우샤코다ウシャコダ'의 스테이지는 정말 즐거웠다. 개인적으로 정말 좋아해서 고등학생 때 자주 라이브를 보러갔던 깊은 추억이 있는 밴드다. 특히 무대 위에서 밴드 멤버가 하는 것이라면 뭐든지 빠져있었다고 해야 할까.... 공중에서 기타 교환, 분해사진 찍기 액션, 곡에 맞춘 촌극, 방송금지 용어로 된 멘트, 시간을 알리는 시보기타, 건널목 경보를 울리는 기타, 관객과 함께 점프 등등. 희극적이며 트릭이 넘치는 스테이지는 최고였다.
　　밴드명은 칼립소의 왕 마이티 스패로우Mighty Sparrow의 Congo Man에 나오는 가사 ♪ Wish I could～가 트리니다드토바고 사투리로 ♪Wshakoda～로 들린 것에서 명명. 스패로우는 서비스 정신이 왕성한 엔터테이너 가수로 Congo Man은 백인 여성이 아프리카의 정글에서 식인종에 붙잡혀버렸다는 블랙 유머가 가득한 곡이라니, 그 재패니즈 소울판은 그야말로 우샤코다이지 않은가!
　　1978년에 야마하 주최의 아마추어 콘테스트 'East West'에서 최우수 그랑프리를 수상, 1979년에 1st 츠치잇키～우샤코다 라이브(土一揆～ウシャコダ・ライブ: 폭동～우샤코다 라이브)로 데뷔했다.

　콘테스트에 나갔을 때, 지바(도쿄 동쪽 해안에 위치한 지방)에 사는 자신들만 가능한, 타 밴드와는 다른 눈에 띌 점은 없는가 고민한 끝에, 전원이서 밀짚모자를 쓰고 출연했다. 그것이 점점 좋은 반응을 얻어, 마지막에는 의상으로 유카타를 입고 모두 테누구이(手拭い: 손이나 얼굴, 몸 등을 닦는데 사용하거나 머리띠 등으로 사용하는 천)를 감은 모습…이라는, 그 이미지가 그대로 1st의 재킷이 되었다.

　보컬 후지이 코이치藤井康一는 말했다. "특히 스테이지 위에 있는 자신들이 즐겁지 않으면, 관객도 즐겁게 만들 수가 없겠죠. 단순한 일입니다"

　그러한 모습이나 곡 때문에 코믹 밴드 취급을 받은 적도 있지만 소울/R&B/블루스/레게 등 여러 가지 흑인 음악의 요소를 포함한 음악은 기초가 탄탄하다. 테크닉으로 뒤를 받쳐주는 각 멤버들의 초~실력파 연주는 나를 완전히 매료시켰다. 후지이의 소울풀한 보컬 역시 엄청나다(MC도 재미가 넘친다~ ^0^)

　1980년, 스튜디오 녹음을 한 2nd 파워풀 샐러드(パワフル・サラダ)를 발표했다. 재킷은 너무나도 인상적이고 상징적. 최고의 소울 넘버 A① 난넨탓테모(何年たっても: 몇 년이 흘러도), 재즈로 소울풀한 A② 후카시 타바코(ふかし煙草: 담배 피우기), 조금 눈물이 맺히는 남국풍의 A⑤ 안타다케(あんただけ: 당신만), 폭소하는 지바현 찬가 B① 킨사쿠 캇포레(きん作カッポレ: 금장식 캇포레)〈캇포레: 속요(俗謠)에 맞추어 추는 익살스러운 춤〉, 우샤코다 테마 곡 B⑤ 카모나 우샤코다(カモナ・ウシャコダ: Come on a 우샤코다) 등. 밝고 건강하지만 애수도 있다. 그런 곡이 가득 들어있어 유쾌한, 정성을 다한 걸작이다.

　이해에는 엔도 켄지遠藤賢司의 앨범 우추보에이군(宇宙防衛軍: 우주방위군)이나 미카미 켄三上寬의 싱글 나카나카(なかなか: 상당히)의 녹음에 참가했으며, 시카고 블루스의 아버지 머디 워터스Muddy Waters의 일본 공연 오프닝도 맡았다.

　1981년 직접 제작한 싱글 Memphis Tennessee c/w Everyday Everynight를 발표했다. 사운드는 딥한 서던 소울. 멤피스メンフィス의 'Hi-Sound'를 철저하게 추구해 곡조, 어레인지, 악기의 음색, 토털 음질까지 세세하게 신경 쓴 레코드다.

　1982년에는 블랙 뮤직 애호가로서 우샤코다를 집대성한 3rd Soul to You를 발표했다. 오리지널의 Soul/Blues 곡을 일본어로 불렀다. 정면으로 진지하게 도전한 앨범이다. 와글와글 떠들썩한 환성으로 시작해 앨범 끝까지 근사한 점프 블루스가 전개된다. 레코딩에는 유카단憂歌団도 참가했다.

　같은 해, 오카바야시 노부야스岡林信康의 싱글 유우베노 이노리(夕べの祈り: 저녁 기도)의 녹음에 참가해 합동 투어를 시작한다. 그러나 1984년에 해산, 1997년 팬들의 요청에 부응에 재결성했다. 라이브 하우스를 중심으로 계속해서 활동하는 중이다.

　한편, 후지이는 색소폰에도 재주가 있고 우쿨렐레도 잘한다. 무려, 우쿨렐레 만담가인 고(故) 마키 신지牧伸二의 제자가 되어 '마키 신조牧伸三'라는 이름으로 우쿨렐레 만담 공연도 하는 재주꾼이다.

YMO(Yellow Magic Orchestra)
조쇼쿠(增殖: 증식) X ∞ Multiplies

Alfa, 1980

1980년대에 테크노 팝의 선구자로 한 세대를 풍미한, 일본의 대중음악 역사에서 가장 중요한 그룹 중 하나인 YMO(Yellow Magic Orchestra). 신시사이저와 컴퓨터로 이그조틱 음악이라는 콘셉트를 바탕으로, 전 해피엔드 はっぴいえんど의 호소노 하루오미 細野晴臣가 전 새디스틱 미카 밴드 サディスティック・ミカ・バンド의 타카하시 유키히로 高橋幸宏와 지금은 세계적으로 알려진 음악가 사카모토 류이치 坂本龍一와 함께 1978년에 결성한 밴드이다.

1950년대의 미국 경음악 작곡가 마틴 데니 Martin Denny의 커버곡 Firecracker, 그들의 대표곡인 통푸(東風: 동풍) Tong Poo 등이 수록되어 있는 1st Yellow Magic Orchestra(1978)를 발표했다. 1979년에는 아메리카를 겨냥해 전곡을 리믹스, 재킷도 새롭게 만든 US버전 앨범을 릴리스했다(일본에서도 발매). 미국 공연을 성공시켜 극찬과 함께 떠들썩하게 화제가 되었다.

기세를 탄 YMO는 2nd Solid State Survivor(1979)을 발표했다. 이 앨범은 일본 국내에서 100만장이 넘는 폭발적인 판매량을 기록했다. 싱글 컷된 Technopolis과 Rydeen 역시 히트. 그리고 그 인기는 무려 초등학생 사이까지 퍼졌다.

묵묵히 악기(신시사이저)에만 집중해 흔들림 없이 엄격하게 연주하는 YMO의 등장은 당시까지의 부모 세대가 갖고 있었던 '록과 일렉=불량'이라는 이미지를 매우 간단히 뒤엎어버렸다. 초, 중학생이 부모에게 신시사이저를 사달라고 하고, 밴드를 시작하는 시대가 도래한 것이다. 실제 YMO 주니어로 평균 연령이 11세인 밴드 '코스믹 인벤션Cosmic Invention'가 1981년에 데뷔했다.

'테크노 팝'이라는 단어도 이즈음부터 빈번하게 사용되기 시작했다. 호소노 자신도 "우리들이 하고 있는 음악은 정말 그런 것이구나"라고 묘하게 납득했다고 한다.

인기 절정의 YMO은 1980년 라이브 앨범 Public Pressure(公的抑圧: 공적 억압)를 릴리스. 그리고 그 후에 발표한 앨범이 조쇼쿠(増殖: 증식) X ∞ Multiplies이다. 10인치 미니 앨범으로, 12인치 사이즈로 맞춘 골판지 봉투에 넣어 만들었다. 오리지널 앨범이라기보다 기획앨범으로, 드라마같이 만든 개그 라디오 방송 <스네이크맨スネークマンショー>와 콜라보레이션한 작품이다. 스네이크맨 쇼スネークマンショー는 프로듀서인 쿠와하라 모이치桑原茂一, 라디오 DJ인 코바야시 카츠야小林克也, 성우인 이부 마사토伊武雅刀로 구성된 3인 유닛이다. 이 앨범의 히트로 일약 스타가 된 스네이크맨 쇼는 그 후에도 단독으로 여러 가지 작품을 발표했다.

방송의 징글Jingle로 시작해 경쾌한 YMO의 곡을 사이에 넣어 난센스한 개그 드라마가 전개되는 모습은 틀림없는 라디오 쇼다. 1960년대의 미국 R&B 히트 곡을 커버한 A④ Tighten Up도 훌륭해서 미TV 방송《Soul Train》에서도 연주했던 적이 있다(이 방송에 출연한 최초의 일본인이었다). 나도 고등학생 시절에 친구들과 함께 방송실에서 몇 번이나 폭소하며 애청했던 앨범이다.

1981년 YMO는 전위적인 앨범 BGM을 발표했다. 평론가에게서는 굉장히 높은 평가를 얻었으나, 팬들에게는 실패작이라는 낙인을 받았다. 그러나 기죽지 않고 의욕적으로 실험적인 앨범 Technodelic도 발표했다. Technodelic에 수록된 서울뮤직(京城音楽: 경성 음악)이라는 곡은 BGM 제작 중 심신이 지친 사카모토 류이치가 한국 여행을 통해 건강해진 데에서 영감을 받아 작곡된 것이다. 이 2장의 앨범은 그 후 온세계의 뮤지션에 대다한 영향을 주어, 현재는 명반이라 불린다.

1983년 카네보 화장품의 CM곡이 된 싱글 키미니 무네큥(君に, 胸キュン。: 그대에게 심쿵)가 히트했다. 이 곡을 수록한 앨범 우와키나 보쿠라(浮気なぼくら: 바람둥이 우리들)은 실험적인 작품에서 벗어나, 매출을 겨냥한 일본어 테크노 가요로 채웠다. 그러나 같은 해 연말에 YMO는 해산한다. 해산 기념 앨범 Service(1983)과 라이브 앨범 After Service(1984)을 발표했다.

그로부터 10년 후, 1993년에 YMO는 재결성 되어 Technodon을 발표했다. 그 후에도 자주 3명이서 콜라보레이션할 기회가 있어 2004년 'HAS(Human Audio Sponge)'라는 이름으로 3명이서 활동을 개시했다. 2007년에는 'YMO'의 명칭도 부활, 2011년에는 신곡 Fire Bird가 발표되었다.

대디 타케치요 & 도쿄 오토보케 캣츠(ダディ竹千代 & 東京おとぼけCats)
First

Canyon, 1980

'대디 타케치요 & 도쿄 오토보케 캣츠'는 1970년대 후기부터 1980년대에 걸쳐 라이브 하우스를 중심으로 활동한 대편성의 코믹 밴드다.

　　MC & 보컬의 리더 대디 타케치요를 중심으로 1976년에 결성되었다. 대디는 '록 밴드로 웃기면 반드시 돈을 벌 수 있겠다'는 생각으로 시작했다. 1978년 싱글 덴키 쿠라게(電気クラゲ: 전기 해파리)로 데뷔. 1979년 2번째 싱글 후나노리노 유메(舟乗りの夢: 뱃사람의 꿈), 1980년에 1st First를 발표했다.

　　라이브는 인기가 있는데 레코드 판매량은 저조했다. 어떻게든지 팔아보려는 생각으로 야마시타 타츠로山下達郎에게 작곡을 의뢰한 싱글 이츠와리노 DJ(偽りのDJ: 거짓말 DJ)을 발표했으나 이것도 결국 팔리지 않았다. 1981년에 발표한 2nd 이디엇 플롯(イディオット・プロット)을 끝으로 해산. 그 후 몇 번인가 재결성해 1992년에는 3rd 이가노 카게마루(伊賀の影丸: 이가의 카게마루)를 발표했다.

　　멤버는 모두 초기교파로 유명한 뮤지션으로, 연주 실력은 무척이나 훌륭했다. 일본, 서양

할 것 없이 내외의 저명한 뮤지션 흉내, 패러디부터 개인기까지. 그야말로 음악팬이 아니면 알 수 없는 매니악한 부분부터 누구나 웃어버리는 단순 명쾌한 개그를 무대 가득히, 펼쳐 보이는 라이브는 포복절도 할 수밖에 없을 만큼 즐거웠다.

예를 들어, 드럼에 스티브 겟Steve Gadd, 트럼펫의 마일스 데이비스Miles Davis, 기타에 제프 벡Jeff Beck, 베이스에 스팅Sting이라는 슈퍼 그룹이 일본의 엔카를 연주한다든가, 딥 퍼플 Deep Purple이 일본 포크의 영향을 받아 Smoke on the Water가 포크풍이 되어 버린다든가, 하와이에 갔더니 하와이안의 Smoke on the Water가 되었다고 하는…. 음악 자체를 소재로 하면서 잘 꼬아낸 웃음이다. 우리들 음악 팬은 무심코 웃음을 터트리면서 동시에 그 탁월한 여주에 감탄한다.

하이라이트는 뭐라 해도, 베이시스트 나카요시 사부로なかよし三郎의 뭐든지 슬랩! 주걱으로 하는 슬랩부터, 우산, 신발 등 여러 가지를 관객으로부터 받아 베이스를 연주한다. 난이도는 점점 올라가 당근과 무, 바나나, 사과, 귤, 수박, 두부, 낫토, 날계란, 마, 밀가루…. 즙이나 가루, 내용물이 흩날리는 무대 가장 앞의 관객들에게 그야말로 비닐우산이나 비옷은 필수품이었다. 정말 익살스럽기 그지없지만, 압권의 퍼포먼스다.

그런 오토보케 캣츠가 만전을 기해 제작한 앨범이 바로 1st First 다. 광란의 스테이지를 수록하는 것은 불가능했지만 가벼운 개그와 견고한 사운드로 다진 견실한 앨범이다.

레코딩을 일본과 홍콩에서 결행했기 때문에 앨범은 광동어의 나레이션으로 시작해 일본 올디스 가요 A② 긴자 캉캉무스메(銀座カンカン娘: 긴자의 캉캉 아가씨)의 커버로 이어진다. A⑤ 유가타 프렌도(夕方フレンド: 저녁 친구)는 오티스 레딩Otis Redding의 ♪You gotta, you gotta∼ 라는 소울풀한 샤우트와 '유가타(夕方)'라는 발음이 비슷한 일본어 단어를 이용한 페이소스가 감도는 혼신의 곡이다. 가수 타케이치 마리야竹内まりや가 특별 참가로 낭독을 했다.

대디의 본명은 카지키 고加治木剛라고 하며 카르멘 마키 & OZ의 기타리스트 카스가 히로후미春日博文(=하찌ハッチ)하고는 고등학교 동급생이다. 그 인연으로 마키 & OZ의 작사를 담당하기도 하며 반은 매니저 같은 존재였다. 그 사실을 처음 알았을 때, 대디 타케치요=카지키 고라는 것이 전혀 성립하지 않아서 상당히 놀랐다. 앨범에서 유일한 발라드 B③ 코카이(航海: 항해)는 대디와 하찌의 합작으로 둘의 우정의 증거일지도.

한편 대디는 2007년에 록 클럽 신바시ZZ(新橋ZZ)를 오픈했다. 2018년에 폐점했지만 후타코타마가와二子玉川로 이전해 새롭게 GEMINI Theater를 오픈해 지금도 개점 중이다.

기타 흉내내기의 달인이었던 키보킨타キー坊金太(키스노 키요시来住野潔)는 아내인 카오루코カオルコ와 함께 '메오토가쿠단 지키지키めおと楽団ジキジキ'로 한없이 개그맨에 가까운 필드에서 활약 중이다. 2017년에는 라쿠고(落語: 일본 에도시대부터 지금까지 전승되고 있는 전통 연예) 협회의 회원으로 인정받아, 정식 개그맨으로서 엄청나게 즐거운 무대를 펼치고 있다.

하기와라 켄이치萩原健一
Don Juan

德間晉工 Bourbon, 1980

쇼켄, 하기와라 켄이치는 GS 템프터스의 보컬로 데뷔했다. 인기를 이분한 줄리(사와다 켄지沢田研二)와 PYG를 결성 한 후, 1972년 이후부터는 개성파 배우로 두각을 나타내, TV/영화에서 정력적으로 활동했다. TV 드라마《태양을 향해 외쳐라!太陽にほえろ!》의 신인 형사 마카로니 역으로 폭발적인 인기를 얻었다. 단독 주역을 맡았던 《상처투성이 천사傷だらけの天使》(1975~1976), 소박한 요리사 청년을 연기한 《친애하는 어머님께前略おふくろ様》(1975~1977) 등 TV 드라마는 모두 인기작이 되었다.

    한편으로 1975년부터는 솔로 가수로서 음악 활동을 재개했다. 1st 솔로 호레타(惚れた: 반했다)을 릴리스. 계속해서 꾸준히 2nd Nadja(1977), 3rd Nadja 2(1978), 4th 엔젤 게이트(エンジェル・ゲイト)(1979)라는 질 좋은 앨범을 발표했다. 그 일단락이 야나기 조지 & 레이니 우드(柳ジョージ & レイニーウッド)가 반주를 담당했던 LP 2장짜리의 라이브 앨범 넷쿄라이브(熱狂雷舞: 열광 라이브)(1979)이다. 카와시마 에이고河島英五의 사케토 나미다토 오토코토 온나(酒と泪と男の女: 술과 눈물과 남자와 여자)와 보로Boro의 오사카데 우마레타 온나(大阪で生まれた女: 오사카에서 태어난

여자) 등의 곡을 마치 연기하듯이 노래한다. 지금까지 이러한 가수는 없었다. 이 라이브 앨범을 들으면, 스케일이 큰 연극 한 편을 전부 본 것 같은 만족감이 느껴진다. 가수, 쇼켄은 여기에서 하나의 정점을 찍은 것이다.

그러나 거기서 멈추지 않은 것이 쇼켄의 놀라운 점이다. 확실히 말할 수 있다. 1980년대의 쇼켄은 그야말로 록, 그 자체였다. 쇼켄의 목표는 가수 쇼켄이 아니라, 진짜 록 싱어인 쇼켄이었다.

1980년 발표한 5th Don Juan은 그 첫 걸음이다. 전 플라워 트래블린 밴드Flower Travellin' Band의 이시마 히데키石間秀樹(g), 전 집시 블러드 ジプシー・ブラッド의 하야미 키요시速水清司(g), 전 해프닝스 포 ハプニングス・フォー의 시노하라 노부히코篠原信彦(key)를 비롯, 트윈 기타 & 트윈 드럼 편성의 '돈 주앙 로큰롤 밴드Don Juan Rock'n Roll Band'와 하나가 된 록의 혼이 작렬했다.

오프닝 A① 텐더 나이트(テンダー・ナイト)에서 이미 앞서 가버린 쇼켄의 독특한 노래풍이 작렬. 강력한 로큰롤 넘버 A⑤ 루시(ルーシー)나 음주 찬가인 B① 구뎅구뎅(ぐでんぐでん: 곤드레만드레)을 들으면 좋아서 안절부절 못 하는 나 자신이 있다. 스테레오세트 앞에 있을 뿐인데 끓어오르는 무언가가 몸속에서 북받쳐 오르는 그런 고양감…. 우치다 유야內田裕也의 가창으로도 유명한 명곡 B② 롤링 온 더 로드(ローリング・オン・ザ・ロード)에서 자유를 바라는 쇼켄은 계속 구르며 노래를 했다. 테크닉이 아니라 음악에 대해서 전력을 기울여 노래하는 태도. 이 시기의 쇼켄을 나는 몇 번이나 라이브에서 보았다. 무대 위에 서 있는 정말로 진정한 록커를. 이렇게나 록이라는 것을 100% 실현할 수 있는 인간이 있다니, 마음 깊이 감탄했다.

그 굉장함은 2장짜리 라이브 LP Don Juan Live(1980)에서 간접 체험을 할 수 있다. 악보에서 완전히 해방된 쇼켄이 여기에 있다. 이 라이브에서 싱글 컷된 드리프터스Drifters 라스트 단스와 와타시니(ラストダンスは私に: 마지막 댄스는 나에게, Save the Last Dace for Me)는 많은 커버 곡 중에서도 절품이다. ♪로큰롤은 대마처럼 마음을 뒤흔들어~(♪ロックン・ロールは大麻みたいに心を揺さぶるわ~)

베스트 앨범 White & Blue(1981), 6th D'erlanger(1982)을 발표한 후 1983년 인도 캘커타에서 자선 콘서트를 연다. 당시의 공연은 Shanti Shanti Live(1983)에서 들을 수 있다.

돈 주앙 로큰롤 밴드는 1985년에 이노우에 타카유키井上堯之(g)와 미키 요시노ミッキー吉野(key)라는 호화로운 멤버 교대로 'Andree Marlrau Band'가 되어 라이브 앨범 Andree Marlrau Live(1985)을 발표했다. 그 후, 히트한 오로카모노요(愚か者よ: 바보)를 수록한 7th Straight Light(1987), 그리고 8th Shining With You(1988)를 거듭 발표했지만 쇼켄은 이것으로 음악 활동에 종지부를 찍었다. 음악을 그만둔 이유는 1980년대의 활동이 너무나도 즐거워서 만족했기 때문에 이 이상 계속해 그 추억을 부수고 싶지 않다고 당시 말했다.

2008년에 음악 활동을 재개, 2018년 직접 레이블 'Shoken Records'를 설립해 22년 만에 싱글 Time Flies를 릴리스했다. 2019년 3월 위장관 기질종양으로 사망. 향년 68세. R.I.P.

히카슈ヒカシュー
나츠(夏:여름)

東芝EMI Eastworld, 1980

1980년대 초기 P-모델(P-Model), 히카슈, 플라스틱스プラスチックス는 '테크노 고산케(テクノ御三家: 테크노 3대)'라 불렸다. 그 어떤 밴드도 삐뽀삐뽀가 특징인 신시사이저 음을 사용했지만 그중에서 히카슈는 어딘가 초월한 독창성이 있었다. 데뷔 당시 리더 마키가미 코이치巻上公一(vo)는 "어쿠스틱 기타로 치면서 노래하는 포크 같은 곡도 있었지만 밴드가 테크노 팝이라고 불리고 있으니까 연주 할 수 없어" 라는 심정을 TV에서 말한 적이 있다.

　　결성 당시(1978)는 프리 임프로비제이션, 민족 음악, 노이즈 뮤직 등의 영향을 받아 장르 구분이 어려운 음악을 연주하는 히카슈. 실제, 3rd 우와사노 진루이(うわさの人類: 소문의 인류)(1981) 이후 테크노 팝에서 점점 멀어졌고, 즉흥과 작곡이 공존하는 논장르 음악을 지향하게 되면서 원점으로 회귀하고 있다.

　　오피셜 웹사이트에는 '파타피직스pataphysics 음악의 유일무이한 록 밴드'로 설명하고 있다. 당시는 '록시 뮤직Roxy Music과 팝 그룹Pop Group과 연회 연예집단이 합체한 것 같은 밴드'라고 불리고 있다.

마키가미는 고교 재학 중에 극단 '도쿄 키드 브라더스東京キッドブラザーズ'의 오디션을 보고 록 뮤지컬《더 시티ザ・シティ》의 해외공연에 출연했다. 공연지인 런던에서 퇴단해, 핑크 프로이드Pink Floyd의 로저 워터스Roger Waters가 후원하는 극단 '루미에르 & 선Lumière & Son'에 참가했다. 이곳은 영국 아방가르드 록 밴드 헨리 카우Henry Cow가 음악을 담당한 극단으로, 즉흥에 대해서 배웠다. 귀국 후에는 극단 '미스터 슬림 컴퍼니ミスタースリムカンパニー'에 창단 멤버로 참가해, 프로듀서를 맡았다.

1977년 직접 극단 '율리시즈ユリシーズ'를 설립, 전위 퍼포먼스 극을 위한 음악을 친구인 야마시타 야스시山下康와 이노우에 마코토井上誠(둘 다 건반주자)에게 의뢰했다. 이것이 모체가 되어, 1978년에 히카슈가 결성되었다. 초기 히카슈의 방법론은 '엉터리의 재구축'이었다고 한다. 만든 데모 테이프를 들은 치카다 하루오가 "꼭 프로듀스 하고 싶다"라고 제안함으로써 메이저 데뷔가 결정되었다.

1979년 싱글 20세이키노 오와리니(20世紀の終りに: 20세기의 종말에)로 데뷔, 1980년에 1st 히카슈ヒカシュー와 2nd 나츠(夏)를 연이어 발표했다. 둘 다 프로듀스는 치카다 하루오.

1st에는 크라프트베르크의 커버 곡 모델(モデル), 전위 퍼포먼스 극의 음악이었던 푸요푸요(プヨプヨ), 요추노 키키(幼虫の危機: 유충의 위기) 등의 곡을 수록했다. 리듬박스, 멜로트론, 색소폰, 힘이 있는 서투른 매력의 기타, 그리고 마키가미의 과잉된 연극적인 보컬. 정말 변태적인 프로그레시브 팝이다.

2nd 나츠(夏)는 앨범 전체를 통해 생드럼(세션 드럼으로 주시 후르츠의 다카기 토시오高木利夫가 레코딩에 참가)의 구르브를 살린 밴드다운 완성품이다. A⑤ 모닝 워터(モーニング・ウォーター)를 시작으로 한 타테노리(縦ノリ: 수직하게 몸을 움직이고 싶어지는 리듬) 비트가 기분이 좋다. 이것이야말로 뉴 웨이브!

A③ 파이크(パイク)는 그들의 대표곡으로 캐나다의 호러 영화《체인질링The Changeling》(감독: 피터 메덕Peter Medak, 1980)의 일본 이미지송이 되었다. 영화관에서는 일본 배급 회사에 의해 본래 엔딩곡이 아닌 변경되어 상영되었다.

1981년, 컬트 작품으로 유명한 영화《프릭스Freaks》(감독: 토드 브라우닝Tod Browning, 1932)에 감명 받아 제작한 3rd 우와사노 진루이를 발표했다. 오프닝 토 아이스클론(ト・アイスクロン: Toe Isclum)부터 멜로트론의 소리로 마지막까지 단숨에 몰아치는 토털 콘셉트 앨범이다.

히카슈는 그 후에도 4th 와타시노 타노시미(私の愉しみ: 나의 즐거움)과 5th 미즈니 나가시테(水に流して: 물에 흘려보내고)(1984) 등 이후 40년에 걸쳐서 꾸준히 앨범을 발표했다. 멤버 교체를 반복하며 지금도 현역으로 활약하고 있다.

코도모밴드子供ばんど

We Love 코도모밴드(We Love 子供ばんど)

'코도모밴드'란 정말 사람을 바보로 만드는 이름이다. 1980년에 데뷔 앨범 We Love 코도모밴드를 릴리스했다. 내가 대학생 시절에 특히 쾌활하고 호쾌한 그 라이브 퍼포먼스에 영향을 받은 밴드다. 엉망진창으로 즐겁고 한없이 밝다. 개그를 쳐서 웃기는가 하면 대단하고 굉장히 멋있는 결정타를 날려, 센터 3인이 기타를 안고 모두 함께 일사불란하게 헤드뱅잉하며 동시에 연주하는 그 모습에 누구라도 환호한다. 망토 안에 전구를 달아 만든 인간 일루미네이션이나 미니앰프를 붙인 헬멧을 쓰고 공연장을 일주한 일도 있다. 늘 웃는 얼굴로 토크도 재밌다. 스트레스가 해소되는 파티 록, 진정한 로큰롤 엔터테이너.

    몇 번의 멤버 체인지가 있었지만 전성기 멤버는 우지키 츠요시うじきつよし(vo,g), 타니히라 코우이치谷平こういち(g), 유카와 토벤湯川トーベン(vo, b), 야마토 유山戸ゆう(ds)다. 또 이 멤버의 캐릭터가 최고고, 빨간색 줄무늬 셔츠 의상은 어떻게 봐도 어릿광대가 따로 없다. 외관은 칩 트릭Cheap Trick이고 소리는 AC/DC다.

    그들의 기본은 단순 명쾌한 하드 록이다. 결코 헤비메탈이 아닌 것이 특색이다. 1970년대 하드 록의 혼을 순수하게 물려받은 뮤지션이다. 헤비 메탈이 아니기 때문에 가사에도 악마 같은 단어는 당연히 나오지 않으며 등신대의 일상생활이나 우화적 세계를 노래한다.

17세의 여자 고등학생 때부터 현재까지 밴드 매니저로 활약하고 있는 노지리 핫치野尻 はっち가 작사/작곡한 명곡 A① 노라네코(野良猫: 도둑 고양이)가 오프닝을 장식한다. B④ Summertime Blues의 브레이크 부분인 '안타와 마다마다 코도모다요(あんたはまだまだ子供だよ: 너는 아직 어린애야' 대사가 당시 록 키즈 사이에서는 엄청난 유행이었다.

Summertime Blues나 롤링 스톤즈Rolling Stones의 Jumpin' Jack Flash, 릭 데린저Rick Derringer의 Rock and Roll, Hoochie Koo 같은 왕년의 유명한 록 넘버를 일본어로 재밌고 즐겁게 불러주었는데 너무 기뻤다.

참고로 Summertime Blues의 오리지널은 미국 로큰롤 가수 에디 코크란Eddie Cochran 가 1958년에 발표했던 곡이다. 1968년, 미국 헤비 사이키 밴드 블루 치어Blue Cheer의 커버가 대 히트를 했고 그 후 1970년, 영국 록 밴드 더 후The Who가 레퍼토리로 삼으면서 록의 스탠더드가 되었다.

2nd Power Rock Generation(1981)은 한 번 믹스다운한 음원을 라이브 용의 PA 기재로 재생한 다음 그것을 다시 녹음해 믹스하는 특별한 방법으로 레코딩했다. 마치 라이브 현장에 있는 듯한 중후한 에코 사운드로 Jumpin' Jack Flash가 수록되었다.

3rd Giant(1982)은 3장 짜리 싱글이라는 특별한 형태로 발표했다. Rock and Roll, Hoochie Koo를 수록, 같은 해 도쿄에서 열린 라이브 중에 무려 릭 데린저가 돌발적으로 참가하기도 했다.

이 인연으로 4th 앨범Heart Break Kids(1983)은 릭 데린저가 프로듀서를 맡았다. 또 아메리카에서 미니 앨범 Yes! We are KODOMO BAND를 발표했다. 그리고나서 셀프 프로듀스로 NY에서 녹음한 5th Rock & Roll will Never Die(1984)을 발표한다. 1986년에는 애니메이션《북두의 권北斗の拳》주제가 Heart of Madness와 Silent Survivor를 불러 히트를 쳤다.

코도모밴드는 록의 즐거움을 이렇게 까지라고 할 정도로 추구하고, 또 그것을 일본의 하드 록으로서 명확하게 구체화 한 밴드였다. 라이브무대는 Dynamite Live(1982)로 간접 체험 가능이다.

1988년, 라이브 2000회를 달성하고 밴드는 활동 휴지에 들어간다. 우지키 왈 "이미 온 힘을 다한 심경이었다" 라고.

우지키는 그 후 배우나 MC로서 영화/TV에서 폭 넓게 활동했다. 그 사이 음악과 단절 했었지만 2011년에 코도모밴드의 재활동을 시작, 현재에 이른다.

휴Phew
Phew

'휴Phew'는 처음 여성 펑크punk 로커로서 우리들의 앞에 나타났다. 밴드 '앤트 샐리アント・サリー'는 보컬의 휴Phew, 기타의 빗케Bikke, 키보드의 마유マユ까지 3명의 여성이 프론트에 나란히 서서 스테이지에 올랐다. 그녀들의 음악은 결코 펑크punk 모방 따위가 아니었다. 순수무구한 자작곡을 연주하는 밴드였다.

그리고 휴Phew의 관객을 완전히 냉정하게 대하는 무표정의 차가운 태도가 일부에서 열광적인 팬들을 만들었다. 1980년대에 일본 뉴 웨이브의 상징인 가수 토가와 준戸川純도 그 중 한 사람이었다. 그렇다 해도 시대는 1978년, 오사카에서 있었던 일이다. 아직 인디 씬도 존재하지 않는 고고한 존재였다.

앤트 샐리는 음악평론가 아기 유즈루阿木讓가 세운 인디 레이블 '베너티 레코드Vanity Records'에서 400장 한정 앨범 1장을 발표하고 해산했다. 앨범은 당시 혹평을 받았지만, 그녀들의 의욕과 생기가 단단히 각인된 레코드로 현재는 일본 펑크punk/뉴 웨이브의 여명기를 장식하는 역사적 명반으로 알려져있다. 앤트 샐리의 레코드는 1984년에 아날로그로 재판되어

2002년에는 CD화 되었다. 또 이 시기의 라이브 음원을 수록한 CD Live 1978-1979도 2001년에 발매되었다.

1979년, 앤드 샐리 해산. 1980년 3월, 휴Phew는 '패스 레코드Pass Records'에서 사카모토 류이치坂本龍一의 프로듀스(사카모타가 드럼, 피아노, 신시사이저까지 연주)로 싱글 슈쿄쿠 c/w 우라하라(終曲: 피날레 c/w うらはら: 정반대)을 발표했다. 그러자 꽤나 혹평해왔던 사람들이 손바닥 뒤집듯이 이번에는 "엄청난 게 나왔어" 같은 평가를 내렸다. "아, 이런 것이었구나" 휴Phew는 한순간에 깨어나버렸고 점점 더 차가워졌다. "20살이 될까 말까한 시기였으니까. 그 속에서 능숙하게 해나가야지 하는 발상이 없었네요"

이 시기의 사카모토는 YMO의 전성기로 나는 새도 떨어뜨리는 팝 뮤직의 총아였지만 휴Phew 자신은 사카모토에 대해 잘 몰랐다고 한다.

1981년, 1st Phew를 릴리스. 서독일, 쾰른 코니 프랭크Conny Plank 스튜디오에서 제작했다. 홀거 추카이Holger Czukay와 캔Can의 야키 리베자이트Jaki Liebezeit가 레코딩에 참가했다. 물론 프로듀스는 코니 프랭크다.

이 앨범을 들었을 때의 충격을 잊을 수가 없다. 록이나 팝의 정형에서 일탈한 아방가르드한 일렉트로 뮤직. 가사는 일본어지만 사운드는 저먼 사이키델릭의 연장선 상에 놓인 크라우트록 그 자체다. 일본 음악 씬에서 완전히 분리되어 있었다. 헛된 것을 완전히 아주 깎아 없애버린 무기질하고 차가운 음감에 생기를 더하는 휴Phew의 보컬은 자유분방하다. 압도적인 완성도를 자랑하는 역사적 명반이다.

그러나 휴Phew는 이 앨범을 발표한 후 활동을 중단한다. 다음 단계가 보이지 않아 버렸기 때문이라고.

"쇼 비즈니스를 부정하면서 시작한 펑크였지만, 뉴 웨이브가 되면서 쇼 비니지스가 되어버린 건 아닐까. 계약금이 얼마, 으아악-처럼. 그래서 굉장히 유치한 감각이지만 나의 판타지는 끝났다고, 1981년에 그렇게 생각했습니다. 한편 스로빙 그리슬Throbbing Gristle 같은 사람들은 점점 지하로 숨어들고 있고. 그래서 나는… 어디 쪽이냐 한다면 지하 쪽이 아닐까 싶어서"

그리고 1987년, 6년간의 침묵을 깨고 휴Phew는 다시 활동을 시작해 현재에 이르렀다. 다만 항상 '나는 나의 길을 간다'의 자세를 관철하고 있다. 발표한 앨범은 아래와 같다.

View(1987), Songs(1991), Our Likeness(1992), 히미츠노 나이후(秘密のナイフ: 비밀의 나이프)(1995), Five Finger Discount(2010), A New World(2015), Jamming(2016), Voice Hardcore(2017), Light Sleep(2017).

하쿠류(白竜: 백룡)
코슈City(光州City: 광주City)

自主制作, 1981

일본의 연예계에 재일교포가 많다는 것은 정설이지만, 실제로 커밍아웃한 사람은 의외로 적다. 그중, 처음부터 재일임을 밝히고 데뷔한 희한한 존재가 하쿠류白竜다. 본명: 전정일田貞一. 현재는 강한 개성파 배우로서 지명도가 높지만 원래는 분명한 로커다.

고등학교 졸업 후, 민족학교에 다니며 가야금 연주가를 목표로 금강산가극단(金剛山歌劇祖団)에 입단했다. 북한공연에도 참가했지만, 그 후 퇴단. 비틀즈Beatles나 밥 딜런Bob Dylan을 동경해 록 가수를 꿈꿨다. 하쿠류란 예명은 조선민족의 아름다움을 상징한다는 백(白)에, 자신의 태어난 띠를 붙여 만든 것이다.

1979년, 가족 밴드를 결성해 데뷔 싱글 아리랑 노우타 c/w 신파라무(アリランのうた: 아리랑의 노래 c/w シンパラム: 신바람)을 발표했다.

하쿠류의 아버지는 14세 때 혼자서 켄카이나다(玄界灘: 현해탄)을 건너 일본에서 4명의 아이를 키운 제일 1세다. 어느 축하하는 자리에서 술에 취한 아버지가 갑자기 춤을 추며 부르기 시작한 노래가 아리랑이었다.

"내게 있어서의 '아리랑'은… 나의 '노래의 시작'입니다. 비틀즈나 롤링 스톤즈의 여러 곡을 듣고, 직접 오리지널을 만들어 봤지만… 아버지의 아리랑이 계속 신경이 쓰였습니다. 나는 그 아리랑을 어떻게 노래 해 갈 것인가. 그것이 '나의 노래'의 시작입니다…"

규슈의 고향에서 가족 밴드를 이끌고 노력해 왔지만 역시 잘 풀리지 않은 하쿠류는 본격적으로 음악의 길을 걷기로 결심하고 상경했다. 그리고 1981년, 스튜디오 라이브의 1st 코슈City(光州City) 를 발표, 이것은 충격이었다. 무려 타이틀곡 A④ 코슈City가 광주 사건에 대해 노래한 곡이기 때문이다.

1980년 5월 18일, 온 세계를 경악시킨 광주 사건. 군사정권에 반대하는 시민들과 계엄군의 충돌로 많은 희생자를 낸 사건이다. 이 사건은 일본 뉴스에서 꽤 보도가 되었다. 하쿠류도 노래하고 있는 ♪텔레비전의 화면에 비춰진 그가 겁 없는 웃음을 짓고 있었다…

그러나 한국 국내의 미디어는 강하게 규제되어 거짓 뉴스가 방송되었다. 서울 시민은 당시 사실을 전혀 알지 못했다. 상세 내용은 한국 영화《택시운전사 약속은 바다를 건너》(2017, 감독: 장훈)를 참조하길 바란다.

코슈City는 라디오에서도 흘러나오고 있다. 하지만 앨범은 발매 금지가 되었다. 그 때문에 하쿠류는 재킷과 타이틀을 변경해서 자체 제작반을 발매했다(1년 후 1982년, 본래의 재킷으로 마치 아무 일도 없었다는 것처럼 메이저 앨범이 발매되었다).

오프닝 A① 겐지츠(現実:현실)의 인트로는 호쾌한 슬라이드 기타로 막을 연다. 발라드 A③ 카자라나이 온나(飾らない女:꾸미지 않는 여자)에서는 차분하게 노래를 듣게 하고, B① 아리랑노 우타(アリランのうた:아리랑의 노래)와 B③ 신바람(シンパラム)은 데뷔곡의 재녹음 버전. 스튜디오 라이브만의 호쾌한 기세와 열기가 절절하게 전해지는 앨범이다. 크레딧은 되어있지 않지만 대부분의 곡은 하찌(ハッチ, 카스가 히로후미 春日博文)가 직접 편곡했다. 기타 소리가 너무 크다는 이야기를 듣고, 하쿠류의 밴드에서는 손을 떼기로 했다고 한다.

계속해서 마찬가지로 스튜디오 라이브로 녹음한 2집 아시안(アジアン)을 릴리스. 한국가곡인 봉선화(鳳仙花)를 일본어 가사로 바꾸고 촉촉한 록 발라드로 들려준다. 1982년 완전 스튜디오 녹음의 3집 서드(サード)를 발표. 하쿠류의 대표곡 중 하나인 다레노 타메데모 나이(誰のためでもない : 누구를 위해서도 아냐)가 수록되어있다.

1984년 영화《언젠가 누군가 살해당했다 いつか誰かが殺される》〈감독: 최양일(崔洋一 사이 요이치)〉에서, 배우로 스크린 데뷔. 그 후 배우로서의 활동이 주체가 되어, 현재에 이른다.

2003년에 NHK 다큐멘터리 방송에서 고향인 대구를 방문해. 우연히도 조부의 성묘를 할 수 있게 되었다. 그 방송에서 작곡한 곡을 맥시 싱글 CD 갸쿠류 ~ 아리랑노 타비(逆流 ~ アリランの旅 : 역류 ~ 아리랑의 여행)으로 발표. 자신의 아리랑의 노우타에 대한 25년 만의 대답이다.

더 스탈린(ザ・スターリン,The Stalin)
Stop Jap

더 스탈린은ザ・スターリン은 보컬 엔도 미치로遠藤ミチロウ를 중심으로 1980년에 결성된 펑크punk 밴드다. 일본의 하드 코어 펑크punk의 초창기를 대표하는 밴드 중 하나다.

미치로의 개성적인 보컬 & 퍼포먼스에 인텔리하면서 흉포하고 추잡하며 시적인 가사. 확성기를 사용해 떠들어 대며, 쓰레기와 비둘기의 사체, 돼지의 머리나 내장을 관객에게 내던진다. 알몸으로 스테이지에서 방뇨하기, 여성 관객에게 펠라티오시키기(공연음란죄로 체포된 적도 있음)... 같은 과격한 퍼포먼스로 화제를 일으켰다. 1980년대 서브컬쳐의 히어로다.

미치로는 후쿠시마에서 태어나 20대까지 포크를 불렀다. 그러다 상경했을 때 펑크punk 록을 만나, 방향을 바꿨다. 30세 때 10살 정도 어린 멤버들과 더 스탈린을 시작했다.

1980년에 싱글 덴도우 코케시(電動こけし: 바이브레이터)/니쿠(肉: 살)을 자신의 인디 레이블인 '폴리티컬 레코드ポリティカル・レコード'에서 릴리스. 1981년의 EP 스탈리즘(スターリニズム), 그리고 1st trash를 같은 폴리티컬 레코드에서 발표했다.

1st는 A면의 스튜디오 녹음과 B면의 라이브 녹음으로 구성되었다. 초기충동 에너지가

충만한 역사적 명반이다. 자신이 하고 싶은 대로 하는 것이 표현의 자유라고 딱 잘라 말해버린 혁명적인 앨범이다. 방송금지 용어의 연호(차별용어, 외설 단어) 등이나 쇼와 천황을 조롱하는 듯한 멘트가 들어가 있기 때문인지 현재까지 한 번도 재발되지 않았다. 그 탓에 가격이 높은 레어템으로 유명하다. (2020년 재발매!)

1982년, 2nd Stop Jap을 도쿠마 음악공업德間音楽工業에서 발매하며 메이저 데뷔. 무거운 기타 사운드에 스피디한 리듬대, 직선으로 밀고 나가는 공격성이 강조되는 밴드의 이미지를 구상화한 사운드다. 메이저 회사에서 발매됨으로써 가사에 검열이 들어갔고 전면적으로 고쳐 쓴 뒤 다시 한 번 처음부터 레코딩을 했다고 한다. 일본 언더 그라운드 씬에 다대한 영향을 준 앨범이다.

1983년에 3rd 무시(虫: 벌레)를 발표했다. 2~3분동안 앞질러 달려 나가는 고속 하드 코어 11곡과 라스트를 장식하는 약 10분의 둠 곡으로 구성되어있다. 경이적인 질주감과 중후하고 지면을 따라 가는듯한 다우너 사운드의 대비가 훌륭하다. 더 스탈린의 최고 걸작이라는 높은 평가를 받는 명반이다.

미 펑크 밴드 '데드 케네디스Dead Kennedys'의 젤로 비아프라Jello Biafra(vo)가 더 스탈린을 마음에 들어 아메리카에서 발매된 펑크punk 옴니버스 앨범 Welcome to 1984에 일본 대표로 수록되었다.

1984년, 미치로가 설립한 인디 레이블 'BQ레코드'에서 4th Fish Inn가 릴리스. 빌 라스웰Bill Laswell의 리믹스 버전 앨범도 1986년에 도쿠마 재팬德間ジャパン/재팬 레코드ジャパン・レコード에서에서 발매되었다. 리믹스 버전에는 흑인 프리 재즈 기타리스트의 소니 샤록Sonny Sharrock의 기타와 난바 히로유키難波弘之의 키보드가 추가되었다.

1984년에 미치로는 솔로 앨범 베토나무 덴세츠(ベトナム伝説: 베트남 전설)을 카세트테이프로 발표했다(후에 LP & CD화). 오카상, 이이카겐 아나타노 카오와 와스레테 시마이마시타(お母さん、いい加減あなたの顔は忘れてしまいました。: 어머니, 이제 당신의 얼굴을 잊어버리고 말았습니다.), 캐논カノン 같은 미치로가 일생동안 소중히 레퍼토리로 간직했던 곡이 수록되어 있다.

1985년, 더 스탈린 해산. 해산 라이브를 담은 For Never를 발매했다. 해산 후에도 비디오만 릴리스한다는 콘셉트의 '비디오 스탈린'이나, 정관사 The가 붙지 않은 '스탈린スターリン'이라는 밴드명으로 부활하기도 했다.

말년의 미치로는 어쿠스틱 기타를 치며 노래를 부르는 독특한 솔로를 중심으로 활동했다. 2011년, 동일본대지진의 재해지 부흥지원으로 '프로젝트 FUKUSHIMA!'를 발족했다. 지원활동에 정력을 기울였다.

2019년 4월, 췌장암으로 사망. 향년 68세. 2017년에 열린 서울 라이브에서 내가 번역한 캐논(カノン)의 한국어 버전에 도전하여, 열창해 주었던 것을 결코 잊지 않겠습니다. R.I.P.

보위BOØWY
Moral

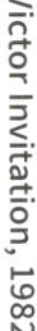

Victor Invitation, 1982

1980년대를 달려나간 록 밴드 '보위BOØWY'. 와가마마 줄리엣(わがままジュリエット: 제멋대로의 줄리엣)(1986), B·BLUE(1986), Marionette(1987) 등의 히트곡이 있는 J-Rock/J-Pop의 초석이 된 그룹이다.

1979년 보컬리스트 히무로 쿄스케水室京介가 아마추어 록 콘테스트 'East West'의 전국대회에서 '데스페널티デスペナルティ'라는 밴드로 출장해 입상했다. 데스페널티는 고향 군마群馬에서 상경해, 음악 기획사와 계약했지만 밴드자체는 실력 부족으로 판단되어 해산했다.

기획사의 지시로 히무로는 1978년에 데뷔한 기획 밴드 '스피니치 파워スピニッジ·パワー'에 3번째 보컬로 가입한다. 참고로 1대 보컬은 트랜잠トランザム의 니시하마 테츠오西濱哲男, 2대는 싱어 송 라이터 오다 테츠로織田哲郎였다. 1980년, 스피니치 파워는 싱글 Hot Summer Rain 과 3rd IN and OUT를 릴리스. 그러나 히트하지 못하고 밴드는 기획사의 협의 끝에 해산한다.

1981년, 히무로는 소속 기획사에 록 밴드 결성을 제안한다. 멤버를 직접 찾아오라는 명령을 받고, 같은 고향의 기타리스트 호테이 토모야스布袋寅泰에게 연락해 '보우이暴威'를 결성한다.

1982년, '보우이'를 '보위BOØWY'로 표기법을 바꾸고 빅터에서 데뷔 앨범 Moral를 발표한다. 8비트를 기조로 팝한 타테노리(수직하게 몸을 움직이고 싶어지는 리듬) 록으로 스테이지 의상에 장=폴 고티에의 옷을 입거나 거꾸로 선 헤어 스타일을 하는 등 비주얼적으로도 혁신적이었다. 데뷔 당시는 6인편성이었으나 그 후 2명이 탈퇴하고 해산할 때까지는 같은 멤버의 4인편성으로 활동했다.

5th Beat Emotion(1986)과 6th Psychopath(1987)은 당시 록 밴드로서는 이례적인 밀리언 셀러를 기록했다. 명실공히한 톱 밴드로 우뚝 서며 '80년대 록＝보위'라는 이미지를 정착하게 만들었다.

인기절정의 1987년 12월, 해산을 선언하고 1988년 4월 4, 5일에 도쿄돔에서 열린 'Last Gigs'에서 밴드 활동의 종지부를 찍었다. 10만장에 가까운 입장권은 불과 10분만에 매진, 티켓 구입을 원하는 예약 전화가 쇄도하여 전화 회선이 불통되는 사태도 일어났다. 보위의 인기는 사회현상으로까지 번졌다. 다음 달 발표된 라이브 앨범 "Last Gigs"는 150만 장의 판매량을 기록했다.

밴드 해산 후, 보위의 후계자라 할 수 있는 밴드가 급증했고 이 후의 비주얼 계나 J-Rock 씬에 큰 영향을 주었다. 지금도 열광적인 팬이 많다.

이러한 슈퍼 밴드, 보위의 원점이 된 것이 이 1st Moral이다. 펑크punk 록의 초기충동과 밴드의 시행착오를 여기저기서 엿볼 수 있는 거친 연주다. 호테이는 거의 원테이크로 녹음되었기 때문에 틀리지 않도록 연주하는 것이 고작이었다고 술회했다.

스피드감이 풍부한 A② Image Down는 밴드 결성 직후에 만들어진 곡으로 해산까지 모든 라이브에서 연주된 대표곡이다. 팝한 A⑥ NO N.Y.도 똑같이 거의 모든 라이브에서 연주되었다. 해산 스테이지에서는 2번 연주되었다. 2번째는 앵콜 무대에서 연주되었기 때문에 보위로서 최후에 연주된 곡이 되었다. 간주 부분에 존 레논John Lennon의 죽음을 알리는 영어 라디오 방송의 소리가 들어가 있다. B② Watch Your Boy는 당시 일본을 뒤흔들었던, 금속 배트로 양친을 살해한 사건을 테마로 한 곡이다.

이 앨범은 사실 1981년 여름에 수록을 마쳤지만 1년 뒤에 발매되어 보위는 데뷔할 수 있었다는 경위가 있다. 앨범의 릴리스를 기다리는 그 동안에 밴드의 음악성은 변화해 왔지만 레코드 회사가 내세운 '라스트 펑크punk 히어로'라는 카피에 끌려온 팬들에 대해 책임을 질 생각으로 연주했다고 히무로는 말했다. "그 때, 나는 울트라복스Ultravox 같은 마이너 선율적인 음악을 하고 싶어서 참을 수가 없었다. 호테이도 마찬가지였다" 그러나, 팬을 배신할 수 없다는 프로의식이야말로, 후의 대히트를 이루어낸 이유가 아닐까.

하이노 케이지灰野敬二
와타시다케?(わたしだけ? : 나만?)

일본에서 1970년대 초부터 독자적인 활동을 해온 아방가르드 음악가, 하이노 케이지.

본인은 어디까지나 스스로는 로커일 뿐이라고 말한다. 좋아하는 아티스트는 보컬리스트 누노야 후미오布谷文夫라 밝히며 1960년대 말에는 블루스 크리에이션의 연습에 몰려가 보컬을 딴 적도 있다고 한다.

하이노는 1971년에 결성한 밴드 '로스트 아라프ロスト・アラーフ'에서 즉흥 보컬이라는 다른 곳에서는 볼 수 없는 특이한 스타일을 구축했다. '71일본겐야제'에 참가한 로스트 아라프의 연주는 다큐멘터리 음반 겐야(幻野: 환상 들판)(1971)에 수록되어 있다.

1970년대 후반에는 일렉 기타로 실험적인 연주를 시작해 1979년에 굉음 아방가르드 사이키 헤비 록 밴드 '후시츠샤不失者'를 결성했다. 1980년대에는 요양을 위해 몇 년간 활동을 중지 하기도 했으나 1990년대 이후, 온 세계에서 주목을 받았다. 그 음원이 수록된 레코드/CD 는 현재도 200개 이상의 타이틀을 셀 수 있다.

이것은 1981년에 발매된 하이노의 퍼스트 솔로 앨범이다.

이 음반의 충격은, 영국 기타리스트 프레드 프리스Fred Frith를 비롯다고, 턴테이블 연주의 혁명아 크리스찬 마클레이Christian Marclay, 아방가르드 쏘의 키맨인 존 존John Zorn 등, 가장 진위적이고 크리메이트브였던 신예인 음악가들에게 전해지고, 하이노는 세계의 아방가르드 뮤직 씬에 일약 이름을 떨치게 되었다.

바늘을 떨어트리면, 갑자기 절규하는 보이스 솔로 퍼포먼스가 공간을 찢고 나올 듯이 나타난다. 리스닝 룸은 만약 한낮이라 할지라도 어둠에 휩싸이게 될 것이다. 갑작스러운 개기일식! 그리고 그 다음은 기타와 목소리가, 마치 캄캄하고 아득한 저 멀리서 들려오는 것 같은 깊은 소리의 잔상이 회반죽의 어둠에 떠올랐다가 사라진다. 음수音數는 적다. 그러나 그 하나하나에 귀를 기울이지 않으면 미안해지는 기분이 든다.

어쨌든 새까맣다. 재킷도 검은색, 검은 종이에 검은 잉크로 인쇄된 가사 시트. 그러나 가사는 따듯했다가, 애수에 젖기도 한다. 가끔 이것은 블루스일지도 모른다.

♪웃으며 있고 싶을 뿐인데, 뒤틀려버렸어 ♪원래 있었던 곳으로 돌아가고 싶어, 형태도 의미도 없었을 때로(♪笑っていたいだけなのに, ゆがんでしまう　♪もといたところへ帰りたい, 形も意味もなかったときに〜)

실제로는 거의 듣기가 불가능할 정도로 불려지는 노래지만 어둠에 눈이 익숙해지면 사물의 모습이 어렴풋이 볼 수 있게 되듯이 그의 음악도 계속 듣다보면, 그 '모습'을 조금씩 드러내는 것이다.

수록 트랙에 타이틀은 붙어있지 않지만, 1993년에 CD화 될 때 모든 트랙에 타이틀을 명기했다.

또 그 CD에는 28분이나 되는 1981년의 라이브 음원이 추가로 수록되었다. 오리지널 앨범에서 굉음은 자취를 감췄지만 CD의 마지막에 보너스 트랙으로 폭음의 기타 노이즈가 수록되어있다. 귀를 막지 않으면 미쳐버릴 정도로 시끄러운 소음이 기타에서 만들어져 나온다.

하이노는 평소 "엄청 큰 음량으로 섬세한 소리를 표현한다"라고 말했다. 그의 라이브에서는 돌발성 난청을 겪는 관객이 적지 않았다고 한다. 라이브를 보러 가는 것도 목숨을 걸어야했다.

당시에는 경비가 너무 많이 든다는 이유로 실현할 수 없었던 금, 은으로 인쇄한 재킷으로 아날로그 앨범이 2017년에 재발매되었다.

그나저나 그들의 음악이란 도대체 무엇이었을까? 과연 이것은 록이긴 한 것인가? 즉흥 음악인 것인가? 아니 그 이전에, 이것은 애초에 '음악'인 것일까? 하이노 케이지는 실로, 카테고리를 정할 수 없는 유일무이한 존재인 것이다.

오자키 유타카尾崎豊
주나나사이노 치즈(十七歳の地図: 열일곱 살의 지도), Seventeen's Map

오자키 유타카는 전설이 된 요절한 록 가수다. 1983년, 17세에 데뷔해 1992년, 26세의 젊은 나이에 죽었다. 학교나 사회 안에서의 갈등이나 마음의 외침을 스트레이트로 표현한 적나라한 노래와 열광적이고 파괴적인 퍼포먼스로 1980년대에 많은 젊은 사람들로부터 절대적인 지지를 받은 카리스마적인 존재였다. 그가 남긴 곡들은 지금까지도 젊은 세대의 아티스트에게 계속해서 커버되고 있다.

오자키는 고등학교 3학년의 가을, CBS소니의 오디션에서 민완 프로듀서 스도 아키라須藤晃의 눈에 띄어 합격, 데뷔로 이어졌다.

오자키와 스도는 레코딩 전에 많은 미팅을 거듭했다. 그리고 스도는 B① 주나나사이노 치즈의 가사를 보고 "십칠세 소년 그 자체의 언어가 숨 쉬고 있는 노래"라고 감탄해 앨범 제작에 착수했다.

데뷔곡으로 정해진 것은 ♪훔친 바이크로 달려 나가(♪盗んだバイクで走り出す〜)라는 후렴의 가사가 인상적인 A⑤ 주고노 요루(15の夜: 15의 밤)다. "누구도 쓴 적 없는, 틴에이저를 위

해, 틴에이저에 의한, 틴에이저의 가사"라고, 스도는 찬양하고 있다.

레코딩도 종반에 접어들어, "곡이 부족하니까 발라드를 한 곡 써 와"라고 요청받은 오자키는 그 자리에서 가볍게 읊조린 모티브를 바탕으로 불후의 명곡 A③ I Love You를 완성시켰다. 이 곡은 발매 당시는 싱글 컷 되지 않았으나, 8년 후인 1991년에 싱글 곡으로 릴리스되어 대히트 했다.

그렇다고 해도, 데뷔 앨범 주나나사이노 치즈(十七歳の地図)의 초판 생산량은 2000장 정도 뿐이었다. 기획사나 레코드 회사도 적극적인 프로모션을 하지 않았기 때문에 발매 당시 판매량은 잘 오르지 않았다.

데뷔하고 8개월 후 야외 라이브에서 오자키는 7미터나 되는 조명용 무대 위에서 점프. 왼발 골절이라는 큰 부상을 입었지만 그럼에도 불구하고 다시, 스태프의 어깨를 빌려 계속 노래했다. 그 사고 이후, 오자키의 지명도는 조금씩 올라갔다.

그리고 4번째 싱글 소츠교(卒業: 졸업)(1985)으로, 인기는 단숨에 폭발한다 ♪밤의 교사, 유리 창문을 부수고 돌아다녔어~ (♪夜の校舎, 窓ガラス壊してまわった~)라는 가사가 젊은 사람들의 마음을 사로잡았다. 2nd 카이키센(回帰線: 회귀선)는 차트 1위를 기록해, 오자키의 이름은 눈 깜짝할 사이에 전국구로 뻗어나갔다. 같은 해, 오자키는 10대 최후의 앨범 3rd 코와레타 토비라카라(壊れた扉から: 부서진 문에서)도 히트하며 콘서트 투어도 매진이 되는 등 인기는 절정을 맞았다.

그러나 20세가 된 오자키는 '지금부터 앞으로 자신은 무엇을 노래하면 좋을까'라는 고뇌에 직면한다. 무기한 활동 휴지를 선언하고 단신으로 미국으로 건너간다. 그러나 아무런 성과도 없이 결국 귀국, 그 후 각성제 단속법 위반으로 체포되고 말았다. 제작 중에 몇 번이나 암초에 걸렸던 4th 가이로주(街路樹: 가로수)가 1988년에 릴리스되었다.

그러한 고뇌와 길을 헤맸던 과정에 있었으나 그 사이에 일반 여성과 결혼해 장남도 태어났다. 그리고 그것이 슬럼프에서 탈출로 이어져 새로운 가치관을 발견하는 것에 성공한다. 1990년 2장 짜리 앨범 5th 탄조(誕生: 탄생)을 발표해 차트 1위에 복귀한다. 나아가 개인 기획사를 설립, 다음해에는 대규모 투어를 여는 등 완전부활을 이뤘다.

그러나 끝은 갑작스러웠다. 1992년 4월 25일 아침, 자택 맨션에서 약 500미터 떨어진 민가의 처마 끝에 알몸의 상처투성이인 오자키가 쓰러져있는 것을 주민이 발견했다. 병원에 옮겨졌으나 오자키는 아내와 형과 함께 자택으로 돌아갔다. 그래도 그 후 용태가 급변해 사망하고 말았다. 사인은 폐수종이었지만 그 원인은 각성제중독(메스암페타민중독)이었다.

사후 1개월 뒤에 발매된 6th 호우네츠에노 아카시(放熱への証: 방열에 대한 증거)가 유작이 되었다. 가사 시트에는 "산다는 것. 그것은 매일을 고백해 나가는 것이겠지. 오자키 유카타"라는 말이 첨부되어 있고, 오자키의 묘비에도 같은 문구가 새겨져 있다.

토가와 준戸川純

타마히메사마(玉姬樣)

Alfa Yen, 1984

토가와 준은 1980년대 뉴 웨이브의 디바로서 센세이셔널하게 앞서 나간 가수, 초개성파 배우, 원조 '4차원' 캐릭터다.

오페라 가수처럼 클래시컬하게 부르는가하면 음정을 벗어난 샤우트나 뱉어 버리듯이 말하는 등 보컬은 자유자재. 란도셀(등에 매는 초등학생용 책가방)을 맨 초등학생 모습이나 날개 달린 곤충, 무녀 같은 특이한 코스튬을 몸에 두르고, 마치 트랜스 상태에 빠진 듯이 눈을 크게 뜨고 노래 부르며 날뛰는 무대. 1980년대의 서브 컬처를 상징하는 독자적인 세계관을 가졌던 고고한 익센트릭 싱어다

한편 여배우로서도 영화, 드라마, 버라이어티 등 폭넓게 활동했다. 1982년, 온수 세정 변기(비데)인 토토TOTO의 '워실릿ウォシュレット'의 CF에 출연했다. 오시리닷테, 아랏테호시이(おしりだって, 洗ってほしい: 엉덩이도 씻기고 싶어), 히토노 오시리오 아라이타이(人のお尻を洗いたい: 사람의 엉덩이를 씻고 싶어) 같은 캐치프레이즈와 함께 화면에 나타난 준은 시청자에게 강렬한 임팩트를 주었다.

준은 가수로서의 이미지가 강하지만 원래는 연극 배우였다. 애초에 본인은 가수가 될 생각이 없었다. 그런 준이 가수 활동을 시작하게 된 이유는 테크노 밴드 '핫카 니분노 이치(はっかにぶんのいち: 8 1/2)'의 광팬이 된 것이다. 8 1/2이 출연했던 뉴 웨이브 카페 '나일론Nylon 100%'에 준도 출연하게 되었다. 얼마 뒤 8 1/2가 해산하고 하루멘즈ハルメンズ라는 밴드로 발전하면서 준은 하루멘즈의 게스트 보컬을 맡는다.

얼마 지나지 않아 하루멘즈도 해산하지만 하루멘즈의 키보드였던 우에노 코지上野耕路의 권유로 '게르니카ゲルニカ'란 음악 유닛을 결성한다. 1982년, 게르니카는 앨범 카이조에노 야쿠도(改造への躍動: 개조를 향한 약동)으로 데뷔한다. 프로듀스는 호소노 하루오미가 담당했다. 그 후 게르니카는 일단 활동 휴지를 하게 되고, 준은 솔로 활동을 개시한다.

1984년, 1st 타마히메사마(玉姫様)로 솔로 데뷔.

이 앨범은 충격적이었다. 무엇보다 타이틀곡 B① 타마히메사마(玉姫様)는 여성의 생리를 노래로 한 것이다. 비유적으로 되어있으나 있는 그대로의 직접적인 가사에 정말로 깜짝 놀랐다. 남성이 내게 있어서는 봐서는 안 되는 것을 봐 버린, 그야말로 금기를 건드린 듯한 감각이었다. 이런 것을 노래해도 괜찮은 것인가, 펑크punk 정신을 느꼈다. 그러나 여성에게는 무척 공감 가능한 내용이었던 모양으로 나의 대학 여자 후배는 언제나 흥얼거렸다. 곡의 작사는 준, 작곡은 호소노다.

B④ 무시노 온나(蛹化の女: 번데기 여자)는 바로크 시기의 독일 작곡가 요한 파헬벨의 캐논Canon에 준이 일본어 가사를 붙였다. 그녀를 대표하는 곡으로 유명한데, 한 번씩은 들어 본 적이 있는 클래식의 유명한 선율에 매미의 번데기가 되어버린 여성의 심정을 적용시킬 거라고는… 친숙한 멜로디라고 방심하고 듣고 있으면 너무나도 예상 외의 가사가 등장해 스스로의 귀를 의심한다. "가사를 쓰고 나서, 나중에 파헬벨의 캐논에 불러봤더니 보기좋게 꼭 맞은 커버"라고 준은 말한다.

앨범 전체의 사운드는 독일의 가수 '펑크punk의 어머니'라는 별명을 가진 니나 하겐Nina Hagen을 의식한 아방가르드 테크노 펑크로 언더 그라운드한 인상이 강한 뉴웨이브다.

같은 해 라이브 우라타마히메(裏玉姫: 타마히메 뒤쪽)<펑크 무시노 온나(パンク蛹化の女: 펑크punk 번데기 여자), 덴샤데GO(電車でGO: 전차로 GO) 등을 수록>를 카세트 테이프로 릴리스. 1985년, 2nd 쿄쿠도이안쇼카(極東慰安唱歌: 극동 위안 창가), 3rd 스키 스키 다이스키(好き好き大好き: 좋아 좋아 정말 좋아) (타이틀곡의 ♪사랑하고 있다고 말하지 않으면 죽여버려~ (♪愛してるって言わなきゃ殺す~)라는 가사가 화제)를 발표했다. 솔로 활동이 일단락 된 후, 이번에는 하루멘즈의 드러머였던 시미즈 토시로泉水敏郎와 '야푸즈ヤプーズ'를 결성해 야푸즈 케이카쿠(ヤプーズ計画: 야푸즈 계획)(1987)를 릴리스했다. 1988년 게르니카도 재활동을 시작해 신세이키에노 운가(新世紀への運河: 신세기의 운하)를 발표했다.

2016년 게르니카 결성 때부터 계산한, 가수 활동 35주년 기념작품인 앨범 와타시가 나코우호토토기스(わたしが鳴こうホトトギス: 내가 울거야 소쩍새)를 토가와 준 with Vampillia라는 이름으로 발표했다. 타이틀곡은 12년 만의 신곡이었다.

We are Frank Chickens

RVC, 1984

프랭크 치킨즈는 영국 런던에서 카즈코 호키 カズコ·ホーキ(호키 카즈코法貴和子)와 카즈미 타구치 カズミ·タグチ라는 두 명의 영국재주 일본인이 1982년에 결성한 그룹이다(처음에는 3명이었지만 한 명은 데뷔전 일본으로 귀국해버렸다).

가라오케를 백으로 노래, 춤, 퍼포먼스를 하는 일본 소녀. 노보리(のぼり: 좁고 긴 천의 한 끝을 장대에 매단 깃발)를 손에 들고, 하피 1나 에이프런을 걸치고, 일본 민요나 엔카, 여성 문제나 반핵을 테마로 한 자작곡 등을 유머 & 시리어스로 노래한다. 키치하고 재밌는 연출로 관객을 즐겁게하는 엔터테이너. 동양과 서양이 우연히 길거리에서 만나버린 엉뚱한 가짜 에스닉한 세계를 구축했다. 영국에서 대절찬, 일약 화제가 되었다.

1983년에 데뷔 싱글 We are Ninja c/w Fujiyama Mama가 영국 인디즈 차트 9위를 기록했다. 인기 라디오 방송 'John Peel Show'에도 출연해 같은 해 6월, 더 스미스The Smiths의 투어에 오프닝 액트로 동행했다.

---

1 하피(法被 : 일본 전통의상으로 축제 등 때에 입는 기모노의 일종)

1984년, 1st We are Frank Chickens를 발표한다. 프로듀스는 첨예한 음악가 데이빗 톱 David Toop에 실험 음악과 팝송의 울타리를 넘은 스티브 베레스포드Steve Bereford가 맡았다. 연주에는 프로그레시브 팬도 아는 즉흥 연주가 롤 콕스힐Lol Coxhil(sax)도 참가했다. 영국 언더그라운드, 삐뚤어진 음악의 중요 인물들이 결탁해 백업했다. 일본 억양으로 구술하는 영어이며 테크노 팝을 베이스로 외국인이 이미지하는 동양을 부각시킨 사이비 월드 뮤직을 연주한다.

이국적인 일렉트로의 충격적인 데뷔곡 A⑤ We are Ninja는 캐치하다. ♪당신도 닌자, 나도 닌자, 눈에 모래를 던져서 두둥두둥~(♪あんたも忍者, わたしも忍者, 目つぶし投げてドロンドロン~). 이 프레이즈가 아아, 영원히 머리에서 떠나지 않는다. 괴수 영화 고질라 시리즈의 커버곡 A② 모스라(モスラ)는 완전 칠리 아웃chill out. 유머러스하게 불리는 반핵 송 B③ Pi-kadon 앞에서는 완전히 꼬리 내린다.

오리지널의 영국 음반에는 미소라 히바리美空ひばり의 히트 엔카 B⑤ 카나시이 사케(悲しい酒: 슬픈 술, Sake Ballad)의 커버가 수록되어있지만 저작권 관계로 일본 앨범에는 카마야츠 히로시かまやつひろし의 B⑤ Japanese Rumba 의 커버가 수록되어 있다.

일본 오오히라 마사요시大平正芳 전 수상의 질녀인 카즈코. 귀한 도쿄의 아가씨로 자라온 그녀는 대학생 시절에 알게 된 영국인 연인과 함께 1978년, 대학을 중퇴하고 영국으로 건너간다. 연인이 뮤지션이었기 때문에 현지에서 많은 음악 관계자를 알게 된 그녀는 프랭크 치킨스 Frank Chickens를 결성하기에 이른다.

프랭크 치킨즈는 현재도 활동하고 있다. 1980년대에 일본의 인디 씬에서 활동했던 여성 밴드 '미즈타마쇼보단水玉消防団'의 멤버, 카무라 아츠코カムラアツコ도 한 때 멤버였다. 참고로, 나의 고등학교 선배인 건반주자 유미 하라ユミ・ハラ(나와의 공동 제작 앨범 있음)도 몸을 담았다.

프랭크 치킨즈의 활동을 계속하면서 카즈고는 카즈코 호키/브리지트 바르도오 우타우(カズコ・ホーキ/ブリジット・バルドーを唄う: 브리지트 바르도를 노래하다)(1987)이라는 솔로 앨범도 발표했다.

1989년 영국 TV에서 자신이 호스트를 맡은 방송《Koazuko's Karaoke Club》을 시작했다. 이 방송이 기폭제가 되어 가라오케가 영국에서 유행하게 되었다.

1992년에는 일본 TV 드라마《90일간의 토텝 펍90日間トテナム・パブ, The 90 Days》에 본인 역으로 등장했고, 1993년에는 카즈코의 다큐멘터리 영화《도쿄료사이東京良妻: 도쿄양처》(감독: 킴 론지노트Kim Longinotto & 클레어 헌트Claire Hunt)가 공개되었다.

참고로 프랭크 치킨즈는 2010년의 Foster's Edinburgh Comedy Awards의 '과거 30년의 베스트 코미디 파트'에서 큰 차이로 투표수 1위에 빛났다. 아니, 애초에 그녀들은 코미디언이 아니지만....

라우드니스(ラウドネス, Loudness)
Disilluison~겟켄레이카(擊劍靈化:격검영화)~

Columbia, 1985

일본이 자랑하는 세계적인 기타리스트라 한다면, 바로 이 사람이다. 타카사키 아키라高崎晃
(1961년 출생).

　전세계에 있는 헤비메탈 키즈들의 우상. 1977년에 아이돌 밴드 '레이지 レイジー'로 데뷔했
고 1981년, 해산 후에는 레이지의 드러머 히구치 무네타카樋口宗孝와 함께 본격적인 헤비메탈
밴드 '라우드니스'를 결성했다.

　1st The Birthday Eve ~탄조젠야(誕生前夜: 탄생전야)~(1981), 2nd Devil Soldier ~센리
츠노 키세키(戰慄の奇蹟: 전율의 기적)~(1982)로 순조로이 앨범을 발표한다. 이 시기는 변박자 같
은 프로그레시브록적인 곡도 많았다.

　그리고 명반으로 꼽히는 4th Disillusion ~겟켄레이카(擊劍靈化:격검영화)~(1984)를 런던
에서 녹음했다. 첫 해외 레코딩이며 예스Yes의 히트 곡 Owner of Lonely Heart를 수록한 앨
범 90125의 엔지니어 줄리안 멘델손Julian Mendelshon을 맞이해서 제작되었다. 라이브에서의
기본곡인 A① Crazy Doctor와 B③ Milky Way를 수록. 밴드 역사상 최고의 발라드라고 칭

할 수 있는 B⑤ Ares'Lament(アレスの嘆き:아레스의 한탄해)도 있음으로 당시의 일본메탈 씬을 견인하고 있던 그들에 의한 정말로 관록을 보이는 작품이다. English Version도 시판되었다.

그리고 1984년에 애틀랜틱 레코드와 계약해 1985년에 발표한 5th 앨범 Thunder in the East로 미국에 진출한다. 머틀리 크루Motley Cure와의 투어로 메디스 스퀘어 가든 무대에 선 최초의 일본 밴드가 되었다.

Thunder in the East는 프로듀서로 오지 오스본Ozzy Osboure과 Y & T의 일로 알려진 맥스 노먼Max Norman을 기용해 전곡 영어 가사로 제작되었다. 사운드는 이전 앨범과 비교했을 때 훨씬 심플하다. 미국에서는 절대적으로 심플해야 팔린다는 것이 맥스의 방침이었다. 항상 "어려운 드럼이나 기타 프레이즈는 하지마"라는 말을 들었으며 또 "모두가 함께 합창 할 수 있는, 샤우트가 가능한 파트는 반드시 한 곳은 넣어"라는 지시도 있었다.

싱글 컷 된 Crazy Nights는 좀 더 복잡한 리듬이었으나, 맥스의 의향으로 매우 심플한 구성으로 바뀌었다. 테크니컬하고 복잡한 연주는 모두 제외되었다. 타카사키와 히구치는 "이런 리프 난 칠 수 없어!", "내 드럼 생명이 이것으로 끝나면 누가 책임진단 말이야! 나의 팬은 모두 나의 어려운 프레이즈를 기대하고 있는데!"라고 격분했다고 한다.

후렴 후에 나오는 ♪M.Z.A.〜라는 파트에 깊은 의미는 없다. 데모 테이프에서 타카사키가 적당히 외친 것을 맥스가 재밌다는 이유로 채용하면서 모두가 함께 샤우트할 수 있는 파트가 되었다.

맥스는 타카사키가 본인조차 신경 쓰지 않을 정도의 리듬이나 튜닝의 오차에 대해 "어긋났으니까 다시 해!"라고 말하고, 테이프의 속도를 늦춰 레벨 미터에서 오차를 확인하는 등(타카사키 왈 "누가 그런 일까지 하면서 레코드를 듣겠어!"), 보컬리스트 니하라 미노루二井原実의 영어 발음 지도나 코러스의 하모니에 대해서도 멤버와 몇 번이나 충돌했다고 한다.

다만 고생한 보람이 있어 일본인 록 밴드로는 첫 빌보드 TOP 100에 연속 차트인(19주). 라우드니스는 전 세계의 헤비메탈 키즈들에게 널리 알려져, 일류 밴드의 반열에 들어가는데 성공한 것이다.

1986년에 라우드니스는 내한 공연을 했다(이 시기는 미국인 마이크 베세라Mike Vescera가 보컬이었기 때문에 일본이 아닌 미국 밴드로 허가를 받았다고). 이 때 타카사키는 한국 프로모터로부터 "애국가를 연주해 주세요"라는 갑작스러운 요청을 받아 서울에 도착하자마자 워크맨으로 애국가를 들으며 필사적으로 연습했다. 이 때 우연히 동행했던 사와다 타이지沢田泰司(ex.엑스 재팬)는 "그렇게까지 진지하게 익히려, 연습하는 아키라는 처음 봤어"라고 회상했다.

Thunder in the East는 1997년에 한국의 모 음악잡지에서 '일본록 명반 50선'의 톱으로 뽑혔다. "발매 당시 한국 내에서 라우드니스 선풍을 일으켜 스쿨 밴드나 아마추어 밴드는 모두 이 앨범을 따라하는데 빠져있었다"고 해설했다. 앨범의 수록곡 Like Hell은 한국에서 대인기곡이 되었다.

2008년, 히구치 무네타카가 암으로 갑작스럽게 사망. 향년 48세.

더 블루 하츠The Blue Hearts
The Blue Hearts

Meldac, 1987

더 블루 하츠는 일본 펑크punk 록 밴드다.

1985년 기타의 마시마 마사토시真島昌利(애칭: 마시)와 보컬의 코모토 히로토甲本ヒロト 두 사람을 중심으로 결성되었다. 1987년에 메이저로 데뷔해 1980년대 후반부터 1990년대 전반에 걸쳐 활동했고 1995년에 해산했다.

히트곡으로는 B⑥ 린다 린다(リンダリンダ)(1987), 키스시테 호시이(キスしてほしい: 키스해줘)(1987), Train-Train(1988), 아오조라(青空: 창공)(1989), 조네츠노 바라(情熱の薔薇: 열정의 장미)(1990) 등이 있다. 심플한 코드진행에 오리지널리티가 있는 곡을 다수 불렀다.

1987년 2월에 싱글 히토니 야사시쿠 c/w 해머(人にやさしく: 사람에게 상냥하게 c/w ハンマー)를 자체 제작해 발표했다. 같은 해, 멜닥에서 메이저 데뷔가 결정되어 1987년 5월 메이저 데뷔를 이룬 싱글 린다 린다(リンダリンダ)와 1st The Blue Hearts를 발표했다.

뭐가 되었든 그들의 데뷔는 충격적이었다. 모두가 잃어버렸던 록의 영혼에 다시 불이 붙었다고 말해야할까. 시끄럽고 단순하고 상쾌하고 빠르고 뜨겁고 격렬하고 파워풀하며 스트레이트. 음악이 무작정 이쪽을 날카롭게 찔러온다. 마치 "저기, 여러분. 펑크를 잊어버렸어? 이것이 펑크지"라고 말하고 있듯이…

젊은이들 사이에서는 너나 할 것 없이 모두 블루 하츠에 홀딱 반한 상태가 되었다. 히로토의 노래나 마시의 기타에 모두가 자극을 받았다. 그렇게 젊은 사람들이 다시 기타를 손에 쥐고, 노래 부르기 시작하는 계기가 된 것이다. 그들의 등장이 이 후에 일어나는 밴드 붐의 기폭제가 된 것은 틀림없다.

또 연주뿐만이 아니다. 펑크의 정신이 폭발하는 것은 바로 그 가사다. 예를 들어 A② 오와라나이 우타(終わらない歌: 끝나지 않는 노래)는 가사의 일부가 가사 시트에 적혀있지 않다. ♪미친 사람 취급을 당했던 날들~(♪キチガイ扱いされた日々~) 부분이다.

이 노래는 그래도 앨범에 수록되어 있으니 괜찮다. 그들은 가사 때문에 수록하지 못했던 곡블루하츠노 테마(ブルーハーツのテーマ: 블루 하츠의 테마), 체르노빌(チェルノブイリ) 등을 그 해에 자체 제작한 EP로 발표했다. 특히 원전 문제를 노래한 체르노빌은 1988년에 한쪽 면만 있는 아날로그반으로 다시 자체 제작해 발표했다.

이 고집, 이 기세. 더 블루 하츠는 우리들의 눈앞에 나타났을 때부터 그 존재 자체가 펑크punk 록이었다.

참고로 아마추어 시절의 1985년 12월 24일에 열린 크리스마스 라이브에서 참석자 전원에게 그들의 첫 레코드, 자체 제작한 소노시트(ソノシート:flexi disc) 1985를 배포했다. 그것이 컬렉터스 아이템으로, 현재 매우 높은 가격의 프리미엄이 붙었다.

2005년, 배우 배두나가 주인공을 맡은 일본 영화《린다 린다 린다》(감독:야마시타 노부히로 山下敦弘)가 공개되었다. 극 중에 등장하는 주인공들의 밴드(보컬은 배두나)는 '파란 마음'라 하는데, 한국어로 블루 하츠를 뜻한다. 파란 마음이라는 이름으로 CD도 릴리스했다.

2005년, 20년을 앞둔 밴드임에도 그 시대에 맞춘 듯 아무런 위화감도 없이 여자 고등학생 속에 녹아들어가 있다. 물론 이것은 픽션이지만, 그녀들은 블루 하츠에 영향을 받아 악기를 시작했다. 그리고 아마 현재도 이 앨범이 가진, 젊은 사람들에게 "뭔가 하고 싶어!"라는 충동을 일으키는 파워는 건재하다.

1995년에 블루 하츠가 해산한 후, 히로토와 마시는 '하이로우스The High-Lows'를 결성하지만 2005년에 해산한다. 2006년에 히로토와 마시가 다시 콤비를 조직, '더 크로마뇽즈(ザ・クロマニヨンズ, The Cro-Magnons)'를 결성했다.

V.A.
Sensational Jazz '70 Vol.0

Columbia, 2015

시티팝과 와和그루브(와는 일본을 뜻함) 등 일본 음악의 재평가가 높아지고 있는 작금이지만 일본에서 만들어진 재즈 '와재즈和ジャズ'도 그중 하나이다.

    1950년대 후반부터 1960년대의 중반에 걸쳐 재즈는 엄청난 붐을 일으켰다. 콘서트도 성대하게 개최되어 일본인의 인기 플레이어가 속출했다. 그리고 1960년대 말부터 1970년대 초반에 걸쳐서는 프리 재즈와 재즈 록이 새로운 재즈로 대두되었다. 그 후, 1970년대 중반부터 크로스 오버가 유행하기 시작해 1980년대의 퓨전 붐으로 이어졌다.

    얼마 전까지만 해도, 퓨전 이전의 일본 재즈는 무척이나 잊혀진 존재였다. 특히 재즈 록은 무시되고 있었다. 코어 재즈 팬들은 재즈가 아니라는 이유로, 록 팬들에게는 재즈의 느낌은 문턱이 높다는 이유로 경원시되었다. 그것이 21세기에 접어들면서 '와그루브'의 인기로 인해 1960년대 말부터 1970년대 초기 재즈 록 음반의 재평가가 단숨에 올라갔다. 다수의 앨범이 차례차례 CD화되었고 인기 있는 것은 아날로그로도 복각되어 날개 돋친 듯이 팔렸다.

    1970년 4월 30일, 일본 재즈맨에 의한 일대 재즈 이벤트 Sensational Jazz '70가 개최되었다. 당시 그 때의 공연은 LP Sensational Jazz '70 Vol.1/2로 발매되었다. 그 안에는 일본의 젊은 신예 재즈맨들의 뜨거운 연주가 기록되어 있다. 그들은 모두, 재즈 록이나 프리 재즈였다. 그리고 이 앨범은 그 공연 당시의 재즈 록의 아웃 테이크 모음으로 45년의 시간을 지나서 아날로그로 발매되었다.

이노마타 다케시猪俣猛와 사운드 리미티드Sound Limited, 이나가키 지로稻垣次郎와 솔 미디어Soul Media, 이시카와 아키라石川晶와 카운트 버팔로스Count Buffaloes, 미야마 토시유키宮間利之와 뉴 허드New Herd, 이상의 4개의 그룹이 수록되어 있다.

이노마타 타케시는 1936년에 태어난 일본 재즈계의 중진 드러머다. 1971년에 발표한 앨범 Innocent Canon은 펑키한 재즈 록을 백으로 사진가 카노 텐메이加納典明가 말하고 외친다. 어딘가가 빠진 것 같은 내용으로 사이키~프로그레시브 팬에게도 인기가 있다.

이시카와 아키라는 1934년에 태어난(2002년 사망) 아프리카를 각별히 사랑한 드러머다. 1972년에 발표한 앨범 Uganda(Dawn of African Rock)은 아프리카의 우간다에서 귀국을 계기로 창작한 것이다. 원시적이고, 영적임spiritual과 사이키델릭을 섞은 듯한 깊이있는 작품이다.

이나가키 지로는 1933년생의 색소폰 연주자다. 온 세계에서 인기 있는 걸작 Funky Stuff(1974)는 이나가키가 '블랙 펑크funk를 했다'고 말하는 앨범이다. 재즈 록에 블랙 뮤직의 끈기와 탄력을 융합시킨 사운드는 그야말로 와그루브!

미야마 토시유키와 뉴 허드는 색소폰 연주자인 미야마 토시유키(1921년~2016)가 이끈 일본 굴지의 빅 밴드 재즈 오케스트라다. 미야마의 사망 후에도 지금까지 '미야마 토시유키와 뉴 허드'로서 정력적으로 활동 중이다.

여기에는 이러한 굉장하기 그지없는 네 그룹의 연주를 수록했다. 모든 트랙이 최고로 그루브하고 멋있지만 그중 딱 하나를 고르라면, 우선은 이나가키 지로와 솔 미디어의 미 트럼펫터 랜디 브레커Randy Brecker 곡을 커버한 A② The Vamp다. 여기에는 일본 굴지의 록 기타리스트 나루모 시게루成毛滋를 멤버로 맞이한 장렬한 인터 플레이가 수록되어 있다. 이것이야말로 틀림없는 재즈록이다.

그리고 미야마 토시유키와 뉴 허드의 B② Message to the Moon는 기타리스트 야마키 코자부로山木幸三郎(1931년~2018)가 아폴로 11호의 달 착륙(1969)에 착안하여 작곡한 장대한 빅 밴드 재즈 록이다. 야마키의 '와우 와우' 작렬하는 기타가 통쾌한 곡이다. 등등 아니, 어느 트랙도 모두 열렬하다!

Ⅱ. 포크

일본 포크의 역사

┃ 일본 포크

1966년, 일본산 포크 제1호 마이크 마키^{マイク真木}의 바라가 사이타(バラが咲いた: 장미가 폈다)가 히트하면서 일본 포크가 시작되었다. 이 시기에 아이비룩^{ivy look}에 몸을 감싼 학생들이 브라더스 포^{Brothers Four}나 피터 폴 앤 마리^{Peter, Paul and Mary}를 연주하는 칼리지 포크 그룹이 많았다.

그러나 1968년경부터 도련님 대학생들에게 카운터펀치를 먹일 것처럼 메시지 색깔이 강한 프로테스트 송을 부르는 가수들이 나타나기 시작했다. 우연히도 칸사이(関西: 오사카 지방) 방면의 인재가 많아 흔히들 '칸사이 포크'라고 부르게 되었다. 타카이시 토모야^{高石友也}, 오카바야시 노부야스^{岡林信康}, 타카다 와타루^{高田渡}, 나카가와 고로^{中川五郎}, 이츠츠노아카이 후센(五つの赤い風船: 빨간 풍선 다섯 개), 카가와 료^{加川良}… 그들은 피트 시거^{Pete Seeger}나 밥 딜런^{Bob Dylan}에 영향을 받아 자신들의 노래를 부르기 시작했다.

이러한 현상은 베트남전쟁과 안보투쟁이라는 사회 정세와 밀접하게 관계되어 있다. 이 시기는 일본에서 가장 학생운동이 왕성했던 시기이며, 신주쿠^{新宿}역 구내에서 평화 운동을 내걸고 민중가요적인 노래를 부르는 포크 게릴라 등은 사회현상이 되었다. 여러 의미로 포크라는 음악이 카운터 컬처를 짊어지는 수단이 된 것이다.

1969년~1971년에 기후岐阜 현 나카츠가와中津川에서 3회까지 개최된 <전일본 포크 잼버리>는 포크 음악의 열정을 전달했던 전설처럼 여겨지는 빅 이벤트다.

그러나 1970년대가 되며 직접적인 프로테스트 송의 시대는 저물었다. 학생운동에 꿈을 포기했던 젊은이들의 시선은 그들의 생활로 옮겨갔다. '우리들의 노래'에서 이른바 '나의 노래'로의 전환이다. 물론, 내용은 바뀌었지만 포크라는 음악의 틀은 바뀌지 않았다.

포크가 단숨에 오버 그라운드로 부상한 계기는 무엇이라고 해도 요시다 타쿠로吉田拓郎의 등장이다. 1971년, 켓콘시요요(結婚しようよ: 결혼하자)의 대히트로 일반 대중도 포크라는 음악을 받아들이게 되었다. 타쿠로는 '포크=반체제'라는 이미지를 무너뜨리면서도 '자신의 생각을 자신의 말로 노래한다'라는 포크의 기본자세를 유지했다.

FOLK

그렇게 1970년대는 바로 포크의 시대가 시작되었고 수많은 아티스트가 잇따라 데뷔하며 히트했다.

이노우에 요스이井上陽水 코코로 모요우(心もよう: 마음 모양), 이즈미야 시게루泉谷しげる 슌카슈토(春夏秋冬: 춘하추동), 오구라 케이小椋桂 사라바 세이슌(さらば青春: 안녕 청춘), 카구야히메かぐや姫 칸다가와(神田川: 칸다 강), 그레이프グレープ 쇼로나가시(精霊流し: 나가사키長崎 현에서 추석 때 행하여지는 전통행사), 앨리스アリス Champion, 오프 코스オフコース 사요나라(さよなら: 안녕히 가세요), 마츠야마 치하루松山千春 키세츠노 나카데(季節の中で: 계절 속에서), 나가부치 츠요시長渕剛 준코(順子), 릴리りりィ 와타시와 나이테이마스(私は泣いています: 나는 울고 있어요), 나카지마 미유키中島みゆき 지다이(時代: 시대), 이츠와 마유미五輪真弓 코이비토요(恋人よ: 연인이여)…

요시다 타쿠로는 1975년에 코무로 히토시小室等, 이노우에 요스이, 이즈미야 시게루와 함께 레코드 회사 '포 라이프 레코드For Life Records'를 시작했다. 당시 현역 음악가가 레코드 회사를 설립하는 것은 큰 사회적 반향을 일으킬만한 대사건이었다.

1970년대 후반부터는 포크인지 록인지 가요인지, 딱 잘라 말할 수 없는 아티스트가 나타났고(예: 아라이 유미荒井由実, 쇼노 마요庄野真代 등), 그들의 음악은 '뉴 뮤직'이라 불렸다. 포 라이프 레코드 등은 결과적으로 포크에서 뉴 뮤직으로 중개인의 역할을 다했다.

1980년대가 되면서 아이돌 가요와 엔카 이외의 모든 음악이 '뉴 뮤직'으로 통합됐고 1990년대에 J-pop이라는 단어가 생길 때까지 사용됐다.

이 시기 이미 대중음악은 모두 소비재로서 완전히 상품화되었다.

॥ 포크 레코드 레이블
◎URC 레코드(URC Records)

'칸사이 포크'의 대부분은 일본 최초의 인디 레이블 'URC(언더그라운드 레코드 클럽)'에서 앨범을 발표했다.

'포크의 아버지' 타카이시 토모야의 타카이시 기획사는 칸사이 포크의 거점이었다. 프로테스트 송이 많은 칸사이 포크 아티스트의 정치적/사상적인 노래를 당시 큰 레코드회사에서 시판하는 것은 불가능했다. 그래서 타카이시 기획사 소속 아티스트들의 과격한 작품을 '레코린(レコ倫: 일본 레코드 협회의 레코드 제작 기준윤리위원회)'의 규제에 관계없이 자유롭게 레코드화하기 위해 1969년에 발족된 것이 URC레코드다.

처음에는 회원한정 배포제였으나 순식간에 회원수가 2,000명을 넘어버리면서 직접 전국의 레코드가게나 악기점과 판매계약을 맺고 일반적으로 시판하게 되었다.

기념해야 할 제1회 배포 분은 타카다 와타루(高田渡)/이츠츠노 아카이 후센(五つの赤い風船)(URL-1001)이라는 두 아티스트의 스플릿 음반과 뮤테이션 팩토리ミューテーション・ファクトリー의 임진강(URS-0001) (포크 크루세이더스Folk Crusaders의 임진강이 발매 중지가 되면서 갑작스럽게 녹음하게 됨)과 베트남 작곡가 트린 콩 손Trinh Cong Son의 아기야 커지지마(베트남어: Ngu di con)(URS-0002) 라는 2장의 싱글이었다.

최초로 일반 시판된 것은 오카바야시 노부야스岡林信康의 1st 와타시오 단자이세요(わたしを断罪せよ: 나를 단죄하라)(URL-1007)와 이츠츠노 아카이 후센의 1st 오토기바나시(おとぎばなし: 옛 이야기)(URL-1008), 그리고 신주쿠 포크 게릴라의 도큐먼트 EP 신주쿠新宿 1969년 6월(URD2001)이다.

이러한 경위로 URC의 카탈로그에는 일본 포크/록의 명반들이 많다.

그 후 1971년경부터 메이저 각 레코드회사도 포크/록 레이블 설립에 착수했다. 이에 따라 URC의 아티스트들 대부분이 킹King, CBS 소니, 폴리도르Polydor 등으로 이적했다. 1970년대가 되니 과격한 가사의 작품이 줄어들어 URC의 존재 의의가 엷어져 버렸다.

URC는 규모를 축소하고 판매를 일렉 레코드Elec Records에 위탁했다. 일렉 레코드 도산 후 토호東宝 레코드와 언더그라운드 디스크 센터(UDC)에 판매를 위탁했으나 제작 수의 격감으로 1977년에 활동을 정지했다. 그 후 SMS 레코드에서 복각된 것을 시작으로 키티 레코드Kitty Records→ 도시바東芝 EMI→ 에이벡스Avex로 넘어갔고 현재 원반권은 신코 뮤직シンコーミュージック이, 판매권은 포니 캐니언Pony Canyon이 취득해 URC의 카탈로그는 CD/LP로 계속해서 시판되고 있다.

◎일렉 레코드Elec Records

일렉 레코드는 모체인 출판사가 통신교육으로 작곡 강좌를 시작하면서, 학생들의 작품을 음반화하기 위해 설립한 레코드 회사였다.

1969년, 인기 라디오의 DJ 아나운서 도이 마사루土居まさる의 4곡 EP 도이 마사루가 우타우!! 와카모노가 츠쿳타 와카모노노 우타(土居まさるが歌う!! 若者がつくった若者の歌: 도이 마사루가 노래한다!! 젊은이가 만든 젊은이의 노래)(EA-1001)가 최초의 음반이다. 도이 마사루 본인이 자신의 프로그램 안에서 틀어대어 많이 팔았다.

그 후 요시다 타쿠로의 대히트로 회사는 궤도에 오르고 이즈미야 시게루, 사토 키미히코佐藤公彦, 카이엔타이海援隊, 후루이도(古井戸: 낡은 우물), 츠보이 노리오つボイノリオ 등의 유명 인기 가수를 배출했다. URC를 대신해 포크 붐의 중심이 되어 포크의 대중화에 크게 기여했다.

1973년에는 아이돌계 전문의 '아이(愛: 사랑) 레이블'을 만들어 주우토루비ずうとるび, 레몬 파이レモン・パイ, 아오이 테루히코あおい輝彦, 마리짱즈まりちゃンズ 등의 음반을 릴리스했다.

그러나 간판 아티스트이었던 요시다 타쿠로나 이즈미야 시게루의 이적과 불투명하고 주먹구구식의 경영 방침으로 인해 1976년에 도산했다. 원인은 역시나 방만한 경영이었다.

2004년에 신생 일렉 레코드 주식회사가 설립되었다.

◎벨우드 레코드Bellwood Records

킹 레코드King Records의 디렉터 미우라 코키三浦光紀를 중심으로 1972년에 메이저 레코드회사의 첫 독립 레이블 '벨우드 레코드'가 설립되었다. 레이블 이름은 당시 미우라를 응원하고 있었던 킹 레코드 문예부장의 성인 '스즈키鈴木'을 영역(英譯)한 것이다.

1970년에 개최된 <제2회 전일본 포크 잼버리>에 모인 이만 명 이상의 관객을 보고 포크송이 장사가 될 것이라 평가했다.

레이블 컬러는 미우라가 좋아하는 URC 레코드, 포크웨이 레코드Folkways Records 그리고 버뱅크Burbank 사운드를 가미한 이미지다.

1972년, 첫 번째 싱글 아가타 모리오あがた森魚의 세키쇼쿠 엘레지(赤色エレジー: 빨간색 엘레지)(OF-1)가 대히트하며 레이블은 순조롭게 시작했다.

미우라의 인덕이라고 말할 수 있을지 모르지만 벨우드 레코드에는 개성이 풍부한 아티스트가 많고 제작된 앨범 대부분은 명반이라고 유명하다.

로쿠몬센(六文錢: 엽전 여섯 개)의 킹구사몬노 이루 시마(キングサーモンのいる島: 사몬왕이 있는 섬)(OFL-1), 야마히라 카즈히코山平和彦의 호소킨시카(放送禁止歌: 방송금지가)(OFL-3), 니시오카 쿄조西岡恭三의 딜런니테(ディランにて: 딜런에서)(OFL-4), 오오타키 에이이치大瀧詠一의 First Album(OFL-7), 호소노 하루오미細野晴臣의 Hosono House(OFL-10), 미나미 마사토南正人의 First Album(OFL-14), 하치미츠파이(はちみつぱい: 벌꿀 파이)의 센티멘털 도리(センチメンタル通り: 센티멘털 길)(OFL-16), 아가타 모리오의 레미제라블(噫無情, レ・ミゼラブル)(OFL-22) 등등. 해피엔드はっぴいえんど의 라스트 앨범 Happy End(OFL-8)의 미국 녹음을 기획한 것도 미우라다.

벨우드 레코드는 1979년 이 후 활동을 휴식기를 가졌지만, 2001년에 부활했다.

마이크 마키マイク真木

바라가 사이타(バラが咲いた:장미가 폈다)/마이크 마키 포크
앨범マイク真木フォーク・アルバム

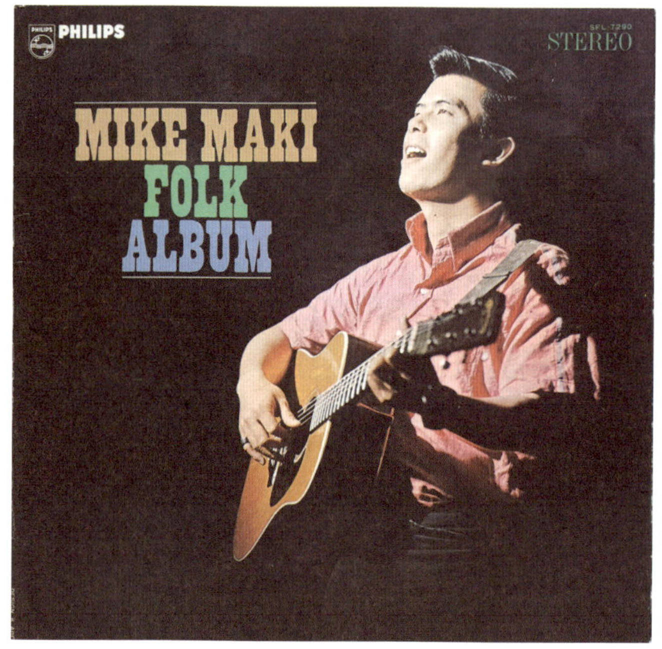

Philips, 1966

1964년, 대학생 마이크 마키는 아마추어 밴드 '모던 포크 콰르텟モダン・フォーク・カルテット'에 가입했다. 모던 포크 콰르텟은 당시 미국의 포크 리바이벌 운동을 계승하여 재빠르게 우디 거스리Woody Guthrie와 피트 시거Pete Seeger 등의 곡을 레퍼토리에 넣었다. 그 덕에 다른 포크 그룹보다 한걸음 앞서게 되었다. 뛰어난 하모니로도 정평이 나 아마추어이면서도 음악 업계에서는 꽤 알려진 존재였다. 1970년대에 첨예하고 개성적인 뮤지션을 초빙하는 주최사 '탐스 캐빈 Tom's Cabin'을 세운 아사다 히로시麻田浩도 그 멤버 중 하나였다. 미국에 동명의 밴드가 있음을 알았지만 어디까지나 아마추어였으므로 그대로 계속 활동했다.

1965년, 모던 포크 콰르텟은 미국의 사회개혁운동단체 MRA [1]의 초청을 받았다. MRA 쇼 'Sing Out'65'의 일원으로 미국을 횡단하며 연주 여행을 체험했다.

귀국 후 모던 포크 콰르텟은 해산. 마키는 일본 오리지널 포크 송을 만들기 위해 친구 히

---

1 현재는 사실 MRA(Moral Re-Armament: 도덕재무장운동) 가 정치와 종교가 밀접하게 융합해 지배층의 말만 든도록 사람들을 세뇌한 컬트 집단이었다는 것이 밝혀졌다.

다카 타다시日高義와 함께 곡을 만들기 시작한다. 여기서 포크 싱어인 마이크 마키가 탄생했다. 두 사람은 피트 시거가 공민권 운동과 베트남 전쟁을 테마로 곡을 만든 것처럼 일본에 없는 토피컬 송topical song을 만들고자 했다. 가장 먼저 주목한 것은 1965년에 마리아나 해역에서 일어난 해난사고로 드라마틱한 A⑥ 마리아나노 우미(マリアナの海: 마리아나의 바다)가 태어났다. 그 외에도 B③ 오나지 쿠니니 순데(同じ国に住んで: 같은 나라에 살고), B② 키미노 마치(君の町: 당신의 마을), B⑥ 우타오요 사케보요(歌おうよ叫ぼうよ: 노래하자 외쳐보자) 등의 곡을 만들었다.

지인의 소개로 데뷔도 준비하고 있었는데 레코드 회사는 그들의 곡이 아마추어 느낌이 강하다고 여겼다. 히트 메이커 하마구치 쿠라노스케浜口庫之介가 쓴 바라가 사이타(バラが咲いた)의 데모 테이프를 시험 삼아 마키에게 불러보게 한 후 이것은 가능하다며 그린 라이트를 켰다.

1966년, 데뷔 싱글 A① 바라가 사이타(バラが咲いた)가 릴리스. 생각대로 라고 할까 싱글은 대히트, 예상을 훌쩍 뛰어넘어 갑자기 30만장 이상이라는 판매량을 기록했다. 이 곡을 수록한 1st 바라가 사이타 / 마이크 마키 포크 앨범(バラが咲いた / マイク真木フォーク・アルバム)도 높은 세일즈를 기록했다.

곧이어 마이크 2nd 마키 포크 앨범 No.2 / 카제니 우타오(マイク真木フォーク・アルバム No.2 / 風に歌おう: 바람에 노래하자)를 발표한다. 2nd 역시 오리지널 포크 송을 중심으로 구성해 히다카가 만들었고 타카이시 토모야高石友也도 노래한 포크 게릴라의 찬가 중 하나인 베트남노 소라(ベトナムの空: 베트남의 하늘) 등이 수록되었다. 이 2장의 음반은 당시 음악에 대한 마키의 순수한 마음이 솔직하게 표현된 손수 만든 소박함이 가득한 작품집이다.

마키는 그 후 1967년에 GS '마이크스マイクス'를 결성했으나 1968년에 해산한다. 사실 애초에 마키는 가수가 될 생각이 없었다. 그저 학생 기분으로 시작했을 뿐인데++ 대히트로 갑자기 프로 가수가 되어 자신이 어디에 서야하는지 길을 잃었다고 한다. "결국 음악 공부를 한다는 명목으로 활동을 멈추고 미국으로 떠났다. 그 때는, 특히 연예계에서 도망치고 싶다는 마음뿐이었다"

1968년에 배우 마에다 비바리前田美波里와 결혼해(후에 이혼, 재혼, 다시 이혼) 1년 3개월 동안 미국에서 생활했다. 귀국 후에는 마이크토 비바리노 아메리카 키코(マイクと美波里のアメリカ紀行: 마이크와 비바리의 아메리카 기행)(1971)을 발표했다. 이 레코드는 펑키 & 소프트 록의 명반으로 현재 인기 상승 중이다.

1974년, 니티 그리티 더티 밴드Nitty Gritty Dirt Band의 리더 & 밴조banjo 연주자 존 맥유엔 John McEuen을 게스트로 초빙하여 컨트리 & 블루그래스의 근사한 앨범 보로보로 가쿠가쿠(ボロボロ楽学: 너덜너덜 흔들흔들, Boro Boro)를 발표했다.

현재는 차분한 할아버지 역의 인기배우로 TV, 영화에서 활약하며 음악활동도 마이 페이스로 계속하고 있다. 2012년에는 모던 포크 콰르텟을 재결성해 무대에 섰다. 사석에서는 전처 마에다 비바리와 17세 연하의 현재 아내와 셋이서 사이가 좋은 것으로 유명하다.

포크 크루세이더스(フォーク・クルセダース, Folk Crusaders)
키겐 니셍넨(紀元貳阡年: 서기 2000년)

포크 크루세이더의 유일한 스튜디오 앨범 키겐 니셍넨(紀元貳阡年)(1968)은 일본 포크 & 록계에 찬란히 빛나는, 역사적 가치가 있는 명반이다. 당시의 많은 아티스트가 비틀즈의 영향을 받았으나 그것을 완전히 자신들만의 표현법으로 소화해 제시한 음반은 이것이 최초이다.

1965년, 대학생인 카토 카즈히코加藤和彦가 잡지<Men's Clib>에서 멤버를 모집했다. 키타야마 오사무北山修가 연락함으로서 포크 크루세이더스가 결성되었다. 아마추어 시절 그들은 칸사이의 언더 그라운드에서 활동했다. 1967년, 해산 기념으로 LP 하렌치(ハレンチ: 파렴치)를 300장 자체 제작했다.

그 안에 수록된 A② 카엣테키타 욧파라이(帰って来たヨッパライ: 돌아온 술주정뱅이)가 라디오에서 화제가 되면서 상황은 역전된다. 레코드 회사도 적극적으로 나선 결과, 새로운 멤버로 하시다 노리히코はしだのりひこ를 영입해 1968년, 딱 1년 간만 활동하기로 한다.

카엣테키타 욧파라이는 테이프의 고속 회전과 기상천외한 가사로 반향을 일으켜 대히트를 기록했다. 효과음 SE를 잔뜩 사용했고 곡의 끝부분에서 흘러나오는 피아노로 연주한 베토벤Beethoven의 엘리제를 위하여와 불경이 어느 샌가 비틀즈Beatles의 A Hard Day's Night의 가사로 바뀌어 있는 등의 세세한 개그가 가득하다. 여담이지만 당시 나의 어머니도 유치원 발표회에서 이 곡에 맞춰 다른 아이들의 어머니와 함께 춤을 추셨다.

포크 크루세이더스의 다음 싱글은 하렌치에도 수록된 임진강을 새롭게 녹음했다. 아마추어 시절부터 레퍼토리였던 이 곡은 콘서트에서도 평판이 좋아 사람들이 간절히 기다리던 레코드였다. 그런데 모두가 한국의 민요라고 생각했던 이 곡이 사실 북한곡임이 밝혀져 정치적 이유로 발매일 직전에 회수되어 발매금지 처분을 받았다(이 싱글은 일본의 비싼 아날로그 음반 중에서도 레어 아이템).

레코드 회사의 다급한 요청으로 카토는 급하게 새로운 곡을 만들어야 하는 처지에 놓인다. 회장님 집무실에 감금당한 카토는 임진강의 멜로디를 거꾸로 더듬어 가던 중 새로운 멜로디를 완성시켰고 대가 시인 사토 하치로サトウハチロー에게 곡의 가사를 부탁한다. 그렇게 태어난 것이 희대의 명 발라드 A③ 카나시쿠테 야리키레나이(悲しくてやりきれない: 슬퍼서 견딜 수 없다), 이것도 대히트곡이 되었다.

앨범 키겐 니셍넨(紀元貳阡年)에는 니힐한 개러지 록 A④ 도라큐라노 코이(ドラキュラの恋: 드라큘라의 사랑), 이국적인 애시드감이 느껴지는 B⑤ 코부노 나이 라쿠다(コブのない駱駝: 혹이 없는 낙타), A⑥ 오부루 마치(オーブル街: 오블레 거리)에서 펼쳐지는 환상적인 아름다운 음상(音像)(멜로디에 자연스럽게 다가가는 테이프의 역회전 사운드) 등등, 완성도는 눈이 부실 정도다. B② 하나노 카오리니(花のかおりに: 꽃의 향기에)는 비 지스Bee Gees, B⑥ 난노 타메니(何のために: 무엇을 위하여)는 비틀즈의 오마주다.

사회현상이 될 정도로 인기가 높아진 포크 크루세이더스는 1년 동안 싱글 8장과 스튜디오 앨범 1장, 라이브 앨범 2장(1장은 해산 콘서트를 수록)을 릴리스하고 약속대로 해산한다.

해산 후 카토와 키타야마는 듀오로 1971년에 아노 스바라시이 아이오 모우이치도(あの素晴しい愛をもう一度: 그 멋진 사랑을 다시 한 번)를 히트시켰다. 카토는 그 후 새디스틱 미카 밴드サディスティック・ミカ・バンド를 거쳐 홀로서기를, 하시다는 '슈베르츠シューベルツ', '클라이막스クライマックス', '엔드리스エンドレス' 등의 밴드를 결성해 활동했다.

2002년과 2006년에 알피アルフィー의 사카자키 코노스케坂崎幸之助가 하시다를 대신해 멤버로 들어온 포크 크루세이더스가 재결성된다. 2009년에 카토의 자살 후에도 키타야마와 사카자키 둘이서 신작을 발표했다. 참고로 하시다는 2017년에 파킨슨병으로 사망했다.

2013년, 키겐 니셍넨 디럭스 에디션(紀元貳阡年 デラックス・エディション)이라는 4장짜리 CD BOX 세트를 릴리스. 키겐 니셍넨 과 하렌치, 임진강 및 미발표 테이크와 당시의 영상을 수록한 DVD로 구성되었다.

나카가와 고로中川五郎

오와리, 하지마루(終り, はじまる:끝, 시작되다)

URC, 1969

나카가와 고로는 1960년대 후반 칸사이関西를 중심으로 일어난 포크 뮤직 무브먼트 '칸사이 포크'를 대표하는 인물 중 하나로 가장 정력적인 프로테스트 싱어다.

1964년 4월, 포크 그룹 로쿠몬센六文錢과의 스플릿 앨범 로쿠몬센 나카가와 고로(六文錢·中川五郎)로 레코드 데뷔. 같은 해 11월, 스플릿 앨범의 곡들과 새롭게 녹음한 신곡을 수록한 1st 솔로 앨범 오와리, 하지마루(終り, はじまる:끝, 시작되다)를 발표했다.

베트남 전쟁에 대한 노래 B③ 지유니 츠이테노 우타(自由についてのうた : 자유에 대한 노래)나 록 밴드 잭스ジャックス를 뒤에서 강하게 비꼬는 가사의 A② 코로시야노 블루스(殺し屋のブルース : 살인 청부업자의 블루스), 평화운동의 포크 게릴라들에게 자주 불린 B① 우타(うた : 노래), 노예제도부터 근대전쟁까지 다룬 애시드 테이스트의 발라드 A① 후루이 요롯파데와(古いヨーロッパでは : 옛날의 유럽에서는), 오키나와에서의 체험을 자조적인 분위기로 말하는 B④ 보쿠와 야마톤추(僕はヤマトンチュ : 나는 야마톤추 [1]) 등 문제를 제기하는 프로테스트 송의 보물 상자다.

---

1   야마톤추ヤマトンチュ : 일본인이라는 뜻의 오키나와 고유 단어

전쟁을 체험한 주부의 일생을 그린 A④ 슈후노 블루스(主婦のブルース: 주부의 블루스)에서는 별로 크게 불행하지도 않고 평화롭게 나이를 먹은 나의 인생이 정말 이것으로 좋은 것인가를 묻고 있다.

B⑤ 코시마데 도로마미레(腰まで泥まみれ: 허리까지 진흙투성이, Waist Deep in the Big Muddy)는 미국 포크 싱어의 창시자 피터 시거Pete Seeger가 1966년에 쓴 곡의 일본어 버전이다. 고로가 번역한 노래는 매우 중요한 위치를 차지하고 있으며, 재니스 조플린Janis Joplin의 커버로 유명한 크리스 크리스토퍼슨Kris Kristofferson의 Me and Bobby McGee 등은 없어서는 안 되는 레퍼토리가 되었다.

그러나 1970년대가 되면서 메시지성이 강한 곡은 시대에 뒤쳐져버려 고로는 1970년에 가수로는 은퇴를 선언한다.

이후 URC 레코드 기관지《포크 리포트フォークリポート》의 편집자가 되지만 자작 청춘 소설 <후타리노 러브주스ふたりのラヴ·ジュース: 두 사람의 러브 주스>가 외설죄에 걸리면서 잡지는 압수된다. 무려 7년이나 계속된 이 '포크 리포트 외설 재판'때문에 1970년대 전반동안 아무것도 할 수 없었다.

1976년에 아내이자 포크 싱어인 아오키 토모코青木ともこ와의 생활이나 애묘의 죽음 등, 사생활을 적나라하게 그린 걸작 니주고넨메노 옵파이(25年目のおっぱい: 25년째의 젖가슴)을, 1978년에는 속편 마타 코이오 시테시맛타 보쿠(また恋をしてしまったぼく: 다시 사랑에 빠져버린 나)(Me and Bobby McGee 수록)를 릴리스한다. 그러나 이다음 앨범은 2004년까지 기다려야만 했다.

1980년에 잡지 〈BRUTUS〉의 편집을 맡아 음악평론, 록 가사 번역, 찰스 부코스키Charles Bukowski 같은 첨예한 문학 작품 번역가로 폭 넓게 활동했다.

그리고 2004년, 26년 만의 신보 보쿠가 신데 코노요오 사루히(ぼくが死んでこの世を去る日: 내가 죽어 이 세상을 떠나는 날)를 발표했고 그 후에는 봇물 터지듯이 차례차례 앨범을 냈다. 20대 때보다 가벼운 풋워크로, 정력적인 음악활동을 재개했다.

나카가와는 "소개하고 싶은 음반이 없어져서 문필가에서 음악가로 자연스럽게 옮겨왔다"고 했다. "옛날에는 노래하지 않으면 안 된다는 의무감을 등에 지고 있었지만 지금은, 음악가로서 즐겁게 메시지 송을 부를 수 있게 되었다" 하지만 그 문제의식은 지금도 옛날과 전혀 다르지 않다. 오히려 현재가 더욱 공격적이라고 말할 수 있다.

2017년, 1923년의 간토 대지진 때 일어난 조선인대학살사건을 주제로 한 약 18분의 대작 토킹 카라스야마 진자노 시이노키 블루스(トーキング烏山神社の椎ノ木ブルース: Talking 카라스산 신사의 모밀잣밤나무 블루스)가 CD와 LP로 발매되었다. 1923년 9월 2일 밤, 도쿄부 치토세 카라스야마 고슈 가도 오오하시바에서 무엇이 일어났는가? 사건으로부터 90년이 지난 현재, 그때의 분노를 담아 단숨에 모두 노래해버리는 경악의 다큐멘터리 송. 원조 프로테스트 싱어 나카가와 고로, 여기에 있다.

모리야마 료코森山良子
Collage Folk Album No.2

Philips, 1969

모리야마 료코는 재즈 트럼펫터 모리야마 히사시森山久의 딸로 어머니 역시 재즈 싱어였다. 숙부는 일본 재즈계의 선구자, 티브 카마야츠ティープ釜萢(카마야츠 히로시의 아버지)다. 이러한 순수 음악가 집안에서 자란 모리야마는 중학생 시절부터 웨스턴 밴드를 결성하는 등 훌륭한 서러브레드의 모습을 보였다.

고등학교 시절 조안 바에즈Joan Baez를 듣고 포크에 심취한다. 조안 바에즈가 일본을 방문을 때 19살의 모리야마는 운 좋게 바에즈의 대기실을 방문할 기회를 얻었다. 콘서트 개시 전 처음에는 단지 인사를 하는 것뿐이었으나 바에즈는 모리야마가 자신의 노래를 부른다는 것을 알자마자 "불러줘"라며 부탁한다. 모리야마는 노래했고 바에즈는 그대로 그녀를 스테이지 위에 올렸다.

"깜짝 놀랐습니다. 갑자기 엄청난 관객들 앞에 세워졌으니까요"

1967년, 싱글 코노 히로이 노하라 잇파이(この広い野原いっぱい: 이 넓은 들판 가득)로 데뷔. 데뷔곡은 모리야마가 도쿄 긴자의 회랑을 방문했을 때 발견한 스케치북에 쓰여 있던 시에 30

분 만에 곡을 만들어 붙인 것이다.

　　모리야마의 노래는 청아하고 맑은 메조 소프라노로 '컬리지 포크의 여왕'이라고 불리며 일약 인기스타가 된다. 쿄우노 히와 사요나라(今日の日はさよなら: 오늘은 안녕)(1967), 아이스루 히토니 우타와세나이데(愛する人に歌わせないで: 사랑하는 사람에게 부르게 하지 말아줘)(1968), 킨지라레타 코이(禁じられた恋: 금지된 사랑)(1969) 등의 히트곡이 있다 [1]. 앨범도 1967년에 1st 코노 히로이 노하라 잇파이(この広い野原いっぱい: 이 넓은 들판 가득)/ 모리야마 료코 포크 앨범 No.1(森山良子フォークアルバム No.1)을 발표한 후 1968년에 2장, 1969년에 5장이라는 굉장한 하이스피드로 릴리스했다. 그만큼 인기 절정이었다는 뜻이다.

　　이 컬리지 포크 앨범 No.2(カレッジ·フォーク·アルバム No.2)는 1969년에 발매된 앨범 중 하나다. 모리야마는 당시 유행하던 포크 송을 중심으로 녹음했다. 물론 타이틀부터 알 수 있듯이 전작이 제1탄이다. 카르멘 마키カルメン·マキ의 A① 야기니 히카레테(山羊にひかれて: 산양에 이끌려), 뚜아 에 모아トワ·エ·モア의 A② 아루히 토츠젠(ある日突然: 어느 날 갑자기) 등과 함께, 자신의 라디오 방송에서 만든 A⑤ 야마(炭鉱(やま): 탄광 산)(작곡: 모리야마 료코)와 일반 팬들에게 공모를 받은 가사로 만든 B③ 요와이 닝겐니 사사게루 우타(弱い人間に捧げる歌: 약한 사람에게 바치는 노래)(작곡: 코무로 히토시小室等) 같은 곡이 수록되어 있다.

　　그러나 이 앨범에서 가장 중요한 곡은 B⑤ 사토키비 바타케(さとうきび畑: 사탕수수밭)이다. 작사/작곡가 테라시마 나오히코寺島尚彦가 직접 모리야마에게 노래해 달라며 갖고 온 곡으로 제2차 세계대전 말기의 오키나와전이 무대인 반전가로 11절까지 있는 긴 노래다. 모리야마는 전쟁에 관계된 노래를 눈앞에 두고 겁을 먹고 말았다. "자신 같이 행복으로 부푼 소녀 시절을 보낸 인간에게 과연 노래할 자격이 있을까"

　　레코딩은 어떻게든지 끝낸 모양이지만 전쟁의 비참함을 말하는 그 가사에 "전쟁을 모르는 자신은 그 천분의 일도 짐작할 수 없다"고 느껴 노래에 자신을 가지지 못했다. 이 무거운 테마는 "내가 감당할 수 있는 노래가 아니다"라고 결국 이 곡은 약 30년간 모리야마의 마음속에서 봉인되어 버렸다.

　　전환점이 된 것은 바로 걸프 전쟁이다. 어머니의 "연인이나 사랑을 노래하고 있을 때가 아니다. 너에게는 노래하지 않으면 안 되는 노래가 있을 터"라는 말을 듣고 나서 계속 도망치고 있었던 이 곡을 노래할 때가 왔다고 결심, 다시 노래를 시작한다. 노래하기로 마음먹었더니 곡이 "괜찮아, 거기까지 생각하지 않아도 돼"라고 말을 걸어주었다고 한다.

　　2001년 12월, 모리야마는 사토키비 바타케(さとうきび畑)와 죽은 오빠를 향한 마음을 그린 노래 나미다 소소(涙そうそう: 눈물이 주룩주룩)(작곡: 비긴Begin)를 커플링으로 한 싱글을 발매했다. 2002년에 일본 레코드 대상에서 최우수가창상最優秀歌唱賞을 수상하고 또 2005년, NHK 홍백노래자랑에서는 포크 싱어인 아들 모리야마 나오타로森山直太朗와 함께 이 곡을 열창했다.

1　1970년대에도 우탓데요 유히노 우타오(歌ってよ夕陽の歌を: 불러줘, 석양의 노래를)(1975년, 작곡: 요시다 타쿠로吉田拓郎) 등의 히트곡이 있다.

오카바야시 노부야스岡林信康

와타시오 단자이세요(わたしを断罪せよ: 나를 단죄하라)/오카바야시 노부야스 포크 앨범 제1집(岡林信康フォーク・アルバム第一集)

URC, 1969

1960년대 '포크의 신(神)'이라 불린 오카바야시 노부야스岡林信康. 일본의 밥 딜런Bob Dylan.
　본가는 교회로 아버지는 목사이고 대학생 시절까지는 성실한 그리스도교 신자였으나 본가의 교회가 불량소녀에게 기도를 시키지 않는다는 등의 대응에 의문을 느끼고 이탈한다. 그 후 학생운동에 몸을 던지는 중에 포크 음악에 눈을 뜬다.
　1960년대의 일본 포크는 격렬한 정치적인 학생운동에 말려들어있었고 정말로 한국의 민중가요 같은 존재였다. 오카바야시는 '프로테스트 송의 기수(旗手)'로서 그 정점에 서 있었다.
　1969년 솔로 앨범 1집 와타시오 단자이세요(わたしを断罪せよ: 나를 단죄하라)를 발표, 일본 록 & 포크의 명반 중의 명반이다. '포크 앨범'이라고 쓰고 있지만 드럼과 베이스, 전기 기타도 사용되고 있어서 사운드는 이미 록 스타일이었다.
　학생집회에서 반드시 빠지지 않는 B⑤ 토모요(友よ: 친구여), 날품팔이의 애수를 부르는 엔카 포크 A⑤ 상야 블루스(山谷ブルース: 산야 블루스), 뿌리 깊은 차별 문제를 노래하는 명곡 B② 테가미(手紙: 편지), 가식 따위는 집어치우고 거침없이, 직접, 분명하게 불평불만을 표현한 B④

소레데 지유니 낫타노카이(それで自由になったのかい: 그래서 자유로워졌니).

오프닝의 A① 쿄오 코에테(今日をこえて: 오늘을 넘어서)는 소박한 멜로디에 담담한 말투로 노래 부르기 시작하지만 사실은 신랄한 말을 던진다. 어제도 오늘도 결별을 부르짖으며 내일을 살아가자고 하는 노래. 사운드는 산뜻하지만 그 메시지가 마음에 꽂힌다. 오카바야시의 말에 따르면 구태의연한 과거의 가치관인 어제에 반항하고 그것을 넘는 오늘을 목표로 했지만 어느 사이에 자신도 어제가 되어버리고만 허무함을 느끼는 노래라는 것이다.

현재도 정력적으로 활동하고 있는 오카바야시는 활동경력이 긴만큼 음악적으로 우여곡절 여러 가지 변천이 있었다.

1970년의 2집 미루 마에니 토베(見るまえに跳べ: 보기 전에 뛰어라)는 일본 언더그라운드 록의 기수 잭스ジャックス의 하야카와 요시오早川義夫와 함께 해피엔드의 반주가 만들어 낸 까칠까칠거리는 질감을 띤 혼신의 록 앨범이다. 세이토 분카노 카쿠메이(性と文化の革命: 성과 문화의 혁명), 지유에노 나가이 타비(自由への長い旅: 자유로의 긴 여행), 와타시타치노 노조무 모노와(私たちの望むものは: 우리들이 바라는 것은) 등의 대표 곡이 수록되었다.

그러나 그 후 사람도 싫어지고 도시도 싫어진 오카바야시는 깊은 산 속으로 이주해 4년 동안 농경생활을 하면서 킹이로노 라이온(金色のライオン: 금색의 라이온)(1973) 등의 앨범을 발표했다.

1975년에는 우츠시에(うつし絵: 베낀 그림)이라는 자작의 엔카 음반을 발표. 오카바야시의 악곡 츠키노 요기샤(月の夜汽車: 달의 밤기차)와 카제노 나가레니(風の流れに: 바람의 흐름에)가 엔카의 여왕 미소라 히바리美空ひばり에게 선택되면서 히바리와의 교류가 시작됐다.

1977년, 일본의 유명 음악잡지에서 100점 만점의 평가를 얻은 앨범 Love Songs을 발표.
갑작스럽게 Good-bye My Darling 같은 CM송(좋은 노랜데...) 등을 부른 경쾌한 팝 앨범 마치와 스테키나 카니발(街はステキなカーニバル: 거리는 멋있는 카니발)(1979)에는 정말로 감격스러운 명곡 발라드 키미니 사사게루 러브송(君に捧げるラブソング: 너에게 바치는 러브 송)가 수록되었다.

1981년에 런던에서 킹 크림슨King Crimson의 로버트 프립Robert Fripp에게 "우리들의 흉내가 아닌 일본인의 록을 들려줘라"라는 말을 듣게 된다. 이후 사물놀이의 김덕수 선생님과의 만남을 계기로 일본 토착 리듬에서 깨달은 엥야톳토데(エンヤットッで, Dancing)를 1987년에 발표했다. 이후 한 시기동안 '엥야톳토' 일변도의 활동을 이어갔다.

1998년 릴리스의 카제우타(風詩: 바람노래)이래의 오리지널 앨범 훗카츠노 아사(復活の朝: 부활의 아침)을 2021년 3월 23년 만에 발표했다. 앨범은 토모요(友よ)의 속편이라고도 말할 수 있는 토모요 고노 다비오(友よ、この旅を: 친구여 이 여행을)로 끝난다.

오카바야시의 음반은 미발표 라이브 음원 까지 많이 CD화 되고 있다. 최근에는 7인치 싱글반이 아날로그로 복각 릴리스되었다.

아사카와 마키노 세카이(浅川マキの世界: 아사카와 마키의 세계)

東芝音楽工業, 1970

언더 그라운드의 여왕 아사카와 마키. 재즈적인 가요 블루스라고 말해도 좋으나 당시 마키의 노래는 그녀만의 독특한 분위기를 가졌다. 무뚝뚝하고 경박하지만 어쩐지 나른한, 때로는 밝게, 때로는 힘차게, 적나라하고 섬세하며 그리운 그런 목소리다.

1967년에 한번, 가요곡 싱글 도쿄방카(東京挽歌: 도쿄 만가)로 데뷔했지만 본인의 의사에따라 그것은 없었던 일이 되어 디스코그래피에는 포함되어 있지 않다.

극작가 테라야마 슈지寺山修二의 눈에 띄어 1968년 12월 신주쿠 언더 그라운드 시어터 '사소리자蠍座'에서 테라야마 슈지의 구성 연출로 '아사카와 마키 심야 3일간 라이브'를 감행한다. 일약 화제가 되어 1969년에 싱글 A① 요가 아케타라(夜が明けたら: 밤이 지나면)로 데뷔했다.

1970년, 사소리자의 라이브 음원과 스튜디오 녹음으로 구성된 1st 아사카와 마치노 세카이(浅川マキの世界: 아사카와 마키의 세계)를 발표한다. 데뷔곡과 ③ 사비시사니와 나마에가 나이(淋しさには名前がない: 쓸쓸함에는 이름이 없다)는 마키의 자작곡이지만 남은 오리지널곡은 모두 테라야마 슈지 작사이며 작/편곡은 일본을 대표하는 빅 밴드 미야마 토시유키 & 뉴 허드(宮間

利之＆ニューハード)의 기타리스트 야마키 코자부로山木幸三郎의 손에서 나왔다. A④ 칫차나 토키카라(ちっちゃな時から: 자그마한 때부터)와 A⑤ 젠카모노노 크리스마스(前科者のクリスマス: 전과자의 크리스마스)에서 흘러나오는 칠흑의 그루브에 경의를 표한다.

곡사이에 제트기, 기차, 바이크의 엔진음, 문 닫는 소리, 종소리, 촌극, 아기의 울음소리 등 여러 가지 효과음과 인터뷰에 대답하는 마키의 목소리가 현대음악처럼 테이프 콜라주collage로 삽입되어 있어 마치 하나의 연극을 보는 이미지다. (질문) “매춘부가 되고 싶다고 생각해?” (마키) “응, 가끔 생각해”

이것은 어떤 의미로 테라야마의 작품에 가깝다. 실제로 몇 년 후에 발매된 마키의 자선 베스트 음반 CD Darkness 시리즈에 수록된 버전에서는 효과음이 모두 삭제되어 있다. 확실히 들은 후의 이미지가 다르다. 마키 자신도 틀림없이 그렇게 생각했을 것이다.

즉 이 앨범은 마키의 충격적인 데뷔작임과 동시에 테라야마의 1970년대 언더그라운드 문화의 공기를 그대로 담아낸 역사적, 문화 인류학적인 기록이다.

마키는 그 후에도 꾸준히 다수의 앨범을 발표했다.

최고의 일본어 시로 불리는 아사히노 아타루이에(朝日のあたる家: 아침 해가 비추는 집The House of the Rising sun)을 수록한 MAKI Ⅱ (1971), 로드 스튜어트Rod Stewart의 커버 곡이 작렬하는 MAKI Live(1972), 고전 블루스 St. James Infirmary Blues를 수록한 우라마도(裏窓: 이 창)(1973), 이즈미야 시게루泉谷しげる가 일렉 기타로 참여한 아사카와 마키 라이브 요루(浅川マキ・ライヴ・夜: 아사카와 마키 라이브의 밤)(1978), 들으면 자살한다는 이야기가 있는 헝가리에서 작곡된 샹송 쿠라이 니치요우비(暗い日曜日: 어두운 일요일)을 노래한 사비시이히비(寂しい日々: 쓸쓸한 나날)(1978), 프리 재즈와 노이즈 뮤직의 즉흥 연주가 터져 나오는 One(1980), 마키가 노래하는 재즈의 명작 마이 맨(マイ・マン) (1982), 프리 재즈 트럼펫터 콘도 토시노리近藤等則가 프로듀스한 아방가르드록의 Cat Nap(1982) 등등.

2010년 1월 마키는 공연 차 방문한 나고야의 호텔에서 쓰러져 있는 것이 발견되어 병원으로 호송되었으나 사망한 것이 확인되었다.

“시대에 맞춰 호흡할 생각은 없다” 마키는 음악뿐만이 아니라 음질, 재킷, 라이너 노트, 포스터 등에도 일관된 미의식을 가졌으며 평생 그 자세를 무너뜨리지 않았다. 특히 CD에 관해서는 언제나 회의적인 태도를 취했다. “음질이 마음에 들지 않아. 마이 맨(マイ・マン) CD 소리는 재즈가 아니야”

그 때문에 마키의 작품은 생전 일부가 CD화 되었으나 본인의 희망에 따라 대부분 폐반廃盤되었다. 당시 신보는 CD로만 릴리스되었고, 1998년에 발표한 앨범 야미노 나카니 오키자리 니시테(闇のなかに置き去りにして: 어둠 속에 내버려두고)～블랙니 굿럭(BlackにGood Luck: Black에 Good Luck) 이후 신작은 제작되지 않아 결국 유작이 되었다.

이츠츠노 아카이 후센(五つの赤い風船: 다섯개의 빨간 풍선)
포크 닷슈츠 케이카쿠(巫OLK脱出計画: 포크 탈출 계획)

URC, 1970

‘이츠츠노 아카이 후센五つの赤い風船’은 일본 포크의 여명기를 이끌었다. 1967년, 리더 니시오카 타카시西岡たかし를 중심으로 오사카에서 결성된 ‘칸사이 포크’의 중심 밴드다. 멤버로는 여성 보컬리스트 후지와라 히데코藤原秀子(애칭:후코フーコ), 기타리스트 나카가와 이사토中川イサト, 나중에 신시사이저 연주자로 활약하는 아즈마 요시타카東祥高 등이 재적했다.

다수의 히트곡을 발표하고 젊은이들에게 절대적인 인기를 얻은, 당시 가장 프로그레시브(진보적)하고 아방가르드(전위적)하며 얼터너티브(개성적)한 그룹이었다.

그 독창성은 니시오카의 멀티 플레이어적인 악기 사용에서도 나타난다. 기타는 물론, 마림바, 비브라폰, 글로켄슈필, 오토 하프, 피아노, 첼레스타, 바이올린, 류트, 하모니카, 리코더, 시타르…. 테이프의 고속회전이 일인 다중녹음, 효과음 SE 등도 실컷 사용해 그 재주를 마음껏 발휘했다.

1968년, 싱글 코이와 카제니 놋테 c/w 토오이 세카이니(恋は風に乗って: 사랑은 바람을 타고 c/w 遠い世界に: 먼 세계에)로 데뷔. B면 곡인 토오이 세카이니가 점점 인기를 얻자 1969년에 A/

B면을 뒤바꿔 재발매되었고 히트했다. 1960년대 말 일본의 폐색감(閉塞感)이 만연한 시대배경을 반영한 곡으로 젊은이들로부터 절대적인 지지를 받은 포크 송의 스탠다드로 후에 소학교의 음악 교과서에도 등재되었다.

1969년 2월, URC의 첫 LP인 타카다 와타루高田渡의 스플릿 LP 타카다 와타루/이츠츠노 아카이 후센(高田渡/五つの赤い風船)을 발표했다. 치마미레노 하토(血まみれの鳩: 피투성이의 비둘기), 모시모 보쿠노 세나카니 하네가 하에테타라(もしも僕の背中に羽が生えてたら: 만약 나의 등에 날개가 있었다면) 등 초기의 대표곡을 수록했다.

8월, 그룹 단독의 첫 앨범 1st 오토기바나시(おとぎばなし: 옛 이야기)를 릴리스. 시작의 문을 여는 것은 갑작스러운 전위 재즈 느낌의 피아노에 세계의 부조리함을 노래하는 애시드 포크 와타시와 후카이 우미니 시즌다 사카나(私は深い海にしずんだ魚: 나는 깊은 바다 속에 가라앉은 물고기)다. 혼신의 힘이 담긴 프로테스트 송 마보로시노 츠바사토 토모니(まぼろしのつばさと共に: 환상의 날개와 함께)는 눈물이 날 정도다. 징병으로 전쟁에 나가야 하는 청년은 연인에게 이별을 고하고 전장으로 향한다. 그는 전화에 휩쓸려 목숨을 잃고 다음날 그의 연인도 목숨을 따라 끊는, 이러한 세계를 두 번 다시 보고 싶지 않다고 기도하는 노래다.

그리고 1970년, 더욱 실험성과 메시지성에 박차를 가한 쾌작 2nd 포크 닷슈츠 케이카쿠(巫OLK脱出計画)를 발표한다. 이것은 '포크 탈출 계획'이라는 뜻이다. 말 그대로 포크 그룹에서 일탈을 선언하는 레코드다. 다채로운 악기를 구사한 탓에 포크 그룹이라 생각할 수 없는 아방가르드한 감성이 폭발한다.

오프닝과 라스트를 장식하는 곡은 이미 해독이 불가능하고(A① #-い ×○△××, B⑧ #-ろ ××△○×) 타이틀곡 B⑦는 인스트루멘탈의 프로그레시브 사이키 넘버.

이 앨범의 백미는 A⑦ 도코카노 호시니 츠타에테 쿠다사이(どこかの星に伝えて下さい: 어딘가의 별에 전해 주세요)와 B⑥ 코로시테시마오(殺してしまおう: 죽여 버리자)다. 둘 다 니시오카의 다크 사이드를 표현한 일품으로 아름답고 애처로우며 어쿠스틱한 사운드로의 디스토피아 SF 사이키다. A⑦은 후코가 담담하게 노래하는 미래를 향한 탄원서이고 B⑥은 니시오카가 쿨하게 외치는 종말론이다. B⑥은 방송 금지곡으로 지정됐다.

1970년, 니시오카는 전 잭스ジャックス의 키다 타카스케木田高介, 포크 싱어인 사이토 테츠오斉藤哲夫와 함께 세션 프로젝트로 토케다시타 가라스 바코(溶け出したガラス箱: 녹아내린 유리 상자)를 제작했다. 이 앨범은 일본 애시드 포크의 명반으로 해외에서도 인기가 높다.

이츠츠노 아카이 후센은 New Sky 와 Flight(1971) 등의 걸작을 발표했지만 1972년에 해산했다. 2000년에 재결성되었고 푸코와 아즈마는 죽었지만 현재도 활동 하고 있다.

아카이 토리(赤い鳥: 빨간 새)
타케다노 코모리우타(竹田の子守唄: 타케다의 자장가)

東芝音楽工業 Liberty, 1971

'아카이토리(赤い鳥: 빨간 새)' 는 정말로 대단한 그룹이었다.

　일반적으로는 교과서에도 게재된 유명한 합창곡 츠바사오 쿠다사이(翼をください: 날개를 주세요)를 히트 시킨 밴드, 혹은 금지곡으로 유명한 민요 타케다노 코모리우타(竹田の子守唄: 타케다의 자장가)를 노래한 포크 그룹으로서 자리잡았다. 그러나 실제 그들은 포크, 록, 재즈, 일본 민요까지도 망라하는 폭넓은 음악성을 소유했으며 그것들을 아름다운 코러스와 탁월한 연주 테크닉으로 들려주는 초일류 밴드였다. 게다가 각 멤버가 작사/작곡이 모두 가능했으니 정말로 슈퍼 그룹이라고 불러도 과언이 아니다.

　당초 고토 에이지로後藤悦治郎(g, vo)와 히라야마 야스요平山泰代(vo, piano) 두 사람이 일본 민요를 포크 스타일로 편곡해 불렀다. 거기에 콘서트에서 서로 서로 알았던 야마모토 토시히코山本俊彦(g, vo), 아라이 준코新居潤子(vo: 현재는 야마모토 준코山本潤子), 오오카와 시게루大川茂(b, vo)가 합류해 '아카이 토리'가 결성되었다. 민요와 미국 그룹 피프스 디멘션Fifth Dimension처럼 코러스 송을 부르는 것이 기본 스타일이었지만 후기에 오무라 켄지大村憲司(g)와 무라카미 폰타

220

슈이치村上ポンタ秀一(ds)가 가입하면서 록 색깔이 강한 사운드가 되었다.

TV에서 아마추어 시절의 그들을 본 작곡가 무라이 쿠니히코村井邦彦가 마음속부터 홀딱 반해 뜨거운 러브 콜을 보낸 결과, 1970년에 Fly with the Red Birds로 메이저 데뷔를 이룬다. 무라이의 후원으로 Red Birds(1970), What a Beautiful World(1971)이라는 아름다운 코러스를 들려주는 음반을 일정하게 릴리스.

그리고 전술한 아카이토리를 대표하는 2곡을 수록한 음반 타케다노 코모리우타(竹田の子守唄: 타케다의 자장가)를 1971년에 발표했다.

재즈 기타리스트 타케다 카즈히코竹田一彦 쿼텟이 연주를 백업해 멋진 하모니와 스트링스 & 관악기에 의한 달콤한 어레인지에 도취된다. A면 마지막의 A⑦ 츠바사오 쿠다사이(翼をください: 날개를 주세요) 역시 명곡이다.

B① 와스레테이타 아사(忘れていた朝: 잊고 있었던 아침)도 무라이의 작곡으로 정말로 라이트 & 멜로다. 시티팝 여명기에 맞는 일본 소프트 록의 명곡/명연이니 시티팝 팬이라면 꼭 들을 것!

그리고 앨범의 백미 B⑦ 타케다노 코모리우타(竹田の子守唄: 타케다의 자장가)로 끝난다. 역시 이 노래는 앨범의 하이라이트답다. 교토京都의 전승 민요인 이 노래에 대한 리더 고토의 생각은 깊다. 아마추어 시대에 제작한 싱글에도 수록되어 있다(1969). 이 노래는 피차별부락(被差別部落: 에도 시대에 최하층 신분의 자손이 법령상으로 신분이 해방되었음에도 불구하고 아직 사회적으로 차별, 박해를 받아 집단적으로 살고 있는 곳)에서 불러지던 민요였기 때문에 히트했지만 긴 시간동안 금지곡으로 지정되어 방송매체에서는 들을 수 없었다. 덧붙이자면 중화권에서는 세계평화를 기원하는 내용의 가사로 바뀌어 치따오(祈禱: 기도)라는 타이틀로 애창되고 있다.

이후에도 밴드는 나는 새도 떨어뜨리는 기세로 계속해서 앨범을 릴리스한다.

젊은 오무라 켄지大村憲司의 기타 솔로가 최고로 멋있는 일본식 사이키델릭 애시드 포크 모웃코(もうっこ)(일본민요)를 수록한 Studio Live(1971), 록 밴드 아카이토리의 최고 걸작 Party(1972), 소프트 록/시티팝의 명곡을 만재한 우츠쿠시이 호시(美しい星: 아름다운 별)(1973), 콘셉트 앨범으로서 높은 완성도를 자랑하는 이노리(祈り: 기도)(1973)는 이미 프로그레시브 록이다. LP 2장 세트의 라이브 음반 Million People(1973)에서는 연주 시간 20분이 넘는 모웃코(もうっこ)의 재즈 록에 경악한다. 그리고 나는 새 자국을 남기지 않고 유종의 미를 거두는 쇼칸슈(書簡集: 서간집)(1974)을 발표하고 1974년에 해산했다.

해산 후 고토 & 히라야마 부부는 포크 듀오 '카미후센(紙ふうせん: 종이풍선)'을, 야마모토 부부와 오오카와는 시티팝 코러스 그룹 '하이파이 세트ハイ・ファイ・セット'를 결성했다.

2003년에 싱글과 레어 음원 등을 수록한 CD 12장의 박스 세트 Complete Collection 1969-1974가 시판되었다.

2021년 3월 폰타가 타계. 향년 70세. 폰타는 아키이 토리 탈퇴 후는 일본을 대표하는 드러머로서 활동했다. 레코딩에 참가한 곡은 14,000곡을 넘는다.

카가와 료加川良
쿄쿤(教訓: 교훈)

URC, 1971

포크 싱어 카가와 료加川良의 대표 곡은 역시 무엇이라 해도 데뷔곡 쿄쿤 I (教訓 I : 교훈 I)일 것이다. 우리밴드인 곱창전골 3집 그 날은 올 거야(2013)에서 한국어로 번역해 커버한 반전가(反戰歌)로 방송 금지곡으로서도 유명하다.

카가와와 직접 담판을 지어 허가를 받았고 본인 앞에서 노래도 했다. 카가와는 "커버 버전 중에서 제일 좋아요"라고 말해 주어 인사치레일지도 모르지만 기뻤다.

가사 내용은 발표한지 40년 이상 지나 발생한 후쿠시마 원자력 발전소 사고(2011)나 자위대의 집단 자위권 행사 문제(2014)에도 맞는다고 카가와는 생각하고 있고 말년에는 "노래 부를 때마다 신곡이라는 생각이 듭니다"라고 이야기했다.

사실 나도 징병제가 있는 지금의 한국에서 이 노래가 가지는 메시지는 확실하게 의미가 있다고 생각하면서 노래하고 있다. 그래, 존 레논John Lennon의 Imagine처럼 전 세계에서 전쟁이 없어질 때까지 이 노래도 불러질 것이다. ♪창백해져서 뒷걸음치세요, 도망가세요, 숨어주세요~ (♪青くなって尻込みなさい、逃げなさい、隠れなさい〜)

그런 쿄쿤 I (教訓 I : 교훈 I)(1971)으로 시작되는 카가와의 1집 쿄쿤은 결코 화려하지 않고 차분한 연주에 안심하고 마음 놓고 쉴 수 있는 것 같은 사운드다. 미국 민요에 가사를 붙인 노래도 많아 정말로 소박한 컨트리 포크다.

그러나 여기에는 타이틀 곡 A① 쿄쿤 I (教訓 I : 교훈 I), 역설적인 반전가(反戦歌) A⑤ 센소 시마쇼(戦争しましょう: 전쟁합시다), 타카다 와타루高田渡 작곡의 투덜거리는 노래 B③ 아키라메 부시(あきらめ節: 단념의 노래), 장례식에서의 아이러니한 사건 B④ 아카츠치노 시타데(赤土の下 で: 붉은 흙 밑에서), 돈이 없으면 세상은 차갑다고 말하는 B⑤ 제니노 코요니 츠이테(ゼニの効用 力について: 돈의 효용력에 대하여) 같은 신랄한 노래가 있다.

앨범의 마지막을 장식하는 것은 카가와의 대표곡 중 하나인 B⑥ 덴도(伝道: 전도)다. 같은 프레이즈가 쭉 되풀이되는 넘버로 그 노래 소리는 언제까지라도 끝나지 않는다. 이 노래가 전달하는 메시지는 안쪽을 향하고 있다. ♪슬플 때는 슬퍼하세요~ (♪悲しいときは、悲しみなさい ～) 1970년대에 들어서자 사람들은 직접적인 프로테스트 송을 필요로 하지 않게 되었다. 학생운동의 꿈이 깨진 허무한 젊은이들은 카가와의 독특하고 아이러니한 가사와 곡조에 빠져들었다. 실제 이 시기 카가와는 오카바야시 노부야스岡林信康나 요시다 타쿠로吉田拓郎보다 확실한 인기 절정의 스타였다.

그 후 타쿠로는 대스타가 되었는데(타쿠로는 카가와 료노 테가미(加川良の手紙: 카가와 료의 편지) 라는 카가와가 작사한 노래를 녹음했음) 카가와는 그를 지켜보면서도 전혀 동요하지 않았다. 자신이 부르고 싶은 노래를 단지 부른다, 그런 스탠스를 쭉 계속해서 지켜 나갔다.

1972년의 2집 싱아이나루 Q니 사사구(親愛なるQに捧ぐ: 친애하는 Q에 바친다)에는 타카다 와타루를 향한 동경을 간절하게 이야기하는 명곡 게슈쿠야(下宿屋: 하숙집)가 수록되었다.

1974년의 Out of Mind, 1976년의 미나미유키 하이웨이(南行きハイウェイ: 남쪽 행 하이웨이), 1978년의 고마자와 아타리데(駒沢あたりで: 고마자와 근처에서), 1981년의 Propose, 모든 것이 명반이라 이름 높은 음반이다.

1996년에는 'TE-CHILI'라는 록 밴드를 결성해서 CD R.O.C.K를 릴리스, 수록된 쿄쿤 I , 게슈쿠야가 그런지 록이 되어있는 점에 놀랐다.

이렇게 마이 페이스로 앨범을 발표하던 카가와는 2017년, 급성 골수성 백혈병으로 돌연 타계했다. 향년 69세. R.I.P.

카가와의 음반은 기본 전부 CD화 되어 있고, 2017년에 쿄쿤이 아날로그 LP 및 카세트테이프로 재발매되었다. 단, 쿄쿤의 발매 당시의 첫 프레스 음반만 수록곡이 하나가 다르므로, 수집가분들은 주의를.

고아이사츠(ごあいさつ:인사)

포크 싱어인 타카다 와타루는 2005년 4월 공연 장소인 홋카이도에서 노래가 끝난 직후 무대 위에서 갑자기 쓰러져 타계했다. 향년 56세. 너무나도 갑작스러운 이별이었다. 아들인 멀티 현악기 주자 타카다 렌高田漣은 현재 와타루의 노래를 부르며 아버지를 계승한 싱어 송 라이터가 되었다.

타카다 와타루, 1949년 기후현에서 태어나 도쿄에서 자랐다. 중학교 졸업 후, 미국의 포크 송에 심취해 피트 시거에게 편지를 보냈다. 2개월 후 "일본의 포크 송은 너의 발밑에 있을 것이다"라는 답장을 받고 일본어로 표현하는 포크 송은 추구하기로 결심, 그 자세는 한평생 흔들리지 않았다.

1969년, 교토로 이사. URC에서 이츠츠노 아카이 후센五つの赤い風船과의 스플릿 LP 타카다 와타루 / 이츠츠노 아카이 후센(高田渡/五つの赤い風船)으로 데뷔. 화제가 된 야유를 담은 반어적인 반전가 지에타이니 하이로(自衛隊に入ろう: 자위대에 들어가자)는 말비나 레이놀즈Malvina Reynolds의 Andorra를 개사한 것인데 방위청에서 "꼭 자위대의 응원가로 사용하고 싶다"라며 연락이 와 너무 어처구니가 없어 놀랐다고…. 같은 해, 1st 키샤가 이나카오 토오루 소노토키(汽車が田舍を通るそのとき: 기차가 시골을 통과하는 그 때)를 발표했다.

1971년, 도쿄의 미타카三鷹로 돌아와 킹 레코드에서 2nd 고아이사츠(ごあいさつ: 인사)를 릴리스(1973년 벨우드 레코드에서 재발). 해피엔드はっぴいえんど, 카가와 료加川良, 엔도 켄지遠藤賢司, 이츠츠노 아카이 후센의 나카가와 이사토中川イサト, 잭스의 키다 타카스케木田高介가 참여했다. 바나나의 재킷 디자인은 인기 일러스트레이터 카와무라 요스케河村要助와 유무라 테루히코湯村輝彦가 작업했다. 포크, 블루스, 컨트리 사운드가 만개한 명작이다.

자작한 가사도 있지만 현대시에 곡을 붙인 것이 많다. 와타루 왈 "그들이 써준 것과 비교하면 내 가사는 보잘 것 없다. 그러니까 그들의 시에 곡을 붙이는 편이 훨씬 좋겠지"라고.

와타루의 대표곡 B⑦ 세이카츠노 가라(生活の柄: 생활양식)는 오키나와 시인인 야마노구치 바쿠山之口貘(1903년-1963년)의 시에 곡을 붙였다. 멜로디는 카터 패밀리The Carter Family의 When I'm Gone을 바탕으로 했다. 시중의 '후로샤(浮浪者: 부랑자)'라는 단어에 문제가 제기되어 방송 금지곡으로 지정되었다. 방송국에서 '후로샤'를 '홈리스'라는 단어로 바꾸면 괜찮다고 하자, "그런 짓을 하면 가사가 망가진다"며 격노했다고 한다.

와타루가 작사한 B① 커피블루스(コーヒー・ブルース)는 교토에 살고 있을 당시에 만들어졌다. 포근한 노래로 교토의 유명 커피 체인점 '이노다 커피イノダコーヒ'가 무대이다.

이 시기 솔로 활동과 병행하여 시바シバ, 야마모토 코타로山本コウタロー와 함께 저그 밴드 '무사시노 탐포포단武蔵野タンポポ団'를 결성하며 무사시노 탐포포단노 덴세츠(武蔵野タンポポ団の伝説: 무사시노 탐포포단의 전설)(1972)와 모우히토츠노 덴세츠(もうひとつの伝説: 또 하나의 전설)(1975)를 발표했다.

또 명반이라 알려진 솔로 앨범 케이즈(系図: 계보)(1972)와 이시(石: 돌)(1973)가 벨우드에서 릴리스되었다.

1976년, 호소노 하루오미細野晴臣와 나카가와 이사토中川イサト와 함께 미국으로 건너가 로스앤젤레스에서 녹음한 Fishin' on Sunday을 발표했다. 현지에서 우연히 만난 반 다이크 팍스Van Dyke Parks와 야마기시 준시山岸潤史가 녹음에 참여했다. 1977년, 타카다 와타루 & 힐탑 스트링스 밴드(高田渡 & ヒルトップ・ストリングス・バンド)라는 이름으로 버번 스트리트 블루스(ヴァーボン・ストリート・ブルース)를 릴리스했다.

그 후는 과작(寡作)이 되지만 네코노 네고토(ねこのねごと: 고양이의 잠꼬대)(1983), 와타루(渡)(1993) 등의 훌륭한 앨범을 발표해 팬을 기쁘게 만들었다.

마지막으로 와타루는 사랑받는 술주정뱅이로도 유명했다. 과음하고 무대 위에서 잠들어버린 경우도 종종 있을 정도. 의자에 앉아 노래를 부르던 중에 잠에 빠져버렸는데 다시 눈을 떴을 때, 마침 잠들기 전에 불렀던 부분의 바로 뒤를 이어 부르기 시작했다고 하는 전설 같은 이야기도 전해진다. 사석에서는 늘 기치조지吉祥寺의 꼬치구이 가게 '이세야いせや'에서 만취해 곯아떨어진 모습을 볼 수 있었는데 그것이 또 거리의 명물 중 하나였다.

V.A.

시젠토 분카노 72지칸`71젠니혼 포크잼보리 오리지나루 짓쿄반 (自然と 文化の72時間`71全日本フォークジャンボリー・オリジナル実況盤: 자연과 문화의 72시간`71전일본 Folk Jamboree Original 실황반)

King, 1971

'전일본 포크 잼보리'는 기후현 나카츠가와中津川시에 있는 하나노코椛の湖 호반에서 1969년부 터 1971년까지 총 3번 개최된 일본 최초의 올 나이트 야외 페스티벌이다. '나카츠가와 포크 잼 버리'라는 이름으로도 알려졌다. 제1회(1969년 8월 9일 개최)는 미국의 우드스톡 페스티벌(1969년 8월 15일부터 17일까지 개최)보다 빨랐다.

1970년대 필드 포크를 제창하고 미디어에 거의 의존하지 않는 풀뿌리 민주주의 운동을 이어온 포크 싱어 카사기 토루笠木透(2014년, 직장암으로 77세 사망)가 중심이 되었고 고향의 아마 추어로 구성된 실행위원회가 주최했다. 기본 자원봉사자들로 진행되는 이벤트였다.

제1회가 성공적으로 막을 내리자 뒤를 이어 계속 개최되어, 관객 수는 1회 3,000명, 2회 8,000명, 3회는 25,000명으로 늘었다. 개최 장소였던 사카시타마치坂下町(현 나카츠가와시)의 인 구수가 약 6000명이었는데 3회째 관객 수가 마을의 인구수를 아득하니 뛰어넘어 버렸다. 실 행위원회는 규모가 너무 커져버린 탓에 운영상에서 발생하는 트러블과 상업주의적으로 변해 버린 이벤트로 자신들이 일하는 의미가 과연 무엇인가에 라는 의문은 곧 상실감으로 바뀌었다. 결국 1971년, 3회를 마지막으로 중단하기로 결정했다.

제3회는 특히나 혼란의 극치로 메인 스테이지가 폭도들에게 점령당해 연주는 강제로 종료되었다. 무대 위에서 아침까지 토론회가 열리는 일도 일어났다. 애초에 무대도 메인 스테이지와 두 개의 서브 스테이지, 검은 텐트 그리고 야외 영화관까지 있어 처음부터 대규모의 양상을 보였다. 요시다 타쿠로吉田拓郎가 2시간동안 닝겐난테(人間なんて: 인간 따위)를 노래했다는 전설도 바로 이 때 일어난 일이다.

또 포크 잼버리라는 간판을 내걸었지만 포크 싱어뿐만이 아니라 블루스 크리에이션ブルース·クリエイション 등의 록 밴드와 히노 테루마사日野皓正나 야스다 미나미安田南라는 재즈 뮤지션 등 실제로는 여러 장르의 음악가가 무대에 출연했다.

현재 포크 잼버리의 음원은 LP & CD로 다양한 음반이 발매되어 있다.

그런 음반을 들으면 포크 잼버리의 전체 모습을 대체로 파악할 수 있다. 1970년에 열린 제2회를 찍은 영상 작품《그래서 이곳에 왔다だからここに来た》도 2010년에 DVD로 나왔다.

제3회 공연을 수록한 이 LP 시젠토 분카노 72지칸`71젠니혼 포크잼보리 오리지나루 짓쿄반(自然と文化の72時間`71全日本フォークジャンボリー·オリジナル実況盤: 자연과 문화의 72시간` 전일본 Folk Jamboree Original 실황반)은 이 다음 벨우드 레이블을 시작하는 미우라 코우키三浦光紀가 편집해 개최 당시에 발매했다. 이 때 킹 레코드 관계자는 앞으로 포크 송이 장사가 될 거라며 주판을 튕기고 있었다. 그래서 여기에는 포크계 아티스트가 주체가 되어 수록되고 있고, 그러므로 이 음반은 1970년대의 포크 붐에 가교 역할을 한 상징이 된 것이다.

전설이 된 타쿠로의 A③ 닝겐난테는 역시나 격렬하다. 물론 연주 전부는 수록되지 않았고 페이드 아웃된다. 카가와 료加川良의 A① 쿄쿤 I (教訓 I)과 그 개사곡인 나기라 켄이치なぎらけんいち의 C① 쿄쿤 II (教訓II)를 모두 들을 수 있다니 정말 놀랍지 않은가!

아가타 모리오あがた森魚의 B② 세키쇼쿠 엘레지(赤色エレジー: 빨간색 엘레지)는 아직 미완성 가사였다. 반주는 스즈키 케이이치鈴木慶一가 이끈 '하치미츠파이はちみつぱい'. 이 음원을 계기로 미우라는 아가타를 벨우드 레이블의 제1호 아티스트로 선택했다. 사이토 테츠오斉藤哲夫의 D② 오레타치노 지다이(俺たちの時代: 우리들의 시대)의 반주도 하치미츠파이다. 3대의 어쿠스틱 기타와 봉고bongo 소리가 서서히 밀려오는 뜨거운 연주다.

해피엔드의 거칠고 와일드한 연주를 들을 수 있는 C⑤ 카쿠렌보(かくれんぼ: 숨바꼭질)와 C⑥ 하루요 코이(春よ来い: 봄이여 오라)는 스튜디오 음반과는 또 다른 사이키델릭을 느낄 수 있다. 앨범의 마지막은 D⑤ 소레데 지유니 낫타노카이(それで自由になったのかい: 그래서 자유가 되었나)로 강하게 부르짖는 오카바야시 노부야스岡林信康의 뒤에서 또 해피엔드가 반주를 맡았다.

2009년 8월 1일, 카사기 토오루笠木透를 비롯한 당시 실행위원이었던 멤버 중심으로, 38년 만에 같은 공연장에서 '09년 하나노코 포크 잼버리'가 부활했다. 그 당시의 뮤지션들도 다수 출연했다.

카이키센(回帰線:회귀선)

RCA, 1971

뼛속까지 히피 뮤지션인 미나미 마사토南正人. 1944년 출생.

대학생 때 미국, 멕시코, 유럽 각지를 돌며 2년 동안 방랑. 온 세계에서 일어난 포크 무브먼트를 직접 피부로 느낀 미나미는 직접 기타를 들고 노래를 부르게 된다. 귀국 후, 베트남 전쟁의 시대 배경을 바탕으로 술집이나 반전 집회 등에서 자작 메시지 송을 선보였다. 타카다 와타루高田渡, 엔도 켄지遠藤賢司, 마사키 요시히로真崎義博가 활동했던 '아고라アゴラ'라는 일본어 포크송 팀에 가입했다.

교토의 제3회 칸사이 포크 캠프(1968)나 나카츠가와의 제2회 전일본 포크 잼버리(1970)에 출연하며 절대적인 지지를 받았다.

1969년, 싱글 장 c/w 아오이 오모카게(ジャン c/w 青い面影: 푸른 기억)로 데뷔. 1970년에 2번째 싱글 요코스카 블루스 c/w 아카이 하나(ヨコスカ・ブルース c/w 赤い花: 붉은 꽃)를 릴리스.

1971년, RCA 레코드에서 1st 카이키센(回帰線: 회귀선)을 발표한다. 일본 록의 역사에 남을 걸작 중 하나다.

포크라기에는 너무나도 개성이 강하고 록이라고 말할 수밖에 없다. 베이스는 호소노 하루오미細野晴臣, 드럼은 하야시 타츠오林立夫. 몇 곡은 희귀하게도 베이시스트 고토 츠구토시後藤次利가 일렉 기타를 쳤다. 감성적이고 따뜻한 연주는 미나미에게 착 달라붙어 놀라운 상승효과를 가져왔다.

오프닝 A① Train Blue부터 질주감이 폭발하니 주변 레코드와는 확실하게 다른 앨범임을 알 수 있다. A② 요루오 쿠구리 누케루마데(夜をくぐり抜けるまで: 밤을 빠져나갈 때까지)와 A③ 콘나니 토쿠마데(こんなに遠くまで: 이렇게 멀리까지), A④ 우미토 오토코토 온나노 블루스(海と男と女のブルース: 바다와 남자와 여자의 블루스)(싱글 요코스카 블루스ヨコスカ・ブルース와 이름이 다른 같은 곡), B① 아이노 키즈나(愛の絆: 사랑의 인연) 처럼 그를 대표하는 곡이 차례차례 나타나 우리들을 매료시킨다.

앨범 라스트를 장식하는 B④ 하테시나이 나가레니 사쿠 무네잇파이노 아이(果てしない流れに咲く胸いっぱいの愛: 끝없는 흐름에 피어나는 가슴 가득한 사랑)에는 재패니즈 언더그라운드 사이키델릭 록의 영웅 '하다카노 라리즈裸のラリーズ'의 미즈타니 타카시水谷孝가 스페셜 게스트로 참여했다. 미즈타니가 다른 아티스트의 레코딩에 참가한 것은 이 작품이 유일하다. 미즈타니가 미나미를 밴드에 초대한 적도 있다고 한다. 연주 멤버 모두가 대마초와 함께 우주의 저쪽 편에 가버린 스튜디오 라이브. 이것이야말로 진정한 애시드 록!

1982년, 재발매된 LP에는 싱글 B면곡 아카이 하나(赤い花)가 앨범 마지막에 추가로 수록되었다. 또 CD화(1999) 되었을 때는 데뷔 싱글을 포함한 싱글 4곡이 보너스 트랙으로 수록되었다.

1973년, 벨우드 레이블에서 이름 때문에 착각하기 쉬운 2nd 미나미 마사토 퍼스트 앨범(南正人ファーストアルバム)을 발표한다. 호소노의 캐러멜 마마キャラメル・ママ(틴 팬 앨리 ティン・パン・アレイ)를 백밴드로, 산 속에 있는 히피 코뮌(공동체) 같은 자택에서 녹음한 작품이다. 이것 역시 명반. 이 해에 폐점한 전설의 라이브 하우스 'OZ'의 폐점 기념으로 나온 옴니버스 음반 OZ Days Live에도 참가했다.

1975년, 필립스에서 미나미 마사토 Live(南正人 Live)를 발표. 1977년, 킹 레코드에서 키보호(希望峰: 희망봉)를 발표. 1979년, 일본 컬럼비아에서 Lady Let Me Go를 발표. 앨범마다 레코드 회사가 달랐던 일에 구속당하는 것을 싫어했던 미나미다운 선택이다.

1980년, 약간 자유로움이 과했던 미나미는 마리화나 불법 소지로 교도소에….

그 후 자연 파괴와 원전, 인권 등의 사회 문제를 다루는 등 독자적인 음악 활동을 전개한다.

1988년, '미나미 마사토 & 리버南正人 & River'라는 이름으로 아사카와 마키浅川マキ를 게스트로 초빙한 Start Again을 발표한다. 8일간에 걸친 이벤트 '생명의 축제(いのちの祭り)'를 실현시켜 1997년에는 아시아 음악제 '생명의 축제 in 치앙마이(いのちの祭り in チェンマイ)'를 태국에서 개최했다.

2021년 1월 공연 중에 갑자기 의식을 잃고 사망. 향년 76세.

하세가와 키요시長谷川きよし
소츠교(卒業:졸업)

Philips, 1971

앞을 볼 수 없는 싱어 송 라이터 하세가와 키요시長谷川きよし. 보사노바, 삼바, 라틴, 샹송, 프렌치 팝스, 칸초네, 재즈, 록에 이르기까지 폭 넓은 음악성을 가졌으며, 초절(超絶)의 기타 테크닉과 나긋하고 투명한 목소리의 노래로 인기를 누렸다. 맹인과 기타리스트라는 공통점 때문에 일본의 호세 펠레치아노José Feliciano라 불렸다.

녹내장으로 2살 반경에 실명해 두 눈이 모두 보이지 않게 되었다. 중학생 즈음에 자신에게는 노래밖에 없다고 마음먹고 직접 연주 할 수 있는 악기인 클래식 기타를 시작한다. 1967년, 샹송 콩쿨에서 입상하여 일본 샹송의 중심이었던 클럽 '긴파리銀巴里'에서 라이브 활동을 개시한다.

마이크 마키マイク真木, 모리야마 료코森山良子에 이어 필립스 레코드의 세 번째 뛰어난 싱어 송 라이터로서 1969년, 1st 히토리봇치노 우타(一人ぼっちの詩: 외톨이의 시)를 발표하고 싱글 와카레노 삼바(別れのサンバ: 이별의 삼바)로 데뷔한다. 발매 직후에는 그다지 반향이 없었던 모양이지만 심야 라디오방송을 계기로 포크 세대인 젊은이들의 지지를 받아 100만장이 넘는 판매량을 기록하며 대히트곡이 되었다.

키요시는 말했다. "사람의 마음을 부드럽게 만드는 노래가 아니라, 사람의 마음에 바람을 일으킬 수 있는, 충격을 주는 노래를 만들고 싶었다", "데뷔 때는 기타를 치면서 노래하면 모두 포크 싱어라고 불렸지. 싱어 송 라이터라는 단어는 없었고, 나는 포크를 부를 생각은 아니었는데…"

1971년, 3rd 소츠교(卒業: 졸업)를 발표. 타이틀곡 A① 소츠교, A③ 쿠로노 후나우타(黒の舟唄: 흑색의 뱃노래), B③ 신주닛폰(心中日本: 일본 심중) 등 그를 대표하는 곡을 수록했다.

쿠로노 후나우타는 작가 노사카 아키유키野坂昭如의 레퍼토리로 1971년의 싱글 마릴린먼로 노 리탄(マリリン・モンロー・ノー・リターン)의 B면 곡이다. 작사, 작곡은 CM송의 히트 메이커 사쿠라이 준桜井順이다. 키요시도 1972년에 싱글으로 재차 릴리스했으나 싱글은 나루모 시게루成毛滋와 츠노다 히로つのだひろ가 참가한 록 버전이고 이 앨범에는 아방가르드 재즈 버전이 수록되었다. 둘 다 과격한 어레인지로 반드시 들어야 하는 곡이다.

신주닛폰은 타이틀이 음울하고 어둡다는 트집에 가까운 이유로 방송금지로 지정되어 1972년 이후부터는 코코로 노나카노 닛폰(心ノ中ノ日本: 마음 속의 일본)으로 개제되었다. 소츠교(卒業)는 카이 요시히로甲斐よしひろ(1978)와 문라이더스ムーンライダーズ(1995)에 의한 커버 버전도 잘 알려진 명곡이다.

1974년, 카토 토키코加藤登紀子와 듀엣으로 싱글 하이이로노 히토미(灰色の瞳: 잿빛 눈동자, Aquellos Ojos Grises)를 릴리스. 아르헨티나의 께나quena 연주자 우냐 라모스Uña Ramos가 작곡한 곡을 일본어로 불렀다. 이 곡의 히트를 계기로 일본에서도 폴클로레folklore 붐이 일어난다. 이 후 듀오로 라이브 앨범 카토 토키코 & 하세카와 키요시 라이브(加藤登紀子 & 長谷川きよし Live)(1978)를 릴리스했다.

같은 해 5th 마치카도(街角: 길거리)를 발표. 미나미 마사토를 커버한 요코스카 블루스(横須賀ブルース), 지금은 DJ의 샘플링 소재로 정착한 일본식 레어 그루브의 모 아키테 시맛타II(もう飽きてしまったII: 이미 질려 버렸다 II) , 엄청난 질주감의 준레이샤(巡礼者: 순례자) 등 브라스 록 넘버가 수록된 대걸작이다.

1977년, 브라질 음악 팬 사이에서 전설적인 그룹이 된 '선데이 삼바 세션サンデー・サンバ・セッション'을 결성해 앨범 Sunday Samba Session을 릴리스. 일본에서 일어난 삼바 무브먼트의 계기가 되었다.

순조로운 가수 생활이었지만 1979년에 이혼, 그리고 개인 기획사를 접은 뒤로는 정신적으로 내몰려 음악에서 멀어져 마사지사가 되었다. 그곳에서 지금의 아내와 만나 다시 음악의 길을 걷는다.

1983년에 아사카와 마키가 프로듀스한 앨범 네온 카가야쿠 히비(ネオン輝く日々: 네온이 빛나는 날들)을 발표하며 완전한 부활을 알렸다. 그 후 이전보다 더 활발하게 활동했고 2005년에 젊은 싱어 송 라이터 시이나 링고椎名林檎와 함께한 공연으로 화제를 모았다. 현재도 남녀노소를 불문하고 폭넓은 층의 존경을 받는 아티스트로 정력적으로 활동하고 있다.

앨리스アリス
Alice I

앨리스는 1970년대 후반부터 1980년에 걸쳐 한 시대를 풍미한 포크 그룹이다. 특히 1977년의 싱글 후유노 이나즈마(冬の稲妻: 겨울의 번개)가 히트한 후, 1978년에 발표한 나미다노 치카이(涙の誓い: 눈물의 맹세), 조니노 코모리우타(ジョニーの子守唄: 조니의 자장가), 챔피온(チャンピオン) 등 발표한 곡들은 모두 대히트의 연속이었다. 포크에서 뉴 뮤직으로 이행 시기, 이 시대를 이끈 그룹으로 기억된다.

그들의 레퍼토리는 발라드 명곡 토쿠데 키테키오 키키나가라(遠くで汽笛を聞きながら: 멀리서 들려오는 기적소리와 함께)나, 동명 영화의 주제가가 되어 두 번 히트한 카에라자루 히비(帰らざる日々: 돌아오지 않는 날들), 실력파 그룹 '우디우ウッディ・ウー'를 커버한 히트곡 이마와 모우 다레모(今はもうだれも: 이제는 아무도) 등 오늘날 일본 포크의 올타임 넘버가 된 다수의 곡이 있다.

이러한 앨리스의 전성기는 베스트 앨범이나 에이코우에노 닷슈츠~부도칸 라이브(栄光への脱出～武道館ライブ: 영광에서 탈출~부도칸 라이브)(1978), 카기리나키 초센 / 앨리스 라이브 우츠쿠시키 키즈나(限りなき挑戦 / アリス・ライブ 美しき絆: 끝없는 도전 / 앨리스 라이브 아름다운 유대,

Hand in Hand)(1979) 같은 라이브 앨범을 들어보면 일목요연해, 물이 오른 훌륭한 곡들을 만끽할 수 있다. 그러나 이곳에서 나는 감히 그들의 퍼스트 앨범을 언급하려한다.

1970년, 미국. 오사카의 포크 그룹 '록 캔디즈ロック・キャンディーズ'와 작/편곡가 소료 야스노리惣領泰則가 이끈 록 밴드 '브라운 라이스ブラウン・ライス'가 참가한 라이브 투어에서 록 캔디즈의 리더 타니무라 신지谷村新司와 브라운 라이스의 객연 멤버인 드러머 야자와 토루矢沢透가 의기투합을 한다. 한발 앞서 귀국한 타니무라는 아마추어 밴드 '플리쉬 브라더후드フーリッシュ・ブラザーフッド'의 호리우치 타카오堀内孝雄에게 새 그룹의 가입을 권유한다. 1971년 크리스마스 날, 타니무라와 호리우치 두 명은 야자와의 합류를 전제로 포크 그룹 '앨리스アリス'를 결성한다. 브라운 라이스가 미국을 거점으로 활동하고 있었기 때문에 우선 두 명이서 먼저 시작한 것이다.

1972년 3월, 싱글 하싯테오이데 코이비토요(走っておいで恋人よ: 달려와 연인이여)로 데뷔. 같은 해 5월부터 야자와가 귀국하며 정식으로 합류했다. 9월, 1st Alice Ⅰ을 발표. 포크지만 멤버에 드러머가 있는 것이 동시기 다른 그룹과의 차별화를 노렸던 부분이다.

정열적인 퍼커션이 작렬하는 B① 코가라시노 마치(木枯らしの街: 초겨울의 거리)는 그러한 그룹의 초기 매력이 120% 발휘된 곡이다. 싱글로도 발매된 B⑥ 아시타에노 산카(明日への讃歌: 내일을 향한 찬가)도 마찬가지다.

블루스 풍의 록 넘버 A⑤ 나니모 이와즈니(何も言わずに: 아무 말도 하지 않고)와 록 발라드 B⑤ 우츠리유쿠 토키노 나가레니(移り行く時の流れに: 변해가는 시간의 흐름에)…에는 쿠와나 마사히로桑名正博가 일렉 기타로 참가했다. 멤버의 잡담만 수록한 B③ 티 타임(ティー・タイム) 같은 전위적인 트랙도 있다. 녹음은 소박하지만 자신들의 새로운 음악을 한다는 의욕이 배어 나오는 앨범이다.

그러나 데뷔 당시는 전혀 팔리지 않았고 히트곡도 없었다. 멤버 3명(+ 매니저)끼리 2대의 포크 기타와 야자와의 콩가를 들고서 기차를 타고 일본 전국을 이동하며 매일 라이브 투어를 다녔다. 수수한 투어 활동이었지만 노력한 보람은 있어, 앨리스란 이름은 서서히 침투해 갔다.

참고로 1974년 1년 동안 303번의 무대를 소화했다는 기록이 남아 있다.

게다가 타니무라가 DJ를 맡았던 라디오 방송의 인기가 상승하면서 앨리스는 드디어 황금시대를 맞이한다. 갑작스럽게 유명세를 얻은 탓에 일반 사람들에게 밑바닥 시절까지는 잘 알려지지 않았다. 그래서 "대히트곡 후유노 이나즈마로 데뷔한 요즘 화제인 그룹 앨리스입니다" 라고 소개된 적도 있었다.

앨리스는 1981년에 한번 활동을 중지했지만 그때까지 9장의 스튜디오 앨범과 7장의 라이브 앨범, 그리고 20장의 싱글을 릴리스했다. 또 그 후 몇 번이나 재결합하면서, 1987년에 10th Alice X, 2001년에 히트곡을 다시 녹음한 리메이크 앨범 Alice 0001을 발표했다. 더욱 2013년에는 11th Alice XI를 릴리스했다.

타니무라는 솔로에서도 스바루(昴: 묘성)(1980) 등의 히트곡을 남겼고, 전설의 아이돌 야마구치 모모에山口百恵의 히트곡 이이히 타비다치(いい日旅立ち: 좋은 날의 여행)(1978)을 시작으로 작곡가로서도 대활약했다.

요시다 타쿠로吉田拓郎

겡키데스(元気です。: 잘 지냅니다.)

일본의 대중음악사를 돌아보면 1970년대에 일어난 대전환기는 역시 요시다 타쿠로의 등장이다.

　타쿠로는 1970년대 틀림없는 시대의 총아였다. 자신이 만든 히트곡 이외에도 작곡가로서 다른 가수들에게 제공한 히트곡도 많다. 주로 다뤘던 것은 캔디즈キャンディーズ를 필두로 한 아이돌 음악이었지만 가장 큰 위업은 엔카 가수 모리 신이치森進一가 불러 1974년에 대히트를 기록한 에리모미사키(襟裳岬: 에리모곶)이다. 이 히트 이후 포크와 가요곡은 동등해졌다.

　타쿠로의 놀라운 점은 간단하고 심플한 코드 진행임에도 불구하고 한번 들으면 누구나 "아 이거 타쿠로다"라고 알 수 있는, 이른바 '타쿠로 가락'으로 선율을 만든 것이다. 그 덕분에 일본어를 무리하게 음표에 끼워넣은, 말하자면 글자 수가 많지 않는 노래가 만연하게 되었으나 그것도 이 후 J-pop의 초석이 되었다. 천재 작곡가 츠츠미 쿄헤이筒美京平는 "요시다 타쿠로가 나왔을 때 정말로 무서웠다"라고 말했다.

　아마추어 시절에 '히로시마 포크무라広島フォーク村'라는 이름으로 자체 제작한 음반 후루이 후네오 이마 우고카세루노와 후루이 스이후자 나이다로(古い船をいま動かせるのは古い水夫じゃないだろう: 오래된 배를 지금 움직일 수 있는 것은 옛 선원은 아닐 것이다)에 수록된 이미지노 우타(イメージの詩: 이미지의 시)가 화제가 되어 1970년, 일렉 레코드에서 1st 세이슌노 우타(青春の詩: 청춘의 시)를 발표한다. 젊은 타쿠로가 발산하는 열정이 그대로 담긴 앨범이다. 스피드감이 흘러넘쳐 마치 잭 케루악Jack Kerouac의 <길 위에서On the Road>를 읽는 것 같은 충격작이다.

1971년 제3회 전일본 포크 잼버리에서 닝겐난테(人間なんて: 인간 따위)를 두 시간동안 계속 부른 퍼포먼스가 화제가 되어 그것을 표제곡으로 한 2nd 닝겐난테에서 켓콘시요요(結婚しようよ: 결혼하자)라는 초히트곡이 태어난다. 이것으로 타쿠로의 인생은 크게 변화하여 시대의 총아로서 요시다 타쿠로의 쾌진격이 시작된다.

CBS 소니로 이적하여 1972년, 타쿠로의 앨범으로서 가장 많은 판매량을 기록한 겡키데스(元気です。: 잘 지냅니다.)를 릴리스한다. 타쿠로의 황금기에는 작사가 오카모토 오사미岡本おさみ와의 합작이 많은데 그 작업이 바로 이 앨범부터 본격적으로 시작된다. 대히트 곡 B⑥ 타비노 야도(旅の宿: 나그네의 숙소)(싱글과는 다른 버전)와 축제 후의 흥분이 식지 않아 어떻게도 할 수 없는 허탈감을 정말 잘 표현한 명곡 B⑦ 마츠리노 아토(祭りのあと: 축제 후에)의 두 곡에서 보여진 두 사람의 콤비네이션은 무적이다.

그 외에도 딜런 풍의 포크 록 A①하루닷타네(春だったね: 봄이었네), 일본의 정서가 가득 담긴 명곡 A⑤ 나츠야스미(夏休み: 여름 방학), 카가와 료가 작사한 A③ 카가와료노 테가미(加川良の手紙: 카가와 료의 편지), 몹스モップス에게 주었던 록을 다시 직접 커버한 A⑦ 타도리츠이타라 이츠모 아메후리(たどり着いたらいつも雨降り: 겨우 다다르면 언제나 내리는 비), 등 타쿠로를 대표하는 곡이 가득해, 최고 판매량을 기록한 것이 당연하다고 느껴지는 앨범이다.

그 후도 오토기조시(伽草子 1973), 타쿠로 LIVE '73(たくろう LIVE '73)(1973), 이마와 마다 진세오 카타라즈(今はまだ人生を語らず: 지금은 아직 인생에 대해 말하지 않으며)(1974) 같은 역시나 명반이라 불리는 작품군을 차례차례 발표했다.

1975년, 타쿠로는 코무로 히토시小室等, 이노우에 요스이井上陽水, 이즈미야 시게루泉谷しげる와 함께 자신들의 레코드 회사 '포 라이프 레코드フォーライフ・レコード'를 설립한다. 마찬가지로 현역 뮤지션이 레코드 회사를 세운 '비틀즈의 애플'을 방불케하는 사건이었다. 그러나 애플처럼 얼마 지나지 않아 경영난에 허덕이게 되지만 타쿠로는 스스로 사장이 되어 무려 회사를 바로 세우는데 성공했다.

경영자의 업무가 꽤나 바빴음에도 불구하고 포 라이프 시대에도 아스니 무캇테 하시레(明日に向って走れ: 내일을 향해 달려)(1976), 롤링30(ローリング30)(1978) 등의 훌륭한 앨범을 꾸준히 발표했다.

현재는 회사 일에서는 손을 떼고 뮤지션으로서 지금도 활발하게 활동하고 있으며 지금까지 라이브 음반을 포함해 40장 이상의 앨범을 발표했다.

카네노부 사치코金延幸子

미소라(み空: 하늘)

카네노부 사치코는 일본에서 태어난 여성 싱어 송 라이터의 선구자로 전설적인 존재다. 그리고 이 앨범은 일본에서 여성이 앨범 한 장을 전부 자작곡으로 채운 첫 레코드다.

프로듀스는 호소노 하루오미細野晴臣. 반주는 호소노를 필두로 스즈키 시게루鈴木茂(eg), 하야시 타츠오林立夫(ds), 그리고 카네노부의 옛 친구 나카가와 이사토中川イサト(ag). 원래는 해피엔드가 반주를 담당할 예정이었는데 마츠모토 타카시松本隆가 감기에 걸려 참가 할 수 없게 되면서 드러머가 하야시로 바뀌게 되었다. 호소노가 이 우연을 기회로 해피엔드에서 틴 팬 앨리ティン・パン・アレイ로 점차 옮겨가게 된 것이라 생각하면, 그 의미만으로도 역사적인 앨범이라 할 수 있다.

고베에서 태어난 카네노부는 1968년에 교토에서 개최된 '제3회 포크 캠프'에 참가한 것을 기회로 칸사이 포크 씬에 등장했다. 그리고 포크 캠프에 모였던 젊은 포크 싱어 집단인 '포크 캠퍼스フォークキャンパース'에 가입한 뒤 '이츠츠노 아카이 후센五つの赤い風船'을 탈퇴한 나카가와 이사토, 편곡자로 대단히 활약한 세오 이치조瀬尾一三, 하모니카의 명수 마츠다 코이치松田幸

236

一의 권유로 밴드 '구愚'에 가입한다.

구愚는 1969년에 '비밀결사○○교단 인류두뇌진화후퇴파멸파괴촉진클럽秘密結社○○教団人類頭脳進化後退破滅破壊促進倶楽部' 명의로 싱글 아쿠마노 오하나시 c/w 앨리스(あくまのお話し: 악마의 이야기 c/w アリス)를 발표한다. 1970년에는 '구' 이름으로 아카리가 키에따라 c/w 마리안느(あかりが消えたら: 불빛이 꺼지면 c/w マリアンヌ)를 릴리스. 현재 구의 사운드는 카네노부의 불가사의한 목소리와 잘 어울려 일본 애시드 포크의 원조라 재평가되고 있다. 2017년, 구愚의 싱글 음원이 해외에서 제작된 일본 포크 옴니버스 LP Even a Tree Can Shed Tears: Japanese Folk & Rock 1969-1973에 수록되었다.

구가 해산하고 솔로가 된 카네노부는 1971년, 오오타키 에이이치大滝詠一의 프로듀스로 싱글 토키니 마카세테 c/w 호시노 덴세츠(時にまかせて: 시간에 맡겨 c/w ほしのでんせつ: 별의 전설)을 발표한다. 오오타키 에이이치는 어레인지도 담당했기 때문에 카네노부에게 이 녹음은 오오타키의 색이 조금 진했다고 느껴졌던 모양이다. 다음 솔로 앨범 미소라(み空: 하늘)의 제작 프로듀스를 호소노에게 의뢰했다.

그러나 카네노부는 딱 이 시기에 일본을 방문한 미국 록 평론가 폴 윌리엄스Paul Williams와 연인이 되어 미국으로 건너가 버렸다. 결혼해 두 명의 아이를 낳았지만 나중에 이혼, 현재도 미국으로 살고 있다.

이런 이유로, 당시 레코드는 전혀 팔리지 않았다. 앨범이 세간에 나왔을 때 본인은 일본에 있지도 않았다. 정말로 알 사람들만 아는 전설의 앨범이다.

1993년에 '시부야계의 왕자님'이라 불리는 싱어 송 라이터 오자와 켄지小沢健二가 솔로 콘서트에서 관객 입장시 BGM으로 이 앨범을 들려 주었는데 이때부터 시부야계 소년소녀들 사이에서 카네노부의 평가가 올라갔다. 그리고 그 이후 미소라는 몇 번이나 CD 및 아날로그화되어 재발매 되었다. 또 1998년에는 구의 싱글이나 미발표 라이브 음원을 수록한 레어 트랙 모음 CD 토키니 마카세테도 릴리스되었다.

생기 넘치는 카네노부의 노랫소리, 장조와 단조를 넘나드는 독특한 송 라이팅, 섬세한 감성이 가득한 걸작. 노래 부르면서 연주하는 기타 스타일을 포함해 가장 가까운 것은 조니 미첼Joni Mitchell의 퍼스트 앨범일까. 타이틀곡인 오프닝 A① 미소라와 이어지는 A② 아나타카라 토쿠에(あなたから遠くへ: 당신에게서 저 멀리 떨어진 곳에)에서 들을 수 있는 시원함은 시간이 멈춰진 영원의 한 토막. 닐 영Neil Young을 방불케하는 B① 아오이 사카나(青い魚: 푸른 물고기)는 연주자와 하나가 된 애시드 스타일이 작렬한다.

1991년, 카네노부는 거의 20년 만에 하드하고 펑크로 불타오르는 록 앨범 2nd Seize Fire를 발표한다. 그 후 팝한 It's Up to You(1995), 쿠보타 마코토久保田麻琴가 믹스해 월드 뮤직적인 전개를 보여주는 Sachiko(1999) 등 개성적인 앨범을 발표, 2018년에는 '카네노부 사치코 45주년째 미소라'라는 제목의 콘서트를 개최해 화제를 모았다.

타카이시 토모야高石友也
토후(東風: 동풍)

Polydor, 1972

1960년대부터 포크 송을 부르고 있는 '포크의 아버지' 타카이시 토모야高石友也. 1960년대 후반에 칸사이(関西: 오사카 지방)를 중심으로 일어난 포크 음악 무브먼트 '칸사이 포크'의 중심인물로 일본 최초의 인디펜던트 레이블 URC레코드를 설립했다(1969).

1967년, 1집 오모이데노 아카이 얏케 / 타카이시 토모야 포크 앨범(想い出の赤いヤッケ / 高石友也フォーク・アルバム:추억의 빨간 파카 / 타카이시 토모야 포크 앨범)릴리스.

1968년, 포크 싱어 나카가와 고로中川五郎가 고등학생 시절에 쓴 수험생의 지옥 같은 생활을 그린 가사를 쾌활하게 부른 주켄세이 블루스(受験生ブルース: 수험생 블루스)가 대히트한다. 이어 2집(라이브 음반) 주켄세이 블루스 / 타카이시 토모야 포크 앨범 다이니슈(受験生ブルース / 高石友也フォーク・アルバム第2集:수험생 블루스 / 타카이시 토모야 포크 앨범 제2집)을 발표.

1969년, 3집 보야 오키쿠 나라나이데 / 타카이시 토모야 포크 앨범 다이산슈(坊や大きくならないで / 高石友也フォーク・アルバム第3集:아기야 커지지마 / 타카이시 토모야 포크 앨범 제3집)을 릴리스. 배리 맥과이어Barry McGuire의 Eve of Destruction를 일본어로 커버한 메시지 송 등이

중심이 된 음반이다. 베트남의 국민적인 작곡가 트린 콩 손Trinh Cong Son(1939-2001)의 반전가
(反戰歌) 아기야 커지지마(베트남어: Ngu di con)는 매우 사이키델릭하고 애시드 향기가 풀풀 나
는 노래였다.

덧붙여서 1975년의 사이공 해방 후 트린 콩 손은 재교육 캠프에 보내졌고 이 곡을 포함해
1975년 이전의 작품은 모두 금지곡이 되었다. 당연히 트린 콩 손 작품뿐만 아니라 남베트남
시대(1975년 이전)의 노래 대부분이 현재도 베트남에서 금지곡이다.

그 다음 음반이 바로, 1972년에 발표된 문제작 이 토후(東風: 동풍)이다.

TV애니메이션과 드라마 작곡가로서 활약한 우노 세이이치로宇野誠一郎(1927-2011)가 모든
작곡/편곡을 담당했고 문화대혁명기의 중국을 테마로 한 거대한 콘셉트 앨범이다. 오케스트
라 반주에 노래하는 타카이시 토모야. 그것이 과연 어울릴까? 그러나 실제로 타카이시는 여기
에서 우수에 어린 보컬리스트의 역할에 전념하고 있다.

놀리는 느낌도 있는(마음껏 모택동을 비판하는)통렬한 가사에 우아하고 멜로디어스, 때때로
환각적인 오케스트라가 채색을 더한다. SE 등의 사운드 메이킹이 만들어낸 한 폭의 두루마리
그림 같은 음악에 감동한다. 포크도 아니고, 록도 아니고, 클래식도 아닌 그런 음악장르를 무
의미하게 하는 대 걸작이다.

타카이시의 작품으로서는 이색 중의 이색작이고 대표작이라고는 결코 말할 수 없지만 개
인적으로 무슨 일이 있어도 이 앨범을 소개하고 싶어질 만큼 강렬한 임펙트가 있는 레코드다.

그런데 1970년대 이후 타카이시는 포크 송의 원점회귀를 도모해 1971년, '더 나타샤 세
븐The Natarshar Seven'을 결성한다.

더 나타샤 세븐의 활동은 블루그래스, 트래디셔널 포크, 일본 및 세계의 민요, 자장가, 동
요, 그리고 초등학교 교가에 이르기까지 폭넓은 레파토리(물론 오리지널 곡도 있음)를 가지고 특
히 야외 콘서트 활동을 중심으로 전국각지에서 공연했다. 밴드는 밴조, 기타, 만돌린, 피들(바
이올린), 베이스, 피아노 등으로 편성하고 멤버 모두가 보컬을 담당했다. 당시 전기악기나 드럼
은 별로 이용하지 않았다.

또 타카이시가 1973년부터 탤런트 에이 로쿠스케永六輔와 같이 시작한 '요이요이야마宵々
山 콘서트'는 교토京都의 여름 상징이 되어 2011년까지 계속되었다.

타카이시의 음반은 많지만 대부분이 CD화되었다.

참고로 타카이시는 마라톤 및 트라이애슬론 선수로 40년 이상 국내외의 레이스에 계속
해서 참가하고 있다.

가로ガロ
Garo Live

1970년대를 경험한 일본인들은 누구나 '가로ガロ'하면 슈퍼 메가 히트한 가쿠세이가이노 킷사텐(学生街の喫茶店: 학생거리의 찻집)(1972)을 떠올린다. 원래 싱글의 B면 곡이었던 이 노래는 라디오 에서 인기가 높아 A면을 차지하게 되었다는 경위가 있다.

이박자를 강조한 인트로에 얽힌 스트링스에서 애수를 띤 도입부의 멜로디를 지나 코러스가 아름다운 후렴까지. 사이키델릭하면서 프로그레시브한 전개를 보여주는 간주의 리드 악기는 오보에 소리처럼 들리지만 사실은 잉글리시 호른은 오보에보다 더 낮은 소리를 내는 악기다. 곡은 물론 훌륭하지만 이 혁신적인 어레인지가 획기적이다. 작곡은 스기야마 코이치 すぎやまこういち, 편곡은 오오노 카츠오 大野克夫.

또 '밥 딜런'이라는 가사가 등장해 이 곡 때문에 밥 딜런 Bob Dylan이라는 이름을 알게 된 사람도 많은데, 작사는 야마가미 미치오 山上路夫다.

호리우치 마모루 堀内護(마크), 히다카 토미아키 日高富明(토미), 오노 마스미 大野真澄(보컬) 3인조 그룹 '가로'는 1970년에 결성되어 1971년, 싱글 탐포포(たんぽぽ: 민들레)로 데뷔한 후 혼신

의 1st 앨범 Garo를 발표했다(이것이 명반).

1972년, 가쿠세이가이노 킷사텐을 수록한 2nd Garo 2와 3rd Garo 3를 릴리스한 전후로 가쿠세이가이노 킷사텐가 라디오와 유선방송의 리퀘스트를 받으면서 1973년에 메가 히트곡이 된다.

그런 인기 절정기에 열린 콘서트를 라이브로 녹음한 앨범이 Garo Live로 1973년에 발매되었다(다만 최신 싱글로 발매된 스튜디오 녹음 2곡도 수록). 스스로 연주하고 서포트 역시 완전한 밴드 스타일로, 그룹 본래의 록을 마음껏 즐길 수 있는 라이브 앨범이다. 섬세하게 만들어진 스튜디오 앨범도 좋지만 역시, 이 뜨거운 록의 혼에 마음이 떨린다. 여성 관객들의 열렬한 성원, 그녀들의 열광하는 모습이 당시 인기의 대단함을 말하고 있다.

오프닝은 A① 가쿠세이가이노 킷사텐로 시작한다. 간주에는 일렉 기타의 솔로 연주가 나오고, 베이스 그루브 역시 록이다. 이어진 A② 토키노 마호(時の魔法: 시간의 마법)도 무척 굉장하다. 발군의 코러스와 터질 듯이 질주하는 일렉 사운드에 여성 팬들이 모두 졸도했음은 분명하다.

B① 히토리데 이쿠사(一人で行くさ: 혼자 가겠어)는 1st 앨범의 서두에 수록된 곡으로 스튜디오 음반에서는 어쿠스틱 포크 사운드였으나 라이브에서는 일렉 기타를 메인으로 한 파워 팝이 되었다. B④ 쿠라이 헤야(暗い部屋: 어두운 방)는 CSN & Y와 다르지 않는, 가로의 실력이 100% 발휘된 곡으로 앨범의 압권이다.

가로는 본래 CSN & Y를 방불케하는 포크 록 그룹으로 그 코러스 워크의 훌륭함은 당시도 완벽했으며 어쿠스틱을 기본으로 하면서도 뿌리에는 록 스피릿이 있는 강력한 실력파 밴드였다.

그러나 소속 레코드 회사가 매상 부진으로 궁지에 몰리면서, 그들은 타개책으로 사내에서 가장 판매량이 좋은 가로에게 외부 작가의 작품을 부르게 시켰다. 싱글 히트를 노린 레코드 회사의 요청으로 녹음한 곡이 가쿠세이가이노 킷사텐으로 예상을 완전히 뛰어넘어 슈퍼 히트곡이 되었다. 그 결과로 그룹은 방향성을 잃고 헤매기 시작했고 멤버 사이의 음악적 충돌도 일어나 결국, 1976년에 해산한다.

초기의 팬들 중에는 가쿠세이가이노 킷사텐 때문에 해산했다고 생각하는 사람이 많다. 가쿠세이가이노 킷사텐의 히트는 가로의 이름을 전 국민이 알게 만드는 절대적인 효과는 있었지만 밴드에 있어서는 붕괴로의 첫걸음이었기 때문이다.

3인 중 두 사람이 이미 세상을 떠났기 때문에 재결성이 불가능한 것이 참으로 안타깝다.

가로의 앨범은 1990년대에 CD화 되어 2006년에는 DVD를 포함한 11장 세트 CD GARO BOX가 발매되었다.

바이 바이 굿바이 사라바이(バイバイグッドバイサラバイ: bye bye goodbye 그럼 안녕)

CBS/Sony, 1973

♪저 멀리서 너의 노래가 들려~(♪遥か遠く君の歌が聞こえる〜) 이 노래가 라디오에서 흘러나왔을 때 나는 스피커에 귀를 바짝 붙였다. '우와 이건 일본의 폴 매카트니 & 윙스Paul McCartney & Wings다!' 그 곡이 바로 포크 가수 사이토 테츠오의 1973년 히트곡 바이 바이 굿바이 사라바이〈バイバイグッドバイサラバイ(사라바이는 사라바(さらば: 그럼) 와 바이(Bye: 안녕))의 합성어〉다.

테츠오는 1970년에 싱글 나야미 오오키 모노요(悩み多き者よ: 괴로움이 많은 사람)으로 데뷔했다. 1st 앨범 키미와 에이유우난카쟈나이(君は英雄なんかじゃない: 너는 영웅 따위가 아니야)를 1972년에 릴리스.

이즈음 테츠오는 '칸사이 포크' 일파로(칸사이 출신은 아니지만), 차세대를 짊어질 메시지 포크 싱어로서 주목받고 있었다. 또 깊고 사색적인 가사로 '노래하는 철학가'라 불렸다.

확실히 테츠오는 밥 딜런Bob Dylan의 많은 영향을 받았지만 그의 가장 첫 번째 우상은 뭐라 해도 비틀즈Beatles였다(여담이지만 딜런과 비틀즈가 양대 아이돌이라니 한대수도 마찬가지 아닌가).

초기의 작품은 아직 포크라는 틀에 갇혀있었기 때문에 비틀즈의 느낌은 그다지 나타나지

않지만 1973년의 2nd 앨범 바이 바이 굿바이 사라바이(バイバイグッドバイサラバイ)부터는 테츠오의 매지컬 미스테리 팝한 곡들이 수도 없이 피어난다. 희대의 멜로디 메이커, 드디어 등장.

타이틀곡 A② 바이 바이 굿바이 사라바이는 역시 굉장하다. 한 번 들으면 귀에서 사라지지 않는 도입부의 독특한 곡조와 제목이 된 후렴의 언어유희적인 가사까지. 그리고 곡의 모든 부분에 비틀즈가 박혀있다. 서양적인 세련미가 있음에도 불구하고 일본 정서도 느낄 수 있다는 것이 이 곡을 더욱 명곡이라 말하는 이유다.

그 외에도 A① 쿄토 아시타오 무스부 카케하시(今日と明日をむすぶかけ橋: 오늘과 내일을 잇는 다리)에는 더 밴드+비틀즈의 풍미를 느낄 수가 있고 A⑤ 쿄카라 아시타에(今日から明日へ: 오늘에서 내일로)에서는 시타르가 울려 퍼지는 중에 테츠오의 하이톤 보컬이 노래하는 팝한 멜로디가 들린다. 이것은 테츠오류 사이키델릭 송이다.

B③ 신아이나루 신시슈쿠조노 타메니(親愛なる紳士淑女のために: 친애하는 신사숙녀를 위하여)의 스트링스가 연주하는 블루스 풍의 헤비한 록에 놀라고, 컨트리 느낌이 풍기는 라스트 B⑤ 기치조지(吉祥寺)에서는 옛 친구이자 멀티 뮤지션인 와타나베 마사루渡辺勝를 만나러 가는 모습이 그려진다. 그렇게 앨범은 향수를 불러일으키며 따스한 결말을 맺는다.

1974년에는 또 명반이라 불리는 일본 팝송계에서 찬란히 빛나는 대걸작 3rd 굿 타임 뮤직(グッド・タイム・ミュージック)을 발표한다. 서전트 페퍼스(Sgt. Peppers...)와 애비 로드(Abbey Road)의 B면을 일본어로 부른 듯한 완전한 비틀즈 향기가 작렬하는 팝 록 앨범이다.

1975년, 4th 보쿠노 후루이 토모다치(僕の古い友達: 나의 오랜 친구)를 릴리스. 사이먼 앤 가펑클Simon & Garfunkel 풍의 곡으로 산마 야케타카(さんま焼けたか: 꽁치 탔나)가 대히트했다.

그 후 1980년에 배우 미야자키 요시코宮崎美子가 인기스타가 되는 계기를 만들어 준 '카메라 CM 송' 이마노키미와 피카피카니 히캇테(いまのキミはピカピカに光って: 지금 당신은 반짝반짝 빛나고)(작사: 이토이 시게사토糸井重, 작곡: 스즈키 케이이치鈴木慶一)을 불렀는데 이곡이 그야말로 상상을 초월한 대히트곡이 되었지만 자작곡이 아니었던 점, 아이돌처럼 필요 이상으로 미디어에 노출되었던 점이 거꾸로 본인을 고민하게 만들었다.

이러한 일들 때문인지, 현재는 자기 방식대로 활동. De Te Fabula(1992) 같은 양질의 앨범을 발표하고 있다. 사담이지만, 개인적으로 친분을 맺고 있어 2008년에는 한국에서 라이브를 함께 한 적도 있다.

테츠오의 대표적인 앨범은 CD화 되었고 베스트반 CD도 시중에 나와 있다. 2017년에는 데뷔작 키미와 에이유난카자나이(君は英雄なんかじゃない)가 아날로그 LP로 부활했다.

토베나이 토리, 토바나이 토리(飛べない鳥、飛ばない鳥: 날 수 없는 새, 날지 않는 새)Love Songs and Lamentations

Polydor, 1973

시모다 이츠로는 싱어 송 라이터로 음유시인이며 보헤미안이다. 1967년, 작곡가 하마구치 쿠라노스케浜口庫之助에게 사사하여, 문하생 동기인 타악기 연주자 사이토 노부 와 '시몬사이 シモンサイ'를 결성한다. 1970년에 싱글 모닝 서비스 c/w 키리가후카이(モーニング・サービス c/w 霧が深いよ: 안개가 짙어요)로 데뷔함과 동시에 뮤지컬 극단 '도쿄 키드 브라더스東京キッドブラザー ス'의 창단에 참가하여 NY에서 공연도 했다. 시모다가 작곡한 뮤지컬《황금 박쥐黃金バット》는 대호평을 받아 롱런, 특히 독창성있는 음악은 높은 평가를 받아 현지 매스컴은 시모다를 '천 재'라고 극찬했다.

귀국 후, 1971년에 1st 유이곤카(遺言歌: 유언가)를 발표했다. 음악성은 순수 일본적인 프 롤로그부터 하드 록, 애시드 포크, 클래식, 엔카, 프로그레시브 록, 재즈, 그리고 남미의 고적 대 같은 에필로그까지 다채롭다. 보컬도 시모다 외에 릴리 リリィ, 전 템프터스テンプターズ의 마 츠자키 요시하루松崎由治, 그리고 도쿄 키드 브라더스의 배우들이 돌아가며 담당했다. 이건 누 가 봐도 시모다의 자작판 뮤지컬 작품이다.

이 후 일본을 떠나, 보헤미안이 되어 유럽을 돌아 다시 NY에 도착한 뒤 뮤지션들을 데리고 귀국했다. 1973년, 2nd 토베나이 토리, 토바나이 토리(飛べない鳥、飛ばない鳥,Love Songs and Lamentations)를 발표한다.

말이 필요 없는 재패니즈 애시드 포크의 명반 중의 명반이다. 이렇게까지 순도 높은 애시드 포크가 일본에 있을 것이라고는… 잘도 이런 앨범을 남겨 주셨군요(박수). 정말 기적이다.

절친 노부의 그루비한 퍼커션에 어쿠스틱하고 깊이 가라앉은 포키한 앙상블. 시모다와 아메리카에서 데려온 두 명의 보컬리스트, 알렉산더 이슬리Alexander Easley와 비키 수 로빈슨 Vicki Sue Robinson의 노래 합이 그야말로 극상이다. 멜로디와 스캣이 간드러지게 달라붙었다가 떨어지고 사이키델릭과 가스펠이 융합한 듯한 소리가 유일무이한 것처럼 느껴진다. 특히 비키의 가까이 다가오는 여성 보컬은 인상적이다. B면은 영어로 노래해 완전히 서양적인 사운드다.

참고로 가스펠 가수 알렉산더는 그대로 일본에 남아 정착했다. 비키는 미국에 돌아가 1976년에 디스코 Turn the Beat Around를 히트시켰으나 2000년에 암으로 사망했다. B① All This Time는 비키의 앨범 Vicki Sue Robinson(1976)에 리메이크 되어 있다.

A⑤ 카에로(帰ろう: 돌아가)에 대해 시모다는 말한다. "NY에서 만들었던 그 노래는 '너는 너의 여행을 해, 노래는 노래로 갈테니까 걱정하지마'라고 말해 주었다. 단 하나의 노래가 내 여행의 경치를 바뀌게 만들었고 미지의 세계를 향해 손을 잡아당겨 주었다"

그 후 오도리코(踊り子: 춤추는 여자)(1974)의 히트를 시작으로 인기 넘버 후루이 아이노 우타(古い愛の歌: 낡은 사랑의 노래)를 수록한 히노 아타루 츠바사(陽の当たる翼: 햇빛이 닿는 날개) (1974), 작사가 야스이 카즈미安井かずみ와 함께한 음악극 앨범 긴노 사카나(銀の魚: 은색 물고기) (1975), 명곡 섹시(セクシー)를 수록한 명반 사리게나이 요루(さりげない夜: 아무렇지 않은 밤)(1976), 라이브 앨범Love Song in the Night(1977), 대표곡 중 하나인 러브호텔(ラブホテル)을 수록한 아이노 우라오모테(愛の裏表: 사랑의 앞뒤)(1978) 등등 20장 정도의 앨범을 제작했다.

프로 작사/작곡가로서도 활동했는데 특히 쿠와나 마사히로桑名正博와 콤비로 만든 작품이 훌륭하다. 또 라디오 진행을 맡으며 나름대로 연예계에서도 활약했다.

그러나 37살 때, 또 다시 모든 일을 중단하고 이집트의 아스완으로 떠났다. 귀국 후에는 국내를 방랑하여 나가사키, 타네가시마, 오키나와, 북해도…. 숯가마, 어부, 임업, 양돈 등을 하며 생활했다.

1990년에 음악 활동을 재개해 1년에 한 작품씩 인디즈 앨범을 계속 발표해 왔다. 1999년의 영화 《미나즈키皆月》(감독: 모치즈키 로쿠로望月六郎)의 테마곡 하야쿠 다이테(早く抱いて: 빨리 안아줘)가 화제가 되었다.

코리노 세카이(氷の世界: 얼음의 세계)

Polydor, 1973

일본 레코드 역사상 처음으로 판매량 100만장 돌파라는 금자탑을 세운 밀리언셀러 LP, 몬스터 앨범 이노우에 요스이의 코리노 세카이(氷の世界)(1973)다. 일반 샐러리맨의 평균 임금이 약 6만엔(약 60만원)이었을 당시 1장당 2,200엔(약 22,000원)짜리 LP가 130만장 이상 팔린 것이다.

통일감 있는 구성, 빈틈없이 공들인 어레인지, 훌륭한 녹음 사운드, 아름다운 멜로디, 투명해서 매력적인 목소리에 압도적인 가창력. 싱글 컷된 B① 코코로 모요우(心もよう: 마음 모양)가 대히트했고 RC 석세션의 이마와노 키요시로忌野清志郎와 공동 작업한 A③ 카에레나이 후타리(帰れない二人: 돌아갈 수 없는 두 사람)는 일본 음악사에 남을 명 발라드다. 인기 포크 싱어 오구라 케이小椋桂와 공동 작업한 A⑥ 시로이 이치니치(白い一日: 하얀 하루)도 수록되었다. 명반이라고 불리기 위해 필요한 모든 요소를 갖춘, 틀림없는 초명반이다.

그러나 그렇게까지 팔린 이유가 과연 무엇일까?

보통 음악을 듣지 않는 사람들까지도 음반 가게에 줄을 선 것은 왜일까.

이노우에 요스이는 1969년에 '안드레 칸드레アンドレ・カンドレ'라는 예명으로 데뷔했었지만 전혀 주목받지 못했다. 1972년에 이노우에 요스이로 다시 데뷔하여 1st 단제츠(斷絶: 단절)를 발표한다. 편곡자로 몹스モップス의 호시 카츠星勝를 섭외하여 다른 포크 레코드와 차별점을 둔, 혁신적인 어레인지와 사운드 메이킹을 한 앨범이다. 또 이즈음에 독특한 가사의 세계도 확립되었다. 여기에 수록된 요스이의 대표곡 중 하나인 카사가 나이(傘がない: 우산이 없어)는 포크 송이 완전히 정치와 민중이라는 요소에서 분리되어 '나'의 노래로서 성립한 상황을 닥적으로 그리고 있어 흥미롭다.

1st가 라디오에서 화제가 되며 호평을 얻었기 때문에 같은 해 말에 2nd 요스이II 센티멘털(陽水II㌥メンタル)도 릴리스했다. 1973년, 싱글 유메노 나카에(夢の中へ: 꿈 속 으로)가 크게 히트했다. 바로 찬스의 도래, 호시 카츠와 함께 도쿄와 런던에서 레코딩 한 3rd 코리노 세카이(氷の世界)를 발표한다.

런던 레코딩에는 영국 프로그레시브 밴드 쿼터매스Quatermass의 멤버였던 피트 로빈슨Pete Robinson(key)과 존 구스타프슨John Gustafson(b), 이언 길런 배드Ian Gillan Band에 가입한 레이 펜윅Ray Fenwick(g)과 롤링 스톤즈Rolling Stones의 Angie의 스트링스 어레인지를 맡았던 닉 해리슨Nick Harrison가 참가했다. 도쿄 레코딩은 타카나카 마사요시高中正義(g), 호소노 하루오미細野晴臣(b), 후카마치 준深町純(key)이 연주에 참여했다.

사실 이 앨범은 터무니없는 긴장감과 함께 일종의 '광기'라 할 수 있는 공기에 지배당하고 있다. 특히 타이틀 곡 A⑤ 코리노 세카이(氷の世界: 얼음의 세계)의 가사는 정말 부조리하다고 밖에 말할 수 없을 만큼 지리멸렬하고 의미 불명이다. ♪창문의 밖에는 사과 장수(♪窓の外ではリンゴ売り〜)란 도대체 어디서 나온 단어란 말인가?

A① 아카즈노 후미키리(あかずの踏切: 열리지 않는 건널목)나 B③ 사쿠라 산가츠 산포미치(桜三月散歩道: 벚꽃의 3월 산책길)에서도, ♪미친 벚꽃이 떨어지는 삼월(♪狂った桜が散るのは三月〜) 라든지, 노래 속 풍경은 일상에 숨어있는 부조리다.

그래서 고찰해본다. 이 부조리야말로 팔린 원인이 아니었을까. 부조리가 만인의 마음 한 구석에 '쓱' 하고 깊숙이 파고든 것은 아닐까. 1973년은 최고 성장기였던 일본 경제가 처음으로 하락세를 보이기 시작한 전조의 해다. 세계적 오일 쇼크가 일어나 찬란할 것 같은 미래가 한순간에 불안한 형세로 앞이 보이지 않는 배드 엔딩으로 향하는… 사람들은 무의식 속에서 허무의 세계를 원하고 있었던 것일지도 모른다.

요스이는 1974년에 4th 니쇼쿠노 코마(二色の独楽: 두 가지색의 팽이를 낸 후 요시다 타쿠로吉田拓郎와 함께 '포 라이프 레코드(フォーライフ・レコード)'를 세워 5th 쇼타이조노 나이 쇼(招待状のないショー: 초대장의 비밀)(1976), 7th 스니커 댄서(スニーカーダンサー)(1979) 등 우수한 앨범을 릴리스했다.

특히 1982년에 발표한 10th Lion & Pelican은 요스이 본인도 무척 마음에 들.어 한 앨범으로 수록곡 중 하나인 리버사이드 호텔(リバーサイドホテル)은 6년 후인 1988년에 TV 드라마의 주제가로 사용되면서 히트했다.

요스이는 현재도 마이페이스로 활동하고 있다. 2014~2015년에 열린 '이노우에 요스이 얼음의 세계 투어井上陽水 氷の世界ツアー'는 코리노 세카이 발매 40주년을 기념해 수록곡 전부를 완창하는 투어였다.

카메카메 갓쇼단(カメカメ合唱団: 카메카메 합창단)

진세이와 피에로(人生はピエロ: 인생은 피에로)

Elec, 1973

진세이와 피에로(人生はピエロ)(1973)는 일본 라디오 DJ의 선구자 중 하나인 카메부치 아키노부亀渕昭信(후에 닛폰 방송 대표이사 사장)가 포크 가수 이즈미야 시게루泉谷しげる와 함께 결성한 유닛 '카메카메 갓쇼단'의 앨범이다. 매우, 아주 많이 이상한 매력으로 넘치는 개그 계열의 괴상한 음반이다. 재킷은 둘이서 피에로 모습을 하고 찍었다.

재킷 안에는 개그 만화의 왕, 아카츠카 후지오赤塚不二夫의 특제 주사위 게임 '다메다메 게임(ダメダメ・ゲーム: 안돼 안돼 게임)'이 붙어 있고, 아, 너무 좋다. '광화학스모그에 당해서 8칸 뒤로', '운이 나빠 총리 대신이 되어 10칸 뒤로', '실연당해서 발광, 정신과로 이동', '종합 검사로 2회 휴식'... 이건 정말 말도 안 되는 게임이잖아.

오프닝 A① 코코로노 샹송(ココロのシャンソン: 마음의 샹송)은 아카츠카 작사, 카토 카즈히코加藤和彦 작곡의 아주 근사한 포크 송이다. 아카츠카의 만화 캐릭터 '코코로노 보스ココロのボス'(신사복을 입은 너구리로 갱의 보스)의 이미지 송이다. A③ 아이슈노 오샤만베(哀愁の長万部: 애수의 오샤만베)에서 야단법석은 역시, 이즈미야 밖에 할 수 없는 것이다.

248

그러나 사실 이 앨범은 개그라고 한마디로 정리할 수 없는 대단한 음반이다. 효과음이나 뉴스 음성을 많이 사용해 라디오 드라마 풍으로 완성된 수많은 명곡을 들으면 웃고, 울고 그리고 깊이깊이 생각하지 않을 수 없다. 진정한 명반이다.

A⑤ 신지아우 코토와(信じあうことは: 서로 믿는 것은)는 1971년에 미국에서 물의를 빚은 안티 드럭 송 Once You Understand의 일본어 버전이다. 원곡은 동요 작곡가로 저명한 바비 수서Bobby Susser의 스튜디오 그룹 '씽크Think'의 히트곡이다. 여기서는 부모 자식의 세대 간 갭을 메인 테마로 한 촌극이 전개되지만 꽤 시리어스하고 다크한 내용에 어안이 벙벙하다. 곡은 밝고 쾌활한데도....

근미래 SF 소설 풍의 B① 니센이치넨 폴토 폴라(2001年ポールとポーラ: 2001년 폴과 폴라)는 남녀 듀엣, 폴 앤 폴라Paul and Paula의 전미 히트곡 Hey Paula(1962)의 개사곡이다. 할머니, 할아버지 목소리는 추상적이고 디스토피아적이며 니힐리즘이 한껏 담겨 있다.

1936년의 베를린 올림픽의 실황중계(마에하타 히데코前畑秀子, 여자 200m 평영 금메달. 일본인 여성 올림픽 역사상 최초), 제2차 세계대전 개전의 모습, 환경오염공해(미나마타병)에 대한 선동 등의 사운드 콜라주도 가득하다.

끝에서는 ♪모두 죽어버렸다, 오직 단 둘만 남아 지구는 없어진다~(♪みんな死んじゃった, たったふたりきり, 地球は無くなる〜) 라니, 구할 의욕 제로다. 포기한 지구에서 최후의 최후에 웃는 목소리가 들어가 있다. 인간이 어떻게 해도 죽음밖에 남지 않으면 웃는 것 밖에 할 수 없다는 뜻인가. 재미를 뛰어 넘어, 두려움까지 느껴지는 대단한 걸작이 되었다고 생각한다.

이외에도 아이들의 합창 + 뮤직 콩크레트concrète의 B③ 반자이노 우타(バンザイの歌: 만세의 노래)까지 모든 곡이 뛰어나다.

당시의 정치, 사회, 여론, 문화소재를 중심으로 했지만 보편성을 느낄 수 있는 것은 왜일까? 30년도 더 지난 일인데도. 아마 이 세상의 모순은 앞으로도 바뀌지 않을 것이란 마음이 든다.

마지막으로 대단하고 또 이상한 음악의 최고 걸작 B④ 카나테혼 진세이 나키와라이(仮名手本人生泣き笑い: 습자첩 인생 울고 웃음)을 추천한다.

좌 채널에서 여성의 울음소리가, 우 채널에서 남성의 웃는 목소리가 각각 흘러나오게 되어있는 이상한 곡이다. 좌 채널의 여성은 처음에 흐느껴 울기 시작하더니 조금씩 감정이 부풀다가 끝에서는 오열로 바뀐다. 그것에 맞춰서 우 채널의 남성은 숨 죽여 웃기 시작해서 배가 찢어질 정도의 대폭소로 바뀌어 간다....

너무나도 초현실적이고 너무나도 아방가르드한, 이미 코믹 송이라 말할 수 있는 범주를 완전히 벗어났다. 이것은 플럭서스와 어깨를 나란히 하는, 반예술적인 아트작품이다.

2007년에 다메다메 게임도 작게 복각되어 종이 재킷으로 CD화 완료.

슌카(春歌: 야한 노래)

Kaleidoscope, 1974

슌카春歌란, 외설적인 내용의 노래를 말한다. '봄 춘春'은 계절이 아니라, 한 마디로 말하자면 섹스라는 뜻이다. 저명한 노래를 개사해왔으며 기본적으로 방송되거나 미디어에 등장하지 않고 구전으로 전해져 내려왔다.

"모든 슌카는 민중의 억압되었던 목소리다. 노동, 생활, 사랑, 이것들이 의식되었을 때 자연히 노래가 되었다. 그렇기 때문에 슌카는 민중의 역사이다" 이것은 영화《일본춘가고日本春歌考》(감독: 오오시마 나기사大島渚, 1967)에 등장하는 대사다.

이 앨범은 그러한 슌카를 모았다. 노래하는 것은 나기라 켄이치. 나기라는 포크 가수지만 일본 포크 송의 살아있는 사전으로도 유명하다. 그 방대한 지식과 깊은 조예로 TV와 책에서 대단히 인기 있는 활약을 보여주고 있다.

나기라가 일본 포크 씬에 등장한 것은 1970년, 제2회 전일본 포크 잼버리에 아마추어로 참가한 것이 최초다. 다음 해 포크 잼버리에도 등장해 카가와 료의 코쿤 I (教訓 I : 교훈 I)를 개사한 코쿤 II (教訓 II : 교훈 II)라는 곡을 선보여 주목을 받았다.

1972년, 1st 만넨도코(万年床: 개지 않는 이불)로 데뷔. 1973년에 발표한 토킹 블루스 넘버 히산나 타타카이(悲惨な戦い: 비참한 싸움)가 엄청나게 히트했다. 스모시합 중에 선수의 마와시(廻し: 스모의 샅바)가 흘러 떨어진다는 코믹 송으로 아니나 다를까 방송 금지곡으로 지정되었다. 그래도 가츠시카니 밧타오 미타(葛飾にバッタを見た: 가쓰시카에서 메뚜기를 봤다)(1973), 마치노 카제니 낫테(街の風になって: 거리의 바람이 되어서)(1974)으로 앨범을 순조롭게 발표했다.

그러던 중에 기획 앨범 슌카(春歌)가 릴리스되었다(1974). 반주를 맡은 것은 스즈키 케이이치鈴木慶一의 하치미츠파이はちみつぱい 멤버들, 기타리스트 코에이류洪栄龍(전 란마도乱魔堂)와 밴조Banjo의 명수 무라카미 리츠村上律 등 이름난 연주자뿐이다. 경묘한 포크 & 록 스타일로 어레인지되어 현대에 부활한 것은 대중들 사이에서 은밀히 계속 노래되어온 야한 노래들이다.

"긴장하지 않고 화기애애한 즐거운 레코딩이었다"라고 나기라가 회상하는 것처럼 표표하게 노래하는 그의 보컬과 잘 어우러져, 흐뭇한 웃음을 짓게 만드는 따듯한 작품집이다. 그렇다 해도 외설적인 내용으로 띠지에는 "매장에서 이 레코드를 미리 듣는 것은 삼가 주시기 바랍니다"라고 적혀있었다.

A① 타누키노 킨타마(タヌキの金玉: 너구리의 구슬)의 인스트루멘탈로 시작하여 다이쇼(䋵: 1912~26)시대의 유행가를 개사한 A② 맛쿠로케부시(まっくろけ節)과 B⑤ 요사호이카조에우타(ヨサホイ数え歌), 엔카 가수 키타지마 사부로北島三郎의 데뷔곡 붕가차부시(ブンガチャ節)(1962)의 원곡인 A④ 쿳큐라큐부시(キュッキュラキュ節), 나가사키 현에 전해져 내려온 자장가로 작가 노사카 아키유키野坂昭如도 불렀던 B⑥ 본보노 코모리우타(ぼんぼの子守唄: 거시기의 자장가) 등, 대중적인 슌카가 잇따른다.

그중에서도 가장 유명한 것은 A③ 만테츠코우타(満鉄小唄: 만주철도 속요)다. 만테츠満鉄란, 일찍이 중국 국내에 일본이 건국한 만주국(1932년-1945)에 있었던 철도회사를 말한다. 원곡은 군가로, 만테츠의 직원을 상대로 장사하는 매춘소의 풍경을, 비애를 섞어 부른 노래다. 노래의 주인공인 매춘부는 한국인 위안부로 학생이라 생각되는 손님과의 흥정과 많은 돈을 갖고 있는 주제에 놀림조로 밖에서 들여다보기만 하는 만테츠 직원에 대한 원망을 노래한다. 일본인이 가진 차별의식과 당시 매춘소의 실태가 적나라하게 그려진 곡으로 현재는 슌카라는 틀을 벗어나 민속학적인 의미도 가지고 있다.

나기라의 노래 중에서 일본에서 가장 많이 팔린 싱글(500만장 이상) 오요게! 타이야키쿤 c/w 잇폰데모닌진(およげ! たいやきくん: 헤엄쳐라 붕어빵군 c/w いっぽんでもニンジン: 하나라도 당근)(1975)라는 노래가 있다. 레코드 회사와 인세 계약과 매입 계약 중 어떤 것을 할지 선택할 때, 동요의 판매량이야 뻔하다고 생각으로 그 자리에서 바로 돈을 받을 수 있는 매입 계약을 선택했고 3만엔(약 30만원) 정도의 개런티를 받았다고 한다. 인세 계약이었다면 천만엔(약 1억)이상이 되었을 터다. 이 이야기는 나기라의 원망과 자학의 소재로 지금도 토크 등에서 종종 이야기 된다.

Bang!

URC, 1974

세계에서 유일무이한 존재인 고고한 포크 싱어 미카미 칸三上寬. 아니, 포크라고 딱 분류해 단정할 수 없는 사람, 그 외에는 없다.

　1971년, 1st 미카미칸노 세카이(三上寬の世界: 미카미 칸의 세계)로 데뷔. 부르짖는 듯한 가창, 초현실적인 가사, 터부시되는 성표현, 일본 사람들이 꺼리는 풍습을 재료로 한 노래 등으로 일대 센세이션을 일으켰다. 대머리에 무섭게 생긴 아저씨가 통기타를 한손에 들고 무대 위에 올라가 '망코(음부의 비속어)', '칭코(음경의 비속어)'를 절창했으니, 다른 아티스트를 만나러 왔던 많은 여성 관객들은 모두 화장실로 도망쳤다. 1st는 연쇄 피스톨 살인사건의 범인 나카야마 노리오永山則夫에게 바친 피스톨마노 쇼넨(ピストル魔の少年: 소년은 피스톨 악마)이 문제가 되어 발매금지와 함께 회수 처분되었다.

　그랬던 칸이 1974년에 발표한 놀라지 않을 수 없는 괴작이 Bang! 이다. 첨예한 프리 재즈 피아니스트 야마시타 요스케山下洋輔와 함께 작업했으며, 미래의 펑크punk/얼터너티브의 공통점까지 갖고 있는, 궁극의 아방가르드 포크다.

매번 깜짝 놀라는 표제곡 A④ Bang!은 항상 압도적이다. 의미 불명한 가사, 기이한 보컬, 마구잡이로 켜는 기타, 종횡무진 두드리는 드럼, 투덜투덜 언급되는 인명, 그리고 절묘한 현대 음악의 뮤직 콩크레트concrète, 포크 송을 커트 업cut up 콜라주한 고속회전과 역회전 등이 서로서로 교차하여 태풍처럼 덮쳐온다. 2001스페이스 오디세이도 들어가 있어 그야말로 혼돈 그 자체. 이해 할 수가 없다. 이 곡은 도대체 뭐지!

B② 난테 히도이 우타난다(なんてひどい唄なんだ: 얼마나 나쁜 노래인가)에서 색소폰 연주자 사카타 아키라坂田明와 진검승부를 펼치는 프리 재즈도 압권이다. 처음 들었을 때는 이런 가사가 존재한다는 자체가 충격이었다. ♪바람은 마구잡이로 불고 있다~ 아아, 이 얼마나 나쁜 가수인가~ 아아, 이 얼마나 나쁜 노래인가~(♪風はでたらめに吹いていた〜ああ、なんてひどい歌手なんだ〜ああ、なんてひどい唄なんだ〜)

미친 게 아닐까 싶을 정도로 퍼커션이 난무하는 B④ 사이고 노사이고 노사이고노 삼바(最後の最後の最後のサンバ: 최후의 최후의 최후의 삼바)는 삼바라고 구분되어 있지만 전혀 춤 출수가 없다. 춤 한번 추지 못한 삼바로 앨범은 끝난다.

A② 아에테 요캇다(逢えてよかった: 만나서 좋았다), B① 미츠료노 요루(密猟の夜: 밀렵의 밤) 등 풍부한 서정성으로 차분하게 들을 수 있는 노래도 있으며 B③ 아카이 우마(赤い馬: 빨간 말)에 와서는 프로그레시브한 전개를 보여준다. 수록곡들의 광대한 소화 범위에 눈이 휘둥그레진다.

이 처럼 폭넓은 음악성을 가진 작품이지만 발매되었을 당시는 전혀 이해받지 못했다. 21세기인 지금에서야 겨우 역사적인 명반으로 평가되고 있으며 2017년에 아날로그 음반으로 재발매되었다.

칸은 그 후에도 오토바이노 시츠렌(オートバイの失恋: 오토바이의 실연)과 우미(海: 바다)같은 대표곡을 수록한 칸(寛)(1975), 최고 걸작이라 높은 평가를 받는 마케루 토키모 아루다로(負けるときもあるだろう: 질 때도 있겠지)(1978) 등의 명작 앨범을 발표했다. 그러나 그 다음 1980년대에는 약 10년 동안 단 하나의 신곡도 쓰지 못하는 슬럼프에 빠져 있었다.

그러나 1990년 이후는 1년에 1장 이상의 속도로 노도처럼 신작을 발표했고(1990년 이후에 이미 30장 이상의 CD를 릴리스), 라이브 활동도 정력적으로 소화하며 해외공연도 성공해 현재에 이른다.

2006년에 내한하여 거문고 연주자 신혜영과 나의 노이즈 인더스트리얼 기타와 함께 했던 라이브가 CD 칸류 한국 첫 라이브 2006(寛流·韓国初ライブ2006)로 발매되었다. 이 때 칸은 피스토루마노 쇼넨을 30년 만에 노래했다.

그 후 칸은 내가 다리를 놓아준 한국 애시드 포크의 영웅 김두수와 깊은 우호 관계를 맺어, 서로 대한 해협을 넘어 다니며 왕래를 반복하고 있다.

덧붙이자면 칸은《전장의 크리스마스戰場のメリークリスマス》(감독: 오시마 나기사大島渚, 1983) 등 배우로서도 여러 작품에 출연했다. 1970년대의 영화나 형사 드라마에서는 초개성파 배우로서 이름을 날렸다.

아가타 모리오あがた森魚

레미제라블噫無情(レ・ミゼラブル)

1972년, 벨우드 레이블의 제1탄으로 발매된 아가타 모리오의 데뷔 싱글 세키쇼쿠 엘레지(赤色エ
レジー: 적색 엘레지)는 갑자기 60만장이라는 대히트를 기록했다. TV에도 등장한 장발에 청바지와
게다(下駄: 일본식 나막신)를 신은 차림새로 흐느껴 울듯이 노래하는 모습은 안방을 들썩였다.

만화 잡지 〈가로ガロ〉에 연재되었던 〈세키쇼쿠 엘레지赤色エレジー〉(작: 하야시 세이이치林静
一)에 빠져 아가타가 작곡한 세키쇼쿠 엘레지는 말도 할 수 없을 만큼 애수에 찬 멜로디와 옛날
의 정겨운 군악대 소리를 갖고 있다.

1960년대 말, 아가타는 도쿄의 대학에 입학하기 위해 북해도에서 상경한다. 아르바이
트하던 가게에서 파트타임의 여성이 "우리집에도 음악을 하는 아들이 있는데 친구가 없으니
까 이번에 놀러 오렴"라는 말을 듣고 찾아간 집에서 만난 사람이 스즈키 케이이치鈴木慶一다.
1970년, 아가타는 케이이치와 함께 자체 제작 음반 치쿠온반(蓄音盤: 축음반)을 만든다. 1971
년, 제3회 전일본 포크 잼버리에 출연한 것을 계기로 아가타와 케이이치는 벨우드에서 데뷔하
게 되었다(→P.66).

1972년, 데뷔 앨범 오토메노 로망(乙女の儚夢: 소녀의 로망)을 발표. 세키쇼쿠 엘레지의 세계를 더 확대하여 다이쇼부터 쇼와(昭和: 1926년 12월 25일~1989년 1월 7일)에 걸친 로맨티시즘을 표현한 토털 콘셉트 앨범인데 음악적으로는 페어포트 컨벤션Fairport Convention의 명반 Full House를 참고했다고 한다. 일러스트는 <세키쇼쿠 엘레지>의 원작자 하야시 세이이치, 타이틀 문자는 전위 미술가 아카세가와 겐페이赤瀬川原平로 좌우로 여닫는 특수 제작 재킷이었다.

1974년, 벨우드에서 2번째 앨범 레미제라블 (噫無情, レ·ミゼラブル): 을 발표. 전작에 이은 토털 콘셉트 앨범으로 마츠모토 타카시松本隆가 프로듀스를 맡았다. 그 뛰어난 수완으로 영화/라디오/텔레비전이라는 미디어의 변천을 축으로 쇼와 초기의 로맨티시즘과 노스텔지어를 다 그려 넣었다. 영화 회사 쇼치쿠松竹의 카마타 촬영소의 노래 A① 카마타 코신쿄쿠(蒲田行進曲: 카마다 행진곡)으로 시작해, 곡 사이의 SE가 효과적인 B⑧ 텔레비전(テレビヂョン)까지, A② 에이엔노 마돈나K(永遠のマドンナK: 영원의 마돈나K), B⑥ 사이고노 댄스스텝(最后のダンスステップ: 최후의 댄스 스텝), B⑦ 오오사무마치(大寒町: 혹한의 마을) 등 명곡, 명연주가 가득하다. 전작에 있었던 좀 어수선한 느낌을 세련되게 정돈해 타의 추종을 불허하는 완성도를 자랑하는 명반이 되었다.

1975년, 세키쇼쿠 엘레지의 히트로 벌어들인 돈을 전부 쏟아 부어 제작한 영화《나는 천사가 아니야僕は天使ぢゃないよ》의 사운드트랙을 오오타키 에이이치大滝詠一 공동 명의로 발표했다. 1976년, 호소노 하루오미의 프로듀스로 2장 짜리의 대작 지팡구보이(日本少年(ヂパング·ボーイ): 재팬 보이)을 제작했다. (지팡구: 마르코 폴로의 '동방견문록'에 나오는 일본의 호칭)

1977년에 뉴웨이브적인 키미노코토 스키난다(君のことすきなんだ: 너를 좋아해)를 야노 마코토矢野誠의 프로듀스로 발표했다. 그러나 이 음반은 본인의 의향과 달랐던 탓에 아가타는 인디의 세계로 떠나버렸다. 이후 자체 제작으로 에이엔노 엔코쿠(永遠の遠国: 영원의 먼 나라)라는 레코드를 만든다고 공표하고 구입 예약금을 받았다. 그러나 녹음은 지지부진하여 진행되지 않다가 1978년에 특별 편집한 초록 앨범을 예약자에게 배포하면서 중단되었다.

1981년, 아가타는 돌연 테크노 팝 밴드 '버진 VS(Virgin VS)'를 결성하여 1984년에 해산할 때까지 정력적으로 활동했다. 그리고 드디어 1985년 3장짜리 호화 박스사양의 앨범 에이엔노 엔고쿠(永遠の遠国)를 완성 시켰다. 이 대작의 제작 기간은 약 8년 이상, 아마도 자체 제작이었기 때문에 가능했던 일생일대의 혼신작이다.

현재도 활동하고 있는 아가타가 발표한 앨범은 각각의 콘셉트에 기초하면서도 통일성을 띈 작품으로 재킷이나 부록까지도 전부 포함한 종합 예술과 같다(버진 VS는 밴드 자체가 하나의 작품이었을지도). 그리고 그곳에서 연주되었던 음악은 '아가타 월드' 이외에는 아무것도 없다. 자신의 예술을 위해 전진 할 뿐이다. 마치 아가타 모리오라는 존재 자체가 예술 작품인 것처럼.

요코이 쿠미코橫井久美子

하노이니 우타우(ハノイにうたう: 하노이에서 노래하다)

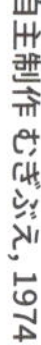
自主制作 むさぶ元, 1974

1970년대가 되면서, 60년대에 그렇게 주구장창 불렸던 직접적인 프로테스트 송은 밀려났다. 신주쿠역 구내에서 민중 가요를 부르고 있던 포크 게릴라는 모두 어디로 가버린 것일까….

있다! 요코이 쿠미고가 바로 이곳에. 1969년부터 프로테스트 송을 노래하는 '평화의 가희(歌姬)'. 오버 그라운드에는 거의 모습을 드러내지 않기 때문에 잘 모른다 해도 무리는 아니다. 메시지 포크가 절멸했던 1970년대에 현실에 일어난 여러 가지 문제에 정면으로 맞서 사회파의 노래를 불렀던 한 여성 가수가 있었다.

1974년에 자체 제작한 음반으로 발표된 그녀의 1st 하노이니 우타우(ハノイにうたう: 하노이에서 노래하다)는 터무니없는 에너지가 넘쳐흐른다.

무엇보다, 종전협정이 맺어진지 얼마 안 된 시기 베트남에서 평화를 위한 콘서트를 했을 때 그녀의 나이가 29세였다. 일본의 여성문화대표단으로서 베트남 민주공화국의 초대를 받았다. 그러나 사이공 정권이 협정을 지키지 않아, 남부에서는 아직 전쟁의 불씨가 남아있었다. 그런 긴장 상태 속에서 열린 라이브의 실황이 여기에 담겨있다.

A면 첫 곡인 A① <u>센샤와 우고케나이</u>(戦車は動けない; 전차는 움직일 수 없어). 요코이는 일본어로 모두에게 함께 노래하자라고 말을 건다. 공연장이 그녀에게 부응하듯이 더듬더듬 일본어로 말하자 '하이 람Hay lắm!(베트남어, 뜻: 아주 잘했어요)". 웃음소리가 흐르는 대합창이 공연장을 가득 채우고 눈 깜짝 할 사이에 공연장은 하나가 되었다. 아, 혼을 빠진다는 것은 이런 경우구나.

애초에 이 곡은 1972년에 일어난 '전차 수송 저지 100일 투쟁'의 노래다. 사가미하라相模原(가나가와현 북부의 도시)의 미군 기지에 있는 전차를 남베트남에 보내려고 한 미국을 반대하는 노동조합과 시민 운동단체 등이 다리 앞에 주저앉아서 전차가 지나갈 수 없게 했다. 더욱이 당시의 요코하마시横浜市 시장이 요코하마 시내의 다리를 미국군의 수송차가 통과하는 것은 도로교통법 위반이라며 거부해, 실제 통행을 방지했다. 요코이는 말한다. "이 곡을 베트남에서 노래하면서도 다시 가슴이 미어지는 듯했다"

그녀는 베트남 각지에서 이 노래를 불렀다. 유선방송으로 베트남 전국에 노래가 울려 퍼졌다. 어느 베트남 소녀는 이 노래를 잊지 못했다. 그녀는 일본어를 배워, 30년 이상의 세월을 들여 인터넷에서 요코이를 찾아내 이메일을 보냈다고 한다. 실로 노래가 가진 '힘'을 느낄 수 있는 에피소드다.

A⑤ <u>부겐빌리아 하나사쿠 하노이요</u>(ブーゲンビリア花咲くハノイよ: 부겐빌리아 꽃이 피는 하노이)는 역사상 최대라 일컬어지는 북베트남의 폭격에 굴복하지 않은 베트남 사람들에게 보내는 찬가다.

B① <u>와타시 와웨이토레스</u>(私はウェイトレス: 나는 웨이트리스), B② <u>우동야 무스메</u>(うどん屋娘: 우동집 아가씨), B③ <u>데모네 보야</u>(でもねぼうや: 그래도 아가야)의 주인공은 모두 일하는 여성이다.

앨범의 마지막은 무고하게 죄를 덮어쓰고 18년 동안 감옥 생활을 보낸 사람의 시에 곡을 붙인 B⑦ <u>멘카이노 우타</u>(面会のうた: 면회의 노래). 그녀는 아바시리 형무소의 면회실에서 본인 앞에서 직접 노래하고 왔다고 한다.

어찌됐든 이 정도까지 직구 승부로 말을 걸어오는 앨범은 달리 유례를 찾을 수 없다.

그 후에도 요코이는 거의 매일 같이 노래하며, 1979년에는 가수 생활 10주년을 기념하는 큰 리사이틀을 열었고 그 모습을 수록한 라이브 앨범 <u>와타시노 아이시타 마치·아이시타 히토 요코이 쿠미코 주넨오 우타우</u>(私の愛した街·愛した人 横井久美子10年をうたう: 내가 사랑했던 거리 사랑했던 사람 요코이 쿠미코 10년을 노래하다)(자체 제작)를 릴리스했다. 키노포름제에 의한 스몬SMON 병을 노래한 싱글 <u>노모어 스몬노 우타</u>(ノーモア·スモンの歌: no more 스몬의 노래)도 직접 제작해 화제가 되었다.

2021년 1월 암으로 타계. 향년 76세. 그녀는 삶의 마지막까지 세계를 날아다니며 콘서트를 열고, 사랑과 평화를 노래하며, 원죄, 약해(薬害), 원폭피해, 환경오염, 차별 등의 현장을 찾아가서는, 사람들과 함께 싸우는 진정한 디바였다.

나카야마 라비 中山ラビ
히라히라(ひらひら: 팔랑팔랑)

Polydor, 1974

나카야마 라비는 여성 싱어 송 라이터의 선구자인 포크 싱어다. 도쿄 출생.

그녀는 고등학교 영어 수업에서 밥 딜런Bob Dylan의 노래를 처음 접했다. "고등학교 선생님이 수업 중에 들려준 밥 딜런의 노래는 충격이었다. 지금까지 들어본 적 없는 노래로 자신의 것을 제대로 부르는 사람이라고 생각했다"

1969년 대학교 1학년 때, 교토에서 개최된 '제4회 칸사이 포크 캠프'에 참가해 밥 딜런의 노래를 시인이자 번역가인 나카야마 요우中山容가 일본어로 번역한 가사로 노래하며 포크 씬에 등장했다. 1970년, 나카야마 요우를 따라 교토로 이사하여 칸사이를 중심으로 라이브 활동을 개시해 '여자 딜런'이라고 불렸다. 예명인 나카야마 라비는 나카야마 요우와 관련되게 지었다. 나카야마 요우는 민중의 노래로서 포크 무브먼트의 의지를 열심히 설파한 일본의 포크 송 운동의 중심인물 중 한 사람이다.

"딜런의 노래라든지 비트세대의 시라든지, 나는 전혀 모르는 세계를 볼 수 있기 해줬지. 엄청난 컬처 쇼크로 뭔지 잘 모르는 채로 그냥 사랑에 빠져버렸어"

1972년 12월, 전곡을 라비의 오리지널 곡으로 채운 1st 와타싯테 콘나(私ってこんな: 나는 이렇게)로 데뷔한다. 호소노 하루오미(b), 록 밴드 '란마도'의 코 에이류洪栄龍(g)가 참여했다. 기백이 날카로운 뮤지션들의 정곡을 찌르는 연주에 맞춰 라비는 노래하고 싶은 것을 노래한다. 의욕이 충만한 목소리가 마음을 울린다. 관동대지진의 조선인대학살사건을 노래한 주산엔 고줏센(13円50銭: 13엔 50전)에는 전율이 인다.

1974년, 2nd 히라히라(ひらひら)를 발표. 석유파동으로 인한 염화비닐 부족때문에 발매가 1개월 늦춰졌다는 에피소드가 있다. 전작보다도 어레인지에 공을 들여 사운드는 세련되고 라비도 어깨 힘을 빼고 노래했다.

커다란 너울을 가진 타이틀곡 B② 히라히라는 명곡이다. 와우와우 기타와 퍼커션이 엉키는 그루브한 연주에 가사를 낭독하는 포이트리poetry 펑크funk 넘버 B③ 유메노 도라이브(夢のドライブ: 꿈의 드라이브), 해외의 팬들도 절찬하는 동양과 서양이 합쳐진 토착 펑크funk A⑥ 타이헨다!(たいへんだあ!: 큰일이다!) 등 완전히 록으로 가득하다. 관능적이면서도 무심하게 부르는 창법은 여장부다운 멋있는 여자, 고고한 싱어다.

그 후에도 3rd 온나데스(女です: 여자입니다)(1975), 4th 모스구(もうすぐ: 이제 곧)(1976), 5th 나카노 아나타(なかのあなた: 나카의 당신)(1977), 6th 하다에(はだ絵: 피부 그림)(1978), 7th 아에바 사이코(会えば最高: 만나면 최고)(1980) 등 훌륭한 앨범을 계속해서 발표했다.

그러던 중에 "라비를 빅네임으로 만들자"라는 카토 카즈히코의 프로듀스로 3장의 앨범 Muzan(1982), Suki(1983), 아마이 쿠스리오 쿠치니 후쿤데(甘い薬を口に含んで: 달콤한 약을 입에 머금고)(1983)를 발표한다. 결국 잘 되지는 않았지만 성공 여부를 떠나 본인조차도 이 세 개의 작품을 전혀 마음에 들어 하지 않았다. 특히 야스이 카즈미安井かずみ가 전곡의 가사를 담당했던 3번째 앨범은 카토 부부의 이탈리아 여행에 끌려갔을 뿐이라고 불만을 표시했다.

1987년에 발표한 Balancin'을 최후로 활동을 멈추고 1988년에 낳은 아들 한 명을 키웠다.

1997년 3월 7일, 음악 활동의 원점과 같았던 나카야마 요우가 죽고 포크 싱어인 타카다 와타루高田渡와 함께 연 추모회에서 약 10년 만에 노래했다. 이것을 계기로 음악 활동을 재개하는데 뉴 밴드 '라비구미(ラビ組: 라비조)'를 이끌고 CD 라비구미(2006)를 자체 제작했다. 극단 료잔파쿠梁山泊의 연극에도 출연(그 공연으로 내한한 적이 있음)하는 등 정력적으로 활동했지만, 2021년7월, 암 때문에 영면. 향년 69세.

또 라비는 도쿄 고쿠분지国分寺에서 '혼야라도(ほんやら洞: 혼야라 동굴)'라는 가게를 경영하고 있었다. 1977년에 가게를 인수받아 시작한 뒤 11년간은 계속 적자였던 모양이지만…. '혼야라도ほんやら洞'는 원래 교토에 있었던 서브 컬처의 거점이라 불리는 전설의 명물 찻집이다. 그 지점이 고쿠분지점으로 나카야마 요우가 매입하고 라비가 점장이 되었다.

엔도 켄지遠藤賢司
Silver Star Best of Kenji Endo

Polydor, 1975

엔도 켄지遠藤賢司. 애칭은 '엔켄エンケン'. 자신의 음악이 무엇인지, 포크인지 록인지, 아니면 펑크punk인지 여러 번 질문을 받았으나 본인은 자신이 하고 싶은 음악을 한다는 의미로 '순음악純音楽'이라 표현했다. 1991년의 엔도 켄지 밴드로 맥시 싱글 시조 사이초주노 로큰롤러(史上最長寿のロックンローラー: 역사상 최장수 로큰롤러)(아날로그반 있음)의 재킷에서 백발의 나이든 로큰롤러로 분장해 아, 엔켄은 미래에 정말로 저런 모습이 되겠구나 생각했었다. 그러나 2017년 10월, 위암으로 사망. 향년 70세.

Silver Star BEST OF KENJI ENDO는 1975년에 릴리스되었던 베스트 앨범으로 초기 엔켄의 대부분의 대표곡이 수록되어 있는 추천 음반이다.

엔켄은 열아홉 살 때 밥 딜런Bob Dylan의 Like a Rolling Stone을 듣고 음악을 시작했다. 1969년, 초개성적인 애시드 포크 싱글 혼토다요(ほんとだよ: 정말이야)로 데뷔. 여기에는 그 당시 엔켄의 모든 것이 축적되어 있고 고교생 때 들었던 궁중 음악 에텐라쿠(越天楽: 헤이안시대에 성행한 아악곡 중 하나)의 충격이 담겨있다고 한다.

1970년, 1st niyago를 URC에서 릴리스. 반주는 해피엔드. 싱글과 버전이 다른 A① 혼토다요과 엔켄의 대표곡 중 하나인 A② 요기샤노 블루스(夜汽車のブルース: 야간 열차의 블루스)를 수록했다. 엔켄이 말하길 "아기가 산도에서 나왔을 때의 울음소리가 가장 음악다운 음악이라고 생각한다. 요기샤노 블루스는 그것을 이미지로 했다"라고.

1971년, 2nd 만조쿠 데키루카나(満足できるかな: 만족할 수 있을까)를 발표, 전작과 동일하게 해피엔드가 반주를 맡았다. 이 앨범에서 A④ 카레라이스(カレーライス)가 싱글 컷되어 10만 장이라는 대히트를 쳤다. 같은 해, 3rd 나게키노 우쿨렐레(嘆きのウクレレ: 비탄의 우쿨렐레)를 발표. 캐러멜 마마キャラメル・ママ(틴 팬 앨리ティン・パン・アレイ))의 첫 프로젝트이기도 한 B② Hello Goodby와 베토벤의 제9교향곡에 독자적인 가사를 붙인 B③ 요로코비노 우타(歓喜の歌: 환희의 노래) 등을 수록했다. 1973년, 라이브 앨범 요로코비노 우타(歓喜の歌) 엔도 켄지 리사이틀(遠藤賢司リサイタル)을 릴리스한다.

1974년, 4th KENJI를 발표. 재킷은 요코 타다노리横尾忠則. 엔켄의 우주관을 테마로 한 콘셉트 앨범으로 타카나카 마사요시高中正義(g)가 웅장하게 편곡한 B⑥ 오도로요 베이비(踊ろよベイビー: 춤추자 베이비)과 사이키 그루브 넘버 B④ 키오츠케로요 베이비(気をつけろよベイビー: 조심해 베이비) 등을 수록했다.

1975년, 5th Hard Folk Kenji를 릴리스. 이즈음 엔도의 음악을 향한 열정은 떨어진 상태였는데, 섹스 피스톨즈Sex Pistols를 듣고 다시 의욕을 되찾게 되었고, 그 후 죽을 때까지 그의 텐션이 낮아지는 일은 없었다.

1979년, 벨우드 레코드에서 혼신을 바친 록 앨범 6th 도쿄왓쇼이(東京ワッショイ: 도쿄 영차)를 발표한다. 요닌바야시四人囃子가 반주를 맡아, 야마우치 테츠山内テツ(b)도 참가했고 재킷은 요코 타다노리다. 다음 해 1980년에도 SF/애니메이션적의 초대작 7th 우추보에이군(宇宙防衛軍: 우주방위군)을 발표한다. 계속해서 요닌바야시가 반주를, 그리고 츠치야 마사미土屋昌巳(g)가 참여했다. 1982년, 일본 컬트 무비로 유명한 《헤리우드ヘリウッド》(감독: 나가미네 타카후미長嶺高文)에 출연하는데 이 영화는 도쿄왓쇼이와 우츄보에이군을 모티브로 만들어졌다.

1983년, 미니 앨범 오므라이스(オムライス)를 발표. 호소노 하루오미와 코시 미하루越美晴가 참여했다. 호소노 하루오미가 프로듀스도 담당했으며 앰비언트적인 테크노 팝으로, 대부분의 수록곡을 팔세토 창법으로 노래한다.

1991년, CD 2장 구성의 라이브 앨범 후메츠노 오토코(不滅の男: 불멸의 남자)/엔도 켄지 밴드 다이짓쿄로쿠온반(遠藤賢司バンド大実況録音盤: 엔도 켄지 밴드 대 실황 녹음반)을 릴리스. 1996년, 16년 만의 풀 앨범인 스튜디오 녹음의 유메요 사케베(夢よ叫べ: 꿈이여 외쳐라)를 발표한다. 재킷 촬영 장소는 음악 평론가 유아사 마나부湯浅学의 저택이다.

2005년, 영화 《불멸의 남자 엔켄 대 일본무도관不滅の男 エンケン対日本武道館》이 공개되었다. 일본 무도관에서 열린 엔켄의 '단독 무관객 라이브'를 완전 수록한 다큐멘터리 영화로 감독도 엔켄이 직접 맡았다. 덧붙이면, 1999년부터 2006년까지 청년지에 연재되어 영화화도 되었던, 우라사와 나오키浦沢直樹의 디스토피아 SF 서스펜스 만화 <20세기소년>의 주인공 '켄지ケンヂ'의 모티브가 엔켄이다.

카구야히메(かぐや姫: 카구야 공주)
카구야히메 포에버(かぐや姫 フォーエバー)

Crown Panam, 1975

카구야히메 포에버(かぐや姫フォーエバー)는 1975년에 포크 그룹 '카구야히메'의 해산 기념으로 릴리스된 LP 2장 세트의 베스트 앨범이다.

1970년, 미나미 코우세츠南こうせつ를 중심으로 최초의 카구야히메가 결성된다. 1971년에 '미나미 코우세츠와 카구야히메南こうせつとかぐや姫'란 이름으로 앨범 렛츠 고! 카구야히메(レッツ・ゴー!かぐや姫)를 발표하나 얼마 안 가 해산된다. 그러나 코우세츠는 포기하지 않고 고교 후배인 이세 쇼조伊勢正三와 칼리지 포크 그룹인 슈리크스シュリークス를 막 탈퇴한 야마다 판다山田パンダ와 함께 카구야히메를 다시 기동시킨다.

1972년, 요시다 타쿠로吉田拓郎 등의 협력을 얻어 1st 하지메마시테(はじめまして: 처음 뵙겠습니다)를 발표한다. 심기일전, 새롭게 다진 기분과 가슴에 희망과 야심을 품은 뜨거운 마음이 전해지는 멋진 앨범이다. 아름다운 코러스의 C② 유키가 후루 히니(雪が降る日に: 눈이 내리는 날에), 코우세츠의 멜로디 메이커 능력이 발휘된 A③ 히토리키리(ひとりきり: 홀로), 초기 카구야히메의 앨범에도 수록되었던 노래를 다시 록으로 어레인지 한 B① 마키시노 타메니(マキシー

のために: 맥시를 위하여) , 반전가 D① 아노히토노 테가미(あの人の手紙: 저 사람의 편지), 일본 정서
가 가득한 카모노 나가레니(加茂の流れに: 카모의 강물에)(포에버フォーエバー의 B⑤는 라이브 버전) 등
이 수록되었다.

1973년, 3rd 카구야히메 서드(かぐや姫さあど: 카구야히메 서드)에서 싱글 컷 된 C① 칸다가
와(神田川: 칸다 강)가 대히트하며 일약 인기 그룹이 된다. 다만 이 곡의 히트는 일반 대중에게,
포크는 천성이 어둡고 계집애 같은 음악이라는 이미지를 좋든 나쁘든 갖게 만들었다. 남성 3
인조지만 카구야히메라는 밴드명 때문인지 확실히 여성스러운 분위가있다(다만, 리더 코우세츠
는 완력이 세다…)

칸다가와는 3조 단칸방(다다미 3장, 약 2평)의 작은 하숙집에서 동거 생활은 쓸쓸해도 행복
하다는 내용이다. 이 히트를 계기로 '4조 반 포크'라는 말도 생겨났다. 실제로 1970년대의 대
학생의 현실이었다. 당시 우리 집은 하숙집을 운영하고 있어서 대학생이 가득 세들어 살고 있
었다. 장발에 선글라스를 쓰고 나팔바지를 입고… 모두 가까운 대중목욕탕에 다녔다.

그렇다 해도 카구야히메의 록의 혼은 진짜였다. 그들은 그 해의 홍백노래자랑을 걷어찼
다. 칸다가와는 틀림없는 1973년 최대의 메가 히트곡이었는데. NHK는 '크레파스'란 단어가
상표명이기 때문에 '크레용'으로 변경해 달라 요청했고 카구야히메는 가사는 바꿀 수 없다고
단호히 거부했다. 아, 록! 설령 외관이 연약해보여도 도리는 지킨다. 노래에 관한 것은 결코 타
협하지 않는 훌륭한 음악가였다.

1974년에 이세 쇼조가 만든 희대의 명곡 C⑦ 니주니사이노 와카레(22才の別れ: 22세의 이별)
과 D③ 나고리유키(なごり雪: 봄에 내리는 눈), 칸다가와의 다음 싱글로 발매되어 영화화 된 A⑤ 아
카초우칭(赤ちょうちん: 붉은 초롱) 등의 대표곡을 수록한 4th 산가이다테노 우타(三階建の詩: 삼층으
로 쌓은 시)을 발표한다. 그룹으로서 하나의 큰 결과를 보여준 완성도가 높은 걸작이다.

그 후 카구야히메 라이브(かぐや姫 LIVE)도 릴리스되어 정말로 인기 절정을 달렸으나
1975년에 해산한다. 단 '카구야히메'라는 이름은 남긴다는 발전적 해산으로 해산 후에도 계속
재결성하고 있다. 1978년에는 재결성 카구야히메 앨범 카구야히메 투데이(かぐや姫・今日)를
릴리스했다.

이 카구야히메 포에버(かぐや姫フォーエバー)는 라이브나 새롭게 스튜디오 녹음한 버전을
포함한 베스트 앨범이다. "내일 만약 무언가 잃어버리는 것이 있다면, 떠올려 주세요. 카구야
히메의 세계를…"이라는 캐치 카피와 함께 5년 간의 활동을 집대성하여 구성했다. 호화 박스
사양으로 모든 수록곡이 마음에 호소하는 명곡집이다. 마치 오리지널 앨범처럼 느껴질 정도
의 좋은 구성으로, 카구야히메라 하면 우선 이 앨범을 추천한다.

해산 후 코우세츠는 활발하게 솔로로 활동한다. 1978년, 카구야히메 노선의 서정파 포크
송 유메히토요(夢一夜: 하룻밤의 꿈)으로 대히트를 날렸다. 이세 쇼조는 뉴 그룹 '카제風'를 결성,
새로운 방향성을 모색해 무려, 시티팝 노선을 탔다. 판다는 솔로 활동인 밴드 '판다 풀 하우스
パンダフルハウス'를 거쳐, 배우와 프로듀서로 길로 나아갔다.

카와시마 에이고・호모사피엔스河島英五とホモ・サピエンス
진루이(人類: 인류)

카와시마 에이고하면 떠오르는 불후의 명곡 B③ 사케토 나미다토 오토코토 온나(酒と泪と男と女: 술과 눈물과 남자와 여자). 가라오케에서 아저씨들이 열창하는 모습을 도대체 얼마나 봐야 했었는지... 세월이 흘러 떠올려보니 어느새 나의 십팔번이 되어 있었다....

사케토 나미다토 오토코토 온나는 에이고의 대표곡이다. 카와시마 에이고와 호모사피엔스의 1st 진루이(人類)(1975)의 수록곡이었고 나중에 싱글 컷되었다. 하기와라 켄이치의 커버 버전도 유명하다. 내가 중학생일 때 교내 포크 그룹에서 베이스를 담당한 여자 동급생이 이 곡을 하고 싶다고 가져온 적이 있었다. 물론 나도 좋아하는 곡이었지만 중학생이 학원 축제에서 술이 들어간 노래를 부르는 건 아무래도 곤란하다는 이유로 각하되었다. 그래도 지금 생각해보면 조금 무모해도 연주하는 것이 좋지 않았을까....

"아버지는 18살 때, 친척들이 모인 자리에서 이 곡을 만들었습니다. 여자가 부엌에서 술을 데우고 요리를 만들 때, 남자들은 거실에서 술잔이나 나누는 모습을 보고 남자란, 또 여자란 뭘까 하고 마음속으로 이리저리 생각했다지요. 세간에서 "술도 못 마시는 어린애가 만든 것인가”라고 생각될 것을 우려해 1살 높인 19살 때 완성시킨 것으로 했다고 하셨습니다”(화자: 차녀 카와시마 아나무河島亜奈睦)

카와시마 에이고는 오사카에서 태어났다. 고등학교 졸업 후, 농구 동료들과 밴드 ‘호모사피엔스’를 조직해 음악 활동을 개시했다. 자체 제작 음반 EP를 만들고 동시에 교토의 지리멸렬파 포크의 일원으로서 개그 포크 듀오 ‘아노네노네あのねのね’와 활동을 함께한 뒤 1975년에 싱글 A① 나니카 이이코토 나이카나(何かいいことないかな: 무언가 좋은 거 없을까)로 데뷔한다. 그리고 바로 1st 진루이를 릴리스했다.

오프닝 A① 나니카 이이코토 나이카나는 지금도 마그마가 뿜어져 나오는 것처럼 단어가 계속 연결되는 직구로 감동을 주는 혼신의 포크 송이다. 아마도 청춘의 외침이란 이런 게 아닐까. 마음을 새로이 다진 A③ 텐빙바카리(てんびんばかり: 저울)는 전 세계의 모순과 부조리에 대해 절절하게 속마음을 외치는 대곡이다. 파워풀한 성량의 터질 것 같은 샤우팅은 듣고 있는 이쪽도 땀투성이가 된다.

A④ 바이 바이 바이(バイ・バイ・バイ)에서는 베이스를 담당한 친동생 카와시마 테츠河島哲가 보컬을 맡았다. 멤버들이 난리법석을 떠는 B① 우타타네(うたたね: 선잠)와 B② 카케가에노나이 히토(かけがえのない人: 유일한 사람)를 들으면 이것이 틀림없는 밴드 앨범이란 실감이 든다.

1976년에 발표된 2nd 운메이(運命: 운명)에는 밴드 멤버 전원이 각각 노래한 햐쿠넨 탓타라(100年たったら: 100년이 지나면) 등이 수록되어 있으나 이 해, 호모사피엔스는 해산한다. 아마추어 시절의 음원을 모은 호모사피엔스 몬가이후슈츠(ホモサピエンス門外不出: 호모 사피엔스 문외불출)(1979)는 나중에 발매되었다.

1977년, 솔로가 된 에이고는 3rd 신보우(信望: 신망)와 2장으로 구성된 라이브 앨범 라이브 텐빙바카리(ライブてんびんばかり)를 제작한다. 그리고 음악 활동 중에도 틈틈이 인도, 아프가니스탄, 페루, 터키, 네팔 등으로 침낭만 메고 혼자서 방랑여행을 떠났다. 1980년에 자연과 함께 살아가는 사람들과 교류하며 얻은 것을 집대성한 세 장의 앨범 분메이 I(文明: 문명 I), 분메이 II(文明 II), 분메이 III(文明 III) 을 발표했다.

에이고는 그 후에도 꾸준히 작품을 냈다. 1986년에 발표한 싱글 지다이오쿠레(時代おくれ: 시대에 뒤쳐져)(작사: 아쿠 유우阿久悠, 작곡: 모리타 코이치森田公一)은 1991년, 아쿠 유우의 특별방송 TV 프로그램에서 소개되자마자 릴리스된지 5년 만에 미친듯한 인기를 얻었다. 제42회 NHK 홍백노래자랑에도 출연. 이 곡도 사케토 나미다토 오토코토 온나처럼 아저씨 세대의 가라오케 애창곡으로 친숙하다.

2001년 4월, 장녀 카와시마 아미루河島あみる의 결혼식에 참석한 후 간질환으로 급사하고 말았다. 48세 사망.

1980년대 케냐의 수도 나이로비에 있는 ‘그린 바’라는 술집의 뮤직 박스에는 사케토 나미다토 오토코토 온나의 레코드가 있어 일본인 손님이 오면 현지의 매춘부 등이 이 곡을 잘 틀어주었다고 한다. 에이고가 가게에 들렀을 때 “나는 일본의 가수다”라고 말했는데 아무도 믿어주지 않아서 자신의 레코드를 두고 왔다는 이야기가 있다.

마리짱즈まりちゃんズ
미츠도모에쿄카(三巴狂歌: 삼파광가)

'마리짱즈'는 중학교 동급생이었던 후지오카 타카아키藤岡孝章, 오자키 준야尾崎純也, 후지마키 나오야藤巻直哉 3명이서 결성한 포크계 코믹 밴드다. 1974년, 싱글 부스니모 부스노 이키카타가 아루(ブスにもブスの生き方がある: 못생겨도 살아가는 방법이 있다)로 데뷔. 밴드명의 유래는 동경하는 클래스의 소녀 이름이었다고 한다(멤버 각각이 아이돌 아마치 마리天地真理, 배우이자 가수인 나츠키 마리夏木マリ, 포르노 배우인 타나카 마리田中真理의 팬이었다는 설도 있음).

1975년 7월에 1st 미츠도모에쿄카(三巴狂歌), 12월에 2nd 오카이도쿠(お買得: 싸게 잘 삼)를 발표하는 등 순조로운 활동이 이어졌으나 1976년에 소속사 일렉 레코드가 도산함에 따라 활동을 중지한다. 실질적으로는 2년 반 가량의 활동이지만 남겨진 그들의 작품은 어이없지만 아름다운(?!) 영원의 빛을 발하고 있다.

사실 노래 대부분은 방송 금지를 당했다. 왜냐하면 SM, 스카톨러지(분뇨에 관심 있는 취미 또는 성적 취향), 페티쉬(특정 물건을 통해 성적 쾌감을 얻는 것), 하드 게이(남성 동성연애자) 등 상스럽고 외설적이면서 블랙한 내용의 가사가 1970년대의 일본 방송에서는 생각 할 수 없을 만큼 도발적이고 자극적이었기 때문이다. 그 곡들이 가진 파괴력은 지금도 스트레이트 파워로 웃음 임팩트를 우리들에게 남긴다.

1st 미츠도모에쿄카의 오프닝 A① 마리짱(まりちゃん)은 ♪나는 똥을 쌀 때마다~(♪僕はうんこをするたびに~) 라고 가사로 갑자기 정수리에 내리꽂히는 충격적인 개그가 작렬한다. 다음 A② 쿠치즈케(くちづけ: 입맞춤)는 완전 블랙한 내용이고, 자학에 대한 내용의 A③ 히가미 블루스(ひがみブルース: 비뚤어진 블루스), 코믹송으로 완성도가 높은 A④ 마리짱가 켓콘시테시마우(まりちゃんが結婚してしまう: 마리짱이 결혼해버린다), 리드미컬한 록 넘버 B① 오자킨치노 바바아 Part Ⅱ(尾崎家の祖母 Part Ⅱ: 오자키가의 조모 Part Ⅱ), 변태 페티시의 찬가 B④ 조쿠 마리짱(続·まりちゃん: 속 마리짱)까지 숨 돌릴 틈도 없이 무시무시한 카운터 펀치를 먹인다. 그리고 마지막은 가장 강렬한 B⑥ 오토코노세카이(男の世界: 남자의 세계)로 K.O. 10초안에 일어서는 건 불가능하다.

2nd 오카이도쿠(お買得: 알뜰)에서는 다소 개그가 줄어들었지만 그래도 강력한 허세송 신부도칸데 조인토오(新·武道館でジョイントを: 신 무도관에서 만남을)과 이미 궁극의 코믹송이라 해도 과언이 아닌 SM야쿄쿠(SM夜曲: SM야곡) 등 얼토당토 않는 태도는 건재하다.

차Char는 두 앨범 모두 세션으로 참가해 일렉 기타를 연주했지만 그가 앨범에 대해 별로 말하지 않는 이유를 왠지 알 것 같다.

해산 후, 후지오카藤岡는 록 밴드 'DO!'를 결성한다. DO!는 나가부치 츠요시長渕剛와 친분이 있어 함께 '더 초콜렛츠The Chocolets'라는 밴드를 만들어 투어를 다니거나, 라디오 방송에 나가기도 했다. 나가부치의 싱글 나츠노 코이비토(夏の恋人: 여름의 연인)(1981)에서는 작사/작곡도 함께 작업했다. 그 후에는 후지오카는 레코드회사에서 근무했다.

오자키는 같은 계통의 코믹 밴드 '바스켓 슈즈バスケットシューズ'를 결성해 싱글을 3장 발매, 1980년경까지 활동했다.

후지마키는 대형 광고 회사에 입사하여 사회인으로서 근무하는 한편 1981년에 '스미짱토스테고자우루스(すみちゃんとステゴザウルス: 스미짱과 스테고사우루스)'를 결성했지만 본업이 바빠진 탓에 1년 만으로 그룹은 없어져버렸다.

1995년, 세 명은 다시 마리짱즈로 활동을 개시한다. 발표한 CD마이조반(埋蔵盤: 매장반)는 데모 테이프 같았지만 전성기 못지않은 천박함과 개그 날뛰는 것이 개인적으로는 무척 마음에 들었다.

2005년, 오자키를 뺀 둘은 '후지오카후지마키藤岡藤巻'라는 아저씨 개그가 작렬하는 통쾌한 유닛으로 다시 데뷔한다. 2008년, '후지오카 후지마키와 오오하시노조미(藤岡藤巻と大橋のぞみ)'라는 유닛으로 담당한 애니메이션 영화《벼랑 위의 포뇨崖の上のポニョ》(감독: 미야자키 하야오宮崎駿) 의 주제가가 히트했다. 마리짱즈가 미야자키 애니메이션의 주제가를 부를 날이 올 줄이야, 틀림없이 그 누구도 예상하지 못한 미래였으리라....

모리타 도지森田童子

마더스카이=키미와 카나시미노 아오이 소라오 히토리데 토베루카(マ ザー・スカイ=きみは悲しみの青い空をひとりで飛べるか: 마더 스 카이=너는 슬픔의 푸른 하늘을 혼자 날 수 있을 까)

Polydor, 1976

후배 뮤지션인 콘트라베이스 연주자 D는 자주 우리 집에 놀러 와서는 내 레코드장을 뒤져 이 것저것을 듣다가 돌아간다. 어느 날은 사이키델릭 록, 어느 날은 프리재즈, 세계 민속음악, 일 본 가요곡…. 그래도 돌아가기 직전에 항상 리퀘스트하는 음악은 똑같았다. 모리타 도지다.

모리타 도지는 1975년에 데뷔하여 1983년에 활동을 중지한 뒤 이후 단 한 번도 미디어에 나타난 적이 없다. 그녀는 2018년에 조용히 영면했다. 어찌됐든 인터넷 정보가 포화되어 넘쳐 나는 시대임에도 그녀의 사생활에 대한 이야기는 거의 찾아볼 수 없다. 본명은 비공개. 생년월 일도 정확한지 알 수 없고 부스스한 파마 머리와 선글라스가 트레이드 마크로, 맨 얼굴조차도 수수께끼다. 죽은 뒤에도 그녀는 여전히 신비한 존재로 남아있다.

도지는 1972년 여름, 한 친구의 죽음을 계기로 노래를 시작했다. 1973년부터 라이브 하 우스를 중심으로 일본 전국에서 활동하며 이후 7장의 앨범을 발표했다.

1975년의 1st Good Bye(グッドバイ), 1976년의 2nd 마더스카이=키미와 카나시미노 아 오이 소라오 히토리데 토베루카(マザー・スカイ=きみは悲しみの青い空をひとりで飛べるか=), 1977

년의 3rd A BOY ボーイ, 1978년의 라이브 앨범 됴코 카테드랄 세이마리아 다이세이도 로쿠온반(東京カテドラル聖マリア大聖堂録音盤: 도쿄 카테드랄 성 마리아 대성당 녹음반), 1980년의 4th 라스트 왈츠(ラスト・ワルツ), 1982년의 5th 야소쿄쿠(夜想曲: 야상곡), 1983년의 6t h 오오카미쇼넨(狼少年: 늑대 소년 wolf boy).

1980년부터 <코쿠쇼쿠 텐트 게키조黒色テント劇場: 검은 텐트 극장>에 도전하기 시작했다. 공터에 약 500명이 들어가는 텐트를 짓고 콘서트를 했다. 기존의 콘서트장이 아닌 공터를 고집한 그 모습은 다큐멘터리 필름으로 남아있다. "앞으로 몇 년 뒤에는, 도쿄에 텐트를 세우는 일은 거의 불가능한 일이 되겠죠. 우리들의 콘서트가 불가능해지는 모습을 보고 싶다고 생각합니다. 그리고 우리들의 노래가 사라져 가는 모습이 보고 싶습니다"

다시 스포트라이트가 조명된 것은 1993년, 텔레비전 드라마《고교 교사高校教師》의 주제가로 사용되면서다. 재발매된 싱글 보쿠타치노 싯파이(ぼくたちの失敗: 우리들의 실패)는 판매량 95만장의 빅 히트곡이 되어 앨범도 CD화 되었다. 메이저에서 첫 성공이지만 그래도 그녀는 침묵하며 매스컴 앞에는 일절 나타나지 않았다.

2nd는 앨범은 재평가에 공헌한 A① 보쿠타치노 싯파이로 시작한다. A②보쿠토 칸코우 바스니 놋테미마센카(ぼくと観光バスに乗ってみませんか: 나와 함께 관광버스에 타보지 않겠습니까), A③ 덴쇼바토(伝書鳩:전서구), B② 오토코노쿠세니 나이테쿠레타(男のくせに泣いてくれた: 남자인 주제에 울어 주었다) 등 센티멘털한 멜로디의 명곡만 모였다. 손목 자해를 노래한 문제작 A④ 갸쿠코우센(逆光線: 역광선)도 있다.

그녀의 특징은 뭐라 해도 노래하는 목소리다. 가냘프고 환상적이며 투명한 어린 목소리임에도 불구하고 설득력 있는 심지는 굳건하다. 진부함을 전혀 느낄 수 없는 보편성도 있다. 《고교 교사高校教師》가 방영되었을 때 '주제가를 부르고 있는 신인가수는 누굽니까?'라는 문의가 많았다고 한다.

앨범은 뛰어난 기량을 가진 J.A. 시저J.A.シーザー가 편곡한 B④ 하루란만(春爛漫: 춘색이 난만한)과 B⑤ 쿄와 키세키노 아사데스(今日は奇蹟の朝です: 오늘은 기적의 아침입니다)로 막을 닫는다. 지금까지의 포크한 세계에서 드라마틱한 전개와 주술적이고 칠흑 같은 프로그레시브의 세계로 바뀐다. 그것이 다시 곡의 이미지와 서로 합쳐지는 완성도는 그녀의 본질은 록이었다고 감탄할 정도다.

2003년, 10년 만에 나온 드라마《고교 교사》의 신작에서 보쿠타치노 싯파이가 또 주제가로 사용되었다. 그와 함께 발매된 베스트 음반 CD 보쿠타치노 싯파이, 모리타 도지 베스트 콜렉션(森田童子ベストコレクション)에는 우미가 신데모이이욧테 나이테이루(海が死んでもいいヨって鳴いている: 바다가 죽어도 괜찮아요 라며 울고 있다)(라스트 왈츠ラスト・ワルツ 수록)의 가사를 일부 바꾸어 새롭게 녹음한 신곡 히토리 아소비(ひとり遊び: 혼자 놀기)이 수록되었다. 자택에서 본인의 기타와 하모니카 연주로 20년 만에 녹음된 이 히토리 아소비는 마음속 깊은 곳을 찌른다. 두렵기까지 한 고독감. 그것이 최후의 녹음이 되리라고는. 그야말로 전설 모리타 도지는 마지막의 마지막까지 모리타 도지였다.

조즈헤타 (ジョーズ・ヘタ: 능숙 서툼)

Elec, 1976

방송 금지곡의 왕, 츠보이 노리오.

츠보이는 1970년대부터 지금까지 나고야를 중심으로 활약 중인 인기 라디오 DJ다. 그런 츠보이가 1975년에 릴리스한 싱글 A②킨타노 다이보켄(金太の大冒険: 킨타의 대모험)는 일본의 코믹 송을 말할 때 절대 빼놓을 수가 없다.

노래는 주인공인 킨타金太와 아름다운 공주를 둘러싼 스토리다. ♪킨타, 지켜, ♪킨타, 지지마, ♪킨타, 마카오에 도착(♪金太、守って、♪金太、負けるな)... 같은 프레이즈가 계속해서 반복된다. 이것을 문장의 단락을 의도적으로 틀리게 읽는 고전적인 수법인 '기나타요미ぎなた読み'(히라가나를 틀린 곳에서 띄어 읽는 방법)로 읽어보면 완전히 달라진다. 이 경우에는 킨타きんた의 뒤에 반드시 '마ま'로 시작하는 단어가 이어지기 때문에 킨타きんた와 마ま가 합쳐져 '킨타마(きんたま: 고환)'가 되는 개그다. 가사는 각각 ♪구슬 쥐고金玉持って、♪구슬 차지마金玉蹴るな라는 어이없는 의미로 바뀐다.

아이들은 무척 즐거워했지만 이 곡은 싱글 발매 후 20일 만에 방송금지 처분을 받았다.

그러나 츠보이는 재밌으니 또 만들어 달라는 레코드 회사의 부탁을 받고 1976년에 솔로 앨범 조즈헤타(ジョーズ·ヘタ)를 릴리스한다.

A⑥ 키와메츠케! 오만노카타(極め付け! お万の方: 절정 하라! 오만)는 킨타노 다이보켄의 답가다. 이번에는 오만お万 이라는 여성이 여행을 떠난다. ♪오만, 아기사슴을 만져おまん, こじかにさわる〈→お○んこ, 直(じか)に触る: 보지, 직접 만져〉, 게다가 궁극의 '기나타요미'송 B④ 요시다 쇼인 모노가타리(吉田松陰物語: 요시다 쇼인 이야기) 역시 수록되었다. 요시다 쇼인吉田松陰은 에도 시대의 실존 인물이다. 이 곡을 감상할 때는 고도의 의학용어와 에도 시대말의 역사에 관한 지식이 요구되므로 꽤 허들이 높다. ♪요시다 쇼인, 싱가폴을 사랑하고 있어吉田松陰, シンガポール恋しがる(→小陰唇が, ポール恋しがる: 소음순이 막대를 그리워해)... 당시 초등학생이었던 나는 물론 그 의미를 전혀 알 수 없었다.

이 두 곡 역시 앨범 발매 후 6일 만에 방송 금지곡으로 지정되었다.

개그를 설명하는 것이 얼마나 바보 같은 것인지 알지만, 조금이라도 여러분에게 이 재미를 알아줄 수 있게 되면. 한국에서 일하면 '보지 마, 자지' 같은, 혹은 일본어의 '촛토 맛테(조금만 기다려)'가 한국어로서는 야한 말에 들리는 것 같은, 그런 개그다.

킨타노 다이보켄은 요닌바야시四人囃子의 멤버와 함께 스튜디오에서 원테이크로 녹음되었는데 레코드 회사의 요청으로 단 하루 만에 앨범에 들어갈 전곡을 다 불러야 했기 때문에 본인은 전혀 만족하지 못했다. 게다가 일렉 레코드가 도산하면서 인세도 받지 못했다.

레코드 회사의 도산 후 이 앨범은 1980년, 재킷 디자인과 곡 순서를 변경해 츠보이 노리오노 다이보켄(つボイノリオの大冒険: 츠보이 노리오의 대모험)이라는 타이틀로 유피테루ユピテル 레코드에서 재발매되었다.

그 후 츠보이는 마리짱즈의 후지오카 타카아키藤岡孝章가 쓴 싱글 코이노이차이차(恋のいちゃいちゃ: 사랑의 러브러브)(1978), 더 스탈린의 엔도 미치로遠藤ミチロウ가 재킷 촬영의 메이크를 담당한 가수 후지 키치사토藤吉佐登와의 듀엣곡 마츠리다 왓쇼이 칭캇카(祭りだワッショイ チンカッカ: 축제다 영차)(1984), 고향 나고야의 응원가 나고야와 에에요! 얏토카메(名古屋はええよ! やっとかめ: 나고야는 좋아! 오랜만)(1985) 등을 발표했다.

2006년에는 잉카제국의 초기 국왕인 '망고 카팍Manqu Qhapaq'이 수많은 시련을 겪으며 쿠스코에 나라를 세우기까지의 이야기를 스펙타클하게 그린 장대한 개그 송 잉카테이코쿠 노세이리츠(インカ帝国の成立: 잉카 제국의 성립)을 발표했다.

2018년, 일본기념일협회가 6월 9일을 '츠보이 노리오 기념일'로 인정했다.

토모베 마사토友部正人

도시테 타비니 데나캇탄다(どうして旅に出なかったんだ: 왜 여행을 떠나지 않았나)

CBS/Sony, 1976

고독한 시인, 일본의 밥 딜런Bob Dylan, 포크 싱어 토모베 마사토. 1950년, 도쿄 출생. 타의 추종을 불허하는 현대시와 같은 가사와 까끌까끌한 질감의 목소리가 특징이다.

1966년, 고등학교 1학년 때 밥 딜런의 Like a Rolling Stone을 듣고 충격을 받아 자작곡을 부르기 시작했다. 그리고 일본에서도 우디 거스리Woody Guthrie와 리드 벨리Leadbelly 처럼 부르고 싶다고 생각해 고등학교를 졸업함과 동시에 집을 뛰쳐나와 길 위에서 노래를 불렀다. 학생운동에 참가해 화염병을 던져 구치소에 들어갔던 적도 있다.

1972년, URC 레코드에서 1st 오사카에 얏테키타(大阪へやって来た: 오사카에 왔다)를 릴리스. 단어를 차례차례 다그치듯이 토해내는 토킹 블루스 스타일의 곡이 화제가 된다. 같은 해 4월, 벨우드 레코드에서 싱글 잇폰미치(一本道: 외길)를 발표. 잇폰미치(一本道)는 토모베를 대표하는 곡이다. ♪중앙선이여, 하늘을 날아, 그녀의 가슴에 박혀버려~ (♪中央線よ、空を飛んで、あのコ娘の胸に突き刺され~). 모든 이가 경악하고 충격을 받았다.

1973년, URC에서 명반이라 이름높은 2nd 닌진(にんじん: 당근)을, CBS 소니 레코드에서

3rd 마타 미츠케타요(また見つけたよ: 또 찾았어)을 릴리스한다. 마타 미츠케타요는 수록곡인 난테 슷파이 아메다(なんてすっぱい雨だ: 정말 시큼한 비다)의 '쿠론보상(黒ン坊さん: 깜둥이)'라는 단어가 흑인 차별용어로 문제가 되어 폐반 된 후 2018년까지도 CD화 되지 못했다.

반년 간의 미국 방랑을 거쳐 귀국 후 1975년, 사카모토 류이치坂本龍一가 피아노로 참여한 4th 다레모 보쿠노 에오 카케나이다로(誰もぼくの絵を描けないだろう: 아무도 나의 그림을 그릴 수 없을 것이다)을 발표했다. 그러나 이 앨범 역시 또 수록곡인 나가이 우데(長いうで: 긴 팔)의 가사인 '요츠아시(四つ足: 다리 4개) [1]'가 문제가 되어 2018년까지 CD화도 되지 않았었다.

1976년, 그때까지 고수했던 기타를 치며 노래하는 포크 스타일에서 심기일전, 스카이 독 블루스 밴드スカイドッグ・ブルース・バンド를 백밴드로 레코딩 한 혼신의 포크 록 앨범 5th 도시테 타비니 데나캇탄다(どうして旅に出なかったんだ)를 발표한다. 그러나 이 앨범은 A② 빗코노 포노 사이고(びっこのポーの最後: 절름발이 포의 최후)의 제목과 가사내용에 차별적 표현이 있다는 이유로 회수되어 발매금지 처분을 받았다. 후에 자체 제작하여 1976라는 타이틀로 개제한 다음 LP(1981)로 재발매 되었고 이후 CD화(1990)되며 재킷이 변경되었고, 빗코노 포노 사이고`는 다시 녹음한 신 버전으로 수록되었다.

결국 복잡한 사연을 가진 앨범으로 유명한 레어템이 되어버렸지만 이 앨범은 확실히 말해 모든 수록곡이 명곡/명연주인 명반 중의 명반이다. 그것이 지금도 오리지널 형태로 재판되지 않는다는 것이 너무나도 답답하다(그래도 이것은 토모베 자신이 생각해서 결정했기 때문에 어쩔 수 없다).

앨범은 더 밴드The Band의 반주로 자유분방하게 노래하는 밥 딜런을 방불케한다. 서던 록 스러운 스카이독 블루스 밴드カイドッグ・ブルース・バンド의 반주에 맞춰서 자유롭게 쭉쭉 노래하는 토모베의 완벽한 록. 그의 노래에 단어가, 문장은, 계속해서 막힘없이 또 끊임없이 흘러간다. 마치 말 속에 혼에 이끌려 가는 것처럼.

♪어째서 여행을 떠나지 않았니, 아가야~ (♪どうして旅に出なかったんだ、ぼうや〜)(A① 도우시테 타비니 데나캇탄다どうして旅に出なかったんだ)라는 말을 들으면 뭐라고 대답해야 할까. ♪너는 다만 침대의 위에서 젖은 피스톨을 쓰다듬고 있을 뿐~ (♪あんたはただベッドのうえで濡れたピストルを手でこすっているだけさ〜)(A② 빗코노 포노 사이고びっこのポーの最後), 해석은 필요하지 않다. 듣는 이에게 전달되는 이미지는 무한히 넓어진다.

1980년, 스튜디오 라이브 녹음의 포크 록 앨범 6th 난데모나이 히니와(なんでもない日には: 아무것도 아닌 날은)을 자체제작 음반으로 발표한다.

그 후에도 Pokhara(1983), Cante Grande(1984) 등 수많은 앨범을 릴리스했으며 현재도 정력적으로 활동하고 있다. 또 <물개는 중앙선을 타고おっとせいは中央線に乗って>(1977)을 시작으로 많은 시집과 에세이집도 발표했다.

---

1 '요츠아시四つ足'가 '요츠(よつ: 도살장에서 일하는 사람을 차별적으로 가리키는 속어)'라는 단어를 상기시킨다는 것이 이유.

카자미도리(風見鶏: 풍향계)

현재도 초~ 정력적으로 활동을 펼쳐나가고 있는 싱어 송 라이터 사다 마사시. 누계 4,000회를 넘긴 콘서트는 지금도 자신의 기록을 갱신하는 중이다. 거의 매년 신작 앨범을 발표하고 라이브의 토크 부분만 발췌한 CD전집도 릴리스. 그 작품 수는 밥 딜런Bob Dylan보다 많은, 거의 천문학적인 수에 가까울 정도로 방대하다(이건 좀 지나친 표현인가).

사다는 1973년에 포크 듀오 '그레이프グレープ'로 데뷔해 쇼료나가시(精霊流し: 나가사키長崎 현에서 추석 때 행하여지는 전통행사)(1974), 무엔자카(無縁坂: 무엔의 고개)(1975) 등의 히트곡으로 두각을 나타냈다. 다만 곡들이 어두웠기 때문에 '그레이프=어둡다'는 것이 공식 이미지였다. 그레이프는 3장의 스튜디오 음반과 2장의 세트 라이브 앨범을 내고 1976년에 해산, 사다는 솔로가 되었다.

1976년에 1st 솔로 센코하나비(線香花火: 선향 불꽃)를 발표했다. 1977년, 그레이프 시절과 다른 코믹한 노선의 아메야도리(雨やどり: 비피하기)의 히트로 인기가 폭발한다. 1979년에는 사회현상이 된 칸파쿠센겐(関白宣言: 관백 선언)이라는 같은 노선의 더 강력한 히트곡도 있다.

학생 시절에 라쿠고(일본 전통적인 만담) 연구회에 있었기 때문에 익살적인 스토리텔러로서는 천하일품이다. 웃음부터 인정 있는 이야기까지, 무대에서 재밌는 토크도 화제가 되어 TV/라디오에서도 인기가 넘쳤다. 이 당시의 사다는 정말 나는 새도 떨어트릴 기세로 영화도 제작하고 카페도 운영하는 등 다재다능한 활약이었다.

카자미도리(風見鷄)는 그러한 사다의 전성기인 1977년에 발매된 2번째 솔로 앨범이다. 아메야도리의 히트 직후에 발매되었기 때문에 100만장에 가까이 판매된 완전한 히트 앨범이다. 사이먼 & 가펑클Simon & Garfunkel의 Bridge over Troubled Water를 어레인지한 지미 헤스켈Jimmie Haskel을 편곡자로 초빙했고 일부는 LA에서 녹음하고 제작했다. 일본에서 녹음은 전 아카이 토리赤い鳥의 와타나베 토시유키渡辺俊幸가 편곡을 담당했다. 와타나베는 그 후, 전속 프로듀서 및 편곡가로 오랫동안 사다의 오른팔로 활동했다.

앨범은 공항에서 이별을 노래한 A① 사이슈안나이(最終案内: 마지막 안내)로 시작한다. 손에 든 짐을 벨트 컨베이어에 옮기고 있는 모습이 이렇게까지 센티멘털하게 묘사 될 줄은! 하늘로 날아오르는 제트기를 진짜보다 더 우아하게 그려낸 지미의 스트링스는 역시 놀랍다.

졸업 시즌이 되면 자주 불리는 명 발라드 A② 츠유노 아토사키(つゆのあとさき: 장마의 전후)는 3월의 졸업식은 노래 속 계절과 맞지 않다는 팬들의 논쟁이 끊이질 않는다. 개인적으로 인터내셔널 스쿨의 졸업식이라면 시기도 딱 이라고 생각하지만....

A③ 도비우메(飛梅: 나는 매화)는 사다의 특기이기도 한 일본 고전적 소재를 사용한 작품으로 후쿠오카 현 다자이후太宰府 천만궁天満宮의 매화나무 전설을 노래했다. A④ 키미노 후루사토(きみのふるさと: 너의 고향)는 콘서트의 오프닝곡으로 오랫동안 사용되었다. 사다는 "그레이프는 사실 록 밴드가 될 예정이었다"라고 말했는데 그 마음이 잘 드러난 록 튠의 B③ 스이가라노 후케이(吸殻の風景: 꽁초의 풍경) 까지 모두 훌륭한 작품이다.

개그 노선으로 웃기는 것이 신경 쓰였는지 '진지 노선'으로 직접 리메이크한 B② 모히토츠노아메야도리(もうひとつの雨やどり: 비 피하기 하나 또)도 수록되어 있다.

이어진 3rd 앤솔로지〈私花集 (アンソロジー)〉(1978)와 4th 유메 쿠요우(夢供養: 꿈 공양)(1979)도 명반이라 불리기 충분한 작품군으로 이 앨범들로 인하여 완벽한 사다 월드가 완성되었다.

더욱이 연주 시간이 12분 30초나 되는 12인치 싱글 오야지노 이치반 나가이히(親父の一番長い日: 아버지의 가장 긴 하루)(1979)도 히트 시키는 등 새로운 도전에도 승승장구했다.

2001년에는 소설가로서 문단 데뷔도 이뤄 아직 늙지 않은 사다는 항상 노력하고 있다.

마츠다 하루요松田晴世

쿠레나이 무겐(くれなゐ夢幻: 붉은 몽환)

Victor, 1978

1970년대 후반부터 1985년에 걸쳐 '우타가타리(哥語り: 노래+말하기)'라는 독특한 스타일로 활동했던 마츠다 하루요松田晴世. 그 무대는 마치 일본풍의 1인 뮤지컬 같았고 일본의 고전 문학이나 근대 문학에 소재를 구한 이야기들이 많았다. 북에 기타 넥을 붙인 오리지널 악기 '기다이코'를 샤미센의 바치(撥: 현을 울리는 도구)로 연주하고 노래하며 말한다.

반주는 시타르, 퉁소, 비파, 기타, 우드 베이스, 퍼커션을 사용했고 에스니컬하고 프로그레시브, 사이키델릭에 재퍼네스크한 사운드다. 밴드 이름은 '무겐큐無弦弓'라고 하며 극작가 테라야마 슈지寺山修二가 지었다.

마츠다는 1948년 북해도에서 태어났다. 대학생 시절에 약해(藥害)인 스몬병 [1]에 걸려 대

----

1 1950년대부터 1970년에 걸쳐 일본에서 다발한 신경 장애. 처음에는 감염증으로 의심되었으나 정장제 키노포름에 의한 약해인 것이 밝혀지며 1970년에 키노포름의 제조판매와 사용이 금지되었다. 스몬 사건을 계기로 1979년에 약사법의 대대적인 개정이 이루어졌다. 포크 가수인 욮코이 쿠미코橫井久美子가 노 모어 스몬노 우타(ノーモア・スモンの歌)을 1978년에 발표했다.

학을 중퇴하고 투병생활을 보냈다. 젊었던 것도 있어 1년 만에 퇴원했지만 시력은 0.1로 떨어졌고 다리 마비는 낫지 않았다. 남은 후유증에 괴로워하면서도 낭독 공부를 시작했고 어느 날 산지 얼마 안 된 기타를 치며 말해 본 것이 '가타리온나(語り女: 말하는 여자)'의 시작이다. 그리고 천천히 독자적인 표현법을 간신히 만들어냈다.

마츠다의 브레인으로 응원해 주던 시나리오 작가 아리타카 후소有高扶桑가 "기타가 아니라 더 개성적인 악기를 사용하면 좋지 않을까"하고 생각하다 고안해낸 것이 기다이코다. 물론 당연하게도 그녀의 트레이드 마크가 되었다.

그 독특한 스테이지가 소문이 나면서 잡지나 신문에서 많은 취재를 받았다.

1978년, 대망의 앨범 쿠레나이 무겐(くれなゐ夢幻: 붉은 몽환)을 발표.

우타가타리의 작품은 B① 아오이노우에 만다라(葵山曼荼羅)로 레코드 길이는 18분 30초다. 일본 고전 예술인 노(能: 가면극)의 곡목인 <아오이노우에葵山>를 바탕으로 한 곡이다. <아오이노우에>는 가장 상연 빈도가 높고 등장인물 등은 일본의 11세기 고전 문학 <겐지모노가타리源氏物語>를 원전으로 한다. 질투에 미친 여자의 생령에 대한 이야기로 인간의 잠재의식의 무서움을 그린 명작이다. 마츠다는 다양한 음색을 구사하여 노래하고, 말하고, 괴로워하고, 비명을 지르고, 신음하고, 헐떡인다. 이야기꾼으로서 압도적인 파워와 설득력에 쭉쭉 끌려간다. 무겐큐의 연주도 무시무시함에 박차를 가해 즉각적인 효과를 보인다.

다른 수록작품은 5분 정도의 곡이지만 순수하게 노래라 할 수 있는 건 A① 하시(橋: 다리) 정도이고 나머지는 A② 한냐신교(般若心経: 반야심경)와 A⑤ 유키온나(雪女: 설녀) 같은 우타가타리 뿐이다. 그녀의 정념이 소용돌이치는 환상과 요염한 세계는 아름답다.

이 당시 마츠다는 TV 시대극《날아라! 필살 어둠 죽이기翔べ! 必殺うらごろし》(1978~1979)의 제13화《손이 움직여! 화가가 아닌데 그림을 그렸다手が動く! 画家でないのに絵を描いた》에 출연했다. 기모노 아가씨가 기다이코를 두드리며 땅 속에서부터 울려 퍼지는 목소리로 낭랑하게 반냐신교(般若心経)를 부르는 모습이 시청자에게 큰 인상을 남겼다.

그 후에도 많은 우타가타리 작품을 발표했고 예술제에 참가하거나 크고 작은 여러 공연을 다니며 정력적으로 활동했다.

1986년 4월, 장녀를 출산한 직후 출혈 과다로 사망했다. 향년 38세. 너무나도 빠른 이별이었다.

마츠다는 테라야마 슈지를 시작으로 시인인 카네코 미츠하루金子光晴, 작가 후지모토 기이치藤本義一, 클래식 작곡가의 대가 마유즈미 토시로黛敏郎, 등등... 쟁쟁한 문화인들에게 사랑받았는데 그들도 모두 세상을 떠났다. 지금은 단 한 장의 레코드만이 남아 그녀가 살아있었음을 증명하고 있다. CD화를 간절히 바란다.

이즈미야 시게루泉谷しげる

'80노 발라드('80のバラッド: '80의 발라드)

이즈미야 시게루는 포크 싱어이면서 독설가, 개성파 배우로서 1970년대부터 지금까지 안방을 떠들썩하게 하는 인기인이다.

1971년, 일렉 레코드에서 라이브 앨범 이즈미야시게루 토조(泉谷しげる登場: 이즈미야 시게루 등장)으로 데뷔. 가장 재밌는 스테이지가 수록되어 있다.

1972년, 2nd 슌카슈토(春·夏·秋·冬: 춘하추동)를 릴리스. 카토 카즈히코加藤和彦가 프로듀스를 맡았고 타이틀곡 슌카슈토는 이즈미야의 대표곡이 되었다. 같은 해 3rd 지큐와 오마츠리 사와기(地球はお祭りさわぎ: 지구는 축제 중)도 발표했다.

1973년에 발표한 4th 히카리토 카게(光と影: 빛과 그림자)에는 새디스틱 미카 밴드가 참여했다. 물의를 빚어 당연하게도 방송 금지곡이 된 오- 노우!!(おー脳!!: 오 뇌!!)(성병 매독에 대한 노래)와 ♪융통성 없는 자유에 건배~(♪融通の利かぬ自由に乾杯~)라는 메시지가 여전히 마음을 울리는 코키 하타메쿠 모토니(国旗はためく下に: 펄럭이는 깃발 아래에서) 등이 수록되었다. 그 후에도 니시오카 타카시西岡たかし와 함께 공동 발표한 앨범 토모다치 하지메(友だちはじめ:친구의 시작)

278

(1973), 록 밴드 '이에로 イエロー'를 따라해 록 색이 강한 5th 오곤코 지다이(黃金狂時代: 황금광시대)(1974) 등 꾸준하게 앨범을 릴리스했다.

이 시기 이즈미야의 곡에는 금지곡이 많았다. 1972년, TV 방송《토요일 쇼 금지!! 금지!! 그래도 부른다!! 土曜ショー禁止!! 禁止!! それでも歌う!!》에 출연했을 때 금지곡을 불렀을 뿐만 아니라 생방송 광고에 대해 "시시한 짓 하지마!"라고 폭언, 또 그 광고 상품인 야키토리(꼬치구이) 통조림을 "맛있을 리가 없잖아!"라며 매도했다. 그 결과 방송은 중단되었고 디렉터는 좌천, 이즈미야도 이후 그 방송국의 출연 자체를 금지 당했다. 그러나 이 캐릭터가 지금도 건재한데다가 이즈미야의 인기 요인 중 일부가 되었다는 것은 놀랍다.

1975년 6월, 코무로 히토시 小室等, 이노우에 요스이 井上陽水, 요시다 타쿠로 吉田拓郎와 함께 포 라이프 레코드를 설립했다. 앨범 제 1탄으로 라이브 앨범 라이브!! 이즈미야 –오오시마 타치노 요루-(ライブ!!泉谷-王様たちの夜: 라이브!! 이즈미야-왕들의 밤-)를 발표했다. 일렉 레코드 시대의 앨범도 포라이프에서 다시 발매되었지만 이즈미야가 모든 재킷을 새롭게 만들었고, 테이크가 다른 연주를 수록한 앨범이 있으므로 매니아는 주의해야 한다.

1976년, 이즈미야식 포크의 완성형인 명반 카조쿠(家族: 가족), 미국 단독 라이브의 열연을 수록한 이스토카라노 아츠이 카제(イーストからの熱い風: 동쪽에서 뜨거운 바람)을 릴리스한다. 1977년에는 절대 타협하지 않고 독주하는 혼신의 록 앨범 코세키노 쿄진(光石の巨人: 광석의 거인)을 발표했다. 그러나 이것을 마지막으로 포 라이프 레코드에서 이탈했다.

1978년, 카토 카즈히코의 프로듀스로 도시 생활인의 초조함이나 허무감을 표현한 어른의 록 '80노 발랏드('80のバラッド)를 발표한다. 오프닝을 장식하는 A① 츠바사나키 야로도모(翼なき野郎ども: 날개 없는 녀석들)은 일본 록계 굴지의 명곡. 그리고 A③ 디트로이트 포커(デトロイト・ポーカー),B① 레이코(レイコ), B⑦ 에이지(エイジ) 등 크고 하늘하늘 한 물살 같은 완만한 록 넘버가 이어진다.

1979년, 또 카토가 프로듀스한 토카이노 런너(都会のランナー: 도시의 런너)를 발표한다. 1970년대 후반에 나온 앨범은 전부 높은 평가를 받았지만 좋은 판매량으로 이어지지는 않았다. 이즈미야는 배우로서의 일이 많아졌다. 이 해 실제사건을 소재로 한 TV 드라마《전후 최대의 유괴 요시노부짱 사건 戦後最大の誘拐・吉展ちゃん事件》에 유괴범 역할로 출연, 훌륭한 연기로 절찬을 받아 배우로서도 주목을 모았다.

1980년, 시대극 영화《괜찮잖아 ええじゃないか》(감독: 이마무라 쇼헤이 今村昌平)에 출연하며 타이틀 곡도 불렀다.

이후, 배우활동과 병행하면서 음악활동도 활발해져 NEWS(1982), 39°8′(1983), ELEVATOR(1984), 호에루 바랏도(吠えるバラッド: 울부짖는 발라드)(1988), 90's 발랏드(90's バラッド: 90's 발라드)를 차례대로 릴리스했다.

2013년 12월 31일에는 제 64회 홍백노래자랑에 출연하여 순카슈토(春夏秋冬)를 불러 화제를 모았다.

갸쿠류(逆流: 역류)

東芝EMI Express, 1979

나가부치 츠요시는 칸빠이(乾杯: 건배), 톤보(とんぼ: 잠자리), RUN이라는 곡으로 잘 알려진, 아마도 엑스 재팬과 함께 한국에서 가장 유명한 일본 가수 중 한 사람이다.

　내가 출연한 지방 공연의 뒤풀이에 가면 그 지방의 가수가 일부러 칸빠이를 불러 주는 경우가 많다. 물론 참 감사한 일이지만 사실 나는 나가부치 츠요시를 그렇게까지 좋아하지 않는다. 일본에서 나가부치는 어쩌면 안티팬이 더 많을지도 모른다. 나가부치의 일반적인 이미지가 특공대와 자위대를 찬미하는 마초 계열의 우익계 아티스트이기 때문이다.

　그런데 최근 TV에서 나온 발언이나 인터뷰 기사를 읽어보니 이전의 난폭한 태도가 어느 정도 완화된 것처럼 보인다. 사회비판이나 반골정신이 노래에서 느껴지는 것도 사실이고 "총을 들면 전쟁이 되지만 기타를 가지면 전쟁은 되지 않는다. 기타라면 사회와 대립하는 것이 가능하다"라는 발언도 있다. 이 말에는 대찬성. 나도 색안경을 끼고 나가부치를 보는 것을 이제 그만두어야 할지도 모르겠다.

　나가부치는 1977년, 싱글 아메노 아라시야마(雨の嵐山: 비의 아라시야마)로 데뷔했다. 곡은

자작곡이었으나 어레인지와 녹음은 모두 레코드 회사가 진행했고 나가부치는 노래를 부르기만 했다. 게다가 회사는 판매 노선을 가요곡으로 정한 뒤 프로모션이라며 레코드 가게를 돌아다니거나 백화점 옥상에서 아이돌 공연 전에 노래를 부르게 했다. 나가부치는 이러한 활동에 의문을 느껴 결국 계약을 파기하고 고향인 규슈로 돌아갔다.

그리고 다시 심기일전해 데모 테이프를 만들고 프로 뮤지션을 목표로 아마추어 콘테스트에 출장했다. 입상하여 1978년, 싱글 준렌카(巡恋歌: 순연가)로 다시 데뷔한다. 현재까지 준렌카는 라이브에서 빠지지 않고 연주되는 필수곡이다. 기타와 하모니카만으로 노래하고 특히 라스트 부분에서 격렬하게 기타를 울리는 씬은 라이브의 하이라이트다.

얼마 지나지 않아 나가부치는 미나미 코세츠의 콘서트의 오프닝을 맡았고 심야 라디오 방송《미나미 코세츠의 올 나이트 닛폰南こうせつのオールナイトニッポン》에서 오로지 기타 하나로 승부裸一貫ギターで勝負라는 코너도 담당했다.

1979년 3월, 1st 카제와 미나미카라(風は南から: 바람은 남쪽에서)를 발표. 생기 있는 나가부치의 목소리를 들을 수 있는 수작이다.

이 해, 나가부치는 요시다 타쿠로吉田拓郎의 콘서트에 특별출연했지만 관객들로부터 "꺼져라!"라는 비난을 받았다. "멍청아! 나는 안 꺼진다! 내 팬들도 와 있으니까". "꺼져라라고 말할 거면 너희들이 꺼져라!"라며 노호를 지르고 나서 노래를 계속했다. 이 경험을 바탕으로 자신의 작품이나 라이브에 대한 사고방식을 다시 살펴본 결과로 만든 것이 명곡 B⑤ 갸쿠류(逆流: 역류)다. 그는 "그 무대가 없었다면 지금도 없다"고 말한다.

그 해 11월, 2nd 갸쿠류를 릴리스. 2주 가량 스튜디오에서 틀어박혀서 모든 힘을 쏟아 부어 녹음했다는 역작. 그리고 이 앨범의 A③ 준코(順子)가 팬들의 뜨거운 요구로 싱글 컷되어 인기 차트 1위를 획득했다. 이 노래의 대히트로 나가부치는 톱 뮤지션의 대열에 들어섰다.

1980년, 결혼식 대표곡으로 유명한 칸빠이를 수록한 3rd 칸빠이를 발표했다. 이 앨범으로 "나가부치류 포크가 완성되다'라는 말도 있다. 나도 이때까지는 나가부치를 정말 좋아했었다.... 참고로 칸빠이는 당시 싱글 컷되지 않고 1988년에 재녹음한 싱글이 발매되어 대히트했다.

나가부치는 그 후에도 계속해서 싱글, 앨범, 영상작품을 발표해 로쿠나몬자네(ろくなもんじゃねえ: 쓸만한게 아니야)(1987), 톤보(1988), RUN(1993), 유비키리겐만(指切りげんまん: 손가락 걸고 약속)(1998), 시즈카나루 아프간(静かなるアフガン: 조용해진 아프간)(2002), 시아와세니 나로우요(しあわせになろうよ: 행복해 지자)(2003), 히토츠(ひとつ: 하나)(2012) 등의 히트곡을 만들어냈다. 영화나 드라마에도 출연해 초개성파 배우로서도 인기를 얻었다.

오오토모 유코大友裕子
키즈나(絆: 유대)

처음으로 TV에서 오오토모 유코의 노래를 들었을 때 나는 유코에게 마음을 빼앗겼다.

오오토모 유코의 활동기간은 1978년~82년으로 고작 4년에 불과하다. 데뷔곡 쇼신(傷心: 상심)이 약간 히트한 것 외에 별로 알려진 것이 없다. 당시는 성격이 어두운 여성 포크 가수로 인지되어 듣지도 않고 싫어하는 사람도 많았다. 확실히 세련된 어레인지나 소리의 질감은 어디까지나 뉴 뮤직에 가까웠지 록은 아니었다.

그러나 나는 그녀의 초 허스키한 목소리와 압도적인 가창력에 그대로 넘어가고 말았다. 이 사람, 록이다! 진짜! 진심으로 일본의 재니스 조플린Janis Joplin라고 말하고 싶다. 게다가 그녀의 노래에 등장하는 인물이 모두 실연당했지만 약해지지 않는 강한 여자뿐이라는 것도 여성 로커라는 인상을 주었다.

하지만 그녀가 서있는 위치를 나는 잘 설명할 수가 없다. 로커인지, 포크인지, 시티팝인지, 아니면 가요곡인지? 그냥 여성 싱어 송 라이터라 부르면 되는 것일까.

그녀의 탁성은 콘테스트 연습을 너무 많이 해서 대회 당일 아침에 이런 목소리가 되었다고 한다. 그 전까지는 맑고 깨끗한 목소리였다고. 그러나 그 덕에 상을 받아 데뷔했으니 사람의 운명은 정말 알 수가 없다.

1978년, 야마하 포퓰러 송 콘테스트ヤマハ・ポピュラーソング・コンテスト(속칭: 팝콘포프콘)의 입상곡 싱글 A⑤ 쇼신(傷心)으로 데뷔. 1979년, 1st 키즈나(絆: 유대)를 발표한다.

화려한 피아노 인트로가 인도하는 아름다운 발라드 A① 요아케마에(夜明け前: 새벽녘)로 1st는 시작한다.

초장부터 '이별' 노래다. 사실 이 앨범의 전곡 테마가 남녀의 이별이고 또 모두 여성의 입장에 서있다. 어느 때는 자신이 떠나고, 어느 때는 차이고, 배신 당하고, 분노를 터뜨리고, 남자에게 매달리고, 추억에 매달리고, 밑바닥까지 떠밀리고, 의욕을 잃었어도 결코 포기하지 않고 앞을 보며 살아가는... 그러한 '강한' 여성상이 모든 곡에 걸쳐 그려져 있다.

즉 그녀가 A③ 아이츠니 세오 무케테(あいつに背を向けて: 그 사람을 등지고)이며, A④ 테기레킨(手切れ金: 위자료)이고, A⑤ 쇼신(傷心: 상심)인 것이다. 그리고 그 화룡점정이 바로 앨범의 마지막 곡 B④ 시니가오(死顔: 죽은 얼굴)다. ♪재가 되어, 재가 되어, 내 눈동자에 비춰지는 너의 죽은 얼굴~ (♪灰になれ、灰になれ、あたしの瞳に映るあんたの死顔~), 그래도 여기까지 오면 조금 무서울지도....

1979년 11월 19일에 일본청년관日本青年館에서 퍼스트 콘서트를 개최했다. 나도 다녀왔는데 굉장히 좋았고 감동했다. 그 때 멘트로 데뷔곡 쇼신을 넘는 곡을 만들 수 없다며 창작의 괴로움에 대해 이야기 했다.

1980년, 2nd 키즈(傷: 상처)를 발표. 이 앨범에 수록된 사무라이(侍)는 지금까지 없었던 유코의 새로운 국면을 열었다. 이별 노래가 아니라 사랑하는 남자에게 불러주는 응원곡. 게다가 장조. ♪패배해도 당신은 사무라이, 내가 사랑하는 남자~ (♪負けてもあんたは侍、私が愛する男~)는 나한테도 불러줬으면 좋겠다. 그러나 결국 이 후 결혼하며 은퇴한 것을 생각하면 역시 씁쓸하다.

1981년, 영화《효류漂流: 표류》의 사운드트랙에 참여해 주제가를 불렀다. 1982년 9월 21일 싱글 보헤미안(ボヘミアン)의 발매와 동시에 결혼해 가수에서 은퇴한다. 참고로 보헤미안은 1983년에 탁성의 여성 록 보컬리스트 카츠라기 유키葛城ユキ가 리메이크로 대히트 시켜 카츠라기 유키의 대표곡으로 알려졌다.

내 눈앞에 돌연 나타나 순식간에 떠나버린 유코. 한 번만 더 그 목소리를 라이브로 듣고 싶다고 생각하는 것은 나 혼자만이 아닐 것이다.

오오토모 유코의 오리지널 앨범은 아쉽지만 지금도 CD화 되지 않았다. 다만 몇 종류의 베스트 음반 CD가 발매되어 있고 아직 손에 넣을 수 있다.

FOLK

닌겐마가이(人間まがい: 모조 인간)

야마자키 하코는 오이타현大分県 출신의 여성 포크 가수. 1957년 출생.

중학생 때 록을 좋아하는 오빠의 영향으로 음악에 눈을 떴고 트레이드 마크인 길고 검은 머리카락 역시 오빠의 영향으로 기르기 시작했다. 1973년, 아버지의 일 관계로 요코하마로 이주한다.

고등학교 재학 중에 출장한 콘테스트를 계기로 1975년, 1st 토 비 마 스(飛・び・ま・す: 뛰어 내립니다)로 데뷔한다. 수록곡 키분오 카에테(気分を変えて: 기분을 바꿔서)가 그녀의 대표곡이다. 150cm 정도의 작은 몸집과 마른 신체에서 나오는 성량은 상상도 못할 만큼 파워풀하고, 풍부한 표현력의 가창력을 자랑한다. 가사는 어둡고, 날카롭게 마음을 베어내 '나카지마 미유키中島みゆき의 라이벌'이라고 불렸다.

1976년, 2nd 츠나와타리(綱渡り: 줄타기)를 발표. 처음 2장은 일렉 레코드에서 발매되었으나 일렉의 도산으로 캐넌 레코드キャニオン・レコード로 이적했다. 1st & 2nd는 재킷을 바꿔 재발매되었다.

라이브 앨범 퍼스트 라이브 ファースト・ライブ(1977), 3rd 아이이로노 우타(藍色の詩: 남색의 시)(1977), 4th 나가레요이우타(流れ酔い唄: 방랑하는 취기의 노래)(1978)라는 하이 퀄리티의 앨범을 꾸준하게 발표했다.

그리고 1979년, 문제작 5th 닌겐마가이(人間まがい: 모조 인간)를 발표한다. 이 앨범은 현재 컬트 무비로 유명한 영화 《지옥 地獄》(감독: 쿠마시로 타츠미 神代辰巳, 1979)의 주제가로 하코가 쓴 B⑤ 코코로다케 아이시테(心だけ愛して: 마음만 사랑해줘)가 모든 시작이었다. 이 곡은 보통 앨범에 넣기에는 어울리지 않으니 그렇다면 차라리 '무서운 앨범'을 만들자는 이야기가 앨범을 만든 계기다.

영화 《지옥》의 삽입곡이기도 했던 A② 쿄다이 신주(きょうだい心中: 남매의 동반자살)는 여동생을 사랑해버린 오빠가 근친상간을 갈망하자, 여동생은 내 연인을 죽인다면 오빠를 받아들이겠다고 대답한다. 오빠는 그렇게 여동생의 연인을 살해하지만 사실 죽은 연인은 변장한 여동생이었다. 결국 오빠가 여동생의 뒤를 따라 죽는다는, 막장의 애증극이다.

A④ 카라스(からす: 까마귀)는 아이를 덮치러 오는 나마하게(귀신)의 노래, 타이틀곡 B②닌겐마가이는 자살했지만 성불하지 못한 유령의 노래다.

최고 걸작은 짚인형에 못을 박는 주술가 B① 노로이(呪い: 저주). 국민적 인기의 애니메이션 《마루코는 아홉살 ちびまる子ちゃん》에 하코가 본인 역으로 출연한 <마루코, 포크 콘서트에 가다 まる子、フォークコンサートへ行く>(2002년 방영) 회차에서 특별히 엔딩 테마로 흘러나갔던 적이 있다. 그 때 아이들이 무서워한다는 불만 전화가 TV 방송국에 쇄도 했다고. 하코는 "저주하자라는 가사가 아니에요. 그런 자신에게 못을 박자는 노래입니다"라고 말했고 실제로 화려한 사운드, 사이키델릭한 부유감이 흐르지만… 아니, 그래도 장난 아니게 무섭다….

그 후에도 나카지마 미유키가 코러스에 참가했던 아루이테(歩いて: 걸어)(1980), 젠소료코(幻想旅行: 환상 여행)(1981), 가요곡을 커버한 앨범 오하코(十八番: 십팔번)(1994) 등 수많은 앨범을 발표했다.

그러나 1998년, 하코의 나이 41세 때 기획사가 도산하고 사장은 돈을 들고 잠적한다. 사실은 하코의 "말이 없고 어둡다"라는 이미지는 기획사의 사장이 잘 팔기 위해 만들어 낸 전략이었다. 사장의 명령으로 가족이나 친척들과의 절연을 강요당하고 웃는 것은 물론 이성이나 친구와의 교제도 금지 당했다. 23년 동안 하코는 거의 세뇌당해 기획사에서 숙박하며 급료도 거의 받지 못했다. 그 후 그녀는 홈리스에 가까운 극빈생활을 면치 못했다.

그렇게 밑바닥까지 떨어졌지만 배우 친구들이나 많은 팬들이 있다는 사실을 버팀목으로 삼아, 21세기에는 완전히 부활에 성공했다. 미소라 히바리의 링고오이와케(リンゴ追分: 사과의 갈림길), 에디방 エディ幡의 요코하마 홍키통크 블루스(横浜ホンキートンク・ブルース: 요코하마 홍키통크 블루스)를 커버하며 신곡을 수록한 하프 베스트 앨범 미핫표(未・発・表: 미 발 표)(2009)을 발표하는 등 현재도 정력적으로 활동하고 있다.

2001년, 연주/편곡 등 오랫동안 함께 일해 왔던 기타리스트 야스다 히로미 安田裕美와 결혼해 공사 모두 함께하는 굉장한 파트너가 되었다. 하지만 2020년 7월 야스다는 대장암으로 타계했다. 향년 72세.

나카지마 미유키中島みゆき
요칸(予感: 예감)

일본을 대표하는 여성 싱어 송 라이터 나카지마 미유키.

1975년에 싱글 아자미조노 라라바이(アザミ嬢のララバイ: 엉겅퀴 아가씨의 자장가)로 데뷔한 이래 지다이(時代: 시대)(1975), 와카레우타(わかれうた: 이별 노래)(1977), 아쿠조(悪女: 악녀)(1981), 타비비토노 우타(旅人のうた: 나그네의 노래)(1995), 치조노 호시(地上の星: 지상의 별)(2000), 보조(慕情: 모정)(2017) 등 현재까지 수많은 히트곡을 만들었다.

또 다른 가수들에게 제공한 곡 중에서도 켄 나오코研ナオコ의 LA-LA-LA(1976), 아바요(あばよ: 안녕히)(1976), 카모메와 카모메(かもめはかもめ: 갈매기는 갈매기)(1978), 사쿠라다 준코桜田淳子의 시아와세 시바이(しあわせ芝居: 행복한 연극)(1977), 마스다 케이코増田けい子(핑크 레이디Pink Lady)의 스즈메(すずめ: 참새)(1981), 카시와바라 요시에柏原芳恵의 하루나노니(春なのに: 봄인데)(1983), 토키오TOKIO의 소라후네(宙船: 하늘을 나는 배)(2006), 모모이로 클로버 ZももいろクローバーZ의 나이테모 이잉다요(泣いてもいいんだよ: 울어도 괜찮아요)(2014) 같은 히트곡들이 많다.

앨범은 1st 와타시노 코에가 키코에마스카(私の声が聞こえますか: 내 목소리가 들리나요)(1975)

부터 2017년까지 42장의 스튜디오 앨범과 6장의 라이브 앨범을 릴리스했으며 현재도 활발한 활동을 보이고 있다.

초기의 대표곡 중 하나인 세죠(世情: 세상 물정)를 수록한 4th 아이시테이루토 잇테쿠레(愛 していると云ってくれ: 사랑하고 있다고 말해줘)(1978), 타 가수들에게 주었던 곡을 셀프 커버한 모음집 6th 오카에리나사이(おかえりなさい: 어서와요)(1979), 우라미마스(うらみ・ます: 원망합니다), 엘레인(エレーン), 소바야(蕎麦屋: 소바가게) 등의 곡을 수록한 칠흑의 극치인 7th 이키테이테모 이이데스카(生きていてもいいですか: 살아 있어도 괜찮을까요)(1980) 등 모든 앨범은 나카지마 미유키의 분신 그 자체로 전부 걸작들이다.

이런 수많은 앨범 중에서도 여기서 설명할 것은 1983년에 나온 10th 요칸(予感)이다. 사실 1980년대는 앨범 판매량이 하락선을 타게 되어 사운드 어프로치나 곡 자체에 대해 이것저것 모색하던 시기다. 특히 록에 심취하여 후에 이 당시의 자신을 되돌아본 미유키가 '미친 시대'라고도 말했다.

이것은 미유키의 첫 셀프 프로듀스 작품으로 A면은 어레인지도 직접 맡았다. 진솔한 록 넘버 A① 코요니 후타리다케(この世に二人だけ: 이 세상에 두 사람 뿐)이 앨범의 문을 연다. A④ 바이바이 독 오브 더 베이(ばいばいどっくおぶざべい: bye bye dock of the bay)의 베이스는 호소노 하루오미, B면의 어레인지는 전 타이거즈의 이노우에 타카유키井上堯之가 담당했다. 스티브 원더 Stevie Wonder의 오른팔인 엔지니어 게리 올라사발Gary Olazabal도 참여했다(참고로 1985년에 발표한 싱글 츠메타이 와카레(つめたい別れ: 차가운 이별)에서는 스티브 원더가 하모니카를 불었다).

가장 중요한 곡은 뭐라 해도 마지막에 수록된 B⑤ 화이트!(ファイト!). 이 세상 불합리와 투쟁하는 사람들에게 바치는 응원가. 앨범을 발표하고 무려 11년이 지난 1994년, 생명보험 회사의 TV 광고에 기용되었다. 양 A면 싱글로 발매된 소라토 키미노 아이다니 c/w 화이트!(空と君のあいだに c/w ファイト!)가 대히트해 미유키를 대표하는 곡이 되었다.

가사는 심야 라디오 방송《나카지마 미유키의 올 나이트 닛폰中島みゆきのオールナイトニッポン》에 투고했던 팬의 엽서를 바탕으로 했다. 이노우에 타카유키의 상식을 뒤엎는, 참신하기 짝이 없는 편곡에 깜짝 놀랐다. 처음에는 드럼만 나오다가 노래가 나오고 베이스가 나타난다. 마치 뼈대만 있는 연주에서 서서히 곡으로서의 형태가 갖춰지고나면 요시노 후지마루吉野藤丸의 리드 기타가 울린다. 노래는 중간에 느닷없이 조가 바뀌면서 반음을 올린 장대한 록 발라드로 끝난다. 그러나 미유키의 노래는 응원가적인 내용임에도 불구하고 담담하다. 게다가 극단적인 믹스로 보컬의 음량 밸런스가 작다. 어레인지 뿐만 아니라 그러한 자잘한 부분도 포함된 공격적인 록 넘버다. 이 곡의 선율은 요시다 타쿠로를 방불케한다. 미유키는 데뷔 전 타쿠로 오빠부대로 유명한 팬였다. 타쿠로 자신도 화이트!(ファイト!)를 매우 마음에 들어 해서 콘서트 등에서 자주 불렀는데 마치 타쿠로가 만든 곡처럼 들린다는 점이 또 굉장하다.

III. 시티팝

시티팝이란?

2013년부터일까, 빈번하게 '시티팝'이란 단어를 듣게 되었다.

시티팝이란 단어가 의미하는 것은 시기적으로 1970년대 후반부터 1980년대에 걸친 일본 팝이다. 당시'뉴 뮤직'으로 일괄적이게 묶여있던 대중음악 중, 멋있고 서양 음악이 지향하는 이지 리스닝적인 음악. 아니면 미들 오브 더 로드(MOR)적인 팝/록을 가리키며 AOR(Adult-Oriented Rock)으로 불렀다. 시티팝은 일본판 AOR이라 해도 문제는 없다. 실제로 1980년대에 시티팝이란 단어가 사용되기는 했지만 일반적으로 정착되지는 않았다.

현재의 시티팝 붐은 작금 DJ 아티스트들이 그 시대의 일본 팝송을 샘플링 음원에 사용한 것이 계기다. '일본의 7080 음악도 괜찮은데'라고 특히 외국인 DJ들에게 재발견(!)된 것이 시작이다. 이른바 일제 레어 그루브의 한 종류로 어느 아일랜드인 DJ가 가장 먼저 주목했다든가 네덜란드와 러시아 음악관계자가 재평가 한 것이 시작이라든가 하는 설이 있다.

유튜브 Youtube의 대중화로 시티팝은 순식간에 온 세계에 알려졌다. 무엇보다 시티팝을 소개하는 동영상의 재생수는 무척 높고 댓글에도 일본인보다는 먼 외국인들이 남긴 것이 많다. 그리고 세계 각국에서 일본의 중고 레코드 가게에 시티팝의 음반을 찾으러 오는 컬렉터들이 끊이질 않는다. 인기 아이템은 보통 1만엔(약 10만원), 2만엔은 기본이고, 요즘은 더욱 오르고 있다.

사실 내 이야기를 잠깐 하자면, 2010년 정도부터 별로 듣지 않았던 1970년대 일본 뉴 뮤직(특히 여성 싱어 송 라이터)을 다시 듣고 있다. 그 높은 퀄리티와 곡의 재미에 경악하고 늦었지만 음반을 모으기 시작했다. 그 때는 시티팝 이란 단어를 알지 못했지만 결과적으로 보면 세계적인 시티팝 붐과 싱크로 했다는 사실은 지금 생각해도 신기하다.

듣기 시작한 동기는 단순하다. 100엔 코너에서 싸게 팔고 있던 이러저런 LP를 보다가 '이런 아티스트가 있었구나'하고는 정말 관심이 없었기 때문에 그냥 한번 들어나 볼까 같은 생각으로 구입했다. 그리고 들어봤더니 모두 훌륭한 것뿐이라 '지금까지 색안경을 끼고 봐서 정말 죄송합니다'라는 기분이 들었다. 완전히 재발견, 이른바 '마이붐'이었다. 그것이 실제로 세계에서도 진행되고 있었던 붐과 링크 했을 것이라고는…. 물론 그런 레코드도 이제는 100엔 코너에서 전혀 찾아 볼 수 없게 되었다….

시티팝이란 장르에 엄밀한 구분은 없다. 1970년대부터 활동하고 있는 야마시타 타츠로山下達郎, 타케우치 마리야竹内まりや, 오누키 타에코大貫妙子, 요시다 미나코吉田美奈子, 아라이 유미荒井由実(마츠토야 유미松任谷由実), 브래드 & 버터ブレッド＆バター 같은 아티스트들이 대표적이다.

그리고 1981년의 역사에 남을 대히트곡인 루비노 유비와(ルビーの指環: 루비 반지)의 테라오 아키라寺尾聰를 필두로 카도마츠 토시키角松敏生, 스기 마사미치杉真理, 야마모토 타츠히코山本達彦, 이나가키 준이치稲垣潤一, 오자키 아미尾崎亜美, 안리杏里, 오하시 준코大橋純子, 야가미 준코八神純子, 카도 아사미門あさ美, EPO, 마츠바라 미키松原みき 등의 싱어들이 1980년대에 활동했다. 그들은 종래의 싱어 송 라이터나 밴드라는 형태에 얽매이지 않고 재즈/퓨전 계의 뮤지션을 기용하거나 가요곡과의 경계선을 가볍게 뛰어넘는 등 팝한 작풍임에도 불구하고 음악적으로는 혁신적이고 실험적이기까지 했다.

편곡가이며 피아니스트인 오오노 유지大野雄二, 기타리스트 타카나카 마사요시高中正義 같은 조연 플레이어에게도 주목이 집중되었다. 이와사키 히로미岩崎宏美, 마츠다 세이코松田聖子 등의 가요곡/아이돌 계에서도 시티팝적인 사운드가 최전선이 되었다. 현재 인기 시티팝에는 B급 아이돌 가요의 마나베 치에미真鍋ちえみ도 포함되어 있다. 또 재즈 싱어인 카사이 키미코笠井紀美子의 Tokyo Special(1977)이나 아가와 야스코阿川泰子Gravy(1984) 의 앨범도 주목을 받고 있다. 돌이켜 보면 이때가 일본 대중음악이 가장 풍요롭고 호화로웠던 시대가 아닐까 싶다.

최근의 시티팝이란 단어는 2010년 즈음부터 동시대의 세련되고 도회적인 사운드의 뮤지션을 묶는 단어로 음악 정보 매체나 레코드 가게의 진열상자를 표시 할 때 사용되기 시작했다. 때문에 예를 들어 1990년대에 유행했던 '시부야 계'라고 불린 뮤지션들의 작품이나 '2019년, 주목할 시티팝' 처럼 현재 아티스트들의 신보를 소개할 때 평범하게 사용되고 있다.

그러나저러나 개인적으로는 지금까지 장르로 취급하기 어려워 '뉴 뮤직'라 불렀던 음악을 다시 '시티팝'이라 묶어 준 것 자체는 편리하니 감사할 일이다. 뉴 뮤직이란 단어에서는 그것이 도대체 어떤 음악인지 상상하기 어려웠지만 시티팝이라고 하면 왠지 모르게 어떤 사운드 인지를 상상할 수 있다고 할까… 뭐, 일단 뉴 뮤직보다는 낫다.

2019년, 미국 레이블 '라이트 인 더 애틱Light in the Attic'이 Pacific Breeze : Japanese City Pop, AOR & Boogie 1976-1986이라는 컴필레이션compilation 앨범을 냈다. 세계적인 시티팝 붐은 앞으로도 계속 될 것 같다.

미나미 요시타카南佳孝

마턴로노히로인(摩天楼のヒロイン: 마천루의 히로인)

Trio Showboat, 1973

1973년에 돌연히 나타난 고고한 작품.

　고등학생이었던 내가 이 앨범을 처음 들었을 때는 이미 발매한 지 꽤 시간이 지난 뒤였다. 선배의 카 스테레오에서 이 레코드를 녹음한 테이프가 흘러나왔다. 충격. 옛 미국풍에 일본어 가사는 록과 포크에 빠진 나날을 보내고 있던 내게 있어서는 놀람 그 자체였다. 이런 음악은 들어본 적이 없었다. 바로 그 테이프를 선배한테서 빌려 집에서 몇 번이나 계속 듣고 또 들었다. 그건 정말로 불가사의한 감각이었다. 어떻게 들어도 이것은 록이 아니다. 일렉 기타의 정열적인 빨리 치기나 땀 냄새나는 로큰롤이 없다. 그럼에도 불구하고 곳곳에서 록의 필이 묻어나고 있었다.

　미나미 요시타카는 1950년, 도쿄 출생. 아이 때부터 형과 누나의 영향으로 프랭크 시나트라Frank Sinatra, 냇 킹 콜Nat King Cole, 페리 코모Perry Como, 줄리 런던Julie London 같은 올드 타임한 서양음악을 듣고 자랐고 중학생 때 밴드를 결성했다. 그 즈음 이미 "음악으로 성공해서 먹고 산다"라고 결심한 뒤였고 대학 재학 중에는 재즈에 심취해있었다.

1972년에 텔레비전 오디션 방송에서 3위를 했지만 연락이 없어 기다리던 중, 그 때 해피엔드 해산으로 작사가와 디렉터 사이에서 고민하던 마츠모토 타카시松本隆와 함께 의기투합을 한다.

1973년 9월, 마츠모토가 프로듀스한 1st 마턴로노 히로인(摩天楼のヒロイン: 마천루의 히로인)으로 데뷔. 해피엔드의 라스트 라이브 이벤트 'CITY-Last Time Around'가 데뷔 무대가 되었다. 그 모습은 같이 데뷔한 요시다 미나코吉田美奈子 등과 함께 라이브 앨범 1973.9.21 Show Boat 스바라시키 후나데(素晴しき船出: 훌륭한 출항)(1974)에서 들을 수 있다.

이 앨범은, 마츠모토의 첫 프로듀스 작품으로 콘셉트와 가사 대부분도 마츠모토가 완성시켰다. 그 때문에 미나미의 앨범보다는 마츠모토 타카시 & 미나미 요시타카 라는 팀의 특별 기획 앨범이라 말하는 게 좋을 수도 있다. 어레인지를 담당했던 야노 마코토矢野誠의 수완도 큰 역할을 했다.

미나미 스스로도 "데뷔작이 아니에요. 저는 그렇게 생각하지 않아요. 2번째인 와스레라레타 나츠(忘れられた夏: 잊혀진 여름)(1976)이 저의 데뷔작이라 생각해요. 이쪽은 작사, 작곡, 헤드 어레인지까지 전부 직접 했으니까요"라고 말하고 있다.

지금에서야 '시티팝의 원조'라 불리는 앨범이지만 발매 당시는 장르를 알 수 없는 이단에 갑자기 나타나 옛날의 느낌을 내는 돌연변이 같은 존재였다.

"한 편의 영화 같은 앨범을 만들어보자"고 시작해 도쿄에서 태어나 도쿄에서 자란 두 명의 손으로 만들어낸 세련되고 멋있는 작품. A면이 '히어로 사이드', B면이 '히로인 사이드'다.

그리운 소리를 내는 클라리넷이 선도하고 래그타임 풍의 피아노가 뒤따라가는 A① 오이라 강구다조(おいらぎゃんぐだぞ: 나는 갱)으로 앨범은 시작한다. 갱, 흡혈귀, 매춘부, 길거리의 거지 여자들을 노래한 "이 이야기는 픽션입니다"의 세계. 자신의 주변에서 일어나는 사건을 테마로 한 사소설적인 러브 송이 항간에 넘쳐나던 시기에 이 노래는 그야말로 혁신이었다. 앨범은 마치 뮤지컬처럼 열차에도 타고 마천루에도 걸터앉으며, 주인공은 모험과 로맨스에 열중한다. 그러나 결말은 "돈을 들여 만들었지만 팔리지 않았습니다. 어두운 앨범이에요. 전부 사람이 죽습니다…"

1976년에 2nd 와스레라레타 나츠를 발표. 1979년, 미나미의 곡 먼로 워크(モンロー・ウォーク)를 가수 고 히로미郷ひろみ가 섹시 유(セクシー・ユー)라는 타이틀로 커버해 히트시킨다. 1981년, 미나미가 부른 영화《슬로우나 부기니 시테쿠레(スローなブギにしてくれ: 슬로우부기로 부탁해》(원작: 카타오카 요시오片岡義男)의 동명 주제가가 대히트곡이 되면서 도시파 AOR 싱어 송 라이터로서 인기를 굳혔다.

그 후에도 미나미는 자신의 앨범을 꾸준하게 발표하는 한편, 다른 아티스트들에게 곡을 제공하거나 콜래보레이션, 프로듀스, 영화 음악, CM송 등 다양하게 활약하고 있다.

브래드 & 버터ブレッド & バター
Barbecue

Columbia Blow Up, 1974

브래드 & 버터는 나이브하고 산뜻한 코러스가 특징인 형제 포크 듀오로 시티팝 붐으로 재평가되어 크게 주목을 받았다.

가나가와 현 지가사키 시에서 1943년에 태어난 이와사와 사츠야岩沢幸矢와 1949년에 태어난 이와사와 후유미岩沢二弓 형제는 각각 고등학생 때 밴드를 시작해 학생 시절을 지냈다.

대학 졸업을 앞둔 사츠야는 취직을 위해 미국으로 떠났다. 당시 미국은 '자유롭게 살자'라는 사상의 전성기로 사츠야도 그 영향을 받아 취직해서 속박당하는 것 보다 자유롭게 좋아하는 음악을 하면서 살자고 결심한다.

귀국 후 동생인 후미야를 유혹해 밴드를 시작했는데 레코드 회사의 오디션을 보러 간 사람이 이 두 사람뿐이었기 때문에 형제 듀오 '브래드 & 버터'를 결성하게 되었다.

1969년, 츠츠미 쿄헤이筒美京平 작곡의 싱글 키즈다라케노 가루이자와(傷だらけの軽井沢: 상처투성이의 가루이자와)로 데뷔한 뒤 1970년에 자작곡 싱글 마리에(マリエ)를 발표한다. 다른 사람이 쓴 곡보다 역시 자신들이 쓴 곡이 더 잘 어울렸다.

1971년에는 전 타이거즈의 키시베 시로岸部シロー와 '시로와 브랜드 & 버터シローとブレッド & バター'를 결성한다. 싱글 2장을 릴리스. 프리Free, 비지스Bee Gees, B.B. 킹B.B. King 등의 일본 공연에서 오프닝을 맡았다.

1972년, CSN & Y를 닮은 코러스 워크를 보여주는 앨범 Moonlight을 발표한다. 밴드명은 시로와 브랜드 & 버터였으나 이 때 이미 시로는 바쁜 탤런트 활동으로 탈퇴한 상태였기 때문에 실질적으로는 이 앨범이 브랜드 & 버터의 첫 앨범이다.

1973년, 브랜드 & 버터로서 1st Images를 릴리스. 녹음은 런던에서 진행되어 우연히 런던에서 레코딩하고 있었던 스티비 원더Stevie Wonder도 참여했다. 소울 필링이 가미된 독특한 포크 스타일을 완성했다. 이 후 그들의 음악성의 기초가 되는 시티팝 여명기의 걸작이다.

1974년, 2nd Barbecue를 발표. 재킷처럼 따듯한 분위기로 전작의 방향성을 한층 발전시킨 시티팝의 대명반이다. 후에 야마시타 타츠로가 커버한 불멸의 명곡 A② 핑크 섀도우(ピンク・シャドウ)가 수록되어 있다. 호소노 하루오미, 스즈키 시게루鈴木茂, 하야시 타츠오林立夫의 캐러멜 마마キャラメル・ママ가 연주에 참여했다. 코러스는 야마무로 에미코山室英美子(투아 에 무아トワ・エ・モワ), 아라이 준코新井潤子(아카이토리赤い鳥, 하이파이 세트ハイ・ファイ・セット), 사카키바라 나오미榊原尚美(히구라시日暮し)의 호화로운 미성 트리오다.

그러나 그 후 1976년에 브랜드 & 버터는 음악 활동을 중지한다. 그리고 지가사키茅ケ崎 시에 오픈한 '카페 브랜드 & 버터'를 라이브 하우스로 삼아 즐겁게 살았다. 그러자 코사카 추小坂忠, 유밍ユーミン, 미나미 요시타카南佳孝, 카마야츠 히로시かまやつひろし, 안리杏里 등이 자주 놀러왔고 1979년에 유밍이 새롭게 쓴 싱글 아노코로노 마마(あの頃のまま: 그 시절 그대로)로 다시 부활했다. 알파 레코드에서 4th Late Late Summer(1980), 5th Monday Morning(1980), 6th Pacific(1981)을 발표해 정력적으로 활동을 시작했다. 이 3장의 앨범은 재출발의 계기가 된 것도 있어 본인들이 성심을 담은, 시티팝의 걸작으로서 많은 사람에게 사랑받고 있다.

이 때 스티브 원더가 그들의 부활을 축하하며 곡을 선물했다. 타이틀 외에 가사가 없었기 때문에 유밍이 일본어 가사를 썼고 자! 하고 발표하려고 하는 순간, 스티브가 "그 곡을 영화에 쓰기로 했으니까 잠깐만 기다려"라고 하는 바람에 이야기는 백지로 돌아갔다. 그 곡은 1984년, 코미디 영화《우먼 인 레드The Woman in Red》의 주제가로 전 세계적인 히트곡이 되었고 아카데미상도 수상했다. 겨우 스티브의 허가를 받아 브랜드 & 버터가 다시 녹음한 싱글 토쿠베츠나 기모치데(特別な気持ちで: 특별한 기분으로)(I Just Called To Say I Love You)을 발표했다.

사실 이 곡을 둘러싸고 스티브와 가사를 합작한 파트너 사이에 저작권을 다툼이 있었다. 그 때 스티브의 곡이라는 증거로 제출된 것이 브랜드 & 버터에게 보낸 데모 테이프였다. 재판에서 이긴 스티브는 기뻐하며 브랜드 & 버터 두 사람에게 다시 감사하다는 의미로 새로운 곡 Remember My Love(1986)를 보냈다고 한다.

하이파이 세트ハイ・ファイ・セット
Hi-Fi Set

1974년, 포크 그룹 '아카이 토리赤い鳥'는 해산하면서 두개의 그룹으로 갈라졌다. 리더 고토 에츠지로後藤悦治郎 & 야스요泰代 부부의 포크 듀오 '카미후센(紙ふうせん: 종이 풍선)'과 야마모토 토시히코山本俊彦 & 준코潤子 부부와 오오카와 시게루大川茂의 시티팝 코러스 그룹 '하이파이 세트Hi-Fi Set'다. 그룹명은 호소노 하루오미가 붙여주었다고 한다.

하이파이 세트는 준코의 소프라노, 토시히코의 테너, 오오카와의 베이스가 만들어낸 발군의 코러스 워크와 도시적이고 세련된 어레인지로 뉴 뮤직 전성기에 높은 인기를 자랑했다. 1975년, 유밍ユーミン이 제공한 싱글 A③ 소츠교샤신(卒業写真: 졸업 사진)으로 데뷔. 동시에 1st Hi-Fi Set도 릴리스했다(1976년에 소츠교샤신卒業写真이라는 타이틀로 재킷까지 새롭게 리뉴얼하여 재발매). ② Ages of Rock and Roll, B③ 피시 앤드 칩스(フィッシュ・アンド・チップス) 같은 곡들의 노스텔직한 소리가 가슴을 동요시킨다. 그립지만 새로운 무언가를 시작하는 의욕을 느끼게 한다. 그 후의 댄서블으로 패셔너블한 그들도 물론 좋지만, 아직 어딘가 좀 촌스러운 분위기가 묘하게 마음을 달래주는 작품으로 나의 추천 음반이다.

1976년, 2nd Fashionable Lover 발표. 세련된 사운드가 완전히 시티팝화 되어 츠메타이 아메(冷たい雨: 차가운 비), 아사히노 나카데 호호엔데(朝陽の中で微笑んで: 아침 해 안에서 미소 지으며), 페어웰 파티(フェアウェル・パーティ) 등 유밍의 곡을 다수 수록했다.

잠깐 옆길로 빠져, 그 시기 유밍이 다른 아티스트에게 제공했던 작품에는 방방バンバン의 이치고 하쿠쇼오 모 이치도(いちご白書をもう一度: 딸기백서를 다시 한 번)(1975), 아그네스 찬アグネス・チャン의 시로이 쿠츠시타와 니아와나이(白い靴下は似合わない: 새하얀 구두는 어울리지 않아)(1975), 미키 세이코三木聖子의 마치부세(まちぶせ: 숨어서 기다림)(1976) 같은 히트곡이 있다.

기세가 붙은 하이파이 세트는 1976년 12월 브라질의 싱어 송 라이터 모리스 알버트Morris Albert의 Feelings에 일본어 가사를 붙인 커버 곡 필링(フィーリング)을 릴리스한다. 이 곡은 1977년에 대히트하여 홍백노래자랑에도 출연했다.

필링을 수록한 3rd Love Collection에는 또 유밍의 주오 프리웨이(中央フリーウェイ: 중앙 고속도로)의 절묘한 커버곡이 수록되어 있다. 1984년에는 유밍과 관련된 곡만 모은 Hi-fi Set Sings Yuming이라는 기획 편집 음반도 발매되어 좋은 판매량을 기록했다.

4th The Diary(1977), 5th Swing(1978), 6th Coming Up(1978), 7th 플래시(閃光(フラッシュ))(1979)로 훌륭한 시티팝 앨범을 꾸준히 발표했다.

1980년에는 한번 활동 중지를 했지만 1년 뒤에 활동을 재개하여 1992년에 활동 중지 선언을 할 때까지 최종적으로는 싱글 26장, 앨범 19장을 릴리스했고 1994년에 정식으로 해산했다.

해산 후 야마모토 준코는 솔로 가수로 활동했다. 야마모토 토시히코는 음악 프로듀서로 활약했지만 2014년 3월, 심부전으로 사망했다. 향년 67세.

그런데 일본의 시티팝이 전 세계적인 인기를 누리게 된 이유 중 하나로 하이파이 세트의 1975년에 발표된 싱글 스카이 레스토랑(スカイレストラン)이 있다.

2014년, 아메리카의 힙합 씬을 대표하는 래퍼 J. 콜J.Cole이 January 28th라는 곡으로 베이직 트랙 전편에 걸쳐 스카이 레스토랑을 샘플링했다. 그리고 같은 곡이 수록된 J. 콜의 앨범 2014 Forest Hills Drive가 전미 차트 1위를 달성하며 미국에서만 200만장 이상 판매되었다. 바로 그 앨범의 1번째 곡이었다. 그만큼 많은 미국인이 스카이 레스토랑(スカイレストラン)을 듣고 있었다는 뜻이니 일본 음악에 관심을 갖는 사람들이 나타나는 것은 당연한 이야기….

스카이 레스토랑의 작사는 유밍. 이 가사는 원래 유밍의 대 히트곡 아노히니 카에리타이(あの日に帰りたい: 그 날로 돌아가고 싶어)의 가사였으나 버려진 뒤 작곡가 무라이 쿠니히코村井邦彦의 손에 들어가게 되면서 새로운 생명을 부여받았다.

오프 코스(オフコース, Off Course)
와인노 니오이(ワインの匂い: 와인의 향기)

오프 코스는 원래 오다 카즈마사小田和正와 스즈키 야스히로鈴木康博 두 명을 중심으로 1964년, 고등학생 시절에 결성된 포크 그룹이다. 1970년에 싱글 군슈노나카데(群衆の中で: 군중 속에서)로 데뷔했으나 우여곡절의 결과로 1972년에 오다 & 스즈키 2인조가 되어 재출발을 시작했다.

1973년, 1st 앨범 오프 코스 1 / 보쿠노 오쿠리모노(オフ・コース 1 /僕の贈りもの: 나의 선물)를 발표. 1974년에는 다중 녹음한 아카펠라 코러스로 시작되는 2nd 코노 미치오 유케바 / 오프 코스 라운드 2 (この道をゆけば: 이 거리를 걸으면 / オフ・コース・ラウンド 2)와 서양 곡을 소프트록 느낌으로 해석한 커버 곡을 포함한 라이브 앨범 아키 유쿠 마치데 ~ 오프 코스 라이브 인 콘서트(秋ゆく街で: 가을이 떠나는 거리에서 ~ オフ・コース・ライヴ・イン・コンサート)을 릴리스했다.

그리고 민완 프로듀서 무토 토시후미武藤敏史와 협력한 초기 오프 코스의 대 걸작 시티팝 앨범이 바로 3rd 와인노 니오이(ワインの匂い: 와인의 향기)(1975)다. 수록 작업 기간은 500시간이 넘어 당시 새디스틱 미카 밴드가 갖고 있던 레코딩 최장 신기록을 경신했다. 지금까지와 너무나도 다른 방식에 "이렇게까지 해도 괜찮은가" 하고 오다와 스즈키는 몇 번이고 생각했다고 한다.

그렇게 모든 힘을 쏟아 넣은 무토 덕분에 오프 코스 사운드의 기초가 확립되었다고 말해도 과언은 아닐 터다. 그 사운드는 결코 포크가 아니다. 다중 녹음으로 두터운 코러스가 만들어져가는 형상은 완전히 소프트 록/시티팝에 지향적이다.

A③ 네무레누 요루(眠れぬ夜: 잠 못 드는 밤)는 초기 오프 코스의 대표작이다. 당시는 발라드였지만 "무조건 이유 없이 즐길 수 있는 곡이나 심플한 사운드가 좋다"는 무토의 조언으로 8비트로 어레인지했다. 이 조언이 주요하여 히트곡이 되었다.

타이틀곡 A⑤ 와인노 니오이는 오다가 유밍의 콘서트를 처음 보러 갔을 때 작곡했다고 한다. 그 때문에 유밍에게 바치는 곡이라고 오보되었던 적이 있는데 '여러 가지 멜로디를 만드는 와인을 좋아하는 아가씨(いくつものメロディーを作るワインの好きな娘)'라는 가사의 아가씨는 역시 유밍이 아닐까.

스즈키의 곡 B③ 아메요 하게시쿠(雨よ激しく: 비야, 세차게)는 혼신의 힘이 담긴 록 넘버로 개인적으로는 이 앨범의 베스트 트랙이라 생각한다.

B④ 아이노 우타(愛の唄: 사랑의 노래)는 카펜터스Carpenters에게 불러달라고 1976년에 I'll be Coming Home이라는 영어판 데모 테이프를 보냈지만 실현되지는 않았다. 결과는 안타깝지만 만약 카펜터스가 불렀어도 손색없었을 작품이다.

오프 코스의 가사는 투명하고 추상적이다. 그들에게는 당시 잘 나가는 포크에 흔히 있는 일본 정서가 하나도 없다. 삶의 냄새가 전혀 감돌지 않는다. 이 시기 오프 코스가 잘 나가지 않았던 것이 바로 노래에 생활감이 없었기 때문이라고 생각하지만, 반대로 말하면 처음부터 음악이상주의였다는 소리다. 시대가 변해 다른 포크 싱어들이 후퇴하고 설 곳이 없어지자 오프 코스는 활약하며 톱으로 올라섰다.

오프 코스가 풍미한 세대는 1980년대다. 1979년에 5인 편성의 록 밴드가 되어 8th 앨범 We are(1980)를 발표했고 사요나라(さよなら: 안녕), Yes-No 같은 대히트곡이 있다.

그러나 오다가 쓴 팝 넘버가 계속해서 히트하며 '오프 코스=오다' 라는 이미지가 굳어져버리자 스즈키는 밴드 탈퇴를 선언한다. 1981년에 해산을 의식한 9th over를 발표했다. 스즈키가 없는 오프 코스는 있을 수 없다고 강력히 주장한 오다가 그 마음을 담아 쓴 발라드 코토바니 데키나이(言葉にできない: 말로 할 수 없어)가 대히트했다.

1982년, 스즈키의 탈퇴와 함께 오프 코스는 한번 해산했지만 1984년에 부활하여 1989년까지 제 1선에서 활동을 이어나갔다.

오프 코스의 레코드는 전부 CD화 되어 있기 때문에 입수는 어렵지 않다. 단, 1970년의 데뷔 당시에 발매되었던 몇 개의 싱글은 레어 아이템으로 매우 높은 가격에 거래 되고 있다.

슈가 베이브(シュガー・ベイブ, Sugar Babe)
Songs

Elec Niagara, 1975

원조 시티팝 그룹이라고 하면 당연히 '슈가 베이브Sugar Babe'겠지. 리더 야마시타 타츠로山下達郎와 홍일점 오누키 타에코大貫妙子의 트윈보컬 & 아름다운 하모니, major 7th 코드를 다양하게 사용한 세련된 센스의 록 사운드. 당시 유일무이한 존재였다. 그러나 일부의 열광적 팬들 이외에는 별로 알려지지 않았다.

왜냐하면 당시 일본에서 팝송을 둘러싼 상황은 기본 브리티시 록이 메인이면서 서해안에서부터 웨스트 코스트 싱어 송 라이터들이 대두해 오는 상태였다. 야마시타 등이 동경했던 올드 아메리칸 팝송은 대부분 사람들에게 관심을 받지 못했다. 게다가 수수한 흑백사진을 보면서 추억을 이야기하는 것 같은 개인적인 포크송의 전성기로 도시를 컬러풀하게 색칠하는 음악=시티팝이라는 노래는 아예 존재하지 않았던 것이다.

지나치게 시대를 앞질렀다고도 할 수 있다. 슈가 베이브는 1975년에 Songs라는 단 1장의 음반을 남기고 해산한다. 하지만 그 단 1장의 음반이 21세기가 된 지금까지 시대를 넘어 10대, 20대의 젊은 청취자나 음악가들에게 계속해서 영향을 미치고 있다. Songs는 지금이야말

298

로 일본 음악계의 스테디셀러 앨범으로서 찬란하게 빛나고 있다.

　　개인적인 이야기지만 중학생 시대에 록에 눈을 뜬 나는 카펜터스Carpenters와 같은 음악을 "여자나 어린이가 듣는 연약한 팝송"이라고 말하며 무시하고 있었다(나도 어린애였는데…). 그 후 대학생 시절이 되서 다시 들어 봤는데 아주 화려하고 장인 기질의 마법적인 매력을 깨닫고 "카펜터스는 대단한 록이구나!"라고 다시 생각했다. 이 Songs도 그렇다.

　　야마시타가 학생 시절에 자체 제작한 Add Some Music to Your Day(1972)이라는 LP의 녹음 멤버들을 중심으로 그 후 오누키가 가입하면서 슈가 베이브가 시작됐다. 밴드 이름은 미국 영화《자브리스키 포인트Zabriskie Point》(감독: 미켈란젤로 안토니오니Michelangelo Antonioni, 1970)에서 사용되었던 미국 밴드 영블러즈Youngbloods의 곡명에서 차용했다.

　　그들의 아름다운 코러스는 음악업계에서 평판을 얻고 오오타키 에이이치大瀧詠一나 아라이 유미荒井由実 등 많은 아티스트의 코러스를 담당하게 된다. 그들은 그 때 일본에서 대인기를 자랑한 캐나다의 아이돌 르네 스마르René Simard(당시 13세!) 첫 콘서트의 코러스도 담당했다. 그 모습은 르네 퍼스트 라이브 앨범(르네·퍼스트·라이브·알바므)(1974)로 들을 수 있다.

　　오오타키는 처음에 슈가 베이브를 코러스 그룹으로 착각했었지만 그들의 실력과 야마시타가 자신과 똑같은 음악 오타쿠인 곳에 감명해 오오타키가 시작한 일본 최초의 뮤지션 레이블 '나이아가라Niagara'의 제1호 아티스트로 선택했다.

　　오오타키는 프로 엔지니어가 아니었다. 그러나 해피엔드 라스트 앨범을 미국에서 녹음할 때의 경험 등 독학으로 기술을 습득해, 록 사운드 녹음의 본질을 알고 있었다. 예를 들면 코러스는 무지향성의 마이크 하나를 모두 사람들이 둘러싸서 노래를 불러 녹음한다. 이러한 방법은 당시의 일본에서는 비상식이어서 만약에 메이저 회사의 엔지니어가 녹음을 담당했다면 이 독특한 사운드는 없었을 것이다.

　　야마시타가 말하길 "오오타키가 믹스를 한 것만으로 이 앨범은 대단히 이상한 밸런스입니다. 그러나 그것이 Songs가 오늘까지 살아 올 수 있었던 큰 요인이라고 생각해요"

　　물론 그런 것뿐만 아니다. 수록곡의 퀄리티는 당연하고 노래 하나하나에 관해서 음질, 어레인지, 곡 구성, 등의 편집광적인 디테일(=야마시타의 고집)이 완성도를 향상시키고 이 노래들을 불변한 것으로 만든 것도 확실하다. 팝송 음악은 기본 3분 정도 안에 마법적인 장치가 있어야만 빛나는 음악인데 여기에 수록된 모든 곡이 반짝이고 있다.

　　A② Down Town은 1980년대 여성 싱어 EPO의 커버 버전이 인기 개그 TV 프로그램의 엔딩 테마로 사용되면서 일반적으로 널리 알려지게 되었다.

　　Songs는 1986년부터 몇 번 CD화되고 있지만 역시 오오타키와 야마시타가 참여하고 있다. 2005년에는 오오타키가 작업한 리마스터 CD가, 2015년에는 야마시타에 의한 리마스터 & 리믹스 2장세트 CD와 LP가 릴리스되었다.

스즈키 시게루鈴木茂

Band Wagon

일본을 대표하는 기타리스트 중 한 사람인 스즈키 시게루는 1951년에 태어났다. 1969년에 호소노 하루오미細野晴臣의 권유로 '해피엔드はっぴいえんど'에 가입했고 해산 후에는 호소노와 '캐러멜 마마キャラメル・ママ(틴 팬 엘리ティン・パン・アレイ)'를 결성해 많은 아티스트의 반주를 맡아 시티팝의 기초가 되는 사운드를 구축했다.

해피엔드 시절부터 그룹 내에서 가장 막내였기 때문에 발언력이 약한 건 어쩔 수 없는 일이었다. 그런 욕구불만이 쌓인 시게루는 1975년 홀로 LA로 건너가, 현지 뮤지션을 기용해 첫 솔로 앨범 Band Wagon을 제작한다. 산타나Santana와 슬라이 & 더 패밀리 스톤Sly & the Family Stone 의 멤버에 리틀 피트 Little Feat도 레코딩에 참가한 화려하고 현란한 백업 군단이었다.

"젊을 때는 의욕만만이라고 할까, 남이 뭐라고 하면 반발하는 성격이었습니다. 그래서 Band Wagon는 새로운 장소에서 혼자서 만들고 싶었습니다"

"록 앨범으로서는 아슬아슬한 타이밍이죠. 재즈적인 요소가 필요해지고 있었고 비트도 8비트에서 16비트로 바뀌고 있었습니다. 그래도 저로서는 고등학생 때부터 추구해왔던 8비트의 기타 록 밴드로서의 기억을 남겨 두고 싶었습니다"

앨범 전편을 통해서 들썩들썩 하게 되는 압도적인 그루브와 상쾌한 사운드가 들려온다. 세련되고 팝한 센스도 좋은 완벽한 앨범이다. 8비트의 향기를 남긴 록 기타가 펑키한 반주 위에서 산뜻하게 다가온다. 서양과 같은 레벨, 아니 그 이상의 기타 사운드다.

앨범 오프닝은 A① 스나노 온나(砂の女: 모래의 여자)으로 보컬과 기타의 절묘한 조합은 레코딩 중에 보러 갔던 조지 해리슨George Harrison의 콘서트에서 My Sweet Load를 듣고 영감을 받았다고 한다. 이어지는 A② 하치가츠노 니오이(八月の匂い: 팔월의 향기)는 인트로의 기타가 들려오는 순간 그 하이 퀄리티와 박력에 압도된다. 일본인처럼 느껴지지 않는 어시earthy 한 펑키 록이다. B④ 유야케 하토바(夕焼け波止場: 저녁 노을 부둣가)는 마치 일본어판 리틀 피트인가 싶을 정도다. 로웰 조지Lowell George를 닮은 끈적한 슬라이드 기타가 종횡무진 여기저기 뛰어다니는 정말로, 시게루의 기타를 120% 만끽할 수 있는 기타 앨범이다.

A③ 비네츠 쇼넨(微熱少年: 미열소)은 나중에 작사가 마츠모토 타카시松本隆가 자서전적 소설의 타이틀로 사용했을 만큼 좋아한 곡이다. 시게루는 이 앨범의 작사를 친한 친구인 마츠모토松本에게 전면 의뢰했다. 해피엔드가 좀 더 서양적으로 스타일리시하게 변한 느낌, B② 햐쿠와트노 코이비토(100ワットの恋人: 100와트의 연인)가 딱 그런 곡이다.

Band Wagon는 시게루의 대표작이면서 동시에 어느 시대에서도 퇴색되지 않고 환하게 빛날, 일본 록 역사에 남을 불후의 명작이다. 펑크funk나 서던 록, 웨스트 코스트 사운드에 빠진 일본의 젊은 아티스트에게 있어서 이 이상의 모델은 없을 것이다.

귀국 후 앨범의 발매에 맞춰 '스즈키 시게루와 헤클백(鈴木茂とハックルバック)'을 결성해 전국 투어를 돌았다. 헤클백은 마보로시노 헤클백(幻のハックルバック: 환상의 헤클백)(1976)라는 카세트테이프 작품만 남겼다(1989년에 CD화 되었고 1996년에는 LP로도 발매).

시게루는 그 후에도 꾸준하게 작품을 릴리스했다. 2nd Lagoon(1976)은 호소노와 함께 하와이에서 녹음했다. 3rd Caution!(1978)에는 명곡 레이니 스테이션(レイニー・ステイション)(틴 팬 앨리ティン・パン・アレイ 연주)을 수록했다. 이 2장도 시티팝의 걸작으로 평가된다. 1985년에 발표된 7th SEI DO YA는 새로운 방향으로 폴리스를 의식한 것 같은 모노크롬의 세계를 내놓았다.

그는 동시에 어레인저, 프로듀서, 작곡가로서도 활약해 나카지마 미유키中島みゆき, 요시다 타쿠로吉田拓郎, 쿠와나 마사히로桑名正博, 쇼노 마요庄野真代, 이루카イルカ, 안리杏里, 오자키 아미尾崎亜美, 미나미 요시타카南佳孝, 이가라시 히로아키五十嵐浩晃, 카도마츠 토시키角松敏生 등등 수많은 아티스트를 서포트 하고 있다.

시바타 하츠미しばたはつみ
Singer Lady

시바타 하츠미는 일본인을 초월한 가창력과 본고장에서 익힌 쇼 비니지스적인 화려함을 겸비한 여성 싱어다. 재즈 스탠더드부터 가요, 포퓰러, R&B 등 무엇이든지 소화해 1970년대의 가요계를 압도했다.

1952년, 도쿄에서 태어난 그녀는 피아니스트인 아버지와 보컬리스트인 어머니를 두었다. 음악에 있어서 축복받은 환경에서 자라 9살 때 미군 캠프에서 노래를 처음 시작했다. 11살 때 '스마일리 오하라와 스카이 라이너스スマイリー小原とスカイライナーズ'의 전속 가수가 되었다. 1968년 데뷔로 '하츠미 칸나はつみかんな'라는 이름의 싱글 오토메노 키세츠(乙女の季節: 소녀의 계절)을 발표한다. 1971년에는 '아사 마니카麻まにか'로 개명했지만 이렇다 할 활약 없이 끝났다. 그리고 그녀는 홀로 미국으로 건너가 2년간, 본고장의 쇼 비니니스 계에서 솜씨를 갈고 닦았다.

1974년에 '시바타 하츠미'로 한번 더 개명하고 심기일전해 싱글 아이카기(合鍵: 복제열쇠)로 다시 데뷔한다. 1st 블루스오 우타우 온나(ブルースを唄う女: 블루스를 부르는 여자)(1975)에서 소울풀하고 센서티브한 가창으로 호평을 받았다.

그러한 소울 싱어로서의 매력이 120% 발휘된 앨범이 같은 해 11월에 발매된 2nd 싱어 레이디(シンガー・レディ)다. 그야말로 가수 선언 같은 오프닝 타이틀곡 A① 싱어 레이디(シンガー・レディ)의 박력이 압권으로 혼이 쏙 빠진다. 웅웅 울리는 베이스에 펑키한 드럼, 시원시원한 느낌이 좋은 호른 섹션 그리고 복잡한 리듬을 자유자재로 이어 부르는 하이텐션의 보컬까지 이것은 진정한 아시안 소울의 최고봉!

사운드 프로덕션은 재즈 피아니스트인 오오노 유지大野雄二. 이 시기 오오노는 재즈 뮤지션의 입장에서 소울과 록 같은 대중음악과의 융합을 시험해 보고 있었다. 이 앨범은 혁신적인 오오노의 사운드와 젊음의 생명력으로 가득찬 하츠미의 보컬이 만나 최상의 수준으로 태어난 결정結晶으로 이 안에 담긴 열량이 그야말로 엄청나다. 오오노는 나중에 애니메이션《루팡 3세ルパン三世》의 멋진 BGM으로 한 세대를 풍미하는데 루팡 3세의 등장인물인 미네 후지코峰不二子가 부르는 앨범인가 싶을 정도로 미러클하다.

1976년, 3rd Lots of Love(동일하게 오오노의 프로듀스)는 놀라지 않을 수 없는 펑키 버전으로 어레인지 된 존 레논John Lennon의 Love와 테라야마 슈지寺山修二가 작사한 미나미주지세이오 우테(南十字星を撃て: 남십자성을 쏴라) 등 마찬가지로 자극적이고 핫 앤 쿨한 곡이 가득한 걸작이다.

이 시기 세련된 노래 방송으로 인기 있던 TV 프로그램《사운드 인 'S'サウンド・イン'S'》에 고정 출연을 했다. 1977년, 싱글 마이 럭셔리 나이트(マイ・ラグジュアリー・ナイト)가 대히트해 NHK 홍백노래자랑에 처음으로 출연했다.

이후 산토리 위스키의 CM으로 새미 데이비스 주니어Sammy Davis Jr.와 텔레비전 출연 외에도 재즈 보컬리스트로서 라이브 콘서트를 중심으로 활동했다. 미국 등의 해외도 포함해 연간 100개의 스테이지를 소화하는 가수 활동을 이어나가며 1970년대에 4장의 라이브 앨범을 릴리스했다.

1979년에 발표한 서양 노래의 커버곡으로 전곡을 채운 앨범 하즈미데 다이테(はずみで抱いて: 돌아와 안아줘)에서는 샤카 칸Chaka Khan의 A Woman in a Man's World와 도나 썸머Donna Summer의 Hot Stuff를 방방 뜨는 디스코로 신나게 불렀고 1981년의 Musician에서는 마에다 노리오前田憲男 작곡의 아 카펠라(あ・かぺら), 하츠미가 사사한 재즈 피아니스트 세라 유즈루世良讓의 트리오가 참여한 슬로 발라드 Piano Daddy 등의 의욕 넘치는 곡을 수록했다.

1983년에는 스승과 함께 정면으로 맞붙은 세라 유즈루 트리오와의 공연반 Piano Daddy를 릴리스, 재즈 스탠더드에 도전해 음악 전문가를 감탄시켰다.

2010년 3월, 급성 심근경색으로 사망, 57세였다. 말년은 우울증과 유방암과 싸우면서 라이브 클럽 등에서 끊임없이 활동을 이어나갔다. "이미 모두 나를 잊어버렸지요?"가 입버릇이었다고 한다.

현재, 하츠미의 노래는 DJ들이 즐겨 찾는 음반이 되어 2014년에 콤필레이션 CD Light Mellow 시바타 하츠미(Light Mellow しばたはつみ)가 발매되었다. 그녀가 남긴 수많은 곡은 지금도 찬란하게 빛나고 있다.

아라이 유미荒井由実
Cobalt Hour

일본의 팝송을 대표하는 여성 싱어 송 라이터이자 슈퍼 스타 아라이 유미(현재는 결혼해 마츠토야 유미松任谷由実). 애칭은 '유밍ユーミン'

유밍이라는 닉네임을 지어준 사람은 GS 핑거즈フィンガース의 베이시스트 시유 첸シー・ユー・チェン으로 유밍은 소녀 시절에 핑거즈의 광팬이었다고 한다. 첸은 당시 유행한 '무밍'이라는 만화 캐릭터를 보고 중국어로 '유명(有名, 중국어: yǒu//míng)'을 의미하는 별명을 만들어 주었다고.

유밍은 1954년, 도쿄도 하치오지八王子시에서 태어났다. 아이 때부터 음악을 좋아해서 중학생 때부터 아자부麻布의 '키안티キャンティ'에 출입하며 디스코에 푹 빠져 GS를 쫓아다녔다. 다치카와立川나 요코타横田의 미군 기지에 있는 PX(매점)에 죽치고 앉아 해외의 레코드를 받아다가 선물삼아 밴드의 대기실을 방문하곤 했다. 첸이 말하길 "레드 제플린Led Zeppelin을 가르쳐 준 사람이 유밍이었다"고.

조숙한 천재소녀는 1971년, 17살에 작곡가로서 두각을 나타낸다. 14살 때 작곡한 아이와 도츠젠니(愛は突然に: 사랑은 갑자기)...를 전 타이거즈의 카하시 카츠미加橋かつみ에게 제공했다. 1972년, 작곡가 무라이 쿠니히코村井邦彦의 권유로 카마야츠 히로시かまやつひろし가 프로듀스한 싱글 헨지와 이라나이(返事はいらない: 답장은 필요 없어)로 가수 데뷔했지만 팔린 것은 고작 300장 정도 였다.

무라이는 "사람 앞에서 노래할 때 저항감이 드는 본인이 직접, 레코딩을 경험하면서 조금이라도 그 거북함이 줄어들면 좋겠다"라며 신경도 쓰지 않았다. 그는 이 유례없는 천재 소녀를 세상에 드러내기 위한 다음 단계로 넘어가 캐러멜 마마キャラメル・ママ(틴 팬 앨리ティン・パン・アレイ)와 함께 레코딩을 시작한다. 1년간에 걸친 녹음 작업으로 1973년 11월, 1st 히코키구모(ひこうき雲: 비행운)를 완성했다. 퓨어한 유밍의 감성이 완벽히 담겨진 청춘의 명반이다. 타이틀곡은 2013년에 애니메이션 영화《바람이 분다風立ちぬ》(감독: 미야자키 하야오宮崎駿)의 주제가로 사용 되어 무려 발매된 지 40년이 지나 히트곡이 되었다.

음반 가게에서는 유밍의 레코드를 진열하기가 참 어려웠다. 록도 아니고 포크도 아니고 가요곡도 아니고 제작자조차도 어떤 음악인지 설명할 수가 없었다. 결국 어디에도 속하지 않은 채 '뉴 뮤직'이라 불리게 되었다.

1974년, 2nd Misslim를 발표. 일본 팝송의 역사에 빛나는 금자탑을 세운 앨범이다. 1989년의 애니메이션 영화《마녀 배달부 키키魔女の宅急便》(감독: 미야자키 하야오)에 사용된 영원한 명곡 야사시사니 츠츠마레타나라(やさしさに包まれたなら: 상냥함에 감싸인다면)이 수록되었다.

1975년, 3rd Cobalt Hour를 릴리스. 직업 음악가 '아라이 유미'로서 눈뜬 사운드 프로덕션이 명확하다. 이것은 이미 완전히 시티팝의 고전이라 할 수 있다. 싱글 컷 된 히트곡 A⑤ 루즈노덴곤(ルージュの伝言: 루즈의 전언)도《마녀 배달부 키키》에 사용되었다. A② 소츠교샤신(卒業写真: 졸업사진)은 남녀 혼성 코러스 그룹 '하이파이 세트ハイ・ファイ・セット'에 제공했던 곡의 셀프 커버곡이다. 개인적으로는 이 곡이 유밍의 최대 명곡이라고 생각한다.

그리고 이 해, 싱글 아노히니 카에리타이(あの日に帰りたい: 그 날로 돌아가고 싶어)도 대히트해 세간은 그야말로 유밍 붐이 되었다.

1976년에 발표한 4th 주욘방메노 츠키(14番目の月: 14번째 달)에는 시티팝의 고전 명곡인 추오 프리웨이(中央フリーウェイ: 중앙 고속도로)가 수록되었다. 아라이 유미라는 이름의 마지막 앨범으로 본인은 "이 앨범으로 은퇴할 생각이었다"라고.

1976년 11월, 마츠토야 마사타카松任谷正隆와 결혼한다. 결혼 후 이름인 마츠토야 유미松任谷由実로서 음악 활동을 이어나가기로 결심, 1978년부터 1983년까지 오리지널 앨범을 매년 2장씩 발매하는 등 정력적으로 활동했다. 1981년, 야쿠시마루 히로코薬師丸ひろ子가 주연한 영화《표적이 된 학원ねらわれた学園》(감독: 오오바야시 노부히코大林宣彦)의 주제가 마못테 아게타이(守ってあげたい: 지켜주고 싶어)가 슈퍼 히트하면서 제 2의 유밍 붐이 도래한다. Pearl Piece(1982)을 시작으로 이 시기의 모든 앨범이 시티팝을 말할 때 빼놓을 수 없는 명반들이다.

그리고 1990년대, 지금까지의 모든 것들을 뛰어넘는 슈퍼 메가 히트 곡을 3곡이나 만든 유밍은 그야말로 모두에게 인정받는 슈퍼 스타가 되었다.

호로(ほうろう: 방랑)

1960년대에 그룹 사운즈 '더 플로랄ザ·フローラル', 아트 록 밴드 '에이프릴 풀ティン·パン·アレイ'이 라는 전설적인 밴드의 보컬이었던 코사카 추.

1971년 솔로 1집 아리가토(ありがとう: 고마워)를 발표. 밴드 해피엔드 같은 포크 록 사운드 가 기분이 좋은 음반이고 타이틀 곡 아리가토(ありがとう: 고마워), 카라스(からす: 까마귀), 도롱코 마츠리(どろんこまつり: 흙장난 축제) 등의 명곡이 수록되어 있다. 같은 포크 록 스타일로 1972년 2집 라이브 음반 못토 못토(もっともっと: 더욱 더), 1973년 3집 하주카시소니(はずかしそうに: 부 끄럽게)를 릴리스.

그리고 1975년의 4집 앨범 호로(ほうろう: 방랑)를 발표한다.

프로듀서 호소노 하루오미細野晴臣와 야무지게 서로 손을 잡고 만든 이 음반은 지금까지 의 포크 노선에서 180도 방향을 바꿔 Soul/R&B노선으로 전향한 작품이다.

틴 팬 앨리Tin Pan Alley의 호소노 하루오미(b), 스즈키 시게루鈴木茂(g), 하야시 타츠오林立夫 (ds), 마츠토야 마사타카松任谷正隆(key)들과 함께 공동 제작, 코러스에는 요시다 미나코吉田美奈

子, 오누키 타에코大貫妙子, 야마시타 타츠로山下達郞가 참가했다.

정말로 시티팝 사운드의 요점을 쥐고 있는 중심인물들이 일치단결해 만들어 낸 음반이다.

그러니까 지금은 시티팝의 최고봉 앨범이라는 절찬을 받고 있다. 연주, 어레인지, 음질, 콘셉트, 통일감, 어느 것 하나 빠지지 않는 에버그린의 퀄리티. 영원히 빛나는 완전 대단한 명반으로 일본발 리얼 소울뮤직이다.

첫 번째 타이틀 곡A① 호로(ほうろう: 방랑)부터 중후한 비트의 펑크 넘버가 경쾌하게 나온다. 일본인이 낼 수 없는 것이 아닐까 라고 할 정도의 검은 리듬감. A② 키칸샤(機関車: 기관차)는 1집에 수록되어 있는 자작곡의 리메이크이지만 서던 소울southern soul적인 애수로 넘치는 어레인지다. A⑤ 유가타 러브(ゆうがたラブ: 저녁 때 러브)는 최고로 멋진 펑키 넘버로 완전 쿨!

그리고 굉장히 세련된 팝 테이스트의 B① 시라켓치마우제(しらけちまうぜ: 흥이 깨진다)는 재퍼니스 필라델피아 소울의 명곡이다. 라스트의 B④ 후라이보(ふうらい坊: 떠돌이)는 해피엔드의 커버지만 이것 또한 묵직하고 펑키하다.

어쨌든 레코드를 듣고 있는 이쪽도 마치 같이 연주하고 있는 것 같은 그루브 감각에 습격당할 정도다. 지금 들어도 전혀 낡음을 느끼게 하지 않는다. 아니, 들을 때마다 새롭다!

그 후 코사카는 하와이 녹음의 Chew Kosaka Sings(1976), 텔레비전 드라마《키마구레 텐시気まぐれ天使: 변덕스런 천사》의 사운드트랙 음반(1976), 자신의 하우스 스튜디오에서 녹음한 Morning(1977) 등의 음반을 발표한다. Morning을 녹음했을 때는 즐거운 추억이 많아서 본인도 이 음반을 좋아한다고 한다.

코사카는 1976년에 심한 화상으로 중상을 입은 딸이 기적적으로 회복한 것을 계기로 크리스천이 되어 1978년부터 가스펠 싱어로서 활동을 시작했다. 결국 교회의 목사가 되어 한동안 팝 뮤직과 거리를 두었다.

그러나 2010년에 호로를 오리지널 멀티 테이프에 새롭게 녹음한 HORO 2010를 릴리스(60대의 자신이 20대 보컬의 재녹음에 도전한 것이다). 또 2015년에는 오리지널 판과 2010년 판을 커플링한 HORO 40th Anniversary Package를 고음질 Blu-spec CD2로 재발매했다.

이러한 호로 관계의 리이슈에 맞춰 최근에는 대중음악계에서 라이브 활동도 재개했다. 코사카 추의 인생에서 앨범 호로는 틀림없이 가장 중요한 위치에 있을 것이다.

아우로일라オーロイラ(Auroilra)

東芝EMI Express, 1976

릴리는 독특한 허스키 보이스로 팬을 매료시킨 실력파 여성 싱어다. 원래는 3 옥타브의 음역대를 가진 미성으로, 어느 날 감기에 걸렸을 때 몇 리터나 되는 일본술을 들이키고 아침까지 계속 노래했다가 그만 다음 날 목소리가 쉬어버렸다고 한다.

본명: 카마타 사에코鎌田小恵子. 일본 여성 싱어 송 라이터로서 가장 초기에 데뷔한 선구자적인 존재다. 아버지는 미 공군의 장교로 릴리가 태어나기 전에 6.25 전쟁에서 전사했다.

1971년, 시모다 이츠로下田逸郎의 앨범 유이곤까(遺言歌: 유언가)에 참가해 '랄레나Lalena'라는 이름으로 히토리히 토리(ひとりひとり: 한 사람 한 사람)의 리드 보컬을 담당했다.

1972년 2월, 1st 타마네기(たまねぎ: 양파)로 가수 데뷔. 당시 스무살. 1973년에는 일본 록의 명반이라는 평이 자자한 2nd 덜시머(Dulcimer)를 릴리스했는데 그중에서 싱글 컷 된 코코로 가이타이(心が痛い: 마음이 아파)가 초히트한다.

1974년에 발표한 가요풍 싱글 와타시와 나이테이마스(私は泣いています: 나는 울고 있습니다)가 97만장을 넘는 대히트곡이 되었다. 이를 계기로 릴리는 일약 유명가수로 등극한다. 원래는 다른 여성 가수(켄 나오코研ナオコ)에게 불러 달라고 할 생각으로 쓴 작품인데 레코드 회사에서 "직접 불러주지 않으면 곤란해"라는 말을 듣고 마지못해 레코딩 한 곡이다.

같은 해 이 히트 싱글을 포함한 3rd 타에코(タエコ)와 라이브 앨범 릴리 라이브(りりィ・ライヴ)를 발표한다. 이 시기의 릴리는 전속 백 밴드 '바이바이 세션 밴드By By Session Band'와 함께 정력적으로 활동했다. 1975년의 4th 러브 레터(ラヴ・レター)는 밴드 멤버와 함께 LA에서 녹음했다.

멤버에는 키다 타카스케木田高介(key), 쿠니요시 료이치国吉良一(key), 사카모토 류이치坂本龍一(key), 츠치야 마사미土屋昌巳(g), 이토 긴지伊藤銀次(g), 요시다 켄吉田建(b), 사이토 노부斉藤ノブ(per), 니시 테츠야西哲也(ds) 등의 뛰어난 뮤지션들이 다수 참가했다.

사카모토는 자서전에서 "그 당시, 도쿄에 있었던 뮤지션에게 가장 인기 있던 세션 밴드는 새디스틱 미카 밴드와 바이바이 세션 밴드로, 많은 뮤지션들이 들락날락 참가하곤 했다" 라고 말했다.

1976년, 사카모토의 프로듀스로 5th 아우로일라(オーロイラ, So Long)를 발표한다. 아우로일라란, 그녀가 창작한 목성에 사는 인어 전설의 주인공이다. 지구에서 인간 아기로 태어난 아우로일라는 인간과 함께 생활해가는 중에 자신이 목성인임을 잊어버렸다. 그러나 18살 때 처음으로 이성을 향한 사랑에 눈을 뜨면서 아우로일라의 신체에 변화가 나타나기 시작한다. 결국은 인어의 모습으로 변해버려 목성으로 돌아간다는 판타지 이야기다. 그 이미지는 사카모토와 합작한 스페이스 사이키델릭 & 칠 아웃 넘버, 라스트인 B⑤ 아우로일라에서 장대하게 그려진다.

그 외에도 시티팝 붐으로 갑자기 각광을 받은 필라델피아 소울 풍의 B② 'Cause We've been Together가 수록되고있다. 이 곡은 2003년에 재일 3세 여성인 싱어 송 라이터인 앤 샐리Ann Sally가 커버했다.

그 후에도 릴리시즘(りりシズム)(1977), 키니 시나이데(気にしないで: 신경쓰지마)(1978), 마젠타(マジェンタ)(1979), 미나미주지세이(南十字星: 남십자성)(1980)이라는 훌륭한 앨범을 꾸준히 발표하며 여배우로서도 활약했다.

1999년부터는 싱어송라이터 사이토 요지齊藤洋士와 '릴리 & 요지りりィ & 洋士'라는 유닛을 결성해 활동했지만 2016년 11월, 폐암으로 안타깝게 사망했다. 향년 64세.

덧붙여 말하면, 릴리의 장남인 주온JUON은 록 밴드 '퍼지 컨트롤Fuzzy Control'의 보컬로, 1990년대를 석권한 팝 그룹 '드림 컴 트루Dream Come True'의 보컬인 요시다 미와吉田美和가 며느리다.

아틀리에あとりえ

여성 싱어 송 라이터로 '시티팝의 여왕'이라 불리는 쇼노 마요.

1954년 오사카 출생. 고등학교의 입학과 동시에 음악 활동을 시작한 칸사이 아마추어 포크계에서는 '몬시로초(もんしろちょう:배추흰나비)'로 오디션을 전전하는 나날을 보냈다. 고등학교 졸업 후, 야마하 보컬 탤런트 오디션에 붙어 상경했지만 좀처럼 일이 잘 풀리지 않자 가족들에게 "노래 그만둘게요"라고 선언한다. 그때 딱 20살로 인생의 한 절기에 무언가를 남기고 싶었단다. 마지막 도전으로 포크 음악제フォーク音楽祭에 응모해 예선을 차례차례 돌파하고 칸사이 결승 대회에서 그랑프리를 획득, 전국 대회에 스카우트되어 데뷔하게 되었다.

1976년, 1st 아틀리에(あとりえ)를 발표한다. 그랑프리를 딴, 그녀의 데뷔 싱글인 A② 조노 쇼조(ジョーの肖像:조의 초상)을 포함해 전곡을 자작곡으로 채웠다. 대부분 10대쯤에 만든 곡이다.

첫 번째 A① 에이트맨(에이트맨:8 man)부터 경쾌하고 리드미컬한 소울 사운드가 뿜어져 나온다. 이어지는 발라드 A② 아카이 리본(赤いリボン:빨간 리본)은 특징적인 블루노트 멜로디가

후렴에 나와 매우 개성적이다. 이런 블루스 록적인 소리가 다음 앨범부터 희미해져 버린 것은 안타깝지만.... 아직 20살. 자신이 할 수 있는 최대한의 것을 한다. 심플한 편곡이 그러한 그녀의 생기를 더욱 도드라지게 만든다. 발랄한 젊음이 눈부신 이 앨범이야말로 그녀의 원점이다.

같은 해, 어른들이 모인 밤의 유원지를 이미지로 만들었다는 2nd 루나 파크(るなぱあく)를 발표한다. 반주는 타카나카 마사요시 高中正義(g), 고토 츠구토시 後藤次利(b), 타카하시 유키히로 高橋幸宏(ds), 사이토 노부 斎藤(per) 등의 초일류 연주가들의 모임이 되어 사운드 퀄리티가 갑자기 높아졌다. 1978년에 발표된 3rd 파스텔 33 1/3(ぱすてる 33 1/3)에는 유밍(아라이 유미)의 추오프리웨이(中央フリー・ウェイ)의 커버곡이 수록되었다. 사운드는 완전히 세련되어 멋스러운 시티 팝이다. 마요는 도시파의 뉴 뮤직 가수로 주목받기 시작했다.

그리고 1978년, 레코드는 나왔지만 별로 판매량이 늘지 않아 작사가 츠츠미 쿄헤이 筒美京平에게 부탁하기로 한다. 마요는 '뭔가 서양틱한 곡'이라고 생각했다고 하지만 역시 히트 메이커 츠츠미가 작곡한 톤데이스탄불(飛んでイスタンブール: 날아서 이스탄불)은 대히트해 홍백노래자랑에도 출연했다. 그녀의 대표곡이 되었다. 다음 싱글 몬테카를로데 칸파이(モンテカルロで乾杯:몬테카를로에서 건배)도 츠츠미의 작곡으로 이것도 히트. 그녀는 정말로 유명가수가 되었다.

4th 르프랭(ルフラン, Refrain)은 싱어 송 라이터라는 입장을 고집하지 않고 곡의 반 이상을 츠츠미에게 맡겼다. 가요곡과 팝송의 중도를 걷는 노선으로 더욱 세련된 사운드가 실로 '시티팝의 여왕'에 어울리는 완성도를 자랑한다. 표제곡이기도 한 발라드 르프랭(ルフラン)에서는 다시 그녀의 원점도 볼 수가 있다.

LA에서 녹음한 5th 매스커레이드(マスカレード)(1978), 전곡을 자작곡으로 채운 6th 발라드〈私旋律, (バラード)〉, 2장 구성의 라이브 음반 Last Show(1980) 까지 평탄하게 앨범을 릴리스했다.

그러나 1980년 4월 갑자기 세계일주 여행을 떠난다. 일본부터 태국, 인도로 이동하고 소련에서 유럽으로 들어간 다음 아프리카와 터키를 돌아 미국에 도착했을 때가 그 해의 크리스마스였다. 1년 동안에 28개국을 돌아다녔다. 여행의 종착점인 로스앤젤레스에서 제작된 7th 아이 아이 아이(逢・愛・哀: 만남 사랑 슬픔)(1982)은 전설적인 미국 뉴 웨이브 밴드 '오잉고 보잉고 Oingo Boingo'가 녹음에 참가한 충격적인 음반이다.

그 후에도 8th Made in Tokyo(1983) 등 수많은 앨범을 발표하고 있지만 마요는 가수 활동 외에도 강연, MC, 리포터 등도 맡으면서 뮤지컬이나 TV 드라마에도 출연하는 등 정력적으로 활동했다.

2006년에 계속 해왔던 음악을 통한 봉사 활동을 조직화 한 'NPO법인 국경 없는 악단'을 설립해 온 세계에서 자선 콘서트나 지원 활동을 시행하고 있다.

그리고 현재는 시모키타자와 下北沢의 오가닉 & 뮤직 카페 Com.Cafe 오토쿠라 音倉의 오너이기도 하다.

아라키 이치로荒木一郎

나츠카시노 캐시 브라운(懐かしのキャシィ·ブラウン: 그리운 Cathy Brown)

Trio, 1976

아라키 이치로는 일본 싱어 송 라이터의 선구자로서 카야마 유조加山雄三와 비교되는 일이 많다. 배우이자 곡을 직접 만들고 공연하는 가수라는 입장도 같다. 그러다 보니 언제라도 '양陽'의 카야마와 대조적으로 아라키는 어떻게 해도 '음陰'의 이미지를 갖는다. 하지만 사실 실제로는 그다지 어둡지 않다. 어느 쪽이냐 하면 있는 그대로의 모습은 언제나 제멋대로의 이미지다. 만드는 곡도 미묘한 슬픔이 있는데도 도시적이고 세련된 쿨 함이 있다. 권태로운 독특한 분위기가 감도는 싱어 송 라이터다. 예를 들자면 세르쥬 갱스부르Serge Gainsbourg일까.

　　마치 콧노래를 부르고 있는 것 같은 가창법이 그의 최대 매력이다. 목소리가 작다든가 속삭인다는 뜻은 아니다. 정말로 콧노래처럼 힘이 빠져 있다. 거의 입을 벌리고 노래하지 않는다. 그래도 본인은 열심히 노래하고 있는 그것이 좋다.

　　1944년, 명배우 아라키 미치코荒木道子의 장남으로 태어났다. 고교 시절에는 모던 재즈에 심취하여 18살부터 20살 까지 밴드에서 드럼을 쳤다. 1963년에 TV 드라마《버스 길 뒤편バス通り裏》에서 배우로 데뷔. 영화에서도 활약해 무정하고 교묘(巧妙)한 연기가 멋있는 인기 배우가 되었다.

1966년에는 자신이 진행하는 라디오 방송《별에 노래하자星に唄おう》의 자작 테마곡 소라니 호시가 아루요우니(空に星があるように: 하늘이 별이 있는 것처럼)으로 가수로서도 데뷔한다. 일본 레코드 대상에서 신인상을 수상했고 이어 100만장을 돌파한 콘야와 오도로(今夜は踊ろう: 오늘밤은 춤추자)(1966), 홍백노래자랑에도 출장한 록 넘버 이토시 노맥스(いとしのマックス: 사랑스러운 맥스)(1967) 히트곡을 만들었다. 다만 "가수로서 활동한 것은 이 2년 뿐"이라고 후년에 말했다.

1971년에 앨런 긴스버그Allen Ginsberg의 시에 곡을 붙인 불세출의 사이키델릭 넘버 보쿠와 키미토 잇쇼니 록랜드니 이루노다(僕は君と一緒にロックランドに居るのだ: 나는 당신과 함께 록랜드에 있는 것이다)(아라키이치로노세카이(荒木一郎の世界: 아라키의 세계)에 수록)를 발표했지만 1970년대 이후에는 탤런트의 매니지먼트, 다른 아티스트에게 음악 제공, 프로듀스, TV/영화 음악 등 앞 보다는 뒤에서 제작자로 활동했다. 물론 자신의 레코드도 발표했지만 '레코드는 녹음해서 부르고 내는 것 뿐'이라는 자세로 사람들 앞에서 노래하는 일은 거의 없었다.

그러나 사실 이 시기의 아라키의 레코드는 모두 시티팝의 앨범으로 훌륭하다. D.M.(1974), 사테츠(蹉跌: 차질)(1974), 키미니 사사게루 호로니가이 블루스(君に捧げるほろ苦いブルース: 당신에게 바치는 씁쓸한 블루스)(1975) 등 전부 우열을 가리기가 어렵다.

이 나츠카시노 캐시브라운(懐かしのキャシィ・ブラウン: 그리운 Cathy Brown)는 1976년에 발표한 앨범으로 올드 아메리칸 팝송의 타이틀 곡 A①이 그 당시의 신곡이다. 그러나 나머지 수록곡은 그때까지 발표되었던 앨범 안에서 선곡되어 있어 참으로 싸게 먹힌 앨범이라 할 수 있다. 레코드 제작에 대한 모티베이션이 앞서 말한 대로니 본인도 불만은 없었겠지만 ....

라이트 & 멜로로 훌륭한 A② Conversation은 D.M.에 수록되어있다. 세련되고 센스가 뛰어나다는 것은 이런 것이라는 견본 같은 곡이다.

B② 키미니 사사게루 호로니가이 블루스는 1975년에 히트했으며 마음에 스며드는 일본식 하드보일드다. 절절한 도입부에서 친돈야(チンドン屋: 홍보, 선전을 위해 거리며 돌아다니며 북을 쳐 사람들의 시선을 끄는 사람들)적인 올드 재즈의 풍미가 살아있는 후렴으로 싫어도 애절함이 솟아오른다. 실은 이 곡은 죽은 애묘에게 바쳤던 곡이다. 포크 그룹 앨리스アリス가 대히트 시킨 카에라자루 히비(帰らざる日々: 돌아오지 않는 날들)(1976)은 분명히 말하면 이 곡을 표절했다. 인상적인 후렴의 가사 & 멜로디가 완전히 똑같다.

A⑥ 로쿠가츠(6月: 6월)에는 모 종교단체의 명칭이 유려하지만 분명하게 노래 중에 거론되어 놀람을 감출 수가 없다. 록 스피릿을 느낄 수 있는 순간이다.

1981년에는 아라키가 부른 TV 애니메이션《내일의 조あしたのジョー2》의 주제가 Midnight Blues가 있다. 이것이 또 불량스러운 블루스로 아주 멋있는 곡이었다.

요시다 미나코吉田美奈子

Flapper

RCA, 1976

요시다 미나코는 고등학생 때 보러 갔던 '에이프릴 풀Apryl Fool'의 공연을 계기로 작곡을 시작했다. 1971년, 블루스 크리에이션의 전 베이시스트 노지 요시유키野地義行와 피아노 듀오 '파후ぱふ'를 결성하고 오오타키 에이이치大瀧詠一의 퍼스트 솔로 앨범(1972)에 수록된 유비키리(指切り: 손가락 걸기)에서 플루트 솔로로 프로로서의 캐리어를 시작한다.

1973년 9월, 호소노 하루오미의 프로듀스로 1st 솔로 앨범 토비라노 후유(扉の冬: 문의 겨울)을 발표한다. 백은 캐러멜 마마キャラメル・ママ(틴 팬 앨리ティン・パン・アレー)(호소노 하루오미細野晴臣 b, 스즈키 시게루鈴木茂 g, 마츠토야 마사타카松任谷正隆 key, 하야시 타츠오林立夫 ds). 데뷔 당시 미나코는 로라 니로Laura Nyro나 캐롤 킹Carole King 같은 스타일의 음악을 지향했고 정말로 일본의 로라 니로라 불릴만 했다. 일본의 여성 싱어 송 라이터의 초창기 작품으로서 불멸의 매력을 지닌 명반이다.

1975년, 후에 알파 레코드의 창립자가 되는 작곡가 무라이 쿠니히코村井邦彦의 프로듀스로 2nd Minako를 릴리스한다. 전작의 싱어 송 라이터 이미지를 탈피, 팝하고 댄서블한 앨범이다.

그리고 1976년, 일본 록 & 팝송의 역사에 남을 명반이라는 평을 받은 3rd Flapper을 발표한다. 틴 팬 앨리계 뮤지션과 나이아가라계 뮤지션이 총출동하여 서포트한 이 앨범은 팝과 펑키한 가수로서의 개성과 매력이 120% 발휘되었다. 프로듀스는 전작에 이어 무라이가 담당했고 싱어로서의 매력을 최대한으로 끌어 내기위해 작곡의 대부분을 다른 뮤지션들에게 의뢰했다고 한다. 작곡가로는 야노 아키코矢野顯子, 야마시타 타츠로山下達郎, 사토 히로시佐藤博, 호소노 하루오미細野晴臣, 오오타키 에이이치大瀧詠一가 있다.

스피디한 크로스 오버 사운드 위에 훌륭한 코러스가 얹어진 오프닝 곡 A① 아이와 카나타(愛は彼方: 사랑은 저 너머) 한방으로 포로가 된다. 호소노의 어처구니가 없을 만큼 흑인적인 베이스 라인을 가진 B② 춋카이(チョッカイ: 참견)과 마치 미터즈The Mesters 같은 A④ 켓페키니이상(ケッペキにいさん: 결벽 오빠) 등 레어 그루브로 다시 주목받는 곡도 있다. 야노 아키코矢野顯子가 작곡한 A② 카타오모이(かたおもい: 짝사랑)도 눈이 부시다.

중요한 것은 오오타키가 만든 불멸의 명곡 B① 유메데 아에타라(夢で逢えたら: 꿈속에서 만난다면)이다. 이 스펙터 사운드는 한마디로 훌륭하지만 '타인이 쓴 곡이 내 대표곡이 되는 건 싫어'라는 이유로 발표 당시에는 싱글 컷 되지 않았다. 그래도 결국 1978년에 싱글로 시판되어 현재는 그녀의 대표곡으로서 인지되고 있다. 원래는 오오타키가 앤 루이스アン・ルイス를 위해 제작했던 곡이지만 현재는 그녀의 대표곡으로 잘 알려져 있다. 앨범 제작 스태프에게서 곡을 의뢰받았을 때 오오타키는 "미나코를 위해 제작한 것이 아니라 그녀도 이런 팝송 스타일의 곡은 좋아하지 않을 것 같다"고 말했다고 한다.

1977년, 이번에는 전곡을 미나코의 자작곡으로 채운 앨범 Twilight Zone을 릴리스한다. 혼 섹션을 대담하게 사용했고 노래를 동시에 녹음했다. 팝하고 그루브한 측면과 1st와도 통하는 내성적인 부분을 함께 지닌 앨범이다. 프로듀스는 미나코와 타츠로. 타츠로가 말하길 "Flapper의 노선은 다르다. 다른 이들은 팔릴지 안 팔릴지 등등 여러 가지 생각을 하지만 미나코가 자신의 음악을 하는 것이 정신위생상 건전하다. 그 방향이 최종적으로는 절대 플러스가 되리라, 그런 생각으로 만든 것이 이 앨범이다" 라고.

참고로 이 앨범에서 커트된 싱글 코이와 류세이(恋は流星: 사랑은 유성)(앨범과 테이크가 다름)의 오리지널 음반은 작금의 시티팝 붐으로 인해 5만엔 이상의 가격으로 거래되는 초인기 아이템이다.

미나코는 그 후 무언가가 바뀐 것처럼 보다 펑키한 노선으로 이동했다. Let's Do It~아이와 오모우마마(愛は思うまま: 사랑은 생각하는 대로)(1978), Monochrome(1980), Monsters in Town(1981), Light'n Up(1982), In Motion(1983) 같은 걸작을 꾸준히 발표했고 현재도 정력적으로 활동하고 있다.

우마레타 토코로오 토오쿠 하나레테(生まれたところを遠く離れて: 태어난 곳에서 멀리 떨어지며)

CBS/Sony, 1976

하마다 쇼고는 거의 TV에 출연하지 않았지만 레코드와 콘서트 활동으로 절대적인 인기를 누린 희한한 싱어 송 라이터다. 미디어에 그다지 등장하지 않기 때문에 그 모습이 보도될 기회가 적었지만 앨범은 꾸준히 수십만장의 판매량을 올리며 콘서트 티켓은 늘 매진이었다. 1980년대는 매년, 연간 100회에 가까운 콘서트 투어를 다녔다.

1975년, 하마다는 록 밴드 '아이도愛奴'로 데뷔한다. 당시 악기는 드럼이었고 데뷔 싱글 후타리노 나츠(二人の夏: 두 사람의 여름)에서는 작곡/작사도 맡았다. 드러머 송 라이터라는 다른 사람과는 약간 다른 입장이었다.

아이도는 요시다 타쿠로吉田拓郎의 백 밴드로 활동하면서 앨범 아이도(愛奴)(1975)를 발표했다. 하마다의 초기 걸작인 코이노 세이부 신주쿠센(恋の西武新宿線: 사랑의 세이부 신주쿠센)이 싱글 컷되었다.

그러나 드러머로서의 실력에 한계를 느끼고 하마다는 밴드를 탈퇴한다. 1976년, 솔로로 데뷔하여 1st 우마레타 토코로오 토오쿠 하나레테(生まれたところを遠く離れて: 태어난 곳에서 멀리 떨어지며)를 발표. 레코딩에는 아이도의 멤버도 참가했다. 본인은 "이것이 처음이자 마지막 솔로 앨범이겠지"라는 생각으로 제작했었다. 거의 원테이크에 가까운 형태의 녹음이었다. 타쿠로나 이즈미야 시게루泉谷しげる에게는 "이런 무거운 앨범는 팔리지 않아. 어째서 후타리노 나츠나 코이노 세이부 신주쿠센 같은 팝송을 만들지 않았어?"라는 말을 들었고 실제로도 팔리지 않았다.

그 때문에 2nd Love Train 이후, 1975년에 발표한 5th 키미가 진세이노 토키(君が人生の時...: 당신의 인생의 시간)까지는 지금 말하면 시티팝적인 소리가 된다. 본래라면 여기서는 그런 시티팝 작품을 거론해야 하겠지만 이 1st는 하마다의 디스코그래피 안에서도 유일무이한 개성과 거친 연주 속에서 솟아나는 정말로 순수한 마음이 넘치는 레코드다. 역시 개인적으로 빼놓을 수 없는 명반이다.

데뷔 싱글이 된 질주감이 넘치는 아메리칸 팝송 A① 로지우라노 쇼넨(路地裏の少年: 뒷골목 소)은 시대를 넘어서도 변하지 않는 하마다의 대표곡이다. 가장 주목해야 할 것은 타이틀곡 B③ 우마레타 토코로오 토오쿠 하나레테(生まれたところを遠く離れて)다. 심플한 구성과 블루스 풍의 담담한 노래는 밥 딜런을 방불케 하는 10분이 넘는 대작이다. 재킷 뒷면을 당시의 연인 (현 부인)과 팔짱을 끼고 있는 사진으로 한 것도 딜런의 앨범 The Freewheelin' Bob Dylan을 흉내낸 것으로 딜런을 향한 경애의 표현이다. 앨범 라스트를 장식하는 B④ 토라와레노 마즈시이 코코로데(とらわれの貧しい心で: 포로의 궁핍한 마음으로)는 현재도 콘서트에서 불리는 애절한 발라드. 이것 역시 명곡이다.

1980년에 스티브 루카서Steve Lukather, 니키 홉킨스Nicky Hopkins, 제프 백스터Jeff Baxter 같은 뮤지션들이 참가한 로스앤젤러스 녹음의 6th Home Bound를 발표한 이후 일본 록의 상징으로서 하마다의 쾌진격이 시작된다. 7th 아이노 세다이노 마에니(愛の世代の前に: 사랑의 세대 전에)(1981), 라이브 앨범 On the Road(1982), 8th Promised Land(1982)로 릴리스를 거듭할수록 커지는 스케일과 발라드의 장대화, 그리고 메시지의 거대화가 일어났다. 1986년에 발표한 10th J.Boy는 앨범 차트 1위를 획득, 한국의 포지션Position이 1999년에 Blue Day란 타이틀로 커버한 모 히토츠노 도요비(もうひとつの土曜日: 또 한 번의 토요일)도 수록되어 있다.

하마다는 '빅 마이너'라고 불리지만 이미 초 메이저 아티스트 중 한 사람이다.

하마다는 "5번째 앨범까지는 전부 폐반하고 싶다"라고 말한 적이 있는데 2018년에 팬클럽 한정으로 열린 콘서트 'Welcome back to the 70's'는 데뷔 후 5번째 앨범까지의 곡만으로 구성되었다. 초기의 많은 팬들이 이런 콘서트를 바라고 있었던 것도 사실이다.

야마시타 타츠로山下達郎
Spacy

RCA, 1977

요즘 시티팝 붐의 중심점인 뮤지션 야마시타 타츠로山下達郎의 음악은 1980년대 이후 어떤 시대든지 꾸준한 인기를 얻어 왔다. 특히 최근에는 높아진 재평가로 매니아부터 젊은 층까지 폭넓은 지지를 받고 있다. 그로 인해 레코드 가격이 폭등하고 있으니, 아무래도 속이 쓰리다고 해야 할까....

1976년에 밴드 '슈가 베이브シュガー・ベイブ'가 해산하고 어쩔 수 없이 솔로가 된 타츠로는 밴드 해산으로 인한 상처와 당시 자신의 음악성이 일본에서 받아들여지지 않았던 것에 대해 어딘가 객관적으로 판단해 줄 장소를 찾았고 그것은 미국 녹음으로 이어졌다.

1976년, NY & 로스앤젤레스에서 레코딩한 1st Circus Town를 발표한다. 타츠로는 NY에서 녹음을 개시했을 때 모니터 스피커에서 나온 사운드가 자신의 이미지대로라는 것에 안심했다. 자신의 미의식은 틀리지 않았다고 자신감을 되찾았다고 한다. NY에서 녹음은 포시즌Four Seasons의 히트곡을 편곡한 찰스 카렐로Charles Calello가 프로듀스를 담당했다. 타츠로는 찰스 카렐로의 악보를 모두 일본에 가지고 돌아와 연구에 연구를 거듭했고 그렇게 완성된

318

것이 일본에서 녹음한 2nd Spacy다. 무라카미 폰타 슈이치村上ポンタ秀一(ds), 호소노 하루오미 細野晴臣(b), 오무라 켄지大村憲司(g), 우에하라 유타카上原裕(ds), 사카모토 류이치坂本龍一(key) 등등 강력한 멤버들이 백업했다. 타츠로가 세세하게 어레인지한 악보를 준비했지만 멤버들은 상관없이 자유롭게 어레인지해 버렸다. 타츠로는 후에 "진심으로 우수한 뮤지션이라면 그만큼 규제하지 않는 쪽이 오히려 좋다는 것을 배웠다"고 말한 적이 있다.

A⑤ Dancer는 폰타의 독특한 16비트 리듬감을 가진 곡으로 가사 내용은 타츠로의 고교 시절 때 북한으로 넘어간 브라스 밴드의 선배를 생각하며 썼다고 한다. 2005년에 미국의 니콜레이Nicole Wray라는 여성 R&B 싱어가 이 곡의 백 트랙을 그대로 샘플링한 Can't Get Out the Game라는 브레이크 비트 곡을 제작했다. 끝에는 발매가 보류되어 버렸지만 힙합 아티스트나 DJ 사이에서는 꽤 화제가 되어, 이 곡은 재패니즈 레어 그루브로 세계적인 대표 샘플링 소재가 되었다.

B③ 아사노 요나 유구레(朝の様な夕暮れ: 아침 같은 황혼)는 타츠로의 일인 다중 아카펠라 코러스 녹음의 처녀작이다. 이것이 나중에 나오는 아카펠라 앨범 On the Street Corner(1980)시리즈로 발전한다.

머라이어 캐리Mariah Carey와 비욘세Beyonce의 히트곡을 만든 미국 힙합 프로듀서 저스트 블레이즈Just Blaze는 TV 인터뷰 때 자신의 레코드 선반에서 Spacy를 꺼내 "이건 정말로 쿨 하다!"고 소개했다.

Spacy는 타츠로의 음악이 가장 솔직하게 표현된 앨범이라고 평가가 높다. 오래된 팬들 사이에서는 이 앨범을 베스트라고 꼽는 사람도 많고 타츠로 본인도 "자주 다시 듣는 앨범 중 하나다"라고 말한다.

그 후에도 라이브 앨범 It's a Poppin' Time(1978), 오사카의 디스코에서 큰 붐을 일으킨 Bomber를 수록한 Go Ahead!(1978), Moonglow(1979), 타츠로가 큰 인기를 얻게 된 대히트작 Ride on Time(1980), 일인 다중 녹음의 아카펠라 앨범 제 1탄 On the Street Corner(1980), 스즈키 에이진鈴木英人의 일러스트와 함께 타츠로 음악의 상징이 된 For You(1982), 일본에서 크리스마스 송의 정석이라 불리는 크리스마스 이브(クリスマス・イブ)를 수록한 Melodies(1983), 디지털 레코딩 첫 도전이 된 Pocket Music(1986) 등등 전부 시티팝의 명반이라 불리는 앨범을 발표했다.

타 아티스트에게 음악 제공, 프로듀스, 자신의 매니악한 라디오 방송 등 자신만의 길을 고수하며 적극적으로 활동했다. 1982년에 가수 타케우치 마리야竹内まりや와 결혼해 공사 모두 최강의 시티팝 부부로서 명성이 높다.

CITY POP

오누키 타에코大貫妙子

Sunshower

요사이 시티팝의 붐 속에서 가장 인지도가 높아진 아티스트는 아마도 오누키 타에코가 아닐까.

공항에서 외국인에게 일본에 온 이유를 묻고 가능한 밀착 취재를 하는 인기 버라이어티 TV 방송《너는 왜 일본에 왔니?You는何しに日本へ?》의 2017년 8월 방영 회차에서 시티팝 팬인 한 미국인이 일본에 레코드를 사러 온 과정을 밀착 취재했다. 찾고 있던 앨범은 오누키 타에코의 Sunshower로 신주쿠 레코드 가게에서 기적적으로 발견했다. 방송 종료 후 레코드 회사에 문의가 쇄도해 재발매 된 Sunshower는 바로 매진되었다. 2018년 2월에는《너는 왜 일본에 왔니?》의 특별 방송에서 그 미국인이 다시 일본을 방문해 염원하던 오누키 본인과 대면하는 모습이 방영되어 또 한 번 반향을 일으켰다. Sunshower는 또 다시 재발매되었다. 이 앨범의 인기는 지금도 건재로 2020년 8월에는 45회전 2LP 고음질 180g 중량반으로 한정 발매됐다.

1976년 4월, 슈가 베이브シュガー・ベイブ 해산. 그 후 바로 오누키는 솔로 데뷔를 위해 녹음을 시작했다. 9월, 1st Grey Skies를 발표했고 슈가 베이브 시절의 레퍼토리였던 아이와 마보로시

(愛は幻: 사랑은 환상)와 야쿠소쿠(約束: 약속)를 수록했다. 절친인 야마시타 타츠로와 그 후 음악적으로 중요한 파트너가 되는 사카모토 류이치坂本龍一가 어레인지에 참여했다. 기본적으로는 슈가 베이브의 연장선상이지만 재즈나 소울의 에센스를 집어넣은 도시적인 사운드를 구축했다.

1977년, 2nd Sunshower를 발표. 마침 해외에서는 퓨전의 인기가 높아지고 있을 무렵이라 오누키 주변의 뮤지션들도 그런 음악을 좋아하며 들었다. 그런 요소를 누구 보다 일찍 도입한 사운드 어프로치가 훌륭하고 경쾌한 리듬과 그루브가 흘러넘치는 연주도 무척 인상적이다. 스터프Stuff의 드러머 크리스토퍼 파커Christopher Parker를 미국에서 초빙하여 26일 만에 제작했다. 레코딩의 참가 멤버는 사카모토 류이치(key), 고토 츠구토시後藤次利(b), 야마시타 타츠로山下達郎(cho), 호소노 하루오미細野晴臣(b), 와타나베 카즈미渡辺香津美(g), 오무라 켄지大村憲司(g), 사이토 노부斎藤ノブ(per)… 이미 최강의 포진이다.

크리스토퍼 파커의 느긋한 그루브가 제대로 담긴 A① Summer Connection으로 시작한다. 의사가 약을 과다 처방하는 사회를 비난하는 A② 쿠스리오 타쿠상(くすりをたくさん: 약을 한가득) , 시티팝 붐에서 지금은 오누키의 대표곡이 된 ④ 토카이(都会: 도시) 등 영원한 명곡들이 수록되어 있다.

3rd Mignonne(1978)은 레코드 회사의 '팔리는 앨범을"이라는 말에, 음악 평론가 오구라 에이지小倉エージ가 프로듀서를 맡았다. 그러나 곡도 가사도 알기 어려워 몇 번이나 다시 만들어야 했기 때문에 나중에는 그 곡이 정말 좋은지 어떤지조차도 알 수 없게 되어버렸다고 한다. 게다가 결과적으로는 판매량에서도 실패해 음악 업계에서 은퇴할까 라고 생각했을 정도로 자신감을 잃었다. 그러나 요코가오(横顔: 옆 얼굴), 우미토 쇼넨(海と少年: 바다와 소), 토츠젠노 오쿠리모노(突然の贈りもの: 갑작스러운 선물) 등은 팬들의 인기가 높은 곡으로 현재도 콘서트 프로그램에 항상 올라가는 단골이다. 오누키는 말했다. "객관적인 의견에도 귀를 기울여야만 한다는 오구라의 조언, 그리고 시간이 흘러도 계속 불러지는 것의 소중함을 40년이나 지나서야 알수 있게 해준 앨범이라고 생각합니다"

그 후에는 심기일전하여 유럽풍의 분위기를 내는 앨범 제작에 돌입한다. YMO의 멤버나 카토 카즈히코加藤和彦는 모두 누벨바그기의 프랑스 영화나 사운드트랙을 아주 좋아했다. 오누키가 그런 음악을 하고싶다고 말하니 솔선하여 협력했다. 앨범이 완성되고 판매량적으로도 크게 뛰었다. 유럽피안 스타일을 베이스로 유지하며 컴퓨터 뮤직을 도입한 새로운 감성의 작품이었다. 4th Romantique(1980), 5th Aventure(1981), 6th Cliché(1982)는 '유럽 삼부작'이라 불린다.

오누키에게 가장 중요한 앨범은 사카모토와 함께 제작한 Lucy(1997)라고 한다. "음악도 사람도 성숙함으로써 깨닫는 작품으로, 1980년대 둘이서 겹겹이 쌓아온 음악이 1997년에 서로 상응해 어른의 팝송이 되었다"

그 후 둘이 합작한 앨범은 2010년의 Utau가 있다. 피아노와 노래만이라는 궁극의 앨범이다.

토키도키 와타시와(ときどき私は: 때때로 나는)...

Philips, 1977

이시카와 세리는 1970년대부터 80년대에 걸쳐 활약한 여성가수다. 권태적이고 독특한 분위기와 서양인 같은 미모의 용모로 인기를 얻었다. 부친은 미국인이고 모친이 일본인이다. 본명 이노우에 세이디井上セイディ. 남편은 포크 가수의 중진 이노우에 요스이井上陽水. 남편 사이에서 2남 2녀를 두었고 장녀는 작사가이며 가수인 이후 사라사依布サラサ다.

세리는 고교생 시절에 코러스 그룹 '싱어 아웃'에 몸을 담았고 모델로서도 활동했다. 1971년, 무궤도한 젊은이들을 그린 청춘영화의 걸작 《8월의 젖은 모래八月の濡れた砂》(감독: 후지타 토시야藤田敏八)의 주제가(명곡!)를 불러 1972년 3월에 싱글 치이사나 니치요비 c/w 하치가츠노 누레타 스나(小さな日曜日: 작은 일요일 c/w 八月の濡れた砂: 8월의 젖은 모래)로 데뷔했다.

같은 해 11월에 1st 파세리토 노노하나(パセリと野の花: 파슬리와 들꽃)를 발표했다. 하치가츠노 누레타 스나(八月の濡れた砂)이외에는 모두 신예 작곡가 히구치 야스오樋口康雄가 쓴 곡으로 세리가 작사를 맡은 곡도 수록되었다. 히구치도 9월에 abc / Pico First라는 이름으로 레코드 데뷔를 했다. 세리의 데뷔 앨범과 함께 일본 소프트 록의 걸작으로 두 개 모두 히구치의 첫

걸음을 장식하는 훌륭한 작품집이라 할 수 있다.

4년 후인 1976년 세리는 2nd 토키도키 와타시와(ときどき私は: …때때로 나는)를 릴리스한다. 친구인 아라이 유미荒井由美를 시작으로 마츠모토 타카시松本隆, 마츠토야 마사타카松任谷正隆, 시모다 이츠로下田逸郎, 미나미 란보みなみらんぼう, 야노 아키코矢野顕子가 스태프로 참여했다. 시모다 이츠로가 만든 희대의 명곡 B② 섹시(セクシィ), 히구치 작곡의 ⑤ 후와후와(フワフワ・WOW・WOW)(작사는 미나미 란보)와 B⑥ 토이 우미노 키오쿠(遠い海の記憶: 먼 바다의 기억)(NHK드라마《속삭이는 바위의 비밀つぶやき岩の秘密》의 주제가), 아라이 유미의 A① 아사야케가 키에루 마에(朝焼けが消える前: 아침놀이 사라지기 전에) 등 주옥 같은 시티팝 넘버가 늘어선 진짜 명반이다.

1977년, 3rd 키마구레(気まぐれ: 변덕)를 발표. 작곡가 군단에 판타PANTA, 야노 아키코, 미나미 요시타카南佳孝, 키스기 타카오来生たかお, 하세가와 키요시長谷川きよし 등 이름난 사람들이 많지만 뭐라 해도 이노우에 요스이의 곡이 3곡이나 수록된 것이 포인트다. 특히 1982년에 배우 타카키 미오高樹澪가 커버해 또 히트한 단스와 우마쿠 오도레나이(ダンスはうまく踊れない: 춤은 잘 출 수 없어)는 요스이가 세리의 마음을 끌기 위해 그녀의 눈앞에서 30분 만에 만들어 선물한 곡이다. 타이틀 곡 키마구레는 작사 이시카와 세리, 작곡 이노우에 요스이 라는 두 사람의 사랑의 증거이기도 하다(1978년에 결혼). 그 외에도 판타의 Moonlight Surfer나 미나미 요시타카의 Midnight Love Call 같은 인기곡이 수록되어 있어 이 앨범을 초기 대표작으로 삼는 팬들도 많다.

1978년에는 서양곡을 커버한 앨범 Never Letting Go을 릴리스했다. 빌리 조엘Billy Joel의 Just the Way You Are, 보즈 스캑스Boz Scaggs의 We're All Alone, 이글스Eagles의 Desperado 같은 록 클래식을 당당하게 불렀다.

그 후 임신과 출산으로 잠시 휴식을 가졌지만 1981년에 복귀해 혼신작 호시쿠즈노 마치데(星くずの町で: 별들이 빛나는 거리에서)을 발표한다. 이것 역시 판타, 아가타 모리오あがた森魚, 마츠토야 유미, 야노 아키코, 오누키 타에코大貫妙子 같은 호화 게스트가 참가했다. 그 후에도 Möbius(1982), Boy(1983), Famme Fatale(1984), Rakuen(1985) 등 꾸준하게 좋은 앨범을 발표했지만 이것을 끝으로 가수 활동을 멈춘다.

1995년, 현대음악가 타케미츠 토오루武満徹가 "이시카와 세리가 꼭 내 곡을 불러 주었으면 한다"라고 열렬한 러브 콜을 보냈다. 그것이 실현되어 발표한 앨범이 츠바사 ~ 타케미츠 토오루 팝송스(翼: 날개 ~ 武満徹ポップ・ソングス)으로 10년 만의 공식 무대였다.

이 앨범은 타케미츠가 합창곡이나 영화 음악의 삽입곡 등을 모아 현대 팝송으로 되살려낸 기획 음반이다. 그 때 타케미츠는 암이 발견되어 투병 중이었다. 이 작품을 완성하고 스스로 만족해했으며 마치 그것을 지켜보고 있었던 것처럼 다음해 1996년 2월, 65세의 나이로 사망했다.

세리는 그 후 활동을 멈췄지만 2002년, 가수로서 다시 활동을 재개했다.

아오조라(蒼空: 푸른 하늘) Today

CBS/Sony Umi, 1977

이츠와 마유미라고 하면 코이비토요(恋人ょ: 연인이여)이다. 그러나 그 이미지만 보고 다른 작품을 지나치는 것은 금물이다. 재원은 바로 그녀 같은 사람을 가리키는 단어라고 나는 생각한다.

이츠와 마유미는 1972년에 데뷔하여 1st 앨범 쇼조(少女: 소녀)를 발표했다. 무려 L.A의 크리스탈 사운드 스튜디오의 레코딩이었다. 당시 다른 레코드와 비교해보면 각별하게 소리가 다르다. 미국의 국민적인 싱어 송 라이터 캐롤 킹Carole King이 녹음에 참여하기도 해 처음에는 '일본의 캐롤킹'이라며 알려졌다. 타이틀곡 쇼조의 히트로 일본 여성 싱어 송 라이터의 선구자가 되었다.

아마추어 시절부터 많은 권유를 받았던 이츠와는 30개가 넘는 레코드 회사의 권유를 거절해왔다고 한다. 캐롱 킹과 함께 하고 싶다는 생각을 들어준 소니와 만나 L.A 녹음이 실현되었다. 데뷔 앨범부터 해외 레코딩이라는 파격적인 대우, 더욱이 소니 레코드 내에서 이츠와의 단독 레이블 '우미Umi'가 만들어졌다.

1973년, 1st와 동일하게 L.A.에서 녹음한 2nd 앨범 카제노 나이 세카이(風のない世界: 바람이 없는 세계)를 발표한다. 시기가 너무 빨랐던 시티팝 넘버 타바코노 케무리(煙草のけむり: 담배 연기)를 수록한 초기 대표작으로 스테디셀러가 되었다.

1975년, 호소노 하루오미, 스즈키 시게루를 세션으로 초대하여 자택에서 레코딩한 Mayumity 우츠로나 아이(うつろな愛: 덧없는 사랑)을 발표한다. 방음 시설이 아니었기 때문에 근처에서 불만이 쇄도해 주민들을 모두 초대해 노래를 들려주면서 제작했다고 한다. 그 덕분에 사운드는 내추럴의 극치로 이츠와가 말하길 "자신의 음질을 자연의 공기 속에서 최대한으로 살린 녹음"이라고.

그리고 이 앨범은 프랑스에서 평가를 얻어 1977년에는 전곡이 프랑스어로 된 MAYUMI가 발매되었다(프랑스 및 유럽에서만 발매). 세계적인 샹송 가수 살바토레 아다모Salvatore Adamo와의 공연 등 프랑스에서도 활동하게 되었다.

그 시기 다시 L.A.에서 녹음된 앨범 아오조라 Today(蒼空 Today)를 발표했다. 래리 칼튼Larry Carlton(g), 리 릿나워Lee Ritenour(g), 짐 켈트너Jim Keltner(ds), 윌튼 펠더Wilton Felder(b) 외에 웨스트 코스트 뮤지션이 다수 참가했다.

오프닝 A① 도쿄는 타이틀 대로 경쾌하게 도쿄를 노래하는 팝한 넘버다. 펑키 & 그루비한 B④ 게임(ゲーム)으로 K.O. 라스트는 프랑스 파리를 노래하는 B⑤ 파리노 료조(巴里の旅情: 파리의 여정)로 도쿄에서 시작해 파리로 끝나는 LA 녹음이다. 진정한 시티팝! 발매 당시는 그리 높지 않은 판매량이었지만 1990년대 이후 재평가를 받아 인기 앨범이 되었다.

그 후 이츠와의 레코딩은 프랑스에서 이루어졌다. 프랑스에서 활동 중에 일본 정서가 무엇인지에 대해 고심하며 일본인의 심금을 울리는 가요곡 멜로디를 쓰기 시작했다. 그 성과가 1980년의 코이비토요로 그녀의 인기가 급등한 전환기다. 일본 레코드 대상에서 금상을 수상했고 홍백노래자랑에도 출연했다. 갑작스러운 교통사고로 사망한 전 잭스의 멤버이며, 밴드 해산 후 어레인저로서 일본 포크 & 록의 세계에서 없어서는 안 되는 존재였던 키다 타카스케木田高介의 장례식에서 돌아오는 길에 태어난 곡이기도 하다.

코이비토요는 아시아 각국에서도 인기가 높아 한국, 홍콩, 베트남 등에서 현지 사람들이 알고 있는 일본 노래로 반드시 거론되는 곡 중 하나다.

게다가 인도네시아에서 이츠와는 거의 국민적 가수가 되었다. 1982년에 발표된 앨범 시오사이(潮騒: 파도가 밀려오는 소리)에 수록된 코코로노 토모(心の友: 마음의 벗)가 일본어임에도 불구하고 해적판이 나돌 정도로 히트해 인도네시아에서는 '제 2의 국가'로 불릴 정도였다. 인도네시아에서는 이 곡을 모르는 사람이 없다. 2004년에 일어난 수마트라 지진 후에 부흥을 도모할 때에도 피해자들의 정신적 지주가 되었다고 한다. 2005년에는 스마트라 지진 자선 싱글로 인도네시아 가수 드롱Delon과 함께 Kokoro no Tomo를 불렀다. 참고로 이 곡은 파푸아뉴기니에서도 인기가 있다고 한다.

오하시 준코 & 미노야 센트럴 스테이션
(大橋純子 & 美乃家セントラル・ステイション)
Crystal City

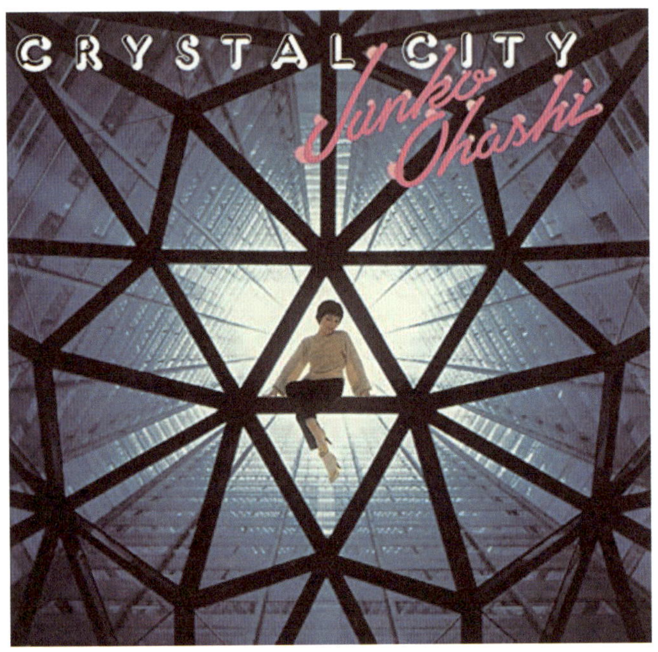

Philips, 1977

2018년에 발견된 암을 극복하고 현재도 활발하게 활동하고 있는 오하시 준코는 레코드 회사의 오디션에 합격해 1974년, 1st Feeling Now로 데뷔했다.

　　1st는 스타일리스틱스Stylistics의 Stop, Look, Listen, 리온 러셀Leon Russell의 A Song for You, 피프스 디멘션5th Dimension의 (Last Night) I Didn't Get to Sleep at All, 로버타 플랙Roberta Flack의 Killing Me Softly With His Song, 빌 위더스Bill Withers의 Ain't No Sunshine 같은 서양곡 커버를 중심으로 한 앨범이지만 준코의 편안하고 투명감 있는 일품 보컬을 들을 수 있는 좋은 음반이다. 1976년에 재킷이 변경되어 재발매 되었다.

　　1976년, 2nd Paper Moon를 릴리스. 일본식 디스코인 타이틀곡이 히트. 안정된 펑키한 리듬에 힘 있는 목소리가 인상적인 캐시노 우와사(キャシーの噂: 캐시의 소문)(작곡: 하야시 테츠지林哲司), 마치 뮤지컬의 한 장면 같은 와카레노 와인(別れのワイン: 이별의 와인)(작곡: 히구치 야스오樋口康雄), 일품 발라드 히키시오(ひきしお: 썰물)(후에 그녀의 남편인 사토 켄佐藤健이 작곡을 맡음) 등 버릴 곡 하나 없는 노래들 뿐이다. 보컬리스트로서 그녀의 높은 표현력에 경의를 표한다. 레어 그루브 & 시티팝이 전개되는 걸작이다.

앨범 발표 후 콘서트의 평가도 상승하여 준코는 아마추어 때부터 꿈이었던 자신의 밴드로 활동할 것을 결심한다. 건반주자 사토 켄이 중심이 되어 기타리스트 츠치야 마사미土屋昌巳와 '미노야 센트럴 스테이션'를 결성한다. 준코는 밴드와 함께 적극적으로 라이브 활동을 다니며 많은 대학 축제에 초청되어 '학교 축제의 여왕' 이라 불렸다.

1977년 4월, 밴드와 한 마음으로 제작한 3rd Rainbow를('오하시 준코 & 미노야 센트럴 스테이션'라는 이름으로) 발표한다. 밴드로서의 일체감에 의해 말로 할 수 없을 만큼 마음을 흔드는 특별한 '위력'을 가진 앨범이다. 싱글 커트 된 Simple Love는 펑키하면서 스타일리시한 지금까지 가요곡에 없었던 풍미를 가진 넘버로 대히트를 기록했다. 디스코용의 리믹스 12인치 싱글도 제작되어 서양 음악만 들려주는 롯폰기 클럽 등에서 흘러나오는 유일한 일본어 곡이었다. 이 곡은 미국 재즈/퓨전 드러머 하비 메이슨Harvey Mason의 앨범 Earth Mover(1975)에 수록된 K.Y. and the Curb에서 힌트를 받아 제작되었다고 한다.

같은 해 11월, 밴드로서 절정의 활력을 되찾은 4th Crystal City를 발표한다. 전작의 거칠음이 잘 정돈되어 실로 명반이라 불려도 아깝지 않은 퀄리티를 가졌다. 타이틀곡 A① Crystal City은 현재 DJ들이 애용하는 곡이고 A③ Funky Little Queenie는 그 이름대로 강한 펑크funk 넘버다. 박력이 넘치는 보컬이 압도하는 매력적인 곡이다.

1978년에는 싱글 타소가레 마이 러브(たそがれマイ・ラブ: 황혼, 나의 사랑)을 히트시키며 샬롬(沙浪夢,SHALOM)과 Flush 2장의 앨범을 발표했다. 그 후 밴드는 츠치야土屋가 빠지고 멤버 체인지를 하지만 미노야 센트럴 스테이션과의 공동 작업은 계속되어 1979년, Full House을 발표한다.

1979년 준코는 한국의 'TBC세계가요제'에서 미국의 테이스트 오브 허니Taste of Honey 등과 함께 초빙되어 Full House에 수록된 Beautiful Me를 불러 대상을 수상했다. 이 TBS세계가요제는 단 1회로 막을 내리고 만 불운의 음악제였지만 발군의 가창력을 자랑하는 준코의 당당한 목소리에 많은 한국 사람들은 놀라 감탄했다고 한다.

1980년, 밴드로서의 마지막 앨범 Hot Life를 릴리스한다. 남편도 작곡가로 전업하게 되어 발전적으로 밴드도 해산했다. 1981년, 준코는 솔로로 앨범 Tea for Tears를 발표했고 시티팝 붐에서 다시 인기를 얻은 Telephone Number가 수록되어있다.

1982년, 전년도 말에 릴리스한 키스기 타카오来生たかお 작곡의 싱글 실루엣 로맨스(シルエット・ロマンス)가 롱런으로 히트했다. 1983년에는 베스트 앨범 Magical을 발표했는데 현재 시티팝 붐으로 인가 높아져 이 음반 가격이 끊임없이 상승하고 있다. 대놓고 말해 너무 높아서 살 수가 없을 정도다....

카제風, 바람
우미카제(海風: 바다 바람)

'카구야히메' 해산 후 이세 쇼조伊勢正三(이하 '쇼양正やん')는 전 '네코猫'의 오오쿠보 카즈히사大久保一久와 함께 1975년에 '카제'라는 포크 듀오를 결성한다.

카제의 데뷔곡은 카구야히메 시절 곡을 셀프 리메이크한 니주니사이노 와카레(22才の別れ: 22살의 이별)이었지만 이것이 갑자기 대히트를 한다. 다른 대표곡 가이간 도리(海岸通り: 해안 길), 키타구니 렛샤(北国列車: 북국 열차), 아노 우타와 모 우타와나이노데스카(あの唄はもう唄わないのですか: 저 노래는 이제 노래하지 않는 겁니까), 사사야카나 코노 진세이(ささやかなこの人生: 소박한 이 인생) 등 카제의 공식 이미지는 카구야히메의 뒤를 잇는 서정파 포크다. 실제로 1st 카제 퍼스트 앨범(風ファーストアルバム)(1975)과 2nd 토키와 나가레테...(時は流れて: 시간은 흘러)(1976)는 그러한 곡조의 노래가 담겨 있다.

그러나 놀랍게도 3rd Windless Blue(1976)에서는 갑자기 어쿠스틱 기타가 아닌 일렉 기타로 바꿔 들고 세련된 시티팝으로 표변한다. 1st에서도 이미 틴 팬 앨리ティン・パン・アレイ나 하이파이 세트ハイ・ファイ・セット, 야마시타 타츠로山下達郎, 오누키 타에코大貫妙子, 요시다 미나코吉

田美奈子 같은 뮤지션들이 다수 레코딩에 참가했기 때문에 사실 수면 아래에서는 시티팝 노선을 걸을 준비가 이루어지고 있었을지도 모른다.

쇼양 왈 "당시로 미루어보면 포크 듀오로서는 모험적인 앨범이었지만, 지금 생각해보면 모든 곡이 뛰어나 카제 앨범 중에서 가장 완성도가 높은 것일지도"

그 말 대로 3rd는 현재는 시티팝의 고전 명반으로 높은 평가를 받고 있다. 싱글 커트 된 오프닝의 호즈에오 츠쿠 온나(ほおづえをつく女: 턱을 괸 여자)부터 마치 스틸리 댄Steely Dan 같은 세련된 사운드가 흐른다. 도리 아메(通り雨: 지나가는 비) 등은 초~ 차분하고 무척 멋있는 넘버다.

그리고 1977년, LA 녹음의 4th 우미카제(海風: 바다 바람)를 릴리스한다. 전작에서 서정파 포크와 너무 멀어져버린 음악성으로 변화했던 탓에 그 변화폭을 약간 수정했다. 그런 의미로는 카제의 음악이 이 앨범에서 완성되었다고 해도 과언이 아니다. 지금 생각해보면 시대를 너무 앞서나간 그룹이었을지도. 라이트 & 멜로하면서 그루비한 포크 밴드라니!

"음악적으로 가장 얽매여있을 때 오리지널리티라는 것을 생각하게 되었다. 당시, 미국에서 녹음의 기회가 있었다. 높은 레벨을 눈앞에서 보고 있으니 멋있다고 생각했던 일본 웨스트 코스트 사운드는 진짜가 아닌 것 같은 기분이 들었다. '너의 음악을 해봐'라고 들었을 때 흉내 낸 음악 밖에 없었다"

맨 첫 번째의 타이틀곡 A① 우미카제는 그러한 음악성의 정점에 서있는 곡이다. 인트로의 어쿠스틱 기타 소리를 듣자마자 빨려 들어간다. 지금은 그렇게 드물지 않지만 이 사운드는 어쿠스틱 슬랩 주법이 사용되었다. 쭉쭉 뻗어나가는 기타가 작렬하고 들썩거리는 그루브와 발랄한 코러스가 이끄는 포크 넘버다 진짜 놀랍다.

오오쿠보의 재능도 단숨에 개화하여 상쾌한 기타 컷팅으로 시작하는 팝 B① 토파즈이로노 마치(トパーズ色の街: 토파즈색의 거리)와 멜로 그루브의 A③ 데키니 타타즈무 온나(デッキに佇む女: 덱이 멈춰선 여자), 댄서블한 B③ 아노코노 스가오(あの娘の素顔: 그녀의 맨얼굴) 등은 모두 오오쿠보의 곡이다.

그리고 1978년 다시 LA에서 녹음한 5th Moony Night를 발표하고 카제는 해산했다.

쇼양은 그 해 카구야히메 재결성에 참가한다. 앨범 카구야히메 투데이(かぐや姫·今日)에 수록된 쇼양의 곡 쇼난 나츠(湘南 夏: 쇼난의 여름)는 카제로 기른 라이트 & 멜로의 명곡이다. 그 후 호쿠토시치세이(北斗七星: 북두칠성)(1980), 나기사 유쿠(渚ゆく: 나기사 가다)(1981) 등의 솔로 앨범을 꾸준하게 발표, 시티팝 노선을 추구했다.

한편 오오쿠보도 해산 후 솔로 활동을 개시하여 In My Life(1979) 등의 앨범을 발표하지만 1993년에 활동을 중지했다. 그 후는 약사로서 약국에서 근무하다가 2001년부터 음악 활동을 재개해 현재까지 이어오고 있다. (2021년9월, 오오쿠보 타계. 향년 71세)

OST

닌겐노 쇼메이(人間の証明: 인간의 증명)

이것은 일본 영화를 대표하는 작품 중 하나인 《인간의 증명 人間の証明》(1977년, 원작: 모리무라 세이치森村誠一)의 사운드트랙이다. 음악을 담당한 오오노 유지 大野雄二는 애니메이션 《루팡 3세 ルパン三世》의 테마곡을 필두로 애니메이션, 드라마, 영화 음악 등의 배경음악을 수많이 만들어낸 작곡가이자 재즈 피아니스트다.

1977년 시대와 어우러진 디스코, AOR, 퓨전 색이 강한 사운드로 구성되어 있다. 혼, 스트링스, 신시사이저의 대활약과 군데군데 재즈의 향기가 감도는 경쾌한 앙상블. 재즈 펑크 funk 넘버 A⑤ Car Chase나 B④ Scorch to Kirizumi 등 DJ들이 선호하는 곡으로 샘플링 소스로서도 귀중한 보물로 여겨지고 있다.

롤리타 야 야Lolita Yar Ya가 부른 해피 디스코 시티팝 ① Get Up All the People은 인기 트랙이다. 롤리타 야 야는 탄탄タンタン이라는 가수 오오조라 하루미大空はるみ다. 극의 주인공 중 한명인 여성 디자이너 야스기 쿄코八杉恭子의 패션쇼 음악으로 흘러나간다. 영화에서 볼 수 있는 과장된 의상은 세계에 잘 알려진 디자이너 야마모토 칸사이山本寛斎가 만들었다.

혼신의 발라드, 영화의 주제가인 B⑤ 닌겐노 쇼메노 테마(人間の証明のテーマ: 인간의 증명의 테마)는 플라워 트래블린 밴드의 보컬 조 야마나카ジョー山中가 불러 대히트를 기록했다. 3옥타브의 가성을 가진 일본 굴지의 록 보컬리스트로 그의 아버지는 흑인 병사였다고 한다. 영화에 죽임당하는 흑인 청년 역으로도 출연했다. 조는 또 스토리상에서 중요한 역할을 하는 사이조 야소西條八十의 시를 한손에 사전을 들고 열심히 영어로 번역했다고 한다. 다만 조는 이 노래가 히트했을 당시 그것을 알지 못했다. 왜냐하면 대마 불법 소지용의로 교도소에 있었기 때문에. 담당 형사에게 취조를 당하는 중에 라디오에서 흘러나온 자신의 곡을 듣게 되었다고.

오오노는 1966년경 재즈 피아니스트로 두각을 나타내 모던 재즈 캄보combo를 중심으로 연주 활동을 해나갔다. 그러나 1970년대에 들어서면서 모던 재즈는 '플레이어를 위한 음악'이라는 막다른 골목에 몰려 버렸다. 모던 재즈의 빈자리를 채우듯이 나타난 것이 전자 음악과 록, 클래식 등의 요소를 집어넣어 모든 장르의 음악성이 교차하는 '크로스 오버'다.

그런 흐름 속에서 오오노는 텔레비전이나 CM 음악, 또는 다른 아티스트에게 음악을 제공하거나 어레인지, 앨범 프로듀스 등 연주가에서 조력자인 작곡/편곡가로 활동 영역을 옮겨 나갔다. 그렇다고 해도 오노를 필두로 사토 마사히코佐藤允彦, 야기 마사오八木正生 등 일본을 대표하는 8인의 건반주자들이 20대의 신시사이저를 조작해 제작한 앨범 Electro Keyboard Orchestra(1975) 같은 야심적인 작품도 발표 했다.

그리고 1977년, 크로스 오버는 디스코나 AOR 등 당시에 유행하는 음악도 흡수했다. 이미 재즈나 록으로 장르를 구분할 수 없게 되어 새로운 음악 '퓨전'으로 발전했다. 물론 오오노도 이 흐름을 민감하게 캐치했다. 영화《인간의 증명人間の証明》의 무대는 동시대의 일본과 미국(NY)의 이야기다. '지금'의 사운드를 구사하게 된 것이다. 이 사운드트랙 앨범에는 시대의 흐름에 의한 음악의 변천이 찬찬히 기록되어 있다. 그리고 오오노의 독특한 음악 스타일도 이 시기에 확립되었다.

오오노 유지 사운드의 묘미를 느끼고 싶다면 오싹할 정도로 아름다운 영화 OST 이누가미 일족(犬神家の一族)(1976),《인간의 증명》을 보다 장대해진 제 2탄 영화 OST 야성의 증명(野性の証明)(1978), 자신의 밴드 '유 & 익스플로전You & Explosion'과 이끌었던 TV 애니메이션 루팡 3세 오리지널 사우드 트랙(ルパン三世 オリジナルサウンドトラック)(1978), 지브리 영화의 시작이 되었던 영화 OST 루팡 3세 칼리오스트로의 성 (ルパン三世 カリオストロの城)(1979) 등의 앨범을 추천한다.

참고로《인간의 증명》은 한국에서《로얄패밀리》라는 제목의 연속 드라마로 2011년 3월부터 4월까지 방영되었다. 스토리는 꽤 각색되었지만 원작자 모리무라 세이치도 자신 있게 보증한 휴먼 서스펜스 작품이었다.

아리후레타 데키고토(ありふれた出来事: 흔히 있는 사건)

'히구라시'는 1980년대에 일본 서브 컬처를 한때 풍미한 록 밴드 'RC 석세션RCサクセション'과 관계가 깊다. 당시 RC 석세션의 리더 이마와노 키요시로忌野清志郎는 밴드 명의 유래를 인터뷰 등에서는 감추었으나 사실 이러한 경위가 있다.

1966년, 중학생인 키요시로는 동급생 3명과 함께 밴드 '클로버Clover'를 결성한다. 1967년, 고등학교 진학으로 클로버는 해산하고 키요시로는 상급생인 타케다 세이치武田清一를 영입해 '더 리마인더스 오브 더 클로버The Remainders of the Clover(클로버의 잔당)'을 결성한다. 1968년, 클로버의 멤버가 다시 밴드로 돌아오면서 '더 리마인더스 오브 더 클로버 석세션The Remainders of the Clover Succession(클로버의 계승)', 즉 'RC 석세션'이 되었다.

히구라시는 1972년, 더 리마인더스 오브 더 클로버의 멤버였던 타게다가 중심이 되어 여성 보컬 사카키바라 나오미榊原尚美와 함께 결성한 포크 그룹이다. 1973년, 1st 히구라시(日暮し:하루 종일)로 데뷔했다.

1st에는 미시라누 쿠니에(見知らぬ国へ: 낯선 나라로)라는 곡이 수록되어 있는데 이 노래의

원곡은 더 리마인더스 오브 더 클로버 시절 키요시로의 가사에 타케다가 작곡했던 아노 우타가 오모이다세나이(あの歌が想い出せない: 그 노래를 떠올릴 수가 없어)다. 아노 우타가 오모이다세나이는 포크 그룹 카구야히메의 퍼스트 앨범에 제공되어 RC 석세션도 자신의 싱글 B면에 수록했었다.

2nd 히구라시2(日暮し2)(1973), 3rd 마치카제 키세츠(街風季節: 길 바람의 계절)(1974) 발표도 원만했다.

히구라시 음악의 특징은 일본적이고 고풍스럽다 할 수 있는 정서적인 부분을 다다미 4조 반 포크(四畳半フォーク) 풍이 되지 않도록 하면서도 서양 음악의 요소를 살린 코드 진행이다. 메이저 7th계의 세련된 코드와 멜로디로 노래하는 일본 정서라는 아주 독특한 사운드였다.

그것은 마치 야마시타 타츠로의 슈가 베이브와 카구야히메의 가교 같은 역할을 하는 존재라고 할 수 있다. 그 성과는 자신작인 4th 아리후레타 데키고토(ありふれた出来事: 흔히 있는 사건)(1977)에서 완성되어 개화했다. 타케다 스스로도 "히구라시의 음악성을 응축한 것을 집대성으로 보여주고 싶었다"고 말했다.

이 앨범과 차기작 키오쿠노 카지츠(記憶の果実: 기억의 과실)은 전 몹스モップス의 민완 프로듀서 호시 카츠星勝와 손을 잡고 제작했다.

싱글 커트 된 A② 이 니 시 에(い·に·し·え: 옛날)는 프로듀싱 수완이 빛나는 넘버로 1977년부터 그 다음 해에 걸쳐 롱 히트를 기록해 히구라시의 이름을 일반 대중들에게 알렸다.

키요시로는 타이틀 곡 A④ 아리후레타 데키고토(ありふれた出来事)를 1988년에 릴리스한 RC 석세션의 앨범 Marvy에서 커버했다.

이어진 5th 키오쿠노 카지츠(1979)는 보다 칼라풀하게 변해 완전히 시티팝 앨범이 되었다.

"히구라시다움을 남기면서 좀 더 팝한 느낌이라고 할까, 파워업한 느낌을 내고 싶다고 생각했습니다. 구성에 있어서는 봄에 시작하고 겨울에 끝난다는 토탈성을 가진 앨범을 만들자고 했습니다"

그러나 이 앨범을 마지막으로 히구라시는 해산하고 보컬의 사카키바라 나오미는 1981년 1월에 스기무라 나오미杉村尚美로 개명해 솔로로 데뷔했다. 연속 TV 드라마《불꽃의 개炎の犬》의 주제가 선셋 메모리(サンセット·メモリー)를 히트시키며 또 한 번 인기 급등을 맞이했다.

2016년, 아리후레타 데키고토와 키오쿠노 카지츠가 아날로그 반으로 복각되었다. 두 앨범을 세트로 구입하면 키요시로가 1969년 녹음한 아노 우타가 오모이다세나이의 리허설 음원을 포함 총 6곡이 수록된 특전 LP를 부록으로 받을 수 있었다.

하라다 신지原田真二
Feel Happy

For Life, 1978

하라다 신지는原田真二는 고교생 시절 요시다 타쿠로吉田拓郎가 사장인 포 라이프 레코드의 신인 오디션에 데모 테이프를 보냈고 삼일 후 프로듀서의 연락을 받았다. 이야기는 착착 박자를 타 1977년 10월 18살에 싱글 B② 틴즈 블루스(てぃーんずぶるーす)로 데뷔했다. 그로부터 한달 뒤 A④ 캔디(キャンディ), 그리고 또 한달 뒤에 쉐도우 복서(シャドー・ボクサー)까지 3장의 싱글을 연달아 발표했고 모두 히트를 기록했다. '트리플 데뷔'라고 불리며 화제를 모았다.

　　작곡은 모두 하라다지만 작사는 마츠모토 타카시松本隆다. 사실 틴즈 블루스에는 원래 키미노 세다이에(君の世代へ: 너의 세대에)라는 타이틀을 가진 하라다가 쓴 원곡이 존재했다. 자신들의 세대를 향한 강렬한 사회적인의 메세지 송이다. 그러나 가사가 너무 직설적이었기 때문에 타쿠로는 상업적인 면을 고려하여 마츠모토에게 작사를 의뢰했다고 한다.

　　1978년 2월, 1st Feel Happy를 릴리스. 훌륭한 음악적 재능을 가진 조숙한 천재가 만든 팝하고 매지컬한 매력이 넘치는 명반이다. 앨범에 참가한 스즈키 시게루鈴木茂는 "거의 손 댈 곳이 없었다"라고 언급했다. 10대에 퍼스트 앨범 1위를 획득한 남성 솔로 싱어는 지금까지도 하마다가 유일하다.

앨범 레코딩은 최고의 환경으로 마음껏 하고 싶은 대로 할 수 있었다고 하마다가 말했다. 그러나 물론 가사에 있어서는 마츠모토와의 격렬한 토론을 거쳤다. 마츠모토는 "아직 젊으니까 스트레이트로 가는 것 보다는 동시대의 사람들도 알기 쉽게 바꿔서 스스로 상처도 받으며 몸부림치는 것이 좋다"고 조언했다.

또 지금은 트레이드 마크가 된, 피아노 케이크 앞에서 턱시도를 입고 웃고 있는 앨범 재킷에 대해서는 처음에 무척 저항했다고 한다.

1978년 4월, 4번째 싱글 타임 트래블 c/w 조이(タイム・トラベル c/w ジョイ)를 발표한다. 이 곡이 대히트해 그 해 홍백노래자랑에 출전하기도 했다.

1979년에는 LA 뮤지션과 함께 제작한 해외 녹음반 2nd Natural high를 릴리스했다. 그 후 마츠모토와의 공동 제작을 그만두고 작사도 하마다가 직접 만들어 보다 록의 색이 짙은 음악성과 사운드가 생겨났다.

1980년대에는 밴드 '하라다 신지 & 크라이시스原田真二 & クライシス'를 결성해 혼신을 담은 록 앨범 Human Crisis을 발표했다. 크라이시스에는 전 타지마할 여행단의 멤버였으며 현재 힐링 뮤직 아티스트인 토요다 타카시豊田貴志가 바이올리니스트로 가입했다.

딱 이 시기, 1980년 여름 경에 하라다에게는 존 레논이 프로듀스하는 레코딩 이야기가 수면위로 떠올랐다. 오노 요코를 통해 존도 재밌겠다는 의사를 보여 내년에 레코딩을 할 예정으로 준비도 시작했다고 한다. 그러나 1980년 12월 8일 존이 뉴욕에서 총탄에 맞아 쓰러져 그 이야기는 환상이 되었다. 그 때 밴드는 합숙 중이었는데 그 날은 연습을 그만두고 멤버 전원이 상복을 입었다고 한다.

현재도 정력적으로 활동 중인 하마다는 데뷔 앨범의 타이틀이 Feel Happy였던 것처럼 데뷔 당시부터 자신의 음악 테마를 '사랑 & 평화 and 행복'으로 일관하고 있다. "순수하게 음악이 가진 힘을 믿고 있으며 음악을 통한 메시지로 평화에 공헌하고 싶다", "세계의 한 사람 한 사람이 같은 의식을 가지면 온 세계가 평화로워질 터다"라고 항상 말하고 있다.

하라다는 조금 빨리 데뷔한 차Char, 같이 데뷔한 세라 마사노리 & 트위스트世良公則 & ツイスト와 함께 당시의 '록 고산케(삼총사)'라고 불렸다. 연예계에서 그들의 활약은 일본 록이 아이돌화/ 가요곡화 되면서 거대 비즈니스로까지 발전했다. '록 고산케'가 투척한 10대 초반의 아이들을 향한 록 아이돌의 계보는 지금까지 끊어진 적이 없다.

Stop Motion

東芝EMI Express, 1978

여성 싱어 송 라이터 오자키 아미는 작사, 작곡, 가창력은 물론 건반주자로서도 우수한 실력과 편곡부터 프로듀스까지 가능한 진짜 천재라는 호칭이 어울리는 아티스트다. 그리고 무엇보다 다른 여성 싱어 송 라이터와 비교해 아이돌이나 여성 가수에 제공한 곡 수가 뛰어나게 많은 것이 특징이다.

미나미 사오리南沙織의 하루노 요칸(春の予感: 봄의 예감-I've been mellow-)(1978)을 시작으로 안리杏里의 올리비아오 키키나가라(オリビアを聴きながら: 올리비아를 들으면서)(1978), 카나이 유코 金井夕子의 파스텔 러브(パステルラヴ)(1978), 타카하시 마리코高橋真梨子의 아나타노 소라오 토비 타이(あなたの空を翔びたい: 너의 하늘을 날고싶어)(1978), 마츠모토 이요松本伊代의 토키니 아이와(時 に愛は: 때때로 사랑은)(1983), 카와이 나오코河合奈保子의 소요카제노 멜로디(微風のメロディー: 미풍 의 멜로디)(1984), 오카다 유키코岡田有希子의 후타리다케노 세레모니(二人だけのセレモニー: 둘 만의 세레모니)(1985), 마츠다 세이코松田聖子의 텐시노 윙크(天使のウィンク: 천사의 윙크)(1985), 호리 치 에미堀ちえみ의 스테키나 큐지츠(素敵な休日: 멋진 휴일)(1986), 사카이 노리코酒井法子의 Love Letter(1989), 미즈키 아리사観月ありさ의 덴세츠노 쇼조(伝説の少女: 전설의 소녀)(1991), 이시미네 사토코石嶺聡子의 와타시가 이루(私がいる: 내가 있어)(1995) 등등이 있다.

8세부터 피아노를 배웠던 아미는 10살 때 교토의 굉장한 천재소녀라며 화제가 되었다. 1976년, 19살 때 싱글 메이소(冥想: 명상)로 데뷔. 예명 아미는 프랑스어 'amie'로 친구라는 뜻이다.

같은 해 마츠토야 마사타카松任谷正隆의 프로듀스로 1st Shady를 발표한다. 가장 유력한 포스트 유밍이라고 불리며 유밍도 그녀가 마음에 들어 유밍의 앨범 주욘방메노 츠키(14番目의 月: 14번째 달)에 코러스로 참여했다. Shady라는 타이틀은 유밍이 "언뜻 보면 밝고 즐거운 아미지만 가사를 읽으면 어두운 부분이 많다"라며 붙여준 것이라고 한다. 이 앨범에서는 야마시타 타츠로와 요시다 미나코가 'AMII'S Army'라는 이름으로 하이파이 세트ハイ・ファイ・セット와 함께 코러스를 담당했다. 이곳이 싱어 송 라이터인 아미의 원점인 것이다.

1977년, 싱글 마이 퓨어 레이디(マイ・ピュア・レディ)가 시세이도資生堂의 CM에 사용되면서 초히트곡이 되어 일약각광을 받는다. 1st와 동일하게 마츠토야 마사타카松任谷의 프로듀스로 릴리스한 2nd Mind Drops는 세련된 완성도를 보이며 단숨에 시티팝이 되었다. 발매 당시부터 현재까지 초기를 대표하는 명반이라 찬사를 받고 있다.

1978년, 3rd Stop Motion를 발표. 아미가 프로듀스한 첫 앨범으로 편곡도 모두 직접 했다. 첫 어레인지라고는 생각할 수 없을 만큼 완성도가 높다. 미나미 사오리南沙織에게 주었던 하루노 요칸의 셀프 커버곡 B②도 수록되어있다. 시티팝의 명반으로 현재도 인기 상승 중이다.

스페셜 게스트로 참가한 테라오 아키라寺尾聡는 A② 조이노 후나데(ジョーイの舟出: 조이의 출항)에서 스캣을 선보였고 B⑤ 라임라이트(来夢来人, Limelight)에서는 간주서 흘러나오는 대사 중 "응..."이라는 한마디를 읊었다. 명배우 여기에 있다.

같은 해에 또 4th Prismy를 릴리스. 이것 역시 훌륭하고 알찬 팝 작품으로 당시 그녀의 기세가 얼마나 굉장했는지 잘 알 수 있다.

1980년, 싱글 니주잇세키노 신데렐라(21世紀のシンデレラ: 21세기의 신데렐라)가 또 히트했고 안리의 오리비아오 키키나가라(オリビアを聴きながら: 올리비아를 들으며)의 셀프 커버곡을 수록한 6th Meridian-Melon를 발표했다.

1981년, 그래미상의 단골 음악가 데이비드 포스터David Foster가 어레인지를 하고 토토TOTO의 기타리스트 스티브 루카서Steve Lukather가 참가한 LA 녹음의 7th Hot Baby와 데이비드 포스터의 편곡에 뛰어난 기타리스트 마이클 랜도Michael Landau가 참가해 일본에서 녹음한 8th Air Kiss, 두 장의 앨범을 발표했다.

1986년, 다른 아티스트에게 제공했던 곡만 커버해 수록한 Points를 발표해 대호평을 받았고 그 후 Points-2(1986), Points-3(1992)를 발매했다.

1997년, 전 새디스틱 미카 밴드의 베이시스트 오하라 레이小原礼와 결혼, 공사 모두 좋은 파트너가 되어 현재도 활동 중이다.

서커스サーカス, Circus
New Horizon

Alfa, 1979

서커스는 '하이파이 세트ハイ・ファイ・セット'와 나란히 1970년대 말부터 80년대에 걸쳐 인기를 얻은 남녀혼성 코러스 그룹이다.

1974년, 데뷔한 여성 트리오 '피망ピーマン'은 아이돌과 코러스 그룹 사이에 선 것처럼 어디에도 속하지 않은 존재로 싱글 3장을 내고 해산했다. 해산 후, 멤버였던 카노 마사코叶正子는 사촌언니 우즈키 세츠코卯月節子를 설득해 남녀 4인조 뉴 그룹 '서커스'를 결성한다.

서커스는 1977년에 미나미 요시타카南佳孝의 곡 츠키요노 방니와(月夜の晩には: 달밤의 저녁에는)으로 싱글 데뷔를 했으나 밴드를 지향한 2명이 탈퇴를 한다. 급히 마사코의 두 명의 형제 타카시高와 오스케央介를 가입시킨다. 세 명의 남매와 사촌언니라는 유니크한 편성의 보컬 그룹의 탄생이다.

1978년 3월, 싱글 미스터 써머 타임(Mr.サマータイム, 프랑스 가수 미셸 푸게인Michel Fugain의 Une Belle Histoire)(1972) 커버곡)로 본격적인 데뷔를 이뤘다. 미스터 써머 타임(Mr.サマータイム)은 대히트해 일약 화제의 스타로 홍백노래자랑에도 출연했다.

같은 해 7월, 1st 서커스 1(サーカス 1)을 발표한다. 오오타키 에이이치大瀧詠一의 명곡 유메데 아에타라(夢で逢えたら: 꿈속에서 만난다면)의 극상 보사노바 버전을 시작으로 요시다 미나코吉田美奈子의 켓페키 니이상(ケッペキにいさん: 결벽 오빠), 그루비한 밤의 분위기로 다가오는 케이켄(経験: 경험)(헨미 마리逸見マリ의 히트곡), 베리 매닐로우Barry Manilow의 라틴 댄스 곡 코이와 매직(恋はマジック: 사랑은 매직, Could It be Magic)의 일본어 버전 등 들을 거리가 많다. 마에다 노리오前田憲男가 한 발군 어레인지로 태어난 시티팝 넘버가 가득한 걸작이다.

1979년, 2nd New Horizon이 발표된다. 사카모토 류이치坂本龍一(key), 호소노 하루오미(b), 타카하시 유키히로高橋ユキヒロ(ds)의 YMO 멤버를 시작으로 스즈키 시게루鈴木茂(g), 사토 히로시佐藤博(key), 무라카미 폰타 슈이치村上ポンタ秀一(ds) 등의 호화 뮤지션들이 참가했다. 5명의 편곡자가 부분을 서로 나누어 맡는 형태로 한 장의 앨범에는 다채로운 색깔의 곡이 수록된 컬러풀한 이미지를 만들어냈다.

JAL의 캠페인 송으로 싱글 커트 된 B① American Feeling이 대히트. 상쾌함을 전면에 내보인 어레인지를 담당한 사카모토는 그 해의 '일본 레코드 대상'에서 편곡상을 받았다. 들썩이는 일본식 디스코 A① Moving, 마음에 확 와닿는 펑크 튠의 A④ 아이노 캠퍼스(愛のキャンパス: 사랑의 캠퍼스), 경쾌한 시티팝의 A⑤ 로쿠가츠노 하나요메(六月の花嫁: 6월의 신부) 등 훌륭한 완성도의 시티팝이 전개되는 명반이다.

이 앨범 재킷은 2종류 존재한다. 처음에는 지평선을 모방한 디자인 일러스트였지만 American Feeling 의 히트를 받아 멤버 4명의 사진 재킷으로 변경됐다.

같은 해에는 첫 베스트 앨범 Circus Boutique도 발매되어 인기는 최고조에 달한다. Wonderful Music(1980), Four Seasons to Love(1981), 시리우스노 덴세츠(シリウスの伝説: 시리우스의 전설)(1981), Marmalade Sunset(1982), Cool Love(1983)… 다수의 앨범을 발매했고 활발하게 활동했다.

19874년, 우즈키는 결혼으로 밴드를 탈퇴한다. 이후 서커스는 멤버 교체를 반복했다. 우즈키의 후임으로 가입했던 하라 준코原順子는 서커스의 가입 오디션에서 뽑혔을 때 코끼리나 사자가 나오는 진짜 서커스로 착각하신 어머니가 그만 울어버리셨다고 한다.

1991년에는 하라와 오스케가 결혼해 멤버 전원이 친척이 되었다. 2013년에는 그 둘이 자신들의 유닛 '2VOICE'의 활동에 전념하기 위해 그룹을 떠나 타카시의 장녀 카노 아리사叶ありさ와 요시무라 유이치吉村勇一가 신멤버로 가입했고 서커스는 현재도 활발히 활동하고 있다.

여담이지만 마사코가 처음 활동했던 피망의 라스트 싱글 헤야오 데테쿠다사이(部屋を出てください: 방을 나가 주세요)(1974)은 핑크 레이디ピンク・レディー가 데뷔 전에 당시 인기 오디션 TV 방송 '스타 탄생スター誕生'에 출연했을 때 불렀던 노래로 알려져 있다. 후에 핑크 레이디 본인들이 취재에서 "일부러 고정관념이 생기지 않도록 아무도 모를 것 같은 곡을 부르자고 서로 이야기해서 이 곡을 골랐습니다"라고 대답했다.

팔Pal
California Grape-Fruit, Fresh Orange Juice.

King, 1979

1973년, '오렌지 페코オレンジ・ペコ'라는 포크 록 밴드가 싱글 키미노 오모이데(君の想い出: 당신의 추억)로 데뷔했다〈2002년에 데뷔한 오렌지 페코(orange pekoe)와는 다른 밴드〉.

오렌지 페코는 멘타이 록의 영웅 ARB의 드러머 키스キース가 활동했던 밴드로 우리 록 팬들 사이에서는 꽤 알려진 밴드다. 당시에는 아이돌적인 인기도 있어 쫓아다니는 여성팬도 꽤 있었던 모양이지만 3장의 싱글과 1장의 앨범을 남기고 1975년에 해산했다.

중심 멤버였던 하라다 히로키原田博喜와 후나바시 다카키船橋孝樹는 리드 보컬리스트로 1975년 데뷔한 싱어 송 라이터 오제키 유지尾関裕司와 함께 1977년에 '팔Pal'이라는 코러스 그룹을 결성한다.

1978년, TV드라마《소라와 나나츠노 코이노 이로空は七つの恋の色: 사랑은 일곱 가지 사랑의 색》의 동명 주제가로 레코드 데뷔. 우아하고 화려한 코러스 워크를 선보였다. 이어 오리지널 곡 싱글 사요나라 가쿠세이 지다이(さよなら学生時代: 잘가, 학생시절)을 발표하고 난 뒤 1st Air Shampoo를 릴리스했다.

그러나 이 때 오자키가 탈퇴한다. 그는 탈퇴 후 'Eyes'라는 형제 듀오 유닛으로 야마구치 모모에山口百惠와 미우라 토모카즈三浦友和의 주연 영화《화이트 러브ホワイト・ラブ》(1979)의 주제가를 불러 히트 시켰다. 그 후 가요곡 작곡가, 음악 프로듀서로 활동했다.

오자키의 후임으로 팔Pal에 가입한 아라이 마사히토新井正人는 1977년 그룹 '다이어리ダイアリー'의 보컬이었다. TV 드라마《사랑은 무엇입니까?愛ってなんですか?》의 주제가 세이슌 메모리(青春メモリー: 청춘 메모리)로 프로 데뷔한 실력파 싱어다. 펄의 해산 후 1980년대 후반에 아라이가 발표했던 3장의 솔로 앨범은 모두 시티팝의 숨은 명반으로 한창 재평가를 받고 있다.

TV 드라마《스물 네 개의 눈동자二十四の瞳》(1979)의 주제가 유메노 카케하시(夢の架け橋: 꿈의 가교)를 부른 여성 가수 와타나베 카요渡辺香世의 가입으로 펄은 4인조가 되었다. 팔Pal이 싱글 유메노 카케하시(夢の架け橋)의 코러스를 담당한 것이 계기였다.

그해 말 팔Pal은 모모이 카오리桃井かおり, 켄 나오코研ナオコ, 야치구사 카오루八千草薫, 키시모토 카요코岸本佳代子 같은 초개성파 배우들이 출연한 TV 드라마《약간 내 맘대로ちょっとマイ・ウェイ》의 주제가와 극 중에 나오는 노래를 모두 담당했다. 드라마《약간 내 맘대로ちょっとマイ・ウェイ》는 레스토랑 '히마와리정ひまわり亭'을 무대로 한 코미디로 높은 시청률을 기록했다.

드라마 음악 감독은 아라키 이치로荒木一郎로 그가 작사/작곡/프로듀스를 맡은 사운드트랙 앨범 캘리포니아 그레이프 후르츠 프레쉬 오렌지 주스(カリフォルニア・グレープフルーツ・フレッシュ・オレンジ・ジュース)도 발매되었고 드라마 히트와 함께 주제가 요아케노 마이웨이(夜明けのマイウェイ: 해 뜰 녘의 마이웨이)도 히트곡이 되었다. 참고로 드라마 자체도 끈질긴 팬들의 요청으로 2006년에 DVD 박스가 발매되었다.

산뜻한 주제가 A② 요아케 노마이 웨이(夜明けのマイウェイ), 극 중에 자주 흘러나오던 일본식 부기boogie A④ 라지콘부루스(ラジコン・ブルース: 무선 조작 블루스), 레스토랑 메뉴를 노래로 한 타이틀 곡 B② 캘리포니아 그레이프 후르츠 프레쉬 오렌지 주스(カリフォルニア・グレープフルーツ フレッシュ・オレンジ・ジュース), 디스코 비트의 A⑥ 프리텐더(プリテンダー), 쾌활한 월드 뮤직 B④ Ay.Yai.Yai.Yai등 다채로운 음악에 코러스가 아름다운 시티팝이 가득하다.

1980년 릴리스한 오리지널 앨범 Catch Me는 자작곡 중심으로 또 마음이 따듯해지는 시티팝 앨범이다.

1982년에는 애니메이션 영화의 사운드트랙 앨범 극장판 에이스를 노려라! 드라마 편(劇場版エースをねらえ! ドラマ編)에서 팔Pal은 주제가 2곡을 녹음했으며, 지금도 컬트적인 인기를 누리고 있는 NHK TV 애니메이션《태양소년 에스테반太陽の子エステバン》의 주제가 보켄샤타치(冒険者たち: 모험가들)를 릴리스했다. 하지만 펄은 같은 해 말, 해산하고 말았다.

티나ティナ,Tinna

도무(童夢: 어린아이의 꿈) Dome is a Child's Dream

일찍이 미국을 무대로 활약했던 '브라운 라이스ブラウン・ライス'라는 일본 그룹이 있었다. 리더는 작곡가 소료 야스노리惣領泰則다.

소료는 1969년에 코러스 그룹 '싱 아웃シング・アウト'의 멤버였고 1971년 3월, 본격적인 록 밴드 브라운 라이스를 결성했다. 미국 MGM 레코드의 오디션에 합격해 8월에 미국으로 향했다. 1973년, 일본인으로서 처음으로 미국 유니온의 라이센스(노동허가증)를 취득해 폴 윌리엄스Paul Williams의 I'll Never Had It So Good를 레코딩했다. 그 곡이 히트하여 9월에는 폴 매카트니Paul McCartney의 신곡 Country Dreamer를 선물 받아 일본에서 싱글로 발매했다.

1974년에는 전미 투어를 시작해 프랭크 자파Frank Zappa나 워WAR와 함께 공연했으며 자신들의 스튜디오를 만들어 앨범 제작을 시작했다. 그러나 그들의 활동에 방대한 세금이 부과되어 결국 미국에서 활동을 단념하지 않을 수 없는 상황이 되었다. 일본에 귀국한 뒤 유일한 앨범 타비노 오와리니(旅の終りに: 여행의 끝에)를 발표하고 밴드는 해산했다.

'티나'는 이 브라운 라이스의 여성 보컬리스트, 소료 토모코惣領智子(소료 야스노리의 아내, 현

재는 이혼)와 재미일본인 3세 타카하시 마리코高橋真理子(전 페드로 & 커프리셔스ペドロ & カプリシャス의 타카하시 마리코高橋真梨子와는 다른 사람)의 듀오다.

1978년, 이탈리아에서 제작된 F1 다큐멘터리 영화《폴 포지션Pole Position》의 일본 공개에 맞춰 일본만의 독자적인 음악을 붙이기로 하면서 소료 야스노리가 영화의 음악 감독을 담당했다. 그 때 마침 미국에서 일본에 놀러온 마리코와 아내 토모코를 보컬로 기용한 것이 티나의 시작이다. 사운드트랙반 Let Me Love You ∼ Pole Position은 그녀들에게 있어서 퍼스트 앨범이다.

그 앨범에 노래는 몇 곡 밖에 없지만 부드러운 목소리로 노래하는 가수 토모코와 미국 스타일의 감정적이고 박력 있는 마리코. 이 절묘한 콤비네이션은 압도적이며 독특한 매력이 있다. 아름다운 멜로디 테마곡 Let Me Love You과 멜로 디스코 Pole Position이 뇌를 녹인다. 스캣이 마구 뛰어다니는 Mr.Formula-1에는 완전히 K.O다.

1979년에는 티나로서 1st Long Distance를 발표했다. 소료 야스노리가 프로듀스. 레코드에 바늘을 올리면 전화 벨소리가 울리며 ♪헬로~로 시작하는, 그루비하면서 팝하며 세련되고 화려한 사운드가 전곡에서 펼쳐진다. 발랄한 목소리가 그대로 살아있는 시티팝의 명반으로 평가가 올라가는 중이다.

2nd 도무(童夢: 어린아이의 꿈, Dome is a Child's Dream)는 다시 F1이다. 1979년, TV 다큐멘터리 방송《영광의 르망 24시栄光のルマン24時 - 도무 도전의 기록童夢挑戦の記録 - 》의 사운드트랙 앨범으로 제작되었다. 일본 레이싱 팀 '도무童夢'가 르망에 도전하는 모습을 담은 방송으로 이 레코드에는 '르망 24시간 내구 레이스'에서 녹음된 SE가 곳곳에 사용되었다. 새의 지저귐이 들리는 조용한 아침, 갑자기 나타난 레이싱 카의 엔진소리. 띠에 있는 'space-sizer 360 레코딩'이란 SE 부분의 사운드가, 리스너의 좌우전후에서 음이 퍼져나가는 초입체적 음향재생기술이 사용되었다는 의미다.

훌륭한 가창을 들을 수 있는 명 발라드 A④ Sailing on My Dream는 그야말로 감동의 눈물이다. 라틴풍의 상쾌한 A③ Race the Sun는 스캣의 인스투르멘탈 버전 B④도 있어 젊은 DJ에게 최적이다.

1979년에는 ANA의 CM 송 샤이닝 스카이(シャイニング・スカイ)을 수록한 베스트 앨범 Monday Morning Rain와 1980년에 라스트 앨범 1999을 발표하고 티나는 해산했다.

그 후 마리코는 아메리카로 귀국, 토모코는 1991년에 싱어 송 라이터 아베 토시로阿部敏郎와 재혼하여 음악 활동을 멈췄다. 2001년에 오키나와로 이주하고나서 2002년부터 음악 활동을 다시 시작했다.

카기리나쿠 토메이니 치카이 블루(限りなく透明に近いブルー: 한없이 투명에 가까운 블루)

Kitty, 1979

<한없이 투명에 가까운 블루限りなく透明に近いブルー>는 1976년 작가 무라카미 류村上龍가 쓴 소설로 그의 데뷔작이며 대표작이다. 시적인 표현과 기승전결 없이 감정이입을 배제해 플랫한 시선에서 섹스나 폭력을 그려낸 문장으로 당시 문단에 커다란 충격을 주었던 작품이다.

1979년에는 류 자신이 감독을 맡아 영화로 제작했다. 영화는 찬반양론이 거세 흥행면에서는 실패로 끝나고 말았지만 그 음악만은 정말 놀라운 것이었다.

류는 소설의 무대가 되었던 '1960년대 후반부터 1970년대 전반의 훗사福生(도쿄도에서 떨어진 곳에 위치한 미군기지가 있는 지역)'의 분위기에 맞춰 1960년대의 록 & 팝의 히트곡을 사용하고 싶었으나 음악 사용료가 너무 비싸 단념했다. 그래서 본 영화의 프로듀서이자 음악 프로듀서인 타가 히데노리多賀英典가 친한 뮤지션을 모아 오구라 케이小椋佳, 이노우에 요스이井上陽水, 우에다 마사키上田正樹 같은 가수들에게 커버 버전을 노래하게 했다. 그 때문에 다른 곳에서는 들을 수 없는 희귀한 버전이 즐비해 팬이라면 반드시 소장해야할 앨범이 되었다.

오리지널 곡은 영화 주제가로 카르멘 마키가 부른 A④ 아오지로이 유야케 류노 테마〈青

白い夕焼け(リュウのテーマ): 창백한 저녁 노을 류의 테마〉(작사: 무라카미 류, 작곡: 카스가 히로후미春日博文)과 흑인 가스펠 가수 알렉스 이슬리Alex Easley의 A⑥ Queen of Eastern Blues 두 곡뿐이다. 알렉스는 영화에 배우로서도 출연해 극 중에서 같은 곡을 부르는 장면이 있다.

주제가 A④는 마키의 솔로 작품이다. 마침 OZ가 해산한 타이밍이었지만 하찌(카스가)의 멋있는 기타도 들을 수 있으며 OZ의 작품이라고 해도 될걸. 개인적인 이야기지만 당시 OZ의 해산으로 쓸쓸함을 느끼고 있던 나에게 아주 멋진 선물이 되었다.

앨범의 남은 곡들은 전부 극상의 서양곡 커버. 그야말로 '일본식 멜로 그루브'의 명연주집. 게다가 떠다니는 느긋한 애시드 포크적인 향기가 역시, 영화 무대에 딱 맞다.

이노우에 요스이는 사이먼 앤 가펑클Simon & Garfunkel의 커버 A⑤ Homeward Bound와 B① Cloudy를 불렀다. 특히 B①은 인트로에서 난바 히로유키難波弘之의 아름다운 신시사이저 연주에 스트링스와 호른을 대담하게 도입한 조곡의 구성을 가진 10분이 넘는 대작이다.

미국 팝 밴드 더 러빙 스푼풀Loving' Spoonful의 커버가 두 곡이다.1 B② Daydream는 아리야마 준지有山淳司로 라이 쿠더Ry Cooder를 방불케하는 블루스 풍으로 올드 타이미하다. B④ You didn't Have to be So Nice는 전 다이너마이츠의 세가와 히로시瀬川洋의 달달한 목소리가 마음을 간지럽게 만든다.

B③ When a Man Loves a Woman에서 우에다 마사키의 진면목이 발휘된다. 소울풀! 포크 가수 오구라 케이가 샘 쿡Sam Cooke의 A③ (What a) Wonderful World와 엘비스 프레슬리Elvis Presley의 B⑤ Love Me Tender 커버를 부른 것은 의외의 선택이지만 멜로하고 스위트함이 못 견디게 좋다.

최대 주목할 것은 영화의 오프닝에 흘러나오는 A② Groovin'다. 미국 R&B밴드 래스컬스Rascals의 커버곡으로 야마시타 타츠로山下達郎가 불렀다. 원곡을 능가할 정도의 그루브감이 최고인 일품. 그러나 야마시타는 어레인지에 참여 하지 못한 것이 마음에 걸렸는지 1991년에 발표한 앨범 Artizan에서 다시 커버에 도전했다. 그렇지만 새로 커버한 곡은 너무도 세세하게까지 작업한 탓인지 팬들을 시작으로 사운드트랙 버전의 평가가 높다는 얄궂은 결과를 야기했다. 그 때문에 야마시타가 심통을 부린 탓에 이 사운드트랙이 재발매 되지 않는다는 이야기가 있다.

영화에 사용되었지만 사운드트랙 앨범에 수록되지 않은 곡도 있다. 멘탄핀めんたんぴん의 사사키 쿄헤이佐々木恭平가 부른 킹크스Kinks의 You Really Got Me와 롤링 스톤즈Rolling Stones의 Honky Tonk Women이다. 꼭 언젠가 이 모든 곡이 수록된 컴플리트 음반이 나와주었으면 하는 것은 나뿐만이 아니다.

카도 아사미門あさ美
Fascination

Union, 1975

뉴 뮤직의 전성기였던 1970년대 말에 '패션 뮤직'이라는 문구와 함께 돌연히 나타난 미스테리어스 여성 싱어 송 라이터 카도 아사미.

미디어에 거의 등장하지 않고 라이브도 하지 않으며(데뷔 전에는 피아노를 치며 노래를 했다고 한다), 레코드만 발매했다. 미인인데다가 노래하는 가사가 에로틱하고 감미로운 세계로 그 노랫소리는 이루 말할 수 없이 요염하다. 고정 출연한 라디오 방송도 시 낭송 중심이었고 몇 없는 라디오의 게스트 출연에도 거의 말을 꺼내지 않았다. 음악 TV 프로그램에 출연했을 때는 화면에 얇은 필터가 씌워져 있었다는 에피소드가 있는 수수께끼의 가수였다.

1979년, 싱글 B① Fascination으로 충격적인 데뷔를 했다. 보사노바풍 곡에 마치 귓가에 속삭이는 듯 달콤한 목소리로 ♪I Love You〜, 이 순간 세계의 남성들은 모두 그녀의 포로가 되어 버렸다.

같은 해, 12월에 1st Fascination을 발표한다. 마츠토야 마사타카 松任谷正隆와 스즈키 시게루 鈴木茂의 어레인지로 극상의 AOR 사운드가 탄생했다. 아침부터 ♪좀더, 좀더〜もっと, も

っと~ 라는 에로틱한 가사의 A① Morning Kiss로 시작해 꿈속에 있는듯한 사운드의 A③ Stop Passing Night, 악녀의 바람을 노래하는 B④ Fancy Evening 등 멜로하면서 관능적이다. 높은 완성도를 자랑하는 시티팝의 스테디셀러다.

1980년, 2nd Sachet를 릴리스. 1st에서는 일러스트였던 재킷이 뇌쇄적인 사진이 되었는데 재킷을 갖기 위해 앨범을 사는 남성 팬도 많았을 것이다. 타이틀은 프랑스어로 '향낭香囊'을 의미한다. 어떤 향기가 날지는 사람마다 다르겠지....

1981년에 발표한 3rd 세미 누드(セミ・ヌード)는 더욱 확신범적인 타이틀과 함께 재킷은 본인의 미모와 섹시한 분위기를 드러낸 사진이다. 동아국내항공東亜国内航空(현재는 JAS: Japan Air System)의 가을 캠페인 송에 사용된 겟카비진(月下美人: 월하미인), 하타나카 요코畑中葉子의 에로스한 멋이 폭발하는 가요곡 우시로카라 마에카라(後ろから前から: 앞에서 뒤에서)(1981)과 쌍벽을 이루는 오스키니 세메테(お好きにせめて: 좋으실 대로)등이 수록되었다.

1982년, 스토리 구성의 콘셉트 앨범 4th Hot Lips를 발표한다. 그녀는 라스트 로망 유에이(ロマン遊泳: 로망 유영)의 가사 중 ♪사랑한 남자들은 미녀를 위한 엑기스, 로망 유영 그만두지 않을 거야~ (♪愛した男たちは美人エキス, ロマン遊泳やめないわ~)가 노래 속 세계관을 상징한다. 1983년의 5th Private Male은 섹시 노선의 결정판이다. 곡은 상큼하지만 가사는 아슬아슬한 칸도와 료코(感度は良好: 감도는 양호)를 들으면 정신이 혼미하다.

그 후 그녀는 뉴 웨이브적 사운드로 장르를 바꿔 우라라〈麗(u ra ra)〉(1984)와 Belladonna(1985)을 발표했다.

그리고 콘서트를 한 적이 없는 카도는 팬을 위하여 환상의 라이브 녹음 반인 가짜 라이브 음반 Simulation(1985)을 릴리스, 박수가 울려 퍼지는 소리가 콘서트의 스테이지를 상상하게 만드는 궁극의 라이브 앨범이다.

레코드 회사를 이적한 후 뉴 웨이브 사운드는 YMO와 연대하여 더욱더 가속화 되고 타카하시 유키히로高橋幸弘의 프로듀스로 Anti Fleur(1987), La Fleur Bleue(1988)를 발표했다.

발표한 앨범 10장은 미디어ㅌ 등장도 없고 라이브도 하지 않았지만 판매량은 최상이었다. 그러나 그 후 딱 음악 활동을 중지 잠정 은퇴가 되었다.

2002년, 싱글 A, B 양면과 본인이 선곡한 베스트 CD Twin Very Best Collection를 릴리스, 14년 만의 신곡 하루노히니 키미오 오모우(春の日に君を想う: 봄날에 너를 생각해)가 수록되었다. 2007년 10월, 온라인 한정으로 CD 5장+ DVD 박스 세트 Fountain in Fountain를 발매했다.

2019년 전 캔디즈キャンディーズ의 이토 란伊藤蘭이 41년 만에 발표한 첫 솔로 앨범 My Bouquet에 곡 Walking in the cherry를 제공했다.

사노 모토하루佐野元春
Back to the Street

사노 모토하루佐野元春는 싱어 송 라이터/록 뮤지션이다.

대학생 시절 알게 된 여성 보컬리스트 사토 나나코佐藤奈々子와 함께 1975년부터 음악활동을 시작했다. 1977년, 나나코가 데뷔하고 사노는 스태프로 프로듀스/매니지먼트 활동을 했다. 시티팝의 명반이라 유명한 나나코의 앨범 Funny Walkin'과 Sweet Swingin'(둘 다 1977)은 두 사람이 공동 작업으로 만들어 낸 결과물이다.

그 후 본인도 1978년에 '야마하 포퓰러 송 콘테스트ヤマハポピュラーソングコンテスト'에 출전하여 B⑤ Do What You Like 캇테 니시나오(勝手にしなよ: 네 멋대로 해)를 부르고 우수곡상을 수상했다.

1980년 3월, 싱글 B① 안젤리나(アンジェリーナ)로 데뷔하여 4월, 1st Back to the Street를 발표했다.

이 앨범은 일견 브루스 스프링스틴Bruce Springsteen을 방불케하는 스트리트록적인 R&R이 넘쳐흐르고 있는데 바로 센스가 뛰어난 도시적인 팝 송 라이터인 사노의 본질을 확인할 수 있다. 버릴 곡이 하나도 없다. 다채로운 색체와 극상의 멜로디 메이커 재능은 물론 몰아붙이듯이 쏟아지는 단어들의 로큰롤과 시원시원하게 앞서나가는 모습에 항복이다.

이 앨범의 무대는 도쿄 같지만 도쿄는 아니다. 어딘가 가상의 도시, 리얼리티와 판타지가 교차하는 상상 속 스트리트에 선 사람은 사노이며 우리들이다.

1981년, 2nd Heart Beat를 릴리스. 이 시기 기타리스트 이토 긴지伊藤銀次를 통하여 오오타키 에이이치大瀧詠一와의 교류가 시작된다. 오오타키가 긴지와 야마시타 타츠로山下達郎와 함께한 공동 제작반 Niagara Triangle vol.1(1976)의 속편 프로젝트를 사노에게 제안한다. 오오타키, 사노, 그리고 팝계의 신예 싱어 송 라이터 스기 마사미치杉真理가 함께한 앨범 Niagara Triangle vol.2가 1982년에 발표되었다. 싱글 A멘데 코이오 시테(A面で恋をして: A면으로 사랑을 하고)의 대히트와 함께 앨범도 잔뜩 팔렸다.

그러나 사노의 앨범 2장은 판매량면에서는 성공하지 못했다. 실제 사노는 "3년이면 괜찮겠지"라고 내심 생각하고 있었던 모양으로 그렇다면 최후의 힘을 쏟아 부어보자고 배수의 진으로 제작한 것이 3rd Someday(1982)다. 오오타키의 도움으로 월 오브 사운드Wall of Sound를 도입하여 대히트를 기록한다. 전국 투어는 어딜 가도 새로운 세대의 팬들로 넘쳐났다. "겨우 내가 정말로 좋아하는 음악을 만들 수 있다고 생각했습니다. 그래서 1983년에 뉴욕으로 떠났습니다"

1984년의 4th Visitors는 랩을 도입, 단어를 가사와 비트에 얹는 방식, 또 노래의 테마 등 혁신적이고 획기적인 메이킹의 앨범이다. "지금까지의 내 위의 세대 사람들이 하지 않았던 것을 가득 채워 넣은 앨범이다. 나도 젊었다. '일본의 음악계에 혁명을 일으켜 버리겠어'라고 생각했으니..." 앨범은 호불호가 있었지만 결과적으로는 대히트를 기록했다.

싱글 Tonight이 7인치 와 12인치로 동시에 발매되었는데 판매고는 12인치가 더 높았다. 이 이후부터 일본에서 12인치 싱글이 유행하기 시작했다.

전위 영상작가 존 샌본John Sanborn이 앨범의 프로모션 비디오(뮤직 비디오)를 담당했으나 너무 과격하다는 이유로 20년 가까이 발매되지 못했다. 또 콘서트에서는 백남준의 영향을 받아 TV 모니터를 몇 십대나 아무렇게나 쌓아 불규칙한 영상을 내보내는 등 아방가르드한 스테이지를 꾸몄다.

1985년 2월, 국제청년년国際青年年의 테마곡 Young Bloods를 발표하고 1986년, 프라이빗 레이블 'M's Factory'를 세웠다. 그 후에도 다수의 히트곡과 걸작의 앨범을 발표하면서 현재도 정력적으로 활동하고 있다.

오오타키 에이이치大瀧詠一
A Long Vacation

CBS/Sony Niagara, 1981

오오타키 에이이치의 최대 히트작. 1981년 발표. 이 앨범의 히트로 그다지 높지 않았던 오오타키의 이름이 일반 대중들에게 알려졌고 많은 팬을 얻었다. CD도 일본에서 가장 빠른 시기인 1982년에 발매되었다. 오오타키는 이 CD화 때부터 디지털 사운드에 대한 연구심에 불타, 옛날 앨범의 리마스터링에 전력을 다해 그 후 몇 번이나 CD화 작업을 진행했다.

오오타키는 해피엔드로 활동 중이던 1971년에 솔로 활동을 시작해 1st 솔로 오오타키 에이이치大瀧詠一(1972)를 릴리스했고 해피엔드 해산 후에는 CM 송 제작 등에 종사했다.

1974년, 작사/작곡/편곡/녹음/프로듀스/엔지니어/원반 제작/원반 관리를 포함해 모든 것을 스스로하는 완전 개인 레이블 '나이아가라 레이블ナイアガラ・レーベル'을 설립하여 일렉 레코드와 계약했다. 당시의 자택을 개조하여 개인 스튜디오 '훗사 45스튜디오福生45スタジオ'를 만들어서 작업을 했다. 1975년에는 해피엔드 해산 후 첫 앨범인 2nd 솔로 Niagara Moon을 발표했다. 일렉 레코드 도산 이후, 나이아가라는 일본 콜롬비아 레코드로 이적했다.

자신의 취향인 음악만 틀어대는 라디오 DJ 방송 <고 고 나이아가라ゴー・ゴー・ナイアガラ>를

시작해 매니아 사이에서 열광적인 인기를 모았다. 방송을 그대로 앨범으로 만든다는 콘셉으로 3rd Go! Go! Niagara(1976)도 발매했다.

오오타키, 야마시타 타츠로山下達郎, 이토 긴지伊藤銀次 3명이서 만든 Niagara Triangle Vol.1(1976)과 CM 송 모음집 Niagara CM Special Vol.1(1977) 등 판매량도 훌륭해 레이블은 징조가 좋은 스타트를 끊은 것처럼 보였다. 그러나 다음 작품인 1월부터 12월의 달에 맞춘 곡으로 구성해 의욕적으로 제작한 콘셉트 앨범 Niagara Calendar(1977)가 개성이 너무 강한 곡이 재앙이 되었는지 작품의 완성도는 뒤로하고 저조한 판매량을 보였다. 결국 1978년, Let's Ondo Again을 마지막으로 콜롬비아와의 계약을 해지하고 훗사 45스튜디오의 기재도 매각하면서 나이아가라 레이블은 휴업상태에 빠졌다.

1979년부터는 여러 아티스트의 프로듀스를 맡게 되고 나이아가라 레이블은 그 관계로 1980년에 CBS 소니로 이적했다. 해피엔드 시절의 친구 마츠모토 타카시와 팀을 만들어 착수한 새로운 작품의 레코딩 중에 오오타 히로미太田裕美에게 제공했던 사라바 시베리아 테츠도(さらばシベリア鉄道: 안녕 시베리아 철도)가 인기를 얻었다. 그의 곡 중에서 최초의 히트 싱글이다.

1981년 3월에 발표한 A Long Vacation은 발매 후 천천히 판매량이 늘어나더니 연말에는 100만장을 넘는 밀리언 셀러가 되었다. 더욱이 시대를 넘어 현재도 계속 팔리고 있는 몬스터 앨범이다. 영미 팝송의 진수가 가득한 오오타키의 취향과 대중성이 마치 기적같은 매칭효과를 낳은 오오타키류 '월 오브 사운드'의 완성형이다.

이 음반은 비틀즈Beatles의 앨범 Sgt. Pepper's Lonely Hearts Club Band처럼 콘셉트 구성으로 되어 있다. 튜닝음부터 스타트해 A① 키미와텐넨쇼쿠(君は天然色: 너는 천연색)이 시작되고 라스트 곡은 B④ FUN×4이다. 박수와 앵콜이 이어지고 그것에 응답하듯이 B⑤ 사라바 시베리아 테츠도가 시작한 뒤 앨범은 종결된다.

오오타키는 그 후에도 마츠다 세이코의 카제 다치누(風立ちぬ: 바람이 분다)(1981), 모리 신이치森進一의 후유노 리비에라(冬のリヴィエラ: 겨울의 리비에라)(1982), 코바야시 아키라小林旭의 아츠키 코코로니(熱き心に: 뜨거운 마음에)(1985) 등 다수의 히트 가요곡을 만들어내며 명성을 더더욱 드높였다.

그러나 1984년에 발표한 Each Time를 제작하며 가수 활동을 그만두기로 결단한다. 오오타키의 이야기로는 "확실히 나의 작품은 옛날 곡의 좋은 점만 뽑아 구성되어있지만 최종적으로는 +α의 영감이 없으면 완성되지 않는다"라며 Each Time 때 이미 그 영감이 끝나버렸다는 것이다.

2003년, 6년 만에 싱글 코이스루 후타리(恋するふたり: 사랑하는 두 사람)을 발표. 2013년 12월 30일, 자택에서 저녁 식사 후 디저트로 먹던 사과가 목에 걸려 급사. 65세 사망.

2021년 3월 A Long Vacation의 발매 40주년 기념의 박스세트 A Long Vaction 40th Anniversary Edition(CD4장+Blu-ray Disc+레코드2장+카세트 테이프,기타)가 릴리스되었다.

특히나 많이 팔렸다. 보통 레코드를 사지 않는 사람들까지도 레코드 가게로 달려갔으니, 한집에 하나씩 은 꼭 있을 만큼 날개 돋친 듯이 팔렸다. 순수 서양 프로그레시브 록 매니아였던 내 동급생조차도 "테라오 아키라가 굉장해"라며 절찬했을 정도다. 정말로 1981년은 너나 할 것 없이 '테라오 아키라'에 푹 빠져있었다.

테라오 아키라는 당시 배우로서도 활발하게 활약하고 있었기 때문에 갑자기 레코드를 냈다는 인상을 받았다. 그러나 1960년대 이미 GS '새비지 サベージ'에서 베이스를 담당하며 노래를 부른 적이 있는 원래 록 뮤지션이다.

1965년, 새비지를 결성하여 1966년에 데뷔한 싱글 이츠마데모 이츠마데모(いつまでもいつまでも: 언제까지나 언제까지나)가 히트를 했다. 연달아 낸 싱글 코노 테노히라니 아이오(この手のひらに愛を: 이 손바닥에 사랑을)도 히트해 새비지는 인기 그룹이 되었지만 테라오는 그룹을 탈퇴한다. 1968년, 재즈 피아니스트이며 편곡가인 미호 케이타로三保敬太郎와 같이 '화이트 삭스 ホワイト·キックス'를 결성했다. 그러나 이 밴드도 싱글 앨리게이터 부갈루(アリゲーター·ブーガル

ー)를 끝으로 해산했다. 같은 해, 이시하라 유지로^{石原裕次郎} 제작/주연의 영화《쿠로베의 태양 黒部の太陽》에서 배우로 데뷔하여 인기를 얻었다.

배우 활동을 하면서 가끔 생각이 난 것처럼 레코드를 발표해왔는데 1981년에 발매한 싱글 A⑤ 루비노유비와(ルビーの指環: 루비 반지)가 공전의 대히트를 친다. 이 곡을 수록한 Reflections이 판매량 180만장을 넘는 밀리언 셀러가 되어 일약 화제의 인물이 되었다.

Reflections는 전곡 자작곡으로 멜로디 메이커로서의 진면목을 100% 발휘했다. 연주는 기교파 스튜디오 뮤지션 집단인 '패러슈트 パラシュート'. 어레인지를 담당했던 이노우에 아키라 井上鑑(key)와 기타리스트 콘 츠요시 今剛는 스틸리 댄Steely Dan의 앨범 Gaucho(1980) 같은 음악을 하고 싶다는 취지를 테라오에게 전했다. 그러자 테라오도 기쁘게 동의했고 모두 즐겁게 레코딩을 했다고 한다.

그 결과 좋은 의미로 힘을 빼고 속삭이는 테라오의 저음 보컬과 이노우에의 도시파 사운드가 합쳐졌다. 전조도 많고 그렇게 하나로 만들어진 소리는 일개 가요곡과는 전혀 달랐다. 게다가 마츠모토 타카시와 아리카와 마사코有川正沙子의 작사가들이 만든, 테라오의 극 중 배역과 비슷한 쿨하고 무관심한 인간상에서 나오는 애수를 표현한 가사가 딱 맞아떨어지면서 1980년대를 이끌었던 시티팝 앨범이 탄생했다. 이것은 정말 마법 그 자체다.

첫 머리의 A① Habana Express는 라틴 색이 짙은 넘버로 칼 같은 리듬 위에 핵심 프레이즈, 가슴을 울리는 매력적인 저음 보이스로 다그치는 노래다. 멋스러운 사운드의 홍수로 어질어질 현기증을 일으키는 오프닝이다.

A② 나기사노 캄파리 소다(渚のカンパリ・ソーダ: 물가의 캄파리 소다)는 과거의 좋은 팝송을 방불케하는 회고적인 멜로디의 경쾌한 시티팝이다. 가수 사이조 히데키西城秀樹의 커버 버전도 있다(라이브 앨범 Big Game'81 Hideki에 수록).

물론 이 앨범의 중심은 대히트곡인 A⑤ 루비노 유비와로 일본 팝송 역사에 있어 불후의 명곡이다. 앞서 발표된 싱글 B① Shadow City는 처음부터 쭉 허밍으로 읊조릴 뿐이고 가사는 1분이 넘게 지나서야 나온다. 어떤 의미로는 매우 실험적인 기발한 곡이다.

재킷 사진은 TV 드라마 출연으로 너무 바빴던 탓에 촬영스튜디오 복도에서 찍었다. 빛을 없애 어둡게 만든 상태에서 셔터를 열고 담뱃불의 궤적으로 LOVE를 'E'부터 거꾸로 쓰기 시작한다. 마지막 L을 다 쓰자마자 불을 켠 다음 셔터를 닫았다 한다.

테라오는 그 후 Atmosphere(1983), Special Live in Tokyo(1984), Standard(1987) 등 앨범을 발표했지만 기본적으로는 연기를 메인으로 활동했다. 2007년, Reflections 전곡을 리테이크, 전부 재녹음한 Re-Cool Reflections을 릴리스해 화제가 되었다.

안리츔里
Timely!!

가수 안리가 데뷔한 것은 1978년 11월, 그녀는 17살 고등학교 2학년이었다. 데뷔 곡 오리비아오 키키나가라(オリビアを聴きながら: 올리비아를 들으며)는 여성 싱어 송 라이터 오자키 아미大崎亜美의 곡으로 현재는 재패니즈 팝송의 스탠더드 발라드로 사랑받고 있다. 안리 스스로는 데뷔 곡으로 록을 바라고 있었던 듯하지만…. 참고로 '올리비아'란 오스트레일리아 가수 올리비아 뉴튼 존Olivia Newton-John으로 가사에 나오는 ♪Making a good thing better～은 올리비아 뉴튼 존의 1977년도 히트곡이다.

　　동시에 고등학교 여름방학을 이용해 LA에서 레코딩한 1st -apricot jam-를 발표한다. 데뷔곡을 시작으로 아미, 마루야마 케이코丸山圭子 등 여성 싱어 송 라이터에게 받은 곡이 중심이다. 그리고 이미 그녀의 자작곡 So Long이 수록되어있는 것을 보아(데뷔 싱글 B면곡이기도 하다), 그녀의 미래를 예감할 수 있다.

　　1979년에 방향성이 같은 2nd Feelin'을 릴리스. 1st, 2nd 모두 신인 아티스트의 사운드로 완성된 잘 만들어진 앨범이지만 안리의 매력은 아직 미지수였다. 그리고 1981년, 스즈키

케이치鈴木慶一가 프로듀서를 맡은 3rd 카나시미노 쿠자쿠(哀しみの孔雀: 슬픔의 공작)를 발표한다. 유럽피안 무드를 의식한 모험작이지만 그다지 화제는 되지 못했다....

그러나 그 후 마침 같은 기획사 소속의 팝하고 댄서블한 곡을 쓰는 싱어 송 라이터 카도마츠 토시키角松敏生와의 만남으로 운명은 크게 변화한다. 5th Bi·Ki·Ni(1983)부터 안리와 카도마츠의 본격적인 콜라보레이션이 시작된다. 가수, 안리의 방향성이 보이기 시작했다.

게다가 이 때, 미녀 도적 이야기의 TV 애니메이션《캣츠♡아이キャッツ♡アイ》의 주제가 Cat's Eye를 불러달라고 TV 방송국의 직접 의뢰를 받았다. 아티스트의 지향성이 강했던 안리는 처음엔 애니메이션 주제가라는 이유로 싫어했지만 이 곡은 모든 예상을 뛰어넘어 롱런한 대히트곡으로 안리를 대표하는 곡 중 하나가 되었다. 지금은 "그 후 나한테 큰 의미를 가진 곡이 되었기 때문에 매우 소중한 곡"이라고 말하곤 한다.

카도마츠는 안리를 단발의 히트로 끝나게 할 수는 없다며 프로듀서에 전념한다. 보다 대중적인 지지를 받기 위해 당시 가장 우수하다고 생각한 제작진 작사의 강진화康珍化, 작곡의 하야시 테츠지林哲司에게 곡을 의뢰한다. 결과는 예상보다 더 훌륭한 대히트 싱글 B① 카나시미가 토마라나이(悲しみが止まらない: 슬픔이 멈추지 않아)가 탄생했고 안리는 홍백노래자랑에도 출연해 명실상부 톱스타의 자리에 올랐다.

1983년 12월, 카도마츠의 100% 프로듀스로 2대 히트곡을 수록한 6th Timely!!를 발표한다(A① Cat's Eye는 싱글과 테이크 다름). 당시 대히트했을 뿐만 아니라 현재도 시티팝의 명반이라 불리는 인기 앨범이다.

그 후, 카도마츠의 프로듀스로 LA에서 레코딩한 7th Coool(1984), 카도마츠와의 집대성한 8th Wave(1985), 자작곡을 많이 집어넣어 홀로서기를 선언한 9th Mystique, 안리가 직접 프로듀스한 첫 작품 11th Summer Farewells(1987) 등등 꾸준히 앨범을 발표한다.

2000년에 LA로 이주한 뒤 2005년, 기타리스트 리 릿나워Lee Ritenour와 약혼을 발표했지만 2008년에 파국을 맞는다. 여러 가지 사사로운 일들이 있었지만 안리는 현재도 정력적으로 활동하고 있다.

시티팝 붐에 관련해서 싱글 카나시미가 토마라나이의 B면곡 Remember Summer Days(앨범에는 미수록)는 타케우치 마리야의 Plastic Love와 어깨를 나란히 하는 '퓨처 펑크 Future Funk'의 2대 앤섬anthem이 되었다('퓨처 펑크'에 관한 설명은 타케우치 마리야→P.356를 참조). 2019년, 한국인 트랙 메이커 나이트 템포Night Tempo가 정식 리믹스한 안리 - Night Tempo presents 더 쇼와 그루브(杏里 - Night Tempo presents ザ·昭和グルーヴ)가 공개되면서 다시 Remember Summer Days가 수면 위로 떠올랐다. 나이트 템포가 가장 존경하는 아티스트가 카도마츠 토시키라고 한다.

Variety

Moon, 1984

시티팝 붐의 중심에 위치한 곡 중에 타케우치 마리야의 A② 플라스틱 러브(プラスティック・ラ
ブ)(1984)가 있다. 2016년 이후 유튜브에 업로드 된 음원이 온 세계로 퍼졌다. 몇 천만 번이 넘
는 재생수와 함께 댓글은 해외에서 보내는 찬사로 넘쳐나 열광적인 인기를 얻게 되었다. 35년
이나 흐른 2019년에 마리야의 공식 뮤직 비디오도 제작되었다.

그런 인기 속에 한국에서는 이런 사건도 일어났다.

'퓨처 펑크'는 '베이퍼 웨이브Vaporwave'란 인터넷 음악에서 파생한 장르인데 일본의 1980
년대 시티팝을 주로 샘플링 소재로 사용하고 있었다. 그중에 한국인 트랙 메이커 나이트 템포
Night Tempo가 2016년에 직접 만든 Takeuchi Mariya - Plastic Love(Night Tempo 100% Pure
Remastered)을 유튜브에 업로드 했다.

2018년 6월, 걸 그룹 원더걸스의 멤버였던 유빈의 솔로 데뷔작 도시여자에 수록예정이
던 도시애란 곡이 발매중지되었다. 원래 도시여자에는 숙녀와 도시애 2곡이 수록될 예정이었
는데 티저 영상이 공개된 후 도시애가 플라스틱 러브와 흡사하다는 클레임이 쇄도했다. 실제

로는 나이트 템포의 리믹스를 도용한 것이었다....

"정확하게는 나한테 플라스틱 러브 리믹스 같은 곡을 만들고 싶다는 이야기가 먼저 왔었다. 미팅도 하고 진행하고 있었는데 갑자기 캔슬... 그런데 내 리믹스를 그대로 베낀 티저가 나오다니..."

타케우치 마리야는 1978년 11월에 싱글 모돗테오이데 와타시노 지칸(戻っておいで・私の時間: 돌아와 나의 시간), 1st Beginnings로 데뷔했다. 드림 오브 유~레몬라임노 아오이 카제~(ドリーム・オブ・ユー~レモンライムの青い風:레몬라임의 푸른 바람~)(1979), September(1979), 후시기나 피치파이(不思議なピーチパイ: 불가사의한 피치 파이)(1980) 같은 곡을 히트시켰고 캠퍼스 라이프를 소재로 한 콘셉트 앨범 2nd University Street(1979), 3rd Love Songs(1980), Miss M(1980), 5th Portrait(1981) 까지 앨범도 순조롭게 릴리스했다.

다만 당시에는 귀여운 차림새의 영향도 있어 본인의 의사와 달리 아이돌 가수 같은 취급을 받아 무척이나 고민했다고 한다. 버라이어티 TV 방송에 나갔을 때 "나는 도대체 무엇을 하고 있는 걸까?", "이것을 하려고 가수가 된 것인가?" 라고 자문자답한 후 TV 출연을 줄여나갔다.

1981년, 일시 휴업을 선언. 1982년 4월에 야마시타 타츠로山下達郎와 결혼했다. 그녀는 원래 타츠로의 팬이었으며 같은 레코드 회사의 선후배 사이였다. "연예인 운동회 같은 방송에 나가며 막 다른 길에 몰려있을 때 여러 가지 상담을 해주었던 것이 결혼까지 이른 계기"라고 한다.

이 이후 미디어 노출은 거의 없어졌지만 작사, 작곡가로서의 활동을 시작하여 카와이 나오코河合奈保子의 켕카오 야메테(けんかをやめて: 싸움을 그만해)(1982), 호리 치에미堀ちえみ의 마치보우케(待ちぼうけ: 기다림)(1982) 등 히트곡을 만들었다.

1984년에 싱글 A① 모 이치도(もう一度: 다시 한 번), 그리고 마리야가 전곡 작사작곡한 6th Variety을 릴리스한다. 구상 단계에서는 지금까지의 앨범처럼 외부 작사가를 기용할 예정이었지만 타츠로가 휴업 중 마리야가 써놓은 오리지널 곡의 높은 퀄리티에 놀라 결과적으로 자작곡으로 전곡을 채운 앨범이 되었다. 플라스틱 러브는 리믹스 12인치 싱글반도 제작되었다.

1987년에는 다른 가수들에게 주었던 곡의 셀프 커버곡을 포함한 7th Request를 발표한다. 4년간 스테디셀러가 되어 밀리언 셀러 타이틀을 획득했다.

그 후도 현재까지 자연스럽게 활동을 이어가고 있는 마리야와 배우자 타츠로, 최강 시티팝 로열 커플은 바로 지금 세계에 군림한다.

IV. 가요

가요의 역사

I 가요의 탄생

'카요쿄쿠(歌謡曲: 가요곡)'라는 단어를 일본 대중음악을 지칭하는 일반적인 용어로 처음으로 사용한 것은 NHK 라디오 방송이었다. 1930년경 이러한 대중가곡은 '류코카(流行歌: 유행가)'라고 불리고 있었지만 '유행할지 유행하지 않을지 모르는 노래를 유행가로 말하는 것은 적당하지 않다'라고 해서 방송에서 '가요곡'이라고 말하기 시작한 것이 최초다.

이것은 일제시대(1910~1945)의 일이며 이 '가요(歌謡)'라는 명칭 그대로 한국에서도 '가요'라고 불렸다.

그런데 일본에는 서력 이외에도 해를 세는 방법으로서 원호(元號)라는 것이 있고 근년은 천황의 재위 기간마다 나뉘고 있어서 메이지(明治)(1868년~1912), 다이쇼(大正)(1912년~1926), 쇼와(昭和)(1926~1989), 헤이세이(平成)(1989~2019), 레이와(令和)(2019년~)로 나뉜다.

1990년에 'J-pop'이라는 말이 생기고 가요곡이라고 부르는 음악은 없어져버렸다. 정말로 우연의 일치라고밖에 생각되지 않지만 가요곡은 쇼와가 시작되었을 때에 탄생하고 쇼와가 끝났을 때에 종언을 맞이한 것이다. 그 때문에 '쇼와가요昭和歌謡'라는 말도 자주 사용된다.

II 엔카와 트로트

'엔카演歌와 트로트 어느 쪽이 원조?'라는 논란이 있지만 '엔카의 아버지'라고 불린 코가 마사오古賀政男는 어렸을 때 한반도에 살았고 작곡가로서 활동한 것은 1930년대다. 이것들은 전부 다 일제시대의 일이다. 그래서 어느 쪽이 원조인가라는 이야기는 별로 의미가 없다.

그리고 1960년대 잇달아 태어나는 새로운 가요에 대하여 고가古賀멜로디적인 노래를 구별해서 '엔카'라고 부르게 되었다. 특히 일본에서 1970년대는 최대의 엔카 붐으로 후지 케이코藤圭子, 야시로 아키八代亜紀, 미야코 하루미都はるみ, 이시카와 사유리石川さゆり, 코바야시 사치코小林幸子, 모리 신이치森進一, 우치야마다 히로시와 쿨 파이브内山田洋とクール・ファイブ, 이츠키 히로시五木ひろし, 호소카와 타카시細川たかし 등이 인기를 떨쳤다.

'트로트'라는 호칭도 경위는 비슷하다. 1960년대 레코드에는 수록곡의 곡조가 어떤 것인지, 곡마다 <블루스>, <트위스트>, <차차차>, <맘보>, <슬로우 록> 등으로 쓰여있었는데 엔카적인 노래는 댄스 스텝 폭스트롯Foxtrot의 일부를 차지해서 <트로트>라고 기재했는데 그것이 일반적으로 보급된 것이다.

정말로 우연이지만 엔카도 트로트도 거의 같은 시기에 각각의 나라에서 명칭이 정착하게 되었다.

Ⅲ 아이돌

'아이돌'의 어원은 무엇인가? 아이돌의 어원은 라틴어의 'idola(우상)'에서 온다. 그것이 영어가 되어서 'idol'이 되었다.

1940년대 미국에서 프랭크 시나트라Frank Sinatra가 '여학생의 아이돌(bobby-soxer's idol)'이라고 불리며 인기를 얻은 것을 계기로 '아이돌'은 인기연예인이라는 의미를 가지게 됐다. 일본에서는 외국의 인기연예인을 나타내는 말로 사용되고 있었다. 일본 인기연예인은 일반적으로 '스타'라고 불렀다.

1960년대는 여배우 요시나가 사유리吉永小百合, 그리고 가수 이토 유카리伊東ゆかり, 오가와 도모코小川知子, 오쿠무라 치요奥村チヨ 마유즈미 준黛ジュン, 이시다 아유미いしだあゆみ 등의 가수가 아이돌적인 존재였다. 덧붙이자면 일본 최초의 남성 아이돌 그룹 '초대(初代) 쟈니즈ジャニーズ'가 1962년에, 1967년에 제2의 쟈니즈 '포 리브스フォー・リーブス'가 데뷔했었다.

1971년, 고야나기 루미코小柳ルミ子, 미나미 사오리南沙織, 아마치 마리天地真理 등이 데뷔했을 때 아이돌이라는 말은 일본 젊은 가수들에게도 사용하게 되었고 일반적으로 정착했다. 많은 아이돌들이 데뷔하면서 아이돌 붐이 도래한다.

아사오카 메구미麻丘めぐみ, 아그네스 찬アグネス・チャン, '꽃의 중3 트리오' 모리 마사코森昌子, 사쿠라다 준코桜田淳子, 야마구치 모모에山口百恵, 남성에서는 고 히로미郷ひろみ, 사이조 히데키西城秀樹, 노구치 고로野口五郎. 남녀혼합의 형제 그룹 핑거 파이브フィンガー5, 여성 그룹의 캔디즈キャンディーズ, 핑크 레이디ピンク・レディー 등등.

1970년대 후반은 뉴 뮤직 붐에 조금 밀릴 기미가 보였지만 1980년대에는 다시 아이돌 붐이 재연(再燃)한다.

1980년에 마츠다 세이코松田聖子, 카와이 나오코河合奈保子, 타하라 토시히코田原俊彦, 콘도 마사히코近藤真彦가 데뷔. 1981년에는 마츠모토 이요松本伊代, 여배우 야쿠시마루 히로코薬師丸ひろ子가 가수 데뷔. 1982년에는 나카모리 아키나中森明菜, 코이즈미 교코小泉今日子, 호리 치에미堀ちえみ, 하야미 유早見優, 시부가키타이シブがき隊 등이 데뷔. 그 후도 인기절정기에 자살한

오카다 유키코岡田有希子(1984년 데뷔) 등 우후죽순처럼 아이돌들이 출현했다.

1970년에서 1985년까지의 아이돌 가수는 진짜 '스타'였다. 아이돌은 정말로 우상이며 TV 안의 세계는 반짝반짝 한 꿈의 나라였다. 물론 화장실에 가지 않는 것이다, 아이돌은!

지금 들어도 그들의 노래는 대단히 개성적이고, 장난 아니고, 소녀만화적이고, 삼류적이고, 인생극장적이고, 비현실적이고, 과격하다. 노래를 잘한다 못한다 라는 것에 관계없이, 모두 다 수수께끼의 아우라에 싸여져 있다. 거기에 존재하는 속세를 떠나버렸던 위화감에 우리들은 현실세계를 잊고 도취된 것이다.

그것이 1985년에 180도 바뀌어버린다. 1985년, 아키모토 야스시秋元康가 프로듀스한 TV프로그램《유야케냥냥夕やけニャンニャン》으로 탄생한 아마추어 여고생들의 '오냥코클럽おニャン子クラブ'이 대붐을 일으킨다. 이것으로 인해 아이돌은 하늘의 별에서 옆 클래스에 있는 여자 동급생처럼 가까운 존재로 대체되었다. 개인적인 이야기이지만 이 순간 나는 아이돌에 흥미를 잃어버렸다.

그 이후도 가볍게 설명하자면 1991년에 스맙SMAP이 데뷔하고 2016년에 해산할 때까지 28년 동안 그들은 아이돌로서 군림하는 '국민적 아이돌 그룹'이었다. 1990년대는 절대한 인기를 자랑한 아무로 나미에安室奈美恵를 비롯한 TM 네트웍TM Network의 코무로 데츠야小室哲哉 프로듀스에 의한 '코무로 패밀리'가 연예계를 석권했다. 1999년에는 츤쿠(つんく♂)(전 '샤란Qシャ乱Q')의 프로듀스로 '모닝무스메モーニング娘。'가 인기 급상승, 그 외에도 퍼피Puffy 등 인기 아이돌이 있었다.

21세기에는 퍼퓸Perfume이 등장, AKB가 연예계를 석권한다. 현재는 아키하바라(秋葉原)를 중심으로 라이브하우스 등에서 활동하는 '지하 아이돌'과 일본 각지의 지방도시를 거점으로서 활동하는 로컬 아이돌, 헤비메탈과 아이돌이 합체한 베이비 메탈Baby Metal의 세계진출 등으로 옥석혼효한 상태다. K-pop의 인베이전도 있어 아이돌 업계는 앞으로 더욱 더 혼란스러울 것이다.

사카모토 큐坂本九
Sukiyaki and Other Japanese Hits

Capital, 1963

　일본을 대표하는 음식이라 잘 알려진 스키야키すき焼き는 간단히 말해 일본식 불고기다. 갑자기 음식 이야기를 시작한 이유는 스키야키라는 이름을 가진 곡이 있기 때문이다.

　스키야키는 세계에서 가장 유명한 일본 곡이다. 1963년에 빌보드 No.1 히트를 기록하기도 했다. 일본어 제목은 우에오 무이테 아루코(上を向いて歩こう: 위를 보며 걷자). 가수는 사카모토 큐, 작사는 에이 로쿠스케永六輔, 작곡은 나카무라 하치다이中村八大. 아시아권의 가수로서는 2018년 한국의 아이돌 그룹 BTS가 첫 등장 일위라는 기록을 낼 때 까지 유일한 기록이었다. 스키야키는 1964년에 미국에서만 레코드 판매량 100만장을 넘겼기 때문에 사카모토는 일본인 최초로 골드 디스크 수상자가 되었다.

　해외로 여행을 갔을 때 호텔이나 바, 길 위에서 연주하고 있는 현지 뮤지션들이 꽤 있다. 그들이 내가 일본인임을 알게 되면 모두 이 곡을 연주해 주고 한국인이라고 생각하면 아리랑을 연주한다. 아리랑이 한국의 제 2의 국가로 알려져 있다면 스키야키는 일본의 제 2국가라 할 수 있다.

큐는 1959년에 로커빌리 가수로 데뷔했다. 본인도 로커빌리를 매우 좋아해서 흥에 겨워 기타를 부수는 등 무척 파워풀하고 와일드한 스테이지였다고 한다. 그러한 큐가 생각해낸 로커빌리 풍의 독특한 가창법은 당시 매우 혁신적이었다.

1961년에 싱글 우에오 무이테 아루코를 릴리스.

작사가 에이永는 레코딩 때 도입부의 ♪위를 향해서~(♪上を向いて~)를 듣고 "그 가창법은 뭐야!"라고 기가 막혀 큐에게 격노했다고 한다. 그 때 작곡가인 하치다이八大가 "아니 괜찮아. 자신 나름대로 생각해서 열심히 부르면 된다"고 옹호해 주어 무사히 발매 될 수 있었다.

1962년, 이 곡을 마음에 들어 한 영국의 딕시랜드 재즈Dixieland jazz 트럼페터인 케니 볼Kenny Ball이 그의 밴드에서 인스투르멘탈 곡으로 연주했다. 그 때 처음으로 Sukiyaki라는 제목이 붙여졌고 Sukiyaki는 전영(全英) 차트 10위에 랭크인 했다.

참고로 가사 내용과 스키야키는 관계가 일절 없다. 케니 볼이 증언하길, 우에오 무이테 아루코라는 타이틀이 너무 길어서 짧고 알기 쉬운 일본어 제목을 붙이고 싶었다고. 그러나 본인이 알고 있는 일본어는 스키야키Sukiyaki와 사요나라Sayonara さよなら: 잘가 정도인데 사요나라는 너무 어두워서 어떻게 하면 좋을까 고민했고, 그때 중국요리 가게에 동석했던 친구이자 여성가수 페튤라 클락Petula Clark에게 상담했더니 Sukiyaki가 좋겠다고 해서 정했다고 한다.

미국에서는 라디오 DJ 리처드 오스본Richard Osborne이 큐의 레코드를 우연히 입수해(방송 청취자인 고교생이 일본에 있는 펜팔 친구에게 받은 것을 다시 보냈다), 라디오 방송에서 Sukiyaki를 소개했으며 이 방송을 들은 청취자로부터 문의가 쇄도했다. 특히 10대 사이에서 인기가 폭발했다. 그리고 1963년, Sukiyaki는 캐피털 레코드에서 발매되어 밀리언셀러가 되었다. 캐피털측은 처음에 큐에게 영어로 부르게 하려고 했지만 미군시절 주일 경험이 있었던 리처드가 일본어로 부르는 쪽이 반응이 좋을 것이라 주장했기 때문에 일본어로 발매되었다고 한다.

여담이지만 1981년에는 미국의 여성 디스코 그룹 '테이스트 오브 허니A Taste of Honey'가 낸 영어판이 히트해 빌보드 3위에 올랐다. 그 때 테이스트 오브 허니와 큐는 함께 스키야키를 먹으러 갔다.

큐는 그 후에도 미아게테고랑 요루노 호시오(見上げてごらん夜の星を: 올려다보렴, 하늘을 별을), 아시타가 아루사(明日があるさ: 내일이 있어), 레트 키스 (젠카)〈レット・キス(ジェンカ)〉같은 곡을 히트시켰고 가수, 배우, 탤런트로서 연예계에서 정력적으로 활동했다.

그러나 1985년 8월 12일, 탑승했던 일본 항공 123편의 추락사고로 급사, 43세 사망했다. 탑승자 524명 중 520명이 죽은 일본 항공업계에 있어 사상 최악의 추락사고였다.

핑키와 킬러즈ピンキーとキラーズ, Pinky & Killers
토비다세!!핑키라(飛び出せ!! ピンキラ: 튀어 나와라!! 핑킬러)

King, 1968

핑키와 킬러즈는 일본의 세르지오 멘데스 & 브라질(Sergio Mendes & Brasil'66)을 노린 밴드로 1968년에 데뷔했다. 홍일점 리드 보컬 핑키ピンキー(콘 요코今陽子, 당시 16세)와 4명의 남성 멤버(악기와 코러스 담당)로 구성되었다. 트레이드 마크는 중절모.

데뷔곡 A① 코이노 키세츠(恋の季節: 사랑의 계절)가 공전의 울트라 메가 히트를 기록, 270만장으로 밀리언 셀러를 달성했다. 쇼와 시대에 이름을 남긴 불후의 명곡이다. 인트로의 리프부터 도입부, 후렴까지 이미 모든 것이 완벽하다. 일본의 '섬머 오브 러브Summer of Love' 테마곡이라 해도 좋을지도. 이 당시는 정말로 모든 사람들이 '핑키라 홀릭'이었다.

1970년에 개최되었던 오사카 세계 박람회의 이벤트로 현재 오사카성 공원에 묻혀있는 타임캡슐(6970년 개봉예정)에 20세기를 대표하는 곡으로 핑키라의 레코드가 보관되었다.

1969년에는 핑키와 킬러즈를 주역으로 한 TV 드라마《푸른 하늘을 향해 뛰어!青空にとび出せ!》가 제작되어 매주 골든타임에 안방을 달궜다. 사이키한 페인팅의 캠핑카를 타고 일본 각지를 도는 로드 무비적인 드라마는 아이들의 마음을 한가득 사로잡았다. 최종회는 버스에

제트 엔진을 붙여 로켓발사대에서 우주로 발사되는 어처구니없는 내용으로 상당히 충격적이다. 나도 매회 챙겨보았고 코이노 키세츠를 부르면서 유치원에 다녔다. 그래도 '코이(사랑)'의 의미를 아직 몰라 연못의 '코이(잉어)'라고 생각했던 것은 아직 아이였기 때문이다.

히트한 데뷔곡의 기세를 이어 1st 앨범 토비다세!! 핑키라(飛び出せ!! ピンキラ: 튀어 나와라!! 핑킬러)를 발표했다. 앨범에서 싱글 커트 된 A③ 오레토 카노조(オレと彼女: 나와 그녀)와 A④ 펑키 엔젤(ファンキー・エンジェル)은 코이노 키세츠 같은 그룹 사운드 가요로 들썩들썩 노선이다. 외에는 제목이 같은 TV 드라마 주제가 A⑥ 유비기리 겐망(ゆびきりげんまん: 새끼 손가락을 걸다)과 뮤지컬 《사운드 오브 뮤직》의 삽입곡 B② 도레미노 우타(ドレミの歌: 도레미송), 페티 페이지 Patti Page의 유명한 컨트리 넘버 A⑤ Tennessee Waltz를 수록했다. 코러스를 중시한 활기차고 밝은 상큼한 사운드가 기본이다. 역시 유치원생부터 연배 있는 중년까지 폭 넓게 사로잡은 것은 바로 이 청량감 때문이었을 것이다.

그 후에도 나미다노 키세츠(涙の季節: 눈물의 계절), 나나이로노 시아와세(七色のしあわせ: 일곱 색깔의 기쁨), 호시조라노 로망스(星空のロマンス: 별이 총총한 하늘의 로망스), 나니카이이코토 아리소우나(何かいいことありそうな: 무언가 좋은 일이 있는 것처럼)의 히트로 인기는 사그라들지 않았다.

앨범도 1969년 헬로! 핑키라(ハロー! ピン・キラ)를 시작으로 매회 리사이틀 공연을 수록한 라이브 앨범, 핑키의 주연 영화 《사랑의 대모험恋の大冒険》(1970)의 사운드트랙, 일본 민요를 핑키라풍으로 편곡해 그루비한 기획반 핑키라노 민요 오쿠니 메구리(ピンキラの民謡お国めぐり: 핑키라의 민요 한바퀴)(1970) 등을 꾸준하게 발표했다.

그러나 1972년 핑키가 탈퇴, 솔로 가수로. 솔로 전향 후 무대에서는 결코 코이노 키세츠를 부르지 않기로 결심한다. 그리고 뮤지컬에 출연해 오랜시간에 걸쳐 핑키의 이미지를 없애고 재즈 넘버를 중심으로 노래하는 등 실력파 가수로서 활약했다. 최근에는 "60세가 되고나서야 겨우 나의 코이노 키세츠입니다 하고, 자신을 갖고 노래할 수 있게 되었다"고 한다.

한편, 킬러즈는 2인조 여성 보컬 '러블리즈'가 가입해 '뉴 킬러즈ニュー・キラーズ'로 다시 출발했다. 핑키와 함께 라이브 앨범 뉴키라즈 탄조! 소시테 핑키 도쿠리츠! ~뉴키라즈 핫표카이요리(ニュー・キラーズ誕生! そしてピンキー独立! ~ニュー・キラーズ発表会ゟ: 뉴 킬러즈탄생! 그리고 핑키 독립! ~뉴 킬러즈 발표회에서)과 스튜디오 녹음의 1st 타이요니 아이사레타이(太陽に愛されたい: 태양에 사랑받고 싶어)를 발표했지만 마지막으로 라이브 앨범 뉴 킬러즈 패밀리 콘서트(ニュー・キラーズ・ファミリー・コンサート)(1973)을 릴리스한 뒤 1974년에 해산했다.

2008년에 핑키의 탈퇴 이후 36년 만에 오리지널 멤버로 핑키와 킬러즈를 재결성했다. 2018년, 킬러즈의 드러머였던 판초 카가미パンチョ加賀美가 사망했다.

Blue Light Yokohama

Columbia, 1969

한국에서 가장 유명한 일본 곡은? 이츠와 마유미五輪真弓의 코이비토요(恋人よ), 닉 뉴사ニック・ニューサ 의 사치코(サチコ), 나가부치 츠요시長渕剛의 칸빠이(乾杯), 엑스 재팬X-Japan 의 엔드리스 레인(エンドレス・レイン)... 아니다. 뭐라해도 이시다 마유미의 블루 라이트 요코하마(ブルー・ライト・ヨコハマ)다.

1970년대 말까지 군사정권이었던 한국에서 거의 유일하게 알려진 일본 가요곡이다. 박정희 전 대통령도 일본에서 카세트테이프를 가져와 연회에서 불렀다고 한다. 일본 노래 금지 시대였음에도 불구하고 대통령 본인이 불렀을 정도이니, 항간에서 유행하고 있었던 것은 공공연한 비밀이었다.

당시 이 곡의 빽판(해적판)을 제작한 어떤 음반가게 주인은 너무 많이 팔려 엄청난 이득을 봤다고 한다. 재킷은 아무것도 없는 새하얀 종이로 레이블 면에 간단하게 요코하마라고 손으로 쓴 것뿐이다. 제작비가 거의 들지 않았기 때문에 그야말로 돈을 쓸어모았다.

일본적인 정서가 가득한 애수 멜로디를 GS 풍의 록 비트에 얹어 훌륭한 오케스트라로

꾸몄다. 이 후의 가요 팝송의 토대를 구축한 획기적인 곡이다. 작곡가 츠츠미 쿄헤이^{筒美京平}에게는 첫 밀리언 셀러로 레코드 대상에서 작곡가 상을 수상했다.

이 곡에는 트럼페터로 시작하는 인트로 앞의 쳄발로의 '차랑'하는 소리가 한 음 삽입되어 있는데, 이 곡 이후 흥미를 느낀 어레인저들은 인트로의 인트로를 넣기 시작하게 되었다.

작사가 하시모토 준橋本淳은 요코하마의 명물인 '항구가 보이는 공원(港の見える公園)'과 가와사키의 공업지대의 야경, 그리고 자신이 전에 GS 블루 코멧츠ブルー・コメッツ와 함께 봤던 프랑스 칸의 아름다운 야경을 겹겹이 포개어 만든 것이라고 언급했다.

요코하마의 주제가로도 유명해져 이 곡의 히트 이후 야구 팀, 릴레이 마라톤의 유니폼 등 요코하마 이미지 컬러는 블루가 되었다.

이시다 아유미는 피겨 스케이트 선수였다가 스카우트되어(언니도 피겨 스케이트 선수), 1964년에 레코드 데뷔를 했다. 그러나 좀처럼 히트하지 못해 1968년에 레코드 회사를 이적하며 마음을 새로 다독였다. GS 스타일의 록 넘버 A③ 타이요가 나이테이루(太陽が泣いている: 태양이 울고 있어)를 발표하며 대 히트, 그리고 그 해 크리스마스에 발매된 A① 블루 라이트 요코하마의 슈퍼 대히트로 스타 가수의 반열에 올랐다.

1969년, 1st Blue Light Yokohama를 발표. 1인 GS 타입의 A⑥ 아후레루 아이니(あふれる愛に: 넘치는 사랑에)와 B① 나미다노 나카오 아루이테루(涙の中を歩いてる: 눈물 속을 걷고 있어), 보사노바의 A④ 히토리니 시테네(ひとりにしてね: 혼자있게 해 줘요) 등 감상 포인트가 많다. 인형 같은 모습인 아유미의 순수한 노래 소리를 만끽한다.

그 후 아나타나라 도우스루(あなたならどうする: 너라면 어떻게 할래)(1970), 사바쿠노요우나 도쿄데(砂漠のような東京で: 사막같은 도쿄에서)(1971)의 히트곡과 함께 정력적으로 활동하며 1977년에 틴 팬 앨리ティン・パン・アレイ와 함께 시티팝의 초 명반 Our Connection을 제작했다. 국내외를 가리지 않고 인기가 높아 2017년에 아날로그로 재발매되었다. 1981년, 발표한 실력파 퓨전 밴드 패러슈트パラシュート가 반주한 이시다 아유미(いしだあゆみ)도 한창 재평가를 받고 있다.

한편 아유미는 여배우로서도 영화/TV에서 대활약을 보였다. 개인적으로는 네 자매를 그린 NHK TV 드라마《아수라처럼阿修羅のごとく》(1979)이 굉장히 인상에 남는다. 각본가 무코다 쿠니코向田邦子가 여성의 마음 깊은 곳에 숨어있는 아수라 같은 에고나 집념을 그린 신랄한 드라마다. 4자매는 각각 카토 하루코加藤治子, 야치구사 카오루八千草薫, 이시다 아유미, 후부키 준風吹ジュン이 열연했다. 다운 타운 부기우기 밴드의 우자키 류도宇崎竜童가 아유미의 연인 역을 맡았다.

TV 드라마《축제소리가 들려祭ばやしが聞こえる》에서 함께 출연했던 쇼켄ショーケン(하기와라 켄이치萩原健一)과 1980년 결혼했지만 1984년 이혼했다. 쇼켄과 잘 지내는 것은 지난한 일이라고 생각하기 때문에 어쩔 수 없다. 아니, 결혼했다는 것 자체가 그냥 놀랍다. 그러니까 아유미는 정말로 쇼켄을 사랑했던 거겠지.

요아소비노 테이오(夜遊びの帝王: 밤놀이의 제왕)

Teichiku, 1970

우메미야 타츠오 梅宮辰夫는 개성파로 인기를 얻은 미남 배우다.

1938년 3월 11일 출생, 구만주 하얼빈 출신. 아내는 전 모델인 클라우디아 빅토리아 Claudia Victoria, 딸은 모델 우메미야 안나梅宮アンナ다.

1959년, 배우로 데뷔. 1968년, 주연 영화《불량대장 시리즈 不良番長シリーズ》가 호평을 받았고 1970년부터는《제왕 시리즈帝王シリーズ》를 성공시켜 배우로서의 지위를 획득했다. 그 후 야쿠자 영화를 시작해 배우계 중진으로서 200편이 넘는 영화에 출연했다.

1970년, 우메미야 주연의 '제왕 시리즈' 제 1탄《밤놀이의 제왕夜遊びの帝王》이 공개된다. 그것에 맞춰 발매된 것이 바로 본 앨범이다. 사운드트랙이며 우메미야의 솔로 앨범이다.《제왕 시리즈》전작품의 주제가로 사용되었던 A③ 심볼 록(シンボルロック)을 수록했다.

이 곡은 '심볼(=음경)로 여자를 울게 만들어 돈을 가로챈다'라는 가사 내용이 심의에 걸려 방송금지 처분을 받았다. 그런 어처구니없는 가사도 장난 아니지만 "정말 심볼짱 덕분이야!" 등의 즉석 대사에 삼바 음악의 타악기 쿠이카Cuíca의 얼빠진 리듬이 울려 퍼지는 것이 최고의 곡이다.

불량한 그루브의 가요곡 A④ 다이너마이트 록(ダイナマイト・ロック)은《불량대장 시리즈 不良番長シリーズ》의 제 10번째《불량대장 아무렇게나 말하다 不良番長 口から出まかせ》(1970)의 삽입 곡이다. 서두에 나오는 "제 고향은 말씀드리자면 도쿄입니다. 성은 우메미야, 이름은 타츠오. 인연이 있어서 생업은 두목입니다" 라는 말에 이어 흐르는 오토바이 소리 속에서 세련된 연주가 시작된다. ♪나는 냉정한 난폭자, 참견하지 마, 날려버린다~ (♪俺は乾いた暴れ者、チョッカイ出すなよ、ブッ飛ぶぜ~) 역시 강경 록으로는 최고의 곡이다.

우메미야가 제멋대로 노래하는 무드 가요곡 A② 요루와 오레노 모노(夜は俺のもの: 밤은 너의 것)의 분위기도 발군이다. 질주감 넘치는 B⑤ 웃싯시 부시(ウッシッシ節)와 코믹한 B③ 데칸쇼 록(デカンショロック), 오늘밤의 상대방을 노래하는 A④ 신주쿠 코모리우타(新宿子守唄: 신주쿠 자장가) 등 비슷한 주제로 통일감도 갖춘 작품이다. 우메미야도 즐겁게 녹음했을 것이다.

우에미야는 1972년 3월에 클라우디아 빅토리아와 결혼한 이후 단칼에 밤놀이를 멈췄지만 그때까지는 '밤의 제왕'으로 거의 매일 밤 긴자의 네온사인 거리를 돌아다녔음을 자인했다. 거기서 영화에 호스티스 역으로 출연해 줄 진짜 호스티스를 스카우트하기 위해 직접 나선 것이라고 한다.

"내가 주연한 영화는 불량성이 높은 것뿐이기 때문에 상대 여배우가 얼굴을 찡그리네요. 후에 텔레비전 출연에 영향이 생기거든요. 그렇기 때문에 내가 직접 밖에서 찾아와야 되는데. 그러면 네온사인 거리가 적당하죠. 긴자 클럽에는 여배우보다 더 아름다운 아가씨가 우글거리니까"

이러한 우메미야도 2018년에 전립선암을 앓았다. 수술은 성공적이었지만....

"전립선암이라고 듣고 음? 하고 생각하는 사람도 있을 수 있으므로 확실히 말할게요. 나는 이제 서지 않습니다. 젊을 때는 '밤의 제왕'이라고 불리며 주연을 맡았던《밤놀이의 제왕 夜遊びの帝王》에서는 '심볼 록'같은 주제가를 부르기도 했지만 나도 이제 80을 넘겼으니까 말이죠"

당시 전립선암의 수술에 대해 설명해주었던 여의사는 스트레이트로 우메미야에게 말했습니다.

"우메미야씨, 수술을 받으면 발기할 수 없게 됩니다"

라고 말이죠. 그 때 딸인 안나가 붙어 있었는데 내 의견 따위는 듣지 않은 채로

"아빠는 이제 상관없잖아요"

라고 말하니 "할 말이 없네. 무엇도 목숨을 대신할 수는 없으니까요. 아하하하"

그런 호쾌함으로 병도 날려버리는 기세의 우메미야이었지만 결국 2019년 12월 81세로 돌아가셨다.R.I.P.

오쿠무라 치요奥村チヨ

나이토클럽노 오쿠무라 치요(ナイトクラブの奥村チヨ: 나이트클럽의 오쿠무라 치요) Chiyo in Belami

東芝音楽工業, 1970

오쿠무라 치요는 1965년 18살 때 데뷔 했다. 일본의 실비 바르탕Sylvie Vartan이라고 불리며 고혹적인 매력과 달콤하게 어리광 부리는 창법으로 인기를 모았다. 그러나 히트를 해도 계속 이어지지 않는 고착상태에 빠져있었다 그런 때 1969년, 코이노 도레이(恋の奴隷: 사랑의 노예)와 코이 구루이(恋狂い: 사랑에 미침), 코이 도로보(恋泥棒: 사랑 도둑)의 이른바 '사랑 3부작'이 폭발적으로 히트하면서 완전히 스타 가수의 지위를 확립했다.

코이노 도레이는 진짜 충격적이다. '당신의 노예가 되고 싶어'라는 부도덕하고 몹시 칙칙한 내용의 일본 첫 SM 송. 게다가 한숨을 섞어 끈끈하게 노래하는가 하면, 칸초네 풍으로 목청을 돋궈 노래한다. 그 가창법도 약간 일탈적이라 꽤 거북하다. 너무 자극적이면서 관능적이라는 이유로 NHK에서 방송금지라는 쓰라린 경험도 당했다. 참고로 코이노 도레이는 1970년대의 함중아 & 양키스Yankees의 경음악 앨범 중 사랑의 노예라는 제목으로 커버되었다(작곡은 외국곡으로 기재)

이 때 마유즈미 준黛ジュン과 오가와 토모코小川知子와 함께 '도시바의 세 아가씨東芝3人

370

娘'(소속 레코드 회사가 모두 도시바東芝 레코드 회사)로 유명세를 얻어 3명이서 옴니버스 앨범을 발매하기도 했다.

당시 가요곡은 기본적으로 어른을 타겟으로 하는 오락이라는 인식이었으므로 10대에 데뷔해도 젊은 세대의 아이돌이 아니라 어른 가수와 동등한 취급을 받았다. 섹시 가수는 현재도 많지만 관능미의 극치였던 절정기의 치요 만큼 남심을 손에 쥔 가수는 없을 것이다.

교토의 유명한 나이트클럽 '벨아미Belami'에서의 공연을 수록한 라이브 앨범 나이토클럽노 오쿠무라 치요(ナイトクラブの奧村チヨ: 나이트클럽의 오쿠무라 치요)는 그런 치요의 매력을 잘 끌어 담은 역사적인 작품이다. 술 취한 아저씨를 상대로 한 가요 쇼지만 풍부한 표정과 무지개처럼 변화하는 음색에 모두 함락되었다. 연주는 키타노 타다오北野タダオ와 애로우 재즈 오케스트라Arrow Jazz Orchestra.

갑자기 막을 여는 것은 A① 코이노 도레이의 원 코러스. 다음은 농후한 페로몬이 작렬하는 A② 코이 구루이. 토크에서는 무척 섹시한 숨을 고르는 치요의 인사. 네, 공연장의 남성들은 완전히 뇌쇄당해 버렸습니다.

재즈처럼 어레인지 된 A④ 유메와 요루 히라쿠(夢は夜ひらく: 꿈은 밤에 열려요)와 007 영화《카지노로얄Casino Royale》(1967)의 주제가 ⑤ The Look of love(작곡: 버트 바카락Burt Bacharach) 등은 가수로서의 실력을 만끽 할 수 있어 훌륭하다.

스피디한 재즈풍 일본 민요 B① 키야리 쿠즈시(木遣りくずし)의 멋진 모양새에 놀라 B면으로 넘어갈 즈음에는 공연장 전체가 치요에 대한 생각뿐이다. 순수하게 목소리만으로 이 정도의 색기를 느끼게 하는 것이 가능하리라고는, 다시 생각해도 감탄스럽다. 궁극이라 할 수 있는 페로몬의 가창이 작렬한다.

여기저기서 '치요!' 라는 외침이 날아든다. 여성 팬의 목소리다. 치요는 시대의 최신 유행을 선도하는 패션 리더이기도 해서 여성들에게도 사랑받는 동경의 대상이었다.

라스트는 B⑤ 코이 도로보, 앵콜은 B⑥ 코이노 도레이로 히트곡을 연발한 뒤 열기가 모락모락한 공연장을 뒤로 하고 앨범은 종료된다.

그러나 본인은 '사랑 3부작'을 좋아하지않아 노래하기 싫었다. '남자에게 알랑거리는 노래는 부르고 싶지 않아' 라는 그녀를 어르고 달래며 만들어진 히트곡이다. 레코딩에서는 노래하다 참지 못하고 울어버린 적도 있다고 한다.

1971년에 그러한 이미지를 벗어난 싱글 슈차쿠에키(終着驛: 종착역)을 발표한다. 본인의 가수 은퇴도 불사한 강한 희망으로 실현시킨 곡으로 이것 역시 대히트했다.

1974년에 슈차쿠에키終着驛의 작곡가 하마 케이스케浜圭介와 결혼으로 전업 주부가 되었지만 1980년에 컴백. 21세기가 되어도 젊은 사람들로부터 절대적인 지지를 받았지만 2018년, 연예계 활동을 그만두고 은퇴했다.

후지 케이코藤圭子

신주쿠노 온나/'엔카노 호시' 후지 케이코노 수베테(新宿の女/'演歌の星'藤圭子のすべて: 신주쿠의 여자/'엔카의 별' 후지 케이코의 전부)제왕)

후지 케이코의 충격적인 데뷔는 1970년대 엔카 붐의 불씨가 되었다.

1969년 9월, 18살의 케이코는 검은색 판탈롱에 하얀색 통기타를 매고 A① 신주쿠노 온 나(新宿の女: 신주쿠의 여자)를 부르며 가수로 데뷔했다. 16살 때부터 밤의 번화가에서 밤새도록 도처에서 노래하며 부모를 먹여 살려 온 케이코에게 신주쿠 거리에서 25시간 동안 노래하는 캠페인 따위는 아무것도 아니었다. 그런 그녀가 절절히 노래하는, 밤의 여인의 어둡고 슬픈 이야기. 조금도 웃지 않고 노래하는 모습에 듣는 사람들은 모두 압도되었다.

그녀의 개성적이고 위협적인 허스키한 음질과 무시무시한 창법은 엔카에 흥미가 없는 젊은 층에게도 강렬한 어필이 되었다. 인형 같은 가련한 풍모는 아이돌 가수로서도 인기를 모아 소년지 표지에도 등장했다. 젊은 사람들은 모두 그녀의 목소리와 표현력에 장르가 엔카 임에도 불구하고 록의 혼을 느꼈다고 한다. 실로 엔카를 부르는 재니스 조플린Janis Joplin처 럼. 실제 케이코 자신도 록을 매우 좋아해서 1979년 은퇴할 때는 미국에 가서 록을 노래할 생 각이었다고 친구이자 같은 엔카 가수인 야시로 아키八代亜紀에게 말했다고 한다.

대표곡은 A① 신주쿠노 온나(1969), 온나노 부루스(女のブルース: 여자의 블루스)(1970), B① 케이코노 유메와 요루 히라쿠(圭子の夢は夜ひらく: 케이코의 꿈은 밤에 열려요)(1970), 교토카라 하카타마데(京都から博多まで: 교토에서 하카타까지)(1972) 등이 있다. 특히 그녀의 이미지를 결정짓게 한 유메와 요루 히라쿠는 소년원(범죄를 저지른 청소년을 수용하는 시설) 안에서 불리던 잡가로 작곡가 소네 코메이曽根幸明가 채보하여 보완한 것이 원곡이다. 1966년에 소노 마리園まり가 불러 히트했고 그 뒤를 따른 미도리카와 아코緑川アコ의 싱글도 히트, 그리고 케이코노 유메와 요루 히라쿠는 더 큰 히트를 올렸다.

케이코노 유메와 요루 히라쿠에는 ♪어제는 마짱, 오늘은 토미, 내일은 조지일까 켄짱일까~(♪昨日のマー坊、今日トミー、明日はジョージか、ケン坊か〜)라는 가사가 나오다. 이 닉네임은 GS 올리브의 멤버들. 사실 소네가 출연한 클럽에 올리브도 출연했는데 데뷔 전 케이코가 자주 보러 왔다고 한다. 케이코가 가사에 이름을 넣어달라고 부탁했다던가. 노래는 어둡지만 그런 소녀의 마음을 건드리는 부분도 있다.

여담이지만 수많은 커버 중에서도 최고로 이질적이고 한참 벗어난 버전은 1971년에 이단의 포크 싱어 미카미 칸三上寬이 발표한 유메와 요루 히라쿠(앨범 히라쿠 유메나도 아루자나시(ひらく夢などあるじゃなし: 열리는 꿈이 있을 리 없다)에 수록)다. 사르트르, 마르크스로 시작해 자위라는 단어까지 튀어나오는 무분별한 가사가 초파괴적이다.

케이코의 1st 신주쿠노 온나/'엔카노 호시'후지 케이코노 수베테는 판매량 차트 20주 연속 1위를 달성했고 숨 돌릴 틈도 없이 발매된 2nd 온나노 블루스(女のブルース)도 17주 연속 1위를 기록했다. 합계 37주간 연속 1위라는 말도 안 되는 기록을 남겼다. 게다가 그 뒤를 이어 발매된 우치야마다 히로시内山田洋와 쿨 파이브クール・ファイブ의 합작 앨범 엔카노 쿄엔/키요시토 케이코(演歌の競演/清と圭子: 엔카의 경연/ 키요시와 케이코)를 합하면 총 42주간 연속 1위가 된다.

그 후에도 최고의 라이브 앨범 우타이 츠가레테 니주고넨(歌いつがれて25年: 노래와 함께 25)(1970), 포크 그룹 '그린멘グリーメン'과의 공연반 케이코노 와라베우타(圭子のわらべ唄: 케이코의 어린이 노래)(1971) 등 걸작을 릴리스했다.

1971년, 마찬가지로 인기 절정기였던 '우치야마다 히로시와 쿨 파이브'의 보컬 마에카와 키요시前川清와 결혼했지만 대스타끼리의 생활은 엇갈림이 겹쳐져 1972년에 이혼했다. 1974년, 목의 폴립 수술을 받음으로써 목소리에 자신만의 특징이 사라져버린 건 아닌지 고민하며 1979년에 은퇴한다. 그 후 미국으로 건너갔지만 1981년에 귀국하여 가수로 복귀한다.

1982년에 음악 프로듀서 우타다 테루자네宇多田照實와 결혼하여 1983년 1월 뉴욕에서 딸을 출산했다. 딸은 1998년에 '우타다 히카루宇多田ヒカル'라는 이름으로 가수로 데뷔, 21세기의 일본 연예계를 대표하는 넘버 원 가수가 되었다.

2013년 8월, 그녀는 갑작스러운 자살로 사망했다. 향년 62세. R.I.P. 전 남편인 마에카와는 "다시 한 번 함께 노래하고 싶은 가수는 누구입니까?" 라는 질문에 조용히 "후지 케이코 씨"라고 대답했다.

오토코/키즈다라게노 진세이 츠루타 코지 오토코노 세카이(男/傷だらけの人生 鶴田浩二 男の世界: 남자/상처투성이의 인생 츠루타 코지 남자의 세계)

Victor, 1971

일본 은막의 대스타 츠루타 코지鶴田浩二. 1924년 출생. 학생동원령(学徒出陣令, 1943)으로 징병되어 종전까지 해군 항공대 소속이었다.

1948년에 영화계에 입성해 화사함과 그늘을 함께 겸비한 발군의 풍모로 일약 톱스타가 되었다. 젊을 때는 그 달콤한 표정으로 아이돌 같은 인기를 얻었지만 중년기가 되자 영웅물이나 전쟁물에 출연해 어른의 구수한 매력이 가득한 연기를 펼쳐, 일본 영화를 대표하는 대스타로 오랫동안 군림했다.

특공대로 많은 전우를 잃었기 때문에 전쟁의 비극에 대한 생각이 남들보다 강했고 그것이 연기자 인생의 원동력이 되었다.

대히트했던 NHK TV 드라마 《남자들의 여로男たちの旅路》시리즈(1976-1982년, 원작: 야마다 타이치山田太一)에서는 특공대로 살아남은 역을 연기해 꽤 큰 화제를 끌었다. 나도 매우 좋아하는 드라마로 재방송도 빼놓지 않았었다. 이것은 츠루타의 본심일까, 연기일까 알 수 없는 대사와 장면이 많아 어린 마음에도 상당히 감동했다. 참고로 드라마 음악은 고다이고ゴダイゴ

가 담당했다.

　가수로서의 츠루타는 1949년, 싱글 오토코노 야쿄쿠(男の夜曲: 남자의 야곡)로 데뷔했다. 레코드는 츠루타가 노래를 잘 부른다는 소문을 들은 레코드 회사의 간원으로 만들어졌기 때문에 츠루타는 "억지로 끌려갔던 스튜디오에서 무리하게 레코딩을 강요당했다"라고 후에 말한 적이 있다. 이것이 40년 가까이 이어지는 가수 인생의 시작이지만 노래하기 전에는 항상 '배우 츠루타 코지입니다'라고 인사해 본업이 배우라는 자세를 무너뜨리지 않았다.

　독특한 애수를 두른 목소리로 가수로서도 매우 인기가 높았다. 가창 스타일도 독특한데, 22살 때 약의 부작용으로 왼쪽 귀가 난청이 된 일로 왼쪽 귀에 왼손을 대고 노래한다.

　데뷔 후 A④ 마치노 샌드위치 맨(街のサンドイッチマン: 거리의 샌드위치맨)(1953), B⑥ 아카토 쿠로노 블루스(赤と黒のブルース: 적과 흑의 블루스)(1955)를 히트 시켰다. 1960년대부터 임협 영화나 전쟁 영화의 출연이 늘어나면서 노래 내용도 변화했다.

　'옛날 사람이라고 생각하겠지만 옛날 사람이야말로 새로운 것을 원하는 것입니다'라는 서두로 시작하며 늙은 야쿠자의 애수를 담아 차분하게 노래하는 B① 키즈다라카케노 진세이 (傷だらけの人生: 상처투성이의 인생)(1971)의 인기가 급격히 상승해 츠루타 최대의 히트곡이 되었다. 100만장에 가까운 판매량을 기록했다.

　이 곡과 영화《임협열전 남자任侠列伝 男》(1971)의 주제가 A① 오토코(男: 남자)를 수록한 앨범 오토코/키즈다라게노 진세이 츠루타 코지 오토코노 세카이(男/傷だらけの人生 鶴田浩二 男の世界: 남자/상처투성이의 인생 츠루타 코지 남자의 세계)도 판매량 차트 2위에 올랐다.

　다만 임협 영화에 출연하고 있다는 이유로 NHK 홍백노래자랑의 출연을 거부당한 일에 츠루타는 격노해서 이후 NHK의 모든 방송 출연을 거부했다. 이것은《남자들의 여로男たちの旅路》에 출연하기 까지 약 6년간 이어졌다.

　그리고 또 하나 츠루타에게 중요한 곡이 있다.

　1970년에 발표된 전우에게 보내는 진혼가로 결정적인 A⑥ 도키노 사쿠라(同期の桜: 동기생)이다. 이 곡은 노래는 아니다. 원래 군가인 도키노 사쿠라의 멜로디에 츠루타가 특공대의 유서를 읽는다. 눈물 없이는 이 이야기를 들을 수가 없다. 어찌 보면 확신범적인 작품이다. 나레이션 부분은 츠루타가 작성했다. 이것으로 눈시울이 뜨거워지지 않는 사람은 없을 것이다. 지브리 영화《반딧불의 묘火垂るの墓》(1988) 같은 곡이다. 이 곡으로 '전 특공대원 츠루타 코지'의 이미지가 붙었다.

　츠루타는 다수의 군가를 노래하며 음원도 남겼기 때문에 우익에 치우쳤다고 여겨지는 일도 많다(실제 우익 선전차에서 곡을 사용한다). 그러나 군가를 부르는 것은 어디까지나 진혼을 담은 의미로 츠루타 본인은 완전한 반전을 주장하는 입장을 생애 동안 고수했다.

　1987년, 폐암으로 사망. 향년 62세.

와카레노 아사(別れの朝: 이별의 아침)

페드로 & 커프리셔스는 1971년에 타악기 연주자 페드로 우메무라ペドロ梅村를 중심으로 결성된 라틴 록 그룹이다. 초대 보컬은 마에노 요코前野曜子.

데뷔 싱글 A① 와카레노 아사(別れの朝: 이별의 아침)의 대히트로 일약 유명밴드가 된다. 이 곡은 오스트레일리아의 가수 우도 위르겐스Udo Jürgens의 곡 Was ich dir sagen will를 커버했다.

1972년, 1st 와카레노 아사를 릴리스. 커버곡이 중심인 앨범이지만 그중에서도 유달리 눈에 띄는 것이 카마야츠 히로시かまやつひろし 작곡의 A⑤ 요루노 카니발(夜のカーニバル: 밤의 카니발)이다(싱글 A①의 B면에도 있다). 시작은 익사이팅한 하드 기타 리프, 밤의 무드가 발군인 멜로디와 그루비한 연주에 괴이하며 격한 플루트가 얽힌다. 곡도 어레인지도 훌륭해 완성도는 그야말로 최고다.

커버곡에는 뭐라 해도 재니스 조플린Janis Joplin의 B⑤ Move Over가 있다. 혼신의 헤비록. 마에노의 보컬이 박력만점이다. 물론 라틴 록의 명곡 산타나Santana의 B⑥ Black Magic

Woman도 밴드의 진가가 발휘된 발군의 커버다.

2번째 싱글은 독일 작곡가 베르트 켐페르트Bert Kaempfert의 My Way of Life를 커버한 사요나라노 아카이 바라(さようならの紅いバラ: 작별의 붉은 장미)로 2nd 사요나라노 아카이 바라(さようならの紅いバラ)도 릴리스했다.

1973년, 마에노가 탈퇴. 밴드는 2대 보컬 타카하시 마리코高橋真梨子를 맞이한다. 조니에노 뎅곤(ジョニィへの伝言: 조니에게 전언)과 고방가이노 마리에(五番街のマリーへ: 5번가의 마리에게) 모두 롱 히트를 기록했다. 타카하시는 1978년까지 보컬로서 카레이나루 뉴 팝스노 세카이(華麗なるニューポップスの世界: 화려한 뉴 팝송의 세계)(1973), Once Again(1974), Popular Rena-scence(1975), 마텐로(摩天楼:마천루) Skyscraper around the world(1976) 등의 많은 앨범을 발표했다.

1978년에 3대 보컬 마츠다이라 나오코松平直子가 가입하며 요코하마 레이니 블루(ヨコハマ・レイニー・ブルー)(1984) 등의 곡을 히트시켰다. 2011년까지 활동.

페드로 & 커프리셔스는 그 후에도 멤버 체인지를 반복하면서 현재도 활동하고 있다.

초대 보컬 마에노 요코는 1970년에 일본을 방문한 보스턴 흑인 보컬 그룹 'The G-Clefs'의 아놀드 스콧Arnold Scott의 팬이 되었다. 그래서 소울 필링을 몸으로 직접 느끼고 싶다며 탈퇴 후 홀로 미국으로, 로스엔젤러스에 살고 있었던 가스펠 가수 카메부치 유카龜渕友香에게 의탁한다.

그러나 직접 생활해보니 피가 다른, 일본인임을 통감하고 귀국했다. 이후 기획사에 소속되지 않고 매니저도 없이 혈혈단신 홀로 라이브 하우스 등에서 가수 활동을 해나갔다.

1976년, 커프리셔스 이전에 재적했었던 '리키 & 960 본드リッキー & 960ポンド'(카메부치도 재적)에 복귀해 앨범 Abrazame을 발표한다. 1979년 다시 솔로로 돌아와 영화《되살아난 금빛 여우蘇える金狼》(주연: 마츠다 유사쿠松田優作)의 주제가 요미가에루 킨로노 테마(蘇える金狼のテーマ: 되살아난 금빛 여우의 테마)를 불렀다. 1980년, 영화《야수는 죽어야 한다野獣死すべし》(주연: 마츠다 유사쿠)에 배우로서 출연. 1982년에는 TV 애니메이션《스페이스 코브라スペースコブラ》의 테마곡을 불렀다. 그러나 그것이 그녀의 마지막 노랫소리가 되었다.

1988년, 알코올이 원인인 심부전으로 사망. 불과 만 40세. 자타가 공인하는 술꾼이었다. 풍부한 표현력의 목소리, 능숙한 페이크, 때때로 허스키한 음색이 믹스된 농염한 음질... 그녀의 팬은 지금도 여전하다.

2대 보컬 타카하시는 1978년에 플루트 & 색소폰 연주자 헨리 히로세ヘンリー広瀬와 함께 페드로 & 커프리셔스를 탈퇴한 뒤 솔로 가수로서 활동을 시작한다(1993년, 헨리와 결혼).

1982년에 히트한 싱글 for you...는 시간이 흐를수록 다수의 아티스트에게 커버된 명곡이다. 이후 모모이로 토이키(桃色吐息: 분홍빛 한숨)(1984), 하가유이 쿠치비루(はがゆい唇: 애타는 입술)(1992), 하루카나 히토에(遙かな人へ: 머나먼 그대에게)(1994) 같은 곡을 히트시키며 현재는 실력파 넘버원의 대가로서 군림하고 있다. 그동안의 홍백노래자랑의 여성 출연자 중 가장 나이가 많다.

히라타 타카오 & 셀스터즈平田隆夫とセルスターズ
셀스터즈 리사이틀요리'아쿠마가 니쿠이'
(セルスターズ・リサイタルより'悪魔がにくい': 셀스터즈
리사이틀에서 '악마가 밉다')～ What's Sellstars?

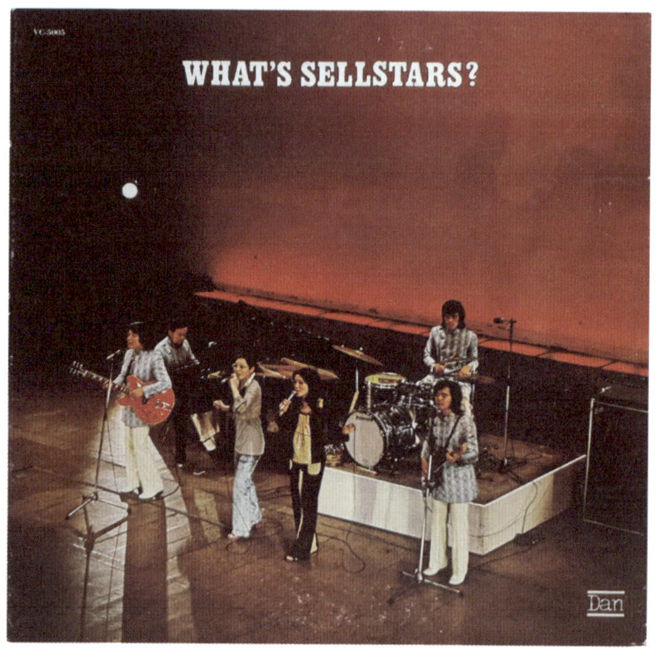

히라타 타카오와 셀스터즈는 1968년, 라틴 밴드 출신의 피아니스트 히라타 타카오를 중심으로 결성되었다. 두 명의 여성 보컬에 남성 들이 반주를 담당한 구성으로 당시 엄청 유행했던 가요 밴드 핑키와 킬러즈ピンキーとキラーズ와 같아 이쪽 역시 '일본판 세르지오 멘데스 & 브라질Sérgio Mendes & Brasil '66'를 표방했다. 다만 멤버 중에 전 GS 루비즈ルビーズ의 기타리스트 키쿠타니 에이지菊谷英二가 있었던 탓인지 록적인 사운드가 보다 강했다.

원래 밴드이름은 '텔스터즈テルスターズ(위성)'였다. 어느 날 출연했던 가게가 간판에 실수로 '셀스터즈セルスターズ'라고 적었고 이것이 더 어조가 좋다는 이유로 그대로 굳어졌다.

1971년, 히라타가 작사 작곡한 싱글 A① 아쿠마가 니쿠이(悪魔がにくい: 악마가 밉다)로 데뷔. 이 곡은 처음에는 팔리지 않았지만 점점 인기를 얻어 1972년 초에 대히트한다. 팔리기 시작하면 다음에는 추가 주문이 쇄도하고 레코드 프레스공장이 늦을만큼이었다고 한다. 실제로 이 싱글이 그들의 레코드에서는 최대의 매출 수를 기록하고 있다.

데뷔곡의 히트에 이어 발매된 2번째 싱글 B⑥ 하치노 무사시와 신다노사(ハチのムサシは

死んだのさ: 벌의 무사시는 죽었어)도 우화적인 내용이 화제가 되어 대히트했다. 가사는 개성적인 무법자 역할을 많이 연기한 명배우 우치다 료헤이內田良平의 시집 <나는 이시카와 고에몬이 좋다おれは石川五右衛門が好きなんだ>에서 발췌했다. 작곡은 히라타.

이 노래는 쇠퇴해버린 학생 운동을 비유한 것으로 벌의 무사시라는 청년이 국가라는 태양에 도전했지만 패배하여 불타 죽어버렸다는 내용이다. 다만 당시 텔레비전 등의 미디어에서는 이런 비유적인 점은 결코 입에 올리지 않고 꼭 동요인 것처럼 연주했다고 한다.

확실히 초등학생이었던 나는 이 노래를 자주 불렀다. 그야말로 라틴 록 동요처럼, 실제 텔레비전 애니메이션《천재 바카봉天才バカボン》에서 바카봉의 아버지가 밴드로 이 곡을 노래하는 장면이 있었고 특촬 텔레비전 방송《울트라맨 AウルトラマンA》에서도 흥얼거리는 장면이 있었다. 아이들에게는 당연히 동요처럼 가까웠던 곡인 것이다.

또 보컬 중 한명인 미밍 아이ミミんあい의 동그란 안경 패션도 대중들에게 화제가 된 인기 요소 중 하나였다. 아이는 리드 보컬인 무라베 레미村部レミ가 병으로 쉬었을 때 잠깐 불려온 대리가수였다. 레미가 복귀한 후에도 눌러 앉은 탓에 어쩔 수 없이 두명의 보컬이라는 스타일이 되었다고 한다.

1972년, 앞서 말한 두 개의 히트곡을 수록한 1st 셀스터즈 리사이틀요리 '아쿠마가 니쿠이'(セルスターズ・リサイタルカ'悪魔がにくい': 셀스터즈 리사이틀에서 '악마가 밉다', ～ What's Sellstars?)을 릴리스한다. 타이틀은 라이브 앨범 같지만 스튜디오 녹음으로 하치노 무사시와 신다노사는 싱글반과 버전이 다르다.

같은 해 2nd 아이노 주니쇼(愛の12章: 사랑의 12장), 크리스마스 앨범 Merry Christmas from Sellstars까지 1년 동안 총 3장의 앨범을 발표한 것으로 인기의 정도를 엿볼 수 있다.

1974년, 레미와 아이 모두 그룹을 탈퇴한 뒤 오오이시 세실리아大石セシリア가 가입했다. 여성 보컬이 한명이 된 5인 편성으로 3rd 리듬 블루스 닛폰~ 이키나가라 블루스니 호무라레(リズム・ブルース・ニッポン～生きながらブルースに葬られ: 리듬 블루스 일본~ 살면서 블루스에 묻혀)를 릴리스. 그루브감이 가득한 최고의 불량 가요 록을 즐길 수 있는 멋진 앨범으로 이것도 추천이다.

셀스터즈는 1976년에 해산했지만 1993년, 여성 보컬 마츠모토 아케미松本朱未, 카와하라 마이川原まい와 함께 재결성되어, 히라타와 키쿠타니가 공동 경영하는 사이타마埼玉 현 가와구치川口시의 클럽 '하치노무사시ハチのムサシ'를 중심으로 활동을 개시했다.

2011년 하라다가 사망하면서 셀스터즈는 활동을 종료했다. 가게는 키쿠타니가 이어받았지만, 기쿠타니도 2020년 4월에 돌아가셨다.

핑거 파이브フィンガー5,Finger5
Finger 5 First Album

Philips, 1973

핑거 파이브는 남녀혼합의 아이돌 가요 그룹이다. 멤버는 오키나와 출신의 타마모토玉元 가의 형제 5명이다(남4, 여1). 1969년, 아직 미국 영토였던 오키나와에서 프로 가수를 목표로 도쿄에 상경했는데 그 때는 형제 모두가 아직 초등학생이었다.

1970년에 '베이브 브라더스ベイビー・ブラザーズ'라는 이름으로 데뷔했지만 잘 팔리지 않았고 오키나와에 돌아갈까 생각했던 찰나, '그들은 진짜'라고 확신한 새로운 프로듀서가 나타나 그룹명을 바꾼다. 1972년, 미국 잭슨 5Jackson 5를 흉내내어 'Finger 5'이라는 이름으로 심기일전 재데뷔한다.

1973년, 발매한 싱글 B① 코진주교(個人授業: 개인수업)가 밀리언셀러를 기록하고 일약 안방극장의 인기인으로 등극했다. 막내 아키라晃와 타에코妙子가 11세와 10세임에도 불구하고 어른이 무색할 정도의 무대를 보여주어 인기의 중심이 됐다. 특히 아키라의 가창력이 주목을 받았다. 본가 잭슨 5의 마이클 잭슨Michael Jackson에 막상막하의 그 소울풀한 목소리에 모두 사람들이 놀랐다. 또 아키라의 트레이드마크인 특대 선글라스도 유행했다.

1973연말에 1집 앨범 Finger 5 First Album을 발표. 이미 발매한 히트 싱글과 외국곡의 커버로 구성된 음반이다. 노래 사이에 형제들의 잡담이 삽입되어있어 토탈 앨범적인 모양이 되었다. 이 레코드는 3년 동안 밑바닥 생활을 견뎌온 멤버들의 기쁨으로 넘치고 있고 의기양양하게 레코딩에 임하는 즐거운 모습이 눈에 선한 쾌심작이다.

잭슨 5의 커버곡이 다수 수록되어 있는데 첫 번째 A① Hallelujah Day의 두근거리는 사운드와 A② I Want You Back의 아키라의 보컬을 들으면 아이고, 이 녀석들은 진짜야 라고 생각할 것이다. Goin' Back to Indiana를 고향 오키나와로 바꾼 A⑤ 오키나와에 카에로(沖縄へ帰ろう: 오키나와에 돌아가자)에서는 오키나와 사투리의 대화가 나와 정말로 즐거워 보인다.

B⑤ Ben은 마이클 잭슨이 일본어로 노래 하고 있는게 아닐까 싶을 정도의 가창을 보여준다. 쓰리 도그 나이트Three Dog Night의 B⑥ Joy to the World도 모타운풍으로 어레인지한 제1급의 일본어 커버곡이다.

물론 대히트곡인 헤비 록 소울 가요 B① 코진주교도 수록되었다. 특필해야 할 것은 그 싱글의 B면이었던 B② 코이노 켄큐(恋の研究: 연애연구)다. 이 노래는 장남 카즈오一夫의 작곡으로 최고의 그루브가 살아있는 기분 좋은 넘버. 이것이 멤버의 오리지널 작품이라고 생각하면 핑거 5의 실력에 절실히 감탄한다. 실제로 이 음반 안에 있는 다른 노래와 비교해도 손색이 없다. 아니, 이게 제일일지도...

핑거 5는 그 후 약 2년 동안에 코아노 다이얼 6700(恋のダイヤル6700: 사랑의 다이얼 6700), 가쿠엔 텐고쿠(学園天国: 학원천국), 코아노 아메리칸 풋볼(恋のアメリカン・フットボール: 사랑의 아메리칸 풋볼), 코이노 다이요겐(恋の大予言: 사랑의 대 예언) 등을 잇달아 히트 시켰고 음반도 2집, 3집, 4집을 일정하게 발표했다.

1975년, 장남 카즈오가 매니저에게 전념하기 위해서 그룹을 탈퇴한다. 대신 조카인 미노루實가 가입하지만 살인적 스케줄을 참을 수 없어 휴양을 겸해 1년간 미국으로 음악유학을 떠난다. 귀국 후에 미국 녹음의 자신작 Jet Machine(1976)을 발표했지만 유감스럽지만 세일즈에 실패하고 그 후 연예계에서 사라져버렸다.

폭발적인 인기의 핑거 5였지만 너무 지나친 다망함이 부른 멤버들의 과로와 메인 보컬 아키라의 변성기를 극복하지 못하고 인기가 하강해버렸다. 그래도 아키라에 말로는, 어떻게 하면 팔릴지 알고 있었지만 그건 자신들이 하고 싶지 않은 것이었고 결국 우리들이 하고 싶은 것을 했지만 팔리지 않았다고 한다.

그러나 진짜였던 그들을 일상의 소모품으로만 다루지 않고는 키울 수 없었던 것이 바로 당시 일본 연예계의 한계였던 게 아닐까라는 개인적인 생각이 있다.

2001년에 4집까지가 CD화, 2003년에는 Complete CD Box가 릴리스되었고 베스트 음반CD도 많다.

Exciting 히데키(エキサイティング秀樹)

사이조 히데키(이하 애칭 '히데키ヒデキ')는 1970년대부터 21세기동안 연예계 제 1선에서 활약한 남성 가수다. 본명 키모토 타츠오木本龍雄(한국이름: 이을룡李乙龍)로 재일교포다.

1972년 3월, 싱글 코이스루 키세츠(恋する季節: 사랑하는 계절)로 데뷔. 캐치 프레이즈는 '와일드한 17살'이다.

1973년, 릴리스한 3rd Exciting 히데키(エキサイティング秀樹)는 히데키를 일약 톱스타로 만든 A① 조네츠노 아라시(情熱の嵐: 정열의 폭풍)과 절창(絶唱)이라 일컫는 가창법을 확립한 B① 치기레타 아이(ちぎれた愛: 갈기갈기 찢어진 사랑)의 두 히트곡이 중심이다. 상반신을 노출한 채 마이크를 한손에 잡고 절규하는 표정이 포착된 히데키의 재킷은 오싹하다. 방방 울리는 브라스 록, 굵은 사운드와 스즈키 쿠니히코鈴木邦彦, 이노우에 타다오井上忠夫, 카마야츠 히로시かまやつひろし 같은 록에 절절한 작곡가들. 앨범 전체에서 에너지가 솟구치는, 기세가 오른 히데키가 폭발! 바로 이곳이 록 가요의 시작이라고 해도 과언이 아니다.

이 후 히데키는 계속해서 히트곡을 만들어낸다.

1974년에는 바라노 쿠사리(薔薇の鎖: 장미의 사슬)로 로드 스튜어드^{Rod Stewart}의 마이크 스탠드 액션을 선보였다. 도입부의 ♪그만두라고 해도(히데키!)~ (♪やめろと言われても(ヒデキー!)~)가 유행어가 된 하게시이 코이(激しい恋: 열렬한 사랑), 절창 발라드의 최고봉 키즈다라케노 로라(傷だらけのローラ: 상처투성이 로라)까지 3곡을 대히트시켰다.

키즈다라케노 로라는 프랑스어로도 녹음되어 프랑스, 스위스, 벨기에, 캐나다에서 발매되었다. 특히 캐나다에서는 히트 차트 2위까지 올랐다. 1988년의 서울 올림픽 전야제에서 히데키는 키즈다라케노 로라를 불렀는데 이때 처음으로 한국에서 일본어 노래가 공식적으로 방영되었다.

1977년의 부메랑 스트리트(ブーメランストリート)는 삼박자의 후렴인 ♪부메랑, 부메랑(♪ブーメラン、ブーメラン~) 부분이 유행어가 되었다. 1978년의 부츠오 누이데 초쇼쿠오(ブーツをぬいで朝食を: 부츠를 벗고 아침식사를)에서는 곡의 인트로에서 라이터에 불을 붙이는 액션이 인기를 모았지만 아이들이 따라해 화재를 일으키는 사건도 있었다.

그리고 1979년의 Young Man(Y.M.C.A.)는 미국 디스코 그룹 빌리지 피플^{Village People}이 1978년에 대히트시켰던 곡의 일본어 버전이다. 히데키는 1978년 미국에 있을 때 이 곡을 알았고 레코드 회사에 부르고 싶다고 제안했다. 주변 스태프들은 커버곡을 부르는 일은 물론이고, 원곡이 게이 이미지를 팔고 있는 곡이라는 이유로 맹렬히 반대했다. 그러나 히데키는 청춘연가/응원곡 스타일로 당당히 커버했고 그의 최대 히트곡이 되었다.

Y.M.C.A. 4글자를 양팔로 표현하는 퍼포먼스는 히데키가 안무가와 함께 고안한 것이다. 히데키 본인이 빌리지 피플에게 알려주어 이 안무는 지금 온 세계에 퍼져있다. 참고로 한국에서도 1978년에 가수 조경수가 YMCA라는 제목으로 히트시켰다.

1983년, 발표한 개런드(ギャランドゥ)의 제목은 작사한 몬타 요시노리^{もんたよしのり}가 엉터리 영어로 만든 조어다. 그러나 지금은 배꼽 주변에 난 체모를 가리키는 용어로 정착되었다.

그리고 1980년대부터 홍콩을 시작으로 싱가폴, 필리핀, 중국, 태국 각국에서 인기가 높아져 아시아에서 가장 유명한 일본인 가수가 되었다. 성룡^{ジャッキー・チェン}도 아시아 No.1 대스타로 히데키를 언급했다.

1991년에는 하시레 쇼지키모노(走れ正直者: 달려라 정직한 사람)(TV 애니메이션 <마루코는 아홉살ちびまる子ちゃん)의 주제가, TV 애니메이션《턴 에이 건담∀ガンダム》의 주제가 턴 A 턴(ターンAターン)를 연달아 히트시켰다. '건담 시리즈'는 중국에서도 절대적인 인기가 있어 턴 A 턴을 부른 히데키를 모르는 사람이 없다고 한다.

2018년 5월, 뇌경색으로 인한 급성심부전으로 사망, 향년 63세. 2003년, 한국에서 열린 디너 쇼 후 뇌경색이 발병해서 그 후 부활한 것이지만 대단히 유감스럽다.R.I.P

GAYO

슈리 에이코朱里エイコ
Eiko Shuri III

나는 한국 여성 가수로는 박력 있는 보컬이 최고인 김추자를 가장 좋아한다. 그리고 '일본의 김추자'라고 개인적으로 여겨왔던 가수가 슈리 에이코다.

16살 때 홀로 미국으로 건너가 1960년대부터 미국의 쇼 비즈니스계에서 활약했던 슈리. '리틀 다이너마이트'라고 불렸던 재즈 보컬의 여왕 사라 본Sarah Vaughan과 공연도 함께했다. 그 사이 일본에서도 몇장의 싱글을 내 리사이틀도 열렸지만 안타깝게도 인기는 그럭저럭이었다.

그러나 1972년의 키타구니 유키데(北国行で: 북쪽 나라로)의 대히트로 자국에서도 스타 가수라는 이름표를 얻었다. 어찌됐든 발군의 가창력을 자랑하는, 본고장에서 배워온 파워풀한 소리와 '100만 달러의 각선미'라 불리는 섹시한 미니스커트로 팬을 매료했다. 다리에 1억엔 상당의 보험을 들었다는 소문도 있었다.

기세를 탄 슈리는 1st 코레카라 하지마루 나니카(これから始まる何か: 지금부터 시작되는 무언가), 2nd 슈리 에이코 세컨드 앨범 / 코이노 쇼게키(朱里エイコ・セカンド・アルバム / 恋の衝撃: 사랑의 충격), 라이브 앨범 온 스테이지 / 아타라시이 세카이가 이마 코코니(オン・ステージ / 新しい 世界が今ここに: 새로운 세계가 지금 여기에)를 연달아 릴리스한다.

이것은 한창 물이 오른 슈리의 3rd Eiko Shuri III다. 연주에는 재즈 록 드러머 '이노 마타 다케시와 사운드 리미티드猪俣猛とサウンドリミテッド'가 참여해 강인한 브라스 록이 작 열한다. 절정 의 보컬을 들려주는 슈리에게 그저 오싹오싹 할 뿐이다. 록 뮤지컬 B⑤ Jesus Christ Superstar와 존 레논John Lennon의 B⑥ Woman is the Nigger of the World는 감탄 스러운 커버곡이고 어머니인 슈리 미사오朱里みさを가 작사한 유일한 작품(작곡은 카마야츠 히로 시かまやつひろし)인 A② 시로이 나미다(白い涙: 하얀 눈물)도 수록되었다. 참고로 어머니 미사오 는 무용가로 1957년, 슈리 미사오 무용단이 미국의 초청을 받았을 때 TV 방송《에드 설리반 쇼The Ed Sullivan Show》에 일본인 최초로 출연했다.

그 후에도 제트 사이슈빙(ジェット最終便: 제트 최종편)과 시로이 코바토(白い小鳩: 하얀 비둘 기) 등의 곡을 히트시켰고 신시사이저의 거장 토미타 이사오富田勲가 작곡을 담당한 스토리 구 성의 콘셉트 앨범 파티パーティー/하나야카나루 츠도이(はなやかなる集い: 화려한 모임)(1973) 같은 의욕작도 발표했다.

1975년에는 미국에서 활동을 시작해 타워 오브 파워Tower of Power와 함께 만든 싱글 아이 노 메자메(愛のめざめ: 사랑에 눈을 뜨니, I'm not a Little Girl Anymore)과 라스베가스에서의 쇼를 수록 한 라이브반 Las Vegas Here I Come 등을 릴리스했다. 1977년에는 폴 앵카Paul Anka가 슈리의 노래 My Way를 듣고 절찬하며 싱글으로 발매된 조노 다이아몬드(ジョーのダイヤモンド: 조의 다 이아몬드)를 직접 써 주었고 그녀는 앨범 Endless/Eiko Meets Paul Anka를 발표했다.

더욱이 1979년, 프랭크 시나트라와 폴 앵카의 프로듀스를 맡았던 돈 코스타Don Costa와 함께 미국 녹음의 Nice to be Singing을 발표한다. '79 MBC 서울 국제가요제'에 일본대표로 출연해 최우수가창상을 수상했다. 이 가요제는 LP로 만들어졌고, 또 함께Nice to be Sing- ing의 한국반도 발매되었다.

그러나 그 이후 슈리는 공식 무대에서 모습을 감췄다. 가끔 '그 스타는 지금' 같은 TV 프 로그램에 얼굴을 비출 뿐이었다. 2004년, 그녀는 허혈성 심부전으로 사망, 향년 56세였다. 우울증 약의 부작용으로 말년에는 매우 건강상태가 좋지 않았다고 한다.

슈리의 유명한 일화로 라스베가스의 무대에서 노래하던 어느 날 링고 스타Ringo Starr가 우연히 놀러 왔다. 그녀의 노래가 끝나자마자 그는 앵콜을 반복해 외쳤고 기립박수를 치며 "같이 식사할까요?"라고 권유했지만 그녀는 거절했다고 한다. 그 때의 일에 대하여 "그땐 순 진해서 잘 몰랐다. 만약 거절하지 않았다면 제 2의 오노 요코가 되었을텐데"라며 말년에 자 주 말하곤 했다.

사실 나는 1990년대에 라이브 하우스에서 조그맣게 활동하고 있었던 슈리 에이코를 보 러 간 적이 있다. 방금 전의 일화도 그때 들었다. 무대 제일 앞에서 키타구니 유키데의 싱글을 보여드렸더니 슈리가 레코드를 손에 쥐고, 나를 무대 위로 올려 악수해 주었다. 정말로 잊을 수 없는 추억이다.

ジュンとシュク

Super Hit

1960년대 말 한국을 풍미했던 펄 시스터즈. 한국 록의 대부 신중현이 키워낸 최초의 스타로 멤버는 배인순, 배인숙 쌍둥이 자매다. 1968년에 님아로 데뷔. 다음해 커피한잔으로 'MBC 10대 가수 가요제'의 가요대상을 수상. 한국에서 처음으로 대상을 빛낸 걸 그룹이다.

이 시기 한국은 베트남 전쟁에 병사를 파병한 상태였다. 그 때문에 위문 공연으로 베트남에 간 뮤지션이 많았는데 사실, 신중현도 베트남에 갈 예정이었다. 그 준비 중에 틈틈이 레코딩하던 펄 시즈터즈가 갑자기 대히트했다. 신중현은 그때까지만 해도 히트곡이 없었는데, 결국 베트남에 가는 것은 취소되었고 그 후 히트 메이커로 이름을 떨쳤다.

펄 시스터즈는 1972년, 거점을 일본으로 옮겨와 '준토 슈쿠'라는 이름으로 활동을 시작한다. 데뷔곡은 취향 적중의 쇼와 가요 B③ 츠키니 누레타 하나(月にぬれた花: 달에 젖은 꽃)이다.

1973년, 준토 슈쿠는 유일한 앨범인 슈퍼 히트(スーパー・ヒット)를 릴리스했다. 어찌 보면 이 앨범은 감춰진 한국 록의 명반이라 할 수 있다.

오프닝을 장식하는 A① 시로이 코사메노 모노가타리(白い小雨の物語: 흰 이슬비 이야기)는

일본에서 발매한 세컨드 싱글 곡이다. 이것은 최고의 작품으로 매우 멋있다. 브라스 세션의 리프가 이끌며 리드미컬한 일본 그루브 가요의 걸작이다. 목소리와 하모니는 펄 시스터즈 그 자체. 거의 완벽한 일본어지만 약간 혀가 짧은 점이 우리를 또 뇌쇄시킨다. 한국과 일본 두 개의 요소가 있었기 때문에 성립한 Korea=Japan 가요에서 제일가는 곡이다.

앨범에 수록된 커버 송은 일본 히트 가요 중에 선곡하여(그래서 앨범 타이틀이 슈퍼 히트スーパー・ヒット) 치아키 나오미의 B① 캇사이(喝采: 갈채), 어우양 페이페이欧陽菲菲의 B⑥ 아메노 미도스지(雨の御堂筋: 비의 미도스지) 같은 스탠더드 가요곡부터 줄리(ジュリー)(사와다 켄지沢田研二)의 2번째 싱글 A⑥ 유루사레나이 아이(許されない愛: 용서받지 못할 사랑) 같은 매니아가 좋아하는 곡, 가로ガロ의 A③ 가쿠세이가이노 킷사텐(学生街の喫茶店: 학생거리의 찻집), 요시다 타쿠로吉田拓郎의 출세작 B② 타비노 야도(旅の宿: 나그네의 숙소) 같은 포크 송 까지 다양하다.

1곡뿐이지만 한국어로 된 B④ 쿠룻타 하트(狂ったハート: 미친 하트)도 있다. 이탈리아 가수 리틀 토니Little Tony의 1967년 히트곡 Cuore Matto를 한국어로 커버했다. 그녀들이 한국에서 첫사랑으로 1969년에 히트시킨 곡이기도 하다(일본에서도 1966년에 가수 마키 미치루槇みちる가 일본어반을 냈다).

이미 앨범의 전체 어레인지는 최고이며 특히 B②의 보사노바 풍의 멋스러움은 그야말로 어른의 시티팝이다. 모든 곡이 그루브한 반주에 발군의 코러스가 완벽히 맞아떨어졌다고 할까… 소울 풀한 가요 앨범으로 명반이라 해도 좋을지 모른다.

그러나 준토 슈쿠는 1장의 LP와 3장의 싱글을 남기고 일본에서 활동을 끝내고 돌아왔다.

일본에서의 라스트 싱글은 신중현의 곡으로 펄 시스터즈의 데뷔곡 님아의 일본어 버전 님아 - 와카레타 아노 히토(ニマ - 別れたあの人: 헤어진 그 사람)(1973)이다.(1973)이다. 엄청난 편곡으로 일본어임에도 멜로디와 어울리게 만들어진 것이 Good! 신중현의 곡이 일본에서 발매된 것은 매우 적지만 이것이 베스트라 할 수 있다. 님아로 시작해 님아로 끝나는 펄 시스터즈.

그 후 1976년, 언니 배인순이 재벌 동아그룹 회장과 결혼하면서 해산(후에 이혼)한다. 동생 배인숙은 1979년과 1980년에 솔로 앨범을 1장씩 낸 뒤 1982년에 재미한국인 의사와 결혼해 오랫동안 미국에서 살았다.

펄 시스터즈는 2011년 12월 31일, KBS-TV《TV50년 쇼는 즐거워》에서 40년 만에 한국 무대에 서 꽤나 큰 화제가 되었다. 함께 맞춘 검은 판타롱을 입은 모습이 정말로 근사했다. 아, 꼭 준토 슈쿠를 재결성 해주길!

아그네스노 치이사나 닛키(アグネスの小さな日記: Agnes의 작은 일기)アグネスの小さな日記

Warner Bros, 1974

　　일본 연예계에서 가장 성공한 여성 외국인 아그네스 찬은 홍콩 출신이다. 본명: 진미령陳
美齡, 영어: Agnes Meiling Kaneko Chan, 광둥어: 찬 메이링陈美齡, 북경어: 첸 메이링. 아그
네스는 세례명으로 국적은 영국이다.

　　1971년, 15살 때 데뷔한 아그네스. 홍콩의 라이프Life 레코드에서 발매된 1st Will the
Circle Game be Unbroken은 조니 미첼Joni Mitchell의 Circle Game과 캐롤 킹Carole King의
You've Got a Friend 등 커버곡 모음집이다. Circle Game은 홍콩에서 히트했고 귀여운 모
습과 시원시원한 목소리로 일약 인기스타가 되었다. 영화에도 출연하여 말레이시아, 태국 등
의 동남아시아에도 인기가 폭발했다. 그 인기는 자신의 이름을 내건 TV 프로그램《Agnes
Chan Show 아그네스 밤연회美齡晚会》를 가졌을 정도다.

　　그 방송의 게스트로 출연한 작곡가 히라오 마사아키平尾昌晃에 의해 일본에 소개되어
1972년에 싱글 히나게시노 하나(ひなげしの花: 개양귀비꽃)로 일본 데뷔를 했다. 귀여움은 물론
중국어 사투리의 혀 짧은 일본어로 부르는 모습으로 눈 깜짝할 사이 일본에서도 인기를 획

득, 톱 아이돌이 되었다.

　그런데 아그네스는 원래 포크 싱어를 지망했었다(홍콩에 있을 때 이미 자작곡을 발표했다). 그러나 본인의 의사와는 달리, 아이돌 가수로 데뷔해 큰 인기를 얻었다. 아이돌 가수라는 겉모습과 원래 하고 싶었던 것 사이의 갭에 꽤 고민했다고 한다. 그래서인가 일본의 레귤러 TV 방송《하이! 아그네스はーい! アグネス》에서는 하얀 기타를 매고 포크 송을 불렀다(저는 봤습니다...^^;). 그러나 타고난 초지일관 기질에 성실한 성격이 더해져 그녀는 연예계에서 성공 스토리의 계단을 밟아 올라갔다.

　1974년의 히트 싱글 A① 호시니 네가이오(星に願いを: 별에 소원을)을 수록한 이 앨범 아그네스노 치이사나 닛키(アグネスの小さな日記: Agnes의 작은 일기)는 아그네스의 인기최고조에 발매되었고 이 때 그녀는 브로마이드 매상 1위를 얻었다. 앨범 테마는 잡지 <묘조明星>에 연재되었던 그녀의 컬럼 <아그네스 찬의 작은 일기アグネス・チャンの小さな日記>다. 그 안에는 홍콩에서부터 혼자 견뎌온 여자의 마음이 나이브하지만 섬세하게 쓰여 있었다. 그런 의미에서 이 앨범은 그녀의 첫 오리지널 콘셉트 앨범이기도 하다.

　이 시기 아그네스의 콘서트 반주는 스즈키 케이이치鈴木慶一와 문라이더스ムーンライダーズ가 담당했지만 이 앨범에서는 캐러멜 마마(틴 팬 앨리)의 호소노 하루오미細野晴臣, 스즈키 시게루鈴木茂, 하야시 타츠오林立夫, 마츠토야 마사타카松任谷正隆가 담당했다. B③ 포켓토 잇파이노 히미츠(ポケットいっぱいの秘密: 주머니에 가득한 비밀)는 후에 싱글 커트 되어 대히트했다. 싱글반은 버전이 다르지만 둘 다 캐러멜 마마의 연주로, 발군의 끈적함을 자랑하는 컨트리와 뉴올리언스가 합체한 것 같은 뉴타입의 컨트리 록이다. 작사는 해피엔드 해산 후 프로 작사가로 전향한 마츠모토 타카시로 그의 처녀작이다. 모두의 문자만 골라내면 ‘아ア・그グ・네ネ・스ス’가 되는 소소한 장난도 가득한 가사다. ♪아나타(あなた: 당신)~/그쓰리(ぐっすり: 푹)~/네가오(寝顔: 잠자는 얼굴)~/스키요(好きよ: 좋아해)~

　아그네스가 일본어로 처음 작사/작곡한 B④ 사요나라노 우타(さよならの唄: 작별의 노래)는 남국풍의 시티팝이다. 아마도 틀림없이 호소노를 비롯한 참가자들은 레코딩에서 하고싶은 대로 마음껏 즐겼을 것이다. 이런 우연이 만들어낸 보물 같은 트랙이 있기 때문에 가요곡 레코드는 무시할 수 없다.

　이 앨범으로 결심이 선 것일까, 연예계에서는 개운해진 듯한 아이돌 노선에 매진한다. 사생활에서는 대학교 진학을 결심, 1976년에는 연예활동을 일단 중지하고 캐나다 토론토 대학교에 유학했다.

　1978년, 아그네스 컴백. 고다이고와 손을 잡고 프로그레시브 판타지 록 앨범 후시기노 쿠니노 아그네스(不思議の国のアグネス: 불가사의한 나라의 아그네스)(1979) 등의 작품을 발표했다.

　그 후 가수로서 활동하면서 볼런티어나 자선 활동 등의 사회 활동, 평화 운동 등에 적극적으로 참가했으며 작가, 대학 강사로서 현재도 폭넓게 활약하고 있다.

아오이 테루히코あおい輝彦
니콜라시카(ニコラシカ,Nikolaschka)

Elec 愛, 1974

가수이며 배우 아오이 테루히코는 원조 아이돌 그룹 '쟈니즈ジャニーズ'의 멤버였다. 일본 최초의 춤추며 노래하는 남성 아이돌 그룹으로 현재 쟈니즈라 하면 소속사 또는 그 소속의 탤런트를 의미하는 경우가 대부분이라 편의상 '초대 쟈니즈'로 부르는 경우가 많다.

원래는 나중에 쟈니즈 기획사를 세운 쟈니 키타가와ジャニー喜多川가 코치를 맡고 있었던 소년야구팀의 멤버였다. 비로 연습을 할 수 없게 된 어느 날 영화관에서 다함께 본 뮤지컬 영화 《웨스트 사이드 스토리West Side Story》에 모두 감화되어 야구에서 예능의 세계로 방향을 전환했다. 1962년, 아오이 테루히코를 필두로 14살 소년 4인조의 '쟈니즈'가 결성되었다. '노래하며 춤추는 소년들'이라는 그때까지는 전혀 없었던 콘셉트로 미국적인 엔터테인먼트성을 내세운 쟈니즈는 텔레비전 시대의 뉴스타로 각광을 받았다.

1966년에 본격적인 댄스 & 보컬 수행을 위해 미국에서 앨범도 레코딩했지만 결국 LP는 보류되었다. 1967년, 더 쟈니즈The Johnnys란 이름으로 싱글 Nothing Sacred c/w I Remember가 발매되는 것에 그쳤다. 다시 녹음한 미발표곡 중 Never My Love는 1967년에 더 어소시에이션The Association이 레코드로 만들어 전미 차트 1위의 대히트를 기록했다.

쟈니즈는 사카모토 큐坂本九와 경쟁을 벌인 나미다쿤 사요나라(涙くんさよなら: 눈물아 안녕)(1966)나 동명의 TV 드라마 OST 타이요노 아이츠(太陽のあいつ: 태양의 저 녀석)(1967) 등을 히트시켰지만 1967년 11월 해산했다.

쟈니즈 해산 후 아오이는 극단 시키四季의 연구생으로 들어가 연기를 배워 배우로서의 활동을 시작한다. 국민적 인기를 모은 TV 시대극 시리즈《미토 코몬水戸黄門》의 명조연, 사사키 스케사부로佐々木助三郎와 마찬가지로 한 세대를 풍미했던 인기 TV 애니메이션《내일의 조あしたのジョー》의 주인공인 야부키 조矢吹丈의 성우 등 실력파 배우로 이름을 알렸다.

물론 가수로서도 활약해 1971년, 아이오 자신도 출연했던 동명의 드라마 주제가 후타리노 세카이(二人の世界: 두 사람의 세계)를 히트시켰다. 1st 후타리노 세카이/아오이 테루히코노 세이슌(二人の世界/あおい輝彦の青春: 두 사람의 세계/아오이 테루히코의 청춘)를 릴리스.

1973년에 일렉 레코드로 이적하여 3rd 멘쿄쇼(免許証: 면허증)(1973)와 4th 니콜라시카(ニコラシカ, Nikolaschka)(1974)을 발표한다. 아오이가 작사/작곡을 맡았던 오리지널 작품이 모여 있어 배우의 취미라는 레벨을 훌쩍 뛰어넘은 송 라이터의 재능을 유감없이 발휘했다. 게다가 천재 기타 소년으로 알려진 차Char의 젊었을 무렵의 기타가 작열. 멘쿄쇼에 수록된 니혼노우타(日本の唄: 일본의 노래)는 일본 환경파괴에 대해 정면으로 노래한 초 사이키 넘버로 놀라움뿐이다. 둘 다 혼신의 록 앨범이다.

특히 니콜라시카(ニコラシカ)는 원숙한 연주의 곡들이 늘어서있고 통일감 있는 완성도를 보인다. 스튜디오에서 화기애애하게 공동 작업을 진행하는 모습이 상상되는 명반이다.

A① 잇쿄쿠메(一曲目: 첫 번째 노래)는 릴랙스한 분위기가 넘쳐흐르며 A② 키미가 이나쿠차(君がいなくちゃ: 당신이 없으면)는 팝하고 블루스 풍의 기타 리프 & 멜로디가 마음을 들뜨게 만든다. B② 타소가레 진세이(たそがれ人生: 황혼의 인생)의 표표한 목소리처럼 곡마다 음색이 달리 변화하는 보컬의 역량도 그냥 지나칠 수 없다. 그는 노래 속의 주인공을 연기하고 있는 것일까. 이곳에 있는 것은 어디까지나 아티스트 아오이 테루히코다. 결코 연예인 따위가 아니다.

이 시기 일렉 레코드의 레이블 동료였던 포크 가수 사토 키미히코佐藤公彦와 의기투합한 라디오 방송《아오이와 사토あおい君と佐藤クン》는 1972년부터 1980년까지 계속된 인기 방송이었다.

1976년 테이치크テイチク 레코드로 이적해 아나타다케오(あなただけを: 그대만을)를 대히트 시켰다. 고다이고의 협력으로 제작한 5th 스타토에노 슛파츠(スタートへの出発: 시작으로 출발)도 릴리스했다. 1977년에는 6th Hi Hi Hi, 7th 센티멘털 카니발(センチメンタル・カーニバル)로 히트곡을 타이틀로 한 앨범도 차례차례 발표했다. 그리고 아라키 이치로荒木一郎의 재니스오 키키나가라(ジャニスを聴きながら:재니스를 들으며)도 히트시켜 아오이 테루히코의 절정기를 맞이했다.

코이노 다운타운 / 히라야마 미키 베스트 오리지널
(恋のダウンタウン : 사랑의 다운타운 / 平山三紀ベスト・オリジナル)

Columbia, 1974

여배우 소노 에리코閻えり子(후에 본명 히라야마 요코平山洋子로 개명)의 여동생 히라야마 미키는 언니의 영향인지 아이였을 때부터 노래를 매우 좋아했지만, 대신 공부는 좋아하지 않아서 음악의 길로 나아갔다.

그래서 가장 눈에 띄었던 것은 특징 있는 그녀의 목소리다. 이상한 목소리라고 동급생에게도 노골적으로 놀림도 당했다. 마이너스라고 생각했던 이 목소리에 꽂힌 작곡가 츠츠미 쿄헤이筒美京平에게 직접 스카우트를 당했다.

1970년, 데뷔곡 B⑥ 뷰티풀 요코하마(ビューティフル・ヨコハマ)에서 코가 막힌 듯한 강렬한 허스키 보이스로 화제를 불렀다. 1971년, 2번째 싱글 A⑥ 마나츠노 데키고토(真夏の出来事: 한 여름의 사건)이 대히트했고 이어진 A④ 노아노 하코부네(ノアの箱舟: 노아의 방주)도 10만장이나 팔리는 히트를 기록해 스타 가수로서 자리를 잡게 되었다. 1972년에 히트한 A③ 프렌즈(フレンズ)도 이후 많은 아이돌에게 커버되었다.

1970년의 데뷔 이후 대부분의 곡은 작곡: 하시모토 준橋本淳, 작곡: 츠츠미 쿄헤이 콤비의 작품으로 ‘츠츠미 쿄헤이의 보물’이라고 불렸다. 실제로 츠츠미는 좋은 곡이 나오면 “이건 미키에게”라며 따로 빼두었다고 한다.

이 독특한 음색은 정말로 그녀만의 것이다. 그리고 그 노래 방식은 하슷파(はすっぱ: 경박함)라는 단어가 잘 어울리는 대충 내뱉는듯한 나른한 가창 스타일이다. 놀기 좋아하는 불량소녀의 모습이 어렴풋이 엿보이는데 또 그런 분위기가 그녀의 최대 매력이었다.

1973년의 9번째 싱글 코이노 다운타운(恋のダウンタウン)도 데뷔곡 B⑥와 히트곡 A⑥와 함께 그녀의 이미지인 ‘도시의 방탕아’ 노선의 인기곡 중 하나다.

그리고 그 곡의 이름을 딴 베스트 앨범이 1974년에 발매한 코이노 다운타운 / 히라야마 미키 베스트 오리지널(恋のダウンタウン:사랑의 다운타운 / 平山三紀ベスト・オリジナル)이다. 여기에 수록되었던 A① 코이노 다운타운은 싱글반보다 질주감이 한층 끌어올린 다른 버전이다. 츠츠미의 미키 편애는 이러한 섬세한 부분까지 손을 뻗고 있었다. 데뷔곡인 B⑥ 등도 재녹음한 뉴버전이다. 디스토션 기타에 호른이 섞인 인기 그루브 가요 B③ 게츠요비와 나카나이(月曜日は泣かない: 일요일은 울지 않아)(1972)도 수록되어있다.

1975년에 레코드 회사를 이적해 심기일전하여 발매한 12번째 싱글 마요나카노 엔젤 베이비(真夜中のエンジェル・ベイビー: 한밤 중의 엔젤 베이비)도 대히트. 인트로부터 톡톡 튀는 비트의 들썩거리는 록 가요다. 더욱 질주감이 오른 ‘도시의 방탕아’ 아니, 이제 이것은 완전히 멋을 갖춘 시티팝 록 넘버다.

치카다 하루오近田春夫가 이 곡을 자신의 밴드 ‘하루오폰ハルヲフォン’에서 커버해 앨범 덴게키테키 토쿄(電撃的東京: 전격적 도쿄)(1978)에 넣었는데, 1981년에는 하루오의 프로듀스로 5th 오니가시마(鬼ヶ島: 도깨비 섬)를 발표했다. 처음으로 츠츠미가 아닌 다른 사람의 곡을 불렀다.

이 레코드는 또 상식을 뒤집은 록 앨범으로 가요곡과 글램 록, 뉴 웨이브의 융합을 선도해 온 치카다의 진면목이라 할 수 있는 사운드다. 그에 전혀 지지 않는 강렬한 펀치력을 가진 미키의 보컬. 친구의 오빠와 밀회를 노래한 히로코상(ひろ子さん: 히로코 씨)로 시작해 완전히 다른 세계로 가 버린 타이틀 곡 오니가시마까지 이상하기 짝이 없는 화학반응을 보여준 괴작이다.

1987년에는 다시 츠츠미의 작곡에 일본식 소울 넘버 싱글 조단자나이 아사(冗談じゃない朝: 농담이 아닌 아침)을 릴리스한다. TV 드라마《뜨거워질 때까지 기다려!熱くなるまで待って!》의 주제가로 대히트했지만 인트로가 더 블로우 몽키스The Blow Monkeys의 It doesn't Have to be This Way(1987)와 똑같은 것은 공공연한 비밀이다.

1993년에는 샌디 & 선셋サンディー＆サンセッツ와 콜라보레이션한 9th 히라야마 미키노 에키조치카 다이마쿄(平山みきのエキゾチカ大魔境: 히라야마 미키의 Exotica 대마경)을 발표한다.

노란색이 자신의 컬러라며 최근에는 반드시 노랑색으로 코디한 의상으로 무대에 서고 있다.

퍼스트(ファースト)

미남 인기배우 쿠사카리 마사오草刈正雄. 어머니는 일본인, 아버지는 미군 병사로 모친이 그를 임신했을 때 6.25 전쟁에서 전사했다. 쿠사카리는 편모가정의 가난한 가계를 꾸려나가기 위해 초등학생 때부터 아르바이트를 했다고 한다.

아르바이트를 하던 식당의 주임이 "마사오는 잘생겼으니까 모델이 되면 돈을 벌 수 있을지도 몰라" 라며 도쿄의 모델 기획사를 소개해 주었다. 17살 때 규슈에서 상경하여 1970년, 시세이도 전속이 되어 바로 잘나가는 모델이 된다. 빛나는 외모와 경쾌한 언변으로 인기를 얻어 배우로 전향한 후 1974년, 영화《히미코卑弥呼》로 데뷔를 했다.

쿠사카리는 이어 1970년대에 가수로 활동해 10장의 싱글과 4장의 앨범을 발표했다. 1971년 싱글 치주니 나이 마치(地図にない街:지도에 없는 거리)로 가수 데뷔. 1973년 첫 앨범 세이슌노 히카리토 카게(青春の光と影:청춘의 빛과 어둠)를 릴리스. 스프트 록/시티팝 풍의 편곡으로 길버트 오설리번Gilbert O'sullivan의 Alone Again(Naturally) 등 서양 팝송 일본어 커버곡들을 손쉬운 느낌으로 선뜻 노래한다.

그리고 1975년, 가수 쿠사카리 마사오로서 본격적으로 발표한 앨범 퍼스트(ファースト)가 정말 대단하다. 바늘을 떨어뜨리면 그저 놀라움 뿐. 무엇보다 한없이 새까만 혼신의 펑크funk 앨범이다.

인스트루멘탈 테마곡에 이어 싱글 커트 된 A② 스테이션(ステーション)의 멜로한 분위기로 앨범은 시작한다. 그러나 A④ 키세츠 하즈레노 아이노 우타(季節はずれの愛の歌: 철지난 사랑 노래) 즈음부터 서서히 까맣게 물들어 간다. A⑤ 레드 선(レッド・サン)에서 더욱 박차가 걸린 그루브함이 마구 몰려온다. 스트링 어레인지도 소울풀한 이 편곡은 재즈 피아니스트 마에다 노리오前田憲男가 담당했다.

A면 라스트는 다시 멜로로 되돌아온 A⑥ 모시, 키미가(もし, 君が...: 만약 당신이)는 쿠사카리의 달콤한 토크다. 이것에 당시 여성팬은 완전히 빠져버렸다.

그리고 B면. 왔다~~~~~, B① Come On Baby!. 어둠이 작렬하는 새까만 펑크funk 넘버. ♪Come on baby! It's feel good~ 제임스 브라운James Brown도 새파랗게 질릴 얼굴을 할 만큼 절규가 몰아치는 쿠사카리! 정말 놀라지 않을 수가 없다.

달달한 미디엄 소울 넘버 B② 이츠시카 키미와(いつしか君は: 어느덧 당신은)에 이은 B③ 오토기 바나시(おとぎ話: 옛 이야기)는 클라리넷의 어두운 리프에 올라탄 토킹 펑크talking funk다. B④ 아이와 메리고란도노 요우니(愛はメリーゴーランドの様に: 사랑은 회전목마처럼), B⑤ 헤이 헤이 헤이(ヘイ・ヘイ・ヘイ)까지 B면은 계속해서 이래도 괜찮은가 싶은 기세로 이어진다.

끝을 매듭짓는 것은 다시 인스투르멘탈의 테마로 펑키함이 최고로 살아있는 연주다. 이건 어떻게 들어도 일본식 소울/펑크funk의 숨겨진 명반이다.

1976년, 2nd 세컨드(セカンド)를 발표. 퍼스트(ファースト)와 같은 테마를 주제로 한 인스투르멘탈 쿠사카리 마사오노 테마 II(草刈正雄のテーマ II: 쿠사카리 마사오의 테마)가 수록되었다. 상상대로 재즈 펑크funk/레어 그루브한 트랙들로 DJ들이 사랑하는 넘버다.

1977년에는 쿠사카리 자신이 주역을 맡은 TV드라마《화려한 형사華麗なる刑事》의 주제가가 센티멘탈 시티(センチメンタル・シティー)를 불렀다. 1978년, 실질적으로 마지막 앨범인 된 4th 러브 샤워(ラブ・シャワー)가 발표된다. 경쾌하고 나사가 빠진듯한 느낌도 마음을 간지럽히는 훌륭한 시티팝 앨범이다.

쿠사카리는 댄디한 정통파에서 코믹한 캐릭터도 즐기며 연기하는 베테랑 미남배우로 현재도 인기가 높다.

참고로 그의 장녀는 탤런트/댄서인 쿠란紅蘭, 장남은 록 밴드 '즈토즈레텔즈Zuttozuletellz'의 MC 도캇토캇토ドカットカット다. 도캇토캇토는 2015년에 전락사했다. 차녀 쿠사카리 마유草刈麻有도 모델/ 여배우다.

코코로가 카제오 히이타 히(心が風邪をひいた日: 마음이 감기 걸린 날)

CBS/Sony, 1975

어릴 때부터 음악을 좋아했던 오오타 히로미太田裕美는 1969년, 중학교 3학년 때 동경음악학원의 학생들로 구성된 팝송 합창단 '스쿨메이츠スクールメイツ'의 오디션에 합격했다. 같은 시기에 캔디즈キャンディーズ의 멤버(이토 란伊藤蘭, 타나카 요시코田中好子)도 있었다.

1972년, NHK 가요 TV 프로그램《스테이지101ステージ101》의 레귤러 그룹 '영101ヤング101' 오디션에서 피아노로 쇼팽 왈츠 제7번을 연주해 합격했다. 이 때 같은 멤버에 이후 싱어 송 라이터로 데뷔하는 타니야마 히로코谷山浩子가 있었다.

1974년 11월, 싱글 아마다레(雨だれ: 낙숫물)로 데뷔. 캐치 프레이즈는 '진심이 담긴 노래'이다. 데뷔 때는 포크 풍으로 피아노를 치며 노래하는 곡이 많았다.

"나와 스태프는 가요곡과 포크의 좋은 점만을 뽑은 것은 아니지만 딱 중간 지점, 한 가운데서 활동을 하기로 결정했습니다"

그래서 그녀는 아이돌 가수로도 싱어 송 라이터로도 불리는 독특한 입장에 서있었다(혹시 아그네스 찬アグネス・チャン이 되고 싶었던 모습이 히로미 같은 가수상이었을지도 모르겠다). 데뷔 앨범부터 본인의 자작곡을 수록해왔다.

1975년, 1st 마고코로(まごころ: 진심), 2nd 탄벤슈(短編集: 단편집)을 순조롭게 발표했다.

1975년 12월, 3rd 코코로가 카제오 히이타 히(心が風邪をひいた日: 마음이 감기 걸린 날)에서 싱글 커트 된 A① 모멘노 행커치프(木綿のハンカチーフ: 무명의 손수건)(작사: 마츠모토 타카시松本隆, 작곡: 츠츠미 쿄헤이筒美京平)가 대히트를 했다.

이 곡은 마츠모토 타카시의 가사가 주목을 받았다. 남녀의 대화 형식으로 시선이 빈번하게 교차된다. 타이틀 '모멘노 행커치프(木綿のハンカチーフ)'라는 단어가 4절까지 등장하지 않아서 방송에서 부를 때 곡 전체를 불러야만 했기 때문에 당시로서는 이례적으로 긴 노래였다(결국 1절, 3절, 4절로 부르는 경우가 많았다)

남자 대사는 에코가 적은 순수한 목소리지만, 여자 대사의 목소리 부분은 더블 트랙으로 되어 있는 등 세심하게 처리되어있다. 노래와 노래 사이를 연결하는 브릿지가 매회 전부 다르다는 것도 섬세한 어레인지다. 싱글에서는 가사 일부분을 바꿔 재녹음했는데 인트로의 스트링스 등 업그레이드 된 버전이다.

다만 가사가 밥 딜런Bob Dylan의 Boots of Spanish Leather(1964)와 비슷하다며 당시 음악평론가로부터 비난을 받았다. 떠난 남녀의 설정은 반대지만 연인끼리 주고받은 편지가 번갈아 나오는 구성이 같고 멀리 떨어진 연인에게 선물을 조르는 가사 등 꽤 비슷한 부분이 있다. 그러나 그래도 이 곡이 일본 가요계에서 획기적인 작품이었던 것은 변함이 없다.

그 외에도, 작사: 마츠모토 타카시, 작곡: 아라이 유미荒井由実, 편곡: 하야시 테츠지林哲司의 B① 히구라시(ひぐらし: 하루 종일)는 지금의 시티팝에 먼저 다가선 팝하고 그루비한 넘버다.

1976년, 4th 테즈쿠리노 가슈(手作りの画集: 손수 만든 화집), 5th 주니 페지노 시슈(12ページの詩集: 12 페이지의 시집)를 발표한다. 5th는 포크/뉴 뮤직을 대표하는 아티스트가 이름을 걸고 한 곡씩 제공했다. 6th 코케티시(こけてぃっしゅ)(1977)는 웨스트 코스트 사운드나 퓨전을 의식한 시티팝 음반으로 본인과 마츠모토 타카시 모두 만족했다. 1980년 싱글 사라바 시베리아 테츠도(さらばシベリア鉄道: 안녕 시베리아 철도)(작사: 마츠모토 타카시, 작곡: 오오타키 에이이치大瀧詠一)가 대히트했다.

1981년, 15th 키미토 아루이타 세이슌(君と歩いた青春: 너와 걸은 청춘)는 타이틀 곡 외에 전부 본인이 작곡한 곡으로 싱어 송 라이터로서의 의욕을 담았다.

1982년, 가수 활동을 멈추고 NY으로 유학을 떠났다. 귀국 후에는 테크노 풍의 작품을 발표하는 등 현재까지도 정력적으로 활동하고 있다.

재니스에노 테가미(ジャニスへの手紙: 재니스에게 쓴 편지)

CBS/Sony, 1976

여성 아이돌의 원조 미나미 사오리. 오키나와에서 태어난 가톨릭 신도로 세례명인 '신시아 Cynthia'가 애칭이다. 자란 환경의 영향으로 영어를 구사한다(당시 오키나와는 미국영토였다).

　　미나미는 16살 때 오키나와의 류큐 방송국에서 어시스턴트 아르바이트를 했다. 어느 날 도쿄에서 일하러 온 연예인 매니저가 찍은 사진 구석에 미나미의 모습이 찍혔고 그것을 레코드 회사의 관계자가 발견했다. 이 귀여운 아가씨는 누구냐고, 그녀는 갑작스럽게 도쿄로 와야만 했다.

　　1971년 6월, 싱글 주나나사이(17歳: 17살)로 데뷔. 밀빛의 피부와 찰랑거리는 긴 머리카락, 미니스커트를 입은 그녀는 '오키나와=남쪽 바다=눈부신 여름'이라는 이미지 그 자체였다. 곡의 상큼함도 더해져 대히트, NHK 홍백노래자랑까지도 첫 출연을 하게 되었다. 이 곡의 작곡가 츠츠미 쿄헤이筒美京平의 "부를 수 있는 노래가 뭐지?" 라는 질문과 미나미의 "린 앤더슨 Lynn Anderson의 Rose Garden이라면 부를 수 있어요"라고 대답으로 만들어진 곡이라 그런지 둘이 꽤 닮았다.

데뷔 당시 미나미의 임팩트에 대하여 사진가 시노야마 키신篠山紀信은 “그녀의 등장은 반환을 눈앞에 둔 오키나와의 이미지를 좋게 만들기 위해 국가에서 정책으로 만든 가수인가 싶을 만큼 좋았다” 고 말했다. 미나미에 이어 아마치 마리天地真理와 코야나기 루미코小柳ルミ子가 데뷔하면서 일본 연예계의 아이돌 문화가 시작되었다.

시대의 총아였던 포크 가수 요시다 타쿠로吉田拓郎도 미나미 팬이었다. 카마야츠 히로시かまやつひろし와 손잡고 릴리스한 싱글 신시아(シンシア)(1974)는 그가 미나미에게 바치는 곡이었다.

1976년, 미국 여성 싱어 송 라이터 재니스 이안Janis Ian이 쓴 싱글 카나시이 요세이(哀しい妖精: 슬픈 요정)(작사: 마츠모토 타카시)를 발표한다. 이 곡은 미나미 본인도 ‘엄청 마음에 든 곡’으로 그 해 NHK 홍백노래자랑에서 부를 수 있었던 것이 정말 기뻤다고 토로했다.

같은 해 재니스 이안이 준 곡을 중심으로 한 15th 재니스에노 테가미(ジャニスへの手紙: 재니스에게 쓴 편지)를 릴리스. A면은 재니스 이안의 오리지널 곡, B면은 서양곡 커버로 구성되었다.

A① I Love You Best는 카나시이 요세이의 오리지널 영어 버전으로 모두에 일본 라디오 방송에서 미나미와 재니스가 전화로 대화하는 부분이 수록되어있다.

재니스의 허무한 매력이 담긴 A면은 물론이지만 펑키하게 어레인지된 피터, 폴 앤 메리Peter, Paul & Mary의 B③ I Dig Rock and Roll Music이나 밥 딜런Bob Dylan의 B④ Don't Think Twice, It's All Right, B⑥ Blowin' in the Wind 등 B면의 커버곡도 듣기 좋다.

참고로 미나미가 데뷔곡 주나나사이(17歳)로 스타의 자리에 앉았 듯이 재니스도 전미 No.1 히트곡 At Seventeen(1975)으로 화제의 인물이 되었다는 공통점이 있다.

1978년, 오자키 아미尾崎亜美가 작사, 작곡한 싱글 하루노 요칸(春の予感: 봄의 예감) -I've been mellow-을 히트시켰다. 그러나 24번째 생일을 맞은 1978년 7월 2일, 대학에서의 학업에 전념하기 위해 가수 활동의 종지부를 찍었다. 그 해 10월에 발표한 사요나라 콘서트(さよならコンサート: 안녕 콘서트)를 끝으로 연예계를 은퇴했다. 그 상황은 12월에 발매되었던 라이브 앨범 사요나라 신시아(さよならシンシア: 안녕 신시아) (Good-by Cynthia)에서 들을 수 있다.

1979년, 사진가 시노야마 키신과 결혼(교제는 은퇴 후부터 시작)했다. 1991년에 홍백노래자랑 출연으로 복귀했지만 1997년 4월에 싱글 하츠코이(初恋: 첫사랑)를 릴리스한 이후 신보는 발표되지 않았다. 2000년 6월, 가수 데뷔 30주년을 기념한 CD-BOX Cynthia Anthology가 발매되었다(CD5장＋DVD1장).

2011년 1월, 도쿄 신문에 미나미의 인터뷰 기사가 실렸다. 미나미는 태어난 고향의 오키나와와 미군기지 문제에 관해 반대를 표명한 이후, 가수로의 복귀에 대해서는 “이제 목소리가 나오지 않아요”라며 완전히 부정했다.

야마구치 모모에山口百恵

Golden Flight

전설의 슈퍼 아이돌, 야마구치 모모에山口百恵. 배우 미우라 토모카즈三浦友和와의 결혼을 계기로 1980년에 연예계를 은퇴. 그 후 한 번도 미디어에 노출된 적이 없지만, 팬들은 그녀의 컴백을 간절히 바라고 있다.

모모에는 1973년에 데뷔. 당시 14세. 같은 해 데뷔한 모리 마사코森昌子, 사쿠라다 준코桜田淳子와 함께 '꽃의 중3 트리오'로 불렸다. 1974년의 히토나츠노 케이켄(ひと夏の経験: 어느 여름날)의 경험이 대히트한 이후, 은퇴할 때 까지 6년 간 슈퍼 아이돌로 군림했다.

1970년대, 많은 문화인은 모모에를 '현대를 상징하는 스타'라고 말했다. 모모에를 가장 많이 촬영한 사진가 시노야마 키신篠山紀信은 '시대가 야마구치 모모에를 필요로 하기 때문'이라고 말하며 모모에를 '시대와 동침한 여자'로 칭했다.

1976년, 작사: 아키 요코阿木燿子, 작곡: 우자키 류도宇崎竜童 부부의 작품인 13번째 싱글반 요코스카 스토리(横須賀ストーリー)로 아이부터 어른까지라는 신경지를 연다. 연이어 히트한 우자키 부부의 작품들은 모모에의 음악 세계를 형성하는 결정적인 역할을 했다. 이 두 사람을

작가로 지명한 것은 모모에 본인이었다.

그러한 모모에가 한창 쾌조를 달리고 있었던 1997년, 처음으로 런던에서 해외녹음으로 제작된 12번째 앨범이 이 골든 플라이트(Golden Flight)다. 영국 주재의 일본인 뮤지션, 전 린도 & 린다즈リンド＆リンダーズ의 카토 히로시加藤ヒロシ(g)를 중심으로 녹음해 조금 어두운 분위기로 브리티시 록의 색이 짙은 작품이 되었다.

특필할 만 한 것은 전 킹 크림슨King Crimson의 고든 하스켈Gordon Haskell(b)이 녹음에 참가한 것으로 원래 그 때문에 나는 이 LP를 구입했다. 당시 카토 히로시는 고든 하스켈과 전 킹 크림슨의 멤버 멜 콜린스Mel Collins와 함께 '조Joe' 라는 밴드를 결성 했었다.

이 녹음 당시 모모에의 노래는 물론 일본어였다. 하지만 현지의 뮤지션과 스태프는 감동을 받았다고 한다. "일본어라서 의미를 알아들을 수 없는데도 어째서 이렇게 감동할 수 있을까"라고 뮤지션들이 모두 입을 모아 말했다는 것이다.

앨범은 아키 & 우자키 부부가 만든 훌륭한 R&B A① Made in U.F.O.로 시작해 조니 오오쿠라ジョニー大倉가 작곡한 멋진 A② Black Cab, 그리고 달콤한 A③ Liverpool Express로 이어진다. 하마다 쇼고浜田省吾가 작곡한 A④ Air Mail의 인트로에서는 폭소를….

먼저 싱글로 발매되어 히트한 B⑤ 이미테이션 골드(イミテーション・ゴールド)는 갑작스러운 녹음 때문에 현장에서 간단한 헤드 어레인지만으로 후다닥 녹음을 해야 했는데 그 덕분인가 꽤 신나는 느낌으로 리드미컬해 싱글반보다도 기세가 있다.

그러나 그 때문에 수록 되지 못한 곡이 있다. 도쿄노 소라노 시타 아나타와(東京の空の下あなたは: 도쿄의 하늘 아래 너는)이다. 당시 콘서트에서도 불렀던 인기곡이지만 결국 레코드는 발매되지 못한 환상의 음원이었다(2003년, CD 박스 세트 More Premium에 처음으로 수록).

모모에는 현역 시절 정말로 많은 앨범을 발매했다. 1978년의 만주샤카(曼珠沙華: 만주사화)와 드라마틱(ドラマチック)은 대히트한 앨범이다.

아키 & 우자키 부부의 작품만으로 구성된 모모에하쿠쇼(百惠白書: 모모에백서)(1977), 우주를 테마로 한 Cosmos(우주)(1978)<첫 모모에의 작사곡 긴이로 노집시(銀色のジプシー: 은색의 집시 수록>, NHK-TV 방송《야마구치 모모에 순간포착/시노야마 키신(山口百惠 激写/篠山紀信)》을 위해 제작한 A Face in a Vision(1979), LA에서 녹음한 L.A. Blue(1979), 대히트한 하드 로큰롤 넘버 로큰롤 위도우(ロックンロール・ウィドウ: 로큰롤 미망인)를 수록한 뫼비우스 게임(メビウス・ゲーム)(1980), 오리지널 뮤지컬 피닉스 덴세츠(不死鳥伝説: 불사조 전설)(1980) 등의 앨범은 보통 가요음반 기존의 방식에서 벗어난 앨범으로 전부 추천한다.

캔디즈(キャンディーズ, Candies)
소슝후(早春譜: 조춘부)

CBS/Sony, 1978

캔디즈는 1973년에 싱글 아나타니 무추(あなたに夢中: 당신에게 열중)로 데뷔한 여성 3인조 아이돌 그룹이다. 멤버는 란ラン(이토 란伊藤蘭), 수スー(타나카 요시코田中好子), 미키ミキ(후지무라 미키藤村美樹).

　처음에는 수가 센터 보컬을 맡았지만 1975년에 란이 센터를 맡은 5번째 싱글 토시시타노 오토코노 코(年下の男の子: 연하의 남자)가 대히트하면서 일약 인기 그룹이 된다. 1976년의 하루이치반(春一番: 첫 봄바람)이 더 큰 히트를 기록, 1977년에도 야사시이 아쿠마(やさしい悪魔: 상냥한 악마), 쇼추 오미마이 모시아게마스(暑中お見舞い申し上げます: 무더위에 안부 인사드립니다) 등의 곡들을 쾌조로 히트시켰다.

　그러나 1977년의 여름, 인기 절정을 달렸던 캔디즈는 기획사에도 말하지 않고 콘서트 무대에서 갑자기 해산을 발표했다. 그 때 울면서 말했던 '평범한 소녀로 돌아가고 싶어'는 대유행어가 되었다.

　이 전격적인 해산 선언으로 세계는 캔디즈 붐이 되었다. 인기는 더욱 상승. 윙 되 트루아

(アン・ドゥ・トロワ), 미키가 센터를 맡은 와나(わな: 올가미), 라스트 싱글은 캔디즈 최대 히트곡 호호에미 가에시(微笑みがえし: 되찾은 미소)로 최고조를 달렸다.

그리고 1978년 4월 4일, 고라쿠엔 구장에서 5만 5천명을 동원한 해산 콘서트가 열렸다(나도 다녀왔습니다. 참고로 나는 수의 팬). 공연 마지막의 절규 "저희들은 행복했습니다" 역시 화제가 되었다.

선풍적인 캔디즈의 인기는 일종의 사회현상이 되어 현재도 쇼와의 주요 사건 연표에는 반드시라고 해도 좋을 만큼 '캔디즈 해산'의 항목이 들어가 있다.

캔디즈는 총 4년 반의 활동 기간 중에 18장의 싱글, 11장의 스튜디오 앨범, 3장의 라이브 앨범을 발표했다.

이 LP 소슌후(早春譜: 조춘부)는 그녀들의 라스트 앨범으로 수록곡 전부를 멤버들이 작사/작곡했다. 다만 작곡은 캔디즈의 백 밴드를 맡았던 MMP(뮤직 메이츠 플레이어즈 ミュージック・メイツ・プレイヤーズ) 멤버의 도움을 받았다. 참고로 MMP는 이 후 일본의 EW & F, 브라스 록 밴드 '스펙트럼 スペクトラム'로 발전한다.

앨범은 미키의 A① 카이모노 부기(買い物ブギ)로 경쾌하게 시작한다. 이어진 A② 에이프런 네상(エプロン姉さん: 에이프런 언니)는 최고로 즐거운 곡이지만 완전히 스티브 원더 Stevie Wonder 곡의 표절이다. 명 발라드 D④ It's Vain Try to Love You Again는 스타일리스틱스 Stylistics. 그래도 미키에게는 소울 가요의 명품 D⑤ 아코가레(あこがれ: 동경)이 있으므로 표절 건에는 눈을 감는 것으로.... 란의 곡 B① 앤티크 돌(アンティック・ドール)과 D② 사사야키(ささやき: 속삭임) 등은 센치하다.

수는 당시 MMP의 기타리스트 니시 신지 西慎嗣와 사귀고 있었는데, 그러한 연인과의 이별 이야기를 그대로 남자친구와 함께 작업한 경악의 넘버 C① 와타시노 카레오 쇼카이 시마스(私の彼を紹介します: 나의 남자친구를 소개합니다)와 D③ Please Come Again, 파이널 카니발에서의 절창이 잊히지 않는 C⑤ 고젠 레이지노 쇼난도로(午前零時の湘南道路: 오전 0시의 쇼난 도로) 등 말괄량이 아가씨의 귀여움이 대폭발, 미칠 것 같다. 삼인삼색 캐릭터에 어울리는 곡들로 팬에게는 너무나 소중한 레코드다.

해산 후 캔디즈는 한 번도 재결성 하지 않았다. 란과 수는 1980년에 연예계로 복귀했지만 란은 1989년에 배우 미즈타니 유타카 水谷豊와 결혼했고 현재는 배우와 나레이터 등으로 활동하고 있다. 2019년에는 솔로 가수로 41년 만에 복귀를 했다. 수는 배우로 활약했지만 2011년, 유방암으로 55세에 사망했다. 미키는 기본적으로 연예계 은퇴 중이지만 1983년에 기간 한정 솔로 가수로 복귀해 유메 코이 비토(夢・恋・人: 꿈 사랑 사람)를 대히트시켰다.

작사가 아키모토 야스시 秋元康는 수의 부고를 듣고 "캔디즈가 없었다면 오냥코클럽 おニャン子クラブ이나 AKB 48도 없었다"라고 말했다. 그 말대로 캔디즈가 일본 여성 아이돌 그룹의 출발점이었음에 이의를 가지는 이는 없을 것이다.

아마구모(あまぐも: 비구름)

Columbia, 1978

치아키 나오미는 팬들이 복귀해 주길 가장 바라고 있는 전설의 디바다.

1960년대 후반, 연예 잡지 <묘죠明星>의 코너 '노래의 지면(誌面) 레슨'에 응모한 것을 계기로 치아키는 작곡가 스즈키 준鈴木淳 밑에서 지도를 받게 되었다.

1969년, 21세 때 싱글 아메니 누레타 보조(雨に濡れた慕情: 비에 젖은 모정)로 가수 데뷔를 한다. 1970년에 욧츠노 오네가이(四つのお願い: 네가지 소원)과 X+Y=LOVE를 히트시켰고 1972년, 싱글 캇사이(喝采: 갈채)가 판매량 80만장이라는 대히트를 기록하며 스타 반열에 올랐다. 캇사이(喝采)는 치아키를 대표하는 곡이다.

그 후에도 야칸히코(夜間飛行: 야간비행)(1973), 왈츠(円舞曲)(1974) 같은 가요를 히트시켰고, 일본 전후의 가요계를 대표하는 작곡가 후나무라 토오루船村徹의 곡이라면 불러보고 싶다며 1975년에 사다메 가와(さだめ川: 운명의 강)(1975), 야기리노 와타시(矢切の渡し: 야기리의 나룻터)(1976) 등의 엔카를 불러 호평을 받았다.

1977년에는 포크/ 뉴 뮤직계의 곡에도 도전해 나카지마 미유키中島みゆき 작사, 작곡의 루주(ルージュ)를 발표했다. 치아키가 다음으로 선택한 아티스트는 토모카와 카즈키友川かずき다.

토모카와 카즈키는 1974년에 데뷔한 아키타현 출신의 포크 가수다. 토호쿠 사투리를 그대로 드러내는 독특한 가창으로 코어 팬을 가진 싱어 송 라이터다(2009년에 서울 공연을 했다). 치아키는 토모카와가 심야 TV 프로그램에서 노래하는 모습을 보고 감동해 그가 쓴 곡을 꼭 받고 싶어 했다고 한다.

토모카와도 다른 가수에게 곡을 준 것은 처음 있는 일로 치아키의 콘서트를 보러가 재니스 조플린Janis Joplin이 노래하는 모습을 보고 느낀 광기를 담아 곡을 만들었다고 한다.

그 곡이 바로 싱글 요루에 이소구 히토(夜へ急ぐ人: 밤에 서두르는 이)이다. 1977년, NHK 홍백노래자랑에서 이 곡을 부르던 치아키의 절창이 잊히지 않는다. ♪이리와, 이리와~(♪おいで、おいで〜) 나는 귀신같은 복장의 치아키 나오미에게 눈을 떼지 못했다. 노래가 끝나자마자 남성사회자가 무의식에 "왠지 기분 나쁜 노래네요"라고 한마디를 할 만큼 오컬트 엔카라고 불렸던 일도 있었다.

1978년에는 카와시마 에이고河島英五 작사/작곡의 싱글 아마구모(あまぐも: 비구름)와 앨범 아마구모(あまぐも)를 릴리스했다. A면이 카와시마의 곡이고 B면이 토모카와의 곡으로 구성되어 어레인지는 고다이고ゴダイゴ가 담당했다.

타이틀 곡 A① 아마구모(あまぐも)로 시작하는 카와시마의 작품들은 고다이고의 장인 정신이 담긴 멜로한 편곡과 연주로 수심에 잠긴 옆얼굴의 재킷 사진(잘못 보면 빌 에반스Bill Evans의 Waltz for Debby…)과 잘 어울린다.

분위기는 B면이 되면 뒤바뀐다. 갑작스럽게 B① 후츠우자나이(普通じゃない: 보통이 아냐)라니, 그래 역시 평범하지 않다. 여기저기서 들려오는, 목소리가 떨리는 샤우트 느낌의 보컬은 가요곡의 세계로부터의 완전한 일탈이었다. 치아키의 록 스피릿과 소울이 잘 드러난다. 라스트 B⑤ 요루에 이소구 히토는 섬뜩한 편곡의 싱글반과는 달리, 앨범에서는 경쾌한 록으로 편곡되어 있지만 치아키가 가진 주술사로서의 기질을 충분히 만끽할 수가 있다.

이 해, 배우 고 에이지郷鍈治와 결혼한 뒤 "히트곡을 만들기 위해 쫓아가지 않고 내가 부르고 싶은 노래에 진심으로 몰두하고 싶다"면서 실력파 가수로서 활동했다.

앨범 소레조레노 테이블(それぞれのテーブル: 각각의 테이블)(1981)에서는 샹송을, Three Hundred Club(1982)에서는 스탠더드 재즈를, 그리고 포르투갈 민요인 파도(fado: 수도인 리스본의 번화가에서 많이 불리는 민중적인 노래)를 부른 앨범 타임(たいむ)(1983)을 발표하는 등 폭넓은 장르의 곡을 불렀다. 또 1989년에는 빌리 홀리데이Billie Holiday의 장렬한 생애를 시작부터 끝까지 그려낸 솔로 뮤지컬《Lady Day》에 출연해 꽤나 큰 화제가 되었다.

1992년 9월, 남편 고가 폐암으로 사망한 이후 은퇴하여 일절 모습을 드러내지 않고 있다.

핑크 레이디(ピンク・レディー, Pink Lady)
핑크 레이디 in USA(ピンク・レディー・イン・USA)

Victor, 1979

1970년대 후반을 풍미한 여성 아이돌 듀오, 핑크 레이디. 멤버는 미이MIE、未唯(본명: 네모토 미츠요根本美鶴代)와 케이ケイ(마스다 케이코増田恵子)다.

　1976년, 데뷔 싱글 페퍼 케이부(ペッパー警部: 페퍼 경부)는 발매되자마자 대히트. 활짝 활짝 허벅지를 닫았다 열었다 하는 대담한 섹시 안무에 하모니를 선보이는 그녀들의 등장으로 일본 연예계는 뜨겁게 끓어올랐다. 뒤를 이은 SOS, 카르멘'77(カルメン'77)도 대히트, 싱글 제4탄 나기사노 신밧드(渚のシンドバッド: 물가의 신밧드)는 밀리언셀러가 되었다. 인기 폭발, 일본 열도에 '핑크 레이디 선풍'이 휘몰아쳤다.

　그 후에도 원티드(ウォンテッド), UFO, 사우스포(サウスポー), 몬스터(モンスター), 토메이 닌겐(透明人間: 투명 인간)까지 1977~78년에 발표한 곡마다 족족 히트시키며, 당시 해산 선언으로 인기 상승 중이던 아이돌 그룹 캔디즈キャンディーズ와 라이벌로 여겨지는 경우가 많았다(두 그룹의 멤버들끼리는 사이가 좋았다). 레코드 판매량은 압도적으로 핑크 레이디 쪽이 높았다. '우주인을 사랑한다', '왼손잡이의 여성 투수', '연인이 늑대인간', 정통 '투명인간' 같은 기상천외한 내용

(작사는 아쿠 유阿久悠)이 획기적이었다. 절정기의 핑크 레이디의 인기를 지탱했던 것은 초등학생을 중심으로 한 아이들로 실제 그런 타켓층을 의식했다고 한다.

그리고 그녀들은 아이들에게 먹히는 곡에서 졸업하고 새로운 일보를 내딛는다. 1979년, 싱글 A① Kiss in the Dark으로 전미 데뷔. 미국 3대 네트워크 중 하나인 NBC의 골든타임에서 자신들의 이름을 내건 방송《핑크 레이디 쇼Pink Lady Show》가 방영된다. 이 방송에서 그녀들은 노래, 춤, 영어 개그로 관객을 웃기는 등 대활약을 보였다. 지금도 그녀들을 기억하는 미국 팬들이 많을 정도로 미국에서 핑크 레이디만큼 활약한 일본인 가수는 지금까지도 존재하지 않는다. 그러나 미국에서의 대성공이 일본에서는 실패라고 보도되었다.

"3대 네트워크 NBC 텔레비전에서 골든 시간대의 방송을 하게 해주었고 시청률은 22%를 넘었다. 6편 계약을 10편으로 늘리고 싶다는 말도 들었다. 그런데 실패라니, 어디에 있냐니? 대중들과의 갭이 너무 커서 우리들의 역할은 끝나려 하고 있구나 하는 생각이 들었습니다" (미이)

이 핑크 레이디 in USA(ピンク・レディー・イン・USA)는 전미에서 발매된 앨범 Pink Lady의 일본반(수록곡 동일)이다. 기분이 좋아지는 디스코 사운드에 그녀들의 발랄한 목소리가 마음을 기분 좋게 한다. 한국반도 시판되었다. 참고로 1980년, 서울에서 개최되었던 세계가요제에 프랑스의 아다모Adamo와 함께 게스트로 초대되었는데 그 당시의 모습이 라이브 앨범 World Song Festival in Seoul 80에 담겨 한국에서만 발매되었다(앵콜에서 사랑해와 돌아와요 부산항에를 한국어로 열창!).

그러나 결국, 일본 국내의 반응에 의욕을 잃어버린 그녀들은 1981년에 해산한다. 다만 그 후 몇 번의 재결성이 있었고 2010년 9월에 해산중지 선언으로 현재도 활동하고 있다. 환갑을 넘어서도 현역처럼(아니, 그 이상으로) 노래하고 춤추는 무대에 누구나 경탄을 보낼 것이다.

미이는 해산 후 가수, 탤런트, 배우로서 활동했다. 1984년에 부른 TV 드라마《불량소녀로 불리며不良少女とよばれて》의 주제가 Never가 히트했고 1997년에는 애니메이션 주제가를 헤비메탈로 커버하는 밴드 '아니메탈アニメタル'의 여성 버전 '아니메탈 레이디アニメタル・レディー'로서도 활동했다.

케이도 솔로 데뷔 곡 스즈메(すずめ: 참새)(1981년, 작사/작곡: 나카지마 미유키中島みゆき)를 히트시켰고 그 후에는 주로 배우로 활동했다. 1989년에 프랑스에서 현지 언어 6곡, 영어 4곡을 수록한 앨범 Simples Confidence을 릴리스했다.

그룹명을 지어준 사람은 작곡가 토쿠라 슌이치都倉俊一로 "칵테일의 핑크 레이디를 보고 '핑크 레이디'라고 지었기 때문에 '핑크 레이디즈'(복수형)로 하지 않았다"라고 설명했다.

Royal Straight Flush

Polydor, 1979

GS 타이거즈 해산 후 혼신의 록 그룹인 'PYG'를 거쳐 1970~80년대에 슈퍼스타 아이돌 가수로 일세를 풍미했던 줄리ジュリー, 사와다 켄지.

1973년 4월에 발매되었던 경쾌한 싱글 B② 키켄나 후타리(危険なふたり: 위험한 두 사람)(작사: 야스이 카즈미安井かずみ, 작곡: 카세 쿠니히코加瀬邦彦)는 판매량 65만장으로 대히트했다. 자, 이곳에서부터 줄리의 쾌진격이 시작된다.

1974년 7월, 스케일이 큰 발라드 B③ 츠이오쿠(追憶: 추억)은 프랑스어 버전도 만들어져 프랑스에서도 히트했다. 줄리가 이곡을 NHK 홍백노래자랑에서 노래했을 때, 노래하면서 속임수로 비둘기를 만들어냈기 때문에 어린 시절에 죽을 만큼 놀랐던 기억이 있다…(사실은 비둘기가 줄리의 손 앞으로 날아와 멈춘다는 연출이었다).

그 다음해 8월에 릴리스된, 주연을 맡은 삼억엔 강도사건을 모티브로한 전설적인 TV 드라마《아쿠마노 요우나 아이츠悪魔のようなあいつ: 악마 같은 너》의 삽입곡 B① 토키노 스기유쿠 마마니(時の過ぎゆくままに: 시간이 흘러가는 대로)가 100만장에 가까운 판매량을 기록했다. 이 시기 줄리

의 한쪽팔로 대활약했던 이노우에 타카유키井上堯之의 작곡으로 일본가요 굴지의 명 발라드다.

1977년, A⑤ 캇테니 시야가레(勝手にしやがれ: 네 멋대로 해)에서는 모자를 객석에 던졌고 A④ 니쿠미 키레나이 로쿠데나시(憎みきれないろくでなし: 완전히 미워할 수 없는 멍청이)에서는 안전한 면도날 귀걸이에 담배를 뻐끔거렸다. 1978년의 A③ 사무라이(サムライ)에서는 시스루의 상반신에 군복을 걸쳤고 B⑥ Love(다키시메타이(抱きしめたい: 안고싶어))는 노래하고 있는 머리 위로 비가 내렸다.

1979년의 A① 카사블랑카 댄디(カサブランカ·ダンディ)에서는 위스키를 한손에 들고 입에 머금은 다음 분출, 그 다음의 Oh! Gal(Oh! ギャル)에서는 헐리우드 배우 말레네 디트리히Marlene Dietrich처럼 똑같이 분장을 하고 나타났다.

이 기발한 비주얼 노선은 1980년대에 들어와 더욱 가속했다.

1980년 1월의 TOKIO는 무려 낙하산을 등에 지고 몸통에는 전기장치로 반짝반짝 빛나는 의상을 걸치고 등장했다. 코이노 배드 튜닝(恋のバッド·チューニング: 사랑의 배드 튜닝)에서는 파랑색과 금색의 컬러 콘텍트 렌즈를 꼈지만 오마에가 파라다이스(おまえがパラダイス: 당신이 파라다이스)에서는 GS/올디스 스타일로 복귀했다.

1981년, 네오 로커빌리 넘버 스 트 리 퍼(ス·ト·リ·ッ·パ·ー)를 화려한 메이크업을 하고 요염하게 불렀고 1982년, 더욱 요염도가 높아진 난해한 뉴 로맨틱 넘버 로쿠방메노 유우우츠(6番目のユ·ウ·ウ·ツ: 6번째 우울)와 인디안 분장을 하고 오마에니 체크인(おまえにチェックイン: 네게 체크 인)을 불렀다. 1983년, 군복에 서치라이트를 장착한 의상과 영국 뉴 웨이브 밴드 아담 & 디 앤츠Adam & the Aunts를 방불케하는 정글 비트의 하레노치 부루 보이(晴れのちブルーボーイ: 맑게 BLUE BOY) 등등...

비주얼뿐만 아니라 록 느낌이 짙은 곡을 전면에 배치해 이 다음에는 줄리가 도대체 어떤 짓을 할지, 신곡 발매 때마다 두근거렸다.

그 사이 1981, 타이거즈를 재결성해 이로츠키노 온나데 이테쿠레요(色つきの女でいてくれよ: 사랑에 빠진 소녀로 있어줘)(1982)를 히트시켰다.

1985년, 줄리는 개인기획사를 세워 독립했고 이후에도 꾸준히 작품을 발표했다. 이후에 인기는 조금씩 줄어들었지만 2002년부터 지금까지 자신의 레이블을 만들어 그곳에서 CD를 발표하고 있다.

Royal Straight Flush는 줄리가 직접 선곡 해 1979년에 발매된 베스트 앨범이다. 속편 Royal Straight Flush [2](1981)과 Royal Straight Flush [3](1984)가 있다.

줄리는 TV 드라마, 영화, CF, 버라이어티 방송 등에서 활약하며 콩트까지 소화하는 팔방미인의 활약을 하는 인기 스타였다. 배우로서도 1979년 공개된 컬트영화《태양을 훔친 남자太陽を盗んだ男》(감독: 하세가와 카즈히코長谷川和彦)로 원자폭탄을 만드는 고등학교 화학교사를 연기해 깊은 인상을 남겼다.

마츠다 세이코松田聖子
Squall

영원한 아이돌 마츠다 세이코. 본명은 카마치 노리코蒲池法子.

　1970년대를 대표하는 아이돌 야마구치 모모에山口百恵가 은퇴한 1980년 4월, 싱글 A⑤하다시노 키세츠(裸足の季節: 맨발의 계절)로 데뷔했다. 표현력이 뛰어나고 투명감이 짙은 목소리로 주목 받아 2번째 싱글 B③ 아오이 산고쇼(青い珊瑚礁: 푸른 산호초)가 크게 히트했다. 이후 '포스트 야마구치 모모에', 슈퍼 아이돌로서 1980년대를 석권하고 리드하는 존재가 되었다.

　앞의 두곡을 수록한 1st Squall은 여름, 바다, 남국 이라는 이미지로 통일한 작품으로 좋은 판매량을 기록했다. 세이코의 반드시 기념해야하는 앨범이다.

　시작은 A① ～미나미타이헤이요(南太平洋: 남태평양)～ 삼바노 카오리(サンバの香り: 삼바의 향기). 파도 소리가 안내하는 트로피컬 분위기가 리조트에 놀러온 기분을 자아내는 한편 세이코의 보컬은 튀어 날아간다. 그대로 라스트의 보사노바 곡 B⑤ 시오사이(潮騒: 파도 소리)까지 멈출 수 없게 하는 역작이다.

　어찌됐든 이 발랄한 보컬은 감탄을 만들어낸다. 펄떡펄떡 날아다니는 모습이, 자기 자신도 제어할 수 없었던 거라 생각될 만큼 파워가 온갖 곳에서 넘쳐난다. 압도적인 존재감을 자랑하는 드라마틱한 가창법, 노래하는 것이 즐거워서 어쩔 줄 몰라하는 감정이 폭발하고 있다. 이 빛나는 젊음에 우리들은 취해버린 것이다.

세이코는 '하얀 드레스를 차려입은 아이돌'을 연기한다는 정통으로 원점복귀한 방향성을 가졌다. 그 귀여운 행동이나 얼굴은 '부릿코(ぶりっ子: 사람들 앞에서 귀여운 척하거나 끼를 부리는 사람)'라는 유행어까지 만들어냈다. 트레이드 마크였던 헤어 스타일 '세이코 커트'는 전국의 젊은 여성들 사이에서 대유행하여 길거리에 흘러넘쳤다. 많은 후속 아이돌 가수들도 이 세이코 커트를 한 모습으로 데뷔했다.

그 후에도 체리블로썸(チェリーブラッサム), 나츠노 토비라(夏の扉: 여름의 문), 시로이 파라솔(白いパラソル: 하얀 파라솔), 카제 타치누(風立ちぬ: 바람이 분다)(이상 모두 1981), 아카이 스위트피(赤いスイートピー: 붉은 스위트피), 나기사노 발코니(渚のバルコニー: 해변의 발코니), 코무기이로노 머메이드(小麦色のマーメイド: 다갈색의 머메이드), 노바라노 에튀드(野ばらのエチュード: 들장미 에튀드)(이상 1982), 히미츠노 하나조노(秘密の花園: 비밀의 화원), 텐고쿠노 키스(天国のキッス: 천국의 키스), 가라스노 링고(ガラスの林檎: 유리 사과)(이상 1983)… 릴리스하는 싱글은 모두 히트시켰던(24곡 연속 싱글 차트 1위 기록을 획득) 바야흐로 탑 중의 탑, 한 시대를 풍미한 슈퍼 아이돌이었다.

가라스노 링고(ガラスの林檎)의 B면곡 Sweet Memories는 산토리 맥주 CM 송으로 사용되어 대대적인 인기를 얻었다. 일본 굴지의 가요 발라드로서 지금도 수많은 아티스트들이 리메이크하고 있는 명곡 중 하나다.

사생활에서는 아이돌 가수 고 히로미郷ひろみ와의 파국, 배우 칸타 마사키神田正輝와의 결혼(후에 이혼)과 장녀 사야카를 출산하고 나서도 아이돌 가수로 활약해 아이를 가진 아이돌이라는 '마마돌'이라는 단어를 만들어냈다. 미국인 청년과의 불륜이나 남성 백댄서를 성희롱해 고소당하기도 했다. 6살 연하의 치과 의사와 전격 결혼(후에 이혼), 록 뮤지션 하라다 신지原田真二와 열애보도(이것은 사실 무근이다), 매니저와의 오랜 불륜, 다시 헤어졌던 치과 의사와 재혼 등등….

이러한 스캔들이 있었음에도 세이코는 여전히 아이돌로서 활동하고 있다. 최근에는 여성 팬들은 그녀의 자유분방한 인생에 대해 '삶의 방식을 동경하는 여성 유명인', '빛나는 여성 유명인' 등의 인기 랭킹에서 그녀를 상위로 꼽으며 경의를 표현하고 있다.

1990년대 이후, 세이코는 직접 작사/작곡/프로듀스에 적극적으로 활동하고 있다. 1992년 릴리스된 20th 1992 Nouvelle Vague는 여성 싱어 송 라이터로서의 실력을 발휘한 걸작이다. 1996년의 38번째 싱글 아나타니 아이타쿠테(あなたに逢いたくて: 당신을 만나고 싶어서, ~Missing You~)는 밀리언셀러를 달성하며 세이코의 최대 히트곡이 되었다.

후시기 쇼조(不思議・少女: 불가사의 소녀)

CBS/Sony, 1982

1980년대, YMO로 시작된 테크노 붐은 가요계에도 영향을 미쳐 수많은 '테크노 가요'가 탄생했다. 그중에서 이것은 테크노 가요의 본가 YMO의 호소노 하루오미가 전면 협력해 전곡을 테크노 팝으로 통일한 첫 아이돌 테크노 가요앨범이다. 게다가 최근 시티팝의 영향으로 인기가 높아져 중고 시장에서 가격이 올라가고 있다.

마나베 치에미는 같은 소속사의 키타하라 사와코北原佐和子, 미츠이 히사코三井比佐子와 함께 1981년, 아이돌 그룹 '팬지パンジー' 멤버로 활동했다. 다만 그룹 팬지로서는 레코드를 발매하지 않고 1982년에 멤버 각자 솔로 앨범으로 레코드 데뷔를 장식했다.

A⑤ 네라와레타 쇼조(ねらわれた少女: 표적이 된 소녀)는 호소노가 작곡한 치에미의 충격적인 데뷔곡이다. 인트로는 왠지 모르게 불안해지는 섬뜩한 서스펜스 사운드가 메탈릭 리듬과 함께 시작한다. 그리고 불안정하고 인공적인 멜로디가 덮어 씌워진다. 확실히 임팩트 강하고 멋있지만 이런 건 절대 팔리지 않는다. 애초에 팔 생각이 있긴 했을까? 후렴은 가슴이 쿵쿵 두근거리는 팝한 멜로디가 참 좋다. 그러나 기본 멜로디가... 이건 데뷔곡이라고!

같은 노선상에서 제작된 것이 치에미의 유일한 앨범 후시기 쇼조(不思議·少女: 불가사의 소녀)다. 판타지로 가득한 눈앞을 아찔하게 만드는 신시사이저로 채워진 이단의 근미래적 테크노 뮤직이다.

오프닝 타이틀 트랙 A① 후시기 쇼조는 좌우에서 난무하는 시퀀서가 작열하고 공간적인 일렉트릭 사운드에 머리가 어질어질하다. A③ 후시기나 컬트(不思議なカ·ル·ト: 불가사의한 컬트)는 무지막지한 저음의 침체된 보컬과 속도감이 빠른 신시사이저 프레이즈의 대비가 눈을 번뜩이게 한다.

싱글 커트 된 카토 카즈히코加藤和彦 작곡의 B③ 로맨틱 시마쇼(ロマンチックしましょう: 로맨틱하게 할까요)는 카토의 테크노 명작 우타카타노 오페라(うたかたのオペラ: 덧없는 오페라)(1980)를 방불케하는 유럽적인 멋이 있다. 오누키 타에코大貫妙子 작곡의 B⑤ Good·by-Good·by는 그야말로 시티팝 곡으로 치에미 본인도 매우 마음에 들어 했다.

모든 곡이 훌륭하지만 지금 들어도 최고인 트랙은 B③ 운토 토쿠(うんととおく: 아주 멀리)다. 저 먼 우주에서 떠도는 것처럼 현실에서 분리된 칠 아웃 사운드. 제작진이 원한 것이 모두 들어가 있다. 이런 실험작이 수록되어있는 것 자체도 경악스럽다. 그리고 35년 뒤, 2017년에 이 운토 토쿠(うんととおく)가 7인치 싱글반으로 릴리스되었다. 2017년에 컷팅 룸을 새롭게 만든 소니 뮤직 스튜디오의 기념비적인 제 1호 작품이기도 하다.

레코드에 실렸던 퀴즈에 대답한 선착순 1000명에게 선물을 증정한 싱글 Chiemi Pretty Talk도 있다. 치에미의 사담을 수록한 이 음반은 팬들이 몹시 갖고 싶어 하는 레어 아이템이다.

그 후 팬지 주연의 영화 《여름의 비밀夏の秘密》(1982)이 공개 되었다. 아이돌 영화라고 생각할 수 없는 하드 서스펜스물로 여배우 마츠오 카요松尾嘉代의 광기어린 소름 돋는 연기도 더해져 지금은 컬트 무비 중 하나로 잘 알려져 있다. 스토리상이라지만 키타하라 사와코北原佐和子의 양친이 야쿠자와 창녀라는 설정도 아이돌 영화의 범주에서 완전히 벗어나있다. 또 사람이 죽고 또 죽는 일이나 자신의 엄마한테 살해당하는 결말은 대놓고 말하면 호러 영화에 가깝다.

주제가 나이트 트레인·비쇼조(ナイトトレイン·美少女: 미소녀)는 치에미의 라스트 싱글이다. 호소노 하루오미의 작곡으로 전곡에서 심장이 쿵쾅거리는 멜로디가 훌륭한 아이돌 테크노 가요의 명곡이다. 영화 엔딩은 치에미, 키타하라 사와코, 미츠이 히사코 3명이서 노래하는 환상의 팬지 버전으로 음반으로 발매해주길 바라는 것이 팬들의 절실한 소망이다.

가수 활동을 그만둔 치에미는 그 후 잡지 모델로 활동했다. 참고로 키타하라 사와코는 배우로 활동하면서 현재 요양보호사로도 일하고 있다.

미츠이 히사코에 대해서는 원더풀 텐시 차코〈ワンダフル天使(チャコ): 원더풀 천사 Chako〉의 페이지를 참조(→P.414).

미츠이 히사코三井比佐子

원더풀 텐시 차코(ワンダフル天使(チャコ): 원더풀 천사 Chako)

Vap, 1982

B급 아이돌의 최고봉 미츠이 히사코(애칭: 차코).

1981년에 차코, 키타하라 사와코北原佐和子, 마나베 치에미真鍋ちえみ로 결성된 아이돌 트리오 '팬지パンジー'. 그러나 그룹 레코드는 없으며 각자 솔로로 데뷔음반을 발매했다. 그중에서 차코는 가장 마지막이었다.

데뷔곡은 A① 게츠요비와 싯크 싯크(月曜日はシックシック: 월요일은 sick sick)(1982). 작곡은 천하의 츠츠미 쿄헤이筒美京平. 연주는 초월적인 슈퍼 퓨전 밴드 '패러슈트パラシュート'의 하야시 타츠오林立夫(ds, 전 틴 팬 앨리ティン・パン・アレイ), 콘 츠요시今剛(g), 사이토 노부斉藤ノブ(per)다. 코러스는 '스캣의 여왕' 이슈 카요코伊集加代子와 오키나와 출신의 소울풀한 3자매 코러스 그룹 '이브Eve'로 그야말로 초호화진. 이러한 하이 퀄리티 곡에 방송 작가 타카히라 테츠오高平哲郎가 만들어 낸 몹시 어처구니없는 가사가 합쳐진 언밸런스한 노래다. 이것을 부르는 것이 우리들의 슈퍼 아이돌 차코. 사차원 음정 가창으로 완벽한 작품을 완성시킨 B급 아이돌 역사상 굴지의 명곡이다.

음치의 천재와 작곡의 천재가 충돌해 생겨난 기적의 하모니. 폭력적이라 할 수 있을 만큼 파괴적인 매력을 가진 이 노래가 내 마음을 무의식 중에 사로잡는다. ♪sick, sick~ (♪シック、シック~), '아픔'이라는 말로 그녀의 가창력을 정당화하려는 이 가사의 의식 속에 새겨두는 효과일지도…

그러나 정말로 앞에서 언급했던 마나베 치에미의 데뷔곡 네라와레타 쇼조(ねらわれた少女: 표적이 된 소녀)와 마찬가지로, 인기를 얻을 생각이 있었던 걸까? 의문이 들긴 하지만 그 덕분에 후세에 남을 차코의 훌륭한 작품군이 태어날 수 있었으니, 소속사와 스태프 등 관계자에게 그저 감사하다는 말을 할 수밖에 없다.

대학생 시절 음악 동아리에서 예쁜 여자 후배에게 보컬을 시켜(후에 그녀는 무대배우가 되었다) 이 곡을 연주했었는데… 다른 레퍼토리로는 1980년대 여성 인디 밴드 콘센트 픽스コンセントピックス의 카오(顔: 얼굴)이나, 카네코 유카리金子由香利의 일본어 샹송의 명곡 사이카이(再会: 재회)… 이상한 밴드였지만 즐거웠었다.

여담은 여기까지 하고, 데뷔 싱글에 이어 불문곡직하고 발매된 원더풀 텐시 차코〈ワンダフル天使(チャコ): 원더풀 천사, Chako〉는 차코의 1st 앨범이다. 이것 역시 가슴속이 뻥 뚫리는 넘버들로 가득한 최고의 1장이다.

A③ 론리 클럽 하우스 샌드위치(ロンリー・クラブハウス・サンドイッチ), A④ 댄싱 잭 플래시(ダンシング・ジャック・フラッシュ), A⑤ TEL ME(TEL ミー), B① 보토하우스데 난데스카?(ボートハウスで何ですか?: 보트 하우스에서 무엇을?) 등 말장난 같은 타이틀을 포함해 비틀즈Beatles, 롤링 스톤즈Rolling Stones, 블론디Blondie 등의 팝송 패러디를 여기저기 흩어놓은 작곡, 편곡, 가사까지 그저 감격의 눈물뿐이다. 물론 차코의 노래가 있었기 때문에 이 모든 것에 가치가 있다.

최후의 작품이 된 2nd 싱글 덴저러스존 타치이리 킨시〈デンジャラス・ゾーン(立入禁止): 덴저러스 존 출입금지〉도 굉장한 파괴력을 가졌다. 제목 그대로 덴저러스 송, 출입금지구역이다. B면의 Yellow Subway도 명곡인데 일반 사람들에게는 거의 알려지지 않았다. 혜성처럼 연예계를 슬쩍 통과한 그녀지만 그 궤적에 남겨진 이 음반들은 아직도 강렬한 임팩트를 우리들에게 선사한다.

그녀의 등장은 그저 조금 일찍이었던 것일 지도 모른다. 왜냐하면 1984년 이후에 시작된 코이즈미 쿄코小泉今日子의 연속 히트곡 나기사노 하이카라 닌교(渚のはいから人魚: 물가의 하이칼라 인어), 야마토나데시코 시치헨카(ヤマトナデシコ七変化: 야마토 나데시코의 일곱가지 변화) 등)도 같은 노선이고 어처구니없고 의욕 없는 가사에 경박한 곡이 오냥코클럽おニャン子クラブ 이후의 아이돌 가요에서 주류를 형성했기 때문이다. 다시 말하면 차코가 그 기초를 닦은 것과 같다.

음치 아이돌에는 1970년부터 아사다 미요코浅田美代子, 후부키 준風吹ジュン, 오오바 쿠미코大場久美子, 노세 케이코能勢慶子, 카와다 아츠코川田あつ子, 닛타 에리新田恵理, 그리고 팬지에서 가장 유명한 키타하라 사와코 등등 무척 많이 있지만 그중 넘버 원은 틀림없이 차코다. 고고한 아이돌, 차코는 불멸이다. 미츠이 히사코, 포에버!

오레니 우타와세로(俺に歌わせろ: 나에게 노래 부르게 해라)

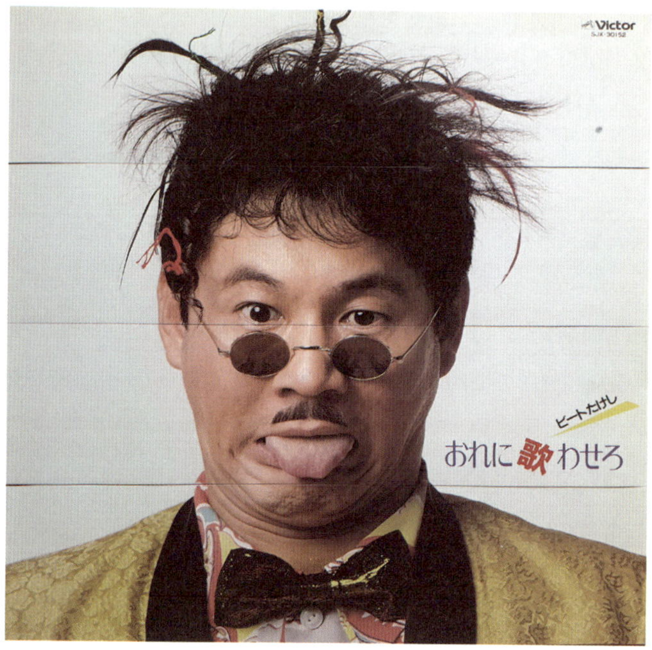

Victor, 1982

본명 키타노 타케시北野武, 국제적인 영화감독이다. 그래도 일본에서는 완전히 '비트 타케시'로 유명한 개그맨이다.

　타케시는 학생 시절에 재즈에 심취해 있었지만 1971년, 대학을 졸업하고 개그맨이 되기로 한다. 1972년, 만담 콤비 '투 비트ツービート'를 결성해 그 때부터 '비트 타케시'를 예명으로 썼다.

　투 비트는 서서히 두각을 나타내다가 1980년에 일어난 '만담 붐'으로 단숨에 폭발적인 인기를 얻었다. B&B, 투 비트, 신스케류스케紳助竜介 세 그룹이 붐의 중심적인 존재였다. 두 명이 한 팀으로 한명이 기관총처럼 토크를 풀어내면 상대방이 가끔 시비를 거는 형태는 당시까지의 만담계에 없었던 빠른 스피드로 형식을 파괴한 스타일이었다. 일발 개그부터 음담패설에 온갖 욕설까지 어른들의 얼굴을 찌푸리게 한 개그는 젊은 사람들 사이에서 절대적인 지지를 받았다. 이 시기 만담가의 인기는 마치 아이돌이나 록 스타와 비견할 만큼 높아서 공연장에는 젊은 팬이 가득했고 무대로 열렬한 성원이 날아들었다.

배우, 개그맨, 아나운서라 할지라도 인기를 얻으면 레코드를 내는 것이 당시의 풍조였기 때문에 타케시도 노래에 도전해 몇 장의 앨범을 발표했다.

우선 투 비트로 1980년, 싱글 후메츠노 페인팅 블루스(不滅のペインティング・ブルース: 불멸의 페인팅 블루스)와 홀스 폴스(ホールズ・ポールズ)를 릴리스했다. 1981년에는 전 와일드 원스ワイルド・ワンズ의 카세 쿠니히코加瀬邦彦의 작품이 중심인 모쿠효 햐쿠만마이(目標百萬枚: 목표 백만장)와 야! 야! 야! 투비트가 얏테키타 올 라이브 닛폰(ヤイ！ヤイ！ヤイ！ツービートがやって来た オールライブニッポン: 야! 야! 야! 투 비트가 왔다 올 라이브 일본) 만담 개그가 메인이지만 로드 스튜어트Rod Stewart의 Hot Legs나 브루스 스프링스틴Bruce Springsteen의 Hungry Heart 커버곡을 수록했다. 젊은 타케시의 열창이 끝내줌라는 2장의 앨범도 발표했다. 테크노 가요로 최근 주목을 받고 있는 싱글 오레와 젯타이 테크니션(俺は絶対テクニシャン: 나는 절대적 테크니션)(1981)은 엔도 켄지遠藤賢司 작곡이고 연주는 도쿄 오토보케 캣츠東京おとぼけCats!

그리고 1982년, 타케시의 첫 솔로 앨범 오레니 우타와세로(俺に歌わせろ: 나에게 노래 부르게 해라)가 릴리스. 재킷은 존 레논John Lennon의 Walls and Bridges(1974)를 패러디했다.

타이틀과 동시에 싱글 커트된 A① Big나 키분데 우타와세로(Bigな気分で歌わせろ: Big한 기분으로 노래 부르게 해라)에서도 알 수 있듯이 사실 타케시는 이 때 제대로 노래를 부를 생각이었다. A①의 작곡은 록 뮤지션의 신예 오오사와 요시유키大沢誉志幸다. 당당하게 가수 선언을 한 타케시의 진심이 담긴 샤우트가 가슴에 퍽하고 다가오는 명곡이다. 당시 라디오에서 "진심으로 노래가 하고 싶다"라며 말하고 있었다.

타케시가 애창가인 이즈미야 시게루泉谷しげる의 츠바사나키 야로도모(翼なき野郎ども: 날개 없는 놈들)를 라이브로 땀을 뻘뻘 흘리며 노래하는 모습을 TV에서 본적이 있다. 그런 이즈미야가 작곡하고 타케시가 가사를 쓴 곡이 A② 요루니 츠마즈키(夜につまずき: 밤에 붙잡혀)다. 이즈미야만이 쓸 수 있는 멜로디에 타케시가 자신의 반생을 가사에 담은 노래다. 애절함이 떠다니는 미디엄 템포의 록 튠으로 팬들의 인기곡이다.

B① 신지아우 코토와(信じあうことは: 서로를 믿는 것은)는 이즈미야도 참가한 기획 앨범으로 카메카메갓쇼단(カメカメ合唱団)도 진세이와 피에로(人生はピエロ: 인생은 피에로)(1974)에서 커버한 미국 안티 드럭송 Once You Understand의 일본어 버전이다. 내용은 완전히 블랙 조크가 되어 제국은행사건, 인민사원, 일본항공 350편 추락 사고(日航機逆噴射墜落事故)같은 세계를 뒤흔든 대사건을 소재로 삼았다. 결국 ♪ 죽어버리는 것은, 굉장한 것이지~(♪死んじゃうことは、素敵なことなのさ～) 지나치게 노골적인 말장난으로 끝나는 초쾌작이다.

1986년에 4th 아사쿠사 키드(浅草キッド)를 릴리스. 타이틀곡 아사쿠사 키드(浅草キッド)에서는 타케시의 젊은 시절 스트립 극장에서의 밑바닥 생활을 그렸다. 애수가 넘치는 명 발라드로 평가받으며 타케시의 테마곡이라 해도 틀린 말이 아니다.

그러나 그 후 서서히 가수로서의 활동은 줄어들었지만 타케시는 사회자, 탤런트, 그리고 영화감독으로 더욱 대진격해 나갔다.

오카다 유키코岡田有希子

Cinderella(シンデレラ)

Canyon, 1984

혜성처럼 나타나 눈 깜짝할 사이에 전설이 되어버린 아이돌, 오카다 유키코(1967년 8월22일 – 1986년 4월8일). 본명은 사토 카요佐藤佳代, 애칭은 '윳코ユッコ'.

1984년 4월, 타케우치 마리야竹内まりや가 새로 쓴 싱글 B⑤ 퍼스트 데이트(ファースト・デイト)로 데뷔, 당시 16살이었다. 캐치 카피는 '멋진 나라에서 온 리틀 프린세스'였다.

데뷔곡 이후 마리야는 유키코에게 A② 리틀 프린세스(リトルプリンセス), -Dreaming Girl- 코이 하지메마시테(恋、はじめまして: 사랑, 처음뵙겠습니다), 카나시이 요칸(哀しい予感: 슬픈 예감) 등 다수의 곡을 주었다. 코러스로 레코딩에 참가한 적도 있다.

9월, 1st Cinderella(シンデレラ)를 릴리스. 마리야가 제공한 오프닝의 A① 사요나라 나츠야스미(さよなら・夏休み: 잘가 여름방학)과 2번째 싱글인 A② 리틀 프린세스(リトルプリンセス)가 이어진다. 마리야의 곡 중에서도 특히 B② 아코가레(憧れ: 동경)는 팬의 리퀘스트서에 싱글 곡을 제치고 상위에 뽑히기도 하는 인기곡이다.

같은 소속사 선배인 슈퍼 아이돌 마츠다 세이코松田聖子의 뒤를 잇는 차세대 아이돌로서

인기는 한없이 올라갔다. 앨범을 1장 밖에 내지 않았는데도 3장의 싱글 곡을 모은 베스트반 LP 오쿠리모노(贈りもの: 선물)를 같은 해 말에 발매했다.

1985년 4번째, 5번째 싱글인 후타리다케노 세레모니(二人だけのセレモニー: 두 사람만의 세레모니)와 Summer Beach는 싱어 송 라이터 오자키 아미尾崎亜美의 곡이다. 앨범도 2nd Fairy, 3rd 주가츠노 닌교(十月の人魚: 10월의 인어)를 꾸준하게 발표했다. 3rd 주가츠노 닌교에는 1990년대의 가요계를 석권한 음악 프로듀서 코무로 테츠야小室哲哉의 첫 제공곡 Sweet Planet와 미즈이로 프린세스(水色プリンセス: 물색의 프린세스)가 수록되어 있다.

1986년 1월에 발매된 8번째 싱글 쿠치비루Network(くちびるNetwork: 입술 Network)가 히트 차트 1위를 기록했다. 이 곡은 마츠다 세이코 작사, 사카모토 류이치坂本龍一 작곡이라는 이색적인 조합이었다.

3월에는 4th 비나스탄조(ヴィーナス誕生: 비너스 탄생)도 발표되었는데 실로 엄청난 기세였다. 이런 인기 절정 때 비극은 일어났다.

4월 8일, 유키코는 자택 맨션에서 손목을 칼로 긋고 가스로 자살시도를 했다. 미수에 그쳐 병원에서 치료 후 소속사 기획사로 돌아왔지만 그 직후 12시 15분, 소속사 건물 옥상에서 뛰어내렸다. 전신 강타로 즉사. 그녀는 18년 동안의 인생에 스스로 막을 내리고 말았다.

자살 소동을 취재하기위해 소속사 1층에서 대기했던 기자들이 주간지나 보도 방송 등에서 현장에 쓰러져있는 시신을 그대로 생생히 보도해 큰 충격을 주었다. 그 후 연달아 자살하는 팬들이 나타났고 그 현상은 '윳코 신드롬'이라 불리며 사회문제로 발전했다.

자살의 원인은 인기 유부남 배우와의 실연 등 여러 가지 소문이 난무했지만 아직까지도 진상은 밝혀지지 않았다. 그 죽음으로부터 14년 후 2000년, 유키코의 매니저를 맡았던 남자가 그녀가 자살하기 직전 들어갔던 화장실에서 목을 매달아 자살했다.

2019년, 타케우치 마리야는 데뷔 40주년 기념 앨범 Turntable에서 유키코의 데뷔곡 퍼스트 데이트를 직접 커버했다. "유키코의 곡을 몇 번인가 부르려 했었지만, 생각이 너무 깊은 만큼 오히려 노래할 수가 없었습니다. 하지만 벌써 33주기. 이제 겨우 유키코의 멜로디를 부를 수 있을 것 같다는 느낌이 들었습니다"

마리야는 유키코에 대해 다음과 같이 말한다. "산뜻한 등장 이후 이제부터 시작이라고 생각되었던 그 때, 고작 3년 만에 사라져버린 가수는 일본 가요역사에 없습니다. 팬에게 꿈을 가져다주고, 순수하게 아이돌을 응원하는 기쁨도 알게 해주었지만 동시에 아이돌이 아이돌로 존재할 때의 어려움과 고독함을 투척했습니다. 유키코는 없어지고 나서 더욱 존재감이 커진 희한한 존재라고 생각합니다"

올 나이터스(オールナイターズ, All Nighters)
춧토 센세이션(チュッとセンセーション: 쭉 센세이션)

For Life, 1984

21세기의 일본 아이돌 업계를 석권한 아이돌 그룹 'AKB48'의 '만나러 갈 수 있는 아이돌'이라는 콘셉트는 팬이 멤버를 가까운 존재로 여기며 감정이입을 통해 그 성장 과정을 응원하는 것으로 작사가 아키모토 야스시秋元康가 프로듀스 했다.

AKB48의 콘셉트는 1980년대 후반을 풍미했던 '여자고교생의 방과 후 활동'으로 '오냐코클럽おニャン子クラブ'이 그 선구자라 할 수 있다. 아키모토는 당시에도 작사가로서 그녀들의 곡에 관여했다.

또 1990년대에 록 밴드 '샤란Qシャ乱Q'의 리더 츤쿠つんく♂가 오냐코클럽에 영향을 받아 프로듀스한 아이돌 그룹 '모닝구 무스메モーニング娘。'도 그 연장선이라 할 수 있다.

오냐코클럽의 출현은 일본 아이돌 업계를 180도 바꾸어 놓았다. 그때까지 신격화되어온 아이돌상에서 옆 반의 여자아이가 브라운관 너머에서 활약하는 형상이 된 것이다.

그러나 사실 오냐코클럽에는 또 전신이 있다. 그것이 '올 나이터스'이다.

1983년에 시작된 심야 TV 프로그램 《올 나이트 후지オールナイトフジ》는 일반 여자대학생

을 모아놓은 버라이어티로 1980년대 '여자대학생 붐'을 견인하게 된 전설의 생방송이다.

방송에 출연한 현역 여대생들은 '올 나이터스'로 불리며 방송 중에 MC도 하고 노래를 부르기도 했다. 순진하고 조숙한 그녀들의 귀여움과 서투름은 신선하게 비춰져 대학생 사이에서 화제가 되었다. 물론 나도 방송 당시부터 시청했다. 이유는 내 친구의 여자 친구가 방송에 나왔기 때문이다(안타깝게도 지금은 전 여자친구지만...)! 이런 친근함도 있어 올 나이트 후지의 인기는 심야방송임에도 불구하고 높은 시청률을 뽑아냈다.

1984년, 출연자 중에서 인기가 있었던 야마자키 미키山崎美貴, 마츠오 하스미松尾羽純, 후카야 토모코深谷智子 3명이서 '오카와리 시스터즈おかわりシスターズ'를 만들었다. 그해 2월, 시티 팝 풍의 싱글 A④ 코이오 앵콜(恋をアンコール: 사랑을 앵콜)로 가수 데뷔를 했다. 그 뒤를 쫓듯이 5월에는 카타오카 세이코片岡聖子, 이노우에 아키코井上明子 두 명이서 결성한 '오아즈케 시스터즈おあずけシスターズ'가 텐션이 높고 들뜬 분위기의 싱글 B① 도쿄 캉캉 무스메'84(東京カンカン娘'84: 도쿄 캉캉 아가씨'84)로 데뷔를 하는 등 아이돌에 버금하는 활약을 보였다.

물론 앨범도 발매되었는데 그것이 이 춧토 센세이션(チュッとセンセーション: 쪽 센세이션)이다. 순수 여대생들이 부르는 곡인지라 가창력에 대해서는 말하지 않는다. 그러나 그 초심자의 본질적인 감각이 거꾸로 우리들을 매료해 멀어질 수 없게 한 것도 사실이다.

여기서 주목할 것은 작, 편곡와 키보드를 담당한 사토 준佐藤準이다. 전 10곡 중 7곡이 준의 곡으로 어레인지도 모두 그의 손을 거쳤다. 음악을 즐기는 마음이 가득한 대담한 어레인지로 무의식에 빙긋 하고 웃게 된다.

예를 들어 A① 키분와 세미누드(気分はセミヌード: 마음은 세미 누드)의 인트로는 신디 로퍼Cyndi Lauper의 Girls Just Want to Have Fun을 그대로 표절했다. 올 나이터즈의 자기소개 송 B② 조시다이세니 사세토이테(女子大生にさせといて: 여대생에게 맡겨 둬)의 인트로는 리키 리 존스Rickie Lee Jones의 Chuck E's in Love다.

이《올 나이트 후지》의 방송 제작 스태프들이《올 나이트 후지 여고생 스페셜オールナイトフジ女子高生スペシャル》로 저녁 시간대에 방송을 시작했다. 그 프로그램이 바로 전설의 방송《유야케냥냥夕やけニャンニャン》으로 여기서 탄생한 새로운 방향성의 아이돌이 '오냥코클럽'이다.

취향에 관한 이야기지만 아마추어의 매력은 심야방송이었기 때문에 재밌었다고 생각한다. 빛이 비치는 장소에서 일반화되어 버리면 나는 바로 그런 아이돌을 향한 흥미를 잃어버리고 만다. 아이돌만이 아니다. TV 자체를 보지 않게 되어 버린다. 옛날 사람이라서 그럴지도 모르겠다. 스크린 너머는 어디까지나 꿈과 동경의 세계로 있어 주길 바랐다.

나카모리 아키나中森明菜
후시기(不思議: 불가사의)

그 옛날 우리 집은 한 때 입시 학원을 운영해서 나도 대학생 때 강사로 교편을 잡았다. 그 때 다니던 학생이 나카모리 아키나의 광팬이었다. 새로운 레코드가 나올 때마다 부탁한 것도 아닌데 내게 레코드를 빌려주었기 때문에 나도 자주 아키나의 노래에 귀를 기울이곤 했다.

어느 날, 흥분인지 곤혹인지 뭐라 할 수 없는 복잡한 얼굴로 "선생님 아키나의 신곡인데 일단 들어봐요. 나는 모르겠어요" 라며 내민 앨범이 9th 후시기(不思議: 불가사의)였다. 수업 종료 후 바로 레코드를 재생시켰는데… 뭐지 이건? 아이돌 가요와는 너무나도 떨어진 경이로운 사운드가 울려 퍼졌다.

나카모리 아키나는 16살 때 TV 오디션 방송에 합격해 1982년, 슬로모션(スローモーション)으로 데뷔했다. 2번째 싱글 쇼조A(少女A:소녀 A)의 대히트로 일약 인기 아이돌이 되었다.

그 후 세컨드 러브(セカンド・ラブ)(1982), 킨쿠(禁区: 금지 구역)(1983), 키타 윙(北ウィング: 북쪽 윙)(1984), 카자리자 나이노요 나미다와(飾りじゃないのよ涙は: 눈물은 가식이 아니야)(1984), 미아모레(ミ・アモーレ, Meu amoré)(1985), Desire(1986) 등의 곡을 히트시키며 1980년대 아이돌로서 마

츠다 세이코松田聖子와 톱을 다투는 존재였다.

그러한 인기 최 절정기에 발매된 것이 이 후시기다. 아키나의 첫 셀프 프로듀스 작품으로 '아이돌 역사상 최대의 문제작'이라 불린다.

우선 가요곡 사운드가 아니다. 이것은 얼터너티브 고딕 록이다. 이 앨범의 반주를 담당했던 '유록스EUROX'는 프로그레시브 밴드 '타오TAO'를 모체로 하는 신예 록 밴드로 그들과의 공동 작품이라 해도 과언이 아니다. 본작의 크레딧에 "유록스 덕분에 이 작품을 만들 수 있었다"고 기재되어있는 것이 납득이 간다. 게다가 아키나는 오컬트 영화의 대표 걸작《엑소시스트 The Exorcist》(1973)의 음악에서 영감을 받았다고 한다.

그리고 또 하나의 큰 특징은 보컬이 극단적으로 작고 리버브가 저 멀리 마치 지옥 깊은 곳에서 들려오는 것 같은 믹싱이다. 거의 뭐라고 말하는지 알 수가 없다. 본작 발매 후 레코드 구매자들에게서 "노래가 안 들린다. 불량품이 아닌가?"라는 클레임이 쇄도했다고 한다.

이 앨범은 제작 스태프가 슬슬 콘셉트 앨범을 만드는 건 어떨까 라고 말했을 때, 아키나가 '불가사의'라는 테마를 제시하면서 시작되었다. 유록스를 시작으로 요시다 미나코吉田美奈子, 쿠보타 마코토久保田麻琴의 곡을 모아 레코딩을 진행했다.

그리고 첫 번째 트랙 다운 종료 후 그 완성품에 대해 아키나는 "이 믹싱은 멋있긴 하지만 불가사의는 없는 것 같아요"라고 발언했다. 목소리도 악기의 일부로 취급해 보컬을 작게 처리하고 사운드와 보컬을 일체화한 것으로 마침내 리버브 소리만이 듣는 이에게 도달하는 '불가사의'한 사운드가 완성되었다. 보컬을 작게 하는 것은 아키나의 아이디어였다고 한다.

인기 절정의 현역 톱 아이돌이 만든 것 치고는 너무나 실험적이고 진보한 앨범으로 누구도 흉내 낼 수 없는 원 앤드 온리의 한 장이다. 그 때 아키나의 나이가 21세라니 지나치게 굉장하다.

참고로 2년 뒤 1988년에는 이 앨범의 수록곡 중 몇 곡을 다시 부른 다음 신곡 후시기(不思議)를 더해 보통 믹스로 제작한 Wonder을 발매했다.

아키나는 2010년부터 5년 전도 건강 악화로 연예계 활동을 중지했었지만 아이돌로서 또 아티스트로서 현재까지도 자신의 페이스로 활동하고 있다.

키타 코지 & 스카페이스(北公次&スカーフェイス)

Flower

키타 코지는 1968년~1978년 까지 활동했었던 4인조 인기 남성 아이돌 그룹 '포 리브스フォーリ
ーブス'의 리더다.

　1965년 정월 15살의 키타는 쟈니즈ジャニーズ쇼를 보러 갔다. 거기서 쟈니즈 기획사 사장
쟈니 키타가와ジャニー喜多川에게 "너 쟈니즈를 좋아해? 그럼 쟈니즈를 만나게 해줄게!"라는 권
유를 받았고 쟈니의 자택 겸 합숙소에서 더부살이 & 밑바닥 생활을 시작했다.

　1966년 10월, 쟈니즈의 백 댄스 그룹('포 리브스'의 전신)이 결성된다. 1967년 4월 1일, 쟈니
에게 쟈니 키타가와의 '키타가와'에서 유래한 '키타 코지'라는 예명을 받는다. 그리고 1968년
9월, 싱글 오리비아노 시라베(オリビアの調べ: 올리비아의 선율)로 데뷔, 포 리브스는 단숨에 인기
를 모았고 이후 쟈니즈 기획사의 남성 아이돌 그룹의 양식이 되었다.

　포 리브스는 나츠노 유와쿠(夏の誘惑:여름의 유혹)(1971), 치큐와 히토츠(地球はひとつ:지구는
하나)(1971), 불도그(ブルドッグ)(1977) 등을 히트시키며 정력적으로 활동했지만, 1970년대 후반,
뉴 뮤직이 대두되기 시작하면서 남성 아이돌은 침체기에 돌입한다. 포 리브스의 인기도 하락

424

해 결국 1978년 8월, 해산과 동시에 키타는 쟈니즈 기획사를 탈퇴했다.

해산 전에 리더였던 키타는 저조한 인기와 무대의 매너리즘으로 고민하고 있었다. 그 때문에 매일 각성제를 맞으며 무대에 올라갔다고 한다. 기이한 소리를 지르고 일본도를 꺼내 들고 할복자살을 흉내내고… 아이돌의 상도를 벗어난 행동들은 당시에 정말로 죽고 싶다고 생각했던 것 같다. 이 건으로 키타는 해산 후 여지없이 교도소 생활을 보냈다.

복역을 마치고 1983년, 전설의 야쿠자 영화《류지竜二》(감독: 카와시마 토오루川島透)에 출연한다. 각본과 주연을 맡은 카네코 쇼지金子正次가 분한 류지竜二의 부하인 히로시 역이다. 포 리브스에서 거동이 수상했던 키타를 보며 이 사람 괜찮나?라고 생각하는 사이 팬이 되었다고 한다. 카네코는 키타를 위해 히로시역을 준비한 것과 다름이 없다. 영화 속 키타의 대사 중에 '샤브(シャブ: 각성제)는 하는 것이 아니라 파는 것이 아닙니까?" 가 있는데… 농담이 아니야!

1988년 11월, 충격적인 내용으로 화제를 끈 <히카루 겐지에게光GENJIへ>를 출판한다. 쟈니즈 기획사 폭로전으로 10대의 키타가 쟈니에게 받은 성적 학대가 적나라하게 쓰여 있다.

이 시기에 인디에서 제작되었던 키타의 앨범이 Flower다. 일본의 지미 헨드릭스Jimi Hendrix라는 이명을 가진 기타리스트 나카노 시게오中野重夫를 중심으로 한 밴드 '스카페이스スカーフェイス'가 강력한 백업을 맡고 더게로게리게게게ザ・ゲロゲリゲゲゲ의 야마노우치 준타로山之内純太郎가 프로듀스한 작품이다.

쟈니 키타가와에 대한 분노와 키타의 파멸적인 반생을 엿볼 수 있는 록이다. ♪호모의 장난감이 되면서 주사 바늘로 꿈을 봤어~ (♪ホモのおもちゃにされながら、注射針に夢を見た～)(A③ I'm Crying)

1989년, '키타 코지 패밀리(北公次 Family)' 라는 이름으로 옴니버스반 위 아 더 쟈니스(위—•아—•더•쟈니즈)(CD & 카세트)를 발표했다. 재킷은 손에 칼을 든 키타가 괴수에 올라타 있고 그 괴수가 곧 쟈니를 잡아먹으려 하는 과격한 그림이다. 쟈니 키타가와와 누나 메리 키타가와의 이름을 지명하며 ♪죽여 버려!~ (♪ブチ殺せ!～) 라고 연호하는 후자케루나 베이비(ふざけるなベイビー: 웃기지마 베이비)(작사: 키타 코지)가 수록되어있다.

2002년 1월, 포 리브스 재결성. 그러나 2009년에 멤버 아오야마 타카시青山孝史의 돌연사로 활동 중지.

그리고 키타도 2012년 2월, 간암으로 사망. 향년 63세.

키타는 죽기 직전에 공식 사이트에 팬들에게 유언을 남겼다. "이 메시지를 읽어줄 때면 나는 이미 없겠지만 모두 슬퍼하지 말아", "나는 하늘에서 모두를 지켜볼꺼야! 감사합니다를 말하는 것은 이번이 마지막입니다", 그리고 "꼭 말씀드리고 싶은 것은 쟈니씨, 메리씨 고마웠습니다. 감사드리고 있어요" 라고 마지막에 덧붙였다. 키타의 흉중은 아무도 모를 것이다.

추가기록:2019년 7월, 쟈니 키타가와 영면. 향년87세.

요루노 츠즈키(夜のつづき: 밤의 연속)

엔카의 여왕 야시로 아키. 1950년 8월 29일 출생. 구마모토 현 야시로 시 출신.

아키는 12살 때 아버지가 사온 미국 재즈 싱어 줄리 런던Julie London의 레코드를 듣고 그 허스키 보이스에 매료되었다. 아이 때부터 허스키 보이스였던 아키의 콤플렉스는 사라졌다. 게다가 레코드에 '클럽에서 노래하는 일류 가수'라고 쓰여 있었기 때문에 '그렇구나, 클럽에서 노래하는 가수가 일류구나. 클럽 가수가 되어 잔뜩 벌어야지"라고 대단한 착각을 하고 말았다. 당시 아키가 미국 재즈클럽과 일본 '나이트클럽'의 차이를 몰랐기 때문이다.

15살 때 고향 구마모토의 '캬바레 뉴하쿠바 キャバレー・ニュー白馬'(현존하고 있음)에서 노래를 시작했다. 그 후 상경해 긴자의 클럽 가수로 활동한다. 1971년, 싱글 아이와 신데모(愛は死んでも: 죽어도 사랑을)로 데뷔. TV 프로그램 '전일본가요 선수권'에 출연하여 10주 연속 승리로 훌륭한 그랜드 챔피언이 되었다.

1973년, 4번째 싱글 나미다 고이(なみだ恋: 눈물의 사랑)가 120만장으로 대히트하면서 아키의 승승장구가 시작된다. 계속해서 시노비 고이(しのび恋: 숨겨진 사랑)(1974), 아이 히토스지(愛

ひとすじ: 한결같은 사랑)(1974), **모 이치도 아이타이**(もう一度逢いたい: 다시 한 번 만나고 싶어)(1976), **온나 미나토마치**(おんな港町: 여자의 항구도시)(1977), **아이노 슈차쿠에키**(愛の終着駅: 겨울의 종착역)(1977) 등의 히트곡을 연발했다.

이 시기는 트럭 운전수 사이에서 '트럭 남자의 여신'으로 절대적인 인기를 얻었다. 아키의 얼굴이 들어간 관음보살 그림을 그린 트럭인 '야시로 관음'까지 출현했다.

1979년, 일본 민요 **단초네 부시**(ダンチョネ節)를 중간에 삽입한 일본 엔카의 최고봉 **후나우타**(舟唄: 뱃노래)가 대히트했다.

게다가 1980년의 **아메노 보죠**(雨の慕情: 비의 모정)도 대히트, 당시 음악제 현장에서 ♪비, 비, 내려 내려~ (♪雨、雨、降れ降れ~) 라고 젊은 사람들이 대합창하는 모습을 보고 아키는 자신의 노래가 사회 현상이 되었다는 것을 실감했다고 한다. 이 같은 고조된 성원은 엔카의 세계에서는 결코 본 적이 없는 광경이었다. 그렇게 엔카의 팬이 아니었던 젊은이들의 지지를 받으며 명실상부 아키는 대스타가 되었다.

그 후에도 **우미네코**(海猫: 괭이 갈매기)(1982), **니혼카이**(日本海: 일본해)(1983), **부케**(花束bouquet)(1990) 같은 히트곡을 꾸준하게 만들어냈다. 그리고 21세기가 되면서 아키는 더욱 높이 날아오른다.

2012년, 전 피치카토 파이브ピチカート・ファイヴ의 코니시 야스하루小西康陽의 프로듀스로 재즈의 스탠더드를 노래한 **요루노 앨범**(夜のアルバム: 밤의 앨범)를 발표(옛날 가요곡을 재즈풍으로 어레인지한 넘버도 포함). 세계 75개국에서 발매되어 1년 후에는 아날로그 한정반 LP도 발매되었다. 앨범의 평판도 좋아 2013년 3월 NY의 전통 있는 재즈 클럽 '버드랜드Birdland'에서 라이브 공연을 했다. 8월에는 그날 밤의 공연을 수록한 라이브 앨범 **유메노 요루 / 야시로 아키 라이브 인 뉴욕**(夢の夜: 꿈의 밤 / 八代亜紀ライブ・イン・ニューヨーク)을 릴리스했다.

2013년, 헤비메탈 페스티벌 '라우드 파크 2013(Loud Park 2013)'에서 전 메가데스Megadeth의 마티 프라이드맨Marty Friedman과 함께 출연해 헤비메탈 버전의 아메노 보죠를 열창했다.

마티는 일본을 좋아해서 메가데스 탈퇴 후 일본에 정착한다. J-pop과 엔카가 너무 좋다는 매니아 기질의 외국인인 그는 하와이에 살고 있었을 때 일본계 사람을 타켓으로 한 라디오 방송에서 후나우타(舟唄)를 듣고 충격을 받았다고 한다. 그리고 엔카를 연구하기 위해 아키의 보컬을 분석해 자신의 기타 스타일에 반영하기 위해 연습했다고.

2015년, 블루스 앨범 **아이우타**(哀歌: 애가-aiuta-)를 릴리스.

2017년, 재즈 앨범 제 2탄 **요루노 츠즈키**(夜のつづき: 밤의 이어짐)을 발표. 전작과 동일하게 코니시가 프로듀스를 맡았다. 이미 아키 외에는 부를 수 없는 야시로류 재즈를 120% 만끽할 수 있는 걸작으로 아키의 가수로서의 원점이다. "이 앨범에는 나이트클럽에서 노래하고 있었던 그 때의 제가 있습니다"(야시로 아키)

가요에서 록, 시티팝까지

일본 LP 명반 가이드북
ⓒ 사토 유키에, 2021

초판 1쇄 인쇄 2021년 12월 8일
초판 1쇄 발행 2021년 12월 15일

지은이: 사토 유키에
정리 및 부분 번역: 근은별
펴낸이: 김영훈
표지 디자인 & 본문 포맷: 이재민
본문 디자인: 제예진

ISBN 979-11-86559-63-5 (03670)
펴낸곳: 안나푸르나
출판신고: 2012년 5월 11일
주소: 서울시 마포구 월드컵북로 4길 44-7 한솔빌딩 101호
전화: 02-3144-4872
팩스: 0504-849-5150
전자우편: idealism@naver.com

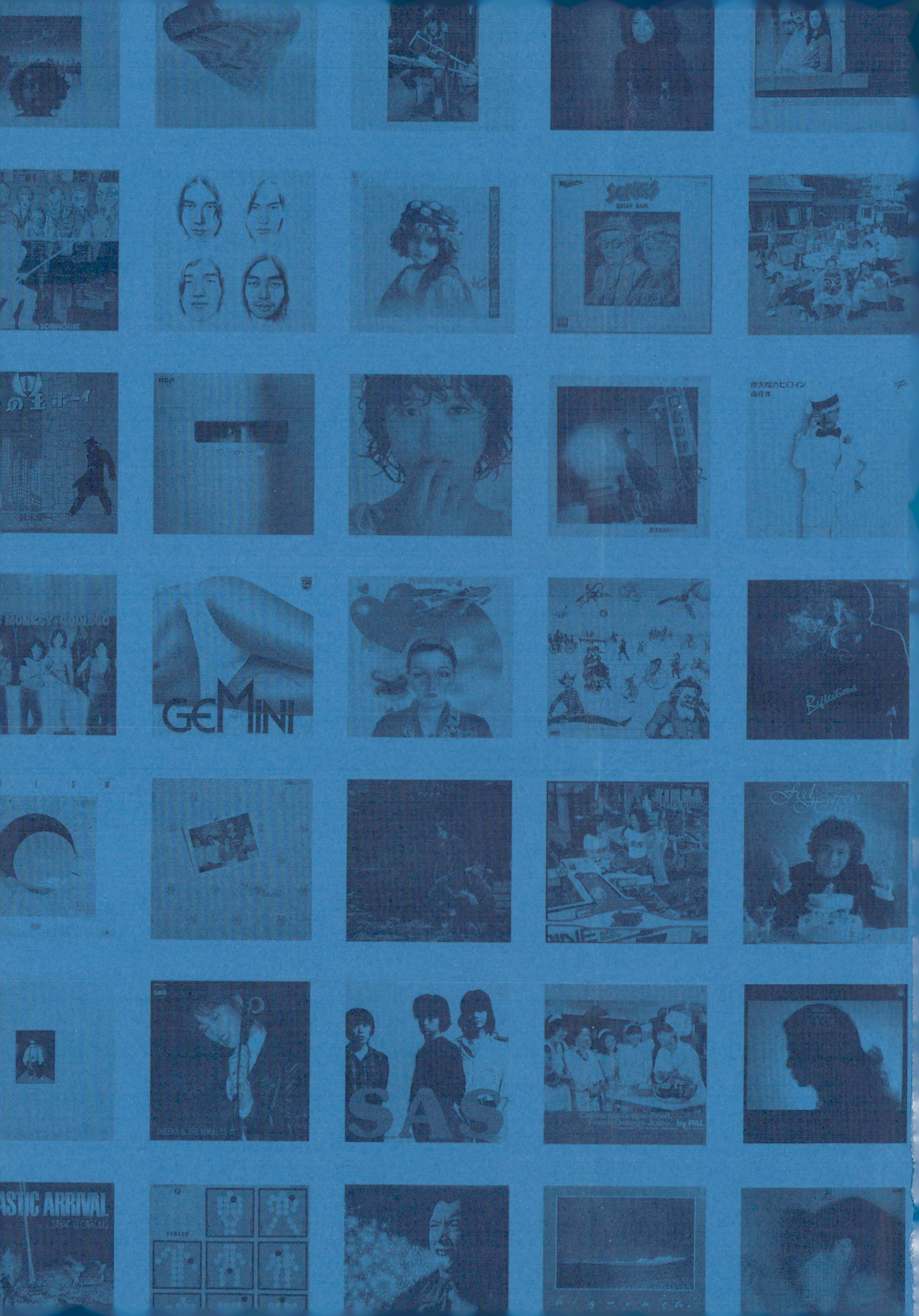

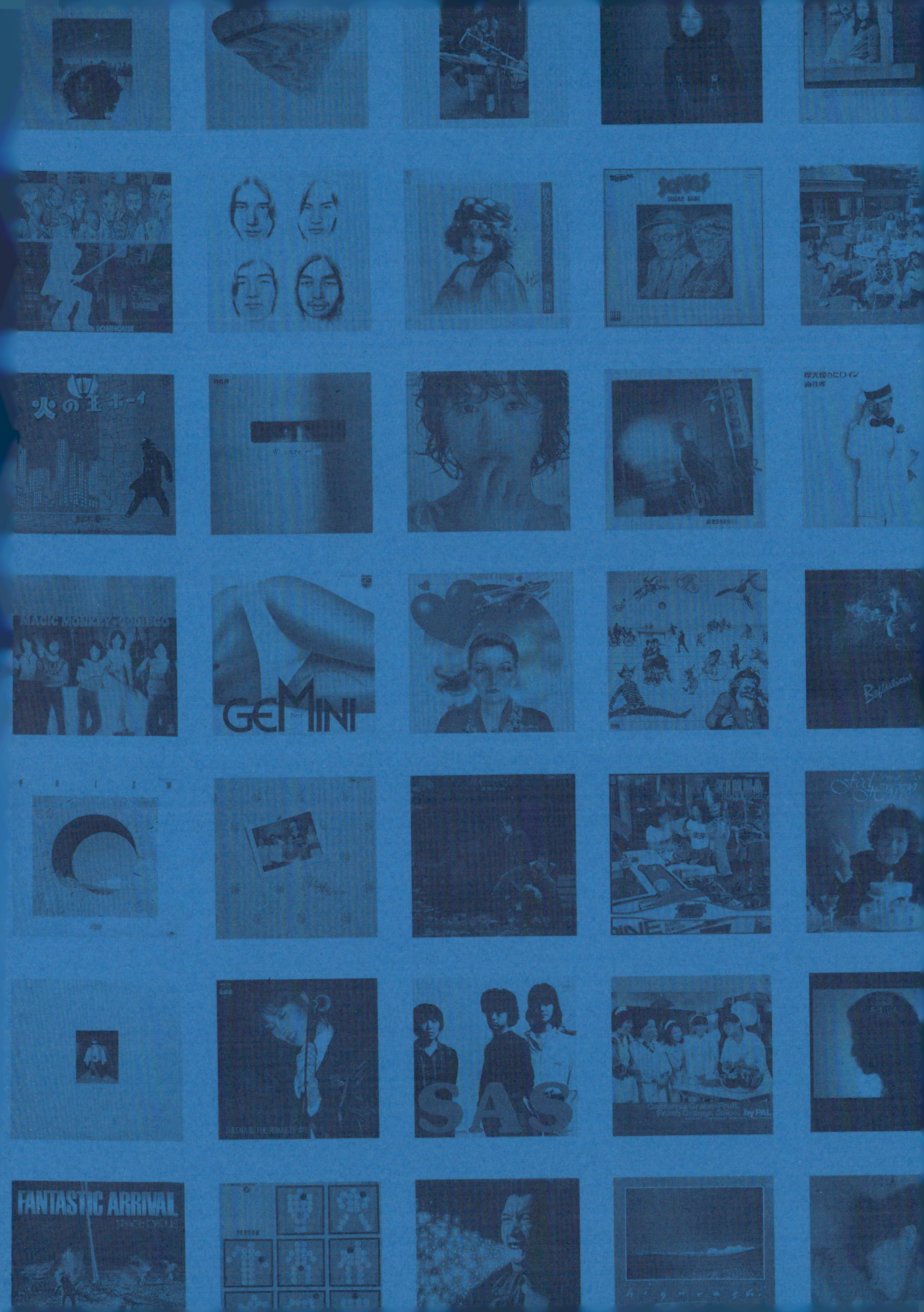

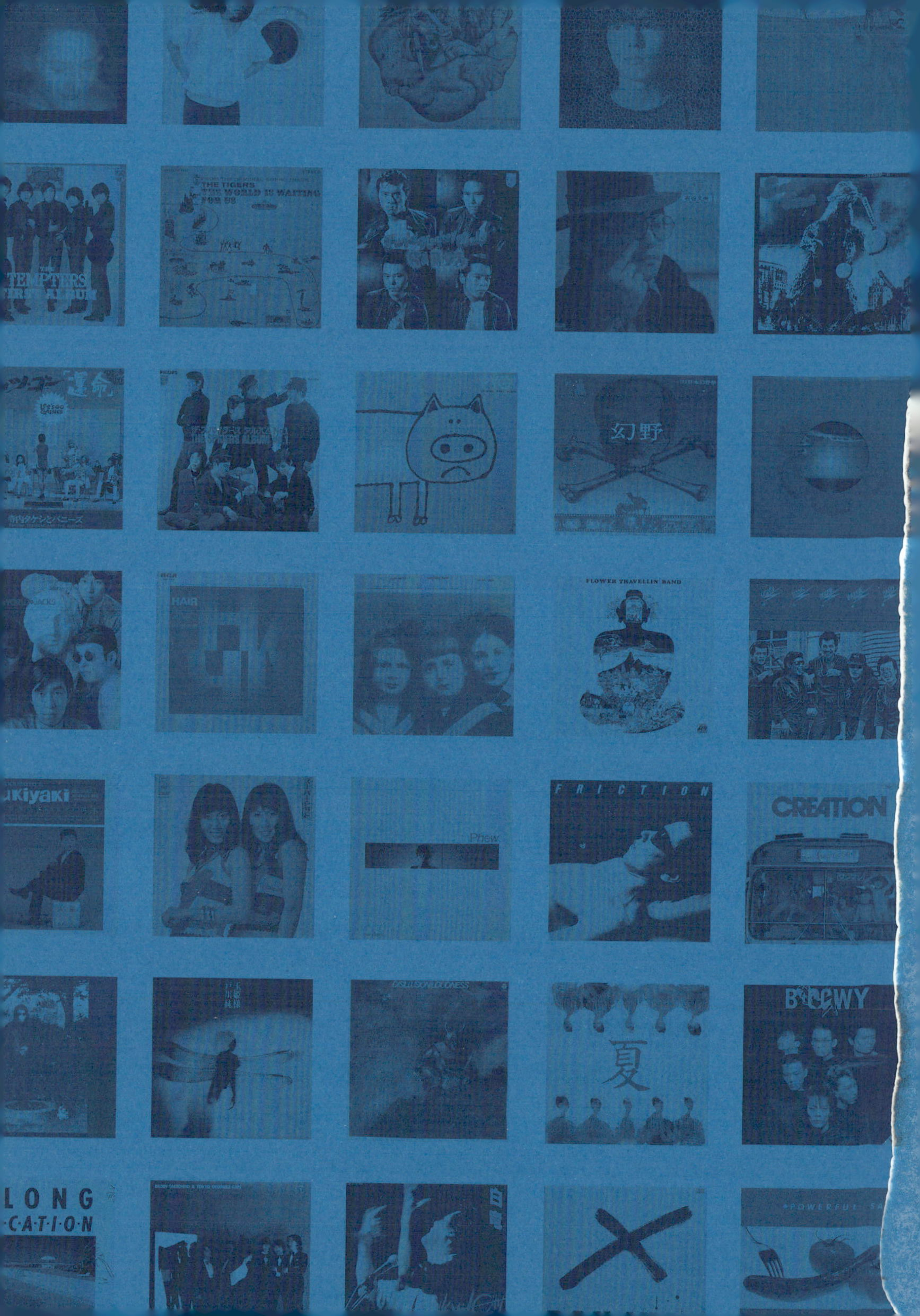
THE TEMPTERS
FIRST ALBUM
THE TIGERS
THE WORLD IS WAITING
FOR US
幻野
FLOWER TRAVELLIN' BAND
HAIR
ukiyaki
Phew
FRICTION
CREATION
DISILLUSION LOUDNESS
夏
BŒWY
LONG
VACATION
X
POWERFUL